Dass eins klar ist: Ich bin Jude. Count Basie ist Jude. Ray Charles ist Jude. Eddie Cantor ist ein Goj. B'nai B'rith ist ein Goj; Hadassah Jude.

Wenn du in New York oder irgendeiner anderen Großstadt lebst, bist du Jude. Da kannst du noch so sehr Katholik sein, wenn du in New York lebst, bist du Jude. Wenn du in Butte, Montana, lebst, bist du ein Goj, selbst wenn du Jude bist.

Brausepulver ist goj. Kondensmilch ist goj, auch wenn Juden sie erfunden haben. Schokolade ist jüdisch, und Karamell ist goj. Obstsalat ist jüdisch. Zitronenpudding ist goj. Zitronenlimonade ist *sehr* goj.

Sämtliche Fertigkuchen von Drake's sind goj. Pumpernickel ist jüdisch, und Weißbrot ist bekanntlich sehr goj. Fertig-Kartoffelpüree, goj. Kirschlimonade sehr jüdisch, Makronen sehr *sehr* jüdisch.

Neger sind alles Juden, Italiener sind alles Juden. Iren, die ihren Glauben abgelegt haben, sind Juden. Münder sind sehr jüdisch. Und Busen. Taktstockwirbeln ist goj.

Unterwäsche ist ganz eindeutig goj. Eier sind jüdisch. Titten sind jüdisch.

Feiern ist ein Goj-Wort. Begehen ist ein jüdisches Wort. Mr. und Mrs. Walsh *feiern* Weihnachten mit Major Thomas Moreland, USAF (a.D.), doch Mr. und Mrs. Bromberg *begehen* Chanukka zusammen mit Goldie und Arthur Schindler aus Kiamesha, New York.

– Lenny Bruce

ZADIE SMITH

Der Autogramm-händler

Roman

Aus dem Englischen von
Ulrike Wasel und
Klaus Timmermann

Droemer

Originaltitel: The Autograph Man
Originalverlag: Hamish Hamilton, London

Die Folie des Schutzumschlags sowie die Einschweißfolie
sind PE-Folien und biologisch abbaubar.
Dieses Buch wurde auf chlor- und säurefreiem Papaier gedruckt.

Besuchen Sie uns im Internet:
www.droemer.de

Umschlaggestaltung: ZERO Werbeagentur, München
Umschlagabbildung: Artwork ZERO
unter Verwendung eines Bildes von Ed Fella
Satz: Ventura Publisher im Verlag
Druck und Bindung: Ebner & Spiegel, Ulm
Printed in Germany
ISBN 3-426-19612-3

2 4 5 3

Für meine erstaunlichen Brüder
Ben und Luke

Und für meinen Freund
Adam Andrusier,
der witzig von witzig
unterscheiden kann

»So können natürlich die Dinge in Wirklichkeit nicht
aneinander passen, wie die Beweise in meinem Brief,
das Leben ist mehr als ein Geduldsspiel.«

Franz Kafka, Brief an den Vater

»Ich hab immer so getan,
als wäre Clark Gable mein Vater.«

Marilyn Monroe

PROLOG / *Sohar*

Der Wrestling-Kampf

Er hat die Fähigkeit, sich selbst als kleines Ereignis im Leben anderer zu sehen. Das ist nichts Abstraktes. Alex wüsste gar nicht so recht, was mit »abstrakt« gemeint ist – er ist zwölf. Er weiß bloß, dass er, wenn er sich vorstellt, im Meer zu schwimmen, also da, wo die meisten Kinder automatisch an den Kino-Hai unter sich denken, im Geiste bei dem Rettungsschwimmer ist. Er kann sich selbst als den Fleck am Horizont sehen, sein Kopf einer hüpfenden Boje täuschend ähnlich, seine wedelnden Arme durch die heranrollenden Wellen verdeckt. Er kann den Rettungsschwimmer sehen, einen braun gebrannten und lässigen Amerikaner, der mit verschränkten Armen am Sandstrand steht und beschließt, dass da draußen nichts ist. Alex sieht den Rettungsschwimmer den Strand entlangschlendern, auf der Suche nach den halb nackten deutschen Mädchen von gestern und einem kalten Getränk. Der Rettungsschwimmer kauft eine Coke bei einem vorbeikommenden Getränkeverkäufer. Der Hai reißt Alex den rechten Unterschenkel vom Körper. Der Rettungsschwimmer macht sich an die hübsche Tanja heran. Der Hai zerrt Alex in einem blutigen Halbkreis durchs Wasser. Der Rettungsschwimmer spricht freundlich ihre hässliche, flachbrüstige Freundin an, weil er sich einschmeicheln will. Einige Rückenwirbel brechen. *Habt ihr das gesehen, ein Seehund!*, sagt Tanja, die Alex' verzweifelt winkende Hand mit einer glänzenden Flosse verwechselt. Und dann ist er weg. Ein Vogel? Ein Flugzeug? Ein Seehund? Nein, das bin ich, beim Ertrinken. So sind die

Dinge für Alex. Er versteht sich auf stenografisches Erleben. Die Fernseh-Version. Er gehört zu der Generation, die sich selbst betrachtet.

JHWH

Im Augenblick sitzt er im Wagen seines Vaters und macht einen Ausflug. Über ihm fliegt ein Flugzeug so niedrig, dass es aussieht, als könnte es die Wellblechdächer eines Industriegebietes linker Hand streifen. Sie stehen auf einer Nebenstraße im Stau, in der Nähe eines Flughafens. Rechts von ihm sitzt sein Vater, Li-Jin, der auch sein bester Freund ist. Von der Rückbank aus schnippen ihm zwei Jungs ohne Grund ein Gummiband gegen den Hinterkopf. Jetzt beugt er sich vor, außerhalb ihrer Reichweite, und streckt seinen fleischigen Arm zum Beifahrerfenster hinaus – kann man ihn von dort oben wirklich sehen? Hallo! Die anorektischen Februarbäume recken sich ihm vom Straßenrand entgegen, und er öffnet eine Hand, um sich den Wind durch die Finger gleiten zu lassen. Ein glitschiges Blatt wickelt sich wie ein Pflaster um seinen Daumen. Kotz kotz. *Mega*kotz. Sie wollen sich einen Wrestling-Kampf angucken. Das ist ungewöhnlich. Alex ist kein Junge, der besonders wild auf gesellschaftliche Aktivitäten wäre. Seine Freizeit verbringt er entweder vor dem Fernseher oder in der Praxis seines Vaters, um diesem Gesellschaft zu leisten. Er hockt dann ganz zufrieden im Wartezimmer herum und spekuliert, wer welche Krankheit hat, während Dr. Tandem in dem kleinen Zimmer mit der weißen Tür das macht, was er immer macht. Alex hat stets ein Kreuzworträtselheft oder einen Comic dabei und wird stets in Ruhe gelassen, was ihm nur Recht ist. Fußpilz, Angina, die Pest: Er verteilt diese Krankheiten nach Gutdünken auf die schlicht Bronchialen oder Menopausalen, die sich auf die Plastikstühle im Kinderformat plumpsen lassen. Nie nimmt irgendwer Notiz von ihm. Er ist nur ein Junge, der große Augen macht. Es ist wie eine Fernsehsendung. Bloß im letzten Jahr ist er auffällig geworden. Er ist gewachsen und fülliger geworden, hat jetzt einen weichen Bauch, Frauenhüften und einen blassen Teint. Die neue Brille vergrößert die Halbmonde seiner Augen – sieht er chinesischer aus? Seine Kindheit bröckelt ab. Die Leute beachten ihn jetzt. Ständig wird er von den Alten an den Schultern gefasst und irgendwas Idiotisches gefragt. Wenn du zwölf bist, hat auf einmal alle Welt etwas zu sagen über dich und die frische Luft, über dich und ein schönes Fußballspiel, über dich und den Unterschied zu den sportlichen, rotbackigen Jungs aus irgendeiner gottverdammten, fernen Zeit. Übereinstimmung herrscht darüber, dass er mehr raus müsste. Alex hat gespürt, dass irgendein Ausflug, wenn auch nicht dieser spezielle Ausflug, unvermeidlich war.

Ein Gespräch zwischen seinen Eltern fand ohne sein Wissen drei Nächte zuvor statt, während Alex in einem Zimmer nebenan schlief, ganz am Rand seines Bettes liegend, und von Klippen und Wasser träumte. Sarah, seine Mutter, stützte sich schläfrig auf einen Ellbogen, wartete, bis das Dröhnen eines Flugzeuges verklungen war, und sagte dann: »Li, weißt du was, vielleicht können wir am Samstag einfach mal was mit Al unternehmen, statt dass er immer nur, na ja, bei *dir herumlungert* – ich meine, nicht dass ich …«
Und dieser abgebrochene Satz verschleierte einen alten Antagonismus zwischen ihnen, denn in diesem liebevollen Vater-Sohn-Duo gab es nicht immer genug Platz für Sarah. Jetzt, wo Alex zwölf ist, sähe seine Mutter es lieber, wenn er, wie sie es ausdrückt: »Sich die Welt erschließt, in sie *hinein*geht und, äh, sie sozusagen *ergreift*, dieses lebendige *Zusammenspiel* erfährt …«
Li-Jin öffnet die Augen und stöhnt. Was liest sie denn im Moment, dass sie mitten in der Nacht wie ein Selbsthilfebuch mit ihm redet? Er hat Kopfschmerzen. Es ist zwei Uhr morgens. Inzwischen müsste er eigentlich längst schimpfend in seiner Unterwäsche den Flur hinunterstapfen, Richtung Gästezimmer. So lief das früher immer ab. Aber für all das hat er keine Zeit mehr. Ehekräche, Straßenkämpfe, Kneipenschlägereien – sie erscheinen

ihm heute wie die großen Reichtümer des modernen Lebens. Für so was braucht man Zeit, fürs Streiten und für die Versöhnung. Li-Jin hat es zwar niemandem erzählt, aber er hat diesen Reichtum verloren. Er kann die Eskalation nicht riskieren. Er hat einfach nicht mehr die *Zeit*. Und er hat mit Erstaunen festgestellt, dass eines übrig bleibt, wenn man die Kräche abzieht, nämlich Liebe, eine Riesenmenge Liebe, die aus einem herauströpfelt. Jetzt schüttelt er ein Kissen auf und schiebt sich näher an seine Frau heran, was Zustimmung signalisiert. Es ist eine Art Geschenk. Aber Moment mal, da kommt noch *mehr*: Er küsst ihre Fingerspitzen und legt seinen pochenden Kopf in ihre Hände.

JHWH

Gerade jetzt fliegt also ein Flugzeug über sie hinweg, und Alex-Li stellt sich vor, wie er aus dreitausend Metern Höhe aussieht. Ein winziger Junge in einer weißen Blechdose, die rückwärts geschleudert wird. Er ist unterwegs zu einem Wrestling-Kampf, den er sich mit seinem Vater und zwei Bekannten ansehen will, Mark Rubinfine und Adam Jacobs. Rubinfine (fünfzehn), von allen, einschließlich seiner Mutter, Rubinfine genannt, ist der Sohn von Li-Jins Steuerberater Rubinfine. Er ist ein großer und gerissener Junge mit einem Schönheitsfleck am Unterkiefer, und er erweckt ständig den Eindruck, als wäre er nicht mal durch einen Menschen zu beeindrucken, der Gold ausscheiden könnte. Li-Jin weiß nicht recht, ob er ihn eigentlich mag. Aber die Idee, einen Wrestling-Kampf zu besuchen, ist bei einem Abendessen entstanden, bei dem Rubinfine mit seinem Vater zugegen war, und deshalb ist er auch jetzt dabei. Der andere, Adam (dreizehn), ist ein netter Junge mit einem kleinen Gewichtsproblem, das die eigentliche Ursache für seine Nettigkeit sein mag, vielleicht aber auch nicht. Er ist torfschwarz, hat kurzes, dichtes, lockiges Haar und so dunkle Augen, dass Pupille und Iris ineinander verschmelzen. Die drei Jungs kennen sich zwar schon seit Jahren, aber sie gehen nicht in dieselbe Schule, und sie sind keine dicken Freunde. Was sie verbindet, ist die Cheda, die sie zusammen in einem Gemeindezentrum besuchen, auf Kosten der Synagoge. Li-Jin war ziemlich skeptisch, ob dieser Ausflug nicht ein bisschen gewollt wirken würde, aber sie scheinen guter Dinge, unterhalten sich angeregt. Aber *worüber* unterhalten sie sich? Über Fernsehsendungen, die er noch nie gesehen hat, Songs, die er noch nie gehört hat, Filme, die kamen und gingen, ohne dass er sie zur Kenntnis genommen hätte. Es ist, als gäbe es im alltäglichen Leben seines Sohnes eine schrille Frequenz, auf die Li-Jin nur einmal im Jahr eingestellt ist, nämlich zu Weihnachten, wenn ihm aufgetragen wird, die bunten Plastikwaren einzukaufen, die mit diesen geheimnisvollen Vergnügungen einhergehen.

»Nein, jetzt hört doch mal zu«, verlangt Alex und haut gegen das Handschuhfach, »ich mein doch die *Heimkehr*-Folge, als Kellas gemerkt hat, dass er diese, ihr wisst schon, wie heißen die noch mal, diese *bionischen* Merkmale hat.«

»Das war aber nicht die *Heimkehr*-Folge«, sagt Adam. »Das mit diesem bionischen Dings war in ’ner ganz anderen Folge.«

»Hau nicht gegen das Handschuhfach«, sagt Li-Jin.

»Noch mal«, sagt Rubinfine mit einem Seufzen, während er mit gekrümmtem Finger nach dem Schmalz in seinen Ohren gräbt, »ihr habt keinen blassen Schimmer.«

Die künstlich erwärmte Luft lässt die Fenster beschlagen. Li-Jin schaltet das Radio ein und wird mit einem weißen Rauschen belohnt, der passende Soundtrack zu seinen Kopfschmerzen. Alex fängt an, mit der Fingerspitze Dreiecke auf die beschlagene Scheibe zu malen. Adams pummelige, nackte Oberschenkel kleben an den Plastiksitzen. Rubinfine bekommt eine von diesen unberechenbaren Erektionen, die so seltsam hartnäckig sind, obwohl sie keine Ursache haben, kein Ziel. Er rutscht herum und verändert seine Haltung ein bisschen.

JHWH

Ein Exodus ist im Gange, heraus aus den Wohnzimmern und hinein in die Welt: Väter und ihre Söhne auf großer Fahrt. Alex hat andere Autos entdeckt mit Jungen darin, die ihre folienbeschichteten Poster für den Kampf (groß, rot, mit goldenen Buchstaben, wie Bibeln) von innen gegen die Scheiben pressen. Manchmal ahmt Rubinfine einen Würgegriff nach, und der Junge im nächsten Auto tut so, als bekäme er keine Luft mehr. Das alles hat es wirklich noch nie gegeben. Normalerweise kann sie am Samstagmorgen nichts vom Fernseher weglocken, absolut nichts. Ausgeschlossen. Der Fernseher müsste sich selbst aus der Steckdose reißen und verlangen, dass Adam und Rubinfine und Alex ihm folgen, jetzt, JETZT, IHR KLEINEN MIESEN UNGEHEUER (er müsste sie beleidigen), JETZT BRAUCHE ICH EUCH, JETZT, IHR SCHWULEN SÄCKE, und auf seinen ungelenken Holzbeinen hinaus an die frische Luft wackeln. Und eigentlich ist genau das passiert. Es zieht sie zur Royal Albert Hall wegen eines gewaltigen Mannes aus dem Fernsehen. Sein Name ist Big Daddy, und er ist derzeit der berühmteste Wrestler in England. Er ist sozusagen ein Gott. Er ist fett und rosig und aus dem Norden und absolut ohne jeden Glamour. Er ist um die fünfzig, hat weißes Haar und trägt einen roten Strampelanzug. Sein richtiger Name ist Shirley. Aber selbst diese Tatsache tut seinem Nimbus irgendwie keinen Abbruch. Alle Welt mag ihn, und genau das, dieses *Alle-Welt*, ist für Li-Jin wichtig. Er will nicht, dass Alex »anders ist als andere«. Er weiß, dass das Leben des Jungen bald schwierig werden wird, und hofft, dass Konformität ihn retten kann. Und deshalb will er, dass er vorbereitet ist, normal ist. Er will, dass er zu diesem *Alle-Welt* gehört. Aber man kann nicht jede Eventualität einplanen. Zum Beispiel ist sein Sohn wahrscheinlich der einzige Junge auf dem Weg zu »Big Daddy gegen Giant Haystacks«, dessen Vater ihm ausreden will, an seiner eigenen Bar-Mizwa teilzunehmen.

Li-Jin sagt: *Bist du ganz* sicher, *dass du es* willst?

Alex-Li sagt: *Da-aaad!*

Auf dem Rücksitz testet Rubinfine gerade, wie sich der Ausdruck *Männerbrüste* auf Adams aufkeimende Empfindlichkeit als Fettwanst auswirkt, und auf dem Vordersitz versucht Li-Jin, Alex-Li genau so zu beeinflussen, wie er Sarah versprochen hat, es nie zu tun.

»*Alex*. Ich hab dich was gefragt.«

»Ich weiß. Und ich hab Ja gesagt, oder? Also noch mal. *Ja*. Glaub ich.«

»Aber bist du sicher, dass du es *willst*?«, fragt Li-Jin überflüssigerweise. »Oder ist es vielleicht eher, weil deine Mutter es will?«

Alex macht die Internationale Geste für Kotzen.

»Ja oder Nein?«

»Du *weißt* doch, dass Mum es will. Also wird es wohl auch was damit zu tun haben, oder?«

»Aber du willst es auch?«

»Ich glaub schon. *Mann*, Dad, hör jetzt auf damit, *bitte*.«

Rubinfine macht die Internationale Geste für Masturbieren. Alex versetzt dem Handschuhfach einen letzten, lauten Schlag, dann richtet er seine Aufmerksamkeit darauf, den Aschenbecher zu öffnen und zu schließen. Sie halten vor einer Ampel. Li-Jin wendet den Kopf, um seinem Sohn ins Gesicht zu sehen, leckt sich den Daumen und wischt irgendeinen Schmutz von der Wange des Jungen.

»Hör sofort auf damit. Sieh doch mal. So abwegig ist die Frage doch auch wieder nicht, oder? Ich frag mich ja bloß, ob du vorhast, diese kleinen Schachteln zu tragen. Wie heißen die noch mal?«

»Tefillin. Die schnallt man sich einfach an. Eine an den Kopf, weißt du. Und die andere an den Arm.«

Li-Jin ist niedergeschlagen. Er tritt die Kupplung durch. Schon allein auf den Gedanken an diese Riemen reagiert er allergisch. Ein zu brutaler und fremdartiger Sprung aus dem normalen, friedlichen, fast *unmerklichen* Judentum, in das er hineingeheiratet hat. Was *soll* das? Stand das im Kleingedruckten? Und wie fest werden sie sein, diese Riemen?

»Gut. Schachteln. Hat Rubinfine ja auch gemacht.«

»*Mann*, Dad. Ist das so wichtig? Ich mach's einfach. Und die Sache ist gegessen.«
»Den Rekord«, sagt Adam, »für Luftanhalten unter Wasser hält ›Big‹ Tony Kikaroo aus Nuku'alofa, Tonga, der im erbsengrünen Wasser der Bucht neunzehn Minuten und zwölf Sekunden lang die Luft anhielt.«
»Was erzählst du da über mich?«, fragt Rubinfine.

An einer Kreuzung hören sie alle gleichzeitig auf zu reden, und die Stille hält eine Weile, als hätte jemand auf die Windschutzscheibe gespuckt und als sähen sie der Spucke beim Runterrutschen zu. Mountjoy mit seinen gedrungenen Vorstadtpalästen und den gestutzten Bäumen zieht langsam an ihnen vorbei. Hier wohnen sie, und der dichte Verkehr ist Beweis für die Tatsache, dass jeder, der in Mountjoy wohnt, samstags bei der erstbesten Gelegenheit das Weite sucht. Sie üben ihre Rechte als Hausbesitzer aus. Sie haben den ambitionierten jungen Mann mit dem dünnen Schnurrbart und der Acrylkrawatte nicht vergessen, der sie durch ihren zukünftigen Besitz führte und von reduzierten Flugplänen, von Stuckleisten und Stilelementen erzählte und der ihnen diese wunderbare – und, wie sich herausstellte, völlig unrealistische – dreißigminütige Autofahrt ins Stadtzentrum versprach. Niemand regt sich auf. Wenn jemand etwas anderes von Mountjoy erwartet hatte, sich irgendwelchen Illusionen hinsichtlich des Einbahnstraßensystems von Mountjoy hingegeben hatte, tja, so jemand würde nicht in Mountjoy leben. Die Menschen in Mountjoy haben ihr Leben auf dem Prinzip des Kompromisses begründet, und jede Nacht akzeptieren sie still und leise die Ohrstöpsel und Migränen und stressbedingten Muskelverspannungen, denn dafür haben sie ja billige Häuser direkt in der Einflugschneise eines internationalen Flughafens bekommen. Das hier ist nicht das Gelobte Land. Es ist eine Schlafstadt aus den fünfziger Jahren am nördlichsten Zipfel von London, mit bezahlbaren Häusern, Zentralheizung/Schließanlage inbegriffen, Schulen inklusive. Li-Jin fühlt sich hier wohl, weil es keine Parkplatzprobleme gibt und weil seine Praxis schon immer hier war. Außerdem kennt er jeden. Es gibt einen hohen jüdischen Bevölkerungsanteil, und das gefällt Sarah. Alex-Li fühlt sich hier wohl, weil er das überall täte. Adam, das einzige schwarze Kind im Umkreis von Meilen – *möglicherweise der einzige schwarze Jude in der beschissenen Welt* – er hasst es, er hasst es dermaßen – einfach – echt – *viszeral*, und wenn er das Wort nachgeschlagen hätte, würde er sagen, ja, genau da hasse ich es, ich hasse es in meinen inneren Organen, in meinen Eingeweiden. Und was Rubinfine betrifft, wenn Mountjoy ein Mensch wäre, würde er ihm den Kopf abreißen, ihm in die Augenhöhlen pissen und in den Hals scheißen.

JHWH

Interessantes Faktum: Rubinfines Vater, Rubinfine, möchte, dass Rubinfine später mal Rabbi wird. Jedes Mal, wenn Rubinfine Li-Jin davon erzählt, von seinem innigsten Wunsch für den jungen Rubinfine, weiß Li-Jin nicht, was er mit seinem Gesicht anstellen soll. Als Rubinfine zum ersten Mal davon anfing – sie hatten sich zum Lunch getroffen, um zu besprechen, wie Li-Jin seine Kosten erhöhen könnte, und aßen schwer verdauliches chinesisches Essen –, war er so überrumpelt, dass er sich auf die Restauranttoilette begeben musste, um sich die Nudeln aus der Nase zu ziehen.

JHWH

Rubinfine: »Stöhn, stöhn, stöhn. Verdammt, ich schwitze. Kumpel, können wir nicht die Heizung abdrehen? Sind wir bald da? Sind wir bald da? Sindwirbalddasindwirbalddasindwirbald-da?«

Er ahmt ein Kind in einem amerikanischen Film nach, das die lange Autofahrt satt hat. Ich werde ihn nicht töten, denkt Li-Jin. Er hat Kopfschmerzen.

»Ich werde dich nicht töten«, sagt er und beäugt Rubinfine im Rückspiegel.

Rubinfine saugt seine Backen ein wie ein Fisch. »Hmmm. Tja, mal überlegen. Oh ja. Äh, das würden Sie sowieso nicht schaffen, äh, auch in *40 Millionen Jahren* nicht.«

Eine ziemlich realistische Einschätzung der Situation, denn Li-Jin ist keine 1,70 groß und Rubinfine ein riesiges, massiges Monstrum von Kind.

»Du warst auch mal kleiner«, sagt Li-Jin.

»Ach ja?«

»Oh ja. Wenn mein Gedächtnis mir keinen Streich spielt. Nicht netter, wohlgemerkt – nur kleiner.«

»Den Rekord«, sagt Adam, »für Lebendigbegrabensein hält Rodrigues Jesus Monti aus Tampa, Florida, der 46 Tage in der Wüste von Arizona begraben war und durch eine sehr lange, strohhalmähnliche Vorrichtung atmete.«

»Wo hast du das eigentlich alles *gesehen*?«, will Rubinfine wütend wissen. »Auf welchem *Sender*? Wie hat das *ausgesehen*?«

»Nein, nicht in der Glotze. In einem Buch. Über Rekorde. Ich hab's gelesen.«

»Na dann, halt die *Klappe*.«

Li-Jin nimmt eine Hand vom Lenkrad, fasst einen Quadratzentimeter Haut an seiner Schläfe und fängt an, ihn zwischen Daumen und Zeigefinger zu reiben. Früher hat er seinen Patienten empfohlen, sich das Zentrum des Schmerzes wie einen Klumpen aus Plastilin oder Ton vorzustellen, den man durch diese Massage auf einen Faden verdünnen und dann ganz abreißen kann. Das war eine Lüge.

»Gnade!«, kreischt Rubinfine. »Ich und Ads zuerst. Alex kämpft gegen den Sieger.«

Rubinfine und Adam verschränken ihre Finger. Es ist ein Spiel. Sie wollen, dass Li-Jin bis drei zählt. Aber Li-Jin ist woanders, tief in seinem Kopfschmerz versunken. Er betrachtet zwei winkende Sechsjährige im benachbarten Wagen, fleckig hinter der

regengestreiften Scheibe, wie ein kitschiges Aquarell. Er versucht, sich zu erinnern, wann all die Kinder noch klein und unsicher wirkten. Aber nein, schon mit sechs Jahren war Rubinfine derselbe Vorstadttyrann, wenn auch mit anderen Taktiken. Damals gab es nur Schreie und Rotze und Hungerstreiks. Rubinfine war eins von den Kindern, die ihre eigene Kleidung in Brand stecken würden, bloß um zu sehen, was ihre Mutter für ein Gesicht macht. Adam, falls Li-Jin sich richtig erinnert, hat sich völlig verändert. Als er sechs war, war er Amerikaner. Obendrein hatte er keine Eltern. Er war wie aus einem Buch entsprungen. Eines Winters waren sie alle in Li-Jins Praxis aufgetaucht: ein blauschwarzer Großvater, ein gewisser Isaac Jacobs, Adam und Adams kleine Schwester … Name? Egal, sie war jedenfalls der Grund. Ein kleines, mandeläugiges Mädchen mit einem kranken Herzen, das Englands kostenloser medizinischer Gesundheitsversorgung bedurfte. Alle drei schwarze Harlem-Juden, die sich dem Stamme Juda angehörig fühlten. Gekleidet wie äthiopische Könige! Die Erwachsenen von Mountjoy brauchten Zeit, bis sie sich an Isaac Jacobs gewöhnt hatten. Bei Adam war das etwas anderes. Adam war sofort Herr des Spielplatzes. Li-Jin lächelt bei der Erinnerung daran, wie Alex eines Tages nach Hause gekommen war und von einem »Jungen aus den Filmen« gesprochen hatte, als wäre Adam von der Leinwand herab in die Vorstadt gestiegen, eines jener Kinowesen, die niemals sterben. Aber für Adam konnte es nicht so bleiben. Sein Akzent verlor sich, sein Körper wuchs. Sieben Jahre später, und Adam Jacobs wird noch immer dafür bestraft, dass er je in einer Vorstadt auftauchte und so tat, als wäre er einem Märchen entsprungen.
Esther – das Mädchen hieß Esther. Mit Haaren wie in einem Geduldsspiel geflochten. Sie bekam einen Herzschrittmacher.

Und jetzt hat Rubinfine, der es satt ist, auf die Erlaubnis zu warten, Adam die Hände nach hinten gebogen. Adam jault, aber Rubinfine kennt kein Erbarmen.
»Das Wort ist *Gnade*«, sagt Rubinfine kalt und lässt Adam los,

der weint und sich auf die Knöchel pustet. »*Mehr* musstest du nicht sagen.«
»Wir halten hier mal kurz«, sagt Li-Jin und stoppt unvermittelt vor einer Apotheke. »Einer was dagegen?«
»Und wenn?«, fragt Rubinfine.

JHWH

Als Alex elf war, als Li-Jins Kopfschmerzen anfingen, stellte ein chinesischer Arzt in Soho die Diagnose, dass Alex-Li das *Ch'i* seines Vaters blockiere. Der Arzt erklärte Li-Jin, er liebe seinen Sohn zu sehr, wie der Witwer, dessen Kind die letzte Erinnerung an seine Frau ist. Li-Jin liebe Alex auf weibliche Art anstatt auf männliche. Sein »Mu-ch'i« (seine mütterliche Energie) sei exzessiv und verstopfe seine »Ch'i-men« (Energietore). Das habe die Störungen verursacht. *Unsinn*. Li-Jin machte sich Vorwürfe, dass er dem Aberglauben seiner Beijinger Kindheit erlegen war; er ging nie wieder zu dem Mann und auch nicht zu irgendeinem anderen chinesischen Arzt. Energietore? In Mountjoy hatten alle Kopfschmerzen. Flugzeuglärm, Luftverschmutzung, Stress. Die unheilige Dreifaltigkeit des Lebens in Mountjoy. Es war gewiss Eitelkeit, dass ausgerechnet er für etwas Besonderes auserkoren sein sollte, für den seltenen Tumor, das noch nicht erforschte Virus. Eitelkeit! Wieso sollte es etwas anderes sein? Nach dieser Begegnung redete er sich ein Jahr lang ein, dass es nichts sei, dieser schlaue Arzt benahm sich wie einer seiner dummen Patienten. Keine Untersuchungen, ständige Schmerzen, weitermachen wie bisher. Obwohl er es wusste, irgendwo tief in seinem Innern. Er wusste es die ganze Zeit.

Die Türglocke macht klingeling. Klingeling!
»Wunderbares Wetter für Enten!«, sagt die Frau hinter der Theke. Li-Jin wischt sich ein paar Regentropfen ab und schüttelt sein vollkommen glattes, schwarzes Haar, das so schnell nass wird. Irgendwie hat er sie, einfach dadurch, dass er die Apotheke be-

treten hat, zum Lachen gebracht. Sie ist eine junge Frau mit vogelartigem Gesicht und steifen, gelben Fächern aus Haar, einer unter dem anderen unter dem anderen, wie Li-Jin es einmal im Kino gesehen hat (aber das muss doch Jahre her sein?). Sie hat ein riesiges, burgunderrotes Muttermal, das ihr mit fünf Tentakeln am Hals hoch kriecht wie der Schatten einer Männerhand.
»Es schüttet wie aus Eimern!«, beginnt Li-Jin und tritt selbstbewusst an die Theke. Er spreizt die Beine leicht und legt seine kleinen Hände auf die Theke. In dem Dorf, das am Fuße seines englischen Internats kauerte, hat Li-Jin alles gelernt, was man über diese Art von Konversation wissen muss und wie man sie führt. Noch bevor das Fernsehen kam, bevor es Schlagwörter gab, lernte man die Redensarten, die Floskeln.
»Allerdings«, setzt er an, um eine Fläche hinter seinem Haus zu erfinden, die es nicht gibt und beim derzeitigen Zustand des Immobilienmarktes auch nie geben wird, »meinem Garten wird es gut tun. Bei der trockenen Kälte letzten Monat …«
Aber die Frau will sich nicht von ihrer Empörung abbringen lassen. »Na, ich würde ja nichts sagen, aber es hat doch schon letzte Woche *jeden Tag* geregnet! Also ich weiß nicht, was ich davon halten soll, wirklich nicht …«
Li-Jin verneigt sich und nickt, pflichtet ihr bei, dass auch er es nicht weiß, nein, nicht bei dem Regen und dem Zustand der Welt und was daraus noch werden soll, wenn so eins zum anderen kommt; lächelt und nickt; wartet geduldig, dass die Frau aufs Geschäftliche zu sprechen kommt. Sie redet zu viel. Aber vielleicht hat sie schon lange da gestanden, die knochige Hüfte gegen die Theke gepresst, Blick auf die Tür, ihr Muttermal vergessend, um sich dann wieder brutal daran zu erinnern – das alles mehrere Stunden lang, allein. Sie könnte hier drin sterben. Keiner würde es merken, bis irgendwann jemand, von dem Geruch angelockt, über die Theke schielen würde. Klingeling!
In diese Stille hinein ertönt erneut die Türglocke, und Alex kommt hereinspaziert, stapft durch den Raum und stellt sich direkt hinter seinen Vater, sein Sekundant im Duell.

»Äh, wie lang dauert'n das noch?«, fragt er quengelig, wendet sich von seinem Vater ab und betrachtet erschrocken den burgunderroten Halskletterer.
»Eine Minute.«
»Sechzig, neunundfünfzig, achtundfünfzig, siebenundfünfzig, sechsundfünfzig …«
»*Schon gut*. Fünf Minuten. Wieso bist du nicht im Auto?«
»Ich glaube, Adam Jacobs hat emotionale Probleme zu Hause. Er hat gesagt, der Weltrekord im Küssen wäre neun Tage und sieben Stunden und wird gehalten von Katie und George Brumpton aus Madison, Wisconsin. Mit Essenspausen. Ist das –?«, setzt er an und hebt die Hand, um auf den Hals der jungen Frau zu zeigen, aber Li-Jin packt sein Handgelenk.
»Ein Ausflug«, erklärt Li-Jin. »Mein Sohn, seine Freunde. Sehr laut. Sind eben richtige Jungs. Verursachen Kopfschmerzen.«
»Verstehe«, sagt die Frau. »Und möchten Sie ein besonderes Präparat? Heutzutage gibt es nämlich für unterschiedliche Schmerzen auch unterschiedliche Medikamente, wissen Sie. Es wäre sinnlos, irgendwas zu nehmen, was, sagen wir, für Kopfschmerzen im Stirnbereich gedacht ist, wenn Sie … na ja … eben andere Schmerzen haben.«
»Dad«, sagt Alex und zerrt an ihm. »Wir haben keine *Zeit*.«
Endlich, endlich gibt er ihr Geld, und sie reicht ihm ein Fläschchen absolut herkömmliches Paracetamol, das Li-Jin hastig entgegennimmt, um sich gleich darauf mit dem Verschluss abzumühen. Noch auf der Straße müht er sich damit ab, im Regen, obwohl nichts in diesem kleinen Fläschchen ihm helfen kann und er das weiß.
»Och, nun *komm* doch – kannst du nicht warten, bis wir im Auto sind?«
»Nein, Alex. Ich habe *jetzt* Kopfschmerzen. Steig schon mal ein, wenn es dir peinlich ist.«
»Dad, *Ehrenwort*, ich glaube, Rubinfine ist ein – wie heißt das noch mal – ein paranoider Schizophrener. Ich mache mir Sorgen um unsere Sicherheit in einem geschlossenen Fahrzeug.«

»Alex, *bitte*. Verdammtes Mistding!«

»Bei Jungen ist fünfzehn das Alter. Mit fünfzehn bricht es aus. Meinst du, die Frau in dem Laden hatte Hautkrebs?«

»Bloß ein Muttermal.«

»Wäre doch stark gewesen, wenn es ihr übers ganze Gesicht gewachsen wäre, oder?«

Sie steigen ins Auto.

»Aber sein *Fuß*«, sagt Rubinfine gerade sehr langsam, als spräche er mit einem geistig Zurückgebliebenem, »der in seinem *Schuh* steckte, kam runter und traf Big Daddy mitten ins *Gesicht*. Klar? *Ins Gesicht. Schuh. Gesicht. Schuh. Gesicht.* Kapi-to? Du verstehen? Einen *Schuh*, der in ein *Gesicht* knallt, kann man nicht vortäuschen.«

Adam, der sich im Recht glaubt, beginnt das Flüstern des Besiegten, das nur Gott hört: »*Na ja, aber ich meine trotzdem …*«

»*Scheiß* Kindersicherung …«, sagt Li-Jin.

Rubinfine, das älteste Kind im Wagen, greift nach vorn, schnappt sich das Fläschchen, öffnet es mit großer Verachtung und Mitleidigkeit und gibt es zurück.

JHWH

Sie sitzen im parkenden Wagen, und Li-Jin tastet auf dem Boden nach einer Thermosflasche Tee. Alle diskutieren über Messgrößen für Ruhm auf einer Skala von eins bis zehn, wobei 10 = Michael Jackson ist und 1 so jemand wäre wie die schwarze Frau, die grün angestrichen war und der zwei Bäume aus dem Kopf wuchsen und die das Alien Kolig in *Battle for Mars* gespielt hat. Okay, also wo auf dieser Skala wäre der Wrestler Giant Haystacks?

»Drei«, sagt Rubinfine.

»Sechs«, sagt Li-Jin, was allseits höhnisch verlacht wird.

»Dreieinhalb«, sagt Adam.

»Zwei Komma eins«, sagt Alex-Li.

»Willst du eigentlich dein ganzes Leben lang ein gigantisches Arschloch sein, Alex?«

»Nein, passt auf, das ist völlig logisch. Etwa zehn Millionen Menschen gucken sich jeden Samstag *World of Sport* an. Ich *denke*, das kommt ungefähr hin. Und Großbritannien hat ungefähr 49 Millionen Einwohner. Das macht 21 Prozent. Also zwei Komma eins. Und das kann man überhaupt nur sagen, wenn man so tut, als würde es Amerika gar nicht geben.«

»Alex-Li Tandem, Sie haben soeben den Preis Langweiligster Idiot des Jahres gewonnen. Bitte kommen Sie nach vorn und holen Sie sich Ihren Pokal ab. Und dann verpissen Sie sich.«

»Ihr wisst aber doch, wie viel er wiegt, oder?«, sagt Li-Jin und greift nach hinten, um Rubinfine daran zu hindern, seinen Preisschlag zu landen. »Ihr wisst doch, dass wir gleich einen echten Kampf sehen werden. Ihr seid euch darüber im Klaren, *wie* riesig er ist?«

Adam beugt sich mit dieser herrlichen Parodie eines finsteren Blicks vor, die Li-Jin bei seinen jungen Patienten aufgefallen ist, wenn er sich ihnen mit einer Nadel nähert. Eine gerunzelte Stirn, bei der die Falten nicht von Dauer sind, eine Art Zauber.

»Giant Haystacks.«

»*Dad*. Sei nicht albern. Das ist alles festgelegt. Die Angriffe können echt oder halb echt sein, aber das Ende ist festgelegt. Das weiß *jeder*. Ganz egal, wie schwer er ist. Er wird nicht gewinnen. *Kann nicht gewinnen.*«

»Zweihundertachtzig Kilo. Zweihundertachtzig. Zwei. Hun. Dert. Acht. Zig. So: Seht euch das Geld hier an.«

Li-Jin zieht leise glucksend drei Pfundnoten und einen Stift aus seiner Tasche und legt die Scheine aufs Armaturenbrett. »Ich schreibe jetzt eure drei Namen auf diese drei Scheine. Und falls Giant Haystacks verliert, kriegt jeder von euch seinen Schein.«

»Und was müssen wir rausrücken, wenn er gewinnt?«, fragt Rubinfine.

»Ihr müsst versprechen, brave Jungs zu sein, für immer.«

»Oh, klasse. Kotz, *kotz*.«

»ICH WILL FLIEGEN LERNEN!«
»Kotzmaschinchen.«
Sorgfältig schreibt Li-Jin die Namen auf die Scheine und zeigt sie sehr langsam mit großer Feierlichkeit herum, wie ein Mann, der alle Zeit der verdammten Welt hat.
»Ich nehme meinen dann jetzt schon«, sagt sein Sohn und greift nach seinem Schein. »BIG DADDY, DU BIST SCHWER IN ORDNUNG!«
Die Kinder sprechen jetzt in Slogans. Li-Jin ist mit Klischees groß geworden. Die Slogans lassen die Klischees harmlos erscheinen.
»Du wirst ihn nehmen, *falls* und *wenn* du ihn gewonnen hast«, sagt Li-Jin mit ernster Miene und legt die flache Hand auf das Geld. »Albert Hall, wir kommen.«
Denn es ist Magie, zugegeben, aber es gibt immer noch Regeln.

Und jetzt kommen ein paar Fakten. Als Queen Victoria Albert kennen lernte, war sie nicht unbedingt hin und weg von ihm. Sie war sechzehn. Er war ihr Vetter. Sie verstanden sich ganz gut, aber es war nicht gerade das, was man als Blitzschlag/Feuerwerk-Erlebnis bezeichnen würde. Drei Jahre später jedoch war er plötzlich genau das, was sie wollte. Es war Liebe auf den zweiten Blick. Mittlerweile war sie Queen geworden. Schwer zu sagen, ob das ein wichtiges Element darstellt in der Geschichte *Wie Victoria sich in Albert verliebte, als sie ihn das zweite Mal sah, und nicht gleich beim ersten Mal, wie es die meisten tun würden, wenn sie die Absicht hätten, sich Hals über Kopf zu verlieben.* Fest steht allerdings, dass Victoria nach ihrer zweiten Begegnung mit Albert Folgendes über ihn in ihr Tagebuch schreibt: »überaus stattlich, so schöne Augen ... mein Herz *rast* geradezu«, und ihm dann einen Heiratsantrag macht, was uns doch ziemlich kess vorkommt, bei der Vorstellung, die wir von den Viktorianern haben und wie »unkess« sie waren. Und dann legten sie los und bekamen neun Kinder, was wirklich *mehr* als kess ist. Um die Sache mit den neun Kindern zu verdauen, muss man sich irgendwann vorstellen, dass Victoria im Schlafzimmer ziemlich kess war, und das ist weiß Gott nicht leicht. Dennoch, Fakten sind und bleiben Fakten. Hier gleich noch einer: Nach Alberts Tod lässt sich Victoria weiterhin jeden Morgen sein Rasiermesser und die Rasierschüssel – bis zum Rand mit heißem Wasser gefüllt – in ihr eheliches Schlafgemach bringen, als wäre er noch in der Lage, sich die Gesichtsbehaarung zu entfernen. Außerdem trägt sie die nächsten vierzig Jahre Schwarz. Heutzutage gibt es höchstwahrscheinlich eine Bezeichnung für so ein Verhalten. Extremes Trauersyndrom (ETS). Aber im späten neunzehnten Jahrhundert waren die meisten Leute, mit einigen wenigen Ausnahmen, noch bereit, das Liebe zu nennen. »Ach, wie sehr sie ihn geliebt hat«, sagen sie kopfschüttelnd zueinander und kaufen in Covent Garden oder sonst wo Blumensträußchen für zwei Penny das Stück. Viele Dinge, die heute Syndrome sind, hatten damals einfachere Namen. Es waren einfachere Zeiten. Deshalb sprechen manche Leute gerne von der guten alten Zeit.

Noch mehr Fakten. Auf dem großartigen Mosaik, das um die Albert Hall herum verläuft, steht geschrieben:

THIS HALL WAS ERECTED
FOR THE ADVANCEMENT OF THE ARTS AND SCIENCES,
AND WORKS OF INDUSTRY OF ALL NATIONS,
IN FULFILLMENT OF THE INTENTIONS OF
ALBERT, PRINCE CONSORT

was ungefähr bedeutet: »Dieses Bauwerk wurde errichtet zur Förderung der Künste und Wissenschaften und der Leistungen des Handwerks aller Nationen, in Erfüllung der Wünsche von Albert, Prinzgemahl.

Als die Albert Hall 1871 eröffnet wird, ist er schon tot, müssen Sie wissen, daher ist es eine reine Mutmaßung, ob seine Wünsche damit erfüllt wurden. Victoria ist offensichtlich der Meinung, dass seine Wünsche hinreichend erfüllt worden sind, denn sie führt höchstpersönlich die Eröffnung durch und lobt den großen, roten, elliptischen Bau mit seinem ärgerlichen Echo-Problem – sie besucht ihn regelmäßig bis zum Ende ihres Lebens. Wir können uns sogar vorstellen, wie sie manchmal allein oder vielleicht mit einer Hofdame darin lustwandelt, mit den Fingerspitzen über den zunehmend abgenutzten Samt der Sitze fährt, gepeinigt vom ETS, in Gedanken bei ihrem toten Gemahl und der Erfüllung seiner Wünsche. Sie, unsere Victoria, ist sicher, dass sie zu aller Zeit genau weiß, was Alberts Wünsche waren oder gewesen wären, wenn er je über dieses oder jenes nachgedacht hätte – sie gehört zu dieser Sorte Frauen. Sie zelebriert seinen Tod und ihre Trauer überall im Land. Sie hinterlässt eine Klagespur aus Statuen und Straßennamen, Museen und Galerien. Alberts Wunsch war es immer gewesen, in England etwas Großes zu werden. Etwas Berühmtes. Nicht bloß der ungelenke, schnurrbärtige, leicht übergewichtige Deutsche, der uns den Weihnachtsbaum bescherte, sondern etwas Bekanntes und Beliebtes. Dafür sorgt Victoria. Bei jeder neuen Statue, bei jedem neuen Bauwerk sagen irgendwelche Leute: »Ach, wie sehr sie ihn geliebt hat«, während sie ihre Röcke rascheln lassen und in Whitechapel oder sonstwo einem kleinen Schornsteinfeger den Kopf tätscheln. Sie trauert öffentlich, unsere Victoria, und alle Welt trauert mit ihr. Auch aus diesem Grund spricht man von der guten alten Zeit. Damals empfanden die Menschen unisono, wie der jähe Gesang, der aus einer ländlichen Kirche erschallt, wenn der Chor einsetzt.

Letzte Fakten: Man könnte möglicherweise, falls einem danach ist, die moderne Flexibilität des Ausdrucks »Künste und Wissenschaften« auf die Einweihung von Victorias Albert Hall datieren. Künste und Wissenschaften, das bedeutete einmal Malerei und so und Petrischalen und so. Es war ein ganz konkreter, steifer Ausdruck, und er ließ einem nicht viel Raum. Die Albert Hall (so könnte man argumentieren, wenn man wollte) hat geholfen, das zu ändern. Von Anfang an gab es in diesem gewaltigen, elliptischen Kuppelbau mit der schlechten Akustik, durch die jedes Flüstern im Parkett zu hören war, ziemlich eigenartige Dinge zu sehen. 1872 zum Beispiel konnte man sich ein paar Leute anschauen, die den Morsecode vorführten [Gladys in Block M, Platz 72, zu Mary neben ihr: Frage. *Was macht der da, Mary, meine Gute?* Antwort: *Ich würde sagen, er klopft auf irgendwas, meine Liebe*]. Im Jahre 1879 findet die erste öffentliche Demonstration von elektrischem Licht statt [Mr. P. Saunders, Block T, Platz 111, zu seinem Neffen Tom: *Wunderbar. Einfach wunderbar*]. 1883 hält eine Fahrradausstellung Einzug [Claire Royston, Block H, Platz 21: *Ich verstehe nicht, wozu das gut sein soll, Elsie, du etwa?*], und 1891 wird die Albert Hall als ein Ort der Gottesverehrung genehmigt. Ab dato darf dort beten, wer will. Und 1989 wird ein Marathon ausgetragen.

Komm jetzt!
Der ist alle! Keinen Saft mehr in den Beinen.
Hopp, hopp, mein Sohn!
Halt durch, Georgie, halt durch – für uns,
Georgie! Lauf!
Hol doch mal einer dem Jungen Wasser!

Sie rennen einfach immer weiter um die Bühne, bis der Wettkampf zu Ende ist. Also, das ist eine Kunst. Und eine Wissenschaft. Weiter: Kundgebungen der Suffragetten, das Gedächtniskonzert für die *Titanic*-Kapelle, die vollständige dramatische Aufführung der klassischen Coleridge-Taylor-Saga *Hiawatha*, der Ford-Automobilsalon, Yehudi Menuhin (im Alter von dreizehn Jahren), WEGEN KRIEG GESCHLOSSEN, Churchills Fernsehansprache, die Kray-Zwillinge boxen, Handelsmessen, Beatles, Stones, Dylan, Last Night of the Proms, Akustik wesentlich verbessert durch die Anbringung von Fiberglasdiffusoren – besser bekannt als »Pilze«. Okay, ruft mal was! Hört ihr? Ech (Oh, Oh, Oh).

Re (Du Du Du) ziert.

Erheblich. Ist doch gut, oder?

Und weiter: Muhammad Ali, Sinatra, Eiskunstlaufen und Liza Minelli, Tennisturniere, das Bolschoi, das Kirow, Vorführung der Gitarrenkünste eines Mark Knopfler, und eines Clapton, und eines B. B. King. Akrobaten, Schlangenmenschen, Magier, Politiker. Dichter. Alle möglichen Feste. Höchst unterhaltsam. Albert wollte Künste und Wissenschaften, und Victoria lieferte sie Jahr für Jahr, und als sie diese Welt verließ, übernahmen andere diese Aufgabe, die sie ihrerseits weitergaben, sobald sie sich zur Ruhe setzten. Und so weiter. Es gibt viele Möglichkeiten, der Toten zu gedenken. Eine davon ist die, Tracy Baldock, eine schottische Tänzerin, die vom Pech verfolgt wird und etwas zu viel auf die Waage bringt, ihren Lebenstraum verwirklichen zu lassen: zeitgenössischer Tanz mit einer bekannten europäischen Truppe, als Maus verkleidet. Man kann Tracy für Disneys *Holiday on Ice* im Kostüm einer Cartoon-Maus auf Schlittschuhen an der Abwesenheit, wo einmal eine Person war, entlangtanzen lassen. Das ist eine Möglichkeit. Eine andere ist die, den armen Mark Knopfler seinem Publikum zuliebe zum Gott weiß wievielten Male »Money for Nothing« spielen zu lassen, obwohl er dabei zu viel kriegt, obwohl es ihn ankotzt – Mark *we gotta install microwave ovens, we gotta move those colour TV-eeees* singen zu lassen, damit Albert es hört, wo immer er ist.

Als Li-Jin und sein Sohn unter dem Bogen des Eingangs durchgehen, ganz nervös vor Vorfreude, wissen sie nicht, dass sie gleich an der letzten Episode einer sehr langen Totenwache teilnehmen werden. Aber aufgeweckt, wie sie beide sind, entgeht ihnen nicht der Widerspruch zwischen diesen wuchtigen, gemeißelten Worten – KÜNSTE UND WISSENSCHAFTEN – und dem, was

sie sich ansehen wollen. Als Antwort auf die Frage seines Sohnes:
Tja, Alex … ich denke schon, dass es eine Kunst ist. Schöne Bewegungen. Anmutige Gewalt, so was in der Art. Aber auch ziemlich wissenschaftlich – Nackengriffe, Beinstellen. Solche Sachen müssen ganz exakt getimt werden, und das ist doch wohl eine Art Wissenschaft, oder?
Blödsinnige Antwort. Alex-Li rümpft die Nase, unbefriedigt.
Na? Was ist es denn dann, du kleiner Klugscheißer?
Li-Jin bleibt kurz im Eingang stehen und wartet auf eine bessere Antwort.
Keins von beidem. Es ist Fernsehen.
Und das ist natürlich die bessere Antwort.

JHWH

Im Saal selbst herrscht jenes Flair von potentieller Revolution, das Rummelplätze und Vergnügungsparks haben: Kinder merken, dass sie hier das Sagen haben, Erwachsene machen Bekanntschaft mit ihrer eigenen bloßen Funktionalität. Die Väter haben einen zermürbten, benommenen Blick, während sie ihren Söhnen wie treubrave Hunde folgen und alles tragen, was nach hinten gereicht oder in ihrer Nähe fallen gelassen wurde. Die Väter sind still. Die Jungen führen ein 4000-Personen-Gespräch. Es rollt durch die Sitzränge, kreist wie das Echo und steigt dröhnend herab, und Li-Jin ist mittendrin auf der Suche nach seinen Plätzen, mit drei ungleichen Jungs, die hinter ihm herwehen wie ein schriller College-Schal.
Es ist ein Kampf, aber schließlich bringt Li-Jin seine Jungs auf den Plätzen unter. Er blickt hinab auf die Bühne, auf das traurig aussehende leere Quadrat, in dem purer Raum durch dreifach gespanntes Seil gefangen gehalten wird. Es kommt ihm vor, als hätte er eine halbe Stunde lang nicht ausgeatmet. Und als er das gerade tun will, dreht sich der dicke Mann neben ihm um und wedelt ihm mir nichts, dir nichts mit einem Zehn-Pfund-Schein vor der Nase und bellt: »Bock auf 'ne kleine Wette?«

Li-Jin wiederholt es, als würde er nicht ganz verstehen. Er spricht die Landessprache zwar tadellos, aber einige idiomatische Kuriositäten (*Bock auf etwas haben*) bereiten ihm noch manchmal Schwierigkeiten. Der Dicke spöttelt: »Ach, kommen Sie«, sagt er, rollt den Zehner zu einem Trichter zusammen und kratzt sich damit am Kinn. »Kriegen Sie mal nicht gleich 'nen Herzanfall. Ganz einfache Frage: Bock. Auf. 'Ne. Kleine. Wette.« Er ist so hässlich. Alkoholikernase mit geplatzten Äderchen, eine Anhäufung von Karbunkeln. Darunter ein dicker und schmutziger Besen von Schnurrbart. Und er ist hartnäckig.
»'ne kleine Wette«, wiederholt er. »Sie wissen schon … um das Ganze ein bisschen zu würzen.«
Li-Jin sagt nein, danke, erklärt rasch, dass er »keinen Bock hat, wie Sie es ausdrücken«, weil er schon eine kleine Wette mit seinem Sohn abgeschlossen hat, und verneigt sich kurz auf seinem Platz, unwillkürlich und unverkennbar chinesisch, was seinen Sohn normalerweise zusammenzucken lassen würde, wenn er nicht damit beschäftigt wäre, sich mit Rubinfine und Adam weit über das Geländer zu lehnen und Leuten auf den Kopf zu spucken.
Der Dicke legt die Stirn in Falten, entrollt den Zehner und stopft ihn in seine Hosentasche, angesichts seiner Leibesfülle ein schwieriges Manöver.
»Mach doch, was du willst.«
Trotz seiner Verlegenheit tut Li-Jin, wie ihm geheißen, und macht, was er will. Er wendet sich wieder ab und betrachtet die Bühne. Er kaut auf dem Nagel seines rechten Daumens. Er beißt die Kante glatt ab. Was war denn *das* eben? Es hat ihn ohne den geringsten Grund nervös gemacht. Er starrt auf die Bühne. Jetzt stört die ihn auch. Da wird höchst geschäftig nichts vorbereitet. Was *machen* die ganzen Leute bloß? Wozu das Getue? Was braucht man denn, außer zwei Männern, die auf die Bühne kommen, ihre Umhänge wegschleudern, die Köpfe senken und aufeinander losgehen? Und doch laufen kleine Männchen mit Baseballmützen von einem Ende der Bühne zum anderen und rufen

sich Anweisungen zu. Wuchtige Lautsprecher werden hochgehievt und wieder abgesetzt. Ein weißhaariger Mann in einem Jogginganzug spaziert immerzu im Ring herum, zieht mit einem absolut konzentrierten Gesichtsausdruck an den Seilen. Ein Junge stellt einen Eimer in einer Ecke ab und spuckt hinein. Warum? Nach einer Weile gleiten Li-Jins Augen unwillkürlich nach links. Das ist ein Fehler. Denn genau in dem Moment verziehen sich die fleischigen Lippen seines Nachbarn zu einem schauerlichen Lächeln. Die Lippen biegen sich zu weit zur Nase hoch, der Schnurrbart wird nach oben gezogen; breite, unregelmäßige Zähne kommen zum Vorschein – Li-Jin ist angewidert und kann es nicht verbergen –, und jetzt stößt der Mann seine Hand vor und sagt: »Klein, Herman Klein«, wieder zu laut und fratzenhaft grinsend. Li-Jin tut es ihm nach, der Höflichkeit halber, hält aber seine Körpersprache geschlossen, wie man das so macht, wenn man keine Gesprächsbereitschaft signalisieren möchte. Aber dieser Klein ist ein körperbetonter Mensch, der in Li-Jins Raum übergreift, ohne es bewusst zu wollen, und noch ehe Li-Jin irgendetwas dagegen tun kann, hat sein Nachbar sich schon vorgebeugt und verabreicht einen beidhändigen Händedruck, in dem Li-Jins vergleichsweise kleine Hand völlig verschluckt wird und aus dem sie zusammengedrückt und feucht wieder hervorkommt. Klein lässt ihn los, grunzt und verteilt seine Körpermasse neu auf dem Sitz, indem er die Beine spreizt und die Arme vor dem Bauch verschränkt, zufrieden, als hätte er irgendeinen ungenannten Wettkampf gewonnen. Li-Jin kann sich nicht erinnern, wann er das letzte Mal so schnell und so gründlich von einem anderen Menschen eingeschüchtert worden ist.

»Na«, sagt Klein und blickt zum Olymp hinauf, wo waghalsige Kinder die Hälse über den Balkon recken, um besser sehen zu können, »hatten Sie einen weiten Weg? Wir sind aus Shepperton und jetzt … na ja! Da wären wir. Schön, schön, schön. Sehen Sie sich das an! Und wo kommen Sie her, Mr. Tandem?«

Li-Jin hört einen Akzent – er ist kein Engländer, mit Sicherheit Europäer – woher genau, kann er nicht sagen. Irgendwann ein-

mal ist Klein von weiter hergekommen als nur von Shepperton, so viel ist sicher, aber Gespräche dieser Art werden in einem bestimmten Steno-Ton geführt. Li-Jin schildert ihre Fahrt, die in Wahrheit gar nicht so schlecht war, sobald sie Mountjoy hinter sich gelassen hatten, die er aber beim Nacherzählen länger und beschwerlicher macht. Er hat festgestellt, dass es den Menschen in England so lieber ist. Verkehr, Umgehungsstraßen, Staus und das Übliche. Doch noch während er spricht, erkennt Li-Jin, dass dieser Klein sich nicht an die einfachen Regeln halten wird, die ein solches Gespräch bestimmen, *Zwei Männer, Keine Blutsverwandten, bei einem Sportereignis in England*, ein Gespräch, das seinen etymologischen Wurzeln nach ein Cousin ersten Grades ist von *Zwei Männer, Keine Blutsverwandten, in einem Bekleidungsgeschäft darauf wartend, dass ihre Ehefrauen aus den Umkleidekabinen kommen*. Einfach nicken; einfach Anekdote auf Anekdote folgen lassen. Aber Klein geht nicht darauf ein. Erst als Li-Jin schon das Gefühl hat, dass seine Zunge dick und taub geworden ist, erwacht Klein plötzlich wieder zum Leben.
»Haben was übrig für ’nen ordentlichen Kampf, was, Tandem? Ja, nicht? Schon mal hier gewesen? Beim Wrestling zählt ja nur eins: Körperlichkeit. Lassen Sie sich bloß nichts anderes erzählen. Power. Muskeln. Schweiß. Titanen!«
Das letzte Wort wird so laut gesprochen, dass Li-Jin zustimmt, ohne es zu wollen, sein Kopf wackelt Einverständnis wie ein Glockenspiel im Wind. Derweil sackt der Kopf von Klein ohne Vorwarnung herab, seine großen, triefenden Augen richten sich auf die Schnalle seines eigenen Gürtels. Li-Jin fragt sich, ob der Mann wirklich gesund ist, in *medizinischer Hinsicht*, na ja, gesund im *Kopf*. Vielleicht sollte er mit seiner beruflichen Qualifikation herausrücken. Doch dann kehrt Klein zurück wie ein Tier, das nach etwas gewühlt hat und mit dem, was es haben wollte, zurückkommt.
»Ich bin ja in der Geschenkartikelbranche. Souvenirs. Lederwaren. Taschen. Schmuck. Kleine preiswerte Luxusartikel für die

Lady. Und wissen Sie was? Frauen kaufen achtzig Prozent von allen Dingen, die auf dieser Erde gekauft werden, können Sie sich das vorstellen? Jawohl, mein Bester. Sie sind der Motor, der die Zahnräder antreibt. Mein Vater war Metzger und hatte keine Ahnung, wo das große Geld gemacht wird, aber eins kann ich Ihnen sagen, Tandem, ich weiß es. Ich hab einen Laden in Knightsbridge. Wir haben da eine Kundschaft aus besseren Kreisen – Leute, deren Namen Sie kennen würden, wenn ich Ihnen welche verraten würde! Promis! Aber egal. Und das hier ist Klein junior«, sagt Klein senior, und zum ersten Mal seit Beginn des Gesprächs entdeckt Li-Jin zwei Plätze weiter einen kleinen baumelnden Fuß, der in einem glänzenden, schwarzen Schuh steckt. Klein schiebt eine Hand hinter den Rücken des winzigen Jungen und drückt das Kind ein Stück vor, raus aus dem Schatten seines reifen Bauches, so dass es zu sehen ist.

»Mein Sohn, Joseph. Und das ist, kurz gesagt, der eigentliche Grund, warum wir hier sind. Der kleine Joseph soll sich Titanen ansehen. Zu viele Hobbys und zu wenig körperliche Ertüchtigung. Diese Männer sollen für ihn ein Beispiel sein! Ich bin nämlich der Meinung, dass Joseph ein kleiner Schwächling ist.«

Li-Jin öffnet den Mund, um zu widersprechen, aber

»Schwächling! Er ist ein Schwächling! Ein kleiner Schwääääächling …«

Klein spricht das mit schleimiger Falsettstimme, verdreht die Pupillen, so dass sie irgendwo hinten im Kopf verschwinden, klimpert mit seinen stoppeligen Wimpern und kitzelt die Luft rechts und links von sich, wie ein Mann, der auf zwei unsichtbaren Klaviaturen spielt. Li-Jin ist angewidert. Er sieht, wie Alex, der Klein gerade entdeckt hat, in seinem Sitz zurückweicht. Seinen edleren Instinkten zum Trotz wünscht er sich den Mann eine Million Meilen weit weg von sich und Alex und den Jungen, weg von allem, was er kontaminieren könnte – ganz zu schweigen von diesem armen, traurig dreinblickenden, schmächtigen Kind Joseph Klein.

»Um groß zu sein«, sagt Klein und lässt die Hände sinken, »muss man Großes sehen. Es erleben. In seiner Nähe sein. Wer mit den Hunden zu Bett geht, wacht mit Flöhen auf!«

»Ja. Ja, das wird wohl so sein«, sagt Li-Jin langsam. Er blickt betont freundlich das Kind an, in dessen zartem, verkniffenem Gesicht sich Angst und Schrecken eingegraben haben. Ein Junge, der eigentlich blond sein müsste, aber Joseph ist ein dunkler kleiner Kerl, Haare schwarz wie ein Inder, die großen Augen noch dunkler. Er hat spitz zulaufende Ohren. Li-Jin lächelt ihn nachdrücklich an und legt eine Hand auf das Knie seines eigenen Sohnes.

»Joseph, das ist mein Alex. Und er ist mit Freunden hier. Ihr Jungs setzt euch vielleicht lieber alle nebeneinander. Könnte ja sein, dass ihr einiges gemeinsam habt.«

Der Junge blickt verstört. Li-Jin sucht nach einer Rückzugsmöglichkeit.

»Ich meine … natürlich ist Alex wohl ein ganzes Stück älter als du. Und Ru-Mark ganz sicher. Mark, lass das sein. Die Spuckerei. Lass das.«

»WIE ALT?«, will Klein senior wissen. Wieder beugt er sich mit Schwung zu Alex vor, Zeigefinger erhoben, wedelnd. Alex zuckt die Achseln und sagt Klein, dass er zwölf ist, ganz lässig, aber Klein lacht darüber, bis ihm Tränen aus den Augenwinkeln kullern. Er stößt seinem Sohn ein paar Mal in die Rippen, und Li-Jin ist sich sicher, dass das wehtut.

»Ha! Zwölf! Joseph ist *dreizehn*! Hab ich euch nicht gesagt, dass er ein Schwächling ist? Winzig, als er rausgeflutscht ist, und winzig bis heute. Damals hab ich zu seiner Mutter gesagt: *Den könnte ich ja auseinander rupfen wie einen Fisch!* Schick ihn zurück! Nimm einen anderen! Ha! Wissen Sie was? Der kaut sein Essen bei jedem Bissen zwanzigmal, weil er meint, davon kriegt er Muckis. Hat er irgendwo gelesen. Da kann er lange kauen! Ha Ha! He, du da?«

Klein hat zwei Reihen tiefer einen Eisverkäufer entdeckt, wuchtet sich aus dem Sitz und beugt sich vor, bis sich ihm das Eisengeländer, das vor ihren Sitzen entlangläuft, in den Wanst gräbt.

»He, du da unten! Willst du nicht wissen, was ich will?«

»Ich sammle Sachen«, sagt Joseph Klein mit dünnem Stimmchen.

»Was hast du gesagt?«, fragte Li-Jin und lehnt sich zu ihm hinüber. Er weiß nicht recht, ob er ihn richtig verstanden hat, und jetzt schnauft und schnieft Klein senior, weil er endgültig aus seinem Sitz hoch und sich an ihnen vorbei schieben will (»Für wen werden solche Sitze eigentlich gebaut? Zwerge?«), um ans Ende der Reihe und hinunter zu dem Eisverkäufer zu gelangen. Behände hüpft Joseph von seinem Sitz auf den soeben von seinem Vater verlassenen.

»Sachen, Zeugs, manchmal Autogramme«, sagt Joseph sehr schnell. Es scheint, als hätte er viel zu sagen und keine Zeit. »Ich sammle alles Mögliche von Sachen, die ich mag, und dann bewahre ich alles auf. In Alben. Ich ordne es. Ich finde das ungeheuer lohnend.«

Oh Gott. Alex lächelt offen, aber Rubinfine, und das ist ihm hoch anzurechnen, wendet sich nicht mit offenem Mund Adam zu, bohrt sich nicht den Finger in die Stirn oder wiederholt den letzten Satz mit einem Sprachfehler, obwohl das die übliche Reaktion wäre, wie sie im Verhaltenskodex für Fünfzehnjährige vorgesehen ist, und er allen Grund dazu hätte, eingedenk des Ausmaßes (*ungeheuer lohnend*?) der Provokation. Stattdessen öffnet er nur den Mund und schließt ihn wieder, zum einen, weil Li-Jins Blick *nein, heute nicht* sagt, und zum anderen, weil es selbst Rubinfine keinen Spaß macht, auf etwas zu treten, was nun wahrlich winzig und insektenartig ist.

»Das klingt … *interessant*«, sagt Li-Jin.

»Egal was?«, fragt Alex bemüht. »Oder …? Irgendwie *bestimmte* Sachen?«

Li-Jin lächelt. So ist es *besser*. Normalerweise, wenn Alex den Nachbarsjungen nicht mag, weil er vielleicht schielt oder lispelt, oder wenn er den sonnengebräunten, sommersprossigen Teufel fürchtet, der ihm gegenüber auf dem Tennisplatz lauert und bedrohlich hin und her tänzelt, dann mischt Li-Jin sich nicht ein.

Er und Alex haben einen ganz ähnlichen Geschmack, was Jungen angeht. Sportfanatiker: gar nicht gut. Beide können sie kein echtes Mitgefühl für einen gewissen Typ von rundgesichtigem Rotschopf mit Rotznase und Pickeln aufbringen. Sie hassen Angeber. Aber manchmal sagt ihr Instinkt ihnen etwas Unterschiedliches, und genau das passiert jetzt. Li-Jins Instinkt sagt, *ja, wir mögen ihn,* während Alex' Instinkt hin- und hergerissen ist, falls man das von einem Instinkt sagen kann.

»Und, äh …«, sagt er, spitzt die Lippen, streicht sich den zerfransten Pony aus der Stirn, »sammelst du einfach Programme von Sachen oder so?«

Jetzt öffnet Joseph den Mund zu einer Erklärung, doch zunächst macht er es sich auf seinem Sitz bequem, schlägt die kleinen Beine übereinander, setzt sich gerade. »Berühmte Sachen«, sagt er bedächtig, wobei er beide Worte gleich stark betont. »Deshalb bin ich auch hier. Ich mag Wrestling. Ich bin ein Wrestling-Fan.«

Li-Jin kennt das. Reiche Kinder in Hongkong, die man an den Dinnertisch der Erwachsenen rief und aufforderte, zur Unterhaltung der Gäste Rede und Antwort zu stehen: Interessen, Leistungen, Zukunftswünsche. Genau so ist Joseph. Er hat nichts Natürliches an sich.

»Eine von meinen Sammlungen«, sagt er, »heißt *Europäische Wrestler*, aber jetzt gibt es Kurutawa, also muss ich vielleicht den Namen ändern.«

»Ah ja«, sagt Li-Jin, »das ist sehr interessant. Alex, das ist doch interessant, findest du nicht?«

Und gleich nachdem er das gesagt hat, sitzen sie alle fünf zu lange schweigend da.

»Der hat mit Sumo angefangen, dieser Kurutawa«, sagt Adam schließlich, um das Gespräch wieder in Gang zu bringen. »Der ist Japaner.«

Josephs Gesicht ist pure Dankbarkeit. »Genau, aus Japan. Er ist jetzt seit sechs Monaten in Yorkshire, und das Essen schmeckt ihm nicht besonders. Und in der Illustrierten hat gestanden:

Wem denn schon! Versteht ihr, weil nämlich – weil – das Essen da schrecklich ist, wie's scheint. Aber der braucht auch kein Essen mehr, weil er nämlich *ein Berg von einem Mann* ist. Er kommt aus Tokio. Ich hab ein Bild mit Unterschrift. Wenn es mehr so welche gäbe wie ihn, wäre das natürlich besser. Dann könnte ich ein Album anlegen und es *Japanische Wrestler* nennen. Aber es ist ein bisschen verwirrend. Wenn bloß er drin ist.«

»Wen hast du denn sonst noch, hä?«

Das fragt Rubinfine, dem zurzeit jederzeit nach Streit ist, ganz gleich, ob ihm wirklich danach ist oder nicht, einfach wegen der Hormone.

»Na ja, kommt drauf an, auf welchem Gebiet.«

»Sag schon.«

»Meinetwegen«, sagt Joseph, »schon.« Und dann ein kleines verstohlenes Lächeln. Es ist kein guter Witz, aber es ist immerhin ein Witz, und das ist ein gutes Zeichen. Alex lacht, und das scheint Joseph zu entspannen. Er fängt an zu reden.

»Ich hab einen Ordner mit englischen Politikern, einen Ordner mit ausländischen Würdenträgern – das ist mein Hauptgebiet – und dann Olympiateilnehmer, Erfinder, Prominente aus dem Fernsehen, Leute vom Wetterbericht, Nobelpreisträger, Schriftsteller, Lepidopterologen, Entomologen, Filmschauspieler, Wissenschaftler, Attentäter und ihre Opfer, Sänger – Oper und Pop –, Komponisten …«

Rubinfine hebt die Hand: »Halt, halt, hat dich hier einer nach deiner Lebensgeschichte gefragt oder was?«

Li-Jin schlägt Rubinfines Hand nach unten. Wir befinden uns in einer Zeit, in der man die Kinder anderer Leute noch schlagen durfte.

»Okay, okay – welche Filmstars?«

»Cary Grant.«

»Wer?«

»Und Betty Grable.«

»Noch mal wer?«

Li-Jin versucht, einen kurzen Abriss über das amerikanische

Kino der vierziger Jahre einzuschieben, aber Rubinfine übertönt ihn.

»Nein, nein, nein – ich meine jemand *Gutes.*«

»Mark Hamill?«

Das bringt Rubinfine zum Schweigen.

»Das ist eigentlich nicht der stärkste Teil meiner Sammlung, die Schauspieler«, setzt Joseph vorsichtig an, jetzt an Li-Jin gewandt. »Wenn man denen schreibt, schicken einem viele einfach Sekretärssachen zurück oder Gedrucktes oder Autopenzeugs, und es ist sehr schwierig, echte Exemplare zu kriegen.«

»Verstehe«, sagt Li-Jin. Er hat keine Ahnung, wovon der Junge da redet. »Das ist interessant.«

»GÄHN«, sagt Rubinfine und gähnt.

»Und sie sind auch gar nicht so viel wert, wie man meint.«

»Du verdienst Geld damit?«, fragt Adam mit weit aufgerissenen Augen. Wenn man Geld verdient und unter sechzehn ist, nähert man sich Adams Meinung nach schon der Unsterblichkeit.

Und dann sagt der Junge: »Aber ja … Philographie ist sehr lukrativ.«

Alex: »Phila-was?«

»So nennt man das Sammeln von Autogrammen«, sagt Joseph, und es ist offensichtlich, dass er das nicht sagt, um damit Eindruck zu schinden. Nein, er will es bloß jemandem erzählen. Trotzdem, ihm das zu verzeihen ist nicht leicht, und Rubinfine wird es auch nicht tun, niemals. Er deutet an, dass Josephs gesamter Besitz vier Pence wert ist. Er steigert sich noch und will genau vier Pence darauf wetten, dass Josephs Sammlung sogar noch *weniger* wert ist als vier Pence. Woraufhin Joseph anscheinend arglos erklärt, dass er einen Albert Einstein hat, der dreitausend Pfund wert ist.

Und das verschlägt Rubinfine die Sprache.

Alex: »Ehrlich? Einstein?«

»Mein Onkel Toby ist ihm in Amerika begegnet, es ist also echt, und er hat auf dem helleren Teil des Fotos signiert, *und* er war auch noch so nett, seine superberühmte Gleichung daneben zu schreiben, und genau da liegt das Geld, versteht ihr, im Inhalt. Aber ich würde es genauso wenig verkaufen wie meinen eigenen Arm.«

»Einstein-Schweinstein«, sagt Rubinfine. »Wann geht's denn hier endlich los? Die Laberei ödet mich an.«

Aber Alex will es wissen. Warum nicht? Warum will jemand etwas nicht verkaufen, das dreitausend Pfund wert ist? Außer er ist vielleicht wahnsinnig.

»Weil es in meinem kostbarsten Ordner ist.«

»Und was ist das für einer?«, fragt Li-Jin, weil man diesem Jungen alles aus der Nase ziehen muss.

»Mein Judaika-Ordner.«

»Dein was?«

»Mein Ordner mit jüdischen Sachen.«

»Wir sind Juden!«, zwitschert Adam in der unbeschwerten Art, die er in etwa drei Jahren verlieren wird. Exklusive Provinz der Kindheit: eine Zeit, in der sich das genetisch/kulturelle Erbe anfühlt wie ein seltsames, aber irgendwie cooles Teil, das man irgendwie erwischt hat, wie einen zusätzlichen Schuh. He, sieh dir das an, Tom! Ich bin Eurasier! Mann, ich bin Maori! Kuck mal, stark, was?!

»Ich, ich bin Jude, und Rubinfine auch und Alex. Wir gehen zusammen zur Cheda.«

Aber Alex will sich nicht ablenken lassen. »Und was ist noch da drin? In dem jüdischen Ordner?«

»Nichts.«

Aber er meint nicht wirklich nichts, er meint *Da kommt mein Vater*, was Alex sofort kapiert, aber Li-Jin völlig missversteht.

»Nun komm, Joseph – zier dich nicht so. Da muss doch noch mehr drin sein. Ein einziges Autogramm ergibt schließlich noch keinen Ordner, oder?«

»ER LANGWEILT EUCH, WAS?«

Li-Jin erhebt sich, um Klein Platz zu machen, muss aber schließlich wie die Jungen auf den Sitz steigen, damit Klein und sein Bauch vorbeikönnen.

»Nein, überhaupt nicht. Wir haben gerade über Josephs Sammlung gesprochen – über die Judaika. Das ist sehr interessant für mich. Mein Sohn ist nämlich Jude.«

Klein leckt an seinem Eis und grinst. Ohne die geringste Spur von Freundlichkeit oder guter Laune. Li-Jin begreift, dass er dem Mann unabsichtlich Material geliefert hat – welcher Art weiß er nicht –, aus dem er ein Geschoss formen will, um es auf seinen Sohn zu schleudern.

»Oh, seine *Judaika*. Stimmt das? Arbeitest du daran die ganze Nacht, im Dunkeln, Joseph, und ruinierst dir die Augen … Und ich hab doch tatsächlich geglaubt, dass du da drin irgendwelchen widerwärtigen, pubertären Blödsinn aufschreibst, Dreckszeug, wie Jungen das so machen – aber nein. Höchst interessant, Joseph. Er kann seine Hausaufgaben nicht machen, aber er hat Zeit, seine *Judaika* zusammenzustellen. Tja. Wie sagt man noch gleich? Ach ja: Man lernt jeden Tag was Neues. Schön, schön.«

Joseph hat sich wieder auf seinen Sitz verkrochen und ist neben seinem Vater unsichtbar, aber es herrscht zu viel Lärm, als dass das Schweigen zwischen den sechs bedrückend sein könnte. Dramatische Musik erklingt. Der Vorkommentar, den man im Fernsehen immer hört, wird laut in die Halle übertragen. Und tatsächlich sitzen da unten die zwei Experten auf einem kleinen Sockel extra für sie und sprechen in ihre Mikros, beide kahlköpfig mit ein paar quer gekämmten Resthaaren.

Alex holt einen Kugelschreiber aus seiner Jeanstasche, legt den linken Fuß auf das rechte Knie und fängt an, irgendeine dunkle Masse aus den Rillen seiner Joggingschuhe herauszupulen. Aber seine Gedanken sind weiter bei Joseph. Li-Jin beugt sich vor, beiläufig, seine Finger ruhen nicht auf dem kalten Eisengeländer, sondern umklammern es, und auch er ist in Gedanken bei Joseph. Er ist sehr traurig. Joseph hat Alex etwas Kostbares zugeworfen, und Alex hat es Li-Jin zugeworfen, und anstatt es zu behüten, hat Li-Jin zugelassen, dass dieser Riesenaffe es vor ihren Augen in Grund und Boden stampft. War es so? Der Kampf fängt gleich an. Es sollte keine Rolle spielen. Aber in letzter Zeit kann Li-Jin keinen Jungen ansehen, ohne dass er sich fragt, ob das vielleicht der Junge ist, der Alex anrufen wird, nachdem es passiert ist, der ihn nach draußen lockt, der ihn ablenkt, ihn um irgendwelche Ecken jagt, ihn in irgendwelchen zukünftigen Ferien an einem unbekannten Meer mit Wasser bespritzt.

Die beiden Wrestler kommen also heraus, und schlagartig bricht ein Höllenlärm los. Der Held steht rechts, lässt sich enthusiastisch bejubeln. Der Böse steht links und zischt alle an, die ihn anzischen. Hoch über dem Publikum sind Fernsehmonitore befestigt. Dann und wann gleitet ein Schwenk in die Menschenmenge über ihre Bildschirme, und die Leute zeigen und johlen und sehen entzückt, wie ihr Zeigen und Johlen sofort an sie zurückgesendet wird, wie Licht von einem Spiegel abprallt. Soweit Li-Jin weiß, ist er noch nie im Leben in bewegten Bildern aufgenommen worden. Er möchte das sehr gerne. Was Dauerhaftigkeit angeht, genügen ihm Fotos nicht mehr.
Die Glocke ertönt!
»So«, sagt Li-Jin, macht es sich auf seinem Sitz bequem, verschränkt die Arme vor dem Bauch und versucht, das Gefühl eines besonderen Anlasses zurückzugewinnen, »jetzt geht's los!«

JHWH

Jetzt geht's los. Im vergangenen November, als Li-Jins Verdacht bestätigt wird, als er eine ordentliche Diagnose bekommt, ist er gezwungen, die Tatsache zu akzeptieren, dass er krank ist wie ein menschliches Wesen und nicht wie ein Arzt. Zunächst nimmt er es wie ein Arzt auf, studiert gemeinsam mit anderen Ärzten die Aufnahmen, deutet mit ruhigem Finger auf die Masse; schnalzt ungeduldig mit der Zunge, weil er die dargelegten Behandlungsmöglichkeiten nur allzu gut kennt. Aber wenige Tage später dringt es als grauenhafte menschliche Tatsache in ihn ein und verlässt ihn in Form eines kurzen, gepressten Aufjaulens in der Nacht, was Sarah irrtümlich der Katze zuschreibt. Er umklammert das Federbett und drückt seine Knie in ihre Kniekehlen, als könnte sie ihn durch reine Nähe festhalten, mit Hilfe ihrer eigenen beneidenswerten Gesundheit. Auf ihre nahe liegende Frage antwortet er *Sodbrennen* und wendet dann den Blick Richtung Wand und beobachtet, wie die eckigen Lichtbögen von vorbeifahrenden Autos vom Fenster über die Decke wandern und sich dann auf sie beide senken, wie eine Reihe von Umarmungen. Sarah schläft wieder ein. Er betrachtet die Bögen etwa zwanzig Minuten lang. Danach, noch immer aufgewühlt, steht er auf und tappt über den Flur zu Alex' Zimmer, schaut kurz hinein und geht dann weiter zur Küche, wo er zwei Scheiben Hähnchenfleisch auf ein einzelnes Stück ungebuttertes Brot legt, das Ganze ein Sandwich nennt und den Fernseher einschaltet. Er steht halb nackt (untere Hälfte) mitten in der Küche und schafft drei Minuten von dem BBC-Zuschauertest. Das Mädchen. Die Stoffpuppe. Dann weint er, das Sandwich auf den Mund gepresst, um das Geräusch zu dämpfen, in der Kehle würgend wie ein Tier. Der Todesschlag, der Ewigkeitshieb, trifft ihn so hart, dass er auf einen Hocker sackt und die Kante der Küchentheke packen muss, um sich aufrecht zu halten. Er ist sechsunddreißig Jahre alt.

Am nächsten Morgen beginnt er, seine Optionen abzuwägen. Als armer Patient erinnert er sich an die Worte des guten Arztes, die mit denen identisch waren, die er selbst, auch ein guter Arzt, seinerzeit anderen armen Patienten gesagt hat. Aber seine eigenen Insiderinformationen sorgen dafür, dass die Worte jetzt mit dem hässlichen Zusatz von Fußnoten versehen sind, jeder Anhang eingeleitet mit einem *Aber*. Er könnte sich einer sechsmonatigen Strahlentherapie unterziehen, *aber*. Er könnte den Tumor operativ entfernen lassen, *aber*. Li-Jin hat die einschlägigen Krankengeschichten gelesen. Er weiß, dass bei dem Wrestling-Kampf zwischen *Möglicherweise* und *Wahrscheinlich*, der sich im Innern jedes Pineoblastoms abspielt, das *Wahrscheinlich* in neun von zehn Fällen gewinnt. Es ist möglich, dass der Tumor, nachdem er so lange geschlummert hat, nicht weiter wächst. Aber Li-Jin ist als Arzt gut genug, um zu wissen, dass der Tumor ihn höchstwahrscheinlich töten wird. *Zeitbombe. Tickende Uhr. Russisches Roulette.* All die Begriffe, von deren Benutzung er seinen eigenen Patienten abrät, fallen ihm jetzt mit der ungebremsten Wucht eines rachsüchtigen Klischees wieder ein. Aber er kann es einfach noch immer nicht ganz glauben. Einmal merkt er, dass er wie angewurzelt auf dem Bürgersteig einer belebten Straße steht, ehrfürchtig, wie vom Donner gerührt, im wahrsten Sinne des Wortes. Er wird sterben, und es wird völlig sinnlos sein, und es wird doch passieren. Er ist so jung! Das darf doch nicht sein!

Vor Jahren hatte Sarah ihre Schwangerschaft als einen *unaufhaltsamen Zug* bezeichnet, ein Gefühl im eigenen Körper, das nur eine Frau erleben kann. Aber nun kommt er, sein Tod, unerbittlich in seiner Vorwärtsbewegung, weiterstampfend trotz der Menschen, die auf den Schienen stehen. Er nähert sich. Unausweichlich, undenkbar, so nah, so fern – meinen sie das, wenn sie von Seinem Reich sprechen? Li-Jin stellt fest, dass sein Tod einen dualen Charakter hat: Er scheint gleichzeitig überall und nirgendwo zu sein. Li-Jin wird sterben, und doch, als Alex ihn bittet, den Kleiderschrank etwas anzuheben, damit er eine darunter gerollte Murmel hervorholen kann, tut er das mühelos, ohne sich anzustrengen. Er wird sterben, und doch, als der Vorsitz in der Nachbarschaftswache frei wird, will er den Posten unbedingt haben und setzt sich resolut dafür ein, ihn zu bekommen. Sein Tod ist zwar immer da, wartet auf ihn, aber er kann ihn nur manchmal spüren und dann ganz unterschiedlich. So empfindet er ihn zum Beispiel nicht in den Filmen *Love Story* oder *Der Champ*, dafür aber mitten in einem Werbespot für Tee, in den wilden Gesten eines vermeintlich sprechenden Schimpansen. Er muss sich Alex vom Schoß schieben und in die Wäschekammer hasten, wo er schluchzt und in eine braune Papiertüte ein- und ausatmet, bis er ruhig wird. Sein Tod ist wie der weiche Flaum auf dem Handrücken, der beim kräftigsten Händedruck unspürbar bleibt, aber beim leisesten Windhauch richtet sich jedes verdammte Härchen auf.

JHWH

Die Glocke ertönt! Jetzt geht's los! Und das Erste, was passiert, ist, dass alle Anwesenden begreifen, dass ihre Wetten sinnlos waren. Ein kluger Mann hat einmal gesagt, Wrestling ist kein Sport, es ist ein Spektakel, und man kann auf seinen Ausgang ebenso wenig Wetten abschließen wie auf den Ausgang einer Inszenierung von *König Ödipus*. Selbstverständlich wird Big Daddy gewinnen! Wie könnte es auch anders sein? Seht ihn euch an. Er trägt einen roten Strampelanzug, er ist rotbackig, er ist weißhaarig, er ist *berühmter*. Nicht, dass Giant Haystacks verlieren wird – auch er wird gewinnen, einzig und allein indem er seine Rolle überzeugend spielt. Je gemeiner er sich verhält, desto lieber ist es dem Publikum. Wenn er Big Daddy bis an die Seile verfolgt, um unfaire Rache für einen erfolgreichen Griff zu nehmen, wenn er nach dem Pfiff des Schiedsrichters und hinter dessen Rücken (aber vor den Augen des halben Publikums) einen Unterarmhieb verteilt, verhöhnen sie ihn ausgelassen. Wenn er die Arme hebt, brüllt und den Kopf in den Nacken wirft wie ein wildes Tier – die Internationale Geste für *Ihr dämlichen Idioten, habt ihr etwa gedacht, ich würde fair kämpfen?* –, dann tobt die ganze Albert Hall. Jedes Mal, wenn er bösartig und hinterhältig und arglistig ist, verhält sich Big Daddy ehrlich und aufrecht und muss ungebührlich leiden. Wenn Big Daddy vom Schiedsrichter wieder auf die Beine geholfen wird und er den Kopf schüttelt und die Arme flehentlich zur ersten Reihe ausstreckt, sie mögen doch bitte die empörende Ungerechtigkeit sehen, die darin liegt, wenn einem auf dem Kopf herumgetrampelt wird, dann stolziert Giant Haystacks zu ebendieser ersten Reihe und droht ihr mit erhobener Faust: *Gerechtigkeit! Ihr redet von Gerechtigkeit? Ich bin bloß der Spiegel der Welt, und die Welt ist nun mal schlecht! Menschen sind grausam, und der Tod kommt zu allen!*

Ich gefalle euch nicht, weil ich hässlich bin, aber ich bin die grauenhafte WAHRHEIT! Das alles in einer geballten Faust. Jeder Augenblick ist exzessiv. Big Daddy fällt nicht zu Boden, er *kracht*, Giant Haystacks sinkt nicht auf die Knie, er *bricht zusammen*. Wir sind hier nicht beim Boxen, und das eigene Leiden zu verbergen ist kein Heldentum. *Seht mich an! Seht, wie ich leide!*, sagt Giant Haystacks mit dem Oberkörper. *Kann es sein, dass das Gute trotz meiner Bösen Macht gewinnt?* Big Daddy schleudert ihn zu Boden und hält ihn dort fest, und der zierliche Schiedsrichter in dem schicken weißen Anzug beginnt zu zählen … aber noch ist die Zeit nicht reif für den Triumph des Guten über das Böse, noch nicht. Schließlich haben sie alle ihren Obolus bezahlt.
Also watscheln sie zurück in ihre Ecken, schlagen sich klatschend auf den Bauch und beginnen dann wieder, sich langsam zu umkreisen. Das Ganze ist ein Exkurs vom eigentlichen Hauptereignis, der dem Publikum Gelegenheit gibt, sie erneut als voneinander unabhängige Fleischmassen zu betrachten und nicht als den einen gewaltigen Berg. Sofort bemerkt man, dass zwar beide widerlich fett sind, aber auf unterschiedliche Weise. Big Daddy ist fett wie ein aufgeblasener Ballon, ohne Körperbehaarung und ohne hängendes oder irgendwie sichtbares Genital. Er ist fett wie ein draller, jovialer Zeus, der über die Wolken gleitet, ein kugelrunder Gott. Giant Haystacks ist dagegen einfach fett, wie der übliche fette Mann, bedeckt von ungepflegtem Fleisch, das wabbelt und bebt und ganz sicher auch riecht, und er hat dunkles Haar und einen zottigen Bart und ist ordinär gekleidet, blaue Latzhose und ein rot kariertes Hemd, wie der Verrückte, der in der Nähe eines Dorfes im Wald lebt. Im Gegensatz dazu ist B.D.s Strampel-Spielanzug-Unterwäschenkombination irgendwie *ursprünglich*, als wäre er ein so reiner und schlichter Mensch, dass er, wenn er könnte, nackt kämpfen würde, aber aus Gründen der Schicklichkeit dieses kleine Outfit zusammengestellt hat. Ach ja, außerdem steht in großen Lettern BIG DADDY auf dem Rücken. Giant Haystacks hat so was nicht.

Plötzlich stürmen sie wieder aufeinander los, und wenn einer einen besseren Ausdruck parat hat als *wie donnernde Elefanten*, dann möge er ihn hier [ ] einsetzen. Giant Haystacks drischt auf Big Daddys Flanke ein, wirft ihn zu Boden und tritt ihm dann ins Gesicht, *mit den Füßen, mit allen beiden* (»Siehst du!«, sagen Rubinfine und Adam genau gleichzeitig zueinander), woraufhin Big Daddy abwartet, bis der Schiedsrichter bis zwei gezählt hat, um sich dann wieder »vom Boden aufzurappeln« (und genau für diese *fundamentalen* Klischees ist Wrestling gemacht), da zu stehen und den Kopf zu schütteln, als hätte er gerade etwas getrunken, wovon ihm ein bisschen schwindelig ist. Als wollte er sagen: *Donnerwetter, das war eine ordentliche Packung.*

Und natürlich ist es lächerlich, aber die Sache ist die: Die beiden sind nicht hier, um echte Gefühle auszudrücken oder zu heucheln und sie *natürlich* auszuschmücken wie im Fernsehen – sie sind hier, um *Action* vorzuführen. Und all die Kinder hier *wissen* das. Eine Geschichte erzählen kann schließlich jeder Blödmann, aber wer kann schon eine *vorführen*, will heißen: *So sieht eine Geschichte aus, Kumpel, wenn sie aller gedanklichen Tiefe beraubt ist.* Heute Nachmittag sind diese zwei Riesenkerle hier, um Gerechtigkeit zu demonstrieren. Die Art von Gerechtigkeit, die Mr. Gerry Bowen [Block M, Platz 117] als Entschädigung für den Unfall seines Sohnes von den Gerichten nicht kriegen kann; die Art von Gerechtigkeit, die Jake [Block T, Platz 59] von der Schule nicht kriegen wird, ob er diese Mistkerle nun verpetzt oder nicht; die Art von Gerechtigkeit, die Finn [Block B, Platz 10] anscheinend nie von den Mädchen bekommt, ganz gleich, welche Veränderungen er an seiner Garderobe oder seiner Schallplattensammlung oder seiner Körperpflege vornimmt; die Art von Gerechtigkeit, die Li-Jin [Block K, Platz 75] von Gott nicht bekommt.

Und dann, als genügend Zeit vergangen ist, wird der Gerechtigkeit Genüge getan und Big Daddy gewinnt, und es war unvermeidlich, aber keiner nimmt ihm diesen kleinen Sieg über die Unfairness des Lebens übel, Li-Jin am allerwenigsten, während er die drei Pfundnoten verteilt und für Joseph noch eine zusätzlich beschreibt, nur um fair zu sein.

Herman Kleins Bruder ist der Steuerberater des Ehemanns von Big Daddys Schwester. Auf Grund dieses Umstandes hat er vor, hinter die Bühne zu gehen und »sich vorzustellen«. Mr. Tandem und die drei Kinder können ihn begleiten, wenn sie möchten. Joseph hat in seiner Tasche einen Umschlag mit 30 x 40 cm großen Glanzfarbfotos von Big Daddy, die er signiert haben möchte, aber er hat wirklich mehr, als er braucht, und er findet, die anderen drei können jeweils eins haben, wenn sie möchten.
»Ehrlich?«, fragt Alex-Li. »Im Ernst?«
Li-Jin, der in Anbetracht seines eigenen, bislang unterkühlten Verhältnisses zu Klein durch Alex' Begeisterung ein wenig beschämt ist, äußert die üblichen elterlichen Einwände wie *sich nicht aufdrängen* und *niemanden ausnutzen* wollen, aber er hofft doch sehr, dass Klein sie ignorieren wird. Hinter die Bühne! Autogramme! Und Klein ignoriert sie tatsächlich, nicht etwa mit einem *Ach, ich bitte Sie* oder einem *Das macht doch wirklich keine Mühe*, sondern durch ein lautes Grunzen und eine Geste, die besagt, dass sie ihm alle Mann durch das Gedränge folgen sollen. Wie ein Offizier, der seinen Soldaten signalisiert, dass es Zeit ist, den Hügel zu nehmen. Die Jungs springen sofort auf, und Li-Jin ist derjenige, der unter den Sitzen nachschauen, Schals und Handschuhe und Rubinfines Fotoapparat aufsammeln und hinter ihnen her rufen muss, sie sollen auf ihn warten.

Es ist das reinste Chaos. Um zusammenzubleiben, müssen sie hinter Klein eine Schlange bilden. Alex und Joseph sind vorn, plappern miteinander wie alte Freunde, dann kommt Adam, das Foto, das Joseph ihm geschenkt hat, an die Brust gedrückt; dann Rubinfine, der in die Hacken von Adams Turnschuhen tritt, und dann Li-Jin. Von allen Seiten drängen hunderte von Menschen, die Klein anschnauzt, sie sollen Platz machen, während Li-Jin sich entschuldigt, wenn er mit Vätern und Söhnen zusammenstößt. *Geht's nicht ein bisschen langsamer?*, ruft er der Spitze ihrer Kolonne zu, doch Klein hört ihn nicht und würde das Tempo vermutlich auch nicht drosseln, wenn er ihn hörte. Für einen Mann mit seiner Leibesfülle ist er wendig, stark und rücksichtslos wie ein Wildschwein und mit den gleichen winzigkleinen Füßen. *Beeil dich, du Schnecke*, sagt Alex, und Li-Jin merkt, dass seine Kopfschmerzen so schlimm sind, dass er kaum etwas hört oder dass er mit Verzögerung hört, weil Alex' Stimme mit seinen Lippenbewegungen arg unsynchron ist, wie bei einer künstlich verlangsamten Szene in einem Film, wenn gleich etwas Tragisches passiert. *Beeil dich, Dad!* Er kommt ja, er kommt ja, Dad kommt, so schnell er kann, mit einem dröhnenden Kopf, aber auch mit einem weit offenen Herzen, weil er ein junger Dad ist und er nur ein Kind hat und weil ihm gerade zum vierzigmillionsten Mal aufgefallen ist, wie wunderbar dieser Junge ist. *Ich komme ja!* Aber sind sie nicht bald da? Wie weit kann es denn von Block K bis zur Bühne und dann dahinter überhaupt sein? Und dann, als sie kurz davor sind, wogt die Menge plötzlich zurück, als hätte jemand auf der Bühne einen Schuss abgefeuert. In Wahrheit ist es die Auswirkung des Ruhmes – Big Daddy ist sichtbar geworden, ist aus einem der Bühneneingänge getreten, königlich in seinem Umhang, und verteilt Autogramme. Klein ruft irgendetwas Lächerliches, das Li-Jin nicht genau versteht – wahrscheinlich so etwas wie *Persönliche Bekannte! Lasst uns durch, Persönliche Bekannte!* –, aber was auch immer er ruft, es scheint zu funktionieren, weil die sechs Teile ihrer Menschenschlange sich nun etwas leichter zu dem Star durchwinden als

zuvor. Doch jedes Mal, wenn sie sich einen Meter vorschieben, füllt sich die Lücke hinter Li-Jin, Menschen drängen, halten sich an ihm fest, um nicht das Gleichgewicht zu verlieren, und andere Menschenströme schieben sich vorbei.
Klein erreicht Ihn als Erster, dann Rubinfine durch Drängelei und dann Joseph und Alex – Li-Jin kann nicht sehen, wo Adam ist –, und dann schließt sich der Weg vor ihm wie das Rote Meer, und Li-Jin kann nicht mehr weiter. Er beruhigt sich selbst, wegen Adam nicht in Panik zu geraten, und konzentriert sich stattdessen darauf, sich auf die Zehenspitzen zu stellen, und er sieht gerade noch, wie Er Alex-Li durchs Haar fährt, ihn neckisch gegen die Schulter boxt und sein Foto nimmt, um es zu signieren. Sobald der Name darauf steht, wirbelt Alex herum, freudestrahlend, und springt hoch, um Li-Jin zu suchen, damit er es ihm zeigen kann, und auch Li-Jin springt hoch und versucht zu winken, doch er ist zu klein, um über eine solche Menschenmenge zu kommen, und ein kurzer Blick auf Alex' gerunzelte Stirn ist das Letzte, was Li-Jin sieht, bevor seine Knie unter ihm wegknicken und er mit dem Kopf auf den Boden schlägt. Aber sobald er auf dem Boden liegt, öffnen sich seine Augen für ein paar Sekunden. Er sieht die Albert Hall wabern und wackeln. Geräusche werden dumpf. Das Licht schwindet. Er sieht Menschen. Viele, viele Menschen. Aber niemand Berühmtes. Keinen vertrauten oder freundlichen Menschen. Keinen, der hilft. Keinen, den er kennt.

BUCH EINS / *Mountjoy*

Die Kabbala des Alex-Li Tandem

Bringen Sie mich in die Mitte von allem.

Die populäre Sängerin Madonna Ciccone
bei ihrer Ankunft in New York City
zu einem Taxifahrer

Die einmalige Erscheinung einer Ferne, so nah sie sein mag.

»Aura«-Definition des populären
Schlaumeiers Walter Benjamin

EINS / *Schechina*

Gegenwart – Alex-Li Tandem war Jude – Regenbogen über Mountjoy – Handabdruck – Superstar – Princess Grace – Marvin ist ein Milchlieferant – Alex' weibliche Goj-Seite – Nicht über Auto Nr. 1 reden – Gemeinschaft mit einer Schnecke

I

Du bist entweder für mich oder gegen mich, dachte *Alex-Li Tandem* und meinte das Tageslicht und allgemeiner gesprochen den Tag. Er reckte sich und ballte die Fäuste. Er war fest entschlossen, hier liegen zu bleiben, bis ihm irgendwas geliefert wurde, womit er arbeiten konnte, etwas Edles, etwas *Schönes*. Er sah keinerlei Sinn darin, sein Bett für einen Tag zu verlassen, der von Anfang an gegen ihn war. Das hatte er schon öfter versucht – das konnte einfach nicht gut gehen.

Einen Moment später spürte er verblüfft warme Lichtflecken über sich huschen, durch eine Jalousie gedämpft. Unbrutales Licht. Das war ermutigend. Im Vergleich und im Gegensatz zu dem Licht von gestern Morgen, richtig faschistisch, grausam wie das Neonlicht in einem Krankenhauskorridor. Oder vorgestern Morgen, als er seine Augen gar nicht erst aufgemacht hatte, aus lauter Angst davor, was wohl dieses bedrohliche rote Klopfen unter den Lidern verursachte. Oder der Morgen *da*vor, der Morgen des Verhängnisses, das, was niemand für möglich gehalten hätte, sage und schreibe zweiundsiebzig Stunden andauern würde.

Mit neuem Optimismus packte Alex das Narrenzepter, das gedreht werden muss, um Jalousien zu öffnen. Seine Finger waren zu verschwitzt. Er rutschte im Bett hoch, trocknete sich die linke Hand an der Wand, griff zu und zog. Der Regen war in der Nacht gekommen. Es sah aus, als wäre die Sintflut durch Mountjoy geströmt und hätte es rein gewaschen. Alles schien eine zufällige Erneuerung erfahren zu haben. Er konnte Mauerwerk sehen, mit frischem, rotem Gesicht und streifig, wie nach einem ordentlichen Tränenausbruch, Balkone mit ihrer sauberen Ernte aus nassen weißen Socken, Hemden und Laken. Glänzende schwarze Antennen. Oh, es war schön. Restwasser hatte jede Gosse, jede Vertiefung im Straßenbelag, in prismatische Pfützen verwandelt. Überall waren *Regenbögen*.
Alex ließ sich einen Moment Zeit, um die sanfte Sonne zu bewundern, die ihre Milde auch dann noch bewahrte, als sie einem grauen Wolkenband entkam. Am Horizont war ein dürrer Kirchturm von einem Kind in einen vollkommen blauen Himmel gezeichnet und flächig ausgemalt worden. Links davon kauerte die aufgeblähte Kuppel einer Moschee, mit größerem Geschick dargestellt. Die Menschen waren also heute Morgen unterwegs, um Gott aufzusuchen. All das geschah noch immer. Alex lächelte schwach. Er wünschte ihnen alles Gute.

In seinem Badezimmer wurde Alex durch die Entdeckung einer ganzen Reihe von kleinen Tragödien beinahe besiegt. Es herrschte ein fürchterlicher Gestank. Behältnisse waren verfehlt worden. Sachen waren nicht da, wo Sachen sein sollten. Alex stieg stoisch über Sachen, ignorierte Sachen und wandte sich stattdessen dem Rasierspiegel zu. Er riss ihn an seinem Metallhals auf sich zu, bis dessen Rechtecke zu Rhomben, Parallelogrammen, einer einzigen stählernen Linie wurden. Er war schrecklich gealtert. Das Häkchen in seinem Gesicht, das alles oben hielt, war gelöst worden. Aber wie lange war es her, seit er ein Junge gewesen war? Ein paar Tage? Ein Jahr? Ein Jahrzehnt? Und jetzt *das*?

Er bleckte die Zähne vor dem Spiegel. Sie waren gelb. Aber um es positiv zu sehen, sie waren immerhin da. Er öffnete seine akzidentalischen Augen (Rubinfines Erfindung: irgendwo zwischen orientalisch und okzidentalisch) so weit wie möglich und berührte das kalte Glas mit der Nasenspitze. Welche Schäden? Seine Augen funktionierten. Licht tat nicht weh. Schlucken fühlte sich normal an, unkompliziert. Er fröstelte nicht. Er verspürte keine lähmende Paranoia oder muskuläres Zittern. Er griff nach seinem Penis. Er kniff sich in die Wangen. Vorhanden, richtig. Alles war noch da, wo es laut Lehrbüchern hingehörte. Und es schien unwahrscheinlich, dass er in den, sagen wir, nächsten vier Stunden erbrechen würde, etwas, was er schon eine ganze Weile nicht mehr mit einer gewissen Sicherheit hatte voraussagen können. Das waren alles wunderbare, wunderbare Entwicklungen. Schwer atmend, rasierte sich Alex einen drei Tage alten Bart ab (waren es wirklich *drei Tage?*). Als er fertig war, merkte er, dass er sich zweimal geschnitten hatte, und legte daher die traurigen Stückchen Papiertaschentuch auf.

Als er mit den Zähnen fertig war, fiel Alex die Kaution ein, die er seinem Vermieter gezahlt hatte, und er schlurfte zurück ins Schlafzimmer. Er brauchte einen Lappen, aber die Küche war ein anderes Land. Stattdessen nahm er einen Kopfkissenbezug, tunkte ihn in ein Glas Wasser und begann, an dem Handabdruck an der Wand herumzuwischen. Vielleicht sah er ja wie Kunst aus? Vielleicht hatte er eine gewisse Präsenz? Er trat zurück und betrachtete ihn, sah die schmuddelige gelbe Kontur. Dann wischte er weiter. Der Abdruck sah nicht aus wie Kunst. Er sah aus, als wäre jemand in diesem Zimmer gestorben. Alex setzte sich auf die Ecke seines Bettes und presste die Daumen auf die Augen, um zwei abmarschbereite Tränen aufzuhalten. Ein leises Keuchen entwich ihm. Und das wirklich Bemerkenswerte, so dachte er, das wahrhaft Erstaunliche ist doch, wie winzig dieses Ding auch noch war. Dieses Ding, das mich fast vernichtet hätte. Vor zwei, nein, vielleicht drei Tagen hatte er sich eine Pille auf die Zunge gelegt, wie eine winzige Hostie. Er hatte sie wie

empfohlen zehn Sekunden dort liegen lassen, ehe er sie runterschluckte. So etwas hatte er noch nie gemacht. Er war völlig unvorbereitet! Monde stiegen auf, Sonnen versanken, tagelang, nächtelang, ohne dass er es merkte!
Offizieller Name: Microdot. Gängiger Name: Superstar. Eine Zeit lang hatte es sich in seinem gesamten Körper einen Namen gemacht. Und jetzt war es vorbei.

2

Draußen im Flur traf Alex Grace. Sie kauerte auf der zweiten Stufe und blickte rachgierig. Den Schwanz in der Luft, das Gesicht mit Vogelblut beschmiert. Aus ihrem Maul ragte der größere Teil eines Flügels. Alex sah, dass es noch dazu kein Spatz war, sondern irgendein bunter, rosa-blauer Vogel, die Sorte, bei der er vielleicht sentimental geworden wäre, für die er ein Vogelhäuschen gebaut hätte, mit einer von diesen Welcome-Home-Fußmatten im Miniaturformat, die bei den Verwitweten in Mountjoy so beliebt waren. Aber für all das war er zu spät gekommen. In der Not (sie war nicht gefüttert worden) wurde Grace zu einer Gartenterroristin und machte keine sentimentalen Unterschiede zwischen Spezies derselben Gattung. Für sie war ein Eichhörnchen ebenso gut wie eine Maus, ein Papagei nicht besser als eine Taube. Alex hob sie hoch und verzieh ihr, küsste sie auf den flachen Kopf, zupfte an ihrem Schwanz und ließ sie auf dem Geländer nach unten rutschen. Dafür malte sie einen langen roten Streifen, wie ein Ornament, über die gesamte Länge des Kiefernholzes, unterbrochen von kleinen Hügeln aus Vogelinnereien. Und er erbrach noch *immer* nicht. Ha! Alex verbuchte das als den Persönlichen Triumph des Morgens Nr. 3. Der zweite war Gehen. Der erste war Bewusstsein.

3

»Es tut irgendwie weh, *hier*«, sagte Alex zu seinem Milchlieferanten Marvin, der vor der Tür stand. Marvin streckte seine dunkle Hand aus, und seine weiße Manschette rutschte hoch. Unwillkürlich dachte Alex an Bill Robinson, der nach der Hand von Shirley Temple greift. Es war heute wirklich fast wie ein Musical hier draußen auf der kühlen Straße. Hell, eindrucksvoll.

»Wo?«

»Nierenbereich.«

Marvin tastete den Bereich ab. Er hatte lange Finger, und er drückte sie tief hinein.

»Vorsichtig …«

»Wonach suche ich eigentlich? Einem Knoten?«

»Meinst du, davon könnte mir ein *Knoten* wachsen?«

Marvin zuckte die Achseln. »Sehr unwahrscheinlich, Kumpel. Jedenfalls nicht so schnell – aber kommt drauf an, was sie reingetan haben, kapiert?«

Alex zog seine Pyjamajacke wieder nach unten und runzelte die Stirn. »Ich hab keine Ahnung, was sie reingetan haben, Marvin. Für das Zeug gibt's schließlich keine Vorschriften. Ich hatte keinen Beipackzettel. Es gab keine Verbraucherschutzinfor…«

Marvin wedelte mit beiden Händen vor Alex' Gesicht und nahm ihm den Wind aus den Segeln. Er war nie sarkastisch. Er besaß das, was für Alex die ursprüngliche Aufrichtigkeit urbaner Schwarzer war, die es im Leben nicht leicht hatten.

»Okay, okay, *okay*. Dir juckt auch nicht der Kopf im Schädel oder so?«, fragte er, trat zurück und hielt Alex prüfend am Kinn fest. Alex war deprimiert. Es war offensichtlich, dass Marvin weitaus mehr Sachkenntnis besaß als er. Es ist deprimierend, so früh am Morgen fachmännisch übertrumpft zu werden.

»Jucken?«

»Dann ist alles in Ordnung. Es muss stark gewesen sein, aber es hört sich rein an. Manchmal tun sie Floxin rein. Dann juckt dir noch eine ganze Weile hinterher der Kopf im Schädel.«

»Floxin?«

»Also willst du nun Joghurt? Schweinekalt hier draußen«, sagte Marvin, drehte sich zu seinem Milchwagen um und setzte eine Hand als Schirm gegen die Wintersonne ein. Er wippte auf den Fußballen, trat zurück, trat vor. In der linken Hand ließ er einen kleinen Notizblock durch die langen, flinken Finger vom ersten bis zum letzten wandern und wieder zurück, wie eine Spielkarte. Marvin war gelangweilt.

»Nein, eigentlich nicht.«

»Wie bitte?«, sagte Marvin in bedrohlichem Ton.

Seit drei Monaten war Marvin in einer mit öffentlichen Mitteln geförderten Arbeitsbeschaffungsmaßnahme. Davor hatte er ein kurzes Gastspiel als Parkwächter gegeben. Davor war er Drogendealer gewesen. Derzeit war er bei der Drogenberatung, deren Sprache er sich manchmal auf seinen Milchtouren bediente. Sobald Marvin mit seinen Lieferungen in Mountjoy angefangen hatte, war die Nachfrage nach teuren Joghurts und Milkshakes sprunghaft angestiegen, ein Zuwachs, der genau der Angst entsprach, die die Öffentlichkeit vor Marvin hatte. Auch Alex hatte zu Beginn jede Menge einzeln verpackte Käsesorten, Mousses, Sprühsahne etc. bestellt. Aber jetzt wollte er *die Grenzen der Beziehung neu definieren*. Jetzt wollte er, dass sie beide, er und Marvin, *sich neuen Maßstäben annäherten*.

»Ehrlich gesagt, brauche ich im Moment keinen Joghurt.«

»Na dann, gratuliere«, sagte Marvin säuerlich.

Er schob seinen Block in die Tasche vorn an seiner Uniform. Er hob erneut den Arm und weitete Alex' Augen mit den Fingern.

»Wie hieß diese Dummheit noch mal?«

»Ich glaube, Superstar.«

Marvin klatschte in die Hände, lachte und schüttelte den Kopf in einer einzigen Bewegung, die – wenn Alex ihr einen Namen hätte geben sollen – *der Tanz des Spottes* geheißen hätte.

»Und *du* bist der Intellektuelle.«

»Und ich bin der Intellektuelle.«

»Na und … wie war's?«, fragte Marvin. »Wie war das Geschäft, Tandem? Wurde Freude gesät, ehe Schmerz geerntet wurde?«

Alex fummelte am Schlitz seiner Pyjamahose herum. Von hier aus sah sein Penis kleiner aus denn je. Er war in sich zusammengerollt wie eine Molluske, doch wo war die harte Schale, die ihn behütete? Wo war sein Zuhause? Sein Schutzschild gegen das Leben?

»Hast du … ich meine, hast du getanzt, oder bist du umgekippt? Ich kenn ein paar Leute«, sinnierte Marvin, »und die kommen auf den *Wohnzimmer*-Trip. Die Glotze saugt sie auf. Sie kommunizieren mit der Glotze, klar? Und die machen ihren Trip durch die Kanäle. Das nenn ich Vorstadtstil.«

Alex war ungefähr drei Tage im Bett gewesen, so viel war ihm klar. Während dieser Zeit hatte er sich von den bunten Weihnachtsschokoladentalern auf seinem Nachttisch ernährt. Er erinnerte sich an eine hellsichtige Stunde, in der er ein paar Kissen hinter sich aufgeschüttelt, zum Telefon gegriffen und tatsächlich eine Radiotalkshow angerufen hatte, in der über verfrühte Wechseljahre diskutiert wurde. Er erinnerte sich an den Schlaf. Tief, dumpf. Aber die Nacht davor, die fragliche Nacht, das war eine verschlossene Tür, deren Holz sich verzog, weil dahinter ein unsichtbares Feuer loderte, und durch die Rauch drang. Er konnte sie nicht öffnen. Er traute sich nicht.

»Marvin«, sagte er schließlich, »ich habe keinerlei Erinnerung dran. Die ganze letzte Woche ist für mich ein dunkles …«

Marvin nickte und malte einen großen, leeren Kreis aus Nichts in die Luft. Durch ihn hindurch konnte Alex die aufgestickte Beschriftung MARVIN KEPPS, MOUNTJOY-MILCHLIEFERANT sehen und eine kleine, weißliche Lücke zwischen seinen Knöpfen, wo dichtes, geringeltes Brusthaar Alex irgendetwas Beängstigendes suggerierte, als steckte in den elastischen Locken eine ungenutzte Kraft.

»Weißt du, was passieren wird, Tandem?«, fragte Marvin und legte Alex beide Hände sanft auf die Schultern. »Ich will es dir verraten: Auf der Plus-Seite haben wir eine gesteigerte sinnliche

Wahrnehmung, visionäre Erlebnisse und den ganzen Rest. Muss ich *dir* nicht erst erzählen. Jede einzelne Musiknote, jeder einzelne Grashalm usw. Aber hier auf der Minus-Seite haben wir den *Zusammenbruch* des Kurzzeitgedächtnisses. Damals zu meiner Zeit wurden sie Goldfische genannt. Aus oben erwähnten Gründen.«
Zum zweiten Mal an diesem Morgen spürte Alex, wie ihm die Tränen kamen. Das Gespenst eines *bleibenden neurologischen Schadens*, Nummer vier auf Alex' Liste der Großen Fünf –

1. Krebs
2. AIDS
3. Vergiftetes Trinkwasser/Gasangriff in der Londoner U-Bahn
4. Bleibender neurologischer Schaden (in der Jugend, durch ein Unglück)
5. Degenerative Gehirnerkrankung, Alzheimer, Parkinson usw. (im Alter),

aktivierte seinen Würgereflex, und Alex wollte zu einem Gebüsch am Zaun ausscheren. Marvin packte ihn am Ellbogen, presste ihn an sich und richtete ihn auf.
»Das nicht, *bitte*«, sagte Marvin liebevoll und massierte mit seinen Knöcheln Alex' Schädeldecke. »Das ist nun mal das Problem mit den Dingern, und wir haben Folgendes gelernt: Sie sollen eine Abkürzung zum absolut Höchsten sein – ob nun ein Ding, eine Ebene, ganz egal, wie du es nennen willst, ja? So soll das laufen: Hier sind deine dreißig Piepen oder was es kostet, und jetzt erweitere mein Bewusstsein, bitte schön. Und so funktioniert das nicht, Kumpel. Du kriegst nicht den vollen Gegenwert. Du musst dich den Baum hocharbeiten, das ist eine Allegorie, und sie bedeutet: Du kannst nicht einfach zu den Ästen hinauffliegen. Hast du mich verstanden?«
»Richtig.«
»Ich weiß, dass das richtig ist. Also. Mr. Mein-Bett-steht-in-meinem-Büro. Gehst du heute vor die Tür?«

»Ich denk drüber nach, Marvin.«

»Denk gründlich drüber nach.«

»Mach ich.«

»Mach ich«, echote Marvin in der weichlichen Stimme, die er häufig benutzte, um Alex nachzuahmen. In der Vergangenheit hatte Alex deswegen oft darüber nachgedacht, ob er auf schwarze Männer allgemein verweichlicht wirkte oder nur auf Marvin im Besonderen. Vor einigen Monaten machte Alex-Li Tandem im Schwimmbad von Mountjoy einen ganz passablen Rückwärtssalto, und als er aus dem Wasser auftauchte, fragte er diesbezüglich seinen Freund Adam, der seine Nasenklammer abnahm und sagte: »Nein … das glaube ich nicht, ich finde nicht, dass du besonders verweichlicht wirkst. Dafür bist du viel zu massig. Und zu behaart. Und mit mir macht er das auch. Und ich bin ein Schwarzer.«

»Ja«, sagte Alex fröhlich und trat Wasser in Richtung der Kinder, die Wasser in seine Richtung getreten hatten. »Du bist *der* Schwarze.«

»Ja, *ich* bin der Schwarze. Ich sterbe bestimmt in der Mitte des Films. Also. Ich weiß nicht. Ich denke, es hat eher was mit der Schicht zu tun.«

Aus Adams Nase rann Wasser zusammen mit einer zähflüssigeren Masse. Das müsste verboten werden. Alex machte einen olympischen Atemzug und tauchte hinunter auf den sandigen, gefliesten Grund, vollführte eine Art Purzelbaum und stieß sich von der Seite ab, woraufhin er zwei Drittel der Beckenlänge unter Wasser schwamm, ein persönlicher Rekord. Er wurde in letzter Zeit ein wenig fett, und er rauchte. Als er wieder zurückkam, griff er sich vier Schwimmkissen und schob sie sich so unter den Körper, dass er aufrecht im Wasser sitzen und wie eine Art Gott des Meeres auf und ab schaukeln konnte.

»Was soll das heißen, es hat eher mit der *Schicht* zu tun? Wir sind doch nichts *Besseres*.«

An dieser Stelle hielt Adam inne, um ein paar von seinen eigentümlichen Dehnübungen zu machen. Sie gaben Alex das Gefühl, dass sein Freund mit einem komplizierten, gesunden, möglicherweise spirituellen, auf jeden Fall geheimen Fitnessprogramm im Kopf zum Schwimmen kam, während Alex die ganze Zeit bloß herumplanschte, ab und zu ins Wasser pinkelte und die unglaubliche Vielfalt in der Wölbung weiblicher Schambeine erkundete. Adam hakte seine Füße am Handlauf ein. Dicht neben Alex schlug ein dümpelndes Pflaster auf die andere Seite und offenbarte einen winzigen kreisrunden Blutfleck. Wieder dachte Alex, das müsste verboten werden. Adam gähnte, schien dann seine Arme zu nehmen, sie nach hinten zu drehen und seine Hände zu zwingen, hinter seinem Rücken zu beten. Seine Dehnung war beeindruckend, und Frauen sahen zu. In letzter Zeit war er das Gegenteil von Fett und rauchte nicht, nur Gras. Sein Bauch war eine pechschwarz geriffelte, straffe Trommel.

Er sagte: »Nein, zugegeben, aber wir sind was Besseres als *Marvin*. Das ist die entscheidende Tatsache. Aber es ist eigentlich noch subtiler, es hat was damit zu tun, dass die Stimme, die Marvin nachmacht, die gleiche Stimme ist, die du machst, wenn du deine Goj-Stimme à la Lenny Bruce machst …«

»Und? Was willst du damit sagen?«

»Tja, du Gehirnakrobat, ich will damit sagen, dass wir *vielleicht*, im Vergleich zu ihm und seiner Ex-Drogendealer-, Arbeiterklassenseligkeit, *alle Gojs sind*.«

»Und *er* ist der Jude?«

»Und er ist der Jude.«

»Das Argument ist einfach ungeheuer …«, sagte Alex, aber ihm fiel das passende Wort nicht ein.

»Stimmt … aber gerade deshalb *mag* ich es irgendwie. Du solltest es in dein Buch aufnehmen – könnte ein ganzes, neues Unterkapitel ergeben.«

Woraufhin Adam allein zum Sprungturm ging, während Alex, wütend Wasser tretend, innerlich gegen eine widerwärtige Frau in einem Neonbadeanzug wetterte. Ihr Kopf war eingesunken und schrecklich auf ihrem fetten Hals. Ihr Mund war riesig. Sie überspielte das fäkale Missgeschick ihres Sohnes am flachen

Ende des Beckens mit einem Lachen. Es müsste so vieles verboten sein, mit ausführlichen Gesetzeskommentaren.

Jetzt gab Marvin – der Alex den Rücken zugewandt hatte und zu dem Haus gegenüber blickte – ein jähes, kurzes Jaulen von sich. Er wippte auf den Fußballen zurück, machte die Internationale Geste für Überraschung. Er stieß einen Arm in die Luft. Er sah aus wie Chaplin.

»Kumpel, ist das da vorne nicht *dein* Auto? Sieh dir das an. Ach du Schande. *Ich fass es nicht.*«

Zwei Parkbuchten weiter, als er normalerweise parkte, sah Alex seinen MG-Oldtimer, Greta, ziemlich hoffnungslos auf der Bordkante hängen, verzweifelt bemüht, sich zu retten. Die vordere Stoßstange war ihr brutal vom Körper gerissen worden und hing nur noch an einem eisernen Faden, ihre Tür war von einem Riesen eingetreten worden. Eine gläserne Spinne hatte ihre Frontscheibe heimgesucht.

»*Und* das Beifahrerfenster!«, kreischte Marvin und zeigte auf das Beifahrerfenster.

Gretas Seite war von vorn bis hinten zerkratzt, ihr Segeltuchdach arg gefältelt und zusammengedrückt, ein müdes Akkordeon. Ja, das ganze Auto war gut fünfzehn Zentimeter kürzer.

»Kumpel, warst *du* das?«

Alex sank gegen den Türrahmen wie Lauren Bacall. Erst halb neun Uhr morgens, aber schon jetzt war es Zeit, das weiße Handtuch zu werfen. Der Tag hatte gut ausgesehen. Der Tag hatte gelogen. Er hatte das Gefühl, gegen Tage wie diesen nichts ausrichten zu können. Er glaubte fest daran, dass es Tage gibt, an denen offenbar wird, dass irgendwer zu seinem Vergnügen eine grausame Geschichte über dich geschrieben hat. Er glaubte darüber hinaus, dass dir an solchen Tagen nichts anderes übrig bleibt, als dumpf zu folgen, die Hände über den Boden schleifend. In diesem Sinne, und in keinem anderen, war er ein zutiefst religiöser Mensch.

»Ich fass es nicht! Kuck dir das an!«, sagte Marvin grinsend. Marvin amüsierte sich prächtig.

Alex spreizte langsam die Hände, gab alles auf, was noch übrig geblieben war. »Was soll ich sagen, Marvin?«

Marvin rümpfte die Nase. »Versteh mich nicht falsch, im Grunde ist es mir egal, ich bin ja nur der Milchlieferant – ich hab mich nur gefragt, ob du das selbst mit deinem Auto angestellt hast oder nicht. Ansonsten …« Marvin grinste noch mehr.

Jetzt ließ Alex Marvins Gesicht aus seinem Blickfeld gleiten, beugte die Beine und ging in die Hocke. Am Rand der Türstufe, am Rand der Zementstufe, begegnete ihm eine mächtige, pulsierende Schnecke, die ihr Haus ein ganzes Stück weiter hinten auf dem Rücken trug, wie eine Art nachträglicher Gedanke. Alex pflückte sie ab und behielt sie einen Moment lang auf der flachen Hand. Dann schleuderte er sie Richtung Rasen, aber noch in der Bewegung kam ihm der traurige Gedanke an kreativere Alternativen für sowohl ihn als auch die Schnecke: das polierte, dunkle Land von Marvins Schuh, das kühle, eintönige Lappland des Fenstersimses, das kahle Arizona des Weges, der zur Straße und schließlich zum Tod führt.

»Hör mal. Im Ernst. Bist du depressiv? Ich meine, allgemein?«, fragte Marvin mit echter Neugier.

»Ja«, sagte Alex ungehalten. »Ja, ich glaube schon.«

»Du *glaubst* schon?«

»Marvin, ich möchte wirklich nicht darüber reden.«

»Und du weißt nicht, *wann* du das mit deinem Auto angestellt hast?«

»Marvin, ich kann mich nicht erinnern.«

Marvin sagte *Ha!*, wie der erste schmetternde Klang einer Militärtrompete. Er machte einen eleganten Hüpfer zwei Stufen hinunter und schlenderte dann den Weg entlang. Die Schnecke fand sich irgendwo wieder, wo es ihr beunruhigend bekannt vorkam, nass und grün; ein Ort, wo schlimme Dinge, am häufigsten rotierende Klingen, ohne Vorwarnung wie aus dem Nichts über einen hereinbrechen konnten. Alex schloss die Augen. Schlug dreimal die Hacken aneinander. Schloss die Tür und sperrte Mountjoy aus.

ZWEI / *Jesod*

Fundament – Berühmte Sätze Nr. 1 – Muhammad Ali war Jude – Stressbälle gegen Trichter – Der Bund und die Pfundnoten – Berühmte Sätze Nr. 2 – Gott und Garbo – Kitty Alexanders Autogramm – Joseph erklärt die jüdische Haltung zur Transsubstantiation

1

Zurück in seiner Wohnung hielt der wackere Alex-Li eine Reihe von Kleidungsstücken auf Armlänge von sich, und wenn er sie nicht riechen konnte, zog er sie an. Er gab sich nicht viel Mühe, denn das Ergebnis war immer gleich, ungeachtet der Anstrengung. Alles, was er trug, sah aus, als hätte es ihm eine wütende Freundin hinterhergeworfen, nachdem sie ihn vor die Tür gesetzt hatte; ein Sammelsurium von Einzelteilen, von denen er sich erinnerte, sie am Vorabend getragen zu haben, vermischt mit anderen, die er nicht wieder erkannte.
Mit einer angezogenen Socke hüpfte er durch den Raum, nahm den Kalender der Autogrammgesellschaft von seinem Schreibtisch und schaute darauf. 12. Februar. Darunter ein Foto von Sandra Dee. Sie lächelte und verriet zwei Fakten über sich selbst:

Mein richtiger Name ist Alexandra Zuck!
Ich habe mit dreizehn angefangen, als Model zu arbeiten.

Alex blätterte hastig den 16. Februar (Dolores Del Rio) und den 17. (Peter Lawford) um und entschied sich für den 18., einen

Mittwoch, als das wahrscheinlichste Datum. Archibald Leach stand in perfekter Golfmontur am Abschlag, sein göttliches Kinn zur Kamera gewandt. Fast zu schön, um hinzusehen. In Anführungszeichen sagte er:

Alle Welt will Cary Grant sein. Sogar ich *will Cary Grant sein.*

Darunter stand etwas in Alex' Handschrift:

Auktion – 12.00 Uhr. Rock- und Film-Memorabilien.
15.00 Uhr. Hollywood-Oldtimer

Er hatte also heute geschäftlich zu tun.
Das Telefon klingelte. Alex, der sich vom Telefon immer unterschwellig angegriffen fühlte, wenn er es nicht sehen konnte, suchte rasch seine Brille und setzte sie auf, bog die verrückten Drahtbügel so lange zurecht, bis sie sich ordentlich benahmen und hinter seinen Ohren blieben.
»Ja? Ja, hallo?«
»Tandem«, sagte eine Frau, »ich stelle fest, dass du den Hörer abnimmst, *endlich*. Noch dazu eine schöne Telefonstimme. Gebt dem Mann einen Oscar. Ach ja, und ich lebe noch …«
Alex öffnete den Mund, aber die Verbindung wurde unterbrochen.
»*Esther?*«, sagte Alex in die Leere. Schnell versuchte er, sie auf jeder ihrer vier Nummern zu erreichen. Entweder zufällig oder absichtlich sprang bei allen sofort die automatische Ansage an, und dann kam dieser schreckliche Piepton.
Von diesem Piepen bekam Alex noch immer Lampenfieber. Er schien mittlerweile der einzige Mensch zu sein, dem es noch so erging. Er konnte den Performance-Aspekt dabei nicht ausstehen. Jeder, der in der Lage ist, erfolgreich eine Nachricht auf einem Anrufbeantworter zu hinterlassen, hat etwas von einem Schauspieler. Bei Esther zu Hause hinterließ Alex etwas Schweigen. Auf ihr Handy sprach er: »Aber nein, hör zu, die Sache ist

die, ich muss jetzt wirklich weg, arbeiten.« Aber das war bloß laut gedacht.

Vom Boden seines Kleiderschrankes nahm Alex seine große Lederschultasche. Er war Autogrammhändler. Der Job bestand aus drei Gebieten. Sammeln. Handeln. Verifizieren. Während die ersten beiden keiner weiteren Erläuterung bedurften, musste er den dritten Bereich gelegentlich Menschen auf Partys erklären. Er war schon viele Male von diesem allgegenwärtigen gut aussehenden, betrunkenen Mädchen gedemütigt worden, das am Kühlschrank lehnt und kühl den Wert deines Lebens abschätzt, während die Leute wie verrückt im Wohnzimmer tanzen. Einfache Berufsbezeichnungen beeindrucken sie – Anwalt, Arzt, Journalist, sogar Feuerwehrmann. Aber *Informationsassistent für Koordination und Beratung, Stellvertretender Verwaltungstechniker* – solche Jobs sagen ihr gar nichts. Ebenso wenig wie ausgefallene Berufe, aufgemotzte Hobbys mit Zukunftsaussichten. Also überzeug sie mal davon, dass du, Alex-Li Tandem, der Mann bist, den Menschen dafür bezahlen, dass er eine Sammlung vergilbter Papiere durchblättert und sich sachverständig dazu äußert, was davon echt und was gefälscht ist. Ihr ist egal, dass das eine Fähigkeit und eine Kunst ist. Und es ist eine Fähigkeit, den Unterschied zwischen der berüchtigten Sekretärsunterschrift von Sydney Greenstreet (eine gekonnte Fälschung von seiner Assistentin Betty) und den Schwüngen und Kringeln des Originals zu erkennen. Es ist eine Fähigkeit, das roboterartige Gekritzel eines Kennedy-Autopens von der echten Präsidentensignatur zu unterscheiden. Zu wissen, wann man in solchen Dingen lügen muss und wie sehr, das ist eine Kunst. Aber erzähl ihr das mal. Alex-Li ist Autogrammhändler. Ein bisschen wie die Mümmler in *Der Zauberer von Oz* oder eine gute Hexe oder ein fliegender Affe oder ein Rabbi. Nicht viel, solange man nicht daran glaubt.
Den größten Teil seiner Arbeit erledigt Alex von zu Hause aus, aber wenn er das Haus geschäftlich verlassen muss, benutzt er

die Schultasche. Er legt sie jetzt auf den Schreibtisch, öffnet sie und schiebt in ihre vielen Fächer und Taschen Elizabeth Taylors und Veronica Lakes, Gene Tierneys und James Masons, Rosemary Clooneys und Jules Munshins, Rücken an Rücken, getrennt durch Plastikhüllen. Neben den Üblichen legt er heute noch einen Auktionskatalog dazu, einige pikante Fotos (Bettie Page, Marilyn, Jayne Mansfield, einige Playmates – für einen Privatkunden, den er auf der Auktion zu treffen hofft), einen Ordner mit privaten Briefen von David Ben-Gurion an seinen Schneider, eine Banane, einen schwierigen russischen Roman, den er auf keinen Fall lesen wird, und eine Autogrammzeitschrift, die er auf jeden Fall lesen wird.

Das Telefon klingelte.

»Selbstverständlich«, sagte Adam böse, »hast du im Grunde kein Recht mehr auf meine oder irgendeine andere Freundschaft. Du hast dich endlich selbst disqualifiziert. Das bedeutet antisoziales Verhalten nämlich, Alex, das kommt dabei raus.«

»Adam? *Adam!*«, sagte Alex. Er freute sich, seinen Freund zu hören. Adams Stimme zu hören gehörte unauslöschlich zu den Plus-Seiten seines Lebens.

»Nein«, sagte Adam, »hör zu. Es ist mein Ernst. Zwei Tatsachen: Sie hat einen gebrochenen Finger, Zeigefinger. Und sie hat einen verrenkten Hals. Hast du gehört, *Hals*, Alex. Stell dir meine Reaktion vor. Deine Freundin, ja. Aber auch meine Schwester.«

»Moment mal: Esther? Sie hat gar nichts gesagt.«

»Das dürfte damit zusammenhängen, dass sie nicht mehr mit dir spricht. Aus unerfindlichen Gründen tue *ich* das aber noch.«

»Das ist toll von dir.«

»Allerdings, finde ich auch. *Und* dafür möchte ich Folgendes von dir. Erstens, du gibst mir *The Girl from Peking* zurück. Du bist schon zwei Wochen überfällig. Kauf dir gefälligst *eine eigene Kopie*. Könnte ja sein, dass es mal jemand ausleihen will? Zweitens, du rufst *sofort* Esther an und machst ich weiß nicht was. Am besten, du kriechst zu Kreuze. Und drittens, ich möchte, dass du einen Arzt aufsuchst, weil das irgendeine allergische Reaktion war, Tandem, das war nicht mehr normal. Und ich meine einen *richtigen* Arzt, nicht irgendeinen Quacksalber in Chinatown. *Alex*«, Adam seufzte, »du hast mich enttäuscht. Dieser Abend sollte … ein religiöses Experiment werden. Du hast ihn zum Tandem-Wanderzirkus gemacht. Nicht alles in der Welt muss zum Tandem-Wanderzirkus werden. Du bist nicht die Welt. Es gibt noch andere Menschen in diesem Film, den wir Leben nennen. Alex? Alex?«

»Ich bin da. Ich hör dir zu.«

»Du hast mir *Angst* eingejagt, mein Freund. Joseph hat gesagt, als er bei dir war, hättest du dich total komisch verhalten, praktisch in Zungen geredet. Hmm? Alex?«

Alex hüllte sich in ein, wie er hoffte, würdevolles Schweigen. Er hatte in Romanen davon gelesen; und das war sein erster Versuch.

»Hallo? *Hallo?* Willst du über das Auto reden?«

Alex drehte sich der Magen um, er begann zu stöhnen. Adam hatte das Auto zur Hälfte mit bezahlt.

»Uag. Eigentlich nicht.«

»Gut. Ich auch nicht.«

»Ua-uag. *Uaag*.«

Adam pfiff. »Ach, Alex. Ich weiß, ich weiß. Keine Sorge, ich liebe dich noch immer. Obwohl ich der Einzige bin, mein Freund, zumindest im Augenblick. Fanclub mit einem Mitglied. Komm später auf einen Sprung in den Laden. Versprochen, ja? Du musst mal aus dem Haus, denke ich. Versprochen? Auf deinen Schein?«

Alex knurrte. Er hasste diese Versprechen. Ihre Unbrechbarkeit war restriktiv. Es war eine Regel zwischen ihnen allen, dass die Pfundscheine seines Vaters nur mit größter Vorsicht angesprochen werden durften. Man musste sich das Recht verdienen, von ihnen zu reden. Joseph erwähnte sie ganz selten. Rubinfine war klug genug, sie nie zur Sprache zu bringen.

»Gut. Wir haben den ganzen Tag geöffnet. Esther wird nicht da sein. Was bei dem derzeitigen Klima wahrscheinlich auch besser ist. Du weißt, was wir heute für ein Datum haben, ja?«

Die Leitung wurde unterbrochen. Alex hängte sich die Tasche über die Schulter und berührte in der richtigen Reihenfolge die Dinge, die er immer berührte, ehe er sein Schlafzimmer verließ: einen kleinen, ramponierten Buddha auf seinem Schreibtisch, ein signiertes Mohammad-Ali-Poster und die alte Pfundnote, die oben mit Blu-Tack an den Türrahmen geklebt war.

2

Als er in die Küche trat, schlug er die Hacken zusammen und verbeugte sich vor Grace, die auf dem Sideboard stand, regelrecht stand, auf zwei Beinen, entweder um sich zu dehnen oder in einem allerletzten Versuch, evolutionsmäßig weiterzukommen. Alex setzte den Wasserkessel auf und nahm eine Thermosflasche aus dem Schrank. Er öffnete einen kleinen Plastikbeutel mit bitter riechenden Kräutern, und Grace wich zurück, drückte sich, Hintern zuerst, in einen Schrank. Alex schüttete die Kräuter in die Thermosflasche. Er goss heißes Wasser hinzu. Das Ganze nannte sich *Chai i*, angeblich der Tee des Frühlings, aber schwarz wie die Hölle. Roch widerlich, sah widerlich aus. Oh, und hallo, schmeckte auch noch total ekelig. Aber nach Aussage seines Dr. Huang in Soho half er, *Druck auf der Lunge zu erleichtern und aufzulösen*. Auf Alex' Lunge lag Druck. Auf allem lag Druck. Er drehte den Verschluss zu und schob die Thermosflasche in ein Fach seiner Tasche.

Er öffnete die Tür zu seinem Wohnzimmer und erinnerte sich nun ganz klar daran, dass er unter der anhaltenden Wirkung eines Halluzinogens mit seinem Auto in eine Bushaltestelle geschleudert war, während seine Freundin Esther auf dem Beifahrersitz saß. Es gab keine Worte dafür, wie Leid ihm das alles tat. Und es gab niemanden, dem er es hätte erzählen können. Er war kein Katholik. Er lebte alleine. Nicht zum ersten Mal hatte er das Gefühl, dass ihm die entsprechenden Ventile fehlten. Sein Leben war nicht wie ein Trichter geformt, durch den Dinge hindurchgingen und sich vielleicht dabei verfeinerten, es war eher wie ein, wie hießen die Dinger noch gleich? Stressbälle? Ganz aus Gummibändern, und jeden Tag fügte man ein Gummiband hinzu? Fester. Dicker. Verwickelter. So schien es ihm. Und so stellte er sich ohnehin das Leben eines Katholiken vor. Als eine Art Trichter. Arme Esther.

Er ging durchs Zimmer und kniete sich vor dem Fernseher hin. Er nahm *The Girl from Peking* aus dem Videorecorder. Er schob das Band in seine Hülle und empfand einen wohltuenden Anflug von Glück. Ausgelöst durch Schönheit. Auf der Hülle waren die beiden schönen Gesichter seiner Lieblingsschauspielerin abgebildet, des Musicalstars Kitty Alexander. Auf dem ersten Bild rechts war sie mit Kuli-Hut und Cheongsam wie ein Mädchen aus Peking gekleidet, an den Augen mit Hilfe von durchsichtigem Klebeband eine ähnliche epikanthische Lidfalte wie bei ihm. Sie hatte sich am Broadway der fünfziger Jahre verlaufen. Und dann, auf der linken Seite, dasselbe Mädchen, aber zurechtgemacht, gekleidet wie die Hollywood-Diva schlechthin, in einem tulpenförmigen Ballkleid, mit den kleinen, weißen Handschuhen, den rosafarbenen Prinzess-Tanzschühchen, das schimmernde, schwarze Haar über eine Schulter lugend. Die Handlung des Films war im Wesentlichen die allmähliche Entwicklung von dem Bild rechts zu dem Bild links. Man musste den Text auf der Videohülle rückwärts lesen, wie Hebräisch.

Der Plastikschutz hatte einen Sprung. Alex schob den Finger hindurch und tastete herum, berührte zuerst die eine Kitty, dann die andere. *Citizen Kane*. *Panzerkreuzer Potemkin*. *Vom Winde verweht*. *La Strada*. Es verwunderte ihn, dass so viele Menschen, ja, man könnte mit Fug und Recht sagen, *die meisten Menschen*, sich nicht darüber im Klaren waren, dass das 1952 von Celebration Pictures gedrehte Musical *The Girl from Peking* mit Jules Munshin als Joey Kay und Kitty Alexander als May-Ling Han wahrhaftig der beste Film aller Zeiten war. Behutsam zwängte er sie in ein Fach seiner Tasche.

In der Diele nahm er seinen gewachsten Trenchcoat vom Garderobenständer und zog ihn an. Heute fühlte er sich darin klein. Er war siebenundzwanzig Jahre alt. Er war, so vermutete er, emotional unterentwickelt wie die meisten jungen Leute im Westen. Wahrscheinlich verdrängte er den Tod. Er hatte zweifellos eine skeptische Haltung zur Erleuchtung. Vor allem ließ er sich gern unterhalten. Er hatte die Angewohnheit, leise seine eigenen Charakterzüge vor sich hin zu murmeln, wenn er den Mantel anzog – er vermutete, dass Bauernjungen und Menschen aus der Dritten Welt so etwas nicht taten, dass sie sich ihrer selbst weniger bewusst waren. Er fand die Vorstellung *noch immer* ein wenig spannend, Post zu bekommen, die an ihn und nicht an seine Mutter adressiert war. Er bückte sich, hob einen Packen von der Fußmatte auf und blätterte ihn rasch durch: Rechnungen, Pizzaservice-Reklamen, Bankauszüge, Umschläge aus Amerika mit Filmstars und Präsidenten darin, eine Broschüre über Erektionsstörungen, eine kostenlose Probe von einem cremigen Make-up für eine fiktive weiße Frau, mit der er nicht schlief.

3

Gelegentlich ging er zu westlichen Ärzten. Sie verschrieben irgendetwas, was ihn entspannen sollte (der bevorzugte hässliche Neologismus lautete *relaxen*), wobei das Spektrum von frischer Luft über Ballspiele bis hin zu kleinen, bunten Pillen reichte. Letztes Jahr hatte er Polen besucht, war voll gestopft mit Medikamenten über die ruhigen Plätze Krakaus spaziert und hatte eine Art von Gemeinschaft empfunden, hatte die Luft angehalten, wenn die Glocken ertönten, hatte in Cafés einen grenzenlosen Verlust betrauert, den er nicht richtig benennen konnte. Die Pillen hatten zudem eine priapische Nebenwirkung. Jedes weibliche Beinpaar, das vorbeikam, bereitete ihm heftige Qualen. Er hatte ein ganz seltsames Gefühl: das Bedürfnis, alle im Lande zu befruchten. Als er in der Nähe von Oświecim eine schmale Straße entlangging, hatte er vor sich plötzlich eine gewaltige Pollenwolke gesehen – zumindest hatte er geglaubt, es sei Pollen, und war geradewegs hindurchgegangen –, doch in Wahrheit war es ein Wespenschwarm. Als junger Mann aus Mountjoy, aufgewachsen mit allen Annehmlichkeiten des modernen Lebens und dem Gefühl, in Sicherheit zu sein, persönlich und national, war es ihm unvorstellbar gewesen, dass die dunkle Masse, in die er hineinmarschierte, irgendetwas Gefährliches sein könnte. Er hatte ein Gedicht darüber geschrieben, sein zweites Gedicht in siebenundzwanzig Jahren. Es war nicht gut. Aber was hätte er im Jahre 1750 auf einem dieser polnischen Plätze sein können, mit Stiefeln und einem Hut und mit der Erwartung der Aufklärung und einem imposanten Gürtel mit goldener Schnalle? Was wäre Rubinfine gewesen? Und Adam? Und Joseph? *Ich sah die besten Köpfe meiner Generation / Versklavt in den Nischen der Unterhaltungsindustrie.*

Das Telefon klingelte. Da das Telefon unten schnurlos war, nahm Alex es in die Hand und ging damit im Flur eine Weile hin und her, wie ein Vater mit einem jammernden Baby, in der Hoffnung, dass das Ding entweder ein neues Geräusch von sich gab oder verstummte. Das tat es nicht. Beim dritten Her kam er bis zu seiner eigenen Haustür und blieb stehen. Er sah die Tür an. Er wandte sich von ihr ab und versuchte es noch einmal damit, sie anzusehen. Er fuhr mit dem Finger über die Rillen des unbehandelten Kiefernholzes, drückte dagegen. Das Telefon klingelte weiter.

4

Das Sammeln von Autogrammen, und da ist Alex nicht der Erste, der das bemerkt, hat vieles gemeinsam mit dem Verführen einer Frau und mit Gottesfurcht. Eine Frau, die ihren Schatz mit allzu großer Häufigkeit hergibt, wird von Männern nicht begehrt. Ganz ähnlich ist ein Gott, der sich zu erkennen gibt und seine Gesetze offenkundig macht, kein populärer Gott. Ganz ähnlich ist eine Ginger Rogers nicht so viel wert, wie man vielleicht meinen sollte. Das liegt daran, dass sie einfach alles signiert hat, was ihr in die Finger kam. Sie war leicht zu haben. Sie war eine Dirne. Sie gab das, was sie hatte, zu freizügig her. Und jetzt ist sie gewöhnlich, im reinsten Sinne des Wortes. Entsprechend wird ihr Wert eingeschätzt.

Greta Garbo war nicht leicht zu haben. Wenn sie überhaupt die Feder ansetzte, neigte die Garbo dazu, ein Pseudonym zu benutzen: Harriet Brown. Garbo verlangte von ihrer Bank, dass sie den Verbleib jedes von ihr unterschriebenen, nicht eingelösten Schecks ermittelte. Sie ließ ihren Namen nicht los, nicht mal auf einer Quittung. Ein Garbo-Autogramm, selbst ein schlechtes, ist immer noch um die sechstausend Pfund wert. Kitty Alexander hat noch weniger signiert als Garbo. Kitty war ebenso schwierig und ebenso unsichtbar wie Jehova. Sie war abgehoben. Das Publikum hasste sie deswegen. Und nach einiger Zeit geriet sie in Vergessenheit, denn das Publikum lässt sich nur ungern ignorieren. Aber Autogrammhändler sind masochistischer als das Publikum (das Publikum ist vor allem sadistisch), sie *genießen* Verachtung. Die Autogrammhändler haben Kitty *nie* vergessen. Gerade sie sind es, für die vorzeitige Todesfälle ein gutes Geschäft bedeuten, neben Attentaten und Serienmorden und spektakulären Fehlschlägen. Monroes erster Ehemann, der dritte Mensch auf dem Mond, der fünfte Beatle. Sie haben eigentümliche Vorlieben. Lange Zeit war Kitty Alexanders Autogramm einer der meistgesuchten Schriftzüge in dieser eigentümlichen Welt. Die meisten Autogrammhändler haben die Hoffnung aufgegeben, je eins zu bekommen. Nicht so Alex. Seit seinem vierzehnten Lebensjahr schickt Alex jede Woche einen Brief an Kitty, an eine Adresse in Manhattan, ihre Fan-Club-Adresse. Nicht eine einzige Antwort hat er bekommen. Nicht eine einzige. Er hat nichts als eine Schublade voll mit Formschreiben, unterzeichnet vom Präsidenten des Fanclubs. Und darum, *darum*, braucht Alex eine ganze Weile, ebendarum, um sich zu erinnern, warum, wieso, *durch welche Fügung* eine Blankopostkarte, auf die deutlich Kittys Autogramm geschrieben ist, jetzt an die Rückseite seiner eigenen Wohnungstür geheftet ist wie Luthers Thesen. Vorsichtig löst er sie und hält sie ins Licht. Sie ist erlesen. Sie ist echt. Oder er ist nicht Alex-Li Tandem. Er drückt auf den Sprechknopf.

»Alex«, sagt Joseph in seiner ruhigen Art, »hör mir nur noch einmal zu. Du hast sie nicht von Gott erhalten. Du hast sie auch nicht per Post erhalten. Du hast sie gefälscht, Alex, du warst auf einem sehr schlimmen Trip. Alle waren das. Hör mir zu. Sie ist nicht echt, sie wird nie echt sein, und die Dinge werden nicht real, bloß weil wir uns das so wünschen.«

DREI / *Netzach*

Ewigkeit – Drei Rabbiner – Das Problem mit dem Bücherschrank – Die Welt ist zerbrochen – Alex' Geheimbuch – Rebeccas Zwerge – Rubinfines Goj-Geschmack – Bette Davis war Jüdin

Die schwarzen Bäume, klar vor dem blauen Himmel, waren Ulmen. Die verrückten Kisten, von denen jede *einen* reumütigen Menschen enthielt, waren Ford Mondeos. Die Vögel waren überwiegend Elstern. Und der große junge Mann mit dem asiatischen Aussehen, der die Mountjoy Road mit bewusst langsamer werdenden Schritten hinunterging, war kein anderer als Alex-Li Tandem. Ihm war klar geworden, dass er direkt auf drei Männer zusteuerte, die in einen offenen Kofferraum starrten, und das gefiel ihm gar nicht. Er war noch nicht entdeckt worden, aber das war nur noch eine Frage der Zeit. Einer dieser Männer war ein ihm wohl bekannter Rabbi. Wo sollte er sich verstecken? Er konnte bereits Adams Videoladen, *Hollywood Alphabet*, wie eine offene Höhle auf der anderen Straßenseite sehen. Noch näher war eins von diesen öffentlichen Toilettenhäuschen, ausgestattet mit automatischen Türen und urbanen Mythen. Aber für Flucht war es zu spät. Es gab kein Entrinnen. Keinen Ausweg.

»*Alex!*«

»Hallo, Rubinfine.«

»Alex, Alex, *Alex*. Was für ein Tag, nicht? Was für ein herrlicher Tag!«

Mit düsterer Klarheit registrierte Alex, dass Rubinfines Lächeln heute Morgen lediglich eine hochgezogene Grimasse war. Er stand da, den rechten Fuß gegen die GERECHTIGKEIT-Seite von

Mountjoys Kriegerdenkmal gestützt, einem wuchtigen Steinmonolith, in den vier Werte eingraviert waren – GERECHTIGKEIT, MUT, EHRE und aus unerfindlichen Gründen GEDULD – eine stolze Erinnerung an Mountjoys Kriegsopfer, obwohl Mountjoy selbst erst 1952 erbaut worden war. Die beiden anderen Männer, die Alex nicht kannte, standen an der Ecke zwischen MUT und GEDULD.

»Und doch«, sagte Rubinfine ernst, »werden wir selbst an einem Tag wie diesem vor ein Problem gestellt.«

Er stemmte die Hände in die Hüften, auf diese seltsam weibliche Art, die er manchmal hatte, und stierte ins Leere. Ein vor ihm geparkter Citroën mit offenem Kofferraum stierte zurück. Sogleich stieg Panik in Alex auf. Obwohl er schon draußen war, fing er an, sich wie jemand umzuschauen, der nach dem Ausgang sucht.

»Hör mal, Mark«, sagte er, »ich meine, *Rabbi* Rubinfine – weißt du was? Ich hab wirklich keine Zeit. Muss zur U-Bahn. Ich hab heute Morgen eine Auktion, du kennst das ja. Termine, Termine, Leute einkaufen. Also, du verstehst bestimmt, wenn ich jetzt …«

»*Alex-Li*«, sagte Rubinfine. Der Schönheitsfleck auf seiner Wange zuckte, und gleichzeitig machte sein neuer und unvorteilhafter Schnurrbart einen Satz nach rechts. Er legte die Hände um Alex' Gesicht. Er trug einen lachsfarbenen Pullover mit V-Ausschnitt, dazu eine grüne Breitkordhose, einen langen Pepitamantel und ein Paar schwarze Turnschuhe.

»Wenn ein Mensch in Eile ist«, sagte Rubinfine und versuchte, talmudisch zu klingen, »vergisst er zuallererst seine Zahnbürste und seinen Gott.«

So etwas machte Alex wahnsinnig. Seiner Meinung nach war Rubinfine zu jung, um sich Aphorismen auszudenken. Er war bloß drei Jahre älter als Alex. Er war dreißig. Erst dreißig. Mit dreißig kann man nach Lust und Laune zitieren, aber damit muss es auch gut sein.

»So«, schnaufte Rubinfine, »wie dem auch sei, ich möchte dir Freunde von mir vorstellen. Das sind Rabbi Darvick und Rabbi

Green. Rabbi Darvick kommt uns aus Brooklyn, New York, besuchen. Rabbi Green kennst du vielleicht schon. Er stammt aus Mountjoy. Wir nehmen an einem Rabbinerkongress teil – in Grantam Park. Dauert eine Woche. Wir tauschen Gedanken aus, lernen Duldsamkeit«, sagte Rubinfine und grinste Green an, der ihn kaum auszuhalten schien. »Na los, sag guten Tag.«
Darvick war klein und rundlich und in seiner Freizeithose nicht von einem Zivilisten zu unterscheiden, ein Ultraprogressiver wie Rubinfine. Green war orthodox, sehr viel größer, mit den Korkenzieherlocken der Pajes, blasser Haut und flammendem Haar, und er trug einen sehr schicken Anzug und einen Tallit.
»Gern. Natürlich. Ich war unhöflich. Rabbi Darvick«, sagte Alex und nahm eine Hand aus der Tasche, »freut mich, Sie kennen zu lernen. Rabbi Green. Ich bin nicht sicher ... sind wir uns schon mal begegnet? Ganz bestimmt, irgendwann ... Oder vielleicht auch nicht?«
Rabbi Darvick gab ein Geräusch von sich, als wäre er erleichtert darüber, irgendetwas losgeworden zu sein, was ihm im Rachen stecken geblieben war. Rabbi Green gab ein anerkennendes Geräusch von sich, das Alex, ein junger Mann ohne Illusionen, als das auffasste, was es war: ein Grunzen.
»Alex-Li«, sagte Rubinfine, »wir haben ein Problem. Könntest du uns vielleicht behilflich sein?«
Rubinfine neigte den Kopf und lächelte.
»Wieso die Eile? Eine Verschiebung im Kosmos? Verkauft irgendwer eine Kitty Dingsbums oder so?«
Der arme Alex ballte die Faust in der Tasche. »Sie heißt Kitty *Alexander*. Und nein. Alles klar? Es ist bloß eine wichtige Auktion, und ich bin schon spät dran.«
»Aber *Alex-Li* ...«
Schäumend tänzelte Alex nach links, aber Rubinfine trat ihm entgegen. Alex bewegte sich nach rechts, und schon wieder war der Rabbi da. Über ihnen flatterten zwei Elstern schwarz und blau von einem kahlen Baum zum nächsten auf der anderen Straßenseite, ohne irgendetwas Glänzendes im Schnabel zu tragen,

keine Juwelen, kein Glas, denn das machen Elstern nur selten. Alex sah ein, dass die Schlacht verloren war, griff nach seiner Thermosflasche, schraubte den Verschluss ab und nahm einen großen Schluck.

»Hmmm. Das riecht ja *toll*«, sagte Rubinfine, hielt Alex am Ellbogen fest und schob ihn zum Kofferraum. »So. Siehst du es?«

Es war ein Bücherschrank aus Mahagoni, imposant und im georgianischen Stil. Er war etwa fünfzehn Zentimeter breiter als der Kofferraum. Er lag hochkant auf dem Bürgersteig. Dieser Bücherschrank würde nicht in den Kofferraum passen, das war Alex klar.

»Rabbi«, sagte er ruhig, »er ist zu groß. Ich meine, er ist *zu groß*.«

Green zog die Augenbrauen hoch, als wäre ihm das völlig neu. Auf ein Stichwort von Darvick hin bildete er mit den Fingern einen Bildrahmen, wie ein Regisseur, und fixierte den Bücherschrank. Rubinfine bückte sich und fuhr mit den Fingern über ein Brett.

»Ich *vermute* mal, wir müssen ihn über die Rückbank schieben … vielleicht sogar bis zum Beifahrersitz! Oder – Moment mal, ich hab's – was ist mit *deinem* Wagen?«

Alex rammte beide Hände tief in die traurigen Brunnen seiner Manteltaschen. Er war also reingelegt worden. »Ja, okay. Gut gemacht. Umschlag geöffnet. Oscar für den besten Schauspieler.«

Er wollte sich abwenden, aber Rubinfine erwischte ihn am Handgelenk.

»Ja, Alex, natürlich hab ich das von Dienstag gehört. Und nichts liegt mir ferner, als dir jetzt zu sagen, ich hab dich gewarnt. Also, wie lauten meine zwei Regeln? Erstens«, sagte er und hielt einen Daumen in die Luft, »Mystizismus und Theosophie jeder Art sind zu meiden. Man zeige ihnen die bewährte kalte Schulter. Und zweitens: Illegale Substanzen helfen niemandem, Gott näher zu kommen. Das sage ich Adam schon mein ganzes Leben. Tu ich doch, oder? Und sieh dir an, was es nützt.«

»Wieso hältst du *mir* die Standpauke?«, fragte Alex mürrisch. »Halte Adam die Standpauke. Das ist *seine* Sache.«

»Ich hab das schon mehr als einmal gesagt«, psalmodierte Rubinfine, wobei er das gesenkte Haupt schüttelte. »Bestenfalls ist es eine Imitation des dreizehnten Jahrhunderts, Alex, *bestenfalls*. Die Buchstaben, die Lichter, die *mystische Schrift*. Der Sohar ist ein ziemlich guter Roman, nicht mehr und nicht weniger. Ist außerdem elfhundert Jahre jünger, als man glaubt, wusstest du das? Lies deinen Scholem, mein Freund. *Ja*. Im Grunde ist er eine Fälschung. Er gehört in eine Reihe mit Schabbatai Zewi, dem Loch-Ness-Ungeheuer, Bigfoot …«

Während dieser kleinen Rede war ein nachdenklicher Ausdruck auf Greens länglichem Gesicht entstanden, wie die traurige Maske von Keaton in den Stummfilmen. Er kniete sich nieder und legte die Hände auf den Bücherschrank. Darvick war aufgebracht, wippte mit dem rechten Fuß gegen das Denkmal, betrachtete Rubinfine mit finsterem Blick.

»Rabbi, bei allem Respekt etc.«, sagte Darvick schneidend, »die Kabbala ist das Zentrum des Mysteriums. Entscheidend ist, dass sie nur etwas für die wirklich gelehrten Männer ist, die richtig dicken Fische.«

»Ha Schem braucht uns«, murmelte Green, »ohne uns ist er unvollständig. Die Welt ist *zerbrochen*. Das ist die Gesamtheit der Kabbala, Rabbi. Man kann sie nicht erhellen, oder besser gesagt«, sagte Green mit einem Lächeln über sein eigenes Wortspiel, »sie ist die Helligkeit selbst. Die Kabbala ist das Licht, das *in* der Tora verborgen ist.«

»Holla, hollaaah … jetzt aber Schluss, alle miteinander«, sagte ein nervöser Rubinfine lachend und versuchte, beiden Rabbinern gleichzeitig auf die Schulter zu klopfen. »Also, jetzt beruhigen wir uns alle. Bin ich ein Idiot? Bin ich das? Offensichtlich hab ich mich nicht klar genug ausgedrückt. Zweiter Versuch: Was ich sagen *wollte*, war, dass die Menschen sich nicht mit Dingen abgeben sollten, die sie nicht verstehen. Und glaubt mir, Rabbiner. Wenn die Welt zerbrochen ist, dann ist Alex-Li Tandem nicht der Mann, der sie wieder zusammenfügt.« Rubinfine lachte erneut und steckte die anderen an.

»Nun ja, eines ist jedenfalls sicher«, sagte Darvick laut, »er kann uns offensichtlich nicht helfen.«

Darvick schob sich an Alex vorbei zum Bücherschrank, öffnete die Hand, in der ein Messband lag, und zog das Band aus seinem Gehäuse.

»Er sieht *mir* einfach nicht danach aus. Er sieht *schlampig* aus.«

»Er ist ein *Intellektueller*«, erklärte Rubinfine gereizt. »Die sehen alle so aus.«

»Wie geht's Rebecca?«, wollte Alex in lautem, herzlichem Tonfall wissen, nur um sich zu rächen. Beim Gedanken an seine Ehefrau seit fünf Jahren kämpfte Rubinfine mit seinen Gesichtszügen und entschied sich, unter etlichen weniger wohlwollenden Alternativen, für einen Ausdruck, der an Lenin nach seinem zweiten Schlaganfall erinnerte.

»Sehr gut. Sehr gut. Alle Hände voll zu tun. Organisiert eine Wohltätigkeitsveranstaltung, glaube ich. Einen Tanzabend …«

Rubinfines Stimme verlor sich allmählich. »Für Zwerge. Obwohl ich mir habe sagen lassen, dass man die nicht mehr so nennt.«

»Kleinwüchsige«, dröhnte Darvick mit Nachdruck.

Rubinfine blickte verzweifelt, öffnete den Mund und schloss ihn dann wieder.

Alex lächelte warmherzig. »Gut. Bestell ihr ganz liebe Grüße von mir. Immerzu hilft sie anderen, typisch Rebecca.«

Rubinfine kämpfte um seine Beherrschung, aber ein deutlich wahrnehmbares Schaudern durchlief ihn, das Erbeben der Zielscheibe nach einem Treffer ins Schwarze.

»Alex«, sagte er förmlich, »ich wollte dich noch was fragen wegen …«

Nichts gefiel Rubinfine besser, als einen Satz zu beenden, ehe er wirklich beendet war. Er fand das angemessen rabbinisch. Man konnte dieses unbehagliche Schweigen mit Rubinfine so lange aushalten, wie man wollte, er sprach nicht weiter, ehe er nicht dazu aufgefordert wurde.

»Wegen …?«

»Wegen deines Buches. Das beleidigende. Wo es um Gojsein und was weiß ich nicht alles geht. Ich hab mich gefragt, ob du da in letzter Zeit irgendwelche Fortschritte gemacht hast? Oder ob du vielleicht wieder zur Besinnung gekommen bist? Es aufgegeben hast?«

Alex fluchte, sehr milde, in Richtung Rubinfine. Rubinfine machte die Internationale Geste für nicht fluchen in Gegenwart von Rabbinern, die wie Rabbiner aussehen (verdrehte Augen, aufgeblähte Nüstern), in Richtung Alex. Alex machte die IG für bloß *niemals* sein Buch erwähnen (Zunge hinter unteren Schneidezähnen gewölbt, Mund offen).

»Schön. Ach, noch was anderes: Hast du im Augenblick einen Harrison Ford? Oder vielleicht eine Carrie Fisher?«

Alex zwang seine Gesichtszüge zur Ausdruckslosigkeit. Rubinfine bedeutete Darvick und Green, dass der Bücherschrank angehoben werden sollte, und jetzt ergriff jeder Rabbi eine Ecke, so dass eine Ecke bedrohlich schwankte, bis Rubinfines langer Oberschenkel sich darunter schob, um sie zu stabilisieren.

»Vielleicht einen späten Harrison?«, wiederholte Rubinfine, richtete sich auf und wischte sich mit der Unterseite des Handgelenks über die verschwitzte Stirn. »Etwa aus der Zeit von *Der einzige Zeuge*, vielleicht. Ein Standfoto. Bloß ein 18 x 24.«

Alex empfand tiefe Befriedigung bei dem Gedanken an ein 24 x 30 Farbfoto von Ford im *Millennium Falcon*, das zufälligerweise auch noch die schwungvolle Widmung trug:

Für Mark, weiter so,
Harrison Ford

und just an diesem Tag in seiner Tasche steckte, und das er keineswegs an Mark Rubinfine verkaufen würde, selbst wenn der ihm dafür zwanzigtausend Pfund und seine Leber bot.

»Ich glaube nicht …«, begann Alex und rieb sich das Kinn. »Ich habe ein paar Marlon Brandos, *einen* Brando … aber klein,

13 x 18. Und ein bisschen spät in seiner Karriere. Ehrlich gesagt, er sieht nicht gerade gut aus, aber ich denke nicht, dass das besonders stört. Den könnte ich dir für rund zweihundertfünfzig lassen. Um den Dreh.«

Rubinfine schüttelte den Kopf. »Das ist nichts für mich. Ich will Ford, sonst nichts. Ich bin ein Ford-Mann, Alex-Li, das *weißt* du doch.«

Dass Rubinfine bei Autogrammen einen so gnadenlosen Goj-Geschmack hatte, war einfach nicht zu fassen. Und sein Geschmack war nicht bloß ein bisschen goj. Er war extrem goj. Goj à la Harrison Ford in einem Film über die Amischen – gojer ging's nicht mehr.

»Das ist der Autogrammhändler?«, fragte Rabbi Green.

»Das ist der Autogrammhändler«, sagte Rubinfine.

»Sie sind der Autogrammhändler?«, fragte Green.

»So Leid es mir tut«, sagte Alex-Li Tandem.

»Sie sammeln Autogramme?«, fragte Green.

»Ich bin kein Sammler«, sagte Alex-Li laut und langsam. »Ich bin Händler. Es ist kein Privatvergnügen. Ich betrachte es eher als Geschäft.«

Green runzelte die Stirn. Die linke Seite seines Gesichts flutschte nach oben, als hätte ein Gott, der nach Rabbis fischt, sich gerade einen besonders Saftigen geangelt.

»Laufen Sie den Leuten etwa hinterher?«, fragte Green und drohte mit dem Finger. »Sie wissen schon, mit Stift und Block? Der Mensch braucht ein wenig Privatsphäre. Bloß weil jemand im Fernsehen ist, heißt das noch nicht, dass er keine Gefühle hat. Sie sollten die Leute in Ruhe lassen.«

Alex nahm einen tiefen, befreienden Atemzug. »Ich bin kein Autogrammjäger, und ich bin auch kein Sammler. Ich sammle nur insofern, als ich damit *handele*. Ich kaufe, ich verkaufe. Wie in jedem anderen Geschäft. Ich warte nicht um Mitternacht an Bühnenausgängen. Das ist Kinderkram.«

»Tja ...«, sagte Darvick und fuhr sich mit einer muskulösen Zunge über die Schneidezähne, »wenn Sie so geschickt sind ... haben

Sie Bette Davis? Sie sind wahrscheinlich zu jung, um sich an Bette zu erinnern, aber ...«

»Nein«, sagte Alex mit Bestimmtheit und klopfte auf seine geschlossene Tasche, als wollte er beteuern, dass Bette abwesend war. »Nein ... ich hatte ein frühes Standfoto aus *Jezebel*, aber das ist letzte Woche weggegangen.«

Darvick klatschte in die Hände. »Er kennt Bette? Na, sehen Sie, ich hab Bette *gemocht*. Sie hatte was Besonderes. Die Leute reden heutzutage von Diven, aber eigentlich haben sie keine Ahnung. Da kann man mal sehen, so ein schlampiger Bursche, wer hätte gedacht, dass der Bette kennt. Aber er kennt Bette.«

Tandem schloss den Mund, stieß die freie Hand in die Hosentasche und betastete seine Hoden, eine vertraute Geste, die ihn schon so manches Mal vor bedauerlichem Fehlverhalten bewahrt hatte.

»Ich kenne so ziemlich alle«, entgegnete er ruhig, bewundernswert. »Ich gebe Ihnen meine Karte. Ich schreib Ihnen meine Privatnummer und meinen Namen auf. Wissen Sie was, rufen Sie mich in ein paar Wochen an, Rabbi Darvick. Ich werde mich umschauen, für den Fall, dass eine Bette auftaucht. Sie ist ja nicht gerade unbekannt.«

»Jungchen, in ein paar Wochen bin ich nicht mehr hier, das hier ist eine Stippvisite«, sagte Darvick, streckte den Arm aus und nahm die Karte. »Das soll eine Unterschrift sein? Alex ... wie? Das kann ich nicht lesen.«

»Li Tandem. Ich hab gedacht, ich hätte es ganz deut... ach, sehen Sie, da steht's ja auch, Rabbi, auf der anderen Seite. Alex-Li Tandem.«

»Alex-Li Tandem? *Tandem-Autogramme: Mehr Sterne als das Sonnensystem*. Hä? Was ist denn das überhaupt für ein Name? Tandem? Sind Sie konvertiert?«

»Der Vater, Li-Jin Tandem – *möge sein Andenken ein Segen sein* war Chinese«, erklärte Rubinfine, und zwar mit so viel geheucheltem Ernst, dass Alex sich am liebsten vorgebeugt und ihm mit dem Haustürschlüssel ein Auge ausgestochen hätte.

»Ursprünglich Tan. Irgendwer fand, dass Tandem besser klingt. Seltsam – ist natürlich nicht der Fall. Mutter, Sarah. Lebt jetzt auf dem Land. Reizende Lady.«

»Tatsache?«, fragt Darvick, »Chinese. Ich fass es nicht.«

»Das sind die unfassbaren Tatsachen, ja«, sagte Alex-Li. »So, Gentlemen, wenn Sie mich jetzt entschuldigen würden …«

»Sie sind entschuldigt, Sie sind entschuldigt«, sagte Rabbi Darvick barsch, bückte sich und schob erneut die Finger unter den Bücherschrank. »Wer nicht hilft, stört nur!«

»Wer nicht für uns ist, ist gegen uns!«, sagte Rabbi Green.

»Tja«, sagte Rubinfine, »vielleicht hörst du ja jetzt auf, dich mit Dingen zu beschäftigen, die dein Begriffsvermögen übersteigen? Vielleicht. Und vielleicht sehe ich dich am Schabbat. Wir müssen uns mal ernsthaft unterhalten, Alex. Vielleicht tun wir das. Vielleicht vieles. Aber ›vielleicht‹ ist ein Wort für Menschen, Alex. ›Vielleicht‹ ist ein Wort für Mountjoy. Doch in Gottes Geist sagt kein Mensch *›vielleicht‹*.«

»Jaja«, sagte Alex, »okay.«

»›Vielleicht‹«, sagte Rubinfine. »Das Wort ist nicht in Seinem Sprachschatz.«

»Genau«, sagte Alex. »Kapiert.«

»Und Alex, falls du.«

Vor Stress blockierte Alex-Li Tandems Unterkiefer einen Moment, und er musste sich anstrengen, ihn zu lösen.

»Falls ich was, Rabbi?«

»Falls du einen Ford kriegst, denk an mich.«

VIER / *Hod*

Glanz – Eine Bahn, viele Menschen – Goj-Pantomime – Sie, die da sieht – Schatten – Jüdischsein und Gojsein – John Lennon war Jude – Die fragliche Nacht – Alle erdulden – Die Ballade der Esther Jacobs – Die Tragödie des Alex-Li – Das fundamentale Gojsein des Leonard Cohen

I

An den Türen ein sehr alter Mann, der einen grässlichen Geruch von sich gegeben hatte. Die Fahrgäste verzogen jedoch keine Miene, weil er doch gewiss nichts dafür konnte. Neben dem Poster KEIN VERZEHR VON SPEISEN zwei Schuljungen beim Verzehr von Speisen. Ganz am anderen Ende drei Frauen, identisch gekleidet in knalliges Polyester, betupft mit vermeintlich fröhlichen Farben. Sie erzählten einander freudlose Anekdoten vom Wochenende. Sie waren in gleichmäßigen Abständen auf dem melancholischen Bogen sexueller Reife verteilt, und sie wussten es. Sie lachten hysterisch, baumelten an den Haltegriffen, demonstrierten, wie es aussah, wenn *drei Frauen sich köstlich amüsieren*. Sie mochten einander nicht, dachte Alex.
Seufzend öffnete er seine Thermosflasche, nahm einen großen Schluck. Von dem Geruch tränten ihm die Augen. Anstatt ihn darum zu bitten, die Flasche zu verschließen, vollzog rechts von ihm eine Frau-mit-Haarreif eine kunstvolle Goj-Pantomime: Blick auf die Uhr, Erkenntnis, die Haltestelle verpasst zu haben, kurzes Aufkeuchen, hoch auf die Fußballen. An der nächsten

Station stand sie auf und stieg aus. Dreißig Sekunden später entdeckte Alex sie im Wagen nebenan, eingezwängt zwischen einem sehr dicken Mann und einer Nonne, ein so hübsches Beispiel für Karma, dass er richtig gerührt war.

Der Zug wartete überirdisch zwischen zwei Stationen, als Alex' Telefon klingelte. Ohne die Sache in Ruhe zu durchdenken, meldete er sich.

»Das Besondere an einer Wahnvorstellung ist«, sagte Joseph gerade ziemlich herablassend, »dass sie weiter wächst, wenn man sie lässt, und dann kann die Sache verdammt *ernst* werden.«

Alex sah ihn genau vor sich. Er war schon in Josephs Büro gewesen, hatte ihn an seinem Arbeitsplatz beobachtet. Selbst in dem Großraum mit fünfhundert identischen Arbeitsplätzen zeichnete der von Joseph sich durch das völlige Fehlen irgendeiner persönlichen Note aus. Keine Fotos, keine Fähnchen, keine Witze. Nur das ordentliche Päckchen aus Klein selbst, seine gewienerten Schuhe, sein kleiner Computer, sein Telefon mit Headset. Immer der Einzige in Anzug und Krawatte. Einer der ganz wenigen, die schon um Viertel vor neun am Schreibtisch saßen. Vorgebeugt, beide Ellbogen auf dem Schreibtisch, die Finger in Nachahmung eines Kirchendaches aneinander gelegt. Stirn gegen die Spitzen gepresst.

»Joe, ich bin in der U-Bahn.«

»Ja. Und ich bin bei der Arbeit.«

»Wir sitzen zwischen zwei Stationen fest.«

»Alex, ich krieg gerade einen Anruf.«

»Joseph, bitte stell mich nicht in die Warteschleife. Wenn du mich in die Warteschleife stellst, krieg ich einen Tumor.«

»Wir müssen uns ernsthaft unterhalten.«

»Heute will sich jeder ernsthaft mit mir unterhalten.«

»Den Anruf muss ich annehmen – du wirst dir ein Weilchen Musik anhören müssen. Tut mir Leid. Ich hab einen Anspruchsberechtigten auf der anderen Leitung. Bleib dran. Hallo, Heller-Versicherung?«

Joseph arbeitete bei Heller, seit er mit dem College fertig war, eine Tatsache, die Alex stärker belastete als Joseph. In der Hellerschen Welt wurden, wenn Alex das richtig sah, die Heisenbergschen Grundsätze sträflich missachtet: Bei Heller regierte Gewissheit. Bei Heller wurde jede Wirkung stets penibel auf eine Ursache zurückverfolgt. Und irgendwer musste immer dafür bezahlen. Wenn also beispielsweise ein Mensch über einen Bordstein stolperte oder sich an einer Tasse mit heißem Kaffee verbrannte, dann wurde er ermuntert, die Nummer am Ende der Reklame anzurufen, so dass Heller-Versicherung irgendwen verklagen konnte, und zwar auf der Basis Kein-Gewinn-kein-Honorar, wobei das Kleingedruckte des Vertrages ein Honorar festschrieb, das unabhängig vom Ausgang des Verfahren war. In der Vorstellungswelt der Hellerschen Angestellten gab es keine Unfälle. Nur böswillige Verwundungen. Und immer wenn Joseph mal von seiner Arbeit sprach, dachte Alex meist über eine Möglichkeit nach, wie er sich selbst ernsthaft verletzen könnte.
Tell me he's lazy, tell me he's slow, sang das Telefon.
Gelangweilt, das Telefon zwischen Ohr und Kinn geklemmt, beäugte Alex die jüngste von den Polyester-Frauen und stellte sich vor, wie es wohl wäre, sie in absurder Unterwäsche und eigenartigen Positionen zu sehen.
Gegen seine Willen ließen sich seine Gedanken von dem singenden Telefon animieren.

Sängerin: Ava Gardner (1922-90)
Song: »Can't help lovin' dat man«
Film: *Show-Boat* (1951)

Ich war mit Mickey Rooney verheiratet!
Die Ehe stellte den krassesten weiblich-männlichen
Größenunterschied in Hollywood dar!

Der Alex' Ansicht nach einzige beglückende Aspekt von Josephs Job bei Heller-Versicherung war die Tatsache, dass Joseph selbst nie erfahren musste, wie es war, bei Heller in der Warteschleife zu sein.

Als der Song zu Ende war und wieder von vorn anfing, erinnerte Alex sich an einen Gedanken aus seinem (einzigen) Lieblingsgedicht. Warum die Kröte namens *Arbeit* auf deinem Leben hocken lassen? Joseph hätte Autogrammhändler werden sollen. Es lag in seiner Natur. Er war achtsam, gescheit. Aber auch leidenschaftlich, auch engagiert. Die perfekte Verbindung von Sammler und Händler. Als Joseph klein war, hatte seine Begeisterung für das Metier ansteckend gewirkt; Alex hatte sich das Virus eingefangen und war es nicht mehr losgeworden. Mit fünfzehn Jahren hatte Alex ernsthaft angefangen, Sachen zu verkaufen, mit zwanzig war er selbständig. Aber Joseph, schon immer im Bannkreis seines Vaters, hatte nicht den Mut, sein Hobby zum Beruf zu machen. Eigentlich war das feige, dachte Alex, und er erklärte sich damit, warum ihr Verhältnis zueinander so angespannt war. Alex glaubte, das Joseph ihn ablehnte, und Alex lehnte Joseph ab, weil der ihn ablehnte. Keiner von beiden sprach über seine Ablehnung, ob nun real oder eingebildet. Und das lehnten beide ab. Als Formel für das allmähliche Zerbröckeln einer Freundschaft ist Obiges beinahe mathematisch exakt.
»Alex?«
»Noch dran.«
»Was für eine Musik wird gespielt, nur interessehalber? Vivaldi?«
»Nein, Musicalmelodien. Schlechte. Stell mich bloß nicht wieder in die Warteschleife, Mann. Ich hab's schon beim ersten Mal kaum ausgehalten.«
»Alex, hast du mit Adam gesprochen?«
»Heute Morgen. Bevor ich mit dir gesprochen habe. Über das Auto-Desaster. Ich hab Esther in eine Bushaltestelle gefahren.«
»Hab ich gehört. Was hat er gesagt?«
»Er hat gesagt, dass er mit mir reden will, ernsthaft.«
»Ja, er hat gesagt, dass er das vorhat.«
Alex glaubte, eine Spitze herauszuhören, und bei der Vorstel-

lung, dass Adam und Joseph miteinander sprachen, ohne ihn, schwoll ihm der Kamm. Rubinfine und Adam, Joseph und Rubinfine – diese Paarungen störten ihn nicht. Er wusste um deren Grenzen und Tiefe. Aber die Beziehung zwischen Joseph und Adam durchschaute er nicht, wusste nur, dass sie eng war, und irgendwie machte ihm das Angst. Ihm war klar, dass sie ein gemeinsames Interesse (Adams war praktischer Art, Josephs theoretischer) an der jüdischen Mystik hatten, vor allem der Kabbala. Alex fürchtete, dass sein und Adams gemeinsames Interesse an Marihuana und Frauen nicht ganz so tragfähig sein könnte.

»Also, Alex, die Sache ist die, er hat mich gebeten, dich noch mal anzurufen.«

Alex biss sich lautlos auf die Backe.

»Er ist – wir sind *beide* ein bisschen beunruhigt, wegen einiger Dinge, die du Dienstagnacht gesagt hast. Vor allem über die …«

Josephs Stimme verlor sich erneut in einem kleinen Ausstoß von Luft, was sich an Alex' Ende so anhörte wie ein Kuss in die Hörmuschel. Alex beschloss, ihm aus der Klemme zu helfen.

»Über die Kitty meinst du, oder?«

Während er sprach, zog Alex die Plastikhülle aus seiner Tasche und nahm die Postkarte heraus. Er spürte regelrecht, wie ihm das Blut in den Kopf schoss, als wäre er ein Katholik, der ein Reliquiar berührt. Er versuchte, gleichmäßig zu atmen. Das war sie, das war sie. Die Tinte hob sich von dem rauen Papier ab wie Schorf. Kitty, das war allgemein bekannt, machte statt eines i-Tüpfelchens ein kleines, leicht schräges Herz. Alex berührte es jetzt, und liebte sie dafür. Er glaubte, sie war die Erste. Die Erste, die solche i-Tüpfelchen machte. Er glaubte außerdem, dass diejenigen, die Klischees erschaffen, einen Splitter der Schöpfung ihr Eigen nennen dürfen. *Hund* wurde ein Klischee. *Bäume* auch.

»Nun jaaa«, setzte Joseph behutsam an, »du bist ein bisschen durchgedreht, und das ist *okay*, dafür müsstest du dich nicht *schämen* – aber andererseits, wenn man dann aufwacht, ist es manchmal schwer, sich von seinen Illusionen zu trennen … ich denke, man muss das sanft machen. Es ist in Ordnung, und keiner hat deswegen eine *schlechtere* Meinung von dir – wir wollen nur sicher sein, dass es dir wirklich gut geht. Wir machen uns bloß Sorgen deinetwegen.«

»Sorgen, dass ich sie verkaufen könnte?«, fragte Alex mit argwöhnischer Stimme.

Es wurde still in der Leitung.

»Alex?«, sagte Joseph nach einer Minute. »Ich kann dir nicht ganz folgen.«

»Hör mal, Joe«, fauchte Alex, »ich will ja nicht unhöflich werden – nein, stimmt nicht, ich *will* unhöflich werden –, ich weiß wirklich nicht, was dich das angeht. Du bist schließlich nicht mal mehr in der Branche. Also, beim allerbesten Willen, wieso hältst du dich nicht einfach raus?«

»Moment – sie verkaufen? Ich weiß nicht … Alex … das ist doch wohl rein theoretisch, oder?«

»Theoretisch, wieso?«

»Was soll das heißen, wieso?«

»Das soll heißen, *wieso*?«

Joseph stieß ein Lachen aus, wie das seines Vaters, jäh und ohne Heiterkeit.

»Was ist so lustig?«, fragte Alex kalt.

»Also schön, nur mal angenommen«, sagte Joseph wichtigtuerisch, »du würdest versuchen, sie zu verkaufen, Alex – innerhalb der Autogrammszene. Wie könnte ich es dann moralisch rechtfertigen, nichts zu sagen? Ich meine, kann ja sein, dass ich streng genommen nicht mehr *in der Branche* bin, aber ich *kenne* die Händler, die bei so etwas ein Risiko eingehen würden, das sind *Freunde* von mir. Und da ich weiß, was ich weiß, da ich weiß, dass sie nicht *echt* ist, werde ich nicht einfach die Hände in den Schoss legen und mich praktisch zum *Mittäter* machen …«

»Joseph *Klein*«, sagte Alex trocken, »niemand erhebt falsche Anschuldigungen gegen dich. Es kommt niemand, um dich abzuholen. Du hast nichts Unrechtes getan.«

»Du bist zum Schreien. Hör mal zu, Alex …«

»Nein, *du* hörst jetzt mal zu. Ich denke, du bist einfach neidisch. Es ist *mein* Autogramm, okay, es ist *mir* zugeschickt worden …«

Die Bahn setzte sich rumpelnd wieder in Bewegung. Alex sah, wie die vier Stränge dicker, bunter Elektrokabel zu einem Tau verschmolzen, sich an die Seitenwände schmiegten, als die Bahn kurz in einen Tunnel glitt. Der Telefonempfang war so deutlich, dass er Josephs nervöses Atemholen hörte. Wieso hatte er hier immer noch Empfang? Wie groß waren diese Satelliten eigentlich? So groß wie Planeten? Waren sie Krebs erregend? Alex steckte den Kopf zwischen die Knie.

»Das ist nicht *wahr*«, sagte Joseph sehr traurig. »Ich bin nie neidisch auf dich gewesen. Es verletzt mich, dass du das denkst.«

Und bei Joseph war das nicht einfach nur so dahergesagt. Man konnte die Verletzung hören, man konnte sie *fühlen*. Alex war noch keinem anderen Menschen begegnet, der sich so leicht durch die Worte anderer kränken ließ. Er hatte als Junge viel einstecken müssen, dieser Joseph, weil er klein und mager und snobistisch war; er hatte schon Hiebe, Würfe, Schläge, Tritte, Fleischwunden und Rempeleien eingesteckt. Aber nur Worte konnten ihn wirklich treffen. Noch immer zuckte er bei einem Kraftausdruck zusammen. Vor nicht allzu langer Zeit hatte Alex ihn auf der anderen Straßenseite gesehen und seinen Namen gebrüllt. Joseph war umgefallen.

»Joseph … hör zu«, sagte Alex beschämt. »Es tut mir Leid. Das war gemein – ich wollte nicht gemein sein. Mir ist nur ein bisschen schlecht, ehrlich gesagt. Ich hab den schlimmsten Kater der Menschheitsgeschichte. Und ich *verstehe* nicht, warum du mir so zusetzt.«

»Ich verstehe nicht«, sagte Joseph mit leiser, besorgter Stimme, »was du mit dem Wort *zugeschickt* meinst.«

»Ich meine *zugeschickt*. Ich hab sie. Sie ist real. Sie ist in meinen Händen. Sie wurde mir zugeschickt.«

»Genau. Und wie? Per Post? Per Himmelsboten?«

»Zugeschickt«, sagte Alex erneut mit Überzeugung. »Einfach *zugeschickt*. Hör zu – ich sag ja nicht, dass ich es *erklären* kann …«

»Verdammt noch mal. Alex. *Alex* …«

Joseph redete immer weiter. Alex hielt sich Kitty dicht vor die Nase, wo er sie sehen konnte. Dieses erlesene *tt*, mit einer einzigen schwungvollen Bewegung erreicht, auf sich selbst zurückfallend, weitergeführt.

»Die Sache ist die«, sagte Joseph, als Alex wieder hinhörte, »ich war *dabei.* Du bist in die Küche gegangen und mit diesem Autogramm zurückgekommen. So war das. Es tut mir Leid. Aber das ist eine Tatsache.«

Mit schmalen, wütenden Augen beobachtete Alex, wie die älteste Polyester-Frau ihre Handtasche zurechtrückte, so dass sie ihren bauchigen Unterleib bedeckte. Ein Mann ihm gegenüber hatte die Hände über dem Schritt zusammengelegt. Die Jungen waren gerade mit dem Verzehr von Speisen fertig. Als die Bahn schneller wurde, zogen sie Grimassen und steckten sich die Finger in die Ohren. Keiner fährt mehr irgendwohin, ohne sich, und wenn auch nur für eine Sekunde, den Moment des Aufpralls vorzustellen. Und wenn die entscheidende Sekunde *diese* Sekunde wäre, dachte Alex, dann wären alle diese Menschen besser darauf vorbereitet als ich.

»Alex … ich will ja nicht – aber du weißt doch, welches *Datum* wir heute haben? Das heißt, nächsten Donnerstag? Deine Mum hat es Adam gesagt, und Adam hat es mir gesagt. Meinst du nicht, das könnte vielleicht eine Rolle spielen? Mein Freund, ich glaube, du hast einen Nervenzusammenbruch. Hallo, Heller-Versicherung.«

»*Was?*«

»Bitte warten.«

Sängerin: Ann Miller (1919 -)
Song: »Prehistoric Man«
Film: *On the Town* (1949)

Als Kind hatte ich Rachitis!

Bei dem Platz in meinem Gehirn, dachte Alex, hätte ich Hebräisch lernen können. Aus mir hätte jemand werden können.

Die Musik hörte auf.

»Wie kommt es nur«, sagte Alex streitlustig, »dass Adam zweimal die Woche ein mystisches Erlebnis hat, und das ist in Ordnung, das ist prima, und wenn ich *endlich* mal eins habe, halten mich alle für geistesgestört?«

Es kam keine Antwort. Alex nahm an, dass die Leitung tot war.

»Machst du dir denn gar keine Gedanken, Alex«, kam die ungehörte Frage just in dem Moment, als Alex den Daumen auf den Aus-Knopf legte, »dass du vielleicht Wahnvorstellungen hast? Dass du vielleicht depressiv bist? Alex?«

Eines von Alex' Talenten, eines der wenigen, die ihm aus seiner frühreifen Kindheit geblieben sind, ist, präzise zu wissen, wie viel Zeit ihm noch bleibt, bevor er kotzen muss. Das Timing ist also perfekt; Gespräch beendet, Tasche und Thermosflasche gepackt, raus aus dem Wagen, über den Bahnsteig zur Gegenrichtung, ein Halbmond aus Erbrochenem auf die leeren Gleise, und dann die Ankunft der Bahn, die ihn in die Mitte von allem bringt. Ein Ziel wird in Buchstaben aus Licht verkündet.

2

Auf dem Weg an die Oberfläche drängte sich Alex am Fahrkartendrehkreuz so dicht wie möglich an eine gehetzte Mutter heran, damit ihr mit Fahrschein beförderter Körper und sein ohne Fahrschein beförderter Körper als ein einziger hindurchgingen. Diese Taktik hatte bisher immer geklappt, jetzt jedoch kam eine Hand, legte sich schwer auf seine Schulter, und er wurde zur nächsten Stufe der Strafe geführt: eine grauhaarige Frau, die hinter einer Glasscheibe saß. Ihr linkes Bein war eingegipst und ruhte auf einem Stapel Bücher, der wiederum auf einem Hocker aufgeschichtet war. Ihre Brille hing an einer Kette. Ein Plastiknamensschild, das mit einer Schriftart bedruckt war, die sich dem natürlich fließenden Schwung der menschlichen Hand annähern sollte, verriet: *Gladys*.

Alex lächelte. »Einmal aus Mountjoy bitte.«

Gladys legte theatralisch eine Hand hinters Ohr, Internationale Geste für *Wie war das?*

»Was willste? Richtung Mountjoy?«

»Nein – nein. Ich *komme* gerade aus …«

»Junge – sprich in das Ding da; ich kann nix hören.«

»Ich hab gesagt, ich *komme* gerade aus Mountjoy …«

»Dann willste ein Ticket zurück?«

»Nein, ich – hab bloß – der Automat in Mount … die Bahn kam gerade, und da bin ich schnell reingesprungen …«

»Aha, verstehe. Du kannst mich Kassandra nennen, junger Mann, weil ich sehe, ich sehe.«

»Nein, hören Sie. Also gut. Nein. Noch mal von vorn. So war das nicht, es war nämlich so: Ich hab einfach … es war keine Zeit mehr, eins zu kaufen … und deshalb bin ich …«

Alex wurde schwächer. Die Frau griff nach einer langen selbstgebastelten Vorrichtung – zwei Bleistifte mit Gummiband zusammengehalten – und schob sie tief in ihren Gips. Kratzte.

»Also, du sagst im Grunde – und du kannst mich gern korrigieren, falls ich mich vielleicht doch irre –, dass du den Fahrpreis nich bezahlt hast; du hast ihn einfach nich bezahlt, einfach so …«

»So war das nicht …«

»Unter Missachtung der exekutiven und legislativen Verordnungen unserer Regierung …«

»Ist das hier …? Ich meine – ganz allgemein gesagt – notwen… «

»Ganz zu schweigen von den *eindeutigen* Bestimmungen für den Personentransport der Londoner U-Bahn, die von jedem Menschen *mit Augen im Kopf* studiert werden können, sowie unter *Verletzung* eines gemeinschaftlichen Verhaltenskodex von Fairness und *Rechtschaffenheit*, der vorbehaltlos von deinen Mitreisenden eingehalten wird …«

»Ja, ha. Sehr gut. Hören Sie, ich bin wirklich in Eile …«

»Und last, but *keineswegs* least unter Verachtung deines eigenen persönlichen Gewissens im Hinblick auf einen *moralischen Imperativ*, der, wenn wir ihn schon nicht in uns spüren, im Buch Exodus klar formuliert ist. Du. Sollst. Nicht. *Stehlen.*«

Manchmal dachte Alex, es wäre eine gute Idee, alle älteren Teilzeitstudenten der Welt immer schön Kopf an Fuß in einer Reihe auf den Äquator zu legen und sie irgendwie so zu fesseln, dass sie sich nicht mehr rühren könnten. Dasselbe galt für Besucher von Abendschulen.

»Zehn Pfund bitte, junger Mann. Plus der normale Fahrpreis.«

Alex hatte keine zehn Pfund, also schob er eine Plastikkarte rüber, woraufhin die Frau mit der Zunge schnalzte, das Bein von *Die letzten Tage des Sokrates* nahm und in den hinteren Teil ihres Kabuffs hoppelte, um dieses mechanische Durchziehding zu holen. Sie zog durch, reichte den Beleg rüber, er unterschrieb, reichte den Beleg rüber, sie hielt den Beleg dicht neben seine Karte, er lächelte. Sie blickte ihn misstrauisch an.

»Is das deine?«

»Was denn? Stimmt was nicht damit?«

Sie sah sich die Karte wieder an, die Unterschrift, die Karte, und gab sie ihm dann zurück. »Ich weiß nich. Vielleicht mit dir. Du siehst aus, als wärst du krank oder so. Als würdest du gleich umkippen.«

»Tut mir Leid, Gladys, aber sind Sie Ärztin? Oder Prophetin? Ich meine, außerdem noch? Oder kann ich jetzt gehen?«

Sie blickte finster. Rief den Nächsten in der Warteschlange auf. Alex schnappte sich seine Thermosflasche von der Theke. Schritt zum Ausgang.

Draußen bog er scharf nach links ab, in der Absicht, die gesamte Straße einfach entlangzueilen, wieder links abzubiegen und das Auktionshaus zu betreten. Aber er hatte nicht mit dem Schlussverkauf gerechnet. Mit den Frauen. Die Sonne stand niedrig genug, um sie anzustrahlen, ihre Konturen waren sehr präzise umrissen. Sie erinnerten Alex an die chinesischen Schattenpuppen des alten Tangshan-Theaters. Sie bewegten sich schnell und klar.

So schön! Hinein durch Türen mit klingelnden Glöckchen, wieder hinaus, und aufs Neue hinein. Attraktiv, schnell, geschmeidig: Rehe, die zur Abwechslung mal selbst auf die Jagd gehen. Zwischen ihrer Art einzukaufen und Alex' Art klaffte ein Abgrund (er stürzte sich mehr oder weniger blindwütig von Geschäft zu Geschäft, und nur um das Allernotwendigste zu erstehen, Toilettenpapier, Zahncreme). Bei diesen Frauen sah Begehren tüchtig aus. Nichts auf dieser Straße wollten sie so sehr, dass sie dafür einen Verlust ihrer Contenance in Kauf genommen hätten. Sie waren erstaunlich.

Aber ich bin doch schon spät dran!, dachte Alex mit einem Blick auf seine Uhr. Sein Pullover war aus Mohair, er schwitzte am Hals. Trotzdem, wie sollte er ihnen widerstehen? Um sich vorzubereiten, blieb er mitten auf der Straße stehen, zog seinen Trenchcoat aus und band ihn sich um die Taille. Er nahm einen kleinen Block aus der Tasche und drückte ihn in die Handfläche, um sich Notizen machen zu können. Und dann ging Alex los, langsam, schlenderte zwischen ihnen umher, teilte sie auf, während sie an ihm vorbeigingen, so wie er es immer tat, für sein Hobby, seine Recherche, sein Buch. Goj. *Jüdisch.* Goj. Jüdisch. Goj. *Goj.* Jüdisch. *Goj!*

Nicht sie selbst, als Menschen – das hätte keinen Spaß gebracht. Nur Streitereien. Nein, andere Dinge. Eine Bewegung des Arms. Ein Art von Schuh. Ein Gähnen. Ein Kleid. Eine gepfiffene Melodie.

Es bereitete ihm ein einfaches Vergnügen. Andere Leute fragten sich wieso. Er dachte lieber nicht darüber nach. Alle möglichen psychologischen, physiologischen und neurologischen Hypothesen (einschließlich der *Gemischtrassige-sehen-Dinge-zweifach*-Theorie und der *Vaterlose-Kinder-suchen-nach-wiederhergestellter-Symmetrie*–Theorie und *besonders* der *Chinesische-Gehirne-sind-auf-Yin-und-Yang-Dualitätsdenken-gepolt*-Theorie) weckten in ihm den Wunsch, sich die Augäpfel an die Wand zu tackern. Er machte es, weil er es machte. Er hatte ein unvollendetes Manuskript, das vielleicht einmal von irgendwem veröffentlicht werden würde, mit dem Titel *Jüdischsein und Gojsein*, der Höhepunkt seines Schaffens zu diesem Thema. *Jüdischsein und Gojsein* war einmal nach gängigen Kriterien ein einigermaßen akademischer Text gewesen. Es hatte eine Einleitung, es hatte Essays und Erläuterungen, Fußnoten, Randbemerkungen (er hatte es als einen Nachtrag, sozusagen eine Fortsetzung von Max Brods Anstrengung *Heidentum, Christentum, Judentum* aus dem Jahre 1921 konzipiert. Zudem war er dem populären Komiker Lenny Bruce verpflichtet). Es war in viele unterschiedliche Kategorien aufgeteilt, zum Beispiel:

Nahrung
Kleidung
Das neunzehnte Jahrhundert
Autos
Körperteile
Die Texte von John Lennon
Bücher
Länder
Reisen
Medikamente

Jede einzelne Kategorie wurde dann in jüdische Dinge und Goj-Dinge unterteilt. In einem frühen Anfall von Aberglaube hatte er die Entscheidung getroffen, die Unterkapitel des Buches mit dem Tetragrammaton zu überschreiben, dem vierkonsonantigen Spitznamen des Gottes Israels:

JHWH

Manchmal, wenn das Kapitel besonders brisant war, verwendete er dessen eindrucksvollere hebräische Verkörperung:

יהוה

Als würde die Beschwörung des heiligen Namens seine Häresie absichern.

Er war jung gewesen, naiv, als er damit begann. Inzwischen war es ein anderes Buch. Noch immer ging es um Jüdischsein und Gojsein, aber jetzt ging es *nur* noch darum. Kein Essay war länger als eine Seite. Es gab keine Bildunterschriften zu den vielen Illustrationen. Alles weggelassen. Bloß ein paar Fußnoten hier und da. Keine Kommentare. Jetzt hatte er nur noch den schönen Kern des Ganzen selbst: mindestens dreihundert Seiten, die letztlich auf eine zweispaltige Liste hinausliefen. Jüdische Bücher (häufig nicht von Juden geschrieben), Goj-Bücher (häufig nicht von Goj geschrieben), jüdische Büroutensilien (der Tacker, der Halter für die Stifte), Goj-Büroutensilien (die Büroklammer, das Mousepad), jüdische Bäume (Platane, Pappel, Buche), Goj-Bäume (Eiche, Sitka, Rosskastanie), jüdische Gerüche des siebzehnten Jahrhunderts (Rosenöl, Sesam, Orangenschale), Goj-Gerüche des siebzehnten Jahrhunderts (Sandelholz, Walnüsse, nasser Waldboden). Und Gottes unaussprechlicher Name auf jeder Seite. Immer und immer wieder. Es war ein Objekt von Schönheit. Er ließ nicht zu, dass irgendwer es las. Wenn es in einer Unterhaltung zur Sprache kam, merkte er, dass man mit ihm redete wie mit einer Figur aus einem Film. Rubinfine erklärte, er *vergeude sein Leben*. Adam *sorgte sich um seinen Verstand*. Joseph vertrat die Meinung, überhaupt darüber zu diskutieren, *leiste der gefährlichen Idee Vorschub*, dass die Sache tatsächlich existierte. Esther fand *die ganze Sache zutiefst anstößig*.

Tja, vielleicht war *Jüdischsein und Gojsein* nicht für jedermann. Aber bekam jedermann nicht ohnehin schon *alles*? Hatte er noch nicht genug? Alles auf Erden ist auf diesen *Jedermann* zugeschnitten. Alle Fernsehsender, nahezu sämtliche Kinofilme und so gut wie achtzig Prozent aller Musik sind für jedermann. Danach kommen die Sekundärmedien wie Malerei und die anderen bildenden Künste, die niemanden bewegen. Die sind meistens nur für *irgendjemanden*, und obwohl man die Leute ständig klagen hört, dass es nicht genug davon gibt, reicht *irgendjemand* in Wahrheit völlig aus. Galerien, Museen, Keller in Berlin, Ateliers, Journale, kahle Wände in urbanen Zentren – meistens kriegt irgendjemand, was er will und was er verdient hat. Aber wo sind die Dinge, die *niemand* will? Immer mal wieder sah oder hörte Alex etwas, was anscheinend für *niemanden* war, doch schon bald stellte sich heraus, dass es für irgendjemanden war, und nachdem ein gewisses Werbebudget investiert worden war, platzte es hinaus in die Welt für jedermann. Wer blieb da noch, um Sachen für niemanden zu machen? Nur Alex. Er allein. *Jüdischsein und Gojsein* war für niemanden. Man könnte es als den Beginn einer neuen Kunstrichtung bezeichnen, wäre da nicht die traurige Tatsache, dass niemand eine neue Kunstrichtung erkennen würde, selbst wenn sie ihn mitten ins Gesicht träte. Niemand wartete auf *Jüdischsein und Gojsein*. Niemand wollte es. Und es war noch nicht fertig. Wenn es fertig war, würde er es wissen.

Sein Buch steckte nun schon eine ganze Weile in der Krise. Es hatte Schräglage. Gojsein in all seinen Ausformungen war Alex zur Obsession geworden. Es war jetzt zu viel drin in Sachen Alufolie, Sofabezüge, Bildernägel, Lesezeichen, Obstgärten. Im Buch, ebenso wie in seinem Leben, versickerte das Jüdischsein allmählich. Drei Monate zuvor hatte er sich zu seinem bislang größten Wagnis verstiegen: ein Kapitel, das sich mit dem Standpunkt auseinander setzte, das Judentum selbst sei der gojste aller Monotheismen. Er scheiterte spektakulär. Er wurde sehr depressiv. Er rief seine Mutter an, die aufhörte, zusammen mit Derek (dem Lebensgefährten) in Cornwall Dinge aus Ton herzustellen, und nach London zurückkehrte, um ein paar Wochen bei ihm zu wohnen, auf ihn aufzupassen. Aber Sarah fiel diese mütterliche Rolle nicht leicht. Das war Li-Jins Sache gewesen. Ihre Gabe war Freundschaft, und Alex seinerseits kannte das nicht, dass jemand Suppe brachte und bei ihm Fieber maß. Ihr Umgang miteinander war linkisch, ein wenig komisch, als lebten zwei Erwachsene mit gebeugtem Rücken in einem Miniaturhäuschen. Und alles ohne Li-Jin. Es war so schrecklich, ungetrübt traurig. Jedes Mal, wenn sie sich trafen, empfanden sie es erneut, als hätten sie ein Picknick geplant, zu dem Alex das Besteck, Sarah die karierte Decke mitbrachte – wo war das Essen?

Dennoch war Alex (der wie die meisten jungen Männer an der Überzeugung festhielt, dass seine Mutter ungewöhnlich schön war, selbst als sie dicker und grau wurde) entzückt über ihre körperliche Anwesenheit, ihre wallenden Hippieröcke und -tücher, ihre Hände, die aussahen wie seine, die selbstverständliche Art, mit der sie ihn plötzlich an ihre Brust zog, so wie ein Mann den anderen auf dem Spielfeld umarmt. Sie hatte manches zu sagen.

Sie sagte: »Wenn ich überhaupt irgendwas bin, Schatz, dann bin ich wahrscheinlich Buddhistin.«

Sie sagte: »Weißt du, als ich deinen Vater geheiratet habe …«

Sie sagte: »Ich denke, es wäre gut, ein bisschen mehr zu *tun* und ein bisschen weniger zu *denken*.«

Sie sagte: »Wo hast du die Tassen?«

Bevor sie abreiste, gab sie ihm eine Schachtel mit Papieren und Sachen, die mit der Verwandtschaft zu tun hatten.

»Du meinst so was wie das hier?«, sagte sie und stellte die Schachtel auf seinen Nachttisch.

Sarah Hoffmans Familie. Souvenirs und Fotos und Fakten. Da war Urgroßvater Hoffman als junger Mann in europäischer Pose. Er sieht großspurig aus und hält zwei andere junge Männer an den Schultern umfasst. Die drei stehen mit ihren dünnen Krawatten breitbeinig vor einem Gebäude, irgendein neues Unternehmen, das nie fertig werden sollte. Auf einem anderen Foto stehen vier hübsche Schwestern im Schnee. Ihre Köpfe sind in unterschiedlichen schwermütigen Winkeln geneigt. Nur ihr magerer Afghanenrüde blickt in die Kamera, als ob er das Zukunftsgeheimnis ihres schrecklichen Todes kennt, weiß, wo und in welcher Reihenfolge sie sterben werden. An anderer Stelle zeigt eine Sepia-Ansichtskarte den Dicken Onkel Saul als kleinen Jungen. Es ist eine Studioaufnahme von ihm mit Palme und Tropenhelm auf einem Miniaturpony, die Wurstbeine gespreizt.

Selbiger Saul hatte geglaubt, dass die Hoffmans durch eheliche Bande mit den Kafkas aus Prag verwandt wären. Aber was sind schon eheliche Bande? Alex grub noch tiefer. Eine Straßenbahnfahrkarte für eine stillgelegte Linie in einer stillgelegten Stadt. Zehn Zloty. Ein paar ausgeleierte Socken aus scharlachroter Wolle mit lila Rauten. Der beglaubigte Qualifikationsnachweis eines emigrierten Russischlehrers, entfernter Vetter. Ein eingedrückter Bowler. Aber sollte doch jemand anderes eine Trauerliste machen, dachte Alex. Die Leute, die solche Schachteln verwahrten, gehörten auch zu denen, die bedrohlichen Geräuschen in dunkle Keller folgten, die ihre Häuser auf alten Indianerfriedhöfen erbauten. Menschen aus Filmen. Alle auf diesen Fotos sind tot, dachte Alex matt. Ermüdend, das Ganze.

3

An dem Abend bei Adam, an dem fraglichen Abend, hatte Alex nicht zum ersten Mal über die Buchstaben nachgedacht. In letzter Zeit war er öfter hingegangen, weil er hoffte, es könnte ihm helfen. Der Ablauf war immer gleich. Sie dröhnten sich zu. Sie saßen auf dem Boden, jeder einen großen leeren Schreibblock in der Hand. Stifte bereit. Starrten die Wände an. Vor zehn Jahren hatte Adam auf die gegenüberliegende Seite ein grobes kabbalistisches Diagramm gezeichnet, zehn Kreise in einer seltsamen Anordnung. Sie waren, wie Adam behauptete, die zehn heiligen Sphären, von denen jede ein göttliches Attribut enthielt, eine der *Sefirot*. Oder aber sie waren die zehn Äste des Lebensbaumes, von denen jeder einen Aspekt göttlicher Macht verkörperte. Oder sie waren die zehn Namen Gottes, in denen er sich jeweils auf unterschiedliche Weise offenbarte. Sie waren auch die zehn Körperteile Adams, des ersten Menschen. Die Zehn Gebote. Die zehn Lichtkörper, aus denen die Welt gemacht wurde. Auch bekannt als die zehn Gesichter des Königs. Auch bekannt als der »Weg der Sphären«:

Abb. (a) Wand Eins

Die zehn Sefirot

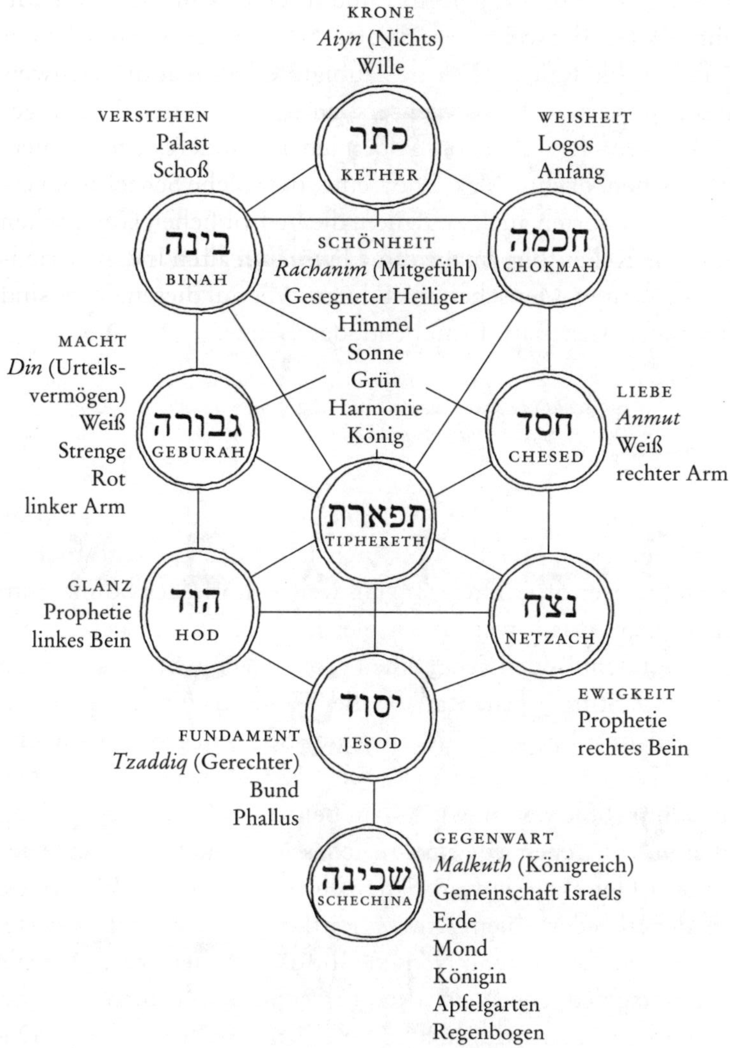

Auf die Wand gegenüber hatte Adam etwas Einfacheres und, wie Alex fand, Schöneres gepinselt. Alle zweiundzwanzig Buchstaben des hebräischen Alphabets. Den Weg der Buchstaben.

Abb. (b) Wand Zwei

יהוה

Zweiundzwanzig Grundbuchstaben

Er bestimmte sie, Er erschuf sie, Er vereinte sie,
Er wog sie, Er tauschte sie aus. Und Er
schuf mit ihnen die gesamte Schöpfung und alles,
was in Zukunft erschaffen werden sollte.

ו	ה	ד	ג	ב	א
WAW	HE	DALET	GIMEL	BET	ALEF
ל	כ	י	ט	ח	ז
LAMED	KAF	JOD	TET	CHET	SAJIN
צ	פ	ע	ס	נ	מ
ZADE	PE	AJIN	SAMECH	NUN	MEM
		ת	ש	ר	ק
		TAW	SCHIN	RESCH	KOF

Die Welt ist zerbrochen.

Im Großen und Ganzen waren sie gut gemalt, denn Adam war wirklich geschickt mit dem Pinsel. Aber sie stundenlang stumm anzustarren, das erfordert eine gewisse Hingabe. Die Reise zu Gott. Sie ist sehr lang. Sie ist ziemlich öde. Und immer genau in dem Moment, wenn Alex gewillt war, den Fernseher einzuschalten und die Sache aufzugeben, fing Adam an, sein Rückgrat als Palmwedel zu visualisieren. Und von da zog er los, reiste durch die Sphären, verlor sich. Für Alex jedoch gab es keine Verschmelzung, keinen Verlust des Selbst. Ihm blieb diese Idee der Einheit mit dem Nichts verschlossen. Solche Dinge waren zu hoch für ihn. Er verspürte keine Magie. Bloß den dichten, nutzlosen Marihuana-Mief, wenn er auf die Buchstaben starrte, nicht viel empfand außer vagen Anthropomorphismen: Sah der eine da nicht wie ein Mensch aus, der die Faust schwingt? Eine Krone? Eine halbe Menorah? Ein Tisch? Ein schlafender Fötus? Ein langhaariger Kobold?

Für Adam war es anders. Für ihn zogen die Sphären und Buchstaben eine große Show ab. In jedem einzelnen sah er Welten, Seelen, Gottheiten. Zweifellos war es hilfreich, Hebräisch lesen zu können, ein Kunststück, das Alex nie gelungen war. Aber wichtiger war, dass Adam das Wunder nicht verbannt hatte. In Adams Welt war alles wundersam. Er las nur eine Seite der Tora pro Monat, denn jeder Buchstabe davon war für ihn ein Buch in sich selbst. Während einer einzigen Meditation konnte Adam seine sechs ausgesuchten Buchstaben mindestens zwanzigmal abschreiben, sie neu ordnen, sie vertauschen, Berechnungen hinsichtlich ihrer numerischen Werte anstellen oder ihrer Farben oder der Propheten, die sie symbolisierten, oder der Musik, die sie machten. Manchmal schwang sich seine Seele auf und materialisierte sich in Israel. Es war die Zeit der Herrlichkeit des Tempels von Jerusalem. Die Buchstaben waren nun viele Stockwerke hoch, wie Wolkenkratzer, die sich über das Land beugten. Er flog um sie herum, untersuchte jede Ecke. Er badete in ihrem Licht. Er legte sich zu ihren Füßen. Glücklicher Adam.

»Setz dich«, hatte Adam an jenem Dienstagabend gesagt und Alex ein Velvetonkissen zugeworfen. Das Zimmer war wie immer: kastenartig, dunkel, von Kerzen erhellt. Joseph saß im Schneidersitz auf dem Boden. Esther lag ausgestreckt auf dem Sofa, langbeinig, zu high, um sich zu bewegen. Ein Video lief, Esthers Lieblingsvideo, eine romantische Teenagerkomödie aus den Achtzigern, mit abgestelltem Ton. Alex hatte keine Erwartungen.
»Wir werden mal etwas anderes probieren«, sagte Adam und öffnete seine Holzkiste. Er gab Alex eine winzige Pille. Weiß, unberührt.

Irgendwann später merkte der High-School-Junge in dem Video (das immer gleich war, in dem die Menschen sich nicht veränderten und ihre Schönheit behielten und nicht starben), dass das unscheinbare und arme Mädchen schön und reinen Herzens war. Es gab einen finalen, erlösenden Kuss auf einem Parkplatz. Urplötzlich hob Alex Esther vom Sofa, packte sie und küsste sie.
»*Runter* von mir«, sagte sie.
»Hör auf, mich zu bedrängen«, sagte sie.
»Wo fahren wir hin?«, sagte sie.
Aber da waren sie schon im Auto. Tatsächlich? Alex blieb mitten auf dieser piekfeinen Straße stehen und schloss die Augen, versuchte – wie man es in Anwaltsserien öfter hört –, ein mentales Bild heraufzubeschwören. War Esther bei ihm? Hatte er die Kitty da schon? Hatte er sie an die Windschutzscheibe gepappt wie einen Strafzettel?
Er erinnerte sich, dass sie an einer Tankstelle was zu Essen kaufen wollten. Alex hatte den Eindruck gehabt, dass alle in der Tankstelle Kantonesisch sprachen, bis er sie ansah. Dann sprachen sie Englisch. Kantonesisch, Englisch, Englisch, Kantonesisch!
Wieder im Auto wandte er sich Esther zu. »Alle sprechen Kantonesisch. Manchmal«, sagte er. Er kicherte. Aber Esther weinte

und starrte auf ihre Oberschenkel. »Ich bin so *egoistisch*«, sagte sie.

Esther schien es, als wären die beiden Föten, die sie abgetrieben hatte (einer von Alex, als sie erst siebzehn war, der zweite von irgendeinem anderen, den sie auf dem College kennen gelernt hatte), in ihren Oberschenkeln, in jedem einer, und sie konnte ihre Finger sehen, die von innen drückten, um rauszukommen. Es muss kurz danach gewesen sein, dass eine Bushaltestelle wie von Sinnen über die Straße fegte und sich vor Alex' Wagen warf.

Bei der Erinnerung daran spürte Alex, dass sein Gesicht nass von Tränen war. Er vollführte eine von niemandem wahrgenommene Goj-Pantomime, indem er so tat, als wäre ihm irgendwas ins Auge geflogen. Er setzte seinen Ärmel ein. Er versuchte, dieselbe Atemtechnik anzuwenden, die Adam ihm für ihre Meditationen beigebracht hatte. Mitten in dieser Vorführung wurde er von einem jungen Franzosen mit sanfter Stimme angesprochen. Hastig gab Alex ihm eine fiktionale Wegbeschreibung zu einem Ort, an dem keiner von beiden je gewesen war. Der Junge bog nach links ins Wer-weiß-Wohin ab. Die Sonne wurde einen Grad heller. Sie ließ die alten grauen Citysteine weiß aufleuchten, und zum ersten Mal seit einem Monat voller Smog blinzelte sich ein Paar ferner Paläste zu, zwei Freunde an den entgegengesetzten Enden einer Party, wenn die Menschenmenge sich plötzlich lichtet. Alex versuchte zu summen. Einige von den einkaufenden Frauen lächelten ihn an, aber verkrampft, wie man alte, gebrechliche oder behinderte Menschen anlächelt. Alex machte unbeirrt weiter, summte den ganzen Weg über bis zu einem Poller auf der Straße und um eine Ecke herum. Jetzt sang er einen berühmten Song. Er schritt in dessen Rhythmus. Der Song verwandelte sich. Das passierte ihm oft. In der Vergangenheit hatte er spontan »Ich zeig Sie an« komponiert, ein Lied über seinen Vermieter, auf die Melodie von »Let's Get It On«; »Oh, wie öd'« (sehr beliebt in der Synagoge) auf die Melodie von »You're So Vain«; und »Unfähigkeit«, ein Song für verschiedene bürokratische und arbeitsbedingte Situationen, inspiriert durch »Controversy« von Prince. Im Augenblick sang er eine stark abgewandelte Version von »Norwegian Wood«, in der Esther vorkam, wie sie auf dem Bürgersteig saß, neben dem, was von dem Wagen noch übrig war. Abwartend. In dem Song, wie im Leben, warf sie ihm vor, Adam mehr zu lieben als sie. Aber das stimmte nicht. Das heißt, sie hatte es geschrien, aber sie täuschte sich. Er vergötterte sie. Er konnte es nur einfach nicht immer so gut zeigen. Im Grunde war das Problem älter als das Auto. Alex war in kleinen Dingen unachtsam, in den Dingen, die zählen. Seine Unfähigkeit, sich den Titel ihrer Dissertation zu merken (»Methoden der Irgendwas in der Entwicklung der Ikonographie afrikanischer Juden in der Irgendwas«). Der Zustand seines Badezimmers. Die Bücher, die sie empfahl und die er nie las. Er hatte Esther im Herzen, aber nicht immer im Kopf.

Sie waren schon als Kinder zusammen gewesen (er war erst siebzehn, als sie, vierzehnjährig, mit rascher Hand nach seinem Fußknöchel griff, ihn in eine Hecke zog und ihn küsste), sie war ihm so vertraut wie Mountjoy. Und er war fähig, sie auch genauso zu sehen – wie eine Art Tapete, die er nicht bemerkte, bis ein Scheinwerfer auf sie gerichtet wurde. Sogar ihr Schrittmacher – hart und kantig, über dem sich ihre Haut straff spannte – war für ihn jetzt etwas ganz Alltägliches. Er hatte mit ihm alle Phasen durchgemacht: Angst, Ehrfurcht, Zuneigung, Sexualisierung. Er verband ihn nun nicht einmal mehr mit dem Gedanken an ihre Sterblichkeit, aber sie hatte ihn ja auch ermutigt, ganz unbefangen damit umzugehen. Ihn zu befühlen, ihn zu umfassen, so dass sich Daumen und Finger durch ihre Haut dahinter berührten. Er war sich ihres Herzens sicher. Nur als sie beide an verschiedenen Universitäten studierten, hatte er Panik bekommen, es verlieren zu können. Während dieser Zeit schlief sie mit anderen – einem Mann und einer Frau. Alex dachte, er würde wahnsinnig. Was auch hätte passieren können. Wenn in jüngerer Zeit ein Freund von Alex aus irgendeiner fremden Welt – Arbeit, College – sie zum ersten Mal sah und etwas über ihre Schönheit sagte, dann, und nur dann, erkannte er sie neu. Neu erkennen? Aber wie sollte er es sonst nennen?

Er glaubte nicht an Therapie; das konnte er auch allein. Ja, er stellte sich seine Liebe auf einer Leinwand vor den Augen eines Premierepublikums vor; er sah, wie das Publikum sie anschaute und Häkchen in Kästchen machte. Ja, er wollte seine Liebe auf Distanz, körperlich nah, aber auf andere Weise schwer erreichbar. Der erste Eindruck, den ein Fremder von seiner Liebsten hatte – afrikanische Prinzessin oder Doppelgängerin der ein oder anderen Schauspielerin –, reizte ihn auf eine Art, wie das ihre verschiedenen Wirklichkeiten nicht vermochten. Er wollte ihr zum ersten Mal begegnen – immer und immer wieder. Er wollte am Anfang des Films bleiben – nicht auf dem Parkplatz, sondern im Klassenzimmer. Er bestaunte ihre Schönheit voller Ehrfurcht und wollte diese Ehrfurcht nie verlieren. Ja, Doktor, ja, ich will ihr Fan sein.

Esthers Kopf war geschoren wie der eines Jungen. Wenn er neben ihr lag, hatte er das Gefühl, diesen Kokosnusskopf für den Rest seines Lebens im Arm halten zu können. Sie konnte ihn im Armdrücken besiegen und in den meisten Diskussionen. Sie war stärker als er, und schöner. Aber ihn peinigte der Gedanke, dass sie alt werden würde! Ihm war klar, dass ihn diese Denkweise wahrscheinlich zu einem einsamen Tod führen würde, ohne einen Menschen. Er erzählte sich selbst die Geschichte, dass genau das die große Tragödie seines Herzens war. Die große Tragödie seines Herzens war, dass er immer eine Geschichte erzählt bekommen musste.

4

Sinnloserweise rannte Alex die allerletzten hundert Meter, der Galopp eines unkoordinierten Menschen – wie ein Tier, das soeben in die Flanke geschossen wurde. Und dann blieb er unvermittelt stehen. Direkt neben der Tür zum Auktionshaus stand der populäre Musiker Leonard Cohen gelangweilt neben einer nicht gelangweilten Frau vor einer Boutique. Alex war kein kleiner Junge mehr – er hatte nicht vor, hinüberzugehen und um ein Autogramm zu bitten. Aber Leonard brachte ihn aus dem Tritt, keine Frage. Unwillkürlich drückte er sich diskret in der Nähe herum; er beobachtete, wie Leonard ein Kaugummi auf den Bürgersteig spuckte, der Frau auf die Schulter klopfte und dann zu einem berühmten Café ging. »Suzanne«. Das war ein toller Song. Etwas mit »Mercy«. »Sisters of Mercy«. Ein zeitloser Klassiker. Aber er würde schon fast eine Stunde zu spät zu dieser Auktion kommen.

Eine Minute später stand Alex, entgegen allen rationalen Bemühungen seines Willens, hinter Leonard in dem Café, bewunderte die Unaufhörlichkeit von Leonard, seine Unendlichkeit, die Tatsache, dass, selbst wenn der physische Leonard längst Wurmfutter war, der virtuelle Leonard immer noch irgendwo in Bewegung sein, singen und interviewt werden würde. Und er bekam eine Glatze. Es war unglaublich. Er hatte eine eingebaute Distanz. Selbst jetzt, wo er neben ihm stand, kam Alex sich Welten entfernt vor. Leonards Ruhm würde ihn retten. Alex merkte, wie sich Widerwillen regte. Wieso Leonard? Er sah doch bloß aus wie irgendein Typ. Was war so Besonderes an ihm? Und wieso war er überhaupt in diesem Café? Welcher Promi spaziert schon einfach in ein Café voller gewöhnlicher Menschen wie Alex?

Alex stand jetzt hinter ihm und betrachtete ihn erbost. Ärgerte sich über Leonards prächtige Schuhe, die edle Jeans, die schicke Jacke, sah Leonard mit den Fingern auf der Theke trommeln, hörte Leonard sagen: »Einen Mocha bitte. Aber den Kakao bitte *nicht* obendrauf. Und zwei Drittel Milch und ein Drittel Sahne, wenn's geht? Prima. Danke, ja, genau richtig. Ach, Verzeihung – könnte ich vielleicht einen Extra … ja, genau noch einen Becher – der ist *wirklich* heiß – ich will Sie doch nicht verklagen müssen, ha! Ah ja, sehr schön. Das ist toll.«

Goj, dachte Alex-Li.

FÜNF / *Tiphereth*

Schönheit – Beten am Arbeitsplatz – Zitat Zitatende – Jimmy Stewart war Jude – Die Kabbala des Elvis Presley – Trinkspiele – Es war einmal in Europa – Brian Duchamp – Begeben Sie sich in aller Ruhe zum nächstgelegenen Ausgang

I

Auktionssaal 3 wirkt, als wäre es kein richtiger Raum, sondern eine Art Kathedrale oder Synagoge, in die Alex alle zwei Wochen geht und etwas herunterleiert. Er zählt die Deckenplatten und denkt über Gott nach. Er betet eher schlecht als recht (*Gott Hilf Mir, Jesus Christus Schaff Mich Hier Weg*). Er hofft, dass die Telefonbieter Ruhe geben, er hofft, dass jemand ihm die Dinge überlässt, die er liebt. Aber nichts ändert sich. Alex sagt, was er schon früher gesagt hat, stößt dieselben lautlosen Flüche aus, sieht zu, wie die Preise unaufhaltsam nach oben steigen und ihm entfliehen. Der Auktionator mit seiner sonoren, theatralischen Stimme und seinem Hammer trifft einen Holzblock an genau derselben Stelle, ganz gleich an welchem Tag. Und der Amerikaner Jason Lovelear sagt: »Leonard Cohen! Im Ernst – Leonard Cohen? Ist er noch da draußen? Der kommt doch wohl nicht hier rein, oder? Mannomann. Ich bin mal mit seiner Schwester Chloe gegangen. Chloe Cohen. Ganz schön dick. Schilddrüse. Nicht, als ich sie kennen gelernt hab. Hat später angefangen – dann musste ich die Sache beenden. Leonard war *sehr* bestürzt. Zwischen mir und dem Typ hat es ziemlich viel böses Blut gegeben.«

Nein, das stimmt nicht. Lovelear hat das nicht immer gesagt. Aber wenn man ein paar Nomen und Pronomen ändert, hat er immer etwas *in der Art* gesagt.
»Alex-Li *Tandem*«, sagte Lovelear.
Das Körperliche dieses Mannes deprimierte Alex mehr, als er es je bei einem Menschen erlebt hatte. Lovelears Haar war entweder schwarz und er färbte es blond oder umgekehrt, und falls er je eine Oberlippe gehabt hatte, so war sie jetzt nicht mehr zu sehen.
Er war zwar nicht abstoßend übergewichtig, wenn man seine Pfunde bedachte, aber sein Fett war unvorteilhaft platziert. Er hatte seitliche Wampen. Der kleine Klappstuhl, auf dem er saß, konnte sie nicht alle fassen. Eines der vielen Dinge, die das Fernsehen einem nicht zeigt, ist der mögliche Umfang und Schrecken der menschlichen Gestalt. Schon aus diesem Grunde, dachte Alex, wird es zu Recht geliebt.
»Hallo Lovelear. Tut mir Leid – zu spät.«
»*End*lich. Wir haben dir einen Platz frei gehalten. Dove, rück weiter, Mann. Okay. Also. Du siehst *katastrophal* aus. Wieso kommst du so spät? Das Mädchen, nicht wahr? *Ich* würde zu spät kommen, wenn ich so ein Mädchen hätte.« An dieser Stelle machte Lovelear eine obszöne Internationale Geste. »*Und ob*. Aber bist du nicht mit dem Auto?«
Alex nahm seinen Platz zwischen Jason Lovelear und Ian Dove ein, zwei Männer, die sich für seine Freunde hielten. Er holte den gültigen Katalog aus seiner Hülle und schlug ihn auf dem Schoß auf. Er umkringelte Losnummer 159 im Katalog, ein Wecker, der mit einem Herkunftszertifikat angeboten wurde, das bestätigte, dass er zwischen 1965 und 1969 in Graceland gewesen war. Ian Dove reichte ihm eine hölzerne Bietertafel mit der Nummer 10 darauf.
»Verrückt, nich, das Mindestgebot da drauf. Zweitausend Pfund für nen Wecker. Kann doch wohl nich stimmen oder?«, murmelte Dove mit genau der gleichen Intonation, wie ein normaler Mann Folgendes sagen würde: *Schrecklich, nich? Und sie war*

erst vierzig. Vierzig Jahre alt und wird von einem Bus überrollt. Und wir hatten gerade erst einen Tag vorher geheiratet.

»Ja, verrückt.«

»Weißt du, was ich schätze?«

»Nein, Ian.«

»Ich schätze, wir haben nen echten Elvis-Fan an der Strippe. Deshalb flippen die Preise hier aus.«

»Richtig.«

»Weißt du, wer das meiner Schätzung nach ist?«

»Nein, Ian.«

»Ich schätze, es ist Jackson.«

»LaToya?«, erkundigte sich Alex-Li nur so aus Blödsinn. »Oder – nein – doch nicht etwa Jermaine?«

Ian Doves gütiges Gesicht legte sich in Falten. Er fuhr sich mit beiden Händen durch vorzeitig grau melierte Haare. Ian Dove arbeitete im Schichtdienst in einer Kunststofffabrik bei Gatwick. Immer mal wieder fand ihn seine Frau in ihrem Trockenschrank am Boiler zusammengerollt, wo er seinen Vollrausch ausschlief. Er konnte es sich nur leisten, ein Teilzeit-Autogrammhändler zu sein, aber er nahm diese Auktionen sehr wichtig, wie das oft der Fall ist, wenn jemand ein Hobby hat. Er war der einzige Mann, dem Alex je begegnet war, der Alex um sein Leben beneidete.

»Nein, Alex – ich meine …«

»Ich weiß, Ian«, sagte Alex leise. »Schon gut. Wahrscheinlich hast du Recht. Ich bin heute nicht ganz auf dem Posten. Achte gar nicht auf mich.«

»Anders ausgedrückt, *halt verdammt noch mal die Klappe, Dove, du langweilst uns.*«

Ian schlang die Arme um sich. »Tut mir Leid, was gesagt zu haben.«

»*Tut mir Leid, was gesagt zu haben?*«, echote Lovelear mit aufgerissenen Augen. »Ist das ein Satz – *tut mir Leid, was gesagt zu haben*?«

Lovelear war seit zehn Jahren in England und fühlte sich hier noch immer nicht wohl. Alex fragte sich oft, wie es wohl sein mochte, in einem kleinen Land gestrandet zu sein, das wie ein geschrumpfter Abklatsch der eigenen Heimat anmutet, wie Liliput.

»*Jedenfalls*«, sagte Lovelear und wandte sich ihm zu, »hast du ein paar feine Stücke verpasst. Und ich kann dir flüstern: kein Kinderkram heute. Oh nein. Natürlich hat John Baguley schätzungsweise siebzig Prozent von den Rock-Memorabilien eingesackt. Was für ein *unglaubliches* Arschloch. Weißt du, dass er gerade noch einen Laden aufgemacht hat? In Neville Court? Der ist jetzt so was wie der gottverdammte Ronald McDonald der Autogramme. *Arschloch*. Und alles andere ist per Telefon gelaufen. Und dann, stell dir vor, dann fangen sie mit dem Filmkram aus den Achtzigern an, und wer wird aufgerufen?«

»Ally Sheedy«, sagte Alex.

»Genau. Und welcher unsensible *Loser*«, sagte Lovelear mit Blick auf Ian, »schlägt vor, ich soll kaufen, als wäre es nicht schon schwer genug gewesen, diese Beziehung zu beenden? Als würde es mich nicht schon innerlich zerreißen, wenn ich nur ihr Gesicht sehe.«

Alex machte unfairerweise eine gewisse anzügliche Internationale Geste (Zunge vor untere Zähne geschoben; langes, fliehendes Kinn von Fingern der rechten Hand gekitzelt). Ian musste tatsächlich lächeln. Lovelear stieß einen vierteiligen Fluch aus. Es war ein Satz aus einem Film. Ian erbebte. Alex vermutete, dass irgendetwas daran, von einem Amerikaner beschimpft zu werden, noch dazu vor der filmreifen Kulisse eines Auktionshauses (*Der unbekannte Dritte, Octopussy*), eine kathartische Wirkung auf Ian Dove hatte, der in Little Marlow lebte, einem kleinen englischen Dorf, in dem nie ein Film gedreht wurde oder gespielt hat. Irgendetwas daran berührte auch Alex. Er war so vertraut mit dem Dialog zwischen Lovelear und Dove, dass er die einzelnen Worte schon gar nicht mehr wahrnahm, sondern nur ihre Vibrationen, ihren unablässig dröhnenden Basston. Er wusste zum

Beispiel, was die missbilligende Frau hinter ihnen nicht wusste und nicht wertschätzen konnte: dass sich unter den hässlichen und stümperhaften Worten eine wunderschöne, unwandelbare Elegie vollzog. Jedes Gespräch zwischen diesen beiden Männern war im Grunde dasselbe Gespräch, unterschiedliche Worte, dieselbe Bedeutung. Eine Form von modernem Kaddisch, ein religiöser Gesang:

> LOVELEAR: *Ich bin Amerikaner, in dieser Welt und in der nächsten, und du bist es nicht und wirst es nie sein.*
> DOVE: *Du bist Amerikaner, in dieser Welt und in der nächsten, und ich bin es nicht und werde es nie sein.*

»Lass Ian in Ruhe, ja?«, sagte Alex und blies die Kerzen aus.
»Jaja, meinetwegen. *Atme den Kosmos ein, atme Liebe aus*«, sagte Lovelear und machte die Geste, die so goj ist wie keine andere Internationale Geste, die Zitat-Zitatende-Bewegung mit den Fingern. »Das ist meine Devise. Das musste ich dann am Ende auch zu Leonard sagen.«

Als die Mittagspause näher rückte, hatte nur Dove die Finger weiterhin fest um seine Bietertafel gelegt; er war hypnotisiert von den betonten, kunstvollen Rundungen einer jungen Dame in Blau, die Requisiten aus dem Film *Tommy* hochhielt. Sie drehte sie mal in die eine, mal in die andere Richtung, damit das Publikum sie gut sehen konnte. Alex war schon vor einer Weile auf seinem Stuhl zusammengesunken. Jetzt tat Lovelear es ihm gleich, warf seine Tafel auf den Boden und wetterte los.
»Bringt nichts«, unterbrach ihn Alex und kam sich im Vergleich zu Lovelear abgeklärt vor; für einen kurzen Moment wurde er der *Zenmeister*, eine Rolle, die bei jeder Auktion laufend zwischen ihnen hin und her wechselte, nur um das Gegenüber zu ärgern. »War zu erwarten. Lauf der Welt. Sieh dir Baguley an. Zwanzig Leute, die für ihn arbeiten. Das ist keine Branche für

einsame Wölfe mehr. Schon lange nicht mehr. Wichtige Erkenntnis. Sobald erkannt, überwunden. Schlicht und ergreifend. Klare Tatsache.«

Lovelear schlug mit der Faust auf den leeren Stuhl vor sich. »Es ist noch gar nicht so lange her, Mann, da konnte ich hier eine Jennifer Jones zu einem anständigen Preis kaufen, oder? Und ich meine nicht, um sie weiterzuverkaufen, Al, ich meine einfach nur so, aus reiner *Freude*.«

Lovelear hatte noch nie irgendetwas aus reiner Freude gekauft, und es gab wirklich nichts, was man ihm nicht für den richtigen Preis abkaufen konnte. Gerade aus diesem Grund war er in seiner Branche eine Ausnahme: Er hatte keine sentimentalen Impulse. Unter Kollegen raunte man öfter, dass er seine eigene Großmutter für zwei Jimmy Durantes und einen gefälschten Ernest Hemingway hergeben würde.

»Ich meine, ich mach das doch nicht wegen des Geldes. Ich bin ein *Fan*. Das ist für mich eine *Herzens*angelegenheit. Diese Dinge *bedeuten* mir wirklich etwas.«

Diskret machte Alex die Internationale Geste für *Bald, wenn uns das Glück hold ist, wird alles auf dieser Welt, so auch der Mann, mit dem ich jetzt spreche, zu Staub zerfallen sein* (untere Zähne vor obere geschoben, Oberlippe knapp über Zahnfleisch gezogen, Kopfnicken, Augen geschlossen).

»Ja«, sagte er. »Keine Frage. Für alle schwer.«

Lovelear starrte wütend die wachen jungen Männer des Auktionshauses an. Sie saßen oberhalb der Menge auf ihrem Podest mit den Telefonen. Kauften von Ausländern und verkauften an Ausländer die amerikanischen Dinge, die Lovelear haben wollte, sich aber nicht leisten konnte.

»Und dann fragt man sich doch, *was machen die eigentlich damit?* Tja. Ich kann's dir sagen, aber sei nicht beleidigt. Die Wahrheit sieht ungefähr so aus: Hach, ich war gerade *Sushi* essen, und jetzt geh ich zurück in mein riesiges Managerbüro, und da hängt ein Gary Cooper im *Flur*, und ich weiß nicht mal, wer Cooper *war* – nach dem Motto, ich empfinde absolut *nichts* für Cooper, nach dem Motto, ich bin dieses Japsen-Geschäftsmann-*Arschloch*, und ich hab *Zwölf Uhr mittags* nicht mal gesehen. Ich bin so ein gelbes Japsen-Schlitzauge, das nicht mal Coopers *Namen* aussprechen kann. Nichts gegen dich.«

»Ich bin Chinese.«

»Stimmt, war auch nicht gegen dich gemünzt.«

»Hab ich auch nicht so aufgefasst, Lovelear, weil ich ja *Chinese* bin, Halbchinese.«

»Genau, nichts gegen dich.«

Lovelear rollte seinen Katalog zusammen und fing an, Alex damit auf die Knie zu schlagen. »Die Sache ist die, die Sache ist die, das hier ist *Teil meiner Kultur*. Und es ist *Einfach! Nicht! Möglich!*, einen Großteil von diesem Zeug zu verstehen, wenn man nicht von da stammt, wo das Zeug herkommt. Und da kannst du dir hundertmal einen Jimmy Stewart in dein Hung-Win-Schan-Tschin-Büro in Tokio oder sonst wo hängen, du wirst trotzdem nie – *niemals!* – begreifen, was ein Jimmy Stewart bedeutet. Ich will keinem zu nahe treten, aber kein Japse kann verstehen, was ein Jimmy Stewart im tiefsten Grunde wirklich bedeutet. Nichts gegen irgendwen. Ach du Scheiße, sieh dir das an!«

Alex folgte Lovelears Finger in den hinteren Teil des Raumes. Eine Familie von Anglo-Elvis-Hillbillies (Entenschwanzfrisur, Strass) stand zusammengedrängt und bekümmert in der Tür.

»Oh-oh«, sagte Lovelear, »pass auf. Heartbreak Hotel.«

Stammgäste davon. Sie hatten keinerlei Chance, irgendeines von den ziemlich teuren Elvis-Stücken zu ergattern. Das jüngste Mädchen, mit monströser Zahntechnik und dünnem Haar; die beiden Jungs, Beine in Elvis-Imitation weit gespreizt; der Vater, voll von dieser ergreifenden, deplatzierten Dicker-Mann-im-Cape-über-knallengem-Jumpsuit-Würde; die schwindsüchtige Frau – das alles ging Alex irgendwie unter die Haut. Dieser unverzagte Glaube.

»Lass sie doch, Lovelear. Die kommen einfach in gutem Glauben her. Das sind eben Fans. Bitte gehen Sie weiter. Hier gibt's nichts zu sehen.«

»Bist du *blind*?«

In Alex' Buch gab es ein Kapitel über das Gojsein von Elvis-Fans, es gab ein Unterkapitel über den legendären Ben D. Goodall, einen Mann, der Autogramme von allen Menschen sammelte, die je mit Elvis in Berührung gekommen waren, von der Hebamme bis zum Bestattungsunternehmer (siehe Diagramm Seite 119). Nichts davon auch nur einen Penny wert. Goodalls Geschichte erzählen sich die Autogrammhändler untereinander zur Warnung. Sie soll jeden agnostischen Händler abschrecken, der kauft, um zu verkaufen und seinen Lebensunterhalt zu verdienen, denn Goodall war ein religiöser Mensch, er glaubte an Ruhm. Er glaubte an die Aura, die Ruhm entstehen lässt, an das blecherne, dünne, gespiegelte Licht, das von ihm ausgeht. Früher hatten Goodall und sein Lebenswerk Alex Entsetzen eingeflößt. Jetzt stellte er fest, dass er zutiefst berührt davon war.

Ein Cowboy-Hemd mit eingelegten Schmucksteinen an beiden Manschetten kam unter den Hammer. Die Ehefrau seufzte. Sie lehnte den Kopf an die Schulter ihres Mannes. Er nahm sie in den Arm und küsste ihre linke Schläfe. Fast zeitgleich drehten sich Junge und Mädchen um und zupften an der väterlichen Hose, und Alex sah beunruhigt, wie der Vater auch *sie* in die Umarmung mit einschloss. Jetzt waren sie wie die letzte Familie nach der Sintflut, schwankten auf diesem Erdenbuckel, sahen das Wasser steigen, gaben die Hoffnung auf die Taube auf. *Von all den Goj* … dachte Alex. Und doch fragte er sich in letzter Zeit immer öfter, ob Goodall nicht der reinste Autogrammhändler war, der je gelebt hat.

2

Die Mittagspause verbrachten sie bei einem Italiener um die Ecke, Dante's, ein richtig altmodisches Lokal. Tische mit rot weiß karierten Tüchern. Große, wachsbeträufelte Chiantiflaschen. Lovelear bestellte nichts zu essen, drei Whisky und

Die zehn Sefirot von Elvis

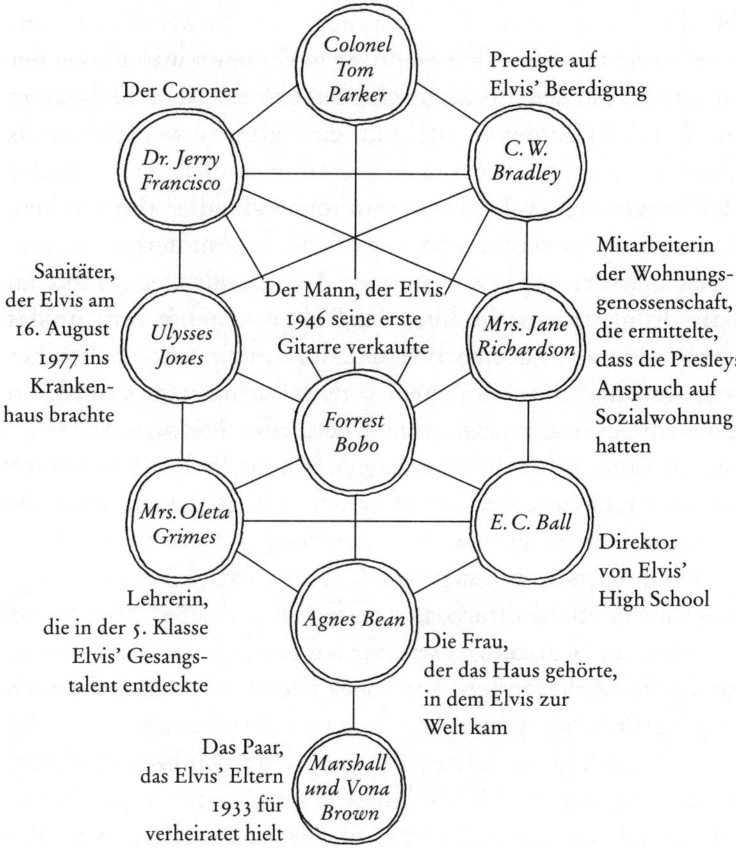

einen korkigen Beaujolais. Davon goss er drei Viertelliter-Gläser ein.

»Es ist zwei Uhr nachmittags«, sagte Alex mit Blick auf seine Uhr.

Lovelear klatschte in die Hände. »Er geht! Er trinkt Flüssigkeiten! Er sagt die Zeit an! Al, machst du beim nächsten Mal das mit dem Schuhezubinden? Machst du das, bitte, bitte? Nur mir zuliebe?«

Alex beugte sich zu Lovelear vor, um möglichst diskret zu sein. »Hör mal. Ich denke nur an … du weißt schon, Ian?«

Lovelear schlug Ian kräftig auf den Rücken. »Ian geht's *gut*. Ian geht's prima, nicht wahr, Ian. Alex, es ist doch so: Wenn du einen Wagen repariert haben willst, gehst du zum Automechaniker, wenn du Christus erfahren willst, gehst du zu einem Katholiken, und wenn du sehen willst, wie viel in dreißig Minuten getrunken werden kann, gehst du zu einem Alkoholiker. Wir können uns glücklich schätzen, dass heute Ian Dove bei uns sitzt. Ian Dove ist ein professioneller …«

»Gewohnheitssäufer«, sagte Ian Dove traurig.

Lovelear schob die drei Gläser in der Mitte des Tisches zu einer dreieckigen Formation zusammen. »Gentlemen?«, sagte Lovelear in seiner allerbesten *Auf Wiedersehen in Brideshead*-Stimme. »Darf ich bitten?«

Sie tranken. Bald darauf begann Kitty, ein Loch in Alex' Tasche zu brennen. Etliche Male wollte er schon nach ihr greifen und konnte sich nur mit größter Mühe bremsen. Alles, was Alex Lovelear auch zeigte, Lovelear behauptete stets, wenn auch nur aus Jux, es sei gefälscht. Diesmal würde er ihm diese Befriedigung nicht bieten. Heute würde er sich nicht erniedrigen lassen. Stattdessen schüttete er sein ganzes Glas Wein in einem Zug in sich hinein und rief am lautesten nach mehr. Mit lila Lippen zählten die drei die besten Musicals aller Zeiten auf, den größten Hollywood-Skandal, das größte Staraufgebot, die größten Brüste, die frühesten Nacktszenen, berüchtigte Selbstmorde.

»Okay, okay, okay: Nennt mir drei berühmte Hollywood-Enthauptungen«, sagte Lovelear und stellte drei neue Whiskys auf den Tisch.

Als John Baguley hereinkam, mit Fliege und allem, hatte der Raum schon angefangen, Shimmy zu tanzen. Baguley ging schnurstracks zur Theke, aber Alex wusste genau, dass er sie gesehen hatte. Je erfolgreicher Baguley wurde, desto länger dauerte es, bis Baguley einen wahrnahm, nachdem er einen gesehen hatte.

»Jayne Mansfield«, sagte Dove.

»Klingeling!«, sagte Lovelear.

Alex begann Wachs von ihrer Flasche zu pulen. Vielleicht konnte er es ja Baguley zeigen? Baguley verstand schließlich was vom Geschäft! Baguley konnte es überprüfen, Baguley würde die Wahrheit erkennen! Es müsste allerdings unauffällig vonstatten gehen. Lovelear fand ganz und gar nicht, dass Baguley mehr vom Geschäft verstand als er. *Außerdem sollte ich es wahrscheinlich im Augenblick lieber nicht aufs Tapet bringen*, dachte Alex vorsichtig und bewegte dabei unbewusst die Lippen, *wo ich doch gerade ein bisschen betrunken bin. Das könnte so aussehen, als hätte ich sie nicht mehr alle.*

Alex sah zu, wie der Raum noch etwas heftiger schaukelte und wippte. Anderthalb Baguley standen drüben an der Theke und bestellten ein Schinken-Sandwich. Alex wog die Situation ab. Einerseits verstand Baguley eindeutig was vom Geschäft. Andererseits hasste Lovelear Baguley. Da war das Problem, wer mehr vom Geschäft verstand. Dritterseits hasste auch Ian Baguley. Baguley machte schlechte Witzchen auf der komischen AA-Achse (Autograph Association/Anonyme Alkoholiker). Wenn ich es recht überlege, dachte Alex, hasse ich Baguley auch. Da hätten wir ja glatt ein Vierterseits. Mannomann, ich hasse Baguley. Mir war nie klar, wie sehr! Mit seiner Fliege. Dem dünnen Schnurrbart. Arschloch. Und jetzt kommt er wahrscheinlich zu uns an den Tisch. Mit diesem Hut. Verdammt. Wer trägt denn heutzutage noch solche Arschloch-Hüte?

»Grace Kelly?«, sagte Alex und stand auf. Er fühlte sich zerbrechlich. Er wollte rausfinden, ob Baguley vorhatte, hinten an der Theke zu bleiben oder in ihre Ecke zu kommen.

»Ein Punkt für Mr. Tandem. Mr. Dove und Mr. Tandem haben somit je einen Punkt. Tie-Break.«

»Ich kann nicht denken«, gluckste Dove. »Zu besoffen. Also gut, Moment. Mhm … *Gott, äh* … Montgomery Clift?«

»Baguley kommt«, sagte Alex, als Baguley kam.

»*Montgomery Clift*, Dove? Das war nur sein *halbes* Gesicht. Wenn ich mich recht entsinne, hatte er seinen dämlichen *Kopf* noch, als er in *Land des Regen* …«

»Baguley, setschdich«, sagte Alex, als Baguley sich setzte. Alex war viel, viel betrunkener, als er zu sein gehofft hatte. Entsetzt sah er, wie Baguley den Hut abnahm und ihn auf den Tisch legte, in manchen Ländern der schlimmste Unglücksbringer.

»Wisst ihr«, sagte Baguley laut, »was ich soeben erfolgreich organisiert habe?«

»Eigene Beerdigung?«

»Hallo, Lovelear. Nein, Quatsch. Eine Auktion für wohltätige Zwecke. Vor ein paar Tagen. Ihr Burschen hättet auch kommen sollen. Wir haben Nebenfiguren versteigert. In Romanen. Versteht ihr? Du hast Geld bezahlt, und dafür kommst du in dem Buch von dem einen oder anderen Schriftsteller vor. Deine eigenen persönlichen fünfzehn Minuten, versteht ihr. Ich bin ja für alles zu haben – ich hab dreihundert Pfund bezahlt. Schriftstellerin.«

»Was?«, fragte Ian, der natürlich von ihnen allen am betrunkensten war. »Was sagt er da? Ist das menschliche Sprache? *Arschloch*.«

»Sieh dir diese Fliege an, Kumpel«, sagte Lovelear und berührte sie. »Was *soll* diese Fliege eigentlich? Ich meine, was *bedeutet* sie? Bedeutet sie irgendwas?«

»Und das Problem ist«, sagte Baguley und versuchte, sich auf Alex Li zu konzentrieren, denjenigen, den er für den Nüchternsten hielt, »dass ich noch nicht entschieden habe, was genau ich darin sein will. In dem Roman, meine ich.«

»Hobbysatanist?«, sagte Lovelear.

»Einfach ein ... sozusagen ein ... Arschloch?«, schlug Ian vor und lachte heftig. Wein lief ihm übers Kinn.

»Es ist drei, wir kommen zu spät«, sagte Alex lächelnd mit Blick auf die Uhr. Er wollte eigentlich nicht gehen, er amüsierte sich prächtig. Man hat manche Freunde, die nur im betrunkenen Zustand gute Freunde sind. Aber das ist laut der Kabbala von Alex-Li Tandem gar nicht so schlecht.

»Tandem ... du wirst allmählich richtig protzig mit diesem Zeitmessdingbums«, sagte Lovelear in gedehntem Brooklynesisch, ehe er wohl überlegt auf Weihnachtsliedisch umschaltete. »Mein Junge, wohlan denn, du bist eingestellt. Wir zahlen dir zwei Taler im Jahr, und ich hoffe, wir bereuen es nimmermehr! Und nun ...«

Ian stieß ein Trompetengeräusch aus. Alex beteiligte sich mit einem nachlässigen Trommelwirbel.

»Baguley«, sagte Lovelear und beugte sich schwankend nach vorn, »war nett mit dir. Aber *Mann* ... wir müssen jetzt wirklich gehen. Wir müssen doch zusehen, wie *du* noch mehr von *Alex'* Fälschungen kaufst. Oh ja – bei dieser Auktion *wimmelt* es nur so von Tandemschen Fälschungen. Der macht doch den lieben langen Tag nichts anderes. Fälschen, fälschen, fälschen und noch mal fälschen. Deshalb bieten wir auch nicht mit. Wir stehen drüber. Wir sind Zen. Im Grunde Baguley.«

Ian wollte aufstehen, torkelte aber rückwärts. Alex lachte ausgiebig durch die Nase.

»Weißt du, was du dir wünschen solltest?«, sagte Ian zu Baguley, als Baguley Anstalten machte zu gehen. »Du solltest dir von dieser Schriftstellerin wünschen, dass sie dich zu dem Typen in dem Buch macht, der eine Auktion organisiert und sich dann einen Platz in einem, äh ... Moment – nein, doch, in einem Buch kauft als eine Figur, die eine Auktion organisiert und sich dann einen Platz in einem Buch kauft und sich dann wünscht ...«

Für dieses köstliche jüdische Kleinod spendierte Alex Ian noch zwei Wein.

Als sie zurückkamen, hatte ihre Volltrunkenheit etwas Melancholisches angenommen. In dem grellen Licht rieben sie sich die Augen, wie kleine Kinder es tun. Der populäre Filmschauspieler George Sanders war unter dem Hammer. Dreitausend Pfund für den Abschiedsbrief von 1972, in dem er seinen Selbstmord damit begründete, es wäre ihm zu langweilig, noch länger zu leben.

»Ich fühle mit ihm«, sagte Lovelear und reckte sich.

»Ein Vogel machte sich auf die Suche nach einem Käfig«, murmelte Alex.

»*Jesses*. Welches Arschloch hat *das* denn gesagt?«

»Lovelear«, sagte Ian und zog ihn am Ärmel, »das ist die Szene in *Alles über Eva*, als ...«

»Weiß ich doch«, sagte Lovelear und scheuchte ihn, mit den Händen wedelnd, davon.

Sie saßen da, sie boten mit, aber es war nicht ihr Tag. Gelangweilt sah Alex sich um. Junge stämmige Burschen in blauen Uniformen hievten Stücke für eine spätere Auktion herein. Statuen, Tische, Goldsachen. Als Autogrammhändler vergaß man leicht, dass Namen auf Papier das Allerkleinste darstellten, was gehandelt und um die ganze Welt transportiert wird. Autogramme sind ein winziger Impuls im Netzwerk der Begehrlichkeiten, historisches Treibgut. Und jetzt diese Sachen, richtig große Teile. Diese pfötchengebenden gusseisernen Hunde. Bronzeadler mit leicht angelegten Flügeln, kurz vor der Landung. Lebensgroße Marmorneger, drollig und fügsam, die eine von irgendeinem anderen erlegte Beute an den Pfoten hochhalten. Und wie eine Grenze, die das alles umschließt, viele, viele erloschene Kamine, aus eleganten Häusern herausgerissen, auf die Seite gekippt, einander überlappend, gestürzte Dominosteine der Götter. Und ein Elch. Ziemlich weit hinten. Ausgestopft, stehend. Dahinter, an das abgewetzte Hinterteil gelehnt, entdeckte Alex nun Brian Duchamp. Eine Sekunde später entdeckte Lovelear ihn auch.

»Ei jai *jai* – ich hab doch *gewusst*, dass diese Auktion noch schlimmer wird, ehe sie sich bessert. Dove, aufwachen Mann. Sieh mal, wer da ist.«

Dove richtete sich auf wie ein Murmeltier. »Ach du Scheiße. Meint ihr, er macht's schon *wieder*?«

Alex putzte sich die Brille mit seinem Mohairpullover.

»Vermutlich. Schließlich ist er *irre*. Ich meine, es sei denn, du hast irgendwas gehört.«

»He, Al, ich werde ihm sagen, er soll herkommen, ja?«

Alex boxte Lovelear in die rechte Brust. »*Mensch*, ich seh ihn sowieso schon jeden Donnerstag – ich muss ihn nicht noch öfter sehen.«

»Aber willst du denn nicht, dass er zu uns kommt« – Lovelear machte mit dem Oberkörper die statische Andeutung eines Watschelgangs – »du weißt schon, und dass er sich dann neben dich setzt« – Lovelear rutschte auf seinem Platz so weit nach unten, bis er Duchamps Sitzhöhe hatte, denn der war etwa einen Meter sechzig groß – »und dass er dann sein Gesicht ganz dicht an dein Gesicht schiebt und den Mund weit aufmacht und sagt …« An dieser Stelle sagte Lovelear *Hallo*, wie ein Cockney-Kobold es sagen würde, eine exakte Nachahmung Duchamps. Allerdings war er nicht in der Lage, dessen Mundgeruch nachzuahmen, der dermaßen heftig war, dass er wahrscheinlich nicht mal in einem Labor nachgebildet werden könnte.

Brian Duchamp. Der Mann mit den dreckigen Hemden, der Einsamkeit, dem vergessenen, hoch verschuldeten Verkaufsstand (wo er in seinem Wahnsinn gelegentlich versuchte, Alex Gegenstände aus seinem eigenen Haushalt zu verkaufen: Klopapierhalter, Lampenschirme), den Billigturnschuhen, den Hautproblemen, dem schlechten Atem.

»Was macht er?«, fragte Lovelear.

Alex beobachtete ihn. »Er bereitet sich vor.«

Aus seiner Tasche holte Duchamp gerade ein Klemmbrett, etliche Stifte, einige Kataloge und mehrere Zettel, die er auf dem Elch ablegte. Er klappte eine Bifokalbrille auf und rammte sie sich so hoch wie möglich auf den Nasenrücken, was eine erhebliche und beängstigende Vergrößerung der milchigen, irren Augen zur Folge hatte.

»O-oh, aufgepasst«, sagte Ian. »Der Vorhang geht auf.«

»Wir beginnen mit einem Gebot von zwanzig Pfund, zwanzig Pfund, sagt jemand zwanzig?«

Der Auktionator deutete auf ein hübsches Bild von Jeanette MacDonald und Nelson Eddy in der Kleidung, von der man im Hollywood der dreißiger Jahre annahm, dass junge Leute in Österreich dergleichen trugen (Lederhose, Samtkragen, Zöpfe mit eingeflochtenem Draht, Kuhglocken). Es gab Gebote von zwanzig, vierzig, sechzig und achtzig, und dann gab es Brian Duchamp. Er taumelte vorwärts und brüllte: »Von mir kriegste vierzsch!«

»Verzeihung, Sir – bieten Sie mit?«

»Vierzsch!«

»Vierzig, Sir? Leider wurden bereits achtzig geboten.«

»Kriegste von mir«, sagte Duchamp, jetzt leiser und übertönt von dem, was Nachrichtensprecher gern als »allgemeine Bestürzung« bezeichnen, »vierzsch Pence und eins auf die Finger – mehr isses nämlich nich wert. Is nämlich nie und nimmer echt!«

»*Brian*«, sagte Alex, als Duchamp auf der Höhe ihrer Reihe war. »Brian, setz dich um Himmels willen hin. Komm hierher. Komm schon, komm hierher.«

Er stand auf und griff nach Duchamp, der ihn wie ein Seemann beschimpfte und stolperte; Lovelear und Ian zwangen ihn auf einen Stuhl.

»Tandem? Dich seh ich donnerstags, nich heute. Donnerstags seh ich dich.«

Alex staunte über die Fähigkeit des Wahnsinns, so völlig abwegig zu sein. Er presste Duchamps zittrige Hände nach unten auf dessen Knie. »Die werden dich nicht mehr reinlassen, Brian, wenn du das noch mal machst. Letztes Mal haben sie dich schon rausgeschmissen, nicht?«

Duchamp hob ein Taschentuch an den Mund und hustete irgendetwas Unsägliches hinein. Er richtete seine traurigen Niedrigwattbirnen auf Alex. »Die verdammten Experten, Tandem.

Aber die haben von nix ne Ahnung! Sind gerade mal aus ihren blöden kurzen Hosen rausgewachsen und haben von nix ne Ahnung!«

Eine Miniflasche Whisky fiel aus Brians Tasche zu Boden. Er hechtete hinterher. Brians Haut hatte einen Mauve-Ton. Er roch grauenhaft.

»Lovelear, ich glaube, ihm geht's nicht gut.«

»Ganz was Neues.«

»Brian, ich glaube, dir geht's nicht gut«, sagte Alex, der sich überwand und eine Hand auf die wulstige Stirn des armen Mannes legte. »Ich glaub, ich bring dich hier lieber raus.«

Aber Duchamp riss sich plötzlich von ihm los. Einen Moment lang hatte er die Schale zwischen seiner Welt und Alex' Welt durchbrochen. Jetzt zog er sich zurück. Seine ganze Aufmerksamkeit richtete sich erneut auf das Podium.

»Los Nummer 182«, sagte der Auktionator. »Es handelt sich um das Premierenprogramm des Films *Die 42. Straße*, das von sämtlichen Mitwirkenden signiert ist, darunter auch die populäre Musicalschauspielerin Ruby Keeler …«

Der Auktionator redete weiter, aber Duchamp ebenfalls. Ein Summen, das leise begonnen hatte, steigerte sich in Lautstärke und Tonhöhe, wurde immer schwieriger zu ignorieren. Duchamp stand auf. Der Auktionator drehte sich selbst lauter: »*HÖRE ICH ZWEIHUNDERT …*«

»Wenn das Ruby is, bin *ich* dieser Scheiß-Jolson, Kumpel.«

»Sir?«, erkundigte sich der Auktionator. »Entschuldigen Sie, gibt es ein Problem?«

»Das ist nich Ruby das ist nich Ruby das ist nich Ruby«, brüllte Duchamp, »DAS IST NICH RUBY DAS IST VERDAMMT NOCH MAL NICH RUBY. DAS BIN ICH! ICH HAB DAS SIGNIERT.«

Jetzt endlich wurde der Sicherheitsdienst gerufen, aber Duchamp war noch nicht damit fertig, verrückt zu sein, und es lag etwas Bewundernswürdiges – wie ein Theaterpublikum, das einen schlechten King Lear über sich ergehen lässt – in der Art, wie sie ihn das zu Ende bringen lassen wollten, was er angefangen hatte.

»ICH HAB FÜR DIE SCHEISS-STUDIOS GEARBEITET, NICH? RUBY HAT NIE IRGENDWAS SIGNIERT! ICH HAB DAS GANZE ZEUG SIGNIERT!«

Der Wahnsinn hatte Methode, wie alle anwesenden Autogrammhändler wussten. Frisch aus dem Krieg kommend, war Duchamp irgendwie in Hollywood gestrandet und hatte für die Öffentlichkeitsabteilungen einiger Studios gearbeitet. Er signierte tausende von Stücken. In jüngeren, weniger verrückten Tagen war Duchamp für Sammler von unschätzbarem Wert gewesen, wenn sie die Echtheit eines Kaufs überprüfen wollten. Er hatte immer behauptet, dass der britische Markt mit Fälschungen überschwemmt sei: Er hatte gute Argumente. Dennoch konnte Alex sich bessere Möglichkeiten vorstellen, dieses Thema zur Sprache zu bringen, als sich in der Öffentlichkeit zu entblößen, wozu Duchamp, der wütend an seiner Gürtelschnalle herumfummelte, anscheinend nicht übel Lust hatte.

»RUBY, GRETA, MARLENE, RITA, KITTY, BETTE – DIE KONNTEN SICH NICH MAL SELBST DEN HINTERN ABPUTZEN. ICH HAB FÜR DIE DIE GANZE DRECKSARBEIT GEMACHT.«

Für das Finale ließ Duchamp die Hosen fallen und enthüllte Baumwollstoff mit herzzerreißenden, vielfarbigen Flecken.

3

Wie viele Züge, fragte Alex sich später auf dem Weg nach draußen – das heißt, wenn das alles hier ein kompliziertes Spiel wäre wie Mah-Jongg oder Schach –, wie viele Züge habe ich von da, wo ich bin, bis dahin, wo Brian Duchamp ist? Denn die Menschen, die die Messinghunde und die Billardtische kaufen, die sind nicht so, oder? Warum sind wir dann so? Was stimmt nicht mit uns? Wer würde sich je so ein Leben aussuchen? Alex trat nach draußen ins Zentrum der Stadt. In der geschwungenen, dunklen Scheibe eines edlen Bekleidungsgeschäftes ließ er die Schultern hängen, legte die Hände an die Seiten, machte eine Bestandsaufnahme von sich. Keine Liebe, kein Transportmittel, keinen Ehrgeiz, keinen Glauben, keine Gemeinde, keine Hoffnung auf Vergebung oder Lohn, eine Tasche, eine Thermosflasche, einen Acid-Kater, einen Alkohol-Kater, ein Autogramm von Kitty Alexander, in jungfräulichem Zustand, mit dunkler Tinte geschrieben, mitten auf einer Postkarte platziert. Sieh es dir an. Falls das ein Mensch ist. Sieh ihn dir an. *Nie war ich vollkommener jüdisch. Ich habe einen vollkommenen Widerspruch angenommen, wie Hiob. Ich habe nichts, und gleichzeitig alles. Und falls ich den Verstand verloren habe,* dachte Alex-Li Tandem, *dann soll es mir recht sein.*

Alex glaubte an diesen Gott-Chip im Gehirn, etwas, was erschaffen wurde, um Staunen zu verarbeiten und auszulösen. Nur durch ihn kann man Schönheit sehen, Schönheit in der Welt entdecken. Aber er ist nicht gut durchdacht. Er ist ein Chip mit Problemen. Manchmal verwechselt er einen kleinen Mann mit einem lächerlichen Schnurrbart und einer Uniform mit einem Abbild des Unendlichen; manchmal ein mandeläugiges Mädchen auf einer Kinoleinwand mit dem Buntglasfenster einer Kirche.

Vielleicht ist es albern, an Stufen, Phasen, *Züge,* die zwischen mir und Duchamp liegen, zu denken, überlegte Alex. Vielleicht bin ich längst da.

Denn ich bin Autogrammhändler.

Demnach also keine Wahl, nur das: ein Abnehmen von Möglichkeiten. Das ist ein einfacheres Spiel als Schach. Sogar einfacher als Dame. Es ist eine langsame, bösartige Partie (Von wem erfunden? Von wem kontrolliert?) Mühle.

SECHS / *Chesed*

Liebe – Nur der, der Kenntnis besitzt, soll den Schlüssel erlangen – Glückliche Brathähnchen – Sex versus Tod – Fats Waller war Jude – Ernsthaft reden – Film versus Musik – Gott braucht uns – Der älteste Witz

I

»Kofi Annan.«

»Boutros, Boutros-Ghali.«

Der Videoladen war geschlossen, deshalb trat Alex nach rechts und drückte auf die Klingel für die darüber gelegene Wohnung. Nach der üblichen längeren Pause erschien Adam in der Tür, sein Gesicht eine vollkommene Onyxsonne, von der dünne Dreadlocks wie Strahlen abstanden, und grinste seinen Freund an. Und jetzt sind sie mitten in ihrem Ritual.

»Kofi, Kofi *Annan*«, sagt Alex mit einer tiefen Verbeugung aus der Hüfte. Die Haltung ist förmlich, der Akzent nigerianisch. »Kofi *Annan*«, sagt er. »Annan, *Annan.*«

Adam verbeugt sich tiefer. »Boutros. Boutros. Boutros-Boutros, *Boutros-Ghali.*«

Alex legt die Handflächen zum Gebet aneinander. »Oh, Kofi, Kofi, Kofi *Annan.*«

»*Willkommen.*« Adam richtet sich auf, strahlt. »Willkommen in meiner bescheidenen Hütte. Komm lieber rein. Keine Sorge, Esther ist nicht da.«

Alex neigt den Kopf, lehnt ihn gegen den Türrahmen. »Ads.

Mein Freund. Es ist, als wäre ich heute in einer Art Bermuda-Dreieck des Gojseins. Ich schwöre bei Gott. Verrat mir was.«

»Was willst du wissen?«

»Bin ich ein Autogrammhändler? Ich meine, findest du, dass ich wie einer *aussehe*?«

»Wie bitte?«

»Vergiss es. Fortsetzung folgt oben. Geh vor.«

Sie ist kein Palast, Adams Wohnung. Durch die erste Tür, die Haustür, gelangt man in einen gemeinschaftlich genutzten, betonierten Zwischengang, wie eine Ecke in einer Tiefgarage, fensterlos, lampenlos, und deshalb ewig dunkel. An der linken Wand speit ein düsteres Mini-Leichenhaus aus stählernen Schubladen sinnlose Post aus (an ehemalige Mieter adressierte Kataloge, Wahlbenachrichtigungen für die Anarchisten in Wohnung D, Stromrechnungen für die Toten); weiter hinten hält das Eisengeländer der Treppe drei gekreuzigte Fahrräder aufrecht, die mit Ketten und Seilen gefesselt sind, um dem in der Gegend verbreiteten Glauben entgegenzuwirken, Adams Flur sei ein kostenloser Mountainbike-Supermarkt, hundert Prozent Rabatt für alle.

Auf der Treppe wird Adam trübselig. »Also. Ich nehme mal an, dass du es riechen kannst?«

Alex schnüffelt. »Oh. Also, *ja*, in der Tat. Aber anders. *Würzig*.«

»Ja. Ist mir auch aufgefallen. Neues Rezept. Mehr Zucker, mehr Chilis. Also, du *kannst* es riechen …« Adam bleibt auf der Stelle stehen. »Hier schon? Bevor du drin bist? Ich schwöre, ich kann's nicht mehr sagen. Ich bin zu sehr daran gewöhnt. Rubinfine hat gesagt, er könne es nicht riechen, aber ich glaube, er wollte mich nur bei Laune halten. Er war drei Tage zu spät mit einem Video, deshalb lag es irgendwie in seinem Interesse, weißt du.«

»Ads, um ehrlich zu sein …«

Wie soll er es ausdrücken? Alex legt seine Hände auf die Schultern seines besten Freundes und drückt sie einmal rasch tröstend. »Es tut mir Leid, Kumpel, aber wenn überhaupt, ist es noch *stärker*.«

»Tja, dafür gibt es einen guten Grund …«

Ernst geleitet Adam Alex durch die Tür und hinaus auf den langen, im Freien liegenden Gehweg. Hier lässt er die Arme sinken, Handflächen nach oben. Internationale Geste der Besiegten.

»Siehe das Ungeheuer.«

»Oh. Mein. Gott.«

»Ja. Von der Blasphemie abgesehen, war das genau mein Gefühl.«

Die Aussicht hatte einen neuen Zusatz erfahren. Der allerdings nicht richtig zu der eigentlichen *Aussicht* gehörte. Er war zu nah, um auf ihn eine Aussicht haben zu können. Eher wie etwas, in dem man fast *drin* ist. Zwei Schritte weiter nach links, und sein großes Maul könnte einem den Kopf abbeißen und trotzdem weiter nach mehr gieren.

»Das ist ein kolossales, beschissenes Rohr.«

»Ja. Das Ungeheuer.«

»*Adam*. Ein kolossales, beschissenes, U-Boot-mäßiges *Periskop* pumpt den Geruch von gebratenen Hähnchen *in deine Wohnung*. Das ist nicht gut.«

»Nein, das *weiß* ich.«

»Und, was willst du dagegen *tun*?«

»Tja, da ist ja wohl schon alles *getan worden*, oder?«

Aufgebracht nimmt Alex seine schmutzige Brille ab und beginnt, den Schmutz mit dem Zipfel seines Hemdes weiter zu verschmieren. »Nein, Ads, nein – das hier ist kein Zen-Problem. Ich meine, das ist kein Problem, auf das Zen Anwendung finden sollte. Das hier ist ein Privatbesitz-Problem. Das ist ein Problem von Auge um Auge, Zahn usw. Hier müsste das mosaische Gesetz angewendet werden. Du hast Rechte. Du warst *vor* ihnen hier.«

Während Adam den Gehweg entlang Richtung Blumentopf schreitet, lässt er seine Lippen in einem traurigen Luftstrom vibrieren. »Tja, war ich das? Das steht zur Diskussion … Ich weiß es nicht, nicht mehr … alle behaupten was anderes, weißt du …«

Er beugt sich über die niedrige Mauer und kippt das Regenwasser und ertrunkene Blätter aus dem Topf hinunter auf das niedrigere Dach seiner Widersacher. »Ich meine, Leute, die bei mir Videos leihen, kaufen dann bei ihnen Hähnchen und umgekehrt, verstehst du. Ich weiß nicht, mein Freund. Ich hab zum Beispiel vor einiger Zeit mal mit ihnen geredet …« Er rückt den Topf vor die Tür. Alex kniet sich hin, um ihn auf dem schlüpfrigen Asphalt festzuhalten. Adam stellt sich darauf. »… und weißt du was, ich hab Verständnis für ihre Situation. Die versuchen doch auch nur, ihren kleinen Laden am Laufen zu halten, genau wie ich, und sie sind auch schon lange hier, und der Besitzer jammert mir die Ohren voll, ob ich ihn ruinieren will und ob ich will, dass seine Kinder hungern …«

»Ich krieg nasse Knie. *Bitte*, du wirst ihn nicht ruinieren – wahrscheinlich hat der noch acht andere überall in der Stadt.«

»Nein – Moment – *wo ist das Ding?* Es muss hier irgendwo sein. Wenn es regnet, rutscht es die Rinne entlang – *ah*!«

Adam angelt das Haken-Ding (bestehend aus zwei Kleiderhaken, vielen Gummibändern, Kopf und Zinken einer Gabel) aus seinem Versteck in der Dachrinne.

»Erklär mir doch noch mal, warum du …«

»Hör zu, Freund, wenn du schon so oft deinen Schlüssel verloren hättest wie ich, dann würdest du das Gleiche tun. Blumentopf zurück, bitte.«

Alex platscht den Gehweg zurück, schweren Ton in beiden Armen. Als er zurückkommt, klebt ihm ein nasses Blatt am Hals wie ein Blutegel. Adam schiebt das Haken-Ding durch seinen eigenen Briefschlitz und widmet sich dem Vorgang, blind nach seinem Haustürschlüssel zu tasten, der irgendwo auf der Fußmatte liegt, von der Außenwelt abgeschnitten.

Gelangweilt späht Alex über die Mauer hinunter auf den trostlosen, betonierten Hinterhof von *Happy Fried Chicken*. Im letzten Sommer, eine kurze Entspannungsphase in einem sechsjährigen Konflikt, ging es dort unten lustig zu, als Adam und Alex argwöhnisch die informelle Einladung annahmen (sie wurde an einem brütend heißen Tag hochgerufen: *Spielen? Ja, ja – wie wär's?*), an einem verrückten Spiel (vielleicht ein indisches?) teilzunehmen, bei dem alle in eine Richtung flitzen und dann alle in eine andere Richtung flitzen, und es überall Kreidelinien gibt, aber keinen Ball. Sie wurden ziemlich gut darin. Nahmen außerdem ab und wurden braun, bis Alex fast so braun und windhundschnittig aussah wie die barbrüstigen Jungen, die dort arbeiteten. Spaß, ja. Aber vorbei. Jetzt stehen zwei von ihnen an die riesigen, schwarzen Abfalltonnen gelehnt, trinken Cola, Zigarette in der Hand, und blicken zu Alex hoch, erwidern Unverschämtheit mit Unverschämtheit. Impulsiv zeigt Alex ihnen den Stinkefinger und weicht rasch von der Mauer zurück, als die Dosen angeflogen kommen.

»Ads, die machen sich über dich *lustig*. Dir ist doch wohl klar, dass jeder andere die mittlerweile verklagt hätte? In die Luft gejagt. Beim Gesundheitsamt gemeldet, das wäre ein guter Anfang gewesen. Du könntest dich mal mit Joseph darüber unterhalten.«

Adams gutmütiges Gesicht verzerrt sich, als ein dunkler Gedanke darüber hinweggleitet. »Weißt du«, spricht er in den Briefkasten, »das Einzige, was mich wirklich auf die Palme gebracht hat, was *wirklich* richtig unfair war« – sein Arm ist sehr ruhig; behutsam und mit großer Konzentration zieht er den Schlüssel auf seine Seite der Tür – »das war, dass sie die Handwerker, die das Ding installiert haben, für Jom Kippur bestellt haben – wo sie *wussten*, dass ich nicht da sein würde. Es *wussten*. Das fand ich echt krass – *Ha! Hab ihn!*« Schlüssel gefunden, Tür geöffnet. »Aber genug davon. Ist zu deprimierend. Sesam öffne dich. Tee?«

Jeder Raum in Adams Wohnung geht von der einen, schmalen Diele ab. Ein winziges Wohnzimmer, ein winziges Schlafzimmer, eine winzige Küche und ein winziges Klo (wobei Letzteres richtig winzig ist, wie ein Schuhkarton. Wenn man *ein Klo verschenken wollte* und bräuchte einen Geschenkkarton dafür, dann würde sich dieses Format anbieten). Keine Dusche. Kein Bad. Kein *Waschbecken* (außer der Spüle in der Küche). Wenn man das Glück hätte, einen Nachmittag mit Adam zu verbringen – nur man selbst und er, zwei träge, zugedröhnte Flaneurs, die die City bewundern –, käme man natürlich in den Genuss des Feuerwerks, das Adams beeindruckender Intellekt entzündet (sein unglaublicher Fundus an Popmusik-Trivialitäten, gepaart mit deren seltsamen Bettgenossen, den mannigfachen, sublimen judaistischen Einblicken). Man würde auch sämtliche öffentlichen Einrichtungen der Stadt kennen lernen, in denen Adam duscht und badet. Schwimmbäder, Sporthallen, Obdachlosenasyle, Schwulensaunen, Nonnenklöster (»Das ist nicht *wahr*, Alex, Nonnen träumen bloß den ganzen Tag davon, dass ein stinkender junger Mann, vorzugsweise Jude, vor ihrer Tür steht und darum bittet, gereinigt zu werden«), Altenheime, Schulen.

2

Das einzig Gute an Adams Wohnung ist das Wohnzimmer. Es ist so groß wie zwei winzige Zimmer hintereinander und verfügt über ein langes Fenster, wie die in den Londoner Bussen, das sich über eine ganze Wand erstreckt. Das Zimmer hat zwei Modi: hell zum Studieren, dunkel zum Rauchen. Im Augenblick ist der Vorhang geschlossen, und es ist dunkel. Da Alex merkt, dass sein Sehvermögen unzulänglich ist, entzündet er zwei weitere Kerzen auf dem Couchtisch (Holzbrett auf Ziegelsteinen). Und da ist wieder alles, so fabelhaft wie eh und je. Der Weg der Sphären. Der Weg der Buchstaben. Die Welt ist zerbrochen.

An der vierten Wand sind Regalbretter voller Bücher, hauptsächlich in Hebräisch. Darüber hängt ein riesiges kreuzförmiges Poster von dem populären Musiker Isaac Hayes, der einen langen Dashiki und Sonnenbrille trägt und sich selbst SCHWARZER MOSES nennt. Einige Fotos des populären Musikers Stevie Wonder. Ein schlecht gerahmter Druck des *Angelus Novus* von dem Maler Klee. Der Regisseur Steven Spielberg, der populäre Sänger Michael Jackson und der Styropor-Alien E.T. sitzen einander auf dem Schoß. Der Kung-Fu-Künstler Bruce Lee mit Nunchucks. Der Schlaumeier Walter Benjamin, der einen

Kamm, einen besseren Schneider und einen Fluchtweg aus Frankreich gebrauchen könnte. Eine Pinnwand mit Notizen und Mahnungen, Aphorismen (»Alle Namen und Attribute sind für *uns* metaphorisch, aber nicht für *Ihn*«) und Fragmenten von Gebeten. Am wohlgefälligsten betrachtet Alex die hinterste Ecke dieser Wand, dicht unter der Deckenleiste. Neun Schwarzweißfotos in Kabbala-Formation. Die Ansichtskarten zeigen berühmte Gesichter. Sie gehören zu den Autogrammen, um die Adam ab und zu verlegen bittet. Sie sehen da oben so hübsch aus, dass Alex ihm seine grobe Verstümmelung fast verziehen hat (Adam bezahlt viel Geld dafür, schneidet dann die Namen *aus* den Dokumenten, kauft eine Ansichtskarte von der fraglichen Person und klebt dann den Namen mit Blu-Tack *auf* die Ansichtskarte, so dass sie für jedermann wertlos wird, nur nicht für ihn. Er hat das mit Kafka gemacht. *Kafka.*)

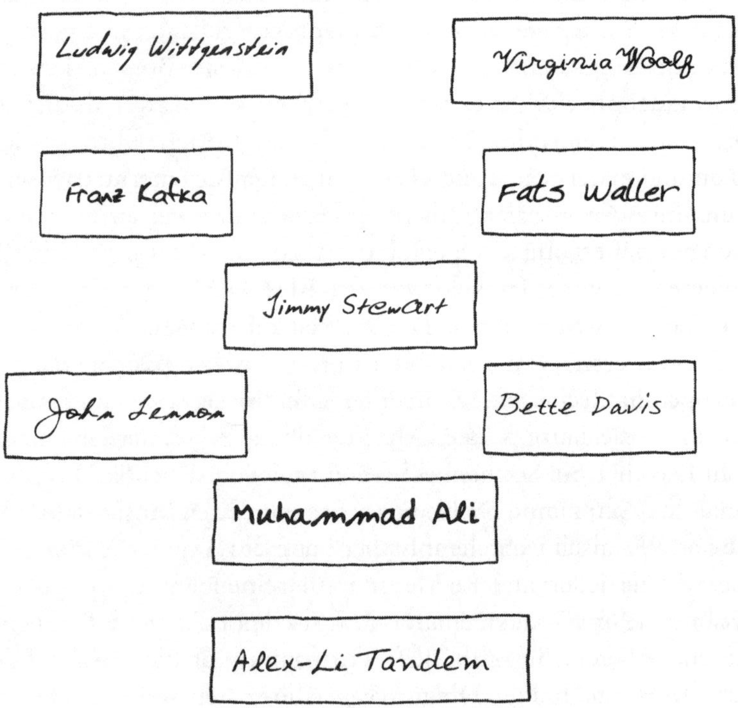

Das ist Adams vollständige Autogrammsammlung, die er mit einer Geschwindigkeit von einem Autogramm pro Jahr erstanden hat. Für Alex ist die Sammlung eine der vollkommensten, die er je gesehen hat. Klein, selbstlos, fast gänzlich willkürlich (dass er selbst dabei mit aufgenommen wurde, hält er für einen Scherz) – und mit so großen Zeitspannen zwischen den Ankäufen!

Falls es tatsächlich ein Baum ist, dann ein Bonsai. Miniformat, künstlich, langsam herangezüchtet. Aber mit einem fehlenden Zweig. Adam beteuert, es müssten zehn sein – eine Krone für den Baum, ein Kopf für den Körper –, und doch ist es Alex seit mittlerweile fast einem Jahr nicht gelungen, ihn für irgendwen zu begeistern, ob nun Star oder Sportler, Wissenschaftler oder berühmter Selbstmörder, Attentäter oder Attentatsopfer, Präsident oder Prolet, kein Schriftsteller (obwohl er wochenlang Philip K. Dick in Erwägung zog), kein Wrestler. Weder Juden noch Gojs (»Aber auf wen wartest du denn bloß?« »Ich weiß nicht. Kann ich nicht sagen. Wenn ich es sehe, werde ich es wohl wissen, oder?«).

In Augenhöhe von Alex' Sessel steht auf einem niedrigen Regalbrett ein hinreißendes Foto von Esther. Sie sitzt auf dem Spülbeckenrand in der Küche. Das Bild wurde am Tag nach der Beerdigung ihres Großvaters aufgenommen, vor drei Jahren. Alex hat sie fotografiert. Ihre Augen sind traurig, aber um ihren Mund spielt ein gewisses Lächeln, das, wie Alex weiß, sexuell ist, denn wenige Minuten nachdem das Bild sich auf dem Acetat verewigt hatte, war er in ihr. Er weiß noch, wie er ihr hastig die Bluse ausgezogen hat, seine Finger auf ihre linke Brust gelegt und dann darunter die harte kleine Schachtel ihres Schrittmachers umschlossen hat. Sie machten es im Stehen, an der Küchentür, während im Wohnzimmer Schiwa gesessen wurde. Man darf das aber keinesfalls falsch verstehen: Esther hat mehr an Isaac Jacobs gehangen als jeder andere Mensch. In seinen letzten Monaten wohnte sie im Krankenhaus, las ihm aus der Tora vor, bis sie beide einschliefen. Sie griff über ihn hinweg in den Sperrholzschrank, holte ihm die Dinge heraus, die er sehen, riechen, lesen wollte. Aber Sex ist das Gegenteil von Tod – das hatte Esther behauptet, als sie Alex gegen die Wand schob. *Sex ist die Antwort auf Tod.* Sie hatten geantwortet.

Adam steckt den Kopf durch die Tür.

»Früchte oder normal?«

»Normal.«

»Milch? Zucker?«

»Beides. Reichlich.«

»Du wirst noch richtig fett.«

Alex zieht sein Hemd hoch und bohrt einen forschenden Finger in die Speckfalte, wo einmal ein Nabel war. »Schon passiert.«

»Omphalos obskuros.«

»Durch sich anbahnende Obesität. Schon gut.«

Adam lacht und verschwindet, und Alex sieht ihm nach, blickt auf die Stelle, wo Adam gewesen ist. Er empfindet eine tiefe Liebe. Auch eine Art Ehrfurcht, nach dem Motto: He, Moment mal, *wie ist denn das gekommen?* Attraktiv, intelligent, aufgeklärt, schlank – wo ist dieser dicke, eigenartige, schwarze Judenjunge geblieben? Der jeden Sommer von einer schlecht passenden »Identität« zur nächsten getaumelt ist; der Hippiephasen durchgemacht hat, Grunge, Caféhausgangster, *Back to the Roots* (»Black Is Beautiful« Repatriierung, Rastafarismus), Anglophilie, Amerikanisierung, Afros, glatt gezogen, rastalockig, kahl geschoren, weite Jeans, knallenge Jeans, weiße Mädchen, schwarze Mädchen, jüdische Mädchen, Goj-Mädchen, Konservatismus, Sozialismus, Anarchismus, Feten, Drogen, Eremitendasein, Ausgeflipptsein, Resozialisierung – wie ist er von da nach *hier* gekommen? Wie ist er so *glücklich* geworden?

Adam wird natürlich sagen, *Gott.* Bloß, er wird Seinen Namen nicht aussprechen, und wenn man ihn bittet, ihn aufzuschreiben, wird er JHWH schreiben, oder, wenn er einen schönen Stift zur Hand hat, יהוה. Ja, Adam wird sagen, Gott. Alex dagegen ist eher geneigt, *Gras* zu sagen. Alex favorisiert die Erklärung *Marihuana.* Vielleicht liegt es in Wahrheit an allen beiden, irgendwo bei 60/40.

Alex streckt sich auf dem Sofa aus, erinnert sich an etwas und öffnet seine Tasche. Er zieht ein gefaltetes Blatt Papier aus den Seiten eines Buches heraus, klappt es auf und ruft in Richtung Küche: »LETZTE WOCHE, VOR DIESEM GANZEN MIST. DA HAB ICH WAS GUTES GEFUNDEN. IST NOCH HIER IN MEINER TASCHE. EINE LISTE.«

»VON WAS?«

»SCHWARZEN JUDEN.«

»ACH JA?«

»ICH MEINE, VON LEUTEN, DIE BEIDES SIND. VON DENEN ICH MIR AUTOGRAMME BESORGEN KÖNNTE. VIELLEICHT UM DEINE SAMMLUNG ZU VERVOLLSTÄNDIGEN?«

»GENAU. WAS GUTES DABEI?«

»SLASH.«

»JA, NEIN … DAS WUSSTE ICH. DAS IST SCHWACH.«

»ALSO GUT – WARTE – LENNY KRAVITZ, LISA BONET …«

»WER?«

»LISA BONET. SEINE EXFRAU.«

»DAS SPRICHT SICH BONN-NAY AUS, MEIN FREUND. FRANZÖSISCHE SCHREIBWEISE.«

»MEINETWEGEN, OKAY, MAL SEHEN, HIER – WHOOPI GOLDBERG, PAULA ABDUL?«

»NEIN … ICH WETTE, DIE SIND ALLE NATION OF YAHWEH … ODER ABER DIE SIND VON DEN COMMANDMENT KEEPERS …«

»VON WEM?«

»MEINE ALTE TRUPPE, AL, MEINE ALTE TRUPPE. DAS IST VORBEI.«

Alex denkt darüber nach. Nachdem er mit Nachdenken fertig ist, sagt er: »DU HAST WIRKLICH KEINE ›TRUPPE‹ MEHR, ADS, ODER? ICH MEINE, INZWISCHEN MACHST DU DAS ALLES DOCH GANZ ALLEIN.«

»JA, STIMMT.«

»ABER JUDENTUM IST DOCH NICHTS, WAS MAN GANZ ALLEIN *MACHEN* KANN, ODER? DAS IST JA NICHT WIE JOGGEN ODER … PROTESTANTSEIN.«
»ES IST SO«, sagt Adam, und sofort bereut Alex, die Frage gestellt zu haben. »ES GIBT ZWEI ASPEKTE VON HA SCHEM, ALEX. HA SCHEM, WIE ER SICH MANIFESTIERT UND WIE ER IN *SICH SELBST* IST. DER ERSTE HAT EINEN BUND MIT DEM JÜDISCHEN VOLK GESCHLOSSEN, UND DIE MENSCHEN MÜSSEN SICH GEMEINSAM AUF IHN ZUBEWEGEN. DAS IST DAS ZIEL DER GEMEINSCHAFT. DAS IST ZUM BEISPIEL AUCH DAS ZIEL DER CHASSIDIM. ABER DER ZWEITE ASPEKT – *EN* SOF, AIYN, DER VERBORGENE, DAS UNENDLICHE NICHTS – DEM KANN SICH NUR DER EINSAME REISENDE ANNÄHERN.«
»GENAU. UND DAS BIST DU, NICHT WAHR?«
»UND DAS BIN ICH. ALEX?«
Adam erschien wieder, zwei Teetassen in den Händen und eine Keksdose in der Armbeuge. Sein Gesicht hatte sich verändert. »Ich will mit dir reden«, sagte er. »Ernsthaft.«
Er setzte sich neben Alex, beugte sich aber nach vorn. Ein Bild der Konzentration, gebogen und präzise wie Fats Waller am Klavier. Alex beugte sich vor. Jetzt waren sie zwei Pianisten, bereit fürs Duett.
»Ich hab mit deiner Mum gesprochen«, sagte Adam mit einer eigentümlichen, behutsamen Stimme. Er schob Alex seinen Tee hinüber. »Vor ein paar Tagen – werd nicht sauer – ich hab mir ein wenig Sorgen um dich gemacht …«
»Nein, schon gut, schon gut«, sagte Alex und meinte das genaue Gegenteil. »Und? Wie geht's ihr?«
»Oh, gut, es geht ihr gut. Es ist immer so, na ja … so entspannend, mit ihr zu reden. Sehr Zen, immer.«
»Mmm … kaum zu glauben, dass wir verwandt sind, ich weiß. Was hat sie so erzählt?«
»Ähm.. na ja, das Übliche, hat von Derek erzählt, und dass Sho-

shana Flöhe hat – und jetzt haben sie anscheinend noch ein Junges … sie wirkt sehr glücklich. Hat eine ganze Weile von ihren Töpfen geredet …«

Alex schwante allmählich, worauf das hinauslief, und das gefiel ihm nicht. Als Engländer übte er nun sein Recht aus, die Arme zu verschränken und zu lächeln und so zu tun, als mache ihm das Ganze so unverschämt viel Spaß, dass er gleich platzen könnte.

»Jaja«, sagte er grinsend und warf den Kopf in den Nacken. »Mann! Das macht sie immer. Wenn sie erst mal vom Töpfern angefangen hat, findet sie kein Ende mehr! Ich muss sie wirklich mal anrufen – Mum ist so, wie soll ich sagen? – so anspruchslos, und du denkst, du hast dauernd Kontakt mit ihr, und dann merkst du auf einmal, dass du sie schon ewig nicht mehr angerufen …«

»Al«, unterbrach Adam ihn in dem besonderen Tonfall, der auf ein heikles Thema hindeutet. »Sie hat mich an das Datum erinnert. Nächsten Donnerstag.«

»Oh. Richtig.«

»Es ist der Sechsundzwanzigste.«

»Mmm.«

Alex nahm sich zwei Kekse und stopfte sich mürrisch einen in jede Backe. Er schloss die Augen und hörte zu, wie Adam seinen Text sprach, denselben Text, den er jedes Jahr um diese Zeit sprach. Und trotz der jährlichen Regelmäßigkeit deprimierte es ihn dieses Jahr mehr denn je. Wenn man einen religiösen Besten-Freund hat, geht man davon aus (*findet man sich damit ab*), dass es gewisse feststehende Daten gibt, an denen ein gestelztes, peinliches Streitgespräch stattfindet, das in einer angespannten und ärgerlichen Entspannung kulminiert. Weihnachten, Passah, Ramadan. Ob einem das nun gefällt oder nicht. Aber das macht das Streitgespräch nicht erträglicher. Für Alex und Adam fand dieses Streitgespräch Jahr für Jahr am und um den sechsundzwanzigsten Februar statt. Normalerweise stählte Alex sich in den vorausgehenden Wochen mit rationalistischen Gegenargumenten, aber diesmal war er kalt erwischt worden. Jetzt aß er noch drei Kekse in verdrossenem Schweigen, bis Adam, als er merkte, dass er keinen Erfolg hatte, aufstöhnte und wegsah.

»Aber *warum?*«, fragte Alex und drückte einen Finger auf den Tisch. »Ich höre dir ganz genau zu, ehrlich. Aber du sagst mir nie wirklich, *warum* ich es machen soll. Was das Ganze *soll.* Ich tu ja nun wirklich nicht so, als wäre ich ein religiöser Mensch, oder? Ich meine, ich lass mich zum Seder blicken – aber auch nur Mum zuliebe. Ich *will* kein Heuchler sein. Und mir ist wirklich nicht klar, *warum* …«

»Es ist ein Ritual«, sagte Adam knapp. »Ich denke, Rituale haben ihren eigenen Sinn.«

»Okay, und ich denke das nicht«, erwiderte Alex. »Können wir es nicht einfach dabei belassen?«

»Na, du hast das ja *offensichtlich* vor.«

»Ich meine bloß … das Ganze ist dermaßen *pervers.* Er ist seit *fünfzehn* Jahren tot, Ads. Und er war nicht mal Jude. Ich weiß, ich weiß, sag es nicht – *ich* bin Jude. Das haben wir doch alles schon durchgekaut. Zu oft. Und jetzt, bitte. Lass es gut sein.«

Adam schüttelte den Kopf und griff nach der Fernbedienung. Einen Moment lang sahen sie beide mürrisch zu, wie ein gelber Ball quälend langsam in das Eckloch rollte.

»Pass auf«, sagte Adam unvermittelt und drehte sich mit frischem Elan um, »du, der Sohn, sühnst für ihn. Verstehst du denn nicht? *So erlöst ein Kind Vater oder Mutter.* Du bringst ihm Frieden, du ehrst ihn. Und dafür musst du bloß in die *Schul* gehen und mit zehn Freunden um dich herum Kaddisch sagen. Das ist alles. Ich tue es jedes Jahr, und jedes Mal erkenne ich den *Wert* des …«

»Das gilt für *dich*«, erwiderte Alex fest und öffnete die Schachtel mit dem Gras, »das gilt nicht für *mich.* Ads, bitte, ich will keinen Streit. Ich möchte bloß was rauchen, okay?«

Adam machte die Internationale Geste für das jüdische Achselzucken. Und Alex tat es ihm nach.

3

Agada *(Pop-Quiz Nr. 1)*

Frage: Wenn Alex und Adam einen Joint rauchten, wie viel Anteil hatte dabei das Drehen an ihrem Vergnügen?
Antwort: Im Buche steht geschrieben: *Oh, ungefähr 78 Prozent.*

Anhänger der L-Schule. Macht immer einen langen Joint, hübsch eingerollte Pappstückchen – und so werden Rizla-Päckchen zu architektonischen Desastern; zuerst keine Seiten, dann kein Rücken, dann kein Dach, dann überhaupt kein Päckchen mehr. Das Drehen erfolgt gemächlich, genüsslich. Oh, es macht ungefähr 78 Prozent des Vergnügens aus.

Bist du endlich fertig, Ads?
Nein, noch nicht. Ich muss noch eben …
Meinst du, wir rauchen das Ding heute noch, Ads?
Falsche Blättchenseite, ich muss …
Haben wir den vielleicht schon geraucht?
Nein, ich hab ihn noch nicht angemacht.

Also bleibt Alex nichts anderes übrig, als sich einfach zurückzulehnen und untätig zuzusehen. Versuche, zweite Versuche, Best of Five (»Adam, du machst das den *ganzen Tag*. Wieso kannst du das immer noch nicht besser?«). Er geht hinüber zu den Weinkisten, in denen die LPs stecken, regt sich über den brutalen Luddismus jedes Menschen auf, der noch immer an Vinyl und Nadel festhält. Setzt sich wieder und merkt, dass das falsche Stück ausgewählt wurde. Zu munter. Bei Mr. Gaye kann man nie wissen, das ist das Problem.
»Schwarzer Jude, übrigens.«
»Marvin?«
»Ja, nein, na ja, also keine Sorte, die ich kenne – irgendeine christ-

liche Sekte mit hebräischem Fetisch. Oder umgekehrt. Kann mich nicht mehr genau erinnern. Hab ich irgendwo gelesen. Covertext?«

Adam hält das Gesicht dicht an eine Kerze, und das dicke Ende ihres Joints knistert wie ein Buschfeuer. »Aber was für eine Stimme«, sagt er. Er atmet wunderbar aus. Der Rauch entweicht seiner Nase in zwei großen Schnörkeln, wie ein Phantomschnurrbart. »Als hätte Gott Stevies Honig genommen und ihn über Schotter gegossen.«

Für Adam ist die Welt Musik. Das Seltsame an Adam ist, dass er nichts mit Filmen anfangen kann. Er verkauft Videos an Menschen, wie ein abstinenter Barkeeper Cocktails mixt, mit anthropologischem Interesse. Film ist für ihn ein künstlicher, genau definierter Raum – vier Wände mit nichts drin außer leeren Internationalen Gesten. Genau der Grund, warum Alex Filme liebt. Filme sind *verarbeitbar*. Wohingegen Musik Antennen sind, unendlich verbunden, unmöglich. Filme versus Musik. Das letzte öffentliche Vergnügen, das diese beiden gemeinsam erlebt haben, war ein Wrestling-Kampf vor fünfzehn Jahren.

»Er singt zu schnell«, sagt Alex und greift verfrüht nach dem Joint.

Adam lehnt sich zurück. Er legt die Füße auf den Tisch. »Du solltest mir Sammy Davis besorgen«, sagt Adam nachdenklich. »*Das* war wirklich mal ein Schwarzer Jude. Der hat den Schwarzen den Weg nach Vegas ermöglicht. Er war ein Pionier.«

»Mmm«, sagt Alex und denkt an Drogen.

»He. Wo ist mein Video? *The Girl from Peking*. Wo hast du's? Das hast du jetzt zum zehnten Mal ausgeliehen, seit ich es gekauft hab. Wieso kaufst du es mir nicht einfach ab? Wäre billiger.«

Alex denkt darüber nach. »Ich glaube, wenn ich es besäße«, sagt er ernst, »würde ich buchstäblich nichts anderes mehr tun, als es mir ansehen.«

»Nur Idioten benutzen das Wort ›buchstäblich‹ im Gespräch«, sagt Adam leichthin. »Also gut, gib's zurück. Du hast überzogen. Du schuldest mir jetzt schon fünf Pfund.«

»Lass es mich noch ein bisschen länger behalten. Ich denke, ich würd's mir heute Nacht gerne ansehen.«

Adam schüttelt den Kopf und legt eine Hand an die Stirn, als wollte er den Durchgang eines Gedankens erleichtern. »Sag mal, was ist eigentlich so besonders an ihr? Das heißt, nicht nur an ihr? Alle, wie sie da sind. Es ist für dich nicht bloß Arbeit, hab ich Recht? Oder für Joseph. Ich meine, was geht da eigentlich vor?«

Alex wedelt vage in Richtung Plattensammlung, Weinkisten, die halb so hoch reichen wie die Wand. »Nichts Besonderes. Was bedeutet dir denn der Kram da?«

»Beantworte meine Frage.«

Alex schnappt sich den Joint und inhaliert bis in die letzte Lungenspitze. Das wiederholt er dreimal und schließt die Augen.

»Ich will ja bloß wissen, worum es eigentlich geht«, hakt Adam nach. »Sie sind Schauspieler. Und wen interessieren Schauspieler?«

»Eins musst du wissen«, setzt Alex langsam an. »Es geht nicht um die *Neuen*. Es geht um die Alten. Die Neuen sind mir scheißegal. Es interessiert mich nicht, ob Soundso einen überzeugenden Querschnittsgelähmten mimt. Sein bescheuerter, hässlicher, richtiger Name ist mir schnuppe – er sollte ihn ändern. Dann hat er eben vierzig Pfund zugelegt und Boxen gelernt. Na und? Dann hat er eben drei Monate unter Schimpansen gelebt. Na und? Es interessiert mich nicht, ob er den Everest bestiegen hat. Es interessiert mich nicht. Das alles bringt mir gar nichts. Ich kann mir keinen Film nach 1969 ansehen. Davon wird mir schlecht. Ich mag die alten.«

»Weil?«

»Weil ... ich weiß nicht, vielleicht, weil sie nur sich selbst spielen, nur die Essenz ihrer selbst spielen.«

»Erklärung.«

»Das ist, wie wenn man über Hollywood schimpft ... wenn man sagt, dass es bloß eine Scheinreligion ist, die nur Vergnügen und so weiter verehrt – also wenn das schon so ist, *dann macht es wenigstens ordentlich*. Klar? Dann *seid* auch wenigstens ein falscher

Gott. Verstehst du, was ich meine? Seid *ehrlich* damit. So in der Art: *Sei* Clark Gable, *sei* ein Gott der Männlichkeit. *Sei* die Dietrich, die Göttin von was auch immer, ich weiß es nicht, sagen wir, des Lasters. *Sei* Poitier, eindeutig der Gott aller persönlichen Würde. Usw. Wenn du Bogart bist, dann *sei Bogart*. Sei die *Essenz von Bogart*. Ist dir schon mal aufgefallen, wie riesig Bogarts Kopf auf seinen Schultern aussah? Er hat ausgesehen wie seine eigene Karikatur.«

Adam runzelt verwundert die Stirn. »Und Kitty – was ist so besonders an ihr?«

»Sie ist das Schönste«, sagt Alex verlegen, »was ich je gesehen habe. Mehr nicht. Ich weiß, dir bedeutet das nichts.«

»Ich glaube, Schönheit, wahre Schönheit, ist die Manifestation des Göttlichen auf Erden. Ein frisch geschnittener Rasen. Ein Canyon. Ein glatter Riss im Pflaster. Du redest nur von Sex.«

»Hör mal, mir gefallen Bäume doch auch«, seufzt Alex. »Und Berge. Ich mag so Zeug wirklich. Aber ich will damit sagen, dass Schönheit bei Frauen die Manifestation des Göttlichen im *menschlichen* Leben ist.«

Endlich singt Marvin etwas Passendes. Adams Augen sind groß und traurig. Er presst die Lippen zusammen. »Esther hat gesagt ... sie hat gesagt, als du den Wagen zu Schrott gefahren hast, hast du als Erstes nachgesehen, ob du das ... wie auch immer wir es nennen wollen – das *Autogramm* noch hast. Die Kitty Alexander.«

Alex öffnet den Mund und schließt ihn wieder.

»Alex? Erklär mir das bitte. Was für eine Göttin ist sie für dich? Muss ziemlich wichtig sein. Du bist seit zehn Jahren mit Esther zusammen, Al. *Zehn Jahre*.«

»Das kann nicht stimmen – Ads, ich erinnere mich nicht, dass ich das gemacht habe.«

»Das hat sie gesagt. Sie lügt nie, wie du weißt. Du bist ihr Ein und Alles.«

»Ich *weiß*.«

»Stell dir vor, sie wäre noch heftiger nach vorn geschleudert worden – ihr Schrittmacher hätte sich gelockert. Das könnte ich nicht *entschuldigen*. Ich kann *dich* nicht entschuldigen. Es ist, als würdest du denken, die ganze Welt wäre aus deinem Namen gemacht, immer und immer wieder aus deinem Namen.«

»Aber – ich meine, sieht das denn nicht *jeder* so …«

Alex verstummt. Über den Couchtisch gebeugt, fängt Adam wütend an, wieder zu drehen, obwohl noch kein Viertel des ersten Joints geraucht ist. Alex kauert sich neben ihn.

»Ads.«

»Was ist?«

»Darf ich dich was fragen?«

»Was denn?«

»Hast du mich dabei gesehen?«

»Hab ich dich wobei gesehen?«

»Wie ich es gefälscht habe.«

»Herrje, fang nicht schon wieder damit an, Mensch. Bitte nicht.«

»Antworte mir.«

»Okay. Nein.«

»Und Joseph?«

»Du weißt doch, was er sagt. Er sagt, du bist in die Küche gegangen und bist damit zurückgekommen.«

Alex wimmert.

»Ist das alles, worum du dir Sorgen machst?«, fragt Adam fassungslos. »Der Name von irgendjemandem, dem du nie begegnet bist?«

Halacha (Pop-Quiz Nr. 2)

Frage: Wie lautet das Gesetz im Hinblick auf den Mann, der sehr stoned ist, und den Mann, der nicht so stoned ist wie er? Wie sollen die beiden miteinander umgehen?

Antwort: Derjenige, welcher weniger stoned ist, soll den Tee machen und schließlich etwas zu essen besorgen. Derjenige, welcher mehr stoned ist, soll das Recht haben – für die Zeit, die er mehr stoned ist –, dem anderen Mann zu sagen, was genau sein Problem ist.

»*Ich werd dir sagen, was genau dein Problem ist*«, sagt Adam. Seine Augen sind geäderte Blutorangen. Es ist spät. Die Vorhänge sind geöffnet. Alex will schon seit etwa drei Jahren gehen. Er schwebt in der Haltung eines Skilangläufers über dem Sofa. Draußen sackt die wilde Sonne hinter die Rangiergleise. Überall ist Rot.

»Ads, ich muss jetzt wirklich langsam gehen. Ich brauche dringend was Essbares.«

»Willst du nun wissen, was dein Problem ist, oder nicht?«

»Nein. Ich will essen. Ich bin sehr stoned. Du nicht?«

»Doch«, sagt Adam. »Aber ich bin dabei sehr hellsichtig.« Er steht auf, geht zur rückwärtigen Wand und legt die Hände darauf wie ein Heiler. »Die Welt ist zerbrochen, Alex.«

»In Ordnung.«

»Als die Welt erschaffen wurde«, sagt Adam, malt mit einer Hand eine Kugel in die Luft und deutet mit der anderen auf die Keksdose, »erschien Er mit seinen Lichtgestirnen; bestehend aus den Buchstaben, erfüllte Er die Welt mit Sich Selbst. Doch Ha Schem ist unendlich – um endliche Wesen zu erschaffen, musste Er sich zurücknehmen, Er musste sich *zurückziehen*. Schöpfung ist ein Akt des Rückzugs. Aber als Er ging, da …«

»Hat Er Mist gebaut?«

»Zog Er sich nicht gänzlich zurück. Er hinterließ Splitter Seiner Selbst – Lichtflecken und … Teilchen …«

»Teilchen? Soll das ein Begriff aus der Physik sein?«

»Teilchen von *Essenzen*«, sagt Adam und deutet auf die *Sefirot*. Alex tut der Kopf weh. Der Vortrag über die Teilchen von Teilchen hat ihm gerade noch gefehlt. Er hört ihn nicht zum ersten Mal und hat ihn noch nie verstanden. Und schon seit einer Weile beschleicht ihn etwas Trauriges, getarnt als Rauch. Es könnte Esthers Gesicht sein. Es könnte Kittys sein: Es ist definitiv die Vorstellung von einer Frau, einer Weichheit, an die er sich anschmiegen kann. Er muss nach Hause. Frauen finden. Sie anrufen, ihnen schreiben. Sie dazu bringen, zu ihm zu kommen und ihn festzuhalten, und wenn nur für eine Stunde.

Adam sagt: »Und in die einfachsten Worte gefasst, in denen es ausgedrückt werden kann, lautet das Problem: Der Gott ist unvollständig. Er *braucht* uns.«

Überall auf der Couch sind Kekskrümel verteilt. Es sieht aus, als hätte Alex die Couch gefüttert. Sein Hunger ist so groß, dass er nicht mehr die Geduld hat, die Kekse zu kauen. Er will nur, dass die Kekse Teil von ihm werden, an ihm haften bleiben wie durch Zauberhand.

»Damit wir ihn wieder zusammensetzen?«, fragt er und kaut forschend auf einem Krümel. »Das ist eine Heidenarbeit, mein Freund.«

»Damit wir das wieder vereinigen«, sagt Adam, »was zerstreut wurde. Das erreichen wir durch gute Taten. Ohne uns ist der Gott nicht vollendet. Durch gute Taten machen wir uns um den Gott verdient. Es muss *unser* Ziel sein, *Ihn* zu entlohnen, nicht *Sein* Ziel, *uns* zu entlohnen – wenn du das nicht verstehst, kannst du Hiob nicht verstehen. Ohne das ergibt Hiob keinen Sinn. Hast du Scholem noch im Kopf? *Eine Welt ohne Erlösung – erklär das mal den Gojim!* Die Juden heilen den Gott, nicht umgekehrt. Kaddisch ist dasselbe Prinzip. Heile den Vater.«

Genug. Ihre Zeit ist um. Alex packt seinen Freund am Ellbogen à la Rubinfine und bewegt sie beide Richtung Ausgang. In der Tür schiebt Adam einen kleinen Beutel mit etwas für Zuhause in Alex' Hand, und einen Moment lang vollführen sie die IGs für *Ein unverdientes Geschenk unter Freunden.*

»Tu mir einen Gefallen. Nimm es. Und lass dir das, worüber wir gesprochen haben, durch den Kopf gehen. Und ruf Esther an. Sie hat dir etwas zu sagen. Ich kann dir das nicht sagen. Ruf sie an.«

Widerstrebend steckt Alex den kleinen Beutel in die Tasche. »Ich lasse mir was durch den Kopf gehen, ja? Und ich rufe Esther heute Abend an. Versprochen. Auf meinen Schein. Okay?«

»Danke. Ich danke dir, Al, ehrlich.«

»Schon gut – bis dann …« Alex küsst seinen Freund auf die Stirn. »Jetzt gehe ich, und wir haben nicht mal drüber geredet, wie es bei dir so läuft. Ich ruf dich an oder – ich schick dir 'ne Mail …«

»Nicht schlimm. Ist schon spät – ich muss noch lernen. Außerdem hab ich doch in *deinem* Film heute Abend einen Gastauftritt, oder? Ich bin nur gut für die …«

»Erleuchtung.«

»Eigentlich wollte ich Unterhaltung sagen.«

Adam öffnet die Tür. Es regnet wieder heftig. Es würden noch nicht einmal zehn Tropfen in die hohle Hand passen. Er reicht Alex einen Schirm. »Al, weißt du noch? Ich wollte doch mal die Buchstaben eines Witzes studieren, ihn ins Hebräische übersetzen – sie vertauschen? Über sie meditieren? Na ja, einfach nur, um herauszufinden, ob es so was wie den Urwitz für alle anderen gibt?«

Alex klatscht in die Hände. »Das muss doch wohl ›Kommt ein Mann zum Arzt‹ sein.«

»Nein, ich hab an so was gedacht, aber ich wollte einen längeren. Ich hab gewusst, von einem längeren Witz hab ich mehr. Könnte sein, dass ich den Rest meines Lebens dafür brauche, aber ich hab mehr davon. Ich will herausfinden, ob es irgendwelche Muster in der Numerologie gibt. Kannst du ihn mit 613 Worten erzählen, zum Beispiel? *Das* wäre stark. Ehrlich, du musst dir diesen Witz anhören, Mann – ich hab Wochen gebraucht, um ihn zu finden – *komm* schon – du hast doch schließlich keine richtige Arbeit, oder? Oder?« Adam vollführt diesen kleinen hüpfenden Tanz der Ungeduld auf der Türschwelle. »Nein? Ja? Ich gebe dir sogar die Erlaubnis, ihn in dem Buch zu verwenden. Komm schon, das ist ein gutes Geschäft.«

»Also schön, aber *schnell.* Mir läuft der Regen schon in den Nacken.«

»Okay, also, es geht um den Papst und den Oberrabbi …«

Der Witz von dem Papst und dem Oberrabbi

Vor vielen Jahrhunderten verfügte der Papst, dass alle Juden Ita lien verlassen müssten. Natürlich war die jüdische Gemeinde entrüstet, und so bot der Papst einen Kompromiss an.

Er würde sich auf eine religiöse Debatte mit einem führenden Kopf der jüdischen Gemeinde einlassen. Falls der Jude die Debatte gewann, dürften die Juden in Italien bleiben. Falls der Papst gewann, müssten die Juden gehen.

Die jüdische Gemeinde kam zusammen und entschied, dass der alte Rabbi Moische sie bei der Debatte vertreten solle. Nun konnte Rabbi Moische aber kein Latein, und der Papst konnte kein Jiddisch. Man einigte sich daher auf eine »wortlose« Debatte.

Am Tag der großen Debatte saßen der Papst und Rabbi Moische sich eine volle Minute lang gegenüber, ehe der Papst die Hand hob und drei Finger abspreizte.

Rabbi Moische blickte ihn an und hielt einen Finger hoch.

Als Nächstes beschrieb der Papst mit einem Finger einen Kreis um seinen Kopf.

Rabbi Moische zeigte auf den Boden, wo er saß.

Dann hielt der Papst eine Hostie und einen Kelch Wein hoch.

Rabbi Moische holte einen Apfel hervor.

Daraufhin erhob sich der Papst und sagte: »Ich bin besiegt. Dieser Mann hat mich bezwungen. Die Juden dürfen bleiben.«

Später versammelten sich die Kardinäle um den Papst und wollten wissen, was geschehen war.

Der Papst sagte: »Zuerst habe ich drei Finger hochgehalten, als Symbol für die Dreifaltigkeit. Darauf hat er einen Finger gehoben, um mich daran zu erinnern, dass es in unseren beiden Religionen trotzdem nur einen Gott gibt. Dann hab ich mit dem Finger einen Kreis beschrieben, um ihm zu zeigen, dass Gott überall um uns herum ist. Worauf er auf den Boden gedeutet hat, um zu zeigen, dass Gott auch unmittelbar hier bei uns ist. Ich hab den Wein und die Hostie hervorgeholt, um zu zeigen, dass Gott uns unsere Sünden vergibt. Er hat einen Apfel hervorgeholt, um mich an die Erbsünde zu erinnern. Er hatte auf alles eine Antwort. Was sollte ich machen?«

Derweil drängte sich die jüdische Gemeinde um Rabbi Moische und wollte wissen, was geschehen war.

»Tja«, sagte Rabbi Moische, »als Erstes hat er zu mir gesagt: ›Ihr Juden habt drei Tage Zeit, um zu verschwinden.‹ Also hab ich ihm gesagt: ›Nicht ein Einziger von uns wird von hier fortgehen.‹ Dann sagte er, die ganze Stadt würde von Juden gesäubert. Also hab ich zu ihm gesagt: ›Hör gut zu, mein lieber Papst, wir Juden … wir rühren uns hier nicht vom Fleck!‹«

»Und dann?«, fragte eine Frau.

»Keine Ahnung«, sagte Rabbi Moische. »Dann haben wir Mittagspause gemacht.«

»Oh *Mann*«, sagt Alex, tritt gegen die Tür, wischt sich die Tränen ab. »Ach Ads … genau deshalb liebe ich dich. Das ist so schön. Richtig schön.«

»Ja, nicht?«

SIEBEN / *Geburah*

Macht – Anita versus Grace – Fingerabdrücke – Modernes Leben ist gleich Dreck und Einsamkeit – Eliot war goj (er war auch ein Prophet) – Künstler versus Arbeiter – Kafka war Jude – Amerika – Was wollen Frauen? – Im Kino

I

»Hören Sie«, sagte Alex zu Anita Chang, seiner Nachbarin von unten, »ich bin ja ganz Ihrer Meinung. Meine Katze, meine Verantwortung. Aber ich kann nicht alles kontrollieren, was Grace tut. Sie ist wirklich ein ganz eigener Mensch.«

Anita Chang biss sich auf die Backe, was ihrem hübschen Gesicht etwas Unterkühltes verlieh. An diesem Abend sah sie völlig verdreht aus. Wieso hatte sie eine Schulter so hochgezogen und die Arme so seltsam abgewinkelt und fest verschränkt, den rechten Fußknöchel ganz verbogen – wieso griff dieser Schuhabsatz die Fußmatte an?

»Katze«, sagte Anita, ihr Mund so schnell wie ein Kameraverschluss, »kein Mensch.«

Eine lange, weiße, im Grunde gutherzige Flaumrolle wickelte sich um Anitas friedlichen Knöchel, zog den anderen in Erwägung, überlegte es sich anders und stahl sich hinter Alex in der Tür. Er ging in die Hocke und nahm Grace auf den Arm. »Richtig. Katze.«

»Und ich will Ihre Katze«, sagte Anita rasch blinzelnd, »nicht mehr in meinem Haus haben. Nie wieder.«

»O-*kay*«, sagte Alex sehr langsam. »*Ganz. Wie. Sie. Wollen.*«

Er wollte Grace auf die Nase küssen, sozusagen um die Abmachung zu besiegeln, aber Grace riss den Kopf herum, legte die Ohren an und bedachte Anita mit dem bösen Blick.

»Und ich will«, sprach Anita weiter, wobei sie mit ihrer zusammengerollten Abendzeitung klatschend auf sein Küchenfensterbrett schlug, »nicht noch einmal so eine Sauerei von Ihrer Katze vorfinden, wenn ich nach Hause komme.«

Während sie das sagte, rutschte der rosafarbene Wirtschaftsteil aus der Zeitung und landete auf dem Boden zwischen ihnen beiden. In ihrem Business-Kostüm (Aber was für ein Business? Er hatte sich nie getraut zu fragen) bückte sie sich sehr geschäftsmäßig und schob ihn zurück in die Zeitung, ohne diese ganz aufzuklappen. Sie war toll. Ach *Anita*!

»Und vor allen Dingen«, sagte Anita, öffnete klickend ihren Aktenkoffer und hielt Alex ein Blatt Papier unter die Nase, »will ich nicht obendrein noch wie eine Vollidiotin behandelt werden. Sie mögen ja der Meinung sein, dass dieser Vertrag ein Witz ist, aber ich habe einige Zeit investiert, um ihn aufzusetzen, um das betreffende Problem zu lösen, und alle anderen Mitbewohner haben unterschrieben. Die Wohnungen B, C, D und ich selbst. Fehlen nur noch Sie. Ich bin der Ansicht, wenn wir uns alle, was Haustiere angeht, an gewisse Regeln halten, muss keiner auf das verzichten, was ihm am Herzen liegt. Also. Bitte unterschreiben Sie ihn ordentlich.«

»Unterschreiben …?«

»Ich habe den Vertrag *vor drei Wochen* unter ihrer Tür durchgeschoben, mit einem Zettel, auf dem ich die Dringlichkeit erläutert habe, und dann schieben Sie ihn mir schließlich so wieder unter meiner Tür hindurch? Ich finde das«, sagte Anita und unterstrich mit einem perlfarbenen Fingernagel eine Reihe seltsamer Kritzeleien – ein Tisch, zwei langhaarige Kobolde, noch ein Tisch, diesmal umgekippt, ein abgeknickter Ast – »keineswegs komisch. Bitte holen Sie das nach und schieben Sie mir alles unter der Tür durch.«

Grace streckte ihr eine versöhnliche Pfote hin, aber Anita war schon weg.

Mit einer einzigen, sparsamen Bewegung schloss Alex die Tür, streifte seine Schuhe ab, zog die Hose aus, erwischte Grace' Hinterteil mit der Fußspitze und beförderte sie mit einem sanften Dropkick in die Küche.

»Ich weiß nicht, warum«, sagte er als Antwort auf ihr fragendes Miauen. »Ich weiß nicht, was sie gegen uns hat. Wir mögen sie doch.«

Grace sprang auf die Arbeitsplatte, wo Alex etwas aufwärmen wollte. Sie schob ihm das falsche Ende ihres Körpers ins Gesicht.

»Na ja, *ich* mag sie. Du bist bei Frauen nun mal komisch.«

Anita Chang hatte vor zwei Jahren den Dicken Roy (ganz nett, fettleibig) von unten ersetzt. Als er auf der Mieterversammlung ihren Namen hörte – und noch bevor er sie das erste Mal sah –, verlor Alex den Kopf. Wie ein Teenager ging er einkaufen: neue Hose, schicker Kessel, chinesischer Wandbehang, beeindruckende Bücher. Als der Umzugswagen vorfuhr, füllte er ganze Bände mit tintenloser Fiktion, Fantasieszenarien: Zuckerdosen geliehen und zurückgebracht; *Na ja, wo wir beide heute Abend zu Hause sind*; fernöstliche Synergie; sanfte Methoden, Esther die Neuigkeit beizubringen …

Aber es war nicht so gekommen. Anita war nicht sentimental wie er oder so an gemeinsamer Herkunft oder Zufall oder gemeinsamem Herkunftszufall interessiert (»Ja, das ist richtig. Beide Jahr des Hundes. Ist das ein Grund zu feiern? Sollen wir eine Packung Frolic aufmachen?«). Manchmal begegnete er ihrem Freund, einem stämmigen Südafrikaner, der die charmante Angewohnheit hatte, einem eine Frage zu stellen und dann woandershin zu schauen. So kann's gehen.

Aus Protest gegen den bitteren Geruch vom Herd machte Grace jetzt einen demonstrativ angewiderten Abgang aus der Küche (Schwanz hoch erhoben, mitleidiger Blick zurück), nur um eine

Minute später zurückzukommen und vor dem Katzenfutterschrank hin und her zu schleichen. Es gibt viele jüdische Katzen in der Welt: Die ruhige und *simpatica* Shoshana, die Schildpatt-Katze seiner Mutter, bekam andauernd Junge. Davon hätte er eins nehmen können. Welche Perversion brachte ihn also dazu, mit diesem humorlosen, Goj-Softball mit den rosa Augen zusammenzuleben?

Foar-tschung, sagte Grace, fast, während sie sich das Gesicht wusch.

Ja, Forschung. Und jetzt war aus Forschung Liebe geworden. Er nahm zwei Frühstücksschalen aus einem Schrank, tat Grace' Pampe in die eine und seine eigene Suppe in die andere. Seine war gesund und ekelig. Ihre auch. Drei Wochen zuvor hatte sie in einer Art Katzenkrankenhaus wegen Verdacht auf Katzen-AIDS einen Katzentropf bekommen. Es war *nicht* Katzen-AIDS, wie sich herausgestellt hatte. Irgendwas anderes. Er hatte den Katzentropf nicht gesehen, aber sein Tierarzt hatte ihm versichert, dass sie einen bekommen hatte. Alex hatte das kleine Bettchen, den kleinen Schlauch, den kleinen Beutel vor seinem geistigen Auge. Dreihundert Pfund musste er für die Behandlung bezahlen. Zwanzig Pfund für die Katzenpampe. Fünfzehn Pfund für seine eigene Pampe. Grace' Pampe hatte Nebenwirkungen. Sie bekam davon Durchfall und Erbrechen, manchmal in Anitas Wohnung (sie drang durchs Fenster ein) oder vor ihrer Tür, wie ein Päckchen, das man vor die Tür gelegt hatte, weil die Empfängerin nicht zu Hause war. Genau zu dem Thema hatte Alex einmal geschrieben: *Die angewandte Medizin ist immer dann besonders goj, wenn die Symptome einer Krankheit und die Nebenwirkungen der Medikamente, die zur Bekämpfung der Symptome verabreicht werden, nicht voneinander zu unterscheiden sind.* Die Nebenwirkungen von Alex' Pampe waren anscheinend Verwirrung, Depression, Vergesslichkeit, Zorn, Weinerlichkeit, Aggression, Gefühle von Wertlosigkeit, Angst vor Frauen und Muskelschmerzen. Die eigentliche Medizin sollte die Aktivierung seiner von ihm gefürchteten genetischen Zeitbombe verhindern, seiner Krebsgene. Was waren sie doch für Gojs – Grace und ihr Besitzer –, das sie versuchten, das Unvermeidliche aufzuhalten.

Uag, sagte Alex, als er ein bisschen von Grace' Pampe in seine eigene Schale kippte.

Mwauu, sagte Grace, *mwuu-iiau.*

Keiner sagte irgendetwas über das Alleinleben. Oder darüber, was es mit einem macht. Draußen klopfte ein Mann, der im selben Haus allein lebte, freundlich an Alex' Fenster, blieb aber nicht stehen. Als Alex eine Hand gehoben hatte, um ihm zuzuwinken, war er schon weg. Langsam ließ Alex seine Hand wieder auf die Platte sinken. Ein sauberes, schneidendes Geräusch, wie eine winzige Guillotine, verkündete ihm, dass Anita Changs Vertrag gerade in die haarbreite Schlucht zwischen Waschmaschine und Herd gerutscht war. Er beugte sich darüber. Er konnte ihn sehen, da unten. Es gab eine ganze widerwärtige *Welt* da unten. *Hallo*. Er roch auch etwas –

Alex hechtete zum Herd und drehte das Gas ab und blieb am Leben. Atemlos beugte er sich über die Arbeitsplatte. Stellte sich die andere Möglichkeit vor, wenn er nicht (du lebst allein, du machst eine Zigarette an, WUMM! Eine moderne Form der Tragödie). Dann legte er den Deckel zurück auf die warme Suppe, warf die leere Katzenpampedose in den Mülleimer unter der Spüle. Er wischte die Oberflächen ab, die Vorderseite der Waschmaschine, die Ränder der Regale. Er nahm einen Schwamm und weichte die eine Woche alte Pampe im Kühlschrank ein. Er fegte etwas anderes irgendwo anders hin, wo es nicht mehr zu sehen war. Er ließ sich auf alle viere nieder und scheuerte an dem roten Kerzenwachsklecks auf einer Bodenfliese herum. Nachdem der größte Teil abgegangen war, nahm er ein Käsemesser und bearbeitete die Ritzen zwischen den Fliesen. Grace kam vorbeigeschlendert und schlug ihn mit ihrem Schwanz zum Ritter. Einmal. Zweimal. Beim dritten Mal packte er ihren Kopf, untersuchte ihre Zähne und putzte sie mit der Spitze seines Haustürschlüssels. Befriedigt stand er auf. Schaltete das Licht aus und schaltete es dann wieder ein. Der andere Mann, der allein lebte, hatte zwei Fingerabdrücke auf seinem Fenster hinterlassen, die man von hier aus sehen konnte. Sie erinnerten an Morde, Alibis.

2

In seinem Schlafzimmer setzte Alex sich an den Schreibtisch und nahm Grace auf den Schoß. Er kraulte sie hinter den Ohren und schaltete die Trickkiste ein.

Weialala leia ertönte die Musik.
Alex trommelte mit den Fingern, wartete –
Nur fünfzehn Sekunden, und es kommt einem so lang vor –
(Lehr uns, danach fragen und nichts danach fragen …
Hinsitzend in der Stille)
Wallala leialala

Vor ungefähr einem Monat war Alex in einer Bar, und ein Mann, der behauptete, Künstler zu sein, projizierte dieses weltberühmte Interface, dieses Fenster mit seiner klimpernden Eröffnungsmusik, an die Wand. Es folgten noch weitere Albernheiten, aber keine davon erreichte die Wirkung der ersten. Einen Moment lang wurde jeder in der Bar an unerledigte Arbeit erinnert, *gezwungen*, sich daran zu erinnern. Unvollständige Dokumente. Halb geschriebene Briefe. Das angefangene Solitärspiel, das zu Hause liegt und darauf wartet, dass Alex-Li und seine ganze Generation endlich wiederkommen und es beenden (und verlieren).

Wallala leialala.
lala

Langsam erwacht Alex' Fenster ruckend zum Leben. Es ist, wie er weiß, mit der Absicht entworfen worden, seine Gedanken zu

ordnen und seinen Raum ökonomisch einzuteilen. Bei diesem Gedanken legt Alex die Fingerspitzen auf das Plasma (konzentrische Regenbögen!) und empfindet einen gewissen Stolz darauf, wie erfolgreich er diese Absichten vereitelt hat. Icons überlappen andere Icons, bedecken den Hintergrund (die populäre Sängerin Madonna, nackt, mit erhobenen Daumen am Straßenrand), drängen bis zum Rand des Bildschirms. Alle Dateien völlig unpraktisch benannt: Eins, Eins2, Alex1, AlexLi2, AlTandem4, Alexi3, Tandemwichtig. Er hat eine Datei namens RUBINFINETELENR, die Rubinfines Telefonnummer enthält und sonst nichts. Wichtig, so findet er, diesen Interfaces nicht die Macht zu überlassen, nicht *alle* Macht.
Und jetzt öffnet Alex einen Ordner namens KITTYBRFE, der den einzigen Nachweis für tausende von Worten enthält, die er im Laufe vieler Jahre geschrieben hat.

Die Kitty-Briefe. Sie treten als übliche Autogrammhändler-Kost ins Dasein. Es sind Fanbriefe und zugleich Bitten um Autogramme. Die Briefe enthalten einen frankierten Rückumschlag, interessante Informationen über den Verfasser und Glanzfotos, Format 30 x 36, von Kitty selbst.
Ein Beispielbrief aus dieser Zeit, als Alex erst fünfzehn war:

Alex-Li Tandem
37A Humboldt Avenue
Mountjoy
London N23

Sehr geehrte Miss Alexander,
ich bin Ihr größter Fan. Wenn es einen schöneren Anblick gibt als Sie in dem Film The Girl from Peking, *dann habe ich ihn bisher noch nicht erlebt! Als leidenschaftlicher Autogrammsammler, der selbst Halbchinese ist und sich für das Kino interessiert, würde Ihre Unterschrift einen Ehrenplatz in meiner Sammlung einnehmen. Ich gehöre zu den Menschen, für die Autogramme Zeit-*

dokumente sind, und ohne Sie in seinem Bestand wäre jedes Filmmuseum unvollständig. Ich hoffe und bete, dass Sie die Zeit finden mögen, dieses Foto für mich zu unterzeichnen und es im beigefügten, frankierten Rückumschlag an mich zurückzusenden.
Ihr treuer Bewunderer

Alex-Li Tandem

PS: Mögest Du in der Hölle schmoren, Krauser.

Bei Max Krauser handelt es sich um den Präsidenten der KAAA (Kitty Alexander Association of America) und somit um Alex' Erzfeind. Alex unterstellt Krauser, dass er ihm bewusst die wahre, die einzige Postanschrift vorenthält. Außerdem verdankt er Krauser die erniedrigenden Formbriefe, die gelegentlich bei ihm eintreffen und mit dem widerwärtigen Satz beginnen *wir danken für Ihr Interesse*. Krauser ist die Mauer von Jericho zwischen Alex und dem, was er will, was ja nicht weiter schlimm wäre, wenn Alex' Posaune funktionieren würde.
Einige Monate nach seinem siebzehnten Geburtstag änderte Alex, verzweifelt über das Schweigen aus New York, seine Taktik. Er hatte das Gefühl, dass ihn die Handbücher für Autogrammsammler in die Irre geleitet hatten mit dem Rat, er solle

Interessantes über sich erzählen und nachweisen, dass er mehr ist als bloß ein Fan, mehr als einer aus der breiten Maße [sic] … und man solle dem Prominenten möglichst vor Augen führen, dass man ein einzigartiger Mensch ist!

The Autograph Adventurer, Nr. 197

Für Kitty war er offensichtlich genau wie alle anderen. Eines Tages schrieb er folgende Zeile in einem Brief, der insgesamt nur drei Zeilen umfasste: *Von jetzt an werde ich Ihnen etwas über* Sie selbst *erzählen*. Und genau das hat er jetzt in diesem neuen Dokument vor, das er geöffnet hat. Wie er es schon seit zehn Jahren macht. Es gibt aberhunderte von diesen Briefen und nicht einer wurde je beantwortet.

Liebe Kitty,
sie geht in den Laden und ist schmerzlich berührt vom Alter des Jungen, der sie bedient. Nicht mal seine Fingerknöchel haben Falten. Er sollte in der Schule sein, denkt sie.
Herzliche Grüße,

Alex-Li Tandem

Liebe Kitty,
sie sitzt auf einer Bank im Park und sieht einen Mann in ihrem Alter zusammengekrümmt, als hätte er einen schmerzhaften Anfall. Sie ist beunruhigt (Wie kann sie helfen? Was soll sie tun?), doch dann wird ihr die Entscheidung abgenommen: Er hebt bloß gerade eine Münze auf. Sie empfindet heimliche Erleichterung und denkt an den alten Zen-Witz: Tu nicht einfach nur was! Sitz da!
Herzliche Grüße,

Alex-Li Tandem

Liebe Kitty,
als sie im Bus hinter einem jungen Mann sitzt, merkt sie, dass sie seinen Nacken anstarrt. Der Drang, ihn dort zu berühren, ist fast überwältigend! Und dann kratzt er sich, als würde er es spüren.
Herzliche Grüße,

Alex-Li Tandem

Liebe Kitty,
sie geht durch einen Stadtteil voller Second-Hand-Läden. Sie lächelt töricht in einer Bäckerei, kann den Gedanken nicht abschütteln, dass hier jeder des anderen Kleidung trägt.
Herzliche Grüße,

Alex-Li Tandem

Im Laufe der Jahre hat er festgestellt, dass ihm manche von diesen Briefen spontan einfallen, während er an anderen länger herumtüfteln muss. Heute, mit der falschen, weißen, leuchtenden Seite vor Augen, merkt er, dass er nicht weiß, wie er ihr danken soll. Er greift zum Boden, zu seiner Tasche, und nimmt das Autogramm heraus. Er lehnt es gegen den Bildschirm. Und auf einmal kommen die Worte wie von selbst.

Liebe Kitty,
auf einem Familienfest (bei jemandem, den sie nicht ausstehen kann) macht man sie darauf aufmerksam, dass sie die Beine übereinander schlägt, wie ihr Vater es getan hat. Sie widerspricht, doch als sie dann nach unten blickt, sieht sie selbst, dass es wahr ist. Eine Sekunde später erinnert sie sich, wie sie auf dem Stiefel ihres Vaters Hoppe-Hoppe-Reiter gespielt hat. Lächelnd lässt sie ihren eigenen Stiefel auf und ab wippen.
Es grüßt herzlich und in Dankbarkeit,

Alex-Li Tandem
(Ihr größter Fan)

3

Als der Kitty-Brief fertig ist, drückt Alex einen Knopf, und die Trickkiste beginnt zu singen. Mit ihrem Krächzen. Mit ihrem *Zwitscher-Zwitscher*. Mit ihrem Lüstlingslied. In wenigen Sekunden ist er mit der Welt verbunden. Der Welt! Eines Tages wird er diese unglaubliche Ressource tatsächlich nutzen. Er wird etwas über das alte Babylonien erfahren und sich Grundkenntnisse in Estnisch aneignen. Er wird lernen, wie man eine Bombe baut. Eines Tages. Jetzt jedoch will er nur schnurstracks in seine Ecke der Welt, einen imaginären Auktionsraum, wo er jeden Tag nachsieht, wie der Verkauf der Stücke läuft, die er dort angeboten hat. Das ist heute Abend sein Ziel – er ist da ganz seriös und entschlossen. Schließlich ist das sein wahres Geschäft, sein

Broterwerb. Und er wird sich *keineswegs* von dieser freundlichen, ungeschickten Frau ablenken lassen, die da dauernd aus ihrem Bikini purzelt, ihm zuwinkt, doch in die Ecke des Bildschirms zu kommen …

Hör zu, nur fünf Minuten, sagte Alex zu Grace, die gnädig nickte. Sie schnurrte. Er klickte. Es öffnete sich. Grace fuhr mit der Pfote über eine Liste von Tunten, Plastikmenschen, den Alten, den Schwangeren, den Beschädigten, den unermüdlich Gynäkologischen, den Verdrehten und Gefesselten. Armer Alex; er wollte doch bloß zwei junge Leute sehen, nackt, zusammen. Ganz weit unten fand er etwas, was seinen Zweck erfüllen würde. Er machte seine Knöpfe auf und wartete. Grace bedachte ihn mit ihrem überheblichen Blick. Sie missbilligte das. Er missbilligte das auch – aber was hatte er für eine Alternative? Er war einsam. Die Muskeln seines rechtes Armes spannten sich erwartungsvoll an. *Mach schon*, flüsterte er, und ein weibliches Wesen sprang von seinen Knien und kroch unters Bett. Das andere zog einen fremden dickbäuchigen Mann zu sich und spreizte die Beine.

Wallala leialala, rief die Frau nach einer Weile, *Weiter Baby!*

Uag, sagte Alex nach einer Weile, *Oh jaaa. Uaag.*

Nach sechs Minuten war alles vorüber. Eine Sekunde nach der Ekstase setzte die Transformation ein. Da war bloß noch ein haarloses Tier, das einem anderen immer wieder in eine offene Wunde stach. Dann war es vorbei, als wäre es nie gewesen. Papiertaschentuch im Mülleimer, Grace wieder auf ihrem Posten, Zigarette gedreht. Zurück zum Geschäftlichen.

Bei der Auktion trieb Alex rasch und geschickt mit falschen Geboten den Preis für seine eigenen Stücke in die Höhe, griff dann entschlossen zu, um einen Mickey Carroll zu ergattern, einen von den Original-Mümmlern aus der Verfilmung von 1939. Er hatte vor, ihn an Rubinfines Frau Rebecca zu verkaufen, die sich in letzter Zeit sehr für das begrenzte Wachstum mancher Personen interessierte. Rebeccas spontane Wohltätigkeitsimpulse

stellten für Alex einen wichtigen Markt dar. In dem Monat, als sie für Taubstumme sammelte, hatte er ihr drei Briefe von Helen Keller verkauft. Als sie sich intensiv mit den Leiden der nordamerikanischen Ureinwohner beschäftigte, nahm sie ihm einen sehr teuren Häuptling ab. Und als ihr Vater starb, nutzte Alex die Gelegenheit, um seine Judaika-Sammlung loszuwerden, und verkaufte ihr *alles*: israelische Staatsmänner, jüdische Humoristen, Ansichtskarten von Synagogen, Schauspielern, Erfindern. Wobei sie Rubinfine alles bar bezahlen ließ. Ja, der Job hatte durchaus seine kleinen Befriedigungen, man musste sich nur die Mühe machen, sie zu suchen.
»Behalt alles gut im Auge«, murmelte Alex, ließ Grace auf seinem Platz sitzen und ging zur Toilette. Als er zurückkam, stellte er fest, dass es Grace gelungen war, den Verkauf eines Dick Powell, einer Carole Lombard und eines Gary Cooper zu beaufsichtigen. Alles zusammen für tausend Pfund. Das war das Problem. Es ging zu leicht. Immer wenn er in Erwägung zog, sich eine geregelte, einträglichere Arbeit zu suchen, war er gezwungen, die Gleichung von Geld/Zeit/Arbeit zu bedenken, die jeder Stripperin vertraut ist: In welchem Beruf könnte ich so viel Geld in so wenig Zeit mit so wenig Anstrengung verdienen? Schon vor langer Zeit hatte er vor der krassen Entscheidung gestanden, die in seiner Generation so beliebt war:

1. Sei ein hungerleidender, aber glücklicher Künstler.
2. Sei ein wohlhabender, aber depressiver Werktätiger.

Alex hatte den weniger begangenen, dritten Weg gewählt, den des verkannten Genies, dessen Prinzipien wie folgt lauten: Grundsätzlich mag die Welt keine Genies. Die Welt versucht, Genies zu unterdrücken, grundsätzlich. Wenn die Welt Genies haben wollte, würde sie Alex erlauben, sich eine Minute (nur eine Minute!) der Datei namens BUCHDIESHIER.doc zuzuwenden und zu arbeiten. Sie würde ihm erlauben, nichts anderes zu tun, als an *Jüdischsein und Gojsein* zu arbeiten und dabei zu verhungern. Aber nein. Stattdessen wollte die Welt, *forderte* die Welt, dass er diese blinkenden Botschaften beantwortete, die von den emotional Zurückgebliebenen gesendet wurden. Und genau das tat er. Er versicherte Jeff Shinestein in Hoboken, New Jersey, dass seine Mata Hari in der Post war. Er beruhigte den aufgebrachten Jim Streve aus South Bend, Indiana, und erklärte ihm erneut, dass seine Gina Lollobrigida tatsächlich echt war. Er erreichte mit dem Texaner Jim Eggerton ein Gentleman's Agreement: Veronica Lake und Viveca Lindfors im Austausch für Jean Simmons, Alain Delon und Lassie.

Während er so übellaunige Mails abfeuerte (wenn doch nur die richtige Post so schnell wäre, so sensationell *befriedigend*), sinnierte Alex über die Misere des armen Franz Kafka. Den ganzen Tag in diesem Büro zu hocken, die verstümmelten Hände von Fremden zu malen, die Opfer von Arbeitsunfällen. Sein Genie so lange unerkannt. Von Kollegen unterdrückt. Von Freunden und Verwandten verlacht. Fast augenblicklich fühlte Alex sich besser. Ja, es gab immer noch *Kafka*. Alex fand die historischen Beispiele verkannter Genies überaus tröstlich.

Nach getaner Arbeit druckte Alex seinen Kitty-Brief von dieser Woche aus und steckte ihn in einen hübschen, rosa Umschlag. Dann wandte er sich erneut dem Bildschirm zu und ging rasch das nicht-geschäftliche Material durch. Eine herrliche, technologisch analphabetische Mail von seiner Mutter, die fragte, ob er ihr letztes »Telegramm« bekommen habe. Joseph hatte ihm ein paar schlechte Witze über Leute geschickt, die in einem Callcenter arbeiten. Was noch? Werbung, Porno, Rundschreiben.

Alex zuckte zusammen, als er eine Mail des Unheils entdeckte. Eine war immer dabei. Diesmal kam sie von Boot. Boot war eine junge Frau. Sie arbeitete als Assistentin in Cotterell's Autograph Emporium in Neville Court, einem kopfsteingepflasterten Sträßchen im Stadtzentrum, dem ältesten Teil der City. Der Laden war piekfein und wurde von einem älteren Ritter geführt – Sir Edward Cotterell –, aber keiner der Mitarbeiter verstand etwas vom Fach. Jeden Donnerstag ging Alex hin und bekam dreihundert Pfund dafür, dass er ihnen sagte, was echt und was gefälscht war. Und von da aus ging er dann das kurze Stück bis Chinatown und kaufte seine Medizin. Aber letztes Jahr war es dreimal vorgekommen, dass er nicht zu Dr. Huang gegangen war, stattdessen hatte er piekfeinen Sex mit Boot gehabt, während ihrer piekfeinen (sehr langen) Mittagspause. Oh ja, Boot war piekfein (und *attraktiv*). Aber Boot war mit daran beteiligt gewesen, das Durcheinander in seinem Kopf hinsichtlich Esther noch zu verschlimmern. Er versteckte sich vor der piekfeinen Boot. Schon seit drei Monaten. Also, wieso mailst du mir, Boot?

Betreff: *Wahrscheinlich fragst du dich, wieso ich dir maile.*

Tja, du kommst ja morgen in den Laden, und Cotterell verlangt AUSDRÜCKLICH, dass ich morgen auch da bin, und ich kann das nicht umgehen und ich will keine Peinlichkeiten, okay? Also, benimm dich nicht verückt. Versuch zumindest, dich ein bisschen weniger verückt zu benehmen als sonst.

Mehr nicht.

Boot xx

PS: Ich weiß, dass du mir aus dem Weg gehst, und ich kann nur sagen, es ist mir so was von egal.
PPS: Ich hab mir radikal die Haare abschneiden lassen. damit ist anscheinend auch meine MÄDCHENHAFTIGKEIT verschwunden. Bitte keinen Kommentar dazu, wenn du mich siehst.

Er konnte es nicht ändern. Er hatte so seine kleinen Goj-Fetische, und einer davon war die Ehrfurcht vor jedem, der so piekfein war, dass ihm keine Peinlichkeit zuzumuten war. Oder eine korrekte Orthografie.
Als er den Computer gerade runterfahren will, entdeckt Adam

eine blinkende Mail in der Ecke. Der Betreff lautet AMERIKA. Inhaltlich scheint es sich um eine offizielle Bestätigung für die Buchung zweier Flugtickets nach New York zu handeln: ein Nachtflug, kommenden Freitag. Rückflug am Dienstag. Er kann sich nicht entsinnen, diese Flüge gebucht zu haben. In Panik raucht er drei Zigaretten hintereinander. Er durchwühlt das ganze Zimmer nach seinem Tagebuch. Aus dem Februar flattert eine Broschüre.

Oh. Ja. Nein. Doch. Die Messe der Autogrammhändler: *Autographicana Fair*, eine jährliche Posse. Autogrammhändler aus aller Welt kommen, um mit ihren Waren zu protzen. Auch echte Prominente lassen sich blicken und signieren für Geld. Letztes Jahr in Washington waren die Gaststars Tom Ferebee und Paul Tibbets, zwei von den Männern, die die Bombe auf Hiroshima fallen ließen. Dieses Jahr ist die Messe in New York. Gaststars werden noch bekannt gegeben. Er wollte Esther überraschen und nebenbei ein bisschen Geld verdienen – so hatte er sich das vorgestellt. Aber war sie nicht *nächsten* Samstag? Und wo genau fand sie statt? Und wer waren seine Ansprechpartner dort? Hatte er einen Stand vorbereitet? Wie konnte er Esthers Ticket stornieren? Verursacht hochprozentiges Acid tatsächlich kurzfristigen Gedächtnisverlust?

Alex fängt an, wegen der Messe allen möglichen Leuten Mails zu schicken, Amerikanern. Er wartet, dass sie zurückmailen. Während er wartet, geht er zu einer medizinischen Website und diagnostiziert bei sich selbst (aller Wahrscheinlichkeit nach) eine seltene Blutkrankheit und Lymphdrüsenkrebs im Frühstadium. Er raucht eine weitere, verzagte Zigarette.

Amerikaner sind so effizient. Die Antworten trudeln ein, richtig geschrieben und genau zur Sache. Honey Richardson, eine Lady in New York mit einer stattlichen Sammlung, mailt ihm, um ihm zu versichern, dass die Messe tatsächlich am Samstag ist und dass sie beide sich hinterher geschäftlich treffen könnten, an der Ecke von Soundso und Soundso – eine von diesen filmischen Koordinaten. Don Keely, Veranstalter der Autographicana, schreibt, er hat keinen Eintrag, dass Alex einen Stand gebucht hat, und dafür ist es viel zu spät, Kumpel. Jetzt viel zu spät. Miss Alice McIntyre von American Airlines sagt, für die Tickets gibt es absolut keine Erstattung. Absolut keine Erstattung?, fragt Alex. Absolut keine Erstattung, sagt Alice. Und was ist, sagt Alex, wenn ich das Ticket an einen Freund verkaufe, ich meine, können Sie den Namen auf dem Ticket ändern? Absolut keine Erstattung und absolut nicht übertragbar, sagt Alice. Und ich nehme an, sagt Alex, ein anderes Datum …? Absolut keine Erstattung, absolut nicht übertragbar und nicht umbuchbar, sagt Alice. *Umbuchbar*, wiederholt Alex, das ist aber absolut kein richtiges Wort, Alice. Absolut, setzt Alice an …

Aber Alex legt einfach auf und ruft Esther an.

»*Esther*«, sagt er, »warte. Gib mir eine Minute.«

»Keine Zeit, Alex. Das ist das Problem. Nicht mal eine Minute.«

Ihre Stimme ist härter, als er sie je gehört hat.

»Warte, Es, warte. Bitte.«

Sie sagt nichts. Sie legt nicht auf.

»Wie geht's dir, Es?«

»Beschissen. Und dir?«

»Tja, nicht besonders. Was macht dein Finger?«

»Noch immer gebrochen. Steif. Es sieht aus, als würde ich jedem ständig den Stinkefinger zeigen. Also – was willst du, Al?«

»Nichts. Ich vermisse dich.«

Sie sagt nichts. Sie legt nicht auf.

»Ich möchte dir das erklären, Es – das mit dieser Nacht, und die Sache, du weißt schon, mit dem Autogramm? Ich hätte deswegen wahrscheinlich nicht so aus dem Häuschen geraten sollen …«

Diesen Satz sprach Alex nie zu Ende. Anscheinend war das nicht das Problem. Das Problem war, wie Esther meinte, kein Einzelfall, es war kein Zwischenfall. Es war kolossal, amorph. Es war wie ein giftiges Gas, das sie einatmeten. Das Problem war, wie sie fand, alles. Alex drehte sich eine Zigarette und hörte zu, während sie den wohl durchdachten Diskurs moderner Beziehungen sprach – Zeit getrennt voneinander, Neudefinition, meine Bedürfnisse, deine Bedürfnisse. Er wollte ihr wirklich folgen, aber bei solchen Gesprächen wurde er leicht abgelenkt. Er musste unwillkürlich daran denken, wie sie dich mit irgendeinem inneren Muskel in sich hineinziehen konnte, und dann, wenn man hinausglitt, sah man dieses Rot aufleuchten, ordentlich eingepackt zwischen zwei dunklen Falten, wie eine irre Blume. War das falsch?

Sie sagte: *Du hörst mir nicht zu, ich bin für dich was Selbstverständliches geworden.* Sie sagte: *Und was diese andere Frau angeht, diese Weiße, wer immer sie ist* – was ihn überraschte. Das verschlug ihm wirklich die Sprache. Hatte Adam ihr von Boot erzählt? Alex war von dieser Möglichkeit schier überwältigt, er war wütend – jetzt fühlte *er* sich als Opfer einer Ungerechtigkeit. Diese neue Rolle war so viel leichter zu spielen! Er fauchte sie an. Sie fauchte zurück. Jetzt fauchten sie beide. Gegen Ende weinte sie. Sie sagte: *Alle Frauen sind für dich doch bloß Symbole. Das Einzige, was du immer …*

Und er bedauerte es zutiefst und sagte: *Nein, nein, nein, das siehst du falsch. Ich liebe dich*, zu niemandem.

Er rief wieder an. Sie nahm nicht ab. Er wartete fünf Minuten, unterdrückte seine Nummer und rief wieder an. Jetzt weinte er, und sie war völlig gefasst. Sie sagte: »Ich werde Sonntag operiert. Die nehmen den Schrittmacher raus. Anscheinend ist er schon längst über sein Verfallsdatum. Ich weiß es schon eine ganze Weile, aber ich hab's immer wieder verschoben, und jetzt ist es auf dem letzten Drücker. Keine Zeit mehr. Zeit für das nächste Kapitel. Ich krieg also einen neuen.«

»Oh, *nein*. Es, wieso hast du mir nicht …«

»Hör zu: Wir sind hier nicht in *Zeit der Zärtlichkeit*, klar? Es ist keine große Sache. Routine. Die schneiden mich auf, nehmen das Ding raus. Setzen ein modernes Teil ein. Ich will bloß wissen, ob du da sein wirst oder nicht. Ich bin im St. Christopher.«

»Aber – wieso erfahre ich das erst in letzter Sekunde …«

»Ach, Alex, schon gut, vergiss es einfach, okay …«

»Nein, warte – es ist bloß – welcher Tag? Sag mir, welcher Tag.«

»Sonntag. Das sagte ich bereits. Diesen Sonntag.«

»Ge-nau. Sonntag?«

»Ja, Alex. Sonntag. Wieso – hast du da eine Auktion? Steht Kitty zum Verkauf? Kommt dir der Tag gerade ungelegen?«

»*Natürlich* nicht.«

»Gut.«

»Okay, Es? Es. Oh Gott. Ich weiß, wie das jetzt klingt ... hör mal, die Sache ist nur die, ausgerechnet an diesem Sonntag ...«

Mit zwei kurzen Worten, heftig ausgestoßen, beendete Esther das Gespräch.

Alex ging ins Wohnzimmer, schob den Film ins Videogerät und holte Adams kleines Geschenk heraus. Er drehte. Er rauchte. Er dachte über die Operation nach. Darüber, dass der kleine Kasten aus seinem Heim gehoben werden würde. Die Narbe geöffnet. Eine neue gemacht. Und schwarze Haut vernarbt schlecht. Das, was zurückbleibt, sieht für alle Zeit rot und entzündet aus.

Er weinte hemmungslos. Nach einer Weile wischte er sich die Nase am Handgelenk ab. Wenn er gewollt hätte, wäre das Gespräch anders abgelaufen, das war ihm klar. Aber im Leben bekam man keine Wiederholung geschenkt, wie die schwarzen Großmütter in den Filmen gern sagten. Stattdessen drückte er auf PLAY. Und Gott helfe ihm, Gott richte über ihn, aber als der Vorspann auf dem Bildschirm nach oben stieg, da stieg auch etwas anderes in ihm nach oben. Er hatte sich das schon immer gefragt: *Können Frauen das auch?* Können sie von realen Menschen (Esther, nur sie, auf ewig) umschalten auf Fantasiemenschen (Kitty, Anita, Boot, Pornogirls, Frauen in Geschäften, Frauen, Frauen, Frauen) und sich durch sie getröstet fühlen? Würden sie es je sagen? Sie sagen es nicht. Frauen sagen nicht die Wahrheit über sich selbst. Über Liebe, über die *Art, wie sie lieben*. Oder aber die Wahrheit ist ehrlich rein, ohne jeden Hintergedanken – und wenn dem so wäre, wer könnte sie ertragen? Grace kam hereinspaziert und machte es sich auf seinen Füßen bequem. Alex sank in seinen Sessel.

In dem Film waren Kittys Augen wie immer mit Klebeband auf chinesisch getrimmt, und sie war in New York gestrandet, mal wieder, eine junge Frau aus Peking ohne Freunde. In weniger als einer Stunde wird sie der große Star am Broadway und dann in Hollywood sein, aber das weiß sie natürlich noch nicht. Bald wird jeder ihren Namen kennen. Sie wird berühmt sein. Bald. Jetzt jedoch kann sie nur die Straßen entlanggehen, ein Niemand, und jeden Schatten fürchten. Einsam. Adams Herz fliegt ihr zu, während er zusieht, wie ihre schlanke Gestalt in Kinos schlüpft, im Dunkeln sitzt. Nur im Kino nämlich findet May-Ling Han Trost. Aus einem erhöhten Kabuff blickt Jules Munshin, der Joey Kay den Vorführer spielt, nach unten. Natürlich hat er sich in sie verliebt. Er denkt, er hat keine Chance. Er sieht einfältig aus, arm. Aber er wird sie kriegen. Die Dinge entwickeln sich schneller, als er ahnt. In einer Stunde und zwanzig Minuten wird alles vorbei sein. In der Zwischenzeit wird es einige Tränen geben. Und dann das Lachen. Er wird ihr Manager werden, ihr Ehemann, ihr Ein und Alles. Das nennt man Happy End. Das Wunder des Kinos besteht darin, wie selten die Konvention des Happy End durchbrochen wird. Das noch größere Wunder besteht darin, dass die Konvention des Endes überhaupt nie durchbrochen wird. Alex beobachtet Joey, wie er Kitty beobachtet, wie sie die riesigen flackernden Gesichter von Menschen beobachtet, die sie für Götter hält.

ACHT / *Chokmah*

Weisheit – Drei Rabbis – Etwas ist wie eine Münze – Wo die Toten leben – Die Weisheit der Lauren Bacall – Der Weg in die Mitte – Schilderung eines Kampfes/Die Verteidigung – Virginia Woolf war Jüdin – Selbstmord-Fürs und -Widers – Wahrer Reichtum

I

»Also«, sagte Rubinfine, »was machen wir denn nun?«
Alex sah auf seine Uhr. Es war Donnerstag. Es war neun Uhr morgens. Die Rabbis Darvick und Green sahen erschöpft aus. Darvick hatte weißliche Schleimtröpfchen in den Augenwinkeln. Green hatte beide Hände gegen das Mountjoy-Denkmal gestützt, ein Knie gebeugt, und schnaufte, als wäre er gerade einen Marathon gelaufen. Rubinfine sah ganz gut aus. Vor ihnen allen parkte ein kleines italienisches Auto. Daneben ein riesiger Esstisch aus Walnussholz.
»Was macht ihr denn hier draußen?«, fragte Alex. »Schon wieder? Es ist neun Uhr morgens.«
»Was machst *du* denn hier?«
»Na, ich *wohne* hier in der Gegend. Und jetzt bin ich auf dem Weg zur Arbeit.«
Darvicks fettes Gesicht begann zu beben. Er lachte mit vorgebeugten Schultern und weit aufgerissenem Mund. Er packte Alex am Handgelenk, um das Gleichgewicht nicht zu verlieren. »Ich hab gedacht, Sie hätten gar keinen Job. Ich hab gedacht, Sie wären bloß irgendein schlampiger Bursche ohne Job.«

»Nun, Rabbi, da sind Sie schlecht informiert worden. Ich *habe* einen Job. Ich bin unterwegs nach Pemberton Hill. Ich habe Arbeit. Die getan werden muss.«

»Aber *natürlich*«, sagte Green besänftigend. »Jeder hat Dinge, die getan werden müssen.«

»Aaa-lex?«, fragte Rubinfine leise und spähte in den Himmel. »Was schreibt das Gesetz noch mal für Schiebedächer vor? Womit ich meine: Wenn wir den Tisch durch den Kofferraum reinschieben, aber die Vorderbeine aus dem Dach ragen lassen … würde ich damit deines Wissens gegen irgendeine Verkehrsregel verstoßen?«

»Rubinfine«, sagte Alex mit geschlossenen Augen, »dieser Tisch passt nicht in dieses Auto.«

»Im Gegenteil«, sagte Rubinfine.

»Er muss«, sagte Darvick.

»Gut. Das ist gut«, sagte Alex, wandte sich zum Gehen und lief geradewegs in eine Wand aus Fleisch, die die Form von Green hatte.

»Weißt du«, sagte Rubinfine, der jetzt neben dem Tisch hockte, »*Rebecca* braucht ihn. Für den Tanzabend am Sonntag. Für die … kleinen Leute. Er ist für die Erfrischungen. Sie will ein Buffet machen und kein Essen, wo die Leute sich hinsetzen. Sie meint, das wäre … angemessener. Du weißt ja, wie sie immer an alles denkt. Außerdem ist dieser Tisch besonders niedrig, und wie du weißt, ist das Wachstum von denen …« Rubinfine seufzte.

Green beugte sich vor. »Begrenzt«, sagte er.

»Du kommst doch zu dem Tanzabend?«, fragte Rubinfine.

»Nee«, erwiderte Alex resolut. »Ich fliege nach Amerika. Tut mir Leid. Geschäftlich.«

»Da wird Rebecca aber *sehr* enttäuscht sein«, sagte Rubinfine, während seine Hände in der Luft herumfuhrwerkten. »Sie hatte gehofft, dich zu sehen. Nicht wahr, Rabbi Darvick? Sie wird gar nicht froh darüber sein.«

Widerwillig hatte Alex Mitleid mit ihm. »Bestell ihr«, sagte er freundlich, »dass ich ein Autogramm für sie habe. Einen von den Mümmlern aus dem *Zauberer von Oz*. Mickey Carroll. Er gehörte zu der Lollipop Guild, glaube ich. Das wird sie versöhnlich stimmen.«

»Vielleicht, vielleicht auch nicht«, sagte Darvick. Er wohnte in dem überladenen Gästezimmer der Rubinfines. Rebecca kam gern ohne Vorwarnung hereingestürmt, um ihre Gäste zwangszuernähren. Alex hatte sich einmal dort einquartiert, als seine eigene Wohnung unter Wasser stand. Es war, als wohnte man in einer angriffslustigen Teewarmhaltehaube.

»Ich komm heute Abend vorbei und hol es ab«, sagte Rubinfine. »Ich bring Joseph mit.«

»Wirst du das tatsächlich tun?«, fragte Alex.

»Das werde ich. Ich weiß, dass Joseph ernsthaft mit dir reden will.«

»Noch immer?«

»Also«, sagte Rubinfine, »du meinst also, dieser Tisch passt nicht rein?«

»Ich *weiß*, dass er nicht reinpasst.«

»*Glaube*, Alex«, polterte Rubinfine und lief dunkelrot an. »Meine Kollegen kennen die Geschichte zwar in- und auswendig, aber wenn es ihnen nichts ausmacht, erzähle ich sie noch einmal. Es ist eine Geschichte, die von Bahja ben Joseph ibn Paquda erzählt wurde.«

»Ah ja«, sagte Green und schlang die Arme um sich selbst.

»*Ja*«, sagte Darvick.

»In der HOFFNUNG«, sagte Rubinfine laut, »einen Weg über einen Fluss zu erschaffen, warf ein Reisender all seine Silbermünzen ins Wasser. Alle Münzen versanken, bis auf eine. Diese eine fing der Reisende gerade noch auf und bezahlte damit einen Fährmann, der ihn über den Fluss ruderte. *Glaube*, sagt Bahja, ist wie diese letzte Münze. Wenn alle irdischen Schätze vergangen sind …«

»Hilft er allein einem Mann, die Gewässer des Lebens zu überqueren!«, sagte Green mit einem strahlenden Lächeln.

»Ja«, sagte Rubinfine gereizt. »Er allein, verstehst du? Also?«

»Genau«, sagte Alex. »Tja, ich muss los.«

Die ganze Zeit über hatte Darvick sein Kinn massiert. Jetzt sagte er: »Ehrlich gesagt, ich denke, es geht dabei gar nicht um den *Glauben*. Soweit ich mich erinnere, ist die Münze die *gute Urteilskraft*. Ich bin mir da fast sicher.«

»Na ja, so oder so …«

»Und außerdem«, sagte Darvick mit besorgtem Kopfschütteln, »war Bahja einer der sephardischen Mystiker – hab ich Recht? Und *Kabbala* ist ja nun mal …«

Darvick hob die geöffnete Hand und drehte sie in der Luft hin und her. Green nickte.

»Ja, nun, ich hab es eher als … Warnung gemeint, nicht so sehr wörtlich …«, sagte Rubinfine bemüht. »Wenn wir uns daran erinnern, was Rabbi Smith erst gestern auf dem Kongress gesagt hat …«

Entschlossen reichte Alex den drei Rabbis die Hand.

»Du bist weg, was?«, fragte Rubinfine und hielt ihn fest. »Bringst diese Kitty auf den Markt, was? Joseph scheint der Meinung zu sein, dass du einen ganz ordentlichen Preis dafür bekommst.«

»Joseph sollte sich nicht den Kopf über meine Geschäfte zerbrechen. Zufälligerweise will ich heute Morgen ihre Echtheit überprüfen lassen, mehr nicht. Nicht alles im Leben steht zum Verkauf. Auf Wiedersehen, Rabbi Rubinfine. Rabbi Darvick. Rabbi Green.«

»Selbstverständlich«, sagte Rubinfine, als Alex sich befreite, »haben wir *Esther* gesehen.«

Alex blinzelte.

»Oh *ja*«, sagte Green. »Diese hübsche Schwarze? Ja, die ist kurz vor Ihnen hier vorbeigekommen. Sie hat uns das von ihrem Herzen erzählt. Richtig anrührend! Wie aus einem Film!«

Alex erwog, Green mit einem kaputten Kuli, den er in der Tasche hatte, zu erstechen, aber er brauchte die Information. »Na und? Wie *war* sie?«

Drei ausdruckslose Gesichter.

»Ich meine, wie hat sie sich verhalten?«

Noch mehr nichts.

»Sah sie gut aus?«

»Oh, sie sah – sie sah wirklich ...«, stotterte Darvick.

»Oh, ja. Sie war ...«, nuschelte Green.

»*Was denn nun?*«

Rubinfine öffnete den Mund, schloss ihn und öffnete ihn erneut. »*Schön*«, sagte er.

Es gibt South London. Und dann gibt es da noch *South* London. Und dann gibt es da noch *South London*. Und es gibt Pemberton Hill. Und Pemberton Hill gab Alex ein ungutes Gefühl. Er konnte nichts dagegen tun. Er wusste, er hatte keinerlei Begründung dafür. Aber man fühlt nun mal, was man fühlt. Und Alex hatte sich immer als ein Junge aus North London gefühlt, obwohl diese Bindung eigentlich nicht zu ihm passte. Instinktiv verabscheute er jede Form von Gruppierung – soziale, ethnische, nationale oder politische –, er war in seinem Leben nicht mal einem Schwimmverein beigetreten. Aber für dieses Eckchen der Welt empfand er etwas Irrationales, was ihn fast in die Lage versetzte zu verstehen, warum Menschen sich an den zerstrittenen, bluttriefenden Orten der Welt so verhalten, wie sie sich verhalten.

Nord gegen Süd. Ein riesiger Krach deswegen, einmal, ein Atomkrach, im Sommer in einem Park mit Ads, während einer Hitzewelle. Hosenbeine hochgekrempelt, Beine in der Luft, Reste eines Picknicks. Eine Truppe Ameisen, wild entschlossen, eine Teetasse zu durchqueren, um ein Land aus Pastete zu erobern. Ein perfekter Londoner Sommertag, kurz gesagt, verunstaltet durch diesen alten Krach Nord gegen Süd. *Dumme und unerträgliche Pose*, hatte Adam gesagt und wütend Alex' Verteidigungsanlagen eine nach der anderen geschleift (Häuser, Parks, Schulen, Bier, Frauen, Gras, öffentliche Verkehrsmittel), um sie als die Plattitüden zu entlarven, die sie waren. Kurz darauf entdeckten die Ameisen eine Abkürzung quer über ihre Bäuche. Schließlich hatte Alex sich kampfesmüde in dem hohen Gras ausgestreckt und den einzigen ehrlichen Grund herausgeblökt, den er hatte: *Ich glaube, es liegt daran, weil mich in South London kein Mensch* kennt. *Und ich kenne keinen. Es ist, als wäre ich* tot.

Jeden Donnerstagmorgen starb Alex. Jeden Donnerstagmorgen war Duchamp der einzige Trauergast. In einem überdachten Flohmarkt in Pemberton Hill, mit Beton überdacht, unter einer Überführung. Pflanzen, alte Bücher und gesprungenes Porzellan zum Verkauf, über allem das Sonnenlicht zu Säulen gebrochen, ein Staubballett in diesen Säulen. Die ganze Szene unsäglich traurig. Alte Frauen, Regenhüte mit Jungmädchenschleifen unter dem Kinn festgebunden, spazierten verdrießlich und einsam an den Ständen vorbei, suchten nach irgendwas; wie Kriegswitwen, die sich über einen Friedhof mit unbekannten Gräbern schlängelten. Alex hielt die Luft an, während er hindurchging, und atmete erst aus, als er ganz am Ende angelangt war: drei zusammengeschobene Schultische, Duchamp, seine Autogramme, sein toxischer Geruch.

»Na so was … du bis doch Alex, nich? Der Chinese. Meine Augen …«, sagte Duchamp und trat näher. Alex machte taumelnd einen Schritt zurück. »Was kann ich für dich tun, Meister?«

Duchamp sah grauenhaft aus. Der Zerfall, selbst im Vergleich zum Vortag, war schrecklich anzusehen. Sein Verstand hatte offensichtlich vor einiger Zeit aufgegeben, aber jetzt gab auch sein Körper allmählich auf. Und von da an gibt es kein Zurück. Dennoch sah er nicht verängstigt aus. Das ist das Sicherheitsnetz des Wahnsinns, mutmaßte Alex, das ist sein Geschenk. Duchamp hatte keine Goj-Ängste, dank dieses Netzes. Nur Alex spürte, wie das Grauen ihn packte. Ein selbstsüchtiges Grauen. *Wie viele Donnerstage hat Duchamp noch? Wie viele habe* ich *noch?*

»Eigentlich nichts«, sagte Alex und ging auf die andere Seite von

Duchamp, die Seite ohne den Mund. »Eigentlich kaufe ich im Augenblick nichts, Brian. Ich verkaufe.«

»'tschuldigung, Meister, wie war das …«

»Ich hab gesagt, ich *kaufe* im Augenblick nichts, Brian. Ich verkaufe.«

Duchamp nahm ein Taschentuch, nur um sich noch unverhohlener in der Nase zu bohren. Mit einer dicken Zunge fuhr er sich über den zahnlosen Gaumen, watschelte die Tischreihe entlang, beendete die Erkundung seiner Nase und hielt sich nun das Taschentuch vor den Mund. Beim Reden hustete er gelbliches Zeug mit roten Flecken aus und wollte nicht oder konnte nicht aufhören, den Kopf zu schütteln.

»Nee, hör mal, Tandem, hör mal, ich kann dir nich helfen, Freund … Du kannst doch nich ernsthaft von mir erwarten … Ich kauf nix, Tandem – ich muss verkaufen, wenn ich was zum Leben haben will. Du kannst doch nen alten Sack wie mich nich bitten zu kaufen, ausgerechnet jetzt, wo es auf dem Markt von Fälschungen nur so wimmelt – ich verkaufe, Tandem, ich *kauf* nich. Ich bin wie der Dingsdabums.«

Alex machte die Internationale Geste für *Wie meinen, Brian?* (Hände unsichtbaren Fußball haltend, zusammengekniffene Augen, Kopf geneigt).

»Ach, komm mir nich so – sag schon, dieser Dingsda … ach, Scheiße – der Typ, der Dicke, nu sag schon, Meister! Alex heißt du, nich? Tandem – das bist du doch, nich? Tja, *Tandem weiß so was*. Da gibt's nix, was Tandem nich weiß in unserm Geschäft. Der is der Innelecktuälle, oder etwa nich? Das weiß doch jeder Arsch. *Den* musste fragen.«

»Brian … ich weiß wirklich …«

»Doch, weißt du wohl, komm schon, los, im Film … sei nich immer so ein Blödmann …«

»Brian, ich *weiß* es nicht …«

Duchamps Nicken wurde schneller, beängstigend.

»Himmel, Brian, ich weiß es nicht … meinst du Oliver Hardy?«

»Red keinen *Scheiß*.«

»Brian, ich hab heute wirklich keine Zeit für so was – nein, schon gut, schon gut … Charles Laughton? Sydney Greenstreet?«

»Nee, nich so einer wie die … der war komischer; ein Komiker, weißt du. Fett wie sonst was. Riesig!«

»Brian – *bitte*. Könnten wir jetzt …«

»W. C. Fields! In dem einen, wo er mitgespielt hat, diesem Dickens-Film … Ich bin wie er, pass auf mein Geld auf … komm schon, du kennst das doch! Was sagt er da noch mal? War komisch. Komm schon. Wie ging das noch, äh – jetzt weiß ich wieder, ungefähr so: ›*Ausgaben zwölf Pfund, drei Schilling. Ergebnis: Glück. Einnahmen*‹ – nee Moment, wie war das noch mal, Moment – verdammt – genau umgekehrt war das, nich, ›*Einnahmen zwölf …*‹«

Menschen, die bald sterben, und die Verrückten. Diese Menschen sprechen in eine Art Halbdistanz hinein, die Augen von einem dünnen Film getrübt, wie eine dicke, nicht zu weinende Träne, und ihre Hände bewegen sich unablässig, berühren geistesabwesend ihre Brust. In Lauren Bacalls Autobiografie, eines von Alex' absoluten Lieblingsbüchern, beschreibt sie Bogies Tod genau so. Der Geruch (*Ich begriff, dass es Verwesung war*), die Hände, die an den Haaren auf seiner Brust zupften, *als schlösse sich etwas um ihn, und er wollte raus*. Der Todeskampf. Wie durch ein Wunder hielt Duchamp sich noch auf den Beinen, aber der Tod war schon über ihm. Alex konnte ihn riechen, ihn sehen, ihn spüren, genau wie Lauren das getan hatte. Lauren Bacall: *Nicht* die Göttin aller Erotik (wie behauptet worden ist), sondern die Göttin allen Mitgefühls. Und jetzt ließ der Gedanke an Laurens aufrichtiges Buch Alex vortreten und Duchamps geschäftige Hände ergreifen und sie nach unten drücken und sagen: *Schon gut, Brian, schon gut. Was hast du mir denn anzubieten?*

Ein MGM-Fan-Album von 1936, unsigniert, ein Foto von der Schauspielerin Angela Lansbury, unsigniert, einen Zahnbürstenhalter, einen Pantoffel (*Danny Kayes Pantoffel, Mann. Den hat er mir geschenkt*), sechs Standfotos von dem Horrordarsteller

Vincent Price signiert, alle gefälscht, ein Foto von Brians Schwester June. Und mehr. Und mehr.
Heftiger Regen setzte ein. Alex half Brian, seine drei Schultische außer Reichweite von verirrten Regentropfen zu rücken. Nachdem sie alles zehn Meter weiter getragen und alles aufgehoben hatten, was runtergefallen war, bot Brian ihm einen kleinen Plastikschulstuhl zum Sitzen an und nahm selbst auf einem Platz.
»Bleib noch was, ja?«, sagte Brian fröstelnd.
Alex blieb. Er zog eine Kiste unter den Tischen hervor und begann, sich durch die Ordner zu arbeiten. In dieser Kiste war gutes Material. Sogar ziemlich viel. Duchamp hatte zum Beispiel einen fabelhaften Harold Lloyd. Ein paar gute Mittelklasse-Filmstars der vierziger Jahre: Tyrone Power, Mary Astor, Van Heflin, Joel McCrea. Und eine sehr hübsche Merle Oberon. Alle unter dem Tisch. Oben auf dem Tisch bot er dem Publikum eine kaputte Gelenkleuchte an. Ohne sich wirklich etwas davon zu versprechen, schlug Alex vor, die Situation umzukehren.
Brian atmete ihn an und rieb sich dann immer und immer wieder die Augen.
»Aber Brian, es wäre besser, wenn …«
»Hast du derzeit eine Freundin, Tandem?«
»Sozusagen. Im Augenblick betrachtet sie sich nicht gerade als meine Freundin.«
»Tja, da hast du's«, sagte Duchamp mit Bestimmtheit. »Frauen sind die Antwort. Wirklich. Wenn du ihnen nur einen Platz in der Geschichte gibst. Frauen. Sie sind die Antwort.«
»Auf welche Frage?«
Duchamp lachte, als hätte Alex gerade den ältesten aller Witze erzählt.
Duchamp hatte eine Thermoskanne unter seinem Stuhl und eine zusätzliche Tasse. Alex goss für sie beide Tee ein. Er entdeckte einen Stand, wo selbst gebackener Kuchen verkauft wurde, und kam mit zwei Stücken Plumpudding zurück, feucht und voller Rosinen.

»Danke. *Schön*. Das is ja ein Ding. Plumpudding. Meine Güte.« Duchamp drehte und wendete das Stück ein paar Mal und lächelte es mit einer Mischung aus Zärtlichkeit und Ehrfurcht an, wie ein Familienerbstück. Es dauerte eine Weile, ehe er bereit schien, es auch zu essen. Sie saßen Seite an Seite. Um sein Stück Plumpudding weich genug für seinen zahnlosen Mund zu machen, tränkte Duchamp jeden Bissen mit Tee und schlürfte ihn dann aus der Tasse.

»Das war *lecker*«, sagte Duchamp schließlich.

»Brian«, sagte Alex, »es gibt da *doch* etwas, was du für mich tun kannst. Ich hab gedacht, du könntest dir das hier vielleicht mal ansehen.«

Duchamp rührte sich nicht und machte auch keinerlei Anzeichen von Verständnis. Alex beugte sich vor und holte seine Kitty Alexander aus dem Fach in seiner Tasche. Er nahm Duchamp die Tasse aus den Händen. Er legte das Autogramm auf Duchamps Schoß.

»Brian, könntest du …?«

Brian hielt sich das Autogramm wenige Zentimeter vor die Augen. »Oh, *ja*.«

»Brian?«

»Ja, *ja*.«

»Was, Brian?«

»Kitty Alexander. Bringt'n Batzen.«

»Du hältst es für echt?«, fragte Alex sehr schnell.

Duchamp zuckte die Achseln. »Sieht echt aus. Muss aber nich echt sein. Wie du gesagt hast. Manche Tussis sind nich die Antwort, sie sind die verdammte Frage. Ha!«

»Aber was meinst du, *denkst* du, es ist echt?«

»Ich denke, ich hab in meinem Leben schon viele verdammt gute Fälschungen gesehen. Siehst du das Zeug da?«

Duchamp zeigte auf die Kiste, die Alex soeben gesichtet hatte. Alex hob sie hoch.

»Das hier?«

»Größtenteils gefälscht.«

Alex zog die Augenbrauen hoch.

»*Deine* Fälschungen?«

Duchamp nickte.

»Mann, die sind verdammt gut, Brian. Selbst *ich* hab's nicht gemerkt.«

»Tja … gibt nich viele, die das können. Dir hab ich früher auch ein paar verkauft. Ha! So …«, sagte er, sah Alex nicht an, griff aber mit seinem kurzen Arm nach ihm, wollte ihn körperlich mit einer Erinnerung in Verbindung bringen, »du … du bist der Kitty-Mann, nich?«

Er lehnte sich über die Kiste, die Alex auf dem Schoß hielt, und blätterte die Dokumente darin mit echter Sachkenntnis durch. Eines zog er heraus. Ein Foto.

»Eine Kitty Alexander, Meister … natürlich gefälscht, hab ich selbst gemacht – aber schon damals … irgendwann in den Fünfzigern … oder so … deshalb passt das Alter der Tinte auch. Kein Arschloch auf der ganzen Welt würde merken, dass das ne Fälschung is.«

Alex musterte das Ding genau. Er nahm es aus der Hülle und schob es ins Licht. Er legte seine eigene Kitty daneben. Sie waren fast zu ähnlich, und mit einem bangen Gefühl legte er sie nun aufeinander und hielt sie gegen das Licht. Vielleicht war Brian verwirrt – vielleicht war die von Brian eine spätere Fälschung, ein Autopen? Und wenn die von Alex genau zu Brians passte, dann waren sie beide Autopens, weil kein Mensch zweimal hintereinander genau gleich unterschreiben kann. So genau sind wir nicht. Aber nein. Alex' *A* kippte ein bisschen mehr nach links. Der geschwungene elisabethanische Schwanz von Brians *x* reichte tiefer als der auf Alex' Autogramm.

»Sieht so echt aus«, sagte Alex bewundernd.

»Isses nich, Kumpel. Selbst gemacht. Tandem, du vergisst, dass ich für diese Studios gearbeitet hab. Es gab keinen, der besser war als ich.« Duchamp wischte das Foto mit einem Fensterleder ab, das er aus der Tasche gezogen hatte. »Hab sie mal kennen gelernt. Schönheit. Keine so wie sie. Aber, Kumpel, du bist fünfundzwanzig, und schwupps« – Duchamp schnippte ungelenk mit den Fingern – »biste sechzig. Hat dir noch keiner gesagt, was?« Er lachte finster. »Menschen wie sie sollten einfach verschwinden. Puff! Die gehören auf die Leinwand, sind nich dafür gedacht, alt zu werden. Schließlich will keiner ne alte Schabracke sehen, oder? Die Leute wollen so was nich.«

Auf so alte Knacker wie dich sind sie auch nicht sonderlich scharf, sagte Alex' Gehirn, aber er hielt den Mund geschlossen und streckte die Fingerspitzen nach dem Schatz aus. Duchamp entzog ihn ihm mit einem unangenehmen Lächeln.

»Ich weiß, was du denkst. Ich wette, du könntest das hier an die Trottel in Neville Court verscherbeln, äh? Oder in Jimmy's Antiques? Wenn *du* es nich merkst, merken die es erst recht nich, was? Dreitausend Pfund oder mehr, todsicher! Willst dir ne Provision verdienen, hä?«

»Und wenn?«, sagte Alex errötend. »*Du* darfst in diese Läden ja schon nicht mehr rein, oder? Ich könnte es für dich verkaufen. Ich würde bloß fünfzehn Prozent von dem nehmen, was ich rausschlage.«

»Verkauf doch dein eigenes, wenn du so wild drauf bist.«

»Brian, meins ist echt. Ich bin ein großer Fan. Der größte. Ich möchte es behalten.«

Duchamp schnalzte mit der Zunge. »Oje, *oje*. Das is nich gut in unserm Gewerbe. Da darfst du nich sentimental werden. Bloß Tinte. Bloß Buchstaben. Deins is *echt* …«, sagte er. »Als ob das wichtig wäre! Der kleine Unterschied, der den großen Unterschied ausmacht. Das is vielleicht ne Art, sein Geld zu verdienen, hä?«

»Dann nehme ich es, okay?«

»Zuerst unterschreibst du einen Vertrag. Ich kenn mich aus, Kumpel. Da – da is Papier. Ich schreib ihn. Du unterschreibst ihn. Also. Ich, Alex-Li Tandem, verpflichte mich, höchstens zehn Prozent …«

»Zehn Prozent?«

»Zehn – des Verkaufserlöses von Brian Duchamps Kitty Alexander zu behalten. Das müsste reichen, nich? Is nich gerade die Scheiß-Magna Charta, aber es müsste reichen. Da – nun unterschreib schon.«

Alex nahm das Blatt Papier. Die Handschrift war grässlich. »Lies mir das noch mal vor, Brian.«

»Verflucht noch mal, biste auch noch taub und nich nur blöd? Zehn Prozent – mehr kriegste nich, also unterschreib schon.«

Alex setzte seinen Namen darunter. Sobald er fertig war, riss ihm Duchamp das Blatt aus der Hand.

»Das soll ne Unterschrift sein? Sieht aus wie ein verdammtes Gekritzel. Trau nie einem Israeli. Is Hebräisch, was? Ha! Ha! Ha! Ha!«

Eine große Ekelwelle erfasste Alex. Er stand auf.

»Na schön, na schön – das reicht. Gib mir die Kitty. Zehn Prozent. Du gerissener Hund.«

Und einen Moment lang sah er wirklich gerissen aus. Hässlich, stinkig, mit diesem dreckigen Todesröchellachen – aber noch da. Noch immer die Szene beherrschend. Noch akzeptierte er die Rolle nicht, die alle irgendwann besetzen: Auftritt-Abgang, kein Text.

2

In einer U-Bahn-Station wollte jemand berühmt werden. Sie wollten wahrgenommen werden, in der ganzen Stadt, und wenn nur für fünfzehn Minuten. Sie schoben ihre Füße über die weiße Linie, sie holten rasch Luft, sie sprangen ins Für-Immer. Dank dieses *Fahrgastverhaltens* (ein wahrlich majestätischer neuer Euphemismus, der die Rücksichtslosigkeit betonte) brauchte Alex fast zwei Stunden, um von South London in die Stadtmitte zu gelangen. Am U-Bahn-Ausgang wartete ein ernster Adam auf ihn, öffnete einen riesigen, weiß-rot gestreiften Regenschirm und wies Alex mürrisch an, sich bei ihm einzuhaken. Und so marschierten sie durch den Wolkenbruch, abhängig von einem bunten Stück Segeltuch wie zwei Männer in einem Ballon. Vorbei an einem prachtvollen Theater und einer heruntergekommenen Bar, schnurstracks vorbei an den Mädchen, die dafür bezahlt wurden, sie zu locken, an dem Linkshänder-Laden (*Ja, Al, sehr goj. Du kannst dir das später notieren, in Ordnung?*), den Schwulenbars, den Heterobars, den Strippern – wie zwei entschlossene Chassidim, unbeirrt vorbei an allen Versuchungen! Sie erreichten ein beliebtes Café. Adam blieb in der Tür stehen, um den Schirm zu schließen, während Alex hineinging, um sich auf die Suche nach einem Tisch zu machen. Eine Minute später waren sie wieder draußen und wurden zu einem jämmerlichen Archipel aus Tischen geführt, die in schmutzigem Wasser standen, kaum geschützt durch die Markise eines Friseurgeschäfts. Der Kellner, ein schlanker Italiener, versuchte, sich aus dem Staub zu machen, kaum dass die beiden jungen Männer saßen. Menschen in der City waren bekannt für ihre Grobheit und Ungeduld.

Kaffee und Kuchen wurden gebracht. Bald unterhielten sie sich ohne Störung von außen in der Kurzsprache alter Freunde. Nur dass sie heute nicht ausgelassen waren. Sie waren disharmonisch. Es hatte mit Zu-spät-Kommen begonnen und weitete sich nun zu fehlender Choreografie aus – nacheinander stießen sie beide eine ziemlich stabile Zuckerdose um –, und dann griff dieselbe Krankheit auf das Gespräch über. Keiner konnte sich verständlich machen. Jeder kam dem anderen selbstsüchtig und ichbezogen vor. Jedem kam es so vor, als spräche der Mensch, der ihm da gegenübersaß, nur über sich. Adam erzählte angeregt und unverständlich von seinen jüngsten Studien. Er stand auf, um Alex zu demonstrieren, wie die zehn *Sefirot* mit bestimmten Punkten des Körpers korrespondierten; er reckte die Arme wie ein Irrer. Alex wand sich innerlich.

»Verstehst du, meine *Wirbelsäule*«, sagte Adam, »verläuft dort, wo Tiphereth – das ist Schönheit, Mitgefühl –, meine Wirbelsäule verläuft dort, wo Tiphereth liegt. Um also von Netzach – das ist mein rechtes Bein – zu Tiphereth zu gelangen, meditiere ich über die Idee meiner Wirbelsäule. Das ist der Weg von Hod. Es gibt zweiunddreißig Wege, laut Ari. Aber *hier*« – er streckte das untere Ende seiner Wirbelsäule und damit auch sein Gesäß in die Luft; die hübschen Jungs auf der anderen Straßenseite lächelten, zeigten mit den Fingern – »an dieser Stelle lässt die Seele ihren irdischen Ort hinter sich, um sich eine bessere Wohnstatt zu suchen. Ich hab das Gefühl, ich bin schon halb da, Mann. Nach all den Jahren.« Er deutete auf die Luft um seinen Kopf. »Ich nähere mich der Krone an, Aiyn, dem Nichts. Der *Essenz* Gottes.«

»Jau. Muss toll für dich sein. Kellner! Eine Flasche Rotwein, bitte, zwei Gläser.«

Sie saßen schweigend da. Der Wind frischte auf. Adam blickte sehnsüchtig zu einem anderen Tisch hinüber, als wünschte er sich dorthin. Alex holte seinen Tabak hervor und versuchte, sich eine Zigarette in der Art eines Mannes zu drehen, dem man Unrecht getan hat. Er war verraten worden – so fühlte er sich. Wieso hatte Adam Esther von Boot erzählt? Welcher Freund tut so was?

Gerade als er seine Anklage vorbringen wollte, wurde der Wein gebracht. Adam schickte sein Glas zurück; Alex füllte seins und leerte es, als wäre es Traubensaft. Adam sah ihm zu, kratzte sich mit einer Hand heftig die Kopfhaut zwischen zwei Dreadlocks. Alex goss sich nach und begann, von der Boot-Entwicklung zu sprechen, behutsam, weil er hoffte, Schuldbewusstsein in Adams Gesten festzustellen. Nichts. Nicht mal ein winziges bisschen. Aber vielleicht war das völlige Fehlen von Schuldbewusstsein an sich schon ein Zeichen. Kein Mensch kann die ganze Zeit über dermaßen unschuldig wirken, oder? Oder? *Irgendwer* musste Alex T. verleumdet haben. Und wenn Adam es nicht gewesen war, wer dann?

Alex trank die ganze Zeit über, sprach hektisch über irgendwas. Fünfzehn Minuten später wusste er, dass sein Mund sich immer noch bewegte, aber es war schon eine Weile her, dass sein Gehirn mit den Worten verbunden war. Gelangweilt zerquetschte Adam eine glasierte Erdbeere unter seiner Gabel.

»Aber all diese Frauen«, fiel er Alex ins Wort, »sind doch in Wahrheit immer dieselbe Frau. *Merkst* du das denn nicht? Kitty, Boot, Anita – sie überlappen sich. Stell dir einen Restaurator vor, der die Farbe von einem Porträt kratzt, um darunter andere Porträts zu entdecken. Wegen fehlgeleiteter Neugier – wegen der Möglichkeit anderer Porträts – ruinierst du ein richtig gutes Gemälde. Das ist wie eine endlose Substitution – und alles bloß, weil du nicht mit den Dingen umgehen kannst, so wie sie sind.«

Alex machte eine Internationale Geste: Kopf in den Nacken werfen, leichter Druck der Vorderzähne auf Unterlippe, Ausstoßen des Geräuschs *Pfff*. Er hob ein Glas, sein drittes.

»Danke, Sigmund.«

Adam zuckte die Achseln. »Nimm's, wie du willst.«

»Nein, nein, es ist faszinierend. Und Esther – ist sie das erste Gesicht? Das letzte?«

»Na, das ist doch wohl ziemlich offensichtlich, mein Freund«, sagte Adam kühl. »Sie ist die Farbe.«

Alex grub mit der Zunge nach einem matschigen Stück Teig zwischen seinen Backenzähnen. »Genau. Schöne Analogie. Das ist haargenau dein Stil: Alles ist ein Symbol für irgendwas anderes. Und *wie* soll mir das helfen?«

Adam blickte Alex spöttisch an. »Du hast die eigentümliche Vorstellung«, sagte er kopfschüttelnd, »dass alle nur dafür da sind, *dir* zu helfen!«

Eine Zeit lang sprachen sie über das *Problem mit anderen Menschen*, ein aggressiver Ersatz für das Gespräch, das sie eigentlich führen wollten, nämlich: *Das Problem mit dir*. Rubinfine war obsessiv. Joseph war unterdrückt und unglücklich. Alex sah auf seine Uhr. Er sollte in zehn Minuten in Neville Court sein.

»Sind wir spät dran?«

»Ein bisschen.«

Alex kippte den Rest aus der Flasche in sein Glas und vollführte dann die übliche Prozedur von Kreisen lassen und schnuppern, als merkte er erst jetzt, was er da eigentlich trank.

»Ist das nötig? Wirklich?«, fragte Adam und wischte eine rote Pfütze auf, wo Alex sein Glas zu heftig hatte kreisen lassen.

»Ach … *verdammt* … Mann? Wieso bist du überhaupt gekommen, wenn du … ich meine, wieso trinkst du nichts? Willst du mir bloß zusehen? Was soll das? Ich komm mir vor wie ein dämliches Gemälde: Dicker Mann mit Rotwein im Regen. Studie eines ewigen Verlierers beim …«

»Du bist betrunken, hör auf damit.«

»Ich kann nicht aufhören, betrunken zu sein, Ads. Einfache Fahrt. Tucker Tucker Tucker bis zur Endstation.«

»Dann tritt auf die Bremse.«

»Aye-aye, Captain.«

»Du bist sauer auf mich. Warum?«

»Darum. Nächste Frage.«

»Esther hat mir erzählt, dass du nächsten Sonntag nicht bei ihr sein wirst. Ich versuche, das zu verstehen, aber es fällt mir schwer.«

»Nicht meine Schuld – ich muss nach New York. Ist schon gebucht – kann das nicht mehr stornieren. Es tut mir *Leid.*«

»Wann fliegst du?«

»Freitagabend. Mensch – komm doch mit!«, schlug Alex im Sinne einer friedlichen Lösung vor. Aber Adam sah zu einem Mann hinüber, der in ein Federbett gewickelt durch den Regen tanzte.

»Das Zentrum *dieser* Stadt ist schon schwer genug. Ich will nicht im Zentrum des Zentrums sein. Zu schwer für diesen Bredrin.«

»Gut, okay. Zwingt dich ja keiner. War bloß ein Angebot.«

»Am Donnerstag ist die Jahrzeit deines Vaters«, sagte Adam und wandte sich ihm wieder zu. »Hast du vor, dann im Lande zu sein?«

»Es geht dich zwar nichts an, aber ich komme Dienstag zurück.«

»Tja«, sagte Adam und klopfte mit einem Löffel an den Rand

von Alex' Glas. »Ich hab mit Rubinfine gesprochen. Seine *Schul* steht an dem Tag nicht zur Verfügung, aber er denkt, er kennt eine, bei der es geht. Für den Minjan könntest du mich haben – obwohl du mich nicht verdienst – du könntest Joseph haben, Rubinfine, deine Mum, vielleicht sogar Esther, wenn sie es schafft. Die würden es alle gern machen – du musst bloß mal für eine Sekunde aufhören, alle vor den Kopf zu stoßen. Du bist also zu der Operation nicht da, ist das richtig?«

Irgendein schrecklicher Zufall wollte es, dass Alex den Arm gehoben hatte und genau in dem Moment, als das Wort »Operation« fiel, auf seine Uhr sah. Jetzt öffnete er den Mund, um es zu erklären, doch dann fiel ihm nichts ein, und er schloss ihn wieder. Er konnte sich nicht vorstellen, dass es in der Welt der Gesten irgendwelche Zufälle gab. Sagen unsere Körper nicht genau das, was wir meinen?

»Nein. Wenn du wirklich los musst, dann geh«, sagte Adam unglücklich, »ich muss mir sowieso eine Dusche suchen. War die ganze Zeit nur zu Hause. Hab mich seit Tagen nicht gewaschen. Ich ruf dich an.«

Die Rechnung teilten sie sich.

Eine berühmte Straße entlangstolpern, die zu einem Denkmal führt, dann einen Haken schlagen und hinein in eine vergessene Gasse. Doch ehe er dahin geht, wo er hingehen muss, schlüpft Alex in eine schmale Gasse namens Goodwins, rutscht eine feuchte Mauer hinunter, bis er hockt. In dieser Position wird er von dem vorspringenden Fenstersims irgendeiner Wohnung gedeckt. Er dreht sich einen Joint, einen richtig dicken Joint und raucht ihn. Doch statt ihn zu entspannen, fügt der Joint seiner Trunkenheit eine neue Dimension hinzu, eine noch dickere Schicht Smog zwischen ihm und der Welt. Kurz darauf nimmt er mit brennenden Augen und einem manischen, stotternden Herzen einen Stift und ergibt sich der Paranoia. Er macht sich auf seinem Block Notizen über den Lunch, den er gerade hinter sich hat, die Gesprächsfetzen, die er bereits vergisst, die empfundene

Unaufrichtigkeit seines besten Freundes, die Bedeutungen von diesem und jenem, den Symbolismus von dem einem und dem anderen. Es ist alles gleichsam ein schrecklicher Verrat seiner selbst, seines ganzen Lebens. Leben ist nicht einfach nur Symbol, jüdisch oder goj. Leben ist mehr als bloß ein Geduldsspiel. Nicht alles passt zusammen. Nicht alle Wege führen zu Epiphanie. Das ist nicht Fernsehen, Alex, das ist nicht Fernsehen.

Oh, denkt Alex, *jetzt hast du also eine Epiphanie über die Bedeutung, keine Epiphanien zu haben. Ist ja toll.*

Alex ist bedrückt und konfus, als er flott weitergeht, und er wünscht sich, er könnte über sich selbst hinwegkommen, aus sich selbst heraus, aus seiner Haut, nur für eine *Minute*. Das ist wahrscheinlich auch der einzige Wunsch dieser berühmten Fahrgäste, die aktiv werden. Aber sie können eben nicht bloß eine Minute bekommen – nicht durch besonders starkes Gras wie das hier oder durch Alkohol oder Microdot oder irgendwas anderes. Es gibt keine Abkürzungen. Man ist immer *da*. Also beugen sie stattdessen weiteren Verlusten vor. Sie entscheiden sich für für immer. »Und das ist schon was«, sagt Alex sich, als er zum ersten Mal das *Gewicht* von Selbstmord spürt, die Tiefe dieses Angebots. »Dafür braucht man wirklich *Mut*.«

Alex torkelt die Straße hinunter, unter einem gewaltigen Himmel, und fühlt sich von Fahrgästen beschämt, die vor Züge springen. Das Mindeste, was er *angesichts dieses wirklichen Mutes* tun kann, ist, selbst ein Mensch von Belang zu sein. Als er am Kreisverkehr einen sicheren Moment abwartet, um die Straße zu überqueren, versucht Alex sich seine Verteidigung auszudenken, wenn sein Leben vor Gericht stünde, das heißt, wenn er dessen Wert beweisen müsste. Diese Art von imaginärem Text trägt er mit sich herum, zusammen mit seinem Nachruf, denn irgendwo in Alex' Kopf ist er der größte, berühmteste Mensch, den man sich vorstellen kann. Und als solcher muss er sich sowohl gegen Verleumdung als auch gegen Vergessen wehren. Wer soll es denn sonst machen? Schließlich hat er ja keine Fans.

Bitte vergiss nicht, bitte? Bitte vergiss nicht. Das Leben ist mehr als ein Geduldsspiel [DU KUCKST NICHT FERNSEHEN].

Es ist mehr als das. Du bist wütend, weil ich versage, aber ich *sage dir*, dass das Leben mehr ist als das – mehr als –

Bitte. Die Dinge können in Wirklichkeit nicht aneinander passen wie die Beweise, wenn ich sie aufschreibe – bitte vergiss das nicht, bitte. Der Lunch war einfach nicht so, so ordentlich; ich bin nicht eine Straße entlanggegangen, um dich zu unterhalten; die Szenen folgten nicht eine auf die andere, fehlerfrei und bedeutsam – bitte vergiss nicht, das ist mein *Leben* [DU KUCKST NICHT FERNSEHEN]. Das hier ist die Beschreibung eines Kampfes. Urteile entsprechend. Eine Sekunde davon ist so lang wie alle Bücher, die je geschrieben wurden. Sie ist auch so kurz wie der Name Gottes. Bitte vergiss das nicht. Vergiss die Doppellügen von Unterhaltung und Aufklärung [DU KUCKST NICHT FERNSEHEN]; bitte vergiss nicht, dass ich einfach gegangen bin, so wie du gehst, mit spitzen Ellbogen und gebeugtem Rücken, bis meine Hände die Nähte meiner Jeans berührten, gelegentlich vom Tod und anderen Fragen entsetzt, die dich weder unterhalten noch aufklären würden – vergiss nicht, dass ich die Dinge für dich nicht so ordnen kann, wie du sie geordnet haben möchtest. Bitte vergiss nicht, dass ich einfach sinnlos gegangen bin, mehr konnte ich nicht tun, denn Leben ist mehr als ein Geduldsspiel, mehr als das, mehr als das, bitte vergiss nicht, dass du nicht – dass ich nicht –

dass das hier nur ich bin, wie ich total stoned (dieses Gras ist *stark, dieses Gras ist psychotrop*) ein enges Gässchen hinuntergehe und den nächsten Ort sehe, wo ich sein soll, und ans Fenster klopfe –

Tandem klopft an das Fenster von Cotterell's Autograph Emporium, ein bezaubernder kleiner Laden, etwa auf halber Höhe der Neville Court Road in Londons schickem Zentrum. Im Innern sieht er Erstausgaben, Sammelgläser, signierte Porträts und den zerschlissenen Brokat eines Sesselsitzes, auf dem ein gestickter chinesischer Drache in die Freiheit springt. Im Innern sieht er Sammelbildchen und Briefmarken. Theaterprogramme und Weihnachtskarten. Geburtsurkunden und Taschentücher mit Monogramm. An den Wänden sieht er Fotos der sehr Berühmten, Fotos, die die sehr Berühmten höchstpersönlich berührt und markiert haben und die ein Mensch käuflich erwerben kann. Ein Mensch könnte diese Fotos besitzen und an der Berühmtheit dieser Menschen ebenso teilhaben (wenngleich auf sehr unbedeutende Weise) wie an ihrer bemerkenswerten Fähigkeit, den Tod um seine Befriedigung zu bringen: Vergessen. Angesichts dieser sehr Berühmten schwankt ein Mensch zwischen Ehrfurcht und Wut, ganz ähnlich wie bei dem Gedanken an Gott. Heute Nachmittag empfindet Alex Wut. Er hat ein psychotisches Intermezzo.

Drinnen sieht er einige Menschen, echte Menschen. Eine große, gut aussehende junge Frau mit einem schwarzen Samtstreifen um den weißen Hals. Einen rotgesichtigen, dicken Mann in Tweed, der eine Taschenuhr trägt und mit den Armen wedelt. Drinnen sieht er ein Publikum.

3

Also. In einem Moment ist man sehr sauer und stoned, man hat ein psychotisches Intermezzo. Im nächsten – vor allem, wenn es regnet und man mitten auf der Straße von einer hübschen jungen Frau angeschrien wird – ist man es nicht mehr. Und Boot war heute voller Fragen. Fragen wie:

Was sollte *das* denn?
Bist du völlig *verrückt* geworden?
Willst du, dass ich *rausfliege*?
Wer taucht denn schon in so einem Zustand irgendwo auf?
Ist dir klar, dass er dich anzeigen könnte?
Was geht denn bloß in deinem *Kopf* vor, wenn du so bist?
Denkst du, Leute zu *beleidigen* bringt irgendwas?
Ist sie gebrochen?
Musst du zum Arzt?

»Kannst du das Letzte noch mal wiederholen?«, fragte Alex und kniff sich die Nase zu, um das Blut zu stoppen.

»Ach, *Herrgott*. Los, *komm*. Ich bring dich zum Arzt. Ein Onkel hat seine Praxis in der Harley Street. Du bist komplett *durchgeknallt*.«

Sie nahm seine Hand und machte einen Schritt, aber Alex rührte sich nicht.

»Was? Was ist los? Ist was mit deinen Beinen?«

»Ich geh nicht zu westlichen Ärzten«, sagte Alex barsch. Er war sich peinlich bewusst, dass er blutete, rotäugig und klatschnass vor einer Frau stand, die ihm all das und noch mehr Übles wünschte. »Ich kenne einen Arzt in Chinatown. Ist besser. Da gehen wir hin.«

Auf Boots imposanten Bizeps gestützt, wankte Alex leise stöhnend über das holprige Kopfsteinpflaster. Wie stark Boot doch war und wie schön! Seit er sie das letzte Mal gesehen hatte, war ihr Haar kurz geschnitten worden, jungenhaft, und betonte jetzt ihre recht männliche Mundpartie. Ihr Rock war aus einem groben, braunen Material, das irgendwie an Haare erinnerte, und ihre Beine wurden von einem Paar langer, schwarzer Stiefel beherrscht, die quietschten, wenn sie seitlich aneinander rieben. Groß gewachsen, gute Zucht, wie ein edles Pferd. Sie konnte fast sein volles Gewicht auffangen und mit vollem Tempo traben, ohne sich von den Regentropfen stören zu lassen, die ihr übers Gesicht rannen.

»Ich begreife einfach nicht«, sagte sie wütend, als sie das Menschengedränge auf einem populären Platz erreichten, der auf allen Seiten von gigantischen Kinos gesäumt wurde, »wie du die schamlose Dreistigkeit besitzen kannst, so zugedröhnt in den Laden zu kommen, dich so total zu blamieren – und dann – *und dann* – auch noch zu versuchen, ihm eine Alexander zu verkaufen. Dafür hast du weiß Gott eins auf die Nase verdient. Also wirklich, Alex. Nach dem letzten Mal!«

Zwei Jahre zuvor hatte Alex erfolgreich eine Serie gefälschte Kittys, die er sich selbst hatte andrehen lassen, an ein paar Trottel weiterverkauft. Er hatte vergessen, dass Sir Edward einer von diesen Sekundärtrotteln gewesen war.

»*Uag*«, sagte Alex. »Das ist zwei Jahre her.«

»So was verjährt nicht.«

Boot blieb stehen. Der Regen ließ allmählich nach. Sie drückte Alex gegen eine Wand. Über ihnen ragten die Kinos auf, erleuchtet wie Königsstädte, Kathedralen. Auf der anderen Straßenseite sah Alex über Boots Schulter hinweg das Sechs-Meter-Gesicht der populären Schauspielerin Julia Roberts, die beharrliche Vene auf ihrer Stirn, das Lächeln strahlender als das von Buddha. Alex hatte den starken Drang niederzuknien, aber Boot hielt ihn an den Ellbogen fest. Alex starrte Boot an, versuchte ein Gefühl dafür zu bekommen, wie sie aussah. Je näher man Kinoreklametafeln kommt, dachte er, desto schwieriger ist es, die Gesichter der Menschen zu erfassen. Doch der Anblick von Boot war nicht so enttäuschend, wie man vielleicht meinen könnte. Es gab korrespondierende Punkte: eine Ähnlichkeit in der Kieferpartie, um die Augen.

Sie sagte: »So, du kannst mich jetzt küssen, wenn du willst.«

»Wie bitte?«, sagte Alex.

Ganz dicht vor ihm war jetzt Boots breites, kantiges, offenes Gesicht, ein Paar verschwenderisch bewimperte, braune Augen, einhundert schwache Sommersprossen und eine große, auffällige Nase. Sie fuhr sich mit der Zunge über die Zähne.

»Ich hab gesagt, du kannst mich küssen. Ich *vermute*, darum geht es doch. Deine Art, deine Liebe zu zeigen usw. Deine unbeholfene Art.«

»Boot«, sagte Alex flehentlich und hob schützend die Arme, »es kann sein, dass meine Nase gebrochen ist.«

Boot zog ehrlich überrascht den Kopf zurück und biss sich auf die Unterlippe. Sie ging für ihr Leben gern ins Kino, diese Boot. Sie erwartete immer, irgendwann geküsst zu werden, früher oder später.

»Oh. Okay. Nein, nein, kein Problem, ehrlich. Überhaupt kein Problem. Es macht mir wirklich nichts aus. Wahrscheinlich denkst du, es ist mir peinlich … Meine Güte. Ich weiß nicht. Ich hab bloß *gedacht* …«

»Nein, ist nicht schlimm, Boot, ehrlich …«

»Es war bloß … weißt du, ich hab wirklich gedacht …«

»Ja, das ist mir klar, Boot. Ich …«

»Na, egal«, zischte sie und gewann die Kontrolle über ihr zittriges Kinn, »es ist genau wie, als sie versucht hat, Lytton zu küssen – oder hat Lytton versucht, sie zu küssen? Jedenfalls, *die* sind sich deswegen nicht irgendwie komisch vorgekommen. Und bild dir bloß nicht ein, dass es bei mir so ist.«

Alex tat das Gesicht weh. »*Wer?*«

»*Virginia Woolf*. Ihre Tagebücher. Die les ich gerade. Hörst du mir überhaupt zu?«

Ja, manchmal. Sagen wir, etwa 25 Prozent der Zeit, an einem guten Tag. Und sehr viel mehr, sehr viel mehr, als er versuchte, sie zu überreden, irgendwo mit ihm das Lager zu teilen und das Tier mit den zwei Rücken zu machen. Aber jetzt war dem nicht so. Sie packte erneut seine Hand und zog ihn unter dem nachgemacht fernöstlichen Torbogen hindurch, der den Beginn von Chinatown markierte.

»Ich muss schon sagen, für jemanden, der angeblich in mich verliebt ist, gibst du dir nicht gerade viel Mühe.«

»Aber Boot … Boot, ich bin *nicht* in dich verliebt. Das habe ich nie behauptet. Wir kennen uns doch kaum. Ich hab eine Freundin.«

Boot bedachte ihn mit einem nachsichtigen Lächeln. Zwei Gegenströme aus Blut kreuzten sich an Alex Kinn. Boot nahm ein Tempotaschentuch aus ihrer Tasche und tupfte sie weg.

»Du Dummerchen. Du musst es doch nicht *sagen*. Es steht in deinen Augen. In deinen ulkigen chinesischen Augen. Und wo *ist* denn diese Freundin. Kein Mensch bekommt sie je zu Gesicht. Sie ist der Geist in der Maschine, wenn du mich fragst. Ich hab in letzter Zeit viel über Selbstmord nachgedacht«, sinnierte Boot, die für ihre sprunghafte Gesprächsführung berüchtigt war. »Wegen Virginia und so. Und wegen Sylvia. Wieso machen so viele geniale Frauen so was? Und dann hab ich an dein Buch gedacht – oh! Riechst du das! Herrlich, dieses Ente-Dings mit Pfannkuchen. Ich hab *Riesenhunger.*«

Sie blieb wieder stehen und blickte sehnsüchtig in ein Schaufenster, in dem eine glänzende Ente am Haken hing.

»Was hab ich gerade gesagt?«

Alex beugte sich über eine draußen aufgestellte Speisekarte und spuckte Blut auf den Boden. Ihm gegenüber spielte ein Peruaner mit Katzengesicht eine Popballade auf einer alten Flöte.

»Oh, ich weiß wieder. Du unterteilst doch Sachen in jüdische Sachen und die andere Art von Sachen, nicht? In diesem komischen kleinen Buch, an dem du schreibst, nicht?«

Und man *musste* Ja sagen. Selbst wenn sie fragte: *Der Himmel ist doch blau, nicht? Ich bin doch ein menschliches Wesen, nicht?*

»In deinem Buch, nicht?«

»Ja, Boot.«

»Also, und da hab ich mich gefragt, was von beidem es ist. In welche Kategorie es fällt. Sich umbringen, meine ich.«

Na, das war eine ziemlich gute Frage. Alex zeigte auf Dr. Huangs Praxis, das kleine Schild, das ein Stockwerk über einem Restaurant namens Peking's Nights an der Wand hing.

»Das ist eine gute Frage.«

Boot lächelte, zeigte eine Reihe riesiger, perfekter Zähne, ihr Cinemascope-Lächeln.

»Ja, ich *weiß*.«

Sie kamen zum Seiteneingang. Boot drückte auf die Klingel, und eine Sekunde später forderte Dr. Huangs verstörte, kreischende Falsettstimme sie auf, die Tür aufzudrücken und hochzukommen.

»Goj, alles in allem …«, sagte Alex bedächtig, während Boot ihm die Treppe hinaufhalf, »Steine in den Manteltaschen, Kopf im Gasherd, das alles. Aber es gibt noch eine andere Sorte, denke ich. Eine Art Verzückung … dein Tod läuft mit weit ausgebreiteten Armen auf dich zu … und umarmt dich sozusagen. Du springst über einen Zaun, um ihm entgegenzugehen. Du tanzt auf ihn zu. Er zerplatzt über dir wie eine Regenwolke oder jäher Sonnenschein. Du musst keine schäbige Anstrengung aufbieten. Keine komplizierten Knoten oder Autoabgase – du weißt schon, die Sache mit den Staubsaugerschläuchen. Es ist eher so eine Art *Vermischen.*«

Als er seine kleine Rede beendet hatte – wirklich ganz spontan –, merkte er, dass er strahlte. Boots Gesicht war ganz zerknautscht, und sie musterte ihn mit dem ernsten Blick eines Kindes. »Richtig. Ich weiß nicht, ob ich das *verstehe*. Klingt ein bisschen … sexy. Und das ist nun jüdisch?«

Alex nickte schwer mit dem Kopf. Dr. Huang öffnete die Tür seiner Praxis.

4

»Halten Sie das«, sagte Huang und reichte Boot eine kalte Kompresse. Es war feuchter Musselinstoff, gefüllt mit irgendetwas Undefinierbarem, das schwach nach Minze roch. Der Beutel war nicht verschlossen, nur am Hals zusammengedreht. Boot, von Natur aus praktisch veranlagt, löste das schwarze Stück Samt von ihrem Hals und band das Päckchen damit zu. Sie hielt es Alex an die Wange. Ihre Hand zitterte vor Kälte.

»Sie legen das auf seine Nase, auf Nasenrücken!«, schrie Huang und eilte zurück in sein dunkles Hinterzimmer, aus dem kurz darauf das Geräusch der Wasserspülung erklang.

»Was ich so alles für dich mache!«, trällerte Boot heiter.
Alex, den Kopf im Nacken, betrachtete die Decke. Er kam seit seinen Teenagerjahren hierher, und er hatte das Vorrücken der Feuchtigkeit beobachtet; seit langem stieg sie höher, durchtränkte den Putz. Tropfwasserbeulen und Stalagmiten aus Schimmel waren allüberall. Der ganze Raum schien unentwegt zu weinen. Das erste Mal war er eine Woche nach Li-Jins Tod hier gewesen, als das Zimmer genau seinen Gefühlen entsprach. Am Morgen hatte Sarah eine Flasche mit Dr. Huangs Aufkleber im Haus entdeckt, und noch am selben Nachmittag sah sich Dr. Huang einer schönen, jungen Frau gegenüber, die hysterisch war, in Tränen aufgelöst. Sie wollte wissen, warum Mr. Huang ihren Mann vergiftet hatte. *Sehen Sie sich meinen Sohn an!*, sagte sie. *Erklären Sie es ihm!*, sagte sie. Ihr Haar stand in alle Himmelsrichtungen. Ihre Strümpfe passten nicht zusammen. In der linken Hand hielt sie die Pfote eines finsteren, seltsam aussehenden Jungen, in der rechten das Kräutermittel, das Huang schon seit Jahren nicht mehr verschrieben hatte. Es dauerte eine Weile, bis alles geklärt war. Bis Dr. Huang erläutert hatte, wie lange er Li-Jin schon nicht mehr gesehen hatte, bis Sarah auf einen Stuhl sank und weinte und das Angebot einer Tasse Tee annahm. Das war das erste Mal, dass Alex grünen Tee trank, oder zumindest das erste Mal, an das er sich erinnerte. Er erinnerte sich auch daran, dass Dr. Huang seinen Besuchern eine Geschichte erzählt hatte. Nachdem Alex sie gehört hatte, war er verwirrt gewesen, sowohl durch die Geschichte als auch durch den Anblick seiner Mutter, die aufs Neue weinte:

Mr. Huangs Geschichte, wie er sie Alex und Sarah erzählte

Ein reicher Mann, am ganzen Hofe bekannt, bat Sengai, für den anhaltenden Reichtum seiner Familie etwas zu schreiben, was von Generation zu Generation bewahrt werden sollte.
Auf ein Blatt Papier schrieb Sengai:
Vater stirbt, Sohn stirbt, Enkel stirbt.

Der Reiche war erzürnt.

»Ich bat dich, etwas zum Glück meiner Familie zu schreiben! Warum machst du daraus einen Scherz?«

»Ich wollte keinen Scherz machen«, erklärte Sengai. »Sollte, bevor du selbst stirbst, dein Sohn sterben, wäre das ein großer Kummer für dich. Sollte dein Enkel vor deinem Sohn dahinscheiden, wäret ihr beide untröstlich. Wenn deine Familie, Generation um Generation, in der Reihenfolge verstirbt, wie ich sie aufgeschrieben habe, so ist das der natürlich Gang des Lebens. Das nenne ich wahren Reichtum.«

Er schien seitdem nicht gealtert zu sein, der Arzt. Er war nach wie vor koboldhaft, schlank, mit straffer Haut. Er trug einen verblichenen blauen Pullover, der an ein Wiener Jazz-Festival erinnerte, dessen letzter Ton vor rund zwanzig Jahren verklungen war, eine Jeans, auf der sich Logos von imaginären Rennstrecken und Skihütten den Platz streitig machten, und eine orangefarbene Baseballmütze, so alt und abgenutzt, dass die berühmte, geflügelte Ferse der Siegesgöttin nicht mehr zu erkennen war.

Jetzt durchbrach er erneut den Vorhang aus bunten Plastikstreifen, der die Grenze zwischen seiner Praxis und seinem Zuhause darstellte.

»Junge Dame. Ihr Name ist?«

»Boot. Mein Name ist Boot.«

»Boot? Wie diese hohen Schuhe?«

»Eigentlich Roberta, aber alle nennen mich nur Boot. Boot ist mir recht.«

»Tja, Miss Boot«, sagte Dr. Huang schneidend, »Sie Freundin von Alex. Sehr gut. Dann Sie haben Geld zum Bezahlen?«

Boot, die auf dem Lande aufgewachsen war, hatte eine instinktive Angst vor Chinesen, sobald sie nicht als Nahrungslieferanten auftraten. Sie machte einen Schritt zurück. »Wieso um alles in der Welt soll *ich* bezahlen, wo Alex Ihnen doch gerade einen Scheck gegeben hat?«

Mit einer Hand hielt sie weiter Alex' Nase fest, während sie mit der anderen das nahm, was Dr. Huang ihr zeigen wollte.

»Es geht ihm nicht sehr gut«, sagte Huang leise.

Es war ein Scheck. Aber da, wo die Unterschrift sein sollte, sah Boot einen wackeligen Tisch, einen Kricket-Handschuh, die untere Hälfte eines Stuhls.

NEUN / *Binah*

Versteben – Jeder Mensch in England war schon mal in einer Quizsendung – Identifizierung von Objekten – Eine Bogart/Henreid-Situation – Wittgenstein war Jude – Rubinfine setzt die Dinge fort – Buchstaben tippen – Marvin erklärt – Anita sagt Nein – Adam sagt Ja – Wer hat die Pflanzen geschnitten?

I

Alex' Mathelehrer aus dem fünften Schuljahr war im Fernsehen. Er hatte schon 184 Punkte. Er brauchte nur noch *eine* richtige Antwort, um auf die Anzeigetafel der Champions zu kommen und sich einen Platz im Viertelfinale zu sichern. Der genesende Alex behielt den Bildschirm im Auge und versuchte, ein Nacho einzutunken und zu essen, ohne die Hände zu benutzen. Zur Stabilisierung hatte er die Füße unter die Sofaarmlehne gehakt. Er begann, sich Richtung Boden zu lehnen.

Der Quizmaster sagte: »Welcher Philosoph war begeistert, als er hörte, dass ein Student von ihm der Philosophie abgeschworen hatte, um in einer Dosenfabrik zu arbeiten?«

Alex sagte die Antwort sehr schnell achtmal hintereinander, dann sagte er sie in Zeitlupe, dann sang er sie. Der Mathelehrer gab eine Antwort, die auf alarmierende Fehlvorstellungen hinsichtlich der Nahrungsmittelproduktion im Griechenland des fünften Jahrhunderts hindeutete. Alex tauchte seine schmerzende Nase in Salsa und ließ sie eine Weile dort. Schwermut umgab ihn. Die Türglocke schellte.

»TÜR!«, schrie Boot aus der Küche. »TÜR. TÜR. *TÜR!*«
Dies ist eine Tür. Hier ist Salsa. Das war mein Mathelehrer. Dies ist eine Tür.

»Was kann ich für Sie tun?«

»Umgekehrt«, sagte Rubinfine und machte die Internationale Geste für Umkehrung. Er trug einen bauschigen lachsfarbenen Pullover mit der Aufschrift IRREN IST MENSCHLICH, UM ETWAS RICHTIG ZU *??!@#, BRAUCHT MAN EINEN COMPUTER.

Alex blieb ungerührt im Türrahmen stehen. »Falls Sie Thoras verkaufen, ich hab schon eine.«

»Hallo Alex«, sagte Joseph. »Können wir reinkommen? Wir wollen uns bloß unterhalten.«

»Was ist denn mit deinem Riecher passiert?«, fragte Rubinfine und schob sich an ihm vorbei in die Diele. »Hast du dich mit der Faust von jemandem gestritten? Hatte irgendwer was gegen den Schnitt von deinem … *Hallo.*«

Soeben war Boot aus der Küche aufgetaucht, und sie sah forsch und kokett zugleich aus, eine Kombination, die sie schon in der Kindheit perfektioniert hatte, um ihren Willen durchzusetzen.

»Und Sie heißen?«

»Boot.«

»Aber *natürlich*. Eine Freundin von Esther?«, fragte der verblüffte Rubinfine, dessen letzte Freundschaft mit einem weiblichen Wesen endete, als das fragliche Mädchen in den Sandkasten urinierte. »Oder …?«

»Eigentlich von Alex. Ich meine, wir – wir – das heißt, wir haben beruflich miteinander zu tun.«

Selbst für Boot, dachte Alex, war diese schuldbewusste B-Film-Stimme, diese stotterige Andere-Frau-Nummer ziemlich enttäuschend.

»Boot, das ist Rabbi Rubinfine, ein alter Freund von mir, und das ist …«

Alex merkte gleich, dass die nächste Vorstellung überflüssig war. Boot und Joseph bewegten sich schwerfällig aufeinander zu (ein linkisches Ballett aus Ellbogen und Weichteilen, während eine Jacke abgelegt wurde) und trafen nun in einem absurd verlegenen Kuss zusammen, bei dem man sich weder auf die Wange noch auf das empfohlene Maß einigen konnte, eine weitere B-Film-Konvention. Alex spürte Wut in sich auffahren, als er das letzte Teil in ein beleidigend einfaches Puzzle einsetzte. Er war nie auf die Idee gekommen, dass die beiden sich kannten.

»Ihr beide …?«, sagte Rubinfine, als sie sich alle ins Wohnzimmer begaben. Hier lächelte er und sank in einen Sessel, gleichgültig sowohl dem Ende seiner eigenen Frage gegenüber als auch der dunklen Röte, die an Josephs Hals aufstieg und sogar seine spitzen Ohren färbte. Rubinfine griff sich das erstbeste Buch – eine populärwissenschaftliche Geschichte der Kammmuschel – und blätterte zu den Fotos in der Mitte.

»Ja, seit *mindestens*, na, sagen wir drei Monaten?«, sagte Boot und ließ sich auf den Sofarand nieder. »Ich hätte nicht im *Traum* gedacht, dass ihr beide auch befreundet sein könntet. Aber natürlich seid ihr das. Nicht besonders groß, unsere Welt, was? Als würden alle, die in den Laden kommen, einander kennen. Echt komisch! Joe und Alex! Wie in einem schlechten Theaterstück. Mannomann. Ach Joe, übrigens, ich bin froh, dass du die Nicholas-Brüder nicht gekauft hast. Ist ein schönes Stück, aber nicht mal *halb* so viel wert, wie Cotterell dafür rausschlagen will. Er ist bloß zu stur, mit dem Preis runterzugehen, seinen Fehler zuzugeben … Er glaubt, der Markt für Musical-Material ist kurz davor zu explodieren, weißt du …«

Boot war nicht blöd; sie spürte die erstaunliche Spannung im Raum. Angewidert sah Alex zu, wie sie insgeheim zu dem Schluss kam, dass das sexuelle Verlangen nach ihr die Spannung ausgelöst haben musste. Er presste sich die Daumennägel in die weiche Handfläche, während sie weiter plapperte, ihren Körper bewusst zu einem Echo der berühmten Silhouette formte, der Marilyn-Sanduhr. Rücken gebogen, Bauch eingezogen, Lippen vorgewölbt wie errötende Blütenblätter, Kopf nach unten geneigt, aber Blick zur Decke – was für eine unglaublich machtvolle Gabe! Die ultimative Internationale Sexuelle Geste: die Metamorphose der Frau zur Vase.

»Man sollte es nicht für *möglich* halten«, sagte Rubinfine, der eine Augenbraue hob, aber den Blick wieder auf das Buch auf seinen Knien richtete. »Zweihundertsoundsoviel Seiten über die Kammmuschel. Über ein Schalentier. Ich muss den Autor bewundern. Woher nimmt er den *Willen* dazu?«

»Joseph«, sagt der arme Alex zornbebend, »Tee – würdest du? Mir helfen? Ein paar Sachen reintragen? Und was zu trinken – vielleicht trinken wir einen Schluck – Rabbis ausgeschlossen.«

»Rabbis *eingeschlossen*, vielen Dank. Ich hatte vielleicht einen Tag.«

Joseph, der noch nicht Platz genommen hatte, setzte sich mit den Trippelschritten eines Verdammten in Bewegung. Alex eilte ihm nach.

»Also«, hörte Alex Boot sagen, als sie Joseph, der an ihr vorbeiging, einen kleinen, heimlichen Stoß in den Rücken gab, »ich finde, Sie sehen nicht gerade wie ein Rabbi aus …«

In der Küche sah Alex Grace und hob sie hoch, drückte sich die widerwillige Katze an die Brust, damit er nicht losprügelte. »Ich verstehe«, sagte er düster.

»Alex«, sagte Joseph und warf einen Blick zur Tür, um sich zu vergewissern, dass sie geschlossen war, »ich glaube nicht, dass du verstehst.«

Alex schob eine Hand unter Grace hindurch, um einen Finger vorzustrecken. »Du hast mich verraten. Um deines eigenen Vorteils willen.«

»Das ist ein bisschen theatralisch, findest du nicht?«, sagte Joseph und fummelte an seiner Krawatte herum. Mit niedergeschlagenen, schönen Augen griff er nach dem Kessel und setzte Wasser auf. »Das ist ein bissen Sub-Garbo, findest du nicht?«

»Du hast Esther von Boot erzählt«, sagte Tandem schrill, »nicht Adam. *Du*. Wahrscheinlich ist das das Ende. Du hast eine zehnjährige Beziehung kaputtgemacht. Vielen herzlichen Dank.«

»Alex …«

»Und ich stehe hier und frage mich, *warum*. Meinst du wirklich, Joe, meinst du wirklich, Esther würde mich wegen *dir* verlassen?«

Joseph blickte beunruhigt – sein Kopf flog hoch, er wirkte verblüfft. Er lachte, ziemlich verzweifelt.

»*Esther?* Nein, Alex, da liegst du falsch – wovon *redest* du denn da – Esther ist für mich wie eine *Schwester*.«

»Du warst schon immer eifersüchtig auf mich«, übertönte Alex ihn. »Ging es darum? Wolltest du sie bloß haben, um – wieso lachst du? Was ist daran so verdammt komisch?«

»Nichts!«, prustete Joseph und stampfte mit seinem kleinen Fuß auf. »Mann, warte doch mal, ich muss mich erst wieder einkriegen … Ich erklär's dir ja – es hat *nichts* mit Esther zu tun – ich meine, nicht *so*.«

Alex schüttelte den Kopf, als wollte er einen Gedanken sortieren. »*Boot?* Ist sie der Grund? Soll das ein Witz sein? Joe, du kannst Boot haben, verdammt noch mal, kein Problem, dazu brauchst du nicht nebenbei mein Leben zu ruinieren.«

»Nein, hör doch mal, Momentchen, nicht so schnell«, sagte Joseph und drückte beide Hände nach unten, die Internationale Geste für Ruhe. »Ich hab bloß gedacht – sie ist schließlich auch meine Freundin, Esther meine ich – und ich hab bloß gedacht, dass sie das Recht hätte, es zu wissen, mehr nicht. Ehrlich, tut mir Leid – bloß, sie hat dauernd gefragt, und sie hatte schon so einen Verdacht – los komm, wir vergessen das Ganze. Es tut mir Leid. Ich hab einen Fehler gemacht, offensichtlich.«

Alex fluchte heftig, und Joseph erbebte und legte eine Hand auf das Sideboard.

»Es ist wirklich nicht so, wie du denkst«, setzte Joseph an, und Alex musste auflachen – die schreckliche Kinophrase.

»Joseph«, sagte er, »ich *glaube* dir nicht. Du warst schon *immer* eifersüchtig auf mich. Du erträgst es nicht, dass ich – Scheiße, Moment mal, *Moment*« – Alex ließ Grace zu Boden fallen – »*Herrgott*, ich bin ein Idiot. Du hast Cotterell vorgewarnt, dass ich mit der Alexander kommen würde, richtig? Hab ich Recht? Du hast ihm erzählt, dass ich mit einer Fälschung in der Stadt unterwegs bin. Du *Drecksau*. Tja, zu deiner Information, ich wollte eine für Brian Duchamp verkaufen. Der das Geld nun weiß Gott gebrauchen kann. Hast du toll hingekriegt. Joseph, wo ist dein Problem? Du sorgst dafür, dass mein Leben im Chaos versinkt …«

Joseph verschluckte sich bei dem Versuch eines verächtlichen Lachens. »Jetzt reicht's aber – die Ehre gebührt mir nicht allein – zurzeit jedenfalls nicht.«

Alex schlug mit der Faust gegen einen Hängeschrank. »Du hast es Esther erzählt. Und ich hab mich heute Adam gegenüber beschissen benommen, wegen dir. Du hast mich *verpfiffen*.«

Joseph biss sich auf die Lippen. Er schien den Tränen nahe. »Ich habe ihr«, begann er unsicher, »die Information gegeben, auf die sie ein Recht hatte und die sie ohnehin irgendwann bekommen hätte. Alle wussten es. Wirklich, Al, es zeigt eine solche Geringschätzung für sie, als würde sie nicht existieren …«

»Hör zu, Kumpel – wenn ich eins nicht gebrauchen kann, dann einen Beziehungsrat aus deinem Mund. Wenn es dir irgendwann gelingt, selbst mal eine Beziehung zu haben, Joe, dann kannst du dich gern noch mal bei mir melden.«

»Geringschätzung, ehrlich«, sprach Joe leise weiter und machte einen Schritt zurück, »und meine Güte, weißt du … was Boot angeht, ich bin Single, wie du mir liebenswürdigerweise in Erinnerung gerufen hast. Du nicht. Verstehst du, ich bin nicht mal … ich glaube nicht, dass ich ernsthaft an ihr interessiert bin und … Alex, darum geht es hier nun wirklich nicht. Wir benehmen uns unzivilisiert. Rubinfine und ich, wir sind heute Abend als deine Freunde hergekommen, weil wir versuchen wollten …«

Alex griff sich eine große Flasche polnischen Wodka vom Sideboard, packte sie am Hals und richtete sie auf Joseph Klein. In der Flasche dümpelte ein gelber Faden Bisongras und stieß immer wieder gegen den Hals. »Siehst du das hier? Zehn Punkte für die richtige Antwort. Was ist das?«

»Das ist polnischer Wodka. Was? Was soll ich sagen? Was – das ist ein Getränk? Was?«

»Ja, aber nicht nur. Es ist ein Getränk, ja. Aber überleg noch mal. Wir wollen doch unser Studium nicht vergessen. Wir wollen doch unseren Ludwig Wittgenstein nicht vergessen. Wie war das noch mal mit dem Wesen der Proposition?«

»*Alex* – krieg dich wieder ein – nein, nein, also gut – beruhige dich – okay, okay. Die Bedeutung einer Proposition liegt in ihrem *Gebrauch*.«

»Also?«

»Die Flasche könnte auch als Waffe gebraucht werden.«

»Zehn Punkte! Wir trinken jetzt so viel davon, dass wir so richtig unzivilisiert werden. Und dann, wenn wir unzivilisiert sind, zieh ich dir eins über den Schädel. Hiermit. Mein Freund. Mein lieber Freund aus Kindertagen. Verstanden? Haben wir uns verstanden? Wir werden so eine Art Wrestling-Kampf machen. Das ist ein Ehrenwort auf meinen Schein, Joe. Das ist ein Gebot.«

»Alex … du begreifst *nichts*. *Gar nichts*.«

»Aber zuerst trinken wir. Wir besaufen uns. Wie in der Mitte eines Films. Wir trinken auf Esther – sie wird Sonntag operiert, wusstest du das? Na, jetzt weißt du's. So, ich nehme die hier, und noch eine – und da unten steht noch mehr. Mach mal den Schrank auf. Da ist was zum Knabbern drin. Im Kühlschrank ist Tonic Water oder Bitter Lemon zum Mixen. Nimm das. Und das. Nein, das kannst du mir geben. Nimm ein Tablett für die hier …«

»Ooh là là!«, sagte Boot kurz darauf, jetzt auf Rubinfines Sessellehne drapiert. »Was bringt ihr denn da? Ist das alles für mich?«

»Wir feiern eine Party in Anführungszeichen«, sagte ein verbitterter Alex-Li.

»Komisch«, sagte Boot einige Zeit später, und lauter als ihr bewusst war, »eigentlich wollte ich Schauspielerin werden. Aber wir können ja nun nicht alle Schauspielerin werden. Ich mein, nicht jeder Mensch auf Erden kann Schauspieler werden.

Letzten Endes ist doch alles Glück in der Liebe, äh, nein, 'tschuldigung, was wollte ich sagen. Ach so, Glück im – im *Spiel* natürlich.«

Sie saß gegen den falschen Kamin mit den glühenden Plastikkohlen gelehnt, ein Glas Rotwein, ihr drittes, mit beiden Händen umfasst. Rubinfine nickte auch dann noch, als sie schon nicht mehr sprach, und nahm weiter nacheinander die Grußkarten vom Kaminsims, um sie zu lesen.

»Wollten Sie eigentlich schon mal was werden, Rabbi? Ich meine, was anderes als eben, Sie wissen schon, Rabbi?«

Zum fünften Mal hob Rubinfine ein winziges mexikanisches Götterfigürchen am Penis hoch. Er begann es zwischen den Fingern zu drehen. »Neulich hab ich was Interessantes erlebt«, sagte er munter und riss den Kopf hoch. »Ich hab mit einer Gruppe von Schulkindern über die Bedeutung von Purim gesprochen – und ich hatte nicht genug Stoff für die ganze Stunde, ich hatte Probleme mit der PowerPoint-Darstellung, und es gab noch andere Schwierigkeiten – spielt aber für meine Geschichte keine Rolle – jedenfalls, um die Zeit rumzukriegen, hab ich sie gefragt, was sie mal werden wollen, wenn sie groß sind und ...«

Boot lachte unvermittelt und blickte dann weinerlich. Rubinfine legte die Stirn in Falten, ließ sich aber nicht beirren.

»Ja, und in einer Klasse mit fünfunddreißig Kindern wollten neun Model werden, vier wollten Schauspieler werden, zwei wollten Popstar werden, zehn wollten Profifußballer werden und die restlichen zehn wollten ›Entertainer‹ werden, einfach bloß ›Entertainer‹. Ich hab versucht, Genaueres aus ihnen herauszubekommen – vergeblich. So viele ehrgeizige kleine – nur noch ein Schlückchen, danke, gut so – ehrgeizige kleine Menschen habt ihr noch nicht gesehen.«

Boot kippte den Rest in ihrem Glas hinunter und goss sich neu ein. »Rabbi, mal ehrlich, eins muss ich Ihnen sagen – ich weiß, Sie verstehen das – jedenfalls, als *ich* in der Schule war ...«

»Ihr entschuldigt mich einen Moment, ja?«, sagte Rubinfine, dem Geständnisse zuwider waren. Außerdem musste er Rebecca wegen der Vorbereitungen für morgen anrufen, weil sich ein Drittel der Zwerge (der Ausdruck hatte sich in seinem Gehirn festgesetzt und war nicht mehr wegzukriegen) als Vegetarier entpuppt hatten.

»Und wie geht's euch beiden?«, sagte Boot ziemlich ratlos, stützte die Ellbogen auf den Kaminsims und wandte sich dem Sofa zu. Dort saßen Joseph und Alex seit Beginn der Festlichkeiten, tranken Wodka pur und waren in ein trübseliges Gespräch über ihre gemeinsame Kindheit vertieft. Sie hatten die guten Zeiten gelöscht und ihre persönlichen Macken nach Lust und Laune verzerrt. Jetzt sahen sie Boot an wie aggressive, angesäuselte Kinogänger.

»Besser als je zuvor«, sagte Joseph und ließ den Kopf hängen.

Boot kaute an ihrem Daumennagel. »Nicht gerade ne *tolle* Party, was? Ich meine dauernd, ich müsste gleich losheulen. Komm mir vor wie auf einer, wie heißt das noch gleich – Totenwache oder so. Als ob jemand gestorben ist, aber keiner weiß so genau wer. Ich finde immer, eine Party kann nur ein gewisses Maß an Leonard Cohen verkraften. Also«, sagte sie, nahm einen kräftigen Schluck Wein und machte einen torkeligen Schritt nach vorn, »ich denke, ich geh jetzt, wirklich, Alex, wenn du nichts dagegen hast. Ich mach mich einfach auf die Socken.«

»Geh nicht, Boot«, sagte Joseph ausdruckslos, den Blick noch immer auf den niedrigen Couchtisch vor sich gerichtet. »Wenn du gehst, wird das hier ein reiner Männerabend. Nur Männer ist nicht gut. Wir können uns einen Film ansehen oder so. Wäre doch lustig.«

»Danke, Joe, aber ich glaube, ich mach mich jetzt lieber …«

Alex leckte an dem Joint, den er gerade drehte, und sah sich um. »Wo hat sich denn der Rabbi hin verpisst?«

Boot zuckte die Achseln. »Weiß nicht. Nach oben, glaube ich.«

»Verschollen«, sagte Joseph. »Vermutlich tot.«

»Wenn du gehst«, sagte Alex in der gedehnten Sprechweise des populären Schauspielers John Wayne, »kriegt der Rabbi sein Fett weg.«

Oben plante Rabbi Mark Rubinfine, noch eine Weile verschollen zu bleiben. Er hatte Rebecca angerufen, doch dank seiner Unfähigkeit, die Formulierung »verspielte Cocktailsticks in Tierform« mit der Ernsthaftigkeit aufzufassen, mit der sie gemeint war, erwies sich das Gespräch als kurz und übellaunig. Er hatte ein bisschen zu viel Wein getrunken, möglich. Und er hatte den Punkt erreicht, den irgendwann jeder erreicht, der auch nur eine Dinnerparty für vier Personen ausgerichtet hat: *Wieso können die sich nicht selbst was zu essen machen, ihren eigenen DJ engagieren und bei sich zu Hause essen und tanzen?* Bei Rubinfine war dieses Gefühl jetzt genau achtundvierzigmal verstärkt, einmal für jeden dieser Miniaturstörenfriede, die er gezwungen war zu bewirten.

Er hatte den Hörer aufgelegt, während Rebecca noch redete. Und jetzt ging er nicht wieder nach unten, sondern blieb unschlüssig auf Alex' Bett sitzen. Er griff nach den Schokotalern, erwischte mit einem Griff eine ordentliche Menge und machte sich an die kniffelige Prozedur, sie von ihren Metallhäuten zu befreien. Wie konnte man nur so leben? Rubinfine überlief es kalt, und er legte seine freie Hand auf den gelben, handförmigen Fleck an der Wand. Sosehr er Alex auch mochte, im Vergleich zu dem armen Tandem hatte er es einfach besser, daran gab es nichts zu deuteln. Rabbi Mark Rubinfine hatte eine Veranda und eine Gattin, Vorhänge und Teppiche, eine Massagedusche und einen Esstisch für zwölf Personen. Und sobald Dr. Guy Glass Rebecca von ihrer Gebärphobie geheilt hatte, würde es bei ihnen zu Hause von Kindern nur so wimmeln. Alles klar? Er hatte in seinem Leben Dinge zusammengetragen, wie es sich gehörte, und sie sorgfältig zwischen sich selbst und dem Tod platziert, wie auf einer Hindernisbahn. Alex' Zimmer war wie das Zimmer eines Jugendlichen. Es gab keinen erkennbaren Unterschied zwischen Alex' Zimmer, als er sechzehn war, und Alex' Zimmer heute. Noch immer türmten sich Hosen zu einem Berg auf. Noch immer schrien Socken nach ihren Gefährten.

Rubinfine beugte sich vor und blickte nach draußen über

Mountjoy. Das da, das war seine Welt. Er konnte sich gar nicht vorstellen, in Mountjoy keine Macht zu haben, kein Publikum. Alex und Adam versteckten sich in ihren Höhlen wie Ben Akiba! Rabbi Rubinfine lächelte wohlwollend über die Exzentrizität seiner beiden ältesten Freunde. Er entdeckte den berühmten Geldschein, der auf Alex' Schreibtisch gleich neben einer kleinen Reisetasche lag. Rubinfine war es immer ungeheuer schwer gefallen, seine eigene Pfundnote nicht aus Versehen auszugeben. Und dann wurden die Pfundscheine aus dem Verkehr gezogen, und er war die Verantwortung mit einem Schlag los.
Jetzt streifte er seine Slipper ab, packte seinen rechten Fuß und inspizierte die raue Haut an der Ferse. Er pulte eine dicke Borke ab und schnippte sie in Richtung eines überquellenden Abfalleimers. Wie das Zimmer aussah! Ein paar von den Postern waren fünfzehn Jahre alt. Noch immer prangte über dem Bett das Scherzplakat, das vier junge Matadores anpries – *Mark y Joseph y Alex y Adam* – im Hintergrund ein riesiger spanischer Stier. Er schluckte seinen letzten Schokotaler hinunter und ging durchs Zimmer, um sich die Reproduktion eines kabbalistischen Textes aus dem Mantua des sechzehnten Jahrhunderts anzusehen, eine einzelne Seite aus dem Sohar, vielleicht, oder aus dem Sefer Jezira. Zumindest sich selbst gegenüber gab Rubinfine nicht vor, ein Fachmann zu sein. Der Text war umgeben von einem Händepaar mit abgespreizten Daumen. Auf beiden Seiten flatterten Vöglein in Rosenbüschen die Ränder hinauf. Gottes Name, von Blüten umringt, thronte ganz oben. Es war köstlich, erlesen. *Was haben wir im Laufe der Jahrhunderte geleistet!*, raunte Rubinfines fröhliches Herz, denn ganz gleich, was Mountjoy dachte, er war nicht nur seinem Vater zuliebe Rabbi geworden. Auf seine eigene unauffällige Art hatte er *die Dinge fortsetzen* wollen. Wie der Mensch, der am Drehort für die richtigen Szenenanschlüsse zuständig ist. Damals fand Adam diese Analogie unbefriedigend, weil er dachte, der Ruf ins Rabbinat sollte gänzlich rein sein, die Auseinandersetzung eines Menschen mit Gott. Aber Gott hatte nie wirklich mit Rubinfine gesprochen. Rubinfine war schlicht

und ergreifend ein Fan der Menschen, von denen er abstammte. Er liebte und bewunderte sie. Die Bücher, die sie geschrieben, die Filme, die sie gemacht, die Lieder, die sie gesungen, die Dinge, die sie entdeckt, die Witze, die sie erzählt hatten. Und das war für ihn die einzige Möglichkeit, die er je gesehen hatte, sie zu zeigen, diese Liebe. Eine Therapie während seiner Kindheit hatte das Rubinfine-Problem exakt bestimmt: persönliche Beziehungen waren nicht seine Stärke. Im Umgang mit einer Menschenmenge fühlte er sich immer am wohlsten. Die Menschen von Mountjoy! Die Menschen! Er erwartete nie, sie mit irgendetwas bereichern zu können, diese Menschen, stellte sich nie vor, ihnen große rabbinische Einsichten zu eröffnen – er hoffte nur, sie eine kurze Weile tragen zu können. Zwischen dem Rabbi, der vor ihm kam, und demjenigen, der nach ihm kommen würde.
Rubinfine stolperte rückwärts über seine eigenen Füße, bekam einen Schluckauf, kicherte, richtete sich auf, schattenboxte mit einem Ali-Poster, hob Alex' Tasche vom Boden auf und wuchtete sie aufs Bett. Rasch, mit ständigen Blicken zur Tür, ging er die einzelnen Fächer durch, suchte. Einen kurzen Moment lang dachte er, Louise Brooks wäre Kitty, aber Kitty kam doch später, oder? Und ihr Gesicht war anders. Moderner. So viele da drin. Es gibt so viel Ruhm auf der Welt. Taylor, Pickford, Grayson, Cagney, Chevalier. Voilà.
Rubinfine zog Duchamps Foto aus der Plastikhülle und gönnte sich einen Moment, um einzugestehen, dass die Frau bewundernswert war. Wenn man sich schon gefährlichen Illusionen über eine Frau und ihre Unterschrift hingeben musste, dann konnte man es schlechter treffen. Er sah noch ein Weilchen länger hin, bestaunte die Architektur ihrer Wangen. Dann zerriss er das Foto in sechs Teile.
Die Erleichterung war erheblich. Auf diese Maßnahme hatten er und Joseph sich auf der Fahrt hierher geeinigt, obwohl sie nie gedacht hätten, dass es so einfach sein würde. Sie hatten sich vorgestellt, es würde die ganze Nacht dauern, sie hatten Verhandlungen mit hohem Kleenex-Verbrauch, reichlich Tränen und Hys-

terie befürchtet. Sie hatten vorgehabt, einfach reinzumarschieren und ihn zu bedrängen, bis er sie rausrückte. Denn solange das Ding nicht weg war, wäre er außer Stande, seine fixe Idee aufzugeben. Das war Josephs Formulierung gewesen, und Rubinfine hatte ihm Recht gegeben oder beschlossen, ihm Recht zu geben. So. Jetzt war es weg.

Ungeheuer zufrieden mit sich, sammelte Rubinfine die Schnipsel vom Boden auf und erhob sich. Er spielte gedanklich mit der Analogie der Eltern, die ihr vom Heroin zerstörtes Kind zum kalten Entzug zwingen. Er reflektierte selbstgefällig über die Axiome »Liebe muss manchmal wehtun« und »nur zu deinem Besten«. Er wollte gerade aus dem Zimmer gehen, als ihm drei Fotos an der Wand ins Auge fielen: Norma Shearer, Debbie Reynolds und Deanna Durbin. Das erinnert mich an was, dachte Rubinfine (Debbie Reynolds → Eddie Fisher → Carrie Fisher → Prinzessin Leia → Han Solo → Harrison Ford): Ich wette, er verschweigt mir was. Wetten, der gerissene Hund versteckt einen Ford vor mir, weil er ihn an jemand anderen verkaufen will, jemanden, der reicher ist.

Rubinfine ging zurück zum Bett und öffnete die Tasche. Rasch fand er einen Ford. Lautlos verfluchte er Alex. Dann sah er genauer hin. Rubinfine sank zurück aufs Bett, quietschte ekstatisch hinter vorgehaltener Hand. Für Mark! Eine ganze Minute lang hatte Rubinfine das Gefühl, dass ihm die Tränen kamen. Er hatte bald Geburtstag, in zwei Wochen. Und der Gedanke, dass Alex es vor ihm versteckt hatte, und so gut! Was für eine Mühe musste er auf sich genommen haben, um es für ihn zu ergattern, mit seinem Namen drauf, perfekt! Rubinfine war mehr als nur gerührt. Am liebsten hätte er dieses Autogramm genommen und es allen unter die Nase gehalten, all den Lehrern und Therapeuten und Rabbis, die ihm gesagt hatten, er hätte keine Begabung für zwischenmenschliche Beziehungen. Seht euch an, was mein Freund für mich getan hat! Seht euch an, was mein guter Freund Alex-Li Tandem für *mich* getan hat! Widerstrebend steckte Rubinfine es dahin zurück, wo er es gefunden hatte. Er würde überrascht tun, wenn er es das nächste Mal sah. Überrascht und außer sich vor Freude, was ja auch stimmte, auch wenn er es noch einmal vor Publikum nachspielen musste.

Auf dem Bett: ein kleiner Hügel aus einem zerrissenen Foto. Einen Moment lang hatte er es völlig vergessen, aber da lag es und machte ihm Vorhaltungen. Rubinfine sammelte es auf, stopfte es in seine Taschen und ging aus dem Zimmer. Als er in der Diele stand, hörte er, wie Joseph und Alex sich heftig stritten. Boot versuchte vergeblich, die beiden zu beruhigen. Die Kurzform war: *Gib's mir*. Die andere Kurzform war: *Nur über meine Leiche*. Wenn dieses Haus abbrennen würde, sagte Alex gerade, würde ich zuerst meine Autogramme retten, vor allem anderen, dich eingeschlossen.

Ein gequälter Rubinfine machte einen Schritt vorwärts und dann einen rückwärts, und dann ging er langsam die Treppe hinunter. Jetzt stand er an der Tür. So klar wie die Welt hörte er seinen Freund sagen: »Hör zu, Joseph, du hast deine Arbeit, ja? Und Rubinfine hat seine Familie. Und Adam hat seinen Gott. Und ich habe nun mal das hier. Meine kleinen Obsessionen. Du hattest die auch mal, aber du bist ihnen entwachsen. Schön für dich. Ich hab sie immer noch, okay? Kapierst du? Es ist das Einzige zwischen mir und meinem Grab. Es ist das *Einzige*, was ich habe.« Armer Rubinfine. Er schob den Kopf um die Ecke, erklärte den Versammelten, dass Rebeccas Ekzem wieder schlimmer geworden sei, dass Joseph auf der Stelle kommen solle, falls er mitfahren wolle, und verschwand zur Vordertür hinaus.

2

Eine sehr viel spätere Phase der Party; nur noch zwei Personen sind anwesend. Ein Video läuft. Alex und Boot sind auf dem Sofa kollabiert und erleben ein schweigendes Missverständnis im Hinblick auf Sex. Boot hat ihre Strumpfhose ausgezogen und erwartet, befummelt zu werden, aus keinem Grund, den sie benennen könnte. (Ganz sicher nicht auf Grund von Begehren, zum Beispiel. Eher auf Grund einer gewissen Entrüstung.) Alex hat die feste Absicht, nicht zu fummeln, aus keinem ihm irgendwie einsichtigen Grund. (Eigentlich nicht auf Grund *mangelnden Begehrens* als solchem. Vielleicht ist es ein moralischer Widerstand. Vielleicht ist es der Alkohol.) Boot tut so, als würde sie schlafen, obwohl sie hellwach ist. Alex tut so, als wäre er hellwach, obwohl er kaum noch die Augen offen halten kann. Boot liegt wunderbar bequem, ändert aber unablässig ihre Position, um die Debatte vielleicht erneut zu beleben. Alex hat einen schrecklichen Krampf, wagt aber nicht, sich zu rühren. Kitty ist bei den letzten Minuten ihrer Reise angekommen, bei ihrem Schlusslied:

You were my lucky star …
You said that I'd go far …

Schließlich, als der Abspann läuft, dreht Boot ihm den Rücken zu. Das ist eine von den großen, unmissverständlichen Internationalen Gesten, die nicht fehlinterpretiert werden können.

autographman hat messenger aktiviert (02:03)

autographman: Es, ich sehe dein Icon. Bist du da?
autographman: Esther?
autographman: Ich bin doch nicht ganz unter deiner Würde, oder?
autographman: Man kann noch mit mir reden, oder? Wenigstens KANN MAN MIR SCHREIBEN???
Missticktock: Man kann mit dir reden.
autographman: Hi!
Missticktock: Hi
autographman: Du bist noch spät auf. hallo.
autographman: Klopf klopf.
Missticktock: Kein Interesse.
autographman: kommt ein Pferd in eine Bar …

Missticktock: Ads sagt, er hat dich heute getroffen. Meinte, du hättest dich benommen wie
autographman: sagt der Barkeeper: warum so ein langes Gesicht?
Missticktock: ein Vollidiot.
autographman: Hmm …
Missticktock: ich muss ins Bett.
Missticktock: müde, Schnauze voll
Missticktock: Ads hat mich den ganzen Abend die Wand anstarren lassen
Missticktock: durchgeknallte Spinner, alle wie ihr da seid
autographman: Moment noch –
Missticktock: gute Nacht Alex
autographman: Moment!
autographman: BITTE!
Missticktock: was ist denn?
autographman: einen kurzen Moment noch.
Missticktock: … …..?
autographman: fliege morgen nach NY. Hab noch nicht mal gepackt.
Missticktock: werde Sonntag operiert. Hab mir noch nicht mal die Grundsätze einer großen Glaubensrichtung zu Eigen gemacht.
autographman: hallo. Ich heiße Alex-Li Tandem. Ich bin reine Platzvergeudung. *Sorry*
Missticktock: Wenigstens bleibt mir so Rubinfines Tanzabend erspart.
autographman: dem Himmel sei Dank
autographman: für kleine Gnaden.
Missticktock: sehr klein. Eins dreißig.
Missticktock: Tataaa, tataaa, tataaa.
Missticktock: Dankeschööööön
autographman: du bist lustig. Ich vermisse dich.
autographman: so sehr.
Missticktock: grüß mir NY

autographman: alles ist Mist
Missticktock: grüß mir Kitty (sie wohnt doch da?) 109 Jahre alt –
autographman: ohne dich. Ehrlich. nichts klappt mehr.
Missticktock: auf der 109. Straße.
autographman: im Ernst. Die Welt ist zerbrochen.
Missticktock: meine zentenarische (gibt es das?) weiße Rivalin.
Missticktock: gute nacht alex.
Missticktock: ja, aber wer soll sie wieder zusammenfügen, Baby?

Missticktock hat messenger deaktiviert (02:18)
autographman: esther??
autographman hat messenger deaktiviert (02:19)

3

Der Freitagmorgen war blau und makellos. Die langen Schatten brachten die verschämten Pastellhäuschen dazu, sich vorzubeugen und einander zu küssen. Die Bäume reckten sich kampfeslustig mit Fingern wie Wrestler.
»Das? Das war Boot«, erklärte Alex seinem Milchlieferanten Marvin, der vor der Haustür stand.
»Und? Passt sie?«
»Wie bitte?«
»Boot, wie Schuh. Passt sie?«
»Oh, kapiere. Nein. Nicht so richtig. Aber nette Frau. Wirklich klasse.«
Marvin und Alex wandten gemeinsam den Kopf und sahen Boot nach, die in ihrer Kleidung von gestern die Straße entlangtrottete und an der Stelle verschwand, wo Alex' hübsche gelbe Straße auf Mountjoys Hauptstraße und auf all die dunklen, strittigen Punkte der Welt traf.

»Mensch, wenn ich das hätte, was du hast …«, sagte Marvin und pfiff. Marvin war ein großer Fan von Esther und umwarb sie offen und gnadenlos. Er war einer von denen, die sie »afrikanische Prinzessin« nannten, eine Bezeichnung, die sie als Beleidigung auffasste, zusammen mit den übrigen weiblichen Diminutiven: Baby-Doll, Rasseweib, Klassefrau, Sexhase, Freundin.

Alex schnippte mit den Fingern. »Oh! Marvin, bevor ich es vergesse – bis nächste Woche brauche ich keine Milch. Ich fliege nach New York.«

Marvin schob den Bestellblock zurück in die Tasche seiner Uniform. »Fliege nach New York. Keine Milch. Bitte bleiben Sie am Apparat. Nur ruhig, mein pochend etc.«

Jetzt griff er in die Tasche, die ihm über die Schulter hing, und holte ein mittelgroßes Päckchen heraus. »Eh ich's vergesse, du hast noch so eins gekriegt. Gary Fitz – den kenn ich seit 'ner Ewigkeit, *Ewigkeit* – der macht hier in der Gegend den Paketboten – aber die Straße hier will er sich nicht antun – also hat er angefangen, mir welche mitzugeben, wenn er welche kriegt. Weißt du noch? Ich hab dir schon eins gegeben, letzte Woche oder so.«

»Mir gegeben?«, sagte Alex zerstreut, nahm das weiche Päckchen in die Hand und riss es entlang des roten Fadens auf. Er sah hinüber zu seinem verstorbenen Auto und überlegte, ob er im Hollywood Alphabet vorbeischauen sollte, sich bei Ads entschuldigen, Esther suchen.

»Wie geht's denn eigentlich deinem Kopf? Wo ist dein Kopf, Alex? Schon nach Hause gekommen?«

Aus einer Papphülle zog Alex eine unverfälschte, signierte Fotografie der populären Schauspielerin Kitty Alexander, schwungvoll auf dem helleren Teil unterschrieben. Er streckte einen Arm nach Marvin aus, um sich zu stützen.

»Alles in Ordnung?«

»Ich versteh das nicht«, flüsterte Alex und blickte sich wild um.

»Das ist kein Wunder der Technik, Mann. Das ist bloß die Post. Irgendwer schickt es, du kriegst es. Nettes Foto. Wer ist denn das? He, *he* – knall mir nicht die Tür vor der Nase zu – du musst das noch quittieren, Alex – Moment noch, Mann – sonst krieg ich keine Provision, kapiert? Sonst gibt's keine Knete für Klein-Marvin.«

Alex hielt das Foto an die Brust und dann auf Armlänge von sich weg. Wenn das nicht echt war, war er nicht Alex-Li Tandem. Die Widmung – *Für Alex, endlich – Kitty Alexander*. Alex' Gesicht platzte förmlich in Technicolor.

»War das Adam? Jacobs – der Videotyp, du weißt schon, weiter die Straße runter? Mein Freund? Oder Rubinfine, der Rabbiner? Hat dir das irgendjemand gegeben? Woher kommt das?«

Marvin seufzte, nahm Alex das Päckchen ab und drehte es um. »Amerikanischer Absender, Umschlag … amerikanisch. Ich tippe auf Amerika, Mann. Hör mal, ich kann hier nicht den ganzen Tag rumstehen. Das ist bloß ein Päckchen. Sieht genauso aus wie das andere, das ich dir letzte Woche gebracht hab …«

»Wieso sagst du das dauernd? Wann?«

»Letzte Woche – ein Päckchen aus Amerika, ich hab dir eins gebracht. Ich heiße Marvin. Das hier ist ein Haus. Das da war dein Auto. Da ist der Himmel. Bis dann, Mann.«

Marvin schlenderte wie üblich den Weg hinunter, doch als er kurz vor dem Tor war, nahm Alex den kalten Boden in Kauf und lief barfuß hinterher.

»Moment noch, Marvin, Moment noch. Als du mir das andere Päckchen gebracht hast – hast du – hab ich es aufgemacht? Ich meine, hast du *gesehen*, wie ich es aufgemacht hab?«

Marvin machte die Internationale Geste für den Erinnerungsakt: Stirn in Falten. »Äh … meine Güte, Mann, das weiß ich nicht mehr. Nee, ich glaub nicht. Du warst doch ziemlich in Eile, nicht? Du musstest wohin, warst irgendwohin unterwegs – keine Ahnung. Und danach hab ich dich fünf Tage nicht gesehen. Da hast du *deinen Rausch* ausgeschlafen, weißt du noch, ja? Oh, Mann – das hab ich vergessen – bitte hier unterschreiben.«

Alex stieß einen Freudenschrei aus. Er unterschrieb auf Marvins Klemmbrett, setzte den Punkt über seinem i wie einen Paukenschlag. Er fasste Marvins Wangen und küsste Marvin voll auf den Mund.

»*Iiih!* Lass den Quatsch. Das hab ich nicht im Angebot. Ich bin Milchlieferant, Mann. Milchlieferant. Mehr nicht. Warte – soll das deine Unterschrift sein? Das ist doch nicht mal Englisch. Ist das Chinesisch, Mann?«

»Mensch, Marvin«, strahlte Alex-Li, »das ist gut. Du hast nicht gesehen, wie ich es aufgemacht habe. Das ist das Wichtigste überhaupt. Weil das bedeutet – verstehst du denn nicht? Ich bin nicht wahnsinnig. Ich muss es bei Ads aufgemacht haben, als ich high war. Was fahrlässig ist. Aber nicht wahnsinnig. Ich bin nicht wahnsinnig. Im Gegenteil. Im Gegenteil, ich verstehe. Ich *verstehe.*«

»Bisschen früh am Tag für göttliche Erleuchtungen «, sagte Marvin missbilligend. Zum Abschied zog er einmal fest an seinem Hemd, dann schloss er das Tor hinter sich.

»Anita«, sagte der atemlose Alex-Li Tandem, strich sich seine Bettfrisur glatt und stellte den Katzentragekorb auf den Boden vor seine Füße. »Gott, Sie sehen einfach toll aus. Ich bin froh, dass ich Sie noch erwische, bevor Sie aus dem Haus gehen … Wissen Sie, das ist mir jetzt ein bisschen peinlich, aber die Sache ist die, ich fliege heute Abend nach New York, so auf den allerletzten Drücker, verstehen Sie – und da hab ich gedacht – es wäre auch nur für ein paar Tage – ob Sie nicht vielleicht bereit wären …«

»Nein«, sagte Anita Chang.

Im Hollywood Alphabet versuchten die Narren dieser Welt, ihre verspäteten Videokassetten, noch bevor der Laden aufmachte, durch den Schlitz zu zwängen. Aber Adam kannte seine Pappenheimer. Er hatte den Schlitz so abgemessen, dass er genau einen Zentimeter zu schmal für die Videos war. Der Schlitz war ein Tor, durch das kein Mensch gelangen konnte, solange er nicht wahrlich entschlossen war. Daher bezog Adam jeden Morgen um neun in aller Ruhe Posten an dem Schlitz, saß mit dem Sohar auf den Knien auf einem Klappstuhl. Seine glatten, schwarzen Fingerkuppen klopften auf das raue, weißkörnige Papier. Er las laut und auf Hebräisch.

Rabbi Schim'on sprach:
»Dieser aber ist unter keinem Namen bekannt in der Welt,
denn in ihm ist etwas Erhabenes.
Es ist ein Geheimnis!
Das fließende Licht des Vaters leuchtet auf ihn!
Dieses Geheimnis ist nicht verbreitet unter den Gefährten.«

Alex dagegen hatte den Dreh raus. Er wusste, wie man die Kassette so anwinkelte, dass sie ein bisschen Farbe vom Türholz schabte und dann scheppernd in den wartenden Korb fiel.
»Tandem?«
»Immer.«
Alex' manische Begeisterung an diesem Morgen machte das Öffnen der Tür zu einer Strapaze. Es machte auch das Teekochen und das Anhören der unglaublichen Erzählung zu einer Strapaze – als Adam schließlich gebeten wurde, Grace zu nehmen, war er zermürbt. Er sagte Ja, noch während sie auf den drei Stufen saßen, die zum Ausleihbereich führten, jeder eine große Tasse mit grünem Tee zwischen den Händen, und über ein Meer von Geschichten blickten.
»Du erzählst es Esther, ja? Genau, wie ich es dir erzählt hab? Erzähl ihr die Wahrheit. Die ganze Geschichte.«
»Sobald sie aus der Bibliothek zurück ist. Versprochen. Die ganze Geschichte. Alex, hast du noch mal darüber nachgedacht, ob …?«
»Ist das nicht ein gutes Gefühl«, sagte Alex glücklich, »wenn auf einmal alles zusammenpasst?«
Grace rollte sich um Adams Knöchel. Adam hob sie auf und drückte sie zärtlich an sich.
»Wenn Lovelear das hier sieht!«, sagte Alex, das Päckchen an sich gedrückt. »Da ist ein Absender drauf, ganz eindeutig!«

»Hmm.«

Sie saßen eine Weile schweigend da, lauschten dem Morgen.

»Adam«, fragte Alex plötzlich, »was, meinst du, stimmt mit Joseph nicht?«

Adams Miene hellte sich sichtlich auf, und er wandte den Kopf, um ihn anzusehen. »Was meinst du denn, was mit ihm nicht stimmt?«

Alex runzelte die Stirn. »Na ja, ich weiß es nicht, deshalb frage ich dich ja.«

»Verstehe«, sagte Adam leise.

Adam stand auf, Grace in einer Hand, *The Girl from Peking* in der anderen. Mit einem Seufzer schob er Kitty zurück an ihren angestammten Platz zwischen *Gilda* und der *Glenn Miller Story*.

»Du siehst aus, als hätte ich dich enttäuscht«, sagte Alex.

Adam zuckte die Achseln. »Die Geschichte der Thora«, sagte er, »ist also nur das Gewand der Thora. Wer auch immer denkt, dass das Gewand die wahre Thora ist – möge sein Geist schrumpfen! Die Thora hat einen Leib: Dieser Leib ist in Gewänder gehüllt: die Geschichten dieser Welt. Die Narren dieser Welt sehen nur das Gewand, die Geschichte der Thora; sie wissen es nicht besser. Unter dem Gewand ist die wahre Thora, die Seele der Seele. Sie sehen nicht, was unter dem Gewand ist. Wie der Krug den Wein umschließt, so umschließt dieses Gewand die Thora. Der Sohar hilft uns, unter dieses Gewand zu schauen. Sieh also nur das, was unter dem Gewand ist! Und all die Worte und all die Geschichten – sie sind bloß Gewänder!« Adam sagte das alles auf Hebräisch. Das einzige Wort, das Alex verstand, war Thora.

4

»Nein, ich kann nicht stehen bleiben, ausgeschlossen«, sagte Alex und stieg über das eiserne Bettgestell. »Die Bahn. Und ich habe vor, sie nicht zu verpassen.«

Aber Rubinfine, Darvick und Green breiteten die Arme aus und bildeten eine Wand. »Es ist verdammt wichtig, wenn Sie meine drastische Ausdrucksweise entschuldigen wollen«, sagte Darvick und packte den Hosenbund von Alex' Jeans.

»Hören Sie, die Sache ist die«, sagte Green flehend und nahm Alex' Gesicht in beide Hände, »Rabbi Rubinfine, er, nun ja, muss Ihnen etwas Wichtiges mitteilen – er möchte Ihnen seine Beweggründe erklären. Warum er das getan hat, was er getan hat. Was, obwohl im Grunde gut, möglicherweise nicht auf Anhieb so wirkt. Verstehen Sie?«

»Wie bitte?

»Es ist *wichtig*«, beharrte Darvick und packte noch fester zu, »dass der Rabbi die Möglichkeit erhält, sich persönlich zu äußern – sein Gewissen zu erleichtern, wie jeder Beschuldigte!«

Alex riss sich los, hielt sein Päckchen hoch und riss Kitty aus ihrer Hülle wie ein Schwert aus der Scheide. Er hob sie hoch über den Kopf. Er kam sich vor wie der populäre Filmschauspieler John Cusack. Er sagte: »Seht ihr das?« – Rubinfine kreischte auf wie eine Frau – »Heute ist das hier wichtiger. Okay? *Okay?* Rubinfine – was ist los?« fragte Alex, als Rubinfine sich da, wo er stand, hinsetzte und den Kopf dreimal schwach gegen das Denkmal schlug.

»Sehen Sie, was wir hier versuchen?«, bellte Darvick und deutete auf das Bettgestell und den R4, für den es bestimmt war.

»Ich sehe es«, sagte Alex schlicht. »Ich bin nicht interessiert. Ähm ... he ... Rubinfine, bist du ...«

»Vier Rabbiner«, unterbrach ihn Green und blickte Rubinfine vielsagend an, »betraten den Pardes, den paradiesischen Garten. Einer erhaschte einen Blick und starb, einer verlor den Verstand, einer schnitt die Pflanzen, und nur einer, Rabbi Akiva, überlebte unversehrt.«

Rubinfine sah aus wie am Boden zerstört. Darvick lachte leise vor sich hin. Green lächelte sein glückseliges, volllippiges Lächeln und machte einen Schritt zur Seite, um Alex durchzulassen.

»Rubinfine – hab ich ...«

»Gehen Sie«, sagte Green. »Sie sind schon spät dran.«

Das Herz voller Dankbarkeit sprintete Alex los, um seine Bahn zu erwischen, die gerade hörbar von Osten heranrauschte, über die Kuppe des künstlich angelegten Hügels hinweg, dem der wunderbare Stadtteil Mountjoy seinen Namen verdankt. Er konnte Rubinfine hören, dessen Stimme hinter ebendiesem östlichen Wind herwehte, und sein Tonfall klang zutiefst gekränkt.

»Schnitt die Pflanzen? Und was soll das nun *heißen*?«

ZEHN / *Kether*

Krone – Jimmys Antiquitäten – Highballs mit Lola-Lola – Verschwörungstheorien – Die Jugendmarke – Zen-Radio – Flug ins Nichts – Zen-Casablanca – Der Sammler rettet

I

Spät am Abend, in der Schlange vor dem Check-in, lässt Alex genüsslich die glorreichen Ereignisse des Tages Revue passieren. Nachdem er den Rabbis begegnet war, hatte er die Bahn in den Osten der Stadt genommen und war über Jimmy's Antique Market (gegr. 1926) spaziert, von Kopf bis Fuß der siegreiche Held. Er schlenderte durch die Bogengänge, vorbei an schäbigen Verkaufsständen, die Nostalgisches in jeder Form feilboten: Kleidung, Glaswaren, Schallplatten, Poster, Briefmarken, Abzeichen, Münzen, Autogramme. Einige dieser Händler kannte er schon seit fünfzehn Jahren, seit er als Junge hierher gekommen war, um sein Taschengeld auszugeben. Er hatte sich immer mit ihnen verbunden gefühlt, wenn auch widerwillig. Aber heute fühlte er sich anders. Er war erwählt worden. Wie viele von ihnen hatten denn schon das Stück gefunden, von dem sie träumten, ihren ganz persönlichen Gral? Hatte Lola-Lola schon Marilyns Luftschlitz-Kleid getragen? Hatte Stuart Pike die Gitarre von Jimi Hendrix gespielt? Hatte der populäre Schriftsteller J. D. Salinger jemals dem armen, begeisterten Oliver McSweeney eine freundliche Nachricht geschrieben?

Das Eigenartige an derlei Obsessionen ist ihre Präzision. So wie ein Mann mit einer fetischistischen Vorliebe für schmächtige Japanerinnen mit flaumigen Armen eiskalt bleibt, wenn er eine große, lärmende Blondine sieht, so kann ein Mann, der schon sein ganzes Leben auf der Jagd nach den Stepptanzschuhen des populären Musicalstars Donald O'Connor ist, keine echte Begeisterung aufbringen, wenn der Mann von dem Stand gleich nebenan ihm das Rüschenhemd zeigt, das Henry Daniell in *Die Kameliendame* getragen hat. Jedes Fan-Dasein ist eine Art Tunnelblick: warm und dunkel und in eine Richtung unendlich.

Alex trottete über den Markt, suchte nach Interessenten. Jimmy höchstselbst (der Enkelsohn des ersten Jimmy) teilte ihm mit, dass Lovelear und Dove sich irgendwo hier herumtrieben, aber er konnte sie nicht finden. Zum ersten Mal in seinem Leben wollte er Lovelear wirklich sehen, oder zumindest wollte er Kitty irgendwem zeigen, der auf die Knie sinken und die Hände im Gebet falten würde.

Doch Stuart Pike erspähte ihn zuerst. Alex sah sich genötigt, an Pikes Stand mit seinem Berg aus Schrott des zwanzigsten Jahrhunderts (Beatles-Perücken, Cocktail-Shaker in Form von Hulahula-Mädchen) zu pausieren und sich einen Moment zu ihm zu setzen, um seine Serienmörder-Korrespondenz durchzusehen. Einer von den berüchtigteren unter Stuarts »Bekannten« war kürzlich im Staate Texas hingerichtet worden. Das Markenzeichen des Mannes war es, seinen weiblichen Opfern den eigenen Namen in die Stirn zu ritzen. Während er in der Todeszelle saß, hatte er zweimal geheiratet und etliche Heiratsanträge bekommen. Stuart war untröstlich. »Jeden Brief, den er mir geschickt hat«, sagte Stuart, ein Exemplar hochhaltend, »würden Amerikaner mir sofort abkaufen. Vier-, fünfhundert Dollar. Mordsmäßiges Geschäft.«

Stuart kam aus Yorkshire und stammte aus gutem Hause. Früher einmal war er in einer Glamrock-Band gewesen. Er besaß drei Gemälde von dem Serienkiller John Wayne Gacy.

»Kennst du Kitty Alexander, Stu?«

»Ist das die Baby-Mörderin aus Arizona?«

»Nein, nein, sie ist, sie *war* Schauspielerin. In den fünfziger Jahren. Russisch-italienisch-amerikanisch. Sehr schön. Schauspielerin.«

»Schauspielerin«, sagte Pike, als betrachte er eine ungewöhnliche Abwandlung der Spezies. »Hab mir nie viel aus Schauspielerinnen gemacht. Hab die Kautionsbürgschaft, die Lana für ihre Tochter unterschrieben hat. Und ich kenn sogar einen, der hat Judys Tranquilizer-Rezepte, nur vom Arzt unterschrieben, aber immerhin. Immer noch besser als gar nix. Nutzt dir das was?«

Schließlich fand Alex in Lola-Lolas Boutique der fünfziger Jahre nicht nur Lovelear, sondern auch Genugtuung. Lola-Lola, eine wasserstoffblonde, geschiedene Moskauerin mit beachtlicher Oberweite, saß auf ihrem rosa Puff, trank Highballs und unterhielt Lovelear und Dove mit einem Satz Bettie-Page-Spielkarten. Mischa, ihr überarbeiteter junger Mann (»*moi maltschik!*«), war vorn und suchte hektisch nach dem linken von einem weißen Paar Kinderhandschuhe, in die sich eine Kundin verguckt hatte. Im Hinterzimmer sang der populäre Sänger Bobby Darin von einem geplanten Rendezvous unter Wasser. Eine surrende Glühlampe warf rotes Licht über betrübte Nerze und schlaffe Fuchspelze, UFO-Toaster, Röcke wie geöffnete Regenschirme. An der hinteren Wand die grobkörnige Projektion irgendeiner unbekannten amerikanischen Familie auf einem sonnenbefleckten Rasen, die ihre Glanzzeit bei einem ewig währenden Barbecue immer neu durchlebt.

Alex setzte sich im Schneidersitz auf den Boden neben Dove. Er legte Kitty der versammelten Gesellschaft vor. Er begann seine Geschichte – mittlerweile verkürzt und verfeinert. Lola-Lola quietschte im entscheidenden Moment vor Vergnügen und legte die flache Hand über ihr Cocktailglas. Lovelear öffnete den Mund, um etwas zu sagen, sah genauer hin und blieb stumm. Dove schlug Alex auf den Rücken und umarmte ihn, was Alex stärker rührte, als er zugeben würde.

»Sie hat's dir einfach geschickt«, sagte Dove ehrfürchtig. »Kein Brief. Keine Erklärung.«

»Kein Brief«, sagte Alex mit erstickter Stimme. »Keine Erklärung. Es ist einfach ein Geschenk. Es ist ein *Geschenk*. Ich glaube, sie möchte mich kennen lernen. Ich glaube, sie möchte, dass ich zu ihr komme.«

»Ahlex«, schnurrte Lola-Lola aus den Tiefen ihrer Kehle. »Das ist wunderbar – nach der langen Zeit hast du das verdiient. Aber trotzdem, es iist niicht cool, diie ganze Zeit zu grinsen wie der Kater, der Sahne gefressen hat!«

»Wenn du mir und Dove die Absenderanschrift gibst«, sagte Lovelear, der angesichts der Niederlage Anstand zeigte, »können wir sie für dich besuchen, wenn wir da sind. Wie wär das? Und wenn wir zurück sind, erzählen wir dir alles.«

»Danke, Lovelear«, sagte Alex, einige Sekunden bevor der Groschen, wie die Journalisten sagen, fiel. »Nette Idee – aber vielleicht kommt ihr erst in ein paar Monaten hin – und ich bin ja praktisch schon unterwegs, nein, ich meine, heute Abend, zu dieser Autographicana, ich fliege – jaha – über – den – ganz – großen …«

Die glanzvollen Ereignisse des Tages waren dann doch ein wenig getrübt worden. Im Augenblick befanden sich Lovelear und Dove exakt dreiundzwanzig Leute hinter ihm in der Schlange, die zum Check-in-Schalter führte. Bei jeder Biegung wedelten sie mit den Armen wie in einer französischen Pantomime, ein Versuch, einfache Botschaften zu übermitteln, Sachen wie: *Hosenstall offen* und *Hoffentlich hast du kein Gras in dem Köfferchen* und *Sieh dir das fette Weib an.* Lovelear litt darunter, dass er seine Bemerkungen zu jeder Phase der Schlange und zu jedem, der in ihr stand, nicht direkt an Alex abgeben konnte. Auf der Zielgeraden schien es ihm zu viel zu werden; mit Grauen sah Alex, wie er sich nach vorn drängte, seinen dicken Bauch um das durchgestylte Gepäck der Wartenden herum zwängte. Er trug ein enges weißes Hemd und eine bekannte Jeans-Marke, weil er in einer Illustrierten gelesen hatte, dass kein Mann mit dieser Kombination falsch liegen kann. Als Beleg waren zu dem Artikel Fotos der populären Filmschauspieler Marlon Brando und James Dean abgedruckt. Alex hätte dem verantwortlichen Journalisten gern ein Foto von Lovelear geschickt.

»Na!«, sagt Lovelear und lässt seine schwere Reisetasche fallen, »was meinst du, hat sie vor?« Lovelears Tasche plumpst zu Boden und breitet sich über Alex' Füße aus. Lovelear tritt gegen seine Tasche, schiebt sie aber nur einen Zentimeter weiter, jemand anderem in den Weg. Er flucht zotig, hievt sie hoch und setzt sie sich auf die Hüfte wie ein Kind, beugt sich dann jäh nach vorn, um sie sich auf den Rücken zu schleudern. Lovelear ist einer der wenigen in der Schlange mit einer Reisetasche, die noch aufgehoben werden muss. Alle anderen haben Köfferchen mit Rollen und diesen ausziehbaren Griffen. Goj-Männer wie Lovelear, die unförmige Taschen mit sich rumschleppen, könnten genauso gut irgendwelche Urviecher an der Gurgel gepackt halten. Alex greift nach seinem Notizbuch, aber er hat es zu Hause gelassen. Und sobald die Finger die Leere in seiner Tasche registrieren, wird ihm klar, dass er sich keine Notiz machen will, nicht heute. Vielleicht nie wieder. Möglicherweise ist das hier der Tod des Buches. Er ist das Archivieren satt.

»Als ich da hinten war«, sagte Lovelear, »hab ich mir das noch mal durch den Kopf gehen lassen, ja? Und ich denke mir: Könnte das eine Falle sein oder so? Ich meine, wäre das möglich? Zum Beispiel, dass ihr Macker Krauser eine Anzeige wegen angeblicher Belästigung gegen dich plant oder so? Das ist nämlich *haargenau* mal einem Sammler passiert, den ich kannte. Und dann die Sache mit mir und Miss Sheedy, heute nur noch bekannt als die Komplizin – ich sage nicht, dass es so *ist*. Ich sage nur, wir *wissen* es nicht. Wir kennen nicht alle Fakten. Du fliegst da wirklich ins Unbekannte, mehr will ich damit nicht sagen.«

Seit dem Nachmittag steigerte Lovelear sich zunehmend in diese Verschwörungstheorie hinein. Er begriff den »Geschenk«-Status eines Objektes nicht. Er glaubte zum Beispiel nicht, dass ein

Film mehr ist als die Werbung, die für ihn gemacht wird, ein Gemälde mehr ist als eine abstruse Art, Geld zu scheffeln. Er glaubte nicht, dass Songs oder Bücher in irgendeiner Form substanziell etwas anderes waren als Sandwiches oder Autoreifen. Produkt ist Produkt. Und er glaubte nicht an kostenlose Mahlzeiten. Und er glaubte nicht, dass eine Frau einfach so –
»Meinst du, sie hat es sich einfach anders überlegt und macht ohne Grund genau das, was sie *zwanzig* Jahre lang für *keinen* gemacht hat? Ich meine, glaubst du das im Ernst?«
Alex erklärt das Gleiche, was er vor drei Stunden erklärt hat und was er ihm auf die eine oder andere Art seit dem Beginn ihrer Bekanntschaft zu erklären versucht: Das hier ist kein Film.

Im Flugzeug stellt Alex erleichtert fest, dass er allein sitzt. Er hat einen Platz am Gang und Esthers Abwesenheit direkt neben sich. Er verstellt unerlaubterweise die Rückenlehne und öffnet seinen Plastikbeutel, ein Geschenk von der Fluggesellschaft. Die Maschine ist ein berühmtes Markenflugzeug, Teil einer weltweiten Marke, die so tief reicht wie Cola und so hoch wie ein Jumbo-Jet. Es ist ein Flugzeug für junge Menschen und/oder für die im Herzen jung Gebliebenen. Mit intellektuellen Neigungen. Und einem natürlichen Stil. Es ist eine Marke, die sich der schamlosesten Schmeichelei bedient, um zu bekommen, was sie will.

Deine Jugend ist eine kurze Nacht nur: Erfülle sie mit Rausch!

So steht es in einer seltsamen Schriftart auf dem Plastikbeutel geschrieben. Alex empfindet keinen Rausch, als er den Beutel öffnet; er empfindet nichts, nichts, nicht einmal Wiedererkennen. Für wen ist dieser Beutel? Wer *ist* dieser Jugendliche? Was will er mit einzeln verpackten Reinigungstüchern fürs Gesicht? Warum mag er nur die halbfetten Schrifttypen und klare, eindeutige Farben? Was stellt er mit so einem kleinen Schreibblöckchen an – welche Notizen macht er sich?

Alex probiert die Kopfhörer aus. Im Bordradio stehen dem Jugendlichen drei Arten von Musik zur Auswahl, von denen Alex keine gefällt. Dann ein spezieller Comedy-Kanal, dessen Witz sich aus einem Gefühl der Vertrautheit mit dem Leben eines jugendlichen Komikers herleitet (*Du spülst also gerade, ja? Und deine Freundin kommt rein, ja?*), und als Alex die Ähnlichkeit erkennt, möchte er sich am liebsten umbringen. Schließlich ein Sub-Zen-Entspannungstape, auf dem eine LA-Therapeutin über Meeresrauschen hinweg Koans murmelt. Das Meer ist irgendwie manipuliert worden, so dass es eine Musikalität ausstrahlt, die es nie zu besitzen scheint, wenn du an seinem Rand stehst und dir Sorgen wegen irgendwelcher Schadstoffe machst.

»Eine besorgte Mutter«, sagt die Lady, »flehte Buddha an, das tote Kind in ihren Armen zu heilen. Er wirkte kein Wunder. Er sagte: ›Bringt mir Senfsamen aus einem Haus, in dem niemand …‹«

»Würden Sie bitte wieder Ihren Sicherheitsgurt anlegen, Sir? Das Zeichen ist noch nicht ausgegangen«, sagt eine Stewardess zu Alex, der nicht mal bemerkt hatte, dass sie schon in der Luft waren.

2

Die herbstliche Steppdecke wird kleiner (aus der Luft sieht England immer herbstlich aus); jetzt sind sie über den Wolken. Alex sitzt in dem Flugzeug und sieht sich selbst im Geist aus der Perspektive eines in einem Auto sitzenden, gelangweilten Kindes, das nach oben schaut. Sie sollten tauschen; dieses Flugzeug ist für die sehr Jungen und sehr Gelangweilten gedacht. In den nächsten sechseinhalb Stunden muss Alex nur essen und Fernsehen gucken und eine Weilchen einnicken. Das alles wird mit großer Inbrunst für ihn erhofft, *von ihm*. Seit er ein Baby war, hat sich niemand mehr so sehr seine Behaglichkeit und seinen Schlaf gewünscht.

Alles Erdenkliche wird getan, um ihm das Gefühl zu geben, dass nichts Folgenschweres, zum Beispiel Fliegen, passiert. Zu keinem Zeitpunkt deutet irgendwer an, dass er und dreihundert andere Fremde, deren psychischer Gesundheitszustand unbekannt ist, in einem 400-Tonnen-Flugzeug gefangen sind und in zehntausend Metern Höhe auf Energie- und Geschwindigkeitsberechnungen vertrauen, die keiner an Bord auch nur in ihren einfachsten Formen skizzieren könnte. Alles in diesem Flugzeug ist eine Benutzeroberfläche, wie die Fenster in seinem Computer. Nichts in diesem Flugzeug hat mit Fliegen zu tun, genau wie sein Desktop nichts mit der Verarbeitung von Informationen zu tun hat. Hübsche, hübsche Bilder. Nette, zerstreuende Geschichten erzählen wir uns. Wenn Alex sich so weit wie möglich in den Gang hineinlehnt, kann er einen Blick von der Genialität der Illusion erhaschen: Diese persönliche Erfahrung, die er machen soll, wird, so weit das Auge reicht, kopiert. Das gleiche Essen, der gleiche Abfall (die fehlende Socke, der kaputte Kuli, die verdrehte Decke, das Plastikwasserglas völlig zerstört), der gleiche Winkel der Rückenlehne, der gleiche Fernsehschirm, der den gleichen Vater und Sohn beim Ballzuwerfen zeigt, die gleiche argwöhnische Konzentration auf den eigenen Raum. In diesem Kontext ist das Verlassen der Benutzeroberfläche, das Überschreiten der Demarkationslinie, ziemlich unvorstellbar. Es wäre was für einen Helden – oder einen Verrückten. Begleitet von Vogelgezwitscher sagt die Zen-Lady: »Wissen ist der Lohn des Handelns, denn durch Handeln erfahren wir Transformation. Durch das Ausführen einer symbolischen Geste, durch das wahrhafte Durchleben einer Rolle, erkennen wir letztlich die Wahrheit, die dieser Rolle innewohnt. Wenn wir ihre Konsequenzen ertragen, ergründen und ermessen wir ihren Inhalt.« Alex schaltet auf Kanal Sechs, um sich den populären Kinoklassiker *Casablanca* anzusehen.

Weiß Gott (denkt Alex gut anderthalb Stunden später, als er in Wonne schwimmt), Europa hat viele amerikanische Filme

gemacht, aber Amerika hat überhaupt nur einen einzigen europäischen Film gemacht: *Casablanca*. Ah, Casablanca! Rick spielt Schach, nicht Poker. Jeder aus Europa immigrierte Schauspieler, der damals in der Stadt war, steht auf der Besetzungsliste. Die Musik, das Script, die Bildsprache – europäische Ohren und Köpfe und Augen. Was für ein Wunder! Ein amerikanischer Film ohne Happy End, gemacht von Europäern, hauptsächlich Juden, mitten im Zweiten Weltkrieg! Alex kann sich kein besseres Beispiel für das akzidentielle Wesen großer Kunst vorstellen. Er kennt all die Legenden. Der chaotische Drehort, wo das Script täglich neu geschrieben wurde, die Schauspieler, die ihren Text nicht kannten, bis er ihnen ausgehändigt wurde. Alex stellt seine Lehne noch eine Stufe weiter nach hinten (die Stufe hat er sich bis zuletzt verwahrt) und staunt über die Größe von Bogarts Kopf.
Lautlos spricht er den Text mit, der ihm in seiner Reinheit fast Zen-artig erscheint:

> RENAULT: *Ich frage mich oft, warum Sie nicht wieder nach Amerika zurückgehen? Sind Sie mit den Kirchengeldern durchgebrannt? Oder mit der Frau eines Senators? Mir gefiele es, wenn Sie einen umgebracht hätten. Das ist der Romantiker in mir.*
> RICK: *Es war eine Kombination von allen dreien.*
> RENAULT: *Und was hat Sie in Gottes Namen nach Casablanca gebracht?*
> RICK: *Meine Gesundheit. Ich kam nach Casablanca wegen der Quellen.*
> RENAULT: *Quellen? Was für Quellen? Wir sind in der Wüste.*
> RICK (lakonisch): *Man hat mich falsch informiert.*

Tatsachen. Wenn Bergman und Bogart sich küssen, entpuppt sich der vermeintliche Mond als Suchscheinwerfer. Wenn Lorre mit dem Rücken zur Wand steht, drehen sich seine Augen komplett in den Höhlen. Wussten Sie, dass man Ronald Reagan

ernsthaft für die Rolle des Rick in Erwägung gezogen hat? Dass *Spiel's noch mal, Sam* nie gesagt wird? Dass Bergman Bogart für einen Langeweiler hielt?
»Und die Mechaniker – die Typen an dem Flugzeug? In der Schlussszene? Die waren in Wirklichkeit Zwerge. Die Menschen wissen das nicht mehr, Tatsachen gehen einfach verloren. Ernsthaft, das ist eine Tatsache. Das Flugzeug war nämlich bloß aus Pappmaché, und sie kriegten die Perspektive nicht richtig hin, deshalb haben sie Zwerge engagiert, die die Mechaniker spielen, kaum zu glauben, was?«, fragt Alex seinen Nachbarn zur Rechten, der sich den Film einfach nur in Ruhe ansehen möchte. Der Sammler ist der Retter von Gegenständen, die ansonsten verloren gingen.

BUCH ZWEI / *Roebling Heights*

Das Zen des Alex-Li Tandem

Siehst du, das ist mein Leben. Wird es immer sein.
Es gibt sonst nichts. Nur uns, und die Kameras – und diese
wundervollen Menschen da draußen im Dunkeln.

Boulevard der Dämmerung,
Charles Brackett, Billy Wilder und
D. M. Marsham jr.

Im zwölften Jahrhundert malte der chinesische Meister Kakuan
die Bilder von zehn Bullen mit dazugehörigem Kommentar.
Der Bulle ist das ewige Prinzip des Lebens, Wahrheit in Aktion.
Die zehn Bullen repräsentieren die aufeinander folgenden
Stufen der Erkenntnis unserer wahren Natur.

Zen Flesh, Zen Bones, Paul Reps und
Nyogen Senzaki

EINS /

Die Suche nach dem Bullen

I

»Der längste Schabbat meines Lebens«, schloss Tandem und verfluchte Lovelear, dessen Reisetasche er schleppte. Er blieb stehen, ließ sie zu Boden fallen, öffnete die Hand und stierte auf eine verquollene Landschaft aus roten Bergkämmen und blutlosen Eilanden, wie eine Luftaufnahme von Japan. Zum zweiten Mal heute war es sehr früh an einem kalten und unnachgiebigen Samstagmorgen. Braucht der Mensch noch mehr Beweise für die bittere Nutzlosigkeit internationalen Reisens?
Er bückte sich erneut und packte die Tasche. Dove neben ihm hatte auf Autopilot geschaltet, schob mit geschlossenen Augen einen Gepäckwagen durch den Flughafen eines toten Präsidenten. Lovelear litt trotz seiner gespielten Tapferkeit unter extremer Flugangst und hatte sich auf die nächstgelegene Toilette zurückgezogen, um mit Hingabe zu erbrechen.
»Da, Ian: New York«, sagte Alex, als sie sich der riesigen Drehtür näherten.
»New York, ja klar«, sagte Ian.
»Warst du schon mal in New York, Ian?«
»Kann ich nicht behaupten, nein.«
»Wir wär's, wenn du mal einen Blick riskierst?«

»Alles sieht ...«, murmelte Ian und trat nach draußen. Es schneite. Alex öffnete den Mund, um etwas zu fragen, aber eine Schneewehe traf ihn mitten ins Gesicht und würzte seine Zunge mit einem schmutzigen, metallischen Himmelsgeschmack.

»... gleich aus um zwei Uhr morgens«, sagte Ian leise und legte den Kopf auf die Griffstange des Gepäckwagens. »Einfach alles.«

In dem vor Schneegestöber verschwommenen Bild konnte Alex die berühmten Taxis erkennen, die kamen und abfuhren, so dass es nie Mangel oder Überangebot gab und niemand sehr lange warten musste.

»Hab irgendwie das Gefühl, als wäre ich schon mal hier gewesen«, sagte Ian und stemmte seine Augen genau in dem Moment auf, als ein Taxi vor ihnen hielt und die Scheibe herunterließ. »Irgendwie vertraut, wie aus einem anderen Leben oder so. Komisch, nich? Wenn man bedenkt, dass ich ...«

»Taxi Driver«, sagte Alex lapidar und hob Gepäck von dem Karren. »Manhattan, Letzte Ausfahrt Brooklyn, Die Faust im Nacken, Hexenkessel, Das Wunder von Manhattan, West Side Story, Heut gehen wir bummeln, Serpico, Die Sunny-Boys, Sophies Entscheidung ...«

»Alles über Eva«, unterbrach ihn der Taxifahrer, »King Kong, Wall Street, Mondsüchtig, Frühling für Hitler, Hotelgeflüster, Nie wieder New York – Original und Remake, Der Pate Teil eins und zwei, Kramer gegen Kramer und die durchgeknallten Ghostbusters. Wir können das den ganzen Morgen machen, mein Freund. Der Taxameter läuft.«

»Jeder war schon mal hier, Dove«, sagte Alex und öffnete die Taxitür.

»Seid ihr *verrückt*?«, brüllte Lovelear, der plötzlich aus der Drehtür geschossen kam und einen ganz anderen Film im Kopf hatte. »Gleich um die Ecke stehen *Stretchlimous*.«

»Ah, das ist *Leben*«, sagte Lovelear genüsslich und machte die peinliche Internationale Geste für Luxus (Hände hinter dem

Kopf, Beine lang ausgestreckt, Füße gekreuzt). »Ich meine, das ist *das* Leben.«

Alex war nicht sicher. Irgendwie war die Stretchlimou zwar von außen grotesk lang, aber wenn man drin saß, wirkte sie nicht geräumiger als ein normales Yellow Cab, das klassische New Yorker Taxi. Außerdem war sie verdreckt; die abgewetzte Polsterung war voller Flecken, Spuren der vielen anderen Vergnügungssüchtigen. (Wie viele Blow-Jobs, dachte Alex, und wie viele Sektkorken? Warum meinten so viele Menschen, dass man dergleichen in einer Stretchlimo machen muss?) Aus zwei staubigen Karaffen kam blasser, warmer Whisky, den Lovelear ausgelassen mit abgestandener, warmer Cola mischte. Er hob sein Glas, um gebührend auf den Schnee zu trinken, auf die Stadt, die Cops, die Skyline, den vollendeten Hotdog, die kurvenreiche Frau in dem Mauthäuschen, die sich noch nicht umgebracht hatte. Lovelear stammte aus Minnesota.

Und sie waren noch nicht angekommen. Noch immer glitten die letzten Vorstädte vorbei, winterlich geduckt und ruhig wie ein Sonntag. Alex überkam eine besondere Sehnsucht nach Vorstädten zwischen einem Flughafen und einer Metropole; am liebsten hätte er den Wagen anhalten lassen und an eine von den Kieferntüren geklopft, um sich zwischen den Feuerwehrmann und seine Frau zu legen, bis irgendwer aufstand, um Frühstück zu machen, und die Kinder anfingen, Krach zu schlagen. Aber in Vorstädten braucht man eine genaue Adresse. Nur in der Großstadt kann man vor Statuen und hinter Opernhäusern abgesetzt werden. Die Vorstädte stehen einem nur auf Einladung offen. Und jetzt kam ohnehin schon die Stadt, beharrlich, unvermeidlich. Lovelear packte Dove hinten am Kopf und drehte ihn in die richtige Richtung.

»Okay, okay, okay, Dove – jetzt pass auf, nein, komm näher ans Fenster, okay, kuckst du? Okay ... da ... jetzt!«

Der Wagen erreichte den Buckel in der Straße, und die Stadt tauchte wie durch ein Wunder vor ihnen auf, im Mondlicht klar konturiert, das Beton-Elektrokardiogramm einer ekstatischen

Vision, die Menschen von sich selbst haben. Alex war so bewegt wie jeder andere, mehr noch – es war die einzige andere Stadt in der Welt, nach der es ihn je verlangt hatte. Aber manchmal muss man den Blick von der Geliebten abwenden, sonst würde man nie wieder nach Hause zu seiner Ehefrau gehen; Alex drehte jetzt den Kopf und schaute zum anderen Fenster hinaus, auf den Hafen und das melancholische Brooklyn dahinter (aus dem Holländischen, *Breuckelen*, gebrochenes Land) und ganz kurz sogar auf die stählerne Lady in der Ferne. Die Fackel in ihrer Hand schien gerade erst emporgehoben worden zu sein, und der Schnee umwirbelte ihre Gestalt.

2

Raus aus dem Verkehr, rein in die Stadt. Zum Rothendale Hotel, einem wuchtigen, einsamen Gebäude. Seine alten Ziegelsteine waren mit frischer Farbe bedeckt und zwei unansehnliche Seitenflügel rechts und links angebaut worden. Die Straße war schick geworden; das Rothendale hatte mit ihr Schritt halten müssen. Von außen betrachtet, schien es verblüfft über seine eigene Ehrbarkeit, wie ein leichtlebiger Großvater, den man für eine Hochzeit in Anzug und Krawatte gezwängt hat.

Drinnen hatte ein Businessvirus von der roten Tapete mit Goldrand auf die geruchslosen Blumen übergegriffen, auf das Brunnenelement aus Marmorimitat, auf das sich wiederholende Monogramm-Muster im Teppich, auf das professionelle Lächeln, mit dem Alex in diesem Moment bedacht wurde.

»Und die Gentlemen«, sagte der adrette junge Mann, »werden an der Autographicana teilnehmen?«

Alex ließ seinen Weg durch die Lobby Revue passieren. Welche Geste hatte ihn verraten? Freudlos nahm er sein Autographicana-Geschenksäckchen entgegen und hörte zu, wie Lovelear den jungen Mann nach den Annehmlichkeiten ausfragte, die das Hotel zu bieten hatte.

»Es ist drei Uhr morgens«, sagte Lovelear wenige Minuten später triumphierend auf dem Gang, »und ich könnte den Whirlpool oben auf den *Dach* benutzen. Meint ihr, das könnte man in einer von diesen Londoner Bruchbuden? Hmm? Ich könnte jetzt, *in diesem Moment*, den Whirlpool oben auf dem Dach benutzen.«

»Dann tu's doch.«

»Was?«

»Dann tu's doch.«

Der Lift kam. Sie stiegen ein.

»Ich komm mit, wenn du willst«, sagte der liebenswürdige Dove, als der sechste Stock unter ihnen zurückblieb. »Ich bin jetzt richtig wach.«

»Es ist drei Uhr morgens, Dove«, sagte Lovelear müde, schüttelte dann den Kopf und stieg im siebten Stock aus.

»Natürlich gibt es keinen dreizehnten, weißt du«, sagte Dove, der Schweigen auf engem Raum immer als sein persönliches Versagen auffasste. »In amerikanischen Fahrstühlen – oder Lifts. Die haben keinen dreizehnten Stock.«

Es kam äußerst selten vor, dass Dove etwas zum Besten gab, was Alex nicht bereits wusste, aber das hatte er nicht gewusst. Er blickte ohne große Erwartung auf die Reihe von Lämpchen – und war erstaunt.

»Stell dir vor«, sagte Dove schläfrig, »uralter Aberglaube in einem so großen, modernen Land. Irre. Als würde man an das Sandmännchen glauben. Oder die blöde Auferstehung.«

»Gute Nacht, Dove«, sagte Alex mit einem großherzigen Lächeln.

»Ja. Nacht, Tandem.«

Vom Fenster seines Zimmers aus konnte Alex mehr berühmte Sehenswürdigkeiten ausmachen, als irgendein Autogrammhändler mit Recht erwarten darf. Er war eingeladen, die allmählich weichende Dunkelheit zu bestaunen, das Morgengrauen, den Tagesappell magischer Objekte: grünes Glas, Türme, die scheinbar dicke Wolken durchbohrten, Theaterpremieren, berüchtigte Morde, Menschen, die ihr Tagwerk verrichteten.

Zaghaft tastete Alex in seiner Tasche nach der Kamera. Als seine Finger den Objektivdeckel berührten, fiel sein Blick auf eine Gratiszeitschrift auf der Kommode, deren Cover den Blick aus seinem Hotelfenster zeigte. Seltsam bedrückt schloss er die Vorhänge und schlug einen Stadtplan auf.

Er suchte nach Roebling Heights, Brooklyn, die Absenderanschrift auf seinem Päckchen. Keine Hausnummer oder sonstige Angaben. Er würde ganz einfach dorthin fahren müssen und herumfragen, wie der berümhte Detektiv Philip Marlowe. Wenn das nicht funktionierte, hatte er einen Plan B, der darin bestand, zur Lower East Side zu fahren, Krauser, den Präsidenten von Kittys Fanclub, aufzusuchen und es aus ihm herauszuprügeln, wie der berühmte Schauspieler Jimmy Cagney. Genau, wie Jimmy Cagney, der Gott aller Raufbolde.

Was haste gehört?
Raus mit der Sprache!

Auf der Karte entdeckte er das winzige, verkürzte Roebling, eingeklemmt zwischen der Schwarzen-Gegend, der Hipster-Gegend, der chassidischen Gegend und der polnischen Gegend, an der Endstation einer U-Bahn-Linie, die er noch nie benutzt und von der er noch nie gehört hatte. Im Index seines Reiseführers tauchte Roebling Heights nur ein einziges Mal auf und benötigte nur einen einzigen Kommentar. *Roebling*, so las Alex, *hat schon bessere Zeiten erlebt. Es hat auch schon leidliche Zeiten erlebt und schlechtere Zeiten. Jetzt begnügt es sich einfach mit »Zeiten«.* Jeder hält sich inzwischen für einen Komiker, selbst die Verfasser von Reiseführern.

Alex stand in der Mitte des Zimmers und holte ein paar Mal tief Luft. Er war weit weg von Zuhause, weit weg. Die einzige Möglichkeit, wie er solche Entfernungen bewältigen konnte, bestand darin, jeden Ort, an dem er war, Mountjoy möglichst ähnlich zu machen. Zu diesem Zweck nahm er, wenn er seinen Koffer pack-

te, das mit, was jeder mitnimmt – Kleidung und das Notwendigste –, aber er legte auch die ausgestreckten Arme auf seine Schreibtischplatte und fegte alles darauf in eine Plastiktüte, die er jetzt auf seinem Hotelbett mit der Absicht entleerte, die Gegenstände im Raum zu verteilen. Das war Reisen ohne Fortbewegen. Quittungen, Rechnungen, ungelesene Bücher mit gebrochenem Rücken, Heftzwecken, Post-its, die berühmte Pfund-Note (er klebte sie mit Blu-Tack über die Tür), eine uralte Haarspange von Esther, ein vergammeltes Muffin, ein halber Joint. Der Joint war eine Überraschung, und er stürzte sich darauf, rauchte ihn, vor und unter der Dusche, während seiner hastigen Abendtoilette, und nahm die letzten Züge, als er nackt in das ordentlich gemachte Bett schlüpfte und mit den Laken um den Platz kämpfte, für den er schließlich bezahlt hatte. Neben seinem Auge blinkte ein rotes Lämpchen am Telefon – an, aus. Er nahm den Hörer ab, aber das Blinken hörte nicht auf, also rief er die Rezeption an.
»Das Lämpchen, Sir? Das müsste das Lämpchen sein, das anzeigt, dass Sie Nachrichten auf Ihrer Voice-Mail haben.«
»Ich bin doch gerade erst angekommen.«
»Ja, Sir, aber Ihre Voice-Mail wurde schon mittags aktiviert.«
»Meine Voice-Mail eilt mir voraus.«
»Das kann man wohl sagen, Sir.«
Alex hatte drei Nachrichten. Er hatte die erste schon halb abgehört, als er die Sprecherin erkannte – den tiefen, kehligen New-York-Klang. Etwas im Timbre ihrer Stimme verriet einem, dass sie schwarz war. Honey Richardson. Er war ihr nie persönlich begegnet, aber in den letzten zwei Jahren hatten sie vier- oder fünfmal per Telefon oder Computer miteinander Geschäfte gemacht. Und jetzt fiel ihm wieder ein, dass er für mittags mit ihr verabredet war, vor der großen Show. Alex drückte seinen Joint am Bein des Nachttischchens aus. Ihre Stimme war großartig. Als würde man gleichzeitig geohrfeigt und gestreichelt.
Er sank in sein Kissen, lauschte diesem musikalischen Klang, ohne auf die Worte zu achten. Dann war sie zu Ende. Er musste

sie neu abspielen, um zu erfahren, dass sie einen anderen Treffpunkt vorschlug: statt an der Ecke von Soundso und Soundso, wollte sie ihn lieber an der Ecke von irgendwo anders treffen. Das wäre, so sagte sie, angemessener. Angemessener?

Neugierig geworden, stützte Alex sich auf einen Ellbogen und drückte den Knopf. Wieder war es Honey, diesmal mit einer weiteren Erklärung, warum sie die vorherige Absprache für unzureichend hielt. Zu hektische Gegend, ein einziges Gewusel von Leuten, und in ihrer Situation … Aber der Satz blieb unvollendet. Anscheinend ging sie davon aus, dass Alex über ihre Situation im Bilde sei, was nicht der Fall war. Er wusste bloß, dass sie eine unerfahrene Händlerin war, Betonung auf Händler*in*, die Alex Sachen abkaufte, die er sonst nirgendwo loswurde. Im Dunkeln tastete Alex nach einem Stift, um ihre Nummer zu notieren, aber die war schon vorbei, ehe er den Stift auf den Gratisblock drücken konnte. Und sie redete noch immer – die Nachricht war endlos.

Alex setzte sich im Bett auf, während sie lang und breit von einem Einkaufsbummel erzählte, den sie kürzlich mit ihrer Schwester Trudy gemacht hatte, einer Zahntechnikerin, die im Juli heiraten will, wissen Sie, und sie waren in einer belebten Gegend gelandet, und aus heiterem Himmel waren zwei Leute aufgetaucht, hatten angefangen rumzubrüllen und – doch plötzlich piepste es laut in Alex' Ohr. Verwirrt drückte Alex den Knopf, um sich die dritte Nachricht anzuhören. Honey sagte: »Hören Sie, jetzt mal ganz kurz: Ich denke, es ist für alle Beteiligten am besten, wenn ich Sie in der Hotellobby treffe und wir direkt hier ins Restaurant gehen, unsere Geschäfte machen und wieder gehen, und ich will ansonsten keine Andeutungen oder Anspielungen hören, und meine Geschichte gehört mir, und sie ist Schnee von gestern, und ich bin rein geschäftlich hier, das kann Ihnen jeder in der Branche bestätigen. Ich war für alle und jeden eine kleine, beschissene Anekdote, und ich will nicht auch noch eine für Sie werden. Ich werde Handschuhe tragen. Gute Nacht.«

Alex rief die Rezeption an, um zu fragen, ob Honey Richardson im Hotel wohne. Sie wohnte im Zimmer nebenan.

ZWEI /

Die Fährte finden

I

Es war ein köstlicher Augenschmaus. Das weiße Tischtuch, so jungfräulich wie der Morgen, präsentierte Frühstücksarten aus aller Welt. Da hockten gekochte Eier in ihren Porzellanbechern, hübsch anzuschauen wie Buddhas. Ein halbes Schwein, in Scheiben geschnitten und gebraten, war zu einem Berg angerichtet worden, um den herum Rührei brutzelte und bebte. Porridge, in einem großen Kessel, der auf Deckchen mit Schottenmuster stand, wartete darauf, in Schalen gelöffelt zu werden. Endlose Auswahl. Dünne Scheiben wächserner Holländerkäse, italienischer Salami oder deutscher Schinken, Eingemachtes aus Cornwall, wie auf den urigen Steingutkrügen stand, Frischkäse aus Philadelphia, flüssige Schweizer Schokolade, lockere karibische Ackee oder zwölf warme englische Bücklinge, wie jämmerliche Schuhsohlen, sternförmig arrangiert. Seitlich davon ein schwanenhalsiger Behälter mit Ahornsirup, ein Turm aus Pfannkuchen, Körbe mit Croissants und saftigen Muffins, köchelnder Maisgries, das Yang der Bagels bequemerweise von ihren Yins getrennt, Räucherlachsstreifen so angeordnet, dass sie die Umrisse eines Fisches bilden (dessen Maul offen stand, so dass es aussah, als äße er den glänzenden Berg aus seinem eigenen roten

Rogen), Getreideflocken für die Seriösen, Kaffee bis zum Abwinken (aber kein Tee), sämtliche Fruchtsäfte der uns bekannten Welt und ein prächtiges vierlagiges Obstangebot, das durch eine Eisskulptur des Mount Rushmore gekühlt wurde.

Es war dreimaliges Nachnehmen vonnöten gewesen, doch allmählich näherte sich die Schlacht am Buffet ihrem Ende. Tandem und Dove gönnten sich jetzt ein letztes Tässchen Kaffee und eine gemütliche Zigarette. Lovelear ließ den Blick über ihre Frühstücksreste wandern, während er sich über eines seiner Lieblingsthemen ausließ: die »übersehene Erfindung«. Er war fest davon überzeugt, dass irgendein Aspekt seines Frühstücks mittels Technologie vereinfacht werden könnte, mit irgendeinem nahe liegenden Haushaltsgerät (man musste nur drauf kommen). Und an diesem Morgen war es wieder da, wenn auch nicht am Tisch, und schrie danach, erfunden zu werden. Es würde eine (bislang nicht näher bestimmte) uralte Hausarbeit übernehmen und Lovelear über Nacht Ruhm und Reichtum bringen. Er musste es nur noch finden. Seit seiner Kindheit suchte er bei jedem Frühstück danach.

»Ist dir schon mal der Gedanke gekommen«, sagte Alex-Li mit Blick auf die Uhr, »dass wir historisch vielleicht einen Sättigungspunkt erreicht haben, was *Bequemlichkeit* angeht? Dass es also tatsächlich keine Möglichkeit gibt, dieses Frühstück noch bequemer zu machen, als es ohnehin schon ist? Es sei denn vielleicht, wir nähmen es intravenös ein.«

Lovelear griff nach dem Guajavensaft und goss sich einen halben Liter ein. »Tandem, es hätte auch keiner gedacht, dass man das Design der Streichholzbriefchen verbessern könnte, ja? Und dann ist irgendein Typ in die Fabrik gegangen ...«

Alex wollte den Namen hören, irgendein erhärtendes Detail.

»*Eine* Fabrik, okay? Unerheblich für die eigentliche Geschichte – und wir schreiben das Jahr 1926, und der Typ marschiert in das Büro vom großen Boss, und er sagt – ich meine, der Typ sagt ganz einfach –, ich setz mich jetzt hier hin und erzähle Ihnen, wie Sie Jahr für Jahr zig Millionen Dollar sparen können, aber im

Gegenzug will ich zwanzigtausend Dollar pro Jahr bis ans Ende meines natürlichen Lebens – das war damals eine Menge Geld – könnte man heute nicht mal mehr die Lebensmittel für ein Jahr mit bezahlen, aber weiter im Text – und die sagen, na ja, was soll's – weil sie meinen, der Typ ist ein Spinner oder so – also lehnen sie sich einfach zurück und sagen, okay, egal, dann lass mal hören. Weil sie ja nix zu verlieren haben. Und er sagt: *Macht dieses Sandpapierzeugs nur auf eine Seite.* Weil bis dahin haben sie das Zeugs auf beide Seiten getan. Macht es auf eine Seite, Mann. Hat bis zu seinem Tod wie ein König gelebt.«
»Ich muss gehen«, sagt Alex.
»Du musst nirgendwohin gehen. Die Messe fängt erst in einer Stunde an. Wo willst du denn hin? Du kennst doch in New York keine Menschenseele.«
Die letzten Minuten hatte Dove Nase an Nase mit einer Milchpackung verbracht und ihre Seite studiert, während er eine letzte Schüssel Cornflakes verputzte. Als Alex gerade seinen Stuhl vom Tisch wegrückte, hob er den Kopf, schob Alex die Packung zu und zeigte auf ein Bild, das auf die Seite gedruckt war. Eine Vierzehnjährige wurde vermisst, eine gewisse Polly Mo von der Upper East Side. Mit unregelmäßigen Zähnen, erwartungsvoll vor einem überirdischen Azurblau, losgelöst, wie auf allen Schulfotos, von Familie und Mobiliar. Allein in der großen blauen Welt. Zuletzt wurde sie von der Überwachungskamera eines Süßwarenladens gesehen, wie sie zehn Lotterielose kaufte. Zärtlich wischte Ian einen Spritzer Milch von ihrem Gesicht.
»Wahrscheinlich finden sie sie bald. Hoffentlich. Das arme Ding. Sie muss auf Millionen von diesen Schachteln sein. Aber keine schlechte Idee, was? Sollten sie bei uns zu Hause auch machen. He, fällt dir was auf?«, sagte er zu Lovelear, hob die Packung hoch und hielt das Gesicht des Mädchens neben das von Alex. »Die vermisste Zwillingsschwester? Ein bisschen, findest du nicht? Um die Augen rum?«
»Dove, wenn das dein Kriterium ist, gibt's noch eine halbe Milliarde Mädchen auf der Welt, die Tandems vermisste Zwillings-

schwester sein könnten. *Meine Güte*«, sagte Lovelear finster und riss Dove die Packung aus den Händen. »Was für eine Art, sich einen Namen zu machen. Die Leute so richtig schön runterziehen, wenn sie gerade beim Frühstück sind.«

»Ich treff mich jetzt mit dieser komischen Händlerinnnentype«, sagte Alex und zog seine Tasche unter dem Tisch hervor. »Bin schon spät dran. Vielleicht ein paar gute Geschäfte, hoffentlich. Viel verspreche ich mir nicht. Ich glaube nicht, dass sie viel Ahnung hat. Geht schon mal vor, wir sehen uns dann drinnen.«

»Wie du meinst. Du bist kein großer Verlust. Ich und der Dove-Mann hier: Wir sind Zen. Wir sind zu allem bereit. Komme, was da wolle«, sagte Lovelear, spießte das letzte Stück eines mexikanischen Würstchens mit der Spitze seines Messers auf und hielt es hoch. »Aber vergiss bloß nicht, ein Gummi drauf zu tun.«

Sie kam ihm gleich irgendwie bekannt vor. Er hatte keine Ahnung wieso. Er versuchte, von der Tür aus einen besseren Blick zu bekommen, er trat an das Empfangspult und winkte – doch im selben Moment legte sie den Kopf gegen das massive, stumme Glas, hinter dem es schneite und schneite, und vor einer Sinfonie aus Weiß sehen die Dinge weniger wie sie selbst aus und mehr wie eine von vielen Noten. Das war ihr Hintergrund, das war die Kulisse für ihren Auftritt. Sie war schwarz und trug ein rotes Kleid. Sie saß völlig allein ganz hinten in dem auf Meer getrimmtem Restaurant, zwischen Pappmaché-Seesternen und Plastik-Krabben, wo die Tentakel eines Kraken-Wandgemäldes sich nach ihr reckten. Alex ging auf sie zu. Als er näher kam, konnte er sehen, dass das Kleid ganz normal war, mit hohem Kragen und mütterlich anmutend, die Ohrringe larvenähnliche Perlentrauben. Sie hatte eine gewisse statuenhafte Schwere; sie war Mitte dreißig. Alex' Blick blieb an großen, faszinierenden, glänzenden Lippen hängen, die gleiche Farbe wie das Kleid, eine verschwenderische Beigabe zu einem Gesicht, das seine Falten und Sorgen hatte. Sie hielt eine üppige kalifornische Orange in der rechten Hand, und es war ihr fast gelungen, sie mit einer einzigen fließenden Korkenzieherbewegung zu schälen.

»Hallo. Genug Fisch für Ihren Geschmack? Genug *Schnee* für Ihren Geschmack?«

Alex ergriff die Hand, die sie ihm entgegenstreckte. Und wenn er hundert Jahre alt würde, er konnte sich nicht vorstellen, dass er je wieder eine Frau treffen würde, die in einem öffentlichen Restaurant hautenge, schwarze Gummihandschuhe trug. Als er sich hinsetzen wollte, gab sie ein leises, triumphierendes Geräusch von sich und hielt die Orangenschale an einem Ende hoch. Sie ließ die Spirale über dem Tisch wippen.

»Das haben Sie gut hingekriegt.«

»Ich finde es so immer viel schöner. Als hätte die Orange sich selbst befreit. Einfach die Haut abgestreift.«

Alex lächelte lahm und setzte den Kampf mit seinem Mantel fort, der nicht über der runden Stuhllehne hängen bleiben wollte. Sie sprach daher mit seinem Rücken. Sie hatte eine heisere Stimme, aber volltönend und seriös. Es lag nichts Flirtendes darin, nichts offenkundig Verrücktes. Er drehte sich um und nahm Platz. Es entstand eine Pause. Er gab sich alle Mühe, nicht auf die Handschuhe zu starren, aber vergeblich: Er starrte auf die Handschuhe.

»Ich hab doch am Telefon gesagt, dass ich die hier tragen werde, oder nicht?«, fragte sie schneidend. Alle Wärme wich aus ihrem Gesicht. Sie rückte ihren Stuhl vom Tisch ab.

»Verzeihung. Ich verstehe ni…«

»Hören Sie, wenn Sie nicht auf meine Art Geschäfte machen wollen, dann müssen wir uns nicht gegenseitig die Zeit stehlen, oder? Ich hatte gedacht, ich hätte mich gestern am Telefon klar genug ausgedrückt.«

Alex war so verschüchtert, wie er es seiner Erinnerung nach noch nie gewesen war. Er schrumpfte förmlich auf seinem Stuhl und hielt sich unauffällig am Tischtuch fest. »Nein, das muss ein Missverständnis …«

»Ich lege Wert darauf«, sagte sie mit Nachdruck, »die Witze und die Neugier abzuhandeln, bevor das Geschäftliche anfängt, denn wenn ich Geschäfte mache, habe ich nichts übrig für Komik.«

Honey rückte mit ihrem Stuhl wieder vor und sah ihm direkt in die Augen, wie ein Cowboy. Alex hatte das Gefühl, dass sie all diese Gesten, in der gleichen Reihenfolge, schon oft gemacht hatte. Oder sie hatte sie im Kino gesehen.

Sie sagte: »Also, bevor Sie fragen, die Antworten lauten: durchschnittlich, beschnitten, er hat mich angesprochen, fünfundzwanzig Dollar für das Ganze, und nein, letzten Endes hab ich nicht viel Geld aus der Sache rausschlagen können. Sonst würde ich das hier ja wohl kaum machen. Was das hier angeht, ich war schon immer Kinofan und bin einfach irgendwie in die Autogrammgeschichte reingerutscht, und deshalb bin ich hier. Basta. Können wir jetzt zum Geschäftlichen kommen?«, fragte sie matt und hob einen großen schwarzen Ordner von ihrem Schoß. »Die anderen haben Ihnen das bestimmt schon erzählt, aber die Regeln sind: Erstens, keins der Produkte wird angefasst, es sei denn Sie tragen Handschuhe, die ich Ihnen zur Verfügung stellen kann; zweitens, falls Sie mir Bargeld geben, das Sie mit den Händen angefasst haben, wovon ich ausgehe, muss ich es einsprühen, und wenn es viel Bargeld ist, wäre ich Ihnen dankbar, wenn Sie mir dabei helfen würden; drittens, wenn ich *Ihre* Stücke berühre …«

Sie hielt inne und hob dann den Blick von der Stelle auf dem Tisch, wo sie ihre einzelnen Bedingungen mit einem Gummifinger umkringelt hatte.

Alex reagierte mit einem typisch demütigen englischen Nicken, rasch und nichts sagend.

»He. Alles in Ordnung?«

Alex öffnete den Mund, wusste nicht, womit er anfangen sollte, und schloss ihn wieder.

»He. Ohhh …«

Sie zog eine Augenbraue hoch, während ihr Gesicht in rascher

Folge Argwohn, Einsicht und schließlich so etwas wie amüsiertes Bedauern zeigte.

»Sie haben nicht die blasseste Ahnung, wer ich bin. Hab ich Recht?«

»Sie sind Ms. Richardson«, sagte Alex langsam. Er schaltete auf seine gleichmäßige Stimme, die für die Tauben, Behinderten, Verrückten, hoffnungslos Ausländischen gedacht war. »Ich hab Ihnen eine Flowers McCrae verkauft – einen von ihr unterschriebenen Filmvertrag aus dem Jahr 1927? Das war letzten Monat, glaube ich. Und einige Sammelbildchen mit den Wheelerettes. Und letzten Oktober eine Menge anderer Artikel. Ich bin Alex-Li Tandem.« Er griff nach seiner Karte. »Ich hoffe, das ist kein – ich meine, oh *Gott*«, sagte er, erhob sich von seinem Stuhl und lief schlagartig rot an angesichts der Möglichkeit, dass er und nicht sie ein Problem hatte, »*bitte* sagen Sie mir, dass ich am richtigen Tisch bin …«

Sie riss die Augen weit auf und lächelte, nahm seine Karte und bedeutete ihm, wieder Platz zu nehmen. »Alles in Ordnung, alles in Ordnung. Ich weiß, wer Sie sind. Sehen Sie, manchmal vergesse ich«, sagte sie, blickte durch den Saal und winkte mit einem Finger einen Kellner herbei, »dass nicht jeder ein emsiger Zeitungsleser ist. Ich werde uns englischen Tee bestellen. Tut mir Leid, dass ich so …« Der Satz verlor sich in einer Bewegung ihrer Hände, eine ruhige, wippende Geste, als würde sie zwei gleich schwere Pakete Mehl abwiegen.

»Wie auch immer, wie auch immer«, sagte sie fast zu sich selbst. Sie griff nach einer Flasche Wasser und füllte die Gläser für sie beide. »*Verdammt.* Wir sollten noch mal ganz von vorn anfangen. Ich bin Honey, und Sie sind Alex. Hallo, Alex-Li.«

Sie sah ihn erneut an und lächelte. Sie hatte eine Menge Zähne. Sie hielt ihm erneut das schwarze Gummi hin. Er schüttelte es.

»Es liegt einfach daran, dass die Engländer meistens die Schlimmsten sind. Ich bin mal einer Frau begegnet in Mar-li-bone – sprecht ihr das so aus? Diese U-Bahn-Stationen verwechsle ich dauernd – Mary-li-bone?«

Alex berichtigte sie. Sie versuchte es noch zweimal, gab dann mit einem kleinen Seufzer auf.

»Egal, aber ich war geschäftlich da und hab mich wirklich nur um meinen eigenen Kram gekümmert – da spuckt mir dieses Miststück mitten ins Gesicht. Auf offener *Straße.*«

»Meine Güte – das tut mir Leid«, sagte Alex und folgerte, dass er soeben ein langes und ungewöhnlich schwer verständliches Gespräch über Rassismus geführt hatte. An diesem Punkt begann er, sich wohler zu fühlen. Es war wie das Erreichen der siebenundzwanzigsten Minute in einem französischen Film, der Punkt, an dem er normalerweise eine diffuse Vorstellung davon bekam, worum es ging.

»Wofür entschuldigen Sie sich?«, fragte Honey mit gerunzelter Stirn und klappte ihren Ordner auf. »Sie haben doch nichts getan. Sollen wir?«

Honey schob einen Erich von Stroheim über den Tisch, ein gutes Studioporträt, energische Unterschrift, hervorragender Zustand, ausgezeichnete Autogrammware. Es war, seit Alex sich gesetzt hatte, das Erste, was er wirklich verstand. Er wollte es anfassen, aber sie brachte es ruckartig in Sicherheit.

»Ich erkläre das jetzt noch einmal. Sie können keins von *meinen* anfassen, ehe es nicht definitiv Ihnen gehört. Wenn Sie es wollen, und Sie sind sich sicher, dann nehmen Sie es, aber wenn Sie Ihre Meinung ändern, muss ich es einsprühen, und das ist ein bisschen lästig, verstehen Sie?«

Alex verstand nicht.

»Falls Sie sich Sorgen wegen irgendwelcher Keime machen oder so …«, begann er verwundert; sie unterbrach ihn mit einem langen Knurren.

»Ich weiß, ich weiß, Sie haben keine Kopfläuse, stimmt's?«

»Wie bitte?«

»*Jeder* Mensch hat Kopfläuse. Nehmen Sie lieber die Handschuhe.«

Es war eine verwirrende Stunde. Immer wenn er sich für einen Artikel entschied, nahm sie Bargeld und verschwand damit Richtung Toilette. Wenn sie zurückkam, schien das Geld zu glänzen und hatte einen eigentümlichen Geruch. Irgendwann einmal streifte Alex' Unterarm den von Honey. Sie sprang von ihrem Stuhl auf. Es dauerte zwanzig Minuten, ehe sie zurückkam, und dann roch sie wie ein Krankenhauskorridor und hatte einen wilden, erschöpften Ausdruck in den Augen.

»Sie kennen doch bestimmt«, sagte sie, als sie mal wieder mit frisch benetztem Geld in der Hand von der Toilette kam, »die Definition eines Filmproduzenten.«

»Mhm, nein. Erzählen Sie.«

»Ein Mann, der weiß, was er will, aber nicht weiß, wie man's schreibt.«

»Das ist gut, witzig«, sagte Alex und lachte, den Mund voller Teegebäck. Sie hatte die Art von desinteressiertem Charme, den Alex jedes Mal, wenn er ihm begegnete, an Menschen bewunderte. Das Talent, sich nicht darum zu kümmern, was andere von einem denken. Er sah, wie seine eigenen, neuen Gummihände nach oben zu seinem Gesicht wanderten, als würde er von jemand anderem gefüttert.

»Hmm, ist ganz gut. Aber mein Lieblingsproduzent ist noch immer Sam Goldwyn. Von dem gibt es *zahllose* Anekdoten. Zum Beispiel die, wie er einmal irgendeine ausländische Schauspielerin bei sich im Büro hatte, und die lag ihm in den Ohren, er sollte mehr politische Filme machen …«

»›*Hör mal, Süße*‹«, fiel Alex ein, mit entsprechender Betonung und Händen und allem. »›Filme sind zur Unterhaltung da. Das Überbringen von Botschaften überlassen wir schön den Telegrammgesellschaften.‹ Guter Spruch. Ich bin sicher, er ist apokryph.«

»Wie bitte?« Honey funkelte ihn so erbost an, als hätte er einen Pakt zwischen ihnen gebrochen. »Sie sind sicher, er ist *was*?«

»Nein – 'tschuldigung – ich hab bloß gemeint – wahrscheinlich hat er das nie gesagt … wie, na ja, *Spiel's noch einmal Sam* – eine Redensart, mehr nicht.«

»Oh …«

Sie senkte den Kopf und blickte unter ihren Brauen hervor – ein seelenvoller, durchdringender Blick, als fände eine Bluessängerin ihren Ton.

»Wieso sagen Sie das dann nicht einfach? Ich hasse Leute, die so reden, als hätten sie ein Wörterbuch verschluckt.«

»Ich auch. 'tschuldigung. Alles klar.«

»Sehen Sie die?«

Sie zeigte auf ein Foto von dem Packen, den Alex ihr soeben verkauft hatte – eine Schachtel voll mit wahllosen Artikeln, die er auf Jimmy's Antique Market entdeckt und kaum durchgesehen hatte. Bloß ein Fünfhundert-Dollar-Preisschildchen daran gemacht und es eine Sammlung genannt.

»Wissen Sie, wer das ist?«

»Theda … Bara«, sagte Alex, der den Namen aus dem Gedächtnis hervorkramen musste. »Vamp? Stummfilmvamp?«

»Ja, genau – ihr Name war wie ARAB DEATH, aber alles irgendwie verdreht – wie nennt man so was noch mal?«

»Anagramm?«

»Genau, Mr. Wörterbuch, *Anagramm*. Und sie wurde im Schatten der Sphinx geboren, mit Schlangenblut gesäugt, usw. usw. Laut ihrer Publicity. Angeblich war sie eine Sexgöttin. Schwer zu glauben.«

Gemeinsam betrachteten sie das Foto. Eine schlichte, reizlose Frau, die Augen dick mit Kajalstift umrandet, pummelige Arme. An den Busen eine nach Luft schnappende Viper gedrückt.

»Ihr richtiger Name war Theodosia Goodman«, sagte Honey mit todernster Miene. »Die Frau stammte aus Cincinnati. Sie hatte ein fettes Gesicht und eine schlechte Durchblutung. Als ihre Eltern in Ohio hörten, dass sie am Nil das Licht der Welt erblickt hatte, waren sie verdammt überrascht.«

Alex lachte belustigt.

»Sehen Sie? Ich weiß auch so einiges. Und diese Miss Beavers da« – Honey zeigte auf das Foto von Louise Beavers, die Alex vage als das schwarze Kindermädchen aus einem Dutzend Filmen wieder erkannte – »die war nicht von Natur aus dick, deshalb musste sie ständig essen, verstehen Sie, um dick zu werden? Sie kam auch nicht aus den Südstaaten, also musste sie den Südstaatenakzent erst lernen, und als sie Tante Delilah spielte, musste jemand dem armen Geschöpf beibringen, wie man Pfannkuchen macht.«

»Ehrlich?«, sagte Alex, der sich jetzt richtig gut unterhielt. »Ganz schön umständlich. Wäre es nicht einfacher gewesen, eine dicke Schwarze aus den Südstaaten zu engagieren? Ich meine, wenn sie genau das haben wollten?«

»Es geht nicht darum, was sie kriegen konnten, es geht darum, was Menschen alles tun, um berühmt zu werden. Es geht um Erniedrigung. Und das ist noch nichts im Vergleich zu Stepin Fetchit.«

»Wer?«

»Kulleraugen, sagt meistens *Ja, Sir* in einem Fahrstuhl oder auf einem Baumwollfeld oder so? Alle, die nach Hollywood kamen, hatten noch einen hässlichen alten Namen, und die Studios haben ihnen einen neuen verpasst: Frances Gumm, Archibald Leach, Lucille LeSueur, Phyllis Isley – alle kriegten sie hübsche neue Namen, einfach alle. Und dann taucht ein Schwarzer namens Lincoln Theodore Monroe Perry in Hollywood auf, und sie nennen ihn Stepin Fetchit. Es ist *ermüdend*, nicht?«

Dieser Gedanke schien ihr das Lachen zu rauben. Niedergeschlagen starrte sie auf ihre Finger. »Ich würde am liebsten die Hände hochwerfen und MU zu allem sagen! MUUUU!«

Alex sah sich rasch im Restaurant um, aber außer ihm war niemand da, der peinlich berührt hätte sein können.

»Das ist ein buddhistisches Wort«, sagte Honey, nahm die Hände aus der Luft und legte sie ordentlich in den Schoß. »So lasse ich Dinge los.«

»Sie sind Buddhistin?«

»Auf meine eigene Weise. Wieso? Was ist denn daran so seltsam? Was zum Teufel sind Sie denn?«

Alex zog seinen Schildkrötenkopf ein. »Äh ... nichts, eigentlich. Jude. Ich meine, durch Geburt.«

Honey machte ein zufriedenes Geräusch. Alex wiederholte es. »Für eine Buddhistin sind Sie ziemlich offensiv, mehr wollte ich damit nicht sagen. Es war nicht beleidigend gemeint.«

»Ach so, na ja, wie gesagt, ich bin es auf meine eigene Weise. Satori ist für mich noch weit, das stimmt. Na und? Ich lerne noch, es ist ein langer Weg, nächste Frage.« Sie beugte sich erwartungsvoll vor. »Na los, na los – Sie stecken doch voller Fragen – wollen Sie sonst nichts mehr wissen?«

Ihr Gesicht war eine offene Provokation, eine Miene, wie sie keine Frau in England aufsetzt, außer sie ist betrunken und spricht mit ihrer Mutter.

»Hören Sie, ich habe keine Fragen mehr. *Mann*«, sagte Alex und verschränkte die Arme, »Sie sind sehr ... wissen Sie? Ich meine ... Sie sind ziemlich ...«

Honey lächelte so breit, dass Alex ihr weinrotes Zahnfleisch sehen konnte, sowohl oben als auch unten. »Ja, stimmt, bin ich, nicht wahr?« Sie tätschelte seine Hand. »Ich mach bloß Spaß, Alex-Li, ehrlich. Ich bin nun mal ein bisschen direkt. Nach dem Wort haben Sie gesucht. Wissen Sie, wer das ist?«, fragte sie und zeigte auf das Bild, das zwischen ihnen beiden lag, eine vollbusige Frau mit hoch aufgetürmtem, dunklem Haar. Alex identifizierte sie korrekt.

»Stimmt«, sagte Honey, »und ich bin so'n bisschen wie Gypsy. Ihr richtiger Name war übrigens Louise Horvick – aber das ist auch das Einzige, wo sie geflunkert hat. Sie hat nie irgendwas sein wollen, was sie nicht war. Genau wie ich.«

Alex, der schon wieder keine Ahnung hatte, worüber sie eigentlich redeten, nickte höflich und fing an, seine Sachen zusammenzupacken. Als sie das Gleiche tat, löste sich eine Strähne aus ihrem Haarknoten und fiel ihr ins Gesicht, und schlagartig kam sie ihm wieder vertraut vor.

»Habe ich …?«, setzte Alex an, hob seine Tasche vom Boden und stellte sie auf den Tisch.

»Haben Sie *was*?«

»Nichts – ich dachte nur … Hab ich … Sie schon mal irgendwo gesehen? Oder …?«

»Ich weiß nicht«, sagte Honey knapp. »Haben Sie?«

Es war auf einmal sehr still. Alex suchte nach einem angemessenen Gesichtsausdruck, fand aber nichts Passendes.

»Wir müssen los«, sagte Honey und wandte den Blick ab. »Wir sind hier fertig. Und es wird Zeit.«

»Stimmt, stimmt«, sagte Alex und hob die Hand, um die Rechnung kommen zu lassen. Er schälte sich aus den Handschuhen, die sie ihm gegeben hatte, aber sie wollte sie nicht zurücknehmen, daher stopfte er sie in seine Tasche. Draußen setzte wildes Autogehupe ein. Als Honey zum Fenster hinausschaute, kam gerade ein Kellner vorbei, und Alex mühte sich mit dem Teetablett ab, um es ihm zu geben. Er neigte es zu einer Seite, der Kellner wollte ein Malheur verhüten. Zufällig berührte Alex Honeys Arm.

Sie sprang erneut von ihrem Stuhl auf und strebte Richtung Toilette, und über Alex' hektische Entschuldigungen hinweg rief sie über die Schulter: »Gehen Sie schon mal rein, na los, gehen Sie rein. Wir treffen uns dann drinnen. Keine Sorge. So was passiert nun mal. Das ist auch Buddhismus. War angenehm, mit Ihnen Geschäfte zu machen, Alex-Li Tandem.«

2

Die zierliche Blondine am Eingang stattete Alex mit einem Namensschild und einem Messeplan aus. Mit großmondigem Fingernagel zeigte sie auf die Hauptattraktionen der diesjährigen Autographicana: den Jedicon-Saal (in dem Nebendarsteller populärer Filme Hof hielten), einen Apollo-Astronauten-Raum (eine unbekannte Mission, von der Alex noch nie gehört hatte und die, wie er argwöhnte, nie stattgefunden hatte) und einen Nebenraum, in dem man Schlange stehen konnte, um die Autogramme von zwei der Männer zu bekommen, die Hiroschima dem Erdboden gleichgemacht hatten. Sie waren schon das zweite Jahr hintereinander dabei. All diese Räumlichkeiten gingen von dem Hauptsaal ab, dem riesigen, stickigen »Miami Dream«-Ballsaal des Rothendale Hotels. Plastikpalmen, Wandgemälde mit tropischen Szenen (im Rothendale war man ganz vernarrt in Wandgemälde), ein Zeitplan mit den Veranstaltungen. Morgen würde die Autographicana der Bat-Mizwa von Lorna Berkowitz weichen müssen. Es waren hundert oder mehr Stände aufgebaut. Mindestens tausend Autogrammhändler waren anwesend, ein Gewühl von Menschen. In ihren schlechten Hosen. Alex' erster Impuls war, kehrtzumachen und Reißaus zu nehmen und MUUUUUUUU schreiend durch die Straßen der Stadt zu laufen.

Nur, hier gab es nun mal Dinge, die er haben wollte. Dinge, die ihn auf einer unterirdischen Ebene beeinflussten, weit unterhalb der Ratio – er brauchte sie. Also. Willkommen im zwanzigsten Jahrhundert im Kleinformat. Castros Unterschrift, Oswalds Hemd, Connerys Scheck-Abschnitte, Streisands Konzertprogramm, der AT-AT aus Star Wars (noch in seiner Originalpackung), Alis Boxhandschuhe, einen Briefumschlag, den Joyce vergaß zur Post zu bringen, ein Foto von Darth Vader, unterschrieben sowohl von der Stimme als auch vom Körper, Dorothys Rubinschuhe (Rheinkiesel, aber jetzt so kostbar wie Rubine), Kennedys Weihnachtskarte, Himmlers Schulheft …
»Himmlers Schulheft?«, wiederholte Alex und reckte den Hals.
Karl und Anna, zwei nette, junge Deutsche, vor deren Stand er gelandet war, lächelten. Anna wischte etwas Staub vom Plastikschutzumschlag.
»Oh ja«, sagte Karl achselzuckend. »Eine Rarität. Er war fünfzehn. Da, seine Hausaufgaben, sehen Sie? Und da hat er sich ver-

schrieben, sehen Sie? Sehr lustig, wenn die Leute das sehen, wissen Sie?« Karl lachte, als wollte er demonstrieren, wie Lachen klingt. »Das gefällt ihnen irgendwie, weil das persönlicher wirkt. Und der Preis liegt nur bei vierzehnhundert Dollar, wissen Sie? Sehr seltenes Stück.«
»Manche Leute haben ja damit ein Problem«, sagte Anna, lächelnd. »Wir aber nicht.«
»Stimmt.«
»Manche Leute, wissen Sie«, sagte Anna, obwohl Alex nicht wusste, »manche Leute, die haben den Grundsatz, keine Nazis und keine Serienmörder, wissen Sie. Aber …« Anna lächelte erneut. Sie hatte die Art von absolut symmetrischem Gesicht, dem Lächeln nicht gut tut. Je mehr sie lächelte, desto größer wurde die Ähnlichkeit mit einer Reklame für Hausratsversicherungen.
»Vorbei ist vorbei«, sagte Karl entschieden und blätterte weiter. Zwischen Plastik eingeklemmt, steckte eine von Sinatra unterschriebene Serviette.
»Genau«, sagte Alex.
Karl blätterte erneut um. Zwischen Plastik eingeklemmt, steckte Hitlers winzige Unterschrift unter einem alltäglichen Polizeiformular. Karl legte die Stirn in Falten.
»Sinatra ist in der falschen Abteilung«, sagte er. »Der gehört zu Schlager der fünfziger Jahre.«
»Finden Sie nicht …«, setzte Alex an, doch dann bekam er einen fürchterlichen Schlag in den Rücken. Es war Lovelear.
»He, hombre, schon irgendwas entdeckt?«
Sie begannen, gemächlich durch den Saal zu gehen, zwei Autogrammhändler irgendwo inmitten einer Menge von Gleichgesinnten. Als Überlebenstechnik klammerte Alex sich an den Gedanken, dass er nicht zu ihnen gehörte. Dass er zwar zwischen ihnen umherschlenderte, aber von ganz anderem Schlag war.
»Lovelear …«
»Hä?«

»Was hältst du eigentlich von … ich weiß nicht … von so Sachen wie Himmlers Schulheft … Nazi-Sortiment. Viel Nazi-Zeug dieses Jahr. Hast du das auch gemerkt? Als hätten wir das Jahr der Faschisten oder so.«

»Oh ja«, sagte Lovelear ernst. »Und wer hätte das gedacht? Vor zehn Jahren hatte ich einen Göring, aber keiner wollte ihn haben, alle haben mir deswegen ein schlechtes Gewissen eingeredet … bis ich ihn schließlich für praktisch nichts verkauft hab. Weißt du, wie viel der heute wert ist? Daran sieht man mal wieder, Mensch, alles bewegt sich im Kreis.«

Alex schlang die Arme um sich. Ihm war übel. Die Klimaanlage lief, obwohl es draußen schneite. Er hatte das Gefühl, die künstliche Luft eines Gefrierschranks zu atmen, als würde er eingefroren, künstlich für irgendwas aufbewahrt. Er spürte, wie er langsam hysterisch wurde. Und sie sammelten einfach immer weiter! Als ob so die Welt gerettet werden könnte! Als wäre Vergänglichkeit nicht die goldene Regel! Und könnte ich vielleicht ein Autogramm vom Tod bekommen? Hätten Sie dafür auch eine Plastikhülle, Mr. Autogrammhändler?

»Dove steht noch immer bei den Hiroschima-Typen in der Schlange«, sagte Lovelear munter; er hatte gerade einen Muffin in seiner Tasche entdeckt. »Eigentlich ganz nette Kerle. Golfspieler. Aber trotzdem ist das nicht die wahre Action. He, Tandem, du tust mir am Arm weh! *Herrje*. Beruhig dich mal ein bisschen – so schlimm ist es nun auch wieder nicht. Macht sogar irgendwie Spaß. Nein, die *wahre* Action ist in der Playboy-Ecke. Glaub mir, das sind schon reifere Semester, aber die unterschreiben Bilder aus der guten alten Zeit, für fünfundzwanzig Dollar das Stück. Möchtest du Miss Januar 1974 kennen lernen? Hatte gerade das Vergnügen, Mann. Samantha Budnitz. Ein bisschen ledrig zwar, sieht aber noch immer ganz gut aus.«

Sie stellten sich bei den Bunnys an, die nicht mehr aussahen wie sie selbst. Sie stellten sich bei den zufälligen Verursachern von Massenvernichtung an. Sie stellten sich bei den fünf uralten

Astronauten an, herzzerreißend in ihren knalligen Bomberjacken. Eine aufgekratzte Frau mit Republikanerfrisur forderte alle auf, den eigenen Namen auf Post-its zu schreiben, die sie dann an die Astronauten weiterreichte, die mit wässrigen Augen von dem Post-it zu der betreffenden Person blickten, hin und her, und auf die Alchimie des Erkennens warteten, zu kurzsichtig, um die Namen zu lesen ... Im Jedicon-Saal hatte Lovelear Streit mit einem Ewok um eine obskure Dialogpassage, während Alex die zehnjährige Ewok-Tochter Lo (schon jetzt einen Kopf größer als ihr Vater) dabei beobachtete, wie sie schielend und mit rausgestreckter Zunge in ihren kurzen weißen Söckchen einen gelangweilten Kopfstand an der Wand machte. Ein verärgerter Ewok erklärte Alex, dass er nur 25 Prozent des Verkaufspreises eines signierten Bildes bekam, weil die Ewoks dem Studio die Bilder zunächst mal abkaufen mussten. Ein anderer teilte Alex mit, dass er persönlich, als kleinwüchsiger Mensch, ja, als, ha ha, schon gut, Sie können es ruhig sagen, als *Zwerg*, den populären Kinoregisseur George Lucas als einen der großen Befreier seines Volkes betrachtete.

Aber als der Kinderkram erledigt war, fingen die eigentlichen Geschäfte an. Überall wurde verhandelt. Die Stimmung schlug von Karneval in Konferenz um. Man konnte den Saal nicht durchqueren, ohne ein Geschäft abzuschließen oder mitzubekommen, wie eins gemacht wurde. Menschen, denen Alex bislang nur virtuell begegnet war, erschienen nun plötzlich in scheußlicher, leiblicher Gestalt vor ihm: Freek Ulmann aus Philadelphia, Albie Gottelmeyer aus Dänemark, Pip Thomas aus Maine, Richard Young aus Birmingham. All diese Menschen hatten jetzt einen Körper, ein Gesicht. Er handelte mit ihnen allen, hörte ihnen zu. Sie hatten das Bedürfnis zu reden. Vielleicht war das eigentliche Geschäft nur ein Vorwand, dieses Bedürfnis auszuleben. Alex erfuhr von den Unzufriedenheiten von Ehefrauen in Städten, die er noch nie besucht hatte und auch nie besuchen wollte. Der Notendurchschnitt etlicher Kinder zog an seinem inneren Auge vorbei. Richard Young erzählte ihm, dass er niemals eine flachbrüstige Frau richtig lieben könnte, und wenn sie noch so lieb zu ihm war. Ein Fremder namens Ernie Popper erzählte ihm, dass er an den meisten Tagen am liebsten tot wäre.

Auch vertraute Gesichter. Alex und Lovelear liefen Baguley über den Weg, der gerade mit einem einschlägig bekannten schwedischen Gauner um eine gefälschte Kitty feilschte, ausgerechnet. Als Alex dazukam, glaubten sich beide Männer schon kurz davor, einen großartigen Coup zu landen. Der Schwede wusste, dass er eine Fälschung verkaufte. Baguley glaubte, erstklassige Ware für einen Spottpreis zu erstehen.

»Der Schwede«, sagte Baguley, wandte sich von dem Stand ab und flüsterte Alex laut ins Ohr, »ist ein Volltrottel. War früher mal Gynäkologe. Davor ist er *Fahrrad* gefahren oder so was Ähnliches. Hat von Tuten und Blasen keine Ahnung. Weiß überhaupt nicht, was er da hat. Hat vier Kittys auf einem Speicher gefunden, im Haus von irgendeinem alten Regisseur – der weiß nicht mal, wer sie ist! Er will achthundert pro Kitty und ist total ahnungslos. *Herrlich*.«

»Ah, Mr. Tandem«, sagte der Schwede mit einem entsetzten Zucken seines rotblonden Kopfes, »der Experte. Schön, Sie zu sehen. Wie geht es Ihnen?«

Alex wog den Widerwillen ab, den er für beide empfand, und entschied sich zu Gunsten des Schweden.

»Gut. Mir geht's gut. Und das ist eine sehr schöne Alexander. Sehr hübsches Stück. Baguley ist ein Glückspilz.«

»Ja, ja, ich bin froh, dass Sie das so sehen« – der Schwede tupfte sich die schweißnasse Stirn mit einem Taschentuch ab, auf dem ein verschlungenes H und I aufgestickt war – »Baguley ist wirklich ein Glückspilz.«

»Es geht das Gerücht«, sagte Baguley gedehnt und schob die Krempe seines Hutes mit einem Finger nach oben, »dass du in New York bist, um sie zu finden. Kitty zu finden. Munkelt man. Ich wette zehn Shilling, dass du schon am Tor verhaftet wirst. Sie wird die Hunde auf dich …«

»He«, rief Alex durch den Saal. »*He.*« Er sah Honey drüben am Suffragettentisch, wo sie eine Weinkiste voller Ansichtskarten durchsah.

»Wem winkst du denn?«, fragte Lovelear und drehte sich um. »Ist Dove da irgendwo?«

Alex fing ihren Blick auf, sie lächelte ihn an und hob eine Hand; doch dann veränderte sich ihr Gesicht. Das Lächeln löste sich in Luft auf, dieser entsetzlich verletzte Ausdruck kehrte zurück; sie drehte sich um, hastete an einer Touristengruppe aus freundlichen, ovalen Frauen aus dem Mittleren Westen vorbei. Sie verschwand in einem Raum, der jener populären Katastrophe gewidmet war, dem Untergang der RMS *Titanic.*

»Was zum …«, setzte Lovelear an.

»Das ist aber merkwürdig … Vor einer Stunde hab ich mich noch mit ihr getroffen – ich hab wirklich gedacht, wir …«

»Noch mal: Du *kennst* Honey Smith?«

»Honey wer? Das ist Honey Richardson. Das ist die Händlerin, mit der ich mich heute Morgen getroffen habe.«

Der Schwede schlug die Hände vor den Mund und prustete los wie ein englischer Schuljunge.

»Honey Smith – den Namen hab ich schon eine ganze Weile nicht mehr gehört. Junge, die Schweden fanden die Geschichte toll, oh ja, und ob. Obwohl ich persönlich sagen muss, dass ich ihr mehr bezahlt hätte, ja? Fünfundzwanzig erscheint mir ein bisschen mager für so eine Dienstleistung. Und er hatte schließlich richtig Geld.«

»Ihr wisst doch«, sagte Baguley eifrig, »dass sie jetzt in der Branche arbeitet? Ja, *ja.* Ein Kollege von mir hat ihr in Berlin Fatty Arbuckle abgekauft. Ehrenwort. Hat gesagt, sie hätte es ihm gleich unterm Tisch besorgt. Der verdammte Glückspilz.«

»Ich hab sie gerade *gesehen*, Mann«, quiekte Lovelear und zeigte auf die Stelle, wo sie gewesen war. »Ich schwöre bei Gott, sie war es. Tandem hat ihr zugewinkt! Tandem kriegt die heißen Sachen von *Honey Smith*! Tandem, vögelst du etwa Honey Smith? Sie

ist so ungefähr die berühmteste Hure auf dem *Erdenrund*. Okay, also ich will sofort die ganze Geschichte hören, *jetzt*.«
Der Name gab seine Geheimnisse preis. Jetzt erinnerte sich Alex an die beiden Polizeifotos: der zerzauste schottische Schauspieler, blinzelnd im Blitzlicht, die Hure, unbeeindruckt, an diese Art Kameras gewöhnt. Etwa eine Woche auf Seite Eins? Oder zwei Wochen? Und dann hatte es sich noch eine Zeit lang mit all seinen unappetitlichen Fortsetzungen gehalten: ihre Story, seine, die der Freundin, die des Zuhälters, die der Öffentlichkeit, das Beichtinterview, und dann, am Ende, die saubere Lösung: ihre Rückkehr ins Vergessen.

3

Hotelzimmer sind Orte der Gottlosigkeit. Es gibt nichts darin, was einem am Herzen liegt. Und es gibt nichts darin, dem du am Herzen liegst. In seinem Zimmer, betrunken, einsam, rief Tandem zu Hause an. Aber in Mountjoy war es fünf Uhr morgens – das unverwüstliche Schweigen der Anrufbeantworter. Auf Esthers Band sang er »All the Things You Are«, in vier verschiedenen Tonlagen, um die hohen Noten zu vermeiden; auf Rubinfines wurde er beleidigend und dann, auf Adams, ungemein sentimental. Joseph meldete sich, aber da war Alex schon so weit, dass er sich schämte. Er machte den Mund auf, und nichts passierte. Joseph legte den Hörer auf. Es war spät. Nachdem er alles getrunken hatte, was sie enthielt, näherte Tandem sich dem Endstadium seiner Beziehung zur Minibar. Er griff gerade nach einer eiskalten Dose karamellisierter Erdnüsse, als es an der Tür klopfte. Er erwartete einen zornbebenden Christen von nebenan (im Fernseher lief Sex in voller Lautstärke), aber durch den Türspion sah er eine konvexe Honey, nur Stirn und Augäpfel, die auf einem Paar winziger Füße im Korridor hochragte. Alex hechtete zu seiner Hose, der Fernbedienung. Er wechselte den Sender. Sie klopfte erneut, lauter.

»Ich finde es nicht höflich, eine Lady vor der Tür ...«

»Hi«, sagte Alex, packte den Türgriff, zog den Reißverschluss seiner Hose hoch. »Honey. *Hi.* Es ist spät.«

»Na, Sie ...«, flüsterte sie und kniff die Augen zusammen, um ihre erste Diagnose zu bestätigen, »Sie sind betrunken. Jawohl, das sind Sie. Versuchen Sie gar nicht erst, es abzustreiten. Sie sind *betrunken.*«

»Sie sind Buddhistin.«

»Sie sind Jude.«

»Das ist ein Sessel«, sagte Alex und deutete auf den zusammengeklappten Regisseursessel in Honeys Gummihand. Sie trug einen roten chinesischen Seidenpyjama, ihr Haar war in der Mitte gescheitelt und in zwei dicken Strängen nach hinten geflochten.

»Ich bring mir immer selbst einen mit. Platz da.«

Sie ging unsicher an ihm vorbei und klappte den Sessel vor dem Fernseher auf. Auf dem Segeltuchstreifen der Rückenlehne stand HONEY. Sie setzte sich. Alex ließ sich auf das Fußende des Bettes nieder, ein Stück von ihr entfernt.

»Und?«, fragte er.

»Ich dachte, das wäre klar«, sagte der Fernseher, »du bist raus aus dem verdammten Fall. Du steckst emotional zu sehr drin, McLaine.«

»Gibt's noch was zu trinken?«, fragte Honey.

Alex versuchte nachzudenken. »Nein ... neiiiin, leider – Moment ... *Moment* mal ... vielleicht doch. Vielleicht ... Roten. In dem Schrank? Das ist Wein, Minifläschchen, aber eindeutig Wein ... Ja, Wein. Zwei sogar! Schraubverschluss – Hurra! Einfach aufschrauben ... hier ... so ...«

»Was ist mit Gläsern? Ach was, schon gut. Geht auch ohne.«

Honey nahm ihre Flasche und führte sie so an den Mund, dass man unwillkürlich auf dumme Gedanken kam. Ihre Augen kreisten durch das Zimmer, als hätte sie gerade erst gemerkt, dass sie nicht in ihrem eigenen war.

»Bisschen größer als meins. Riecht komisch. Was ist das? Was da an der Tür pappt?«

»Ähm … ein Schein. Geldschein. Englisches Geld. Hab ich von meinem Vater bekommen.«

»Das Einzige, was ich von meinem Vater bekommen habe, war eine Gehirnerschütterung«, sagte Honey dramatisch und trank ihre Flasche mit einem Zug halb leer.

»Honey, wollten Sie mir irgendwas …«

»Pssst. Ich mag den Typ, der ist gut, vielseitig.«

Schweigend sahen sie sich die letzten zwanzig Minuten eines Films an. Wirre Gedanken an Sex schwebten Alex durch den Kopf, keiner davon sehr nachhaltig.

»Läuft sonst noch was?«, fragte sie, als das wehmütige Saxophon erklang und der Abspann die Skyline der Stadt ersetzte.

»Na ja, *natürlich* läuft sonst noch was … bei schätzungsweise zweiundsiebzig Sendern. Hören Sie, Honey …«

»Warum wollen Sie sich mit lästigen Trainingseinheiten quälen?«, fragte der Fernseher.

»Honey«, sagte Alex und schaltete den Apparat aus, »es ist schrecklich spät. Wollten Sie … über irgendwas reden? Oder so?«

»Tja«, sagte Honey Richtung Wand, »ich hab mal diesen berühmten Schwanz gelutscht – hat 'n Mordswirbel ausgelöst –, aber das haste heute wahrscheinlich gehört schon, ich meine, *schon gehört.*«

Das anschließende Schweigen war wie ein Alice-Erdloch, durch das beide fielen, zu zweit kopfüber hinter etwas Seltsamem her. Honey schloss einen Moment die Augen, und aus jedem quoll eine schwere Träne.

»Ist dir jetzt eingefallen, wer ich bin?«, sagte sie schließlich.

»Honey, ich finde wirklich nicht …«

»Willst du ein Autogramm von mir? Na, der Trick ist, meins auf die Ecke von einem großen, alten Blatt Papier zu kriegen, und dann dem Schauspieler in Marr-lii, egal, in London, aufzulauern und ihn dazu zu kriegen, dass er, ohne dass er es weiß, auf dasselbe Blatt schreibt. Das bringt hundert Dollar ein. Nur ich – das bringt nicht mehr als fünfundzwanzig.«

Er merkte erst jetzt, dass sie sturzbetrunken war. Sie trug nur einen Handschuh. Er musste an Lady Day denken, die große Billie Holiday, bei ihren letzten Aufnahmen – Augäpfel außer Kontrolle – Zähne wie zum Kampf gebleckt.
»Jaja. War im Fernsehen und alles. Talkshows. Hab 'nen Film gemacht.« Sie nahm sich jetzt der beiden Tränen an, presste eine Hand aufs Kinn und verschmierte sie mit den Fingern. »Ehrlich gesagt, es hörte sich ganz so an, als hättest du dir meinen Film angeguckt, als ich geklopft hab. Soweit ich weiß, läuft der viel in Hotelzimmern.«
Sie lachte dunkel und klatschte in die Hände.
»Kennst du Richard Young?«, fragte sie, nahm ein Minifläschchen Whisky aus ihrer Tasche und schraubte den Verschluss ab. »Pingeliger Mistkerl? Engländer. Jude. Hosen immer makellos. Verdammt erfolgreich.«
Alex ging die Gesichter durch, denen er heute begegnet war, und stieß auf einen schwarzhaarigen, gut aussehenden, bedächtigen jungen Mann, den eine Wunderkind-Aura umgab, eine Qualität, die Tandem unsäglich deprimiert hatte, jetzt, da seine eigenen Wunderkind-Zeiten der Vergangenheit angehörten.
»Aus Birmingham. Ja, ein echter Aufsteiger. Hat eine tolle Sammlung, dieser Rich.«
»Genau der, tja, dieser Rich hat von irgendeinem Typen gehört, der es von einem anderen Typen gehört hat, der es von irgendeinem Arschloch gehört hat, dass du in New York bist, um Kitty Alexander zu suchen. Kitty Al-ex-ander. Stimmt das?«
Alex versuchte, seinen Wein möglichst unbekümmert zu trinken, und schickte ihn auf Katastrophenfahrt sein T-Shirt hinunter. »Uag … Na ja … Es ist bloß … sie hat mir ein Autogramm geschickt. Ist wirklich keine … keine große Sache. Und ich bin auch nicht *hier*, um sie zu suchen. Absolut nicht. Ich bin kein irrer Stalker. Ich wollte mich nur bei ihr bedanken. Ich bin ein ganz normaler Fan.«
Honey fuchtelte mit einem grotesk gebogenen Fingernagel vor seinem Gesicht herum. »Nein, nein, nein – ihr *größter* Fan – wie

ich gehört hab. Und ich muss sagen, ich war überrascht. Du kommst mir überhaupt nicht wie ein Fan von irgendwas vor. Ich hab gedacht, du wärst total Zen – du weißt schon, über allem stehen und so.«

Honey erhob sich und torkelte auf das Fenster zu, stieg unbeholfen über die sich ewig wiederholenden Monogramme hinweg. Sie lehnte sich gegen den Vorhang und zeigte nach draußen.

»Wohnt in Brooklyn. Ich bin in Brooklyn aufgewachsen. Hab sonntags vor der Haustür auf der Treppe gegessen. Jeder kannte jeden. Vor der Kirche, nach der Kirche …«

»Ich glaub, ich mach uns mal Kaffee«, sagte Alex, kroch über das Bett und reckte sich nach dem Wasserkocher auf dem Beistelltisch.

»Von mehr Leuten gekannt zu werden, als man selbst kennt … siehst du, das ist schon alles. Mehr ist in Wirklichkeit nicht dran. Ruhm ist was für amputierte Menschen. Ich meine, für Leute, denen was Wichtiges fehlt. Mehr nicht. Und ich werd dir noch was Verrücktes sagen. In meiner Gegend bin *ich* prominent. Kannst du dir das vorstellen? Es gibt Gegenden in Brooklyn, da bin ich Elizabeth Taylor.«

»Bin ihr mal begegnet«, sagte Alex, verfehlte die Steckdose und fiel vom Bett.

Honey drehte sich schwungvoll auf dem Absatz um und lachte, bis sie zum Klo musste. Kurz darauf hörte er, wie sie sich erbrach, obwohl sie den Wasserhahn aufgedreht hatte. Er stand an der Tür mit einem Handtuch und wollte ihr helfen, aber sie ließ ihn nicht.

Danach tranken sie Kaffee. Sie unterhielten sich, bis Licht in zwei unzusammenhängenden Phasen über die Stadt kam, grellorange und dann ein dünnes, trübes Blau. Honey war gegen Abtreibung, obwohl sie früher anderer Meinung war. Alex glaubte, dass Wohltätigkeitsveranstaltungen im Fernsehen von Betrügern inszeniert wurden. Honey sah nicht ein, wieso sie Dinge berühren sollte, wenn sie nicht wusste, woher sie kamen. Alex hielt nichts von künstlichen Fingernägeln und Eiskunstlaufen. Honey fand, dass englische Kinder irgendwas Merkwürdiges an sich hatten. Beide fragten sie sich, warum auf allem immer so viel Mayonnaise sein musste.

»Ich kenne Roebling. Roebling kennt mich. Ich kann dir zeigen, wo Roebling ist, dich ein bisschen rumführen«, sagte Honey, als sie ihren Sessel zusammenklappte.

»Prima. Gebongt.«

»Was?«, fragte Honey.

»Einverstanden«, sagte Alex-Li.

DREI /

Den Bullen wahrnehmen

I

Letztlich stellte Honey den Plan auf den Kopf. Praktisch veranlagt, wie sie es war, fand sie es sinnvoller, zunächst Krauser in der Lower East Side einen Besuch abzustatten und dann erst nach Roebling zu fahren. Trotz der Größenverhältnisse auf der Karte hatte sie Roebling aus ihrer aktiven Zeit als ein verschlungenes Viertel in Erinnerung, das nicht wie der Rest der Stadt nach dem Gittersystem eingeteilt war, sondern noch nach herkömmlichen Vorstellungen. Chaotische Straßen mit sonderbaren Namen, Wege, die sich neigen und Kurven beschreiben und Hausnummern vor dem Blick der Öffentlichkeit verbergen.

»*Und* es ist verflucht kalt da draußen«, sagte Honey, als sie in der Lobby ihre Lederhandschuhe anzog. »Ich hab keine Lust mit einem Riesenkater und ohne den geringsten Schimmer, wo wir eigentlich hinwollen, durch die Gegend zu laufen. Ich *weiß* einfach, dass dieser Krauser uns weiterhelfen kann. Keine Frage. Wir zeigen ihm, was für ein netter Mensch du doch bist. Wir *becircen* den alten Sack.«

Alex kämpfte mit dem Reißverschluss seines Dufflecoat und ergab sich dann wie ein kleines Kind in sein Schicksal, als Honey, der die Prozedur zu lange dauerte, beherzt zugriff, ihm den

Reißverschluss bis unters Kinn zog und die übergroße Bärenkapuze mit dem Heiligenschein aus Synthetikpelz über seinen Kopf schob. Ihr eigener Mantel, eng anliegend und kamelfarben, betonte und schmälerte ihre Rundungen an den richtigen Stellen. Sie zog die Kordel um ihre Taille zurecht und band sie auf der linken Seite zu einer Schleife.

»Okay? Sind wir so weit?«

Sie kniff ihn mütterlich in die Wange, die schon jetzt durch das verfrühte, diensteifrige Türaufreißen des Portiers gerötet war.

»Ja. Es – du hast mich gerade berührt.«

»Wo bleibt der Tusch? Falls du dir was eingefangen hast, hab ich's ohnehin inzwischen auch.«

»Ich hab ein schlechtes Gewissen«, sagte Alex, als ihnen der grelle Tag ins Gesicht sprang. »Wegen meiner … Kollegen. Lovelear, Dove. Ich sollte ihnen wenigstens …«

Honey hakte sich bei ihm ein. »Die haben Zimmerservice, richtig? Fernsehen? Und es gibt ein Zimmermädchen, das hinterher den Dreck wegmacht. Da kann man heutzutage schon von Nirwana sprechen. Und überhaupt, was ist denn das hier, eine Klassenfahrt? Zu zweit sind wir schon reichlich viel.«

Der Weg zu U-Bahn dauerte fünf Minuten, aber das reichte, um den Touristen in Alex-Li zu wecken. Er ging wie jemand, der in der Stadt zu Besuch war, das Gesicht dem amerikanischen Firmament zugewandt. Wenn ein Taxi hupte, sah er hin, weil er wissen wollte warum. Kurz vor dem U-Bahn-Eingang kam ein Japaner in einem orangefarbenen Overall rückwärts aus einer Tür, blieb mit dem Absatz an einer Pflastersteinkante hängen und ließ eine Kiste Litschis auf den Bürgersteig fallen. Honey zertrat ein paar mit dem Absatz, und das kleine, weißliche Innenleben flutschte heraus.

»Nun komm schon, wird das heute noch was?«, rief sie Alex zu, der eigentlich vorgehabt hatte, drum herum zu gehen, sich aber jetzt einen Spaß daraus machte, mit einem Schritt gleich mehrere auf einmal zu erwischen. Er hastete hinter ihr die U-Bahn-Treppe hinunter. Das war ihre Stadt, nicht seine. Er musste sich in das Gefühl des Nicht-Wissens, der Nicht-Macht hineinfallen lassen. Er kam sich vor wie der Junge, der eine Schatzkarte findet und sie seinem klügeren Freund zeigt, weil er das X zwar genauso gut sieht wie er, aber nicht in der Lage ist, es zu finden.

»Kalt«, sagte Honey, als sie unter der Erde waren. »K.A.L.T. *Ka-a-alt.*«

Sie öffnete den Mund, formte ein Zigarrenraucher-O und blies eine Atemdampfwolke aus. Weiter vor ihnen auf dem Bahnsteig machten zwei schwarze Jungs einander lebhaft Handzeichen, unterschiedliche Zusammenstellungen von Fingern, zuerst zwei Finger getrennt von zwei, dann drei Finger getrennt von einem – Alex beobachtete sie und erinnerte sich an die Diagramme, die er gesehen hatte, Handzeichen der Hohepriester im Tempel.

»Tu mir einen Gefallen, ja?«, sagte Honey, als der Zug heranrumpelte. »Breite das hier aus« – sie zog ein etwa dreißig Zentimeter langes Stück Stoff aus ihrer Tasche, ein Miniteppich mit dem Karomuster eines schottischen Clans – »wo du einen freien Platz siehst. Ich setz mich nicht gern direkt auf die Polster.«

Selbst auf dem kurzen Stück, das sie bislang hinter sich gebracht hatten, bemerkte Alex aufgeregt, wie viele Menschen Honey erkannten. Als die Zugtüren sich hinter ihnen schlossen, wurde sie sofort von drei Augenpaaren erfasst. Ein Junge machte eine obszöne Internationale Pantomime (die bohrende Zunge in der Wange); dann versuchte eine junge Frau das blitzartige Bild noch einmal abzurufen, das sie in irgendeinem Schnellfeuer-Neuron gesehen hatte. Ihr Mund klappte auf, sie sah weg und wieder hin, und dann, mit einem triumphierenden Fingerschnippen, hatte sie es! Sie lächelte und versuchte, sich wieder ihrem schlechten Roman zuzuwenden. Doch ihre Augen glitten wiederholt vom oberen Rand der weißen Seite. Zurück zu Honeys berühmtem, rotem Mund.

Und so ging es weiter. Als sie an ihrer Station ausstiegen, schickte eine Schar von Schulmädchen mit grausamen Augen eine von ihnen die Treppe hinauf, immer vier waghalsige Stufen auf einmal, bloß um Honey von vorn sehen zu können. Oben angekommen, überquerte Honey die Straße und kaufte sich eine Brezel. Sie biss hinein, und Alex fragte sie: »Was für ein *Gefühl* ist das?« Sie starrte ihn einen Moment lang an, zuckte die Achseln und entfaltete den Gratisstadtplan des Hotels.

»Die Adresse, die du hast – das ist in Chinatown. Zwei Querstraßen weiter. Hier müssen wir nach links – ja, links, eindeutig. Okay, los«, sagte sie und legte ein flottes Tempo vor, »Alex-Li will es wissen. Er will es wissen.«

»Ich will es wissen. Ist das schlimm? Ich bin neugierig. Nur was für ein Gefühl das ist.«

»Neugieriger und neugieriger.«

Sie stopfte die Hände in ihre Taschen und machte noch längere Schritte, setzte die Füße bewusst in die matschigen Abdrücke, die ein Fremder zuvor hinterlassen hatte. Es waren keine Autos unterwegs und kaum Fußgänger.

»Ich hasse es«, sagte sie schließlich. »Ich hasse es, natürlich hasse ich es. Aber es ist seltsam. Ich hasse, hasse, hasse es und doch …«

Sie kamen an einem Schachspiel vorbei (zwei Russen, drei Hunde), wurden von den lautstarken Debatten abgelenkt und lauschten ihnen dann noch eine Weile nach. Sie gingen einen ganzen Straßenblock ohne ein Wort. Allmählich roch es nach Ente. An einer Ampel blickte Alex nach rechts und machte gedankenlos einen Schritt nach vorn. Honey hielt ihn am Handgelenk fest und rettete ihm das Leben.

»Jedes Mal fühle ich mich elend«, sagte Honey gleich darauf, als sie über die Straße trabten. »Aber das Seltsame ist, wenn *keiner* guckt, fällt es mir auf. Es fällt mir einfach auf – und dann fühle ich mich … ich kann das nicht mal erklären. Irgendwie unscharf. Verschwommen.«

»Verschwommen?«

»Du hast mich gefragt, ich sag's dir. Verschwommen. Als könnte ich mich selbst nicht spüren. Ist schon irgendwie widerlich, nicht?«

An der nächsten Ecke eine alte Klavierreklame, die knapp über

Alex' Kopf anfing und viele Meilen weiter oben endete, da, wo ein Kran seinen interessierten Kopf über die Hausdächer beugte. Reklamen werden Selbstzweck, wenn nichts mehr zu verkaufen da ist: Die hier war besonders anrührend. Die schwachen, kreidigen Buchstaben von LAIRD & SON, ihr gescheitertes musikalisches Unternehmen.

»Sieh mal da, *die* ist das einzig Wahre«, sagte Honey. Sein Interesse missdeutend, zeigte sie auf eine noch größere Reklametafel rechts von ihnen. Es war das Farbfoto einer schönen Frau. Sie warb für eine Modeboutique. Ihre kolossalen, gebräunten Beine erstreckten sich über einen *Deli* und weit über das menschliche Aquarium eines Fitnessstudios hinweg, wo Menschen damit beschäftigt waren, absolut nirgendwohin zu laufen und mit hohem Tempo auf teilnahmslose Glasscheiben zustürmten.

»Damit erreichst du eine andere Ebene«, sagte Honey hochachtungsvoll. »Dann wirst du göttlich. Eine halbe Million Pendler gucken sich Tag für Tag deinen Körper an. Wenn Menschen Autounfälle bauen, wenn Menschen ihr Leben lassen. Dann weißt du, dass du es geschafft hast. He, weißt du was? Die da, die rote. Das ist die Tür.«

Alex blieb stehen und starrte verdutzt auf die Tür, dann auf den Briefkasten. Die Einbahnstraßenkorrespondenz seiner Jugend war durch diesen Schlitz gefallen. So viele Briefe! Er war zum Mann geworden, während er sie schrieb. Als er jetzt darauf blickte, wurde er zutiefst traurig. Wäre er allein gewesen, er wäre weggegangen. Aber da war Honey, die ihn drängte, sich die Liste der Wohnungen und ihrer Besitzer anzusehen: Büros und Privatleute, Künstlerateliers und zusammengepferchte Familien. Krauser entdeckten sie unter seiner Geschäftsbezeichnung, Präsident der KAAA. Noch immer wäre Alex am liebsten gegangen, aber als Honey gerade auf die Klingel drücken wollte, öffnete sich die Tür von allein, und ein Lebensmittellieferant, der noch immer sein mageres Trinkgeld zählte, ließ sie im Hinausgehen ins Haus.

»Und was jetzt?«, wimmerte Alex bibbernd im Flur. Hier war es irgendwie kälter als draußen, wegen des Verrats, weil man hier drinnen Wärme erwartete.

»Jetzt kommt einfach das, was kommt«, sagte Honey.

Eine Weile schon hatte eine Stimme unablässig geredet. Jetzt sagte sie: »Hab ich mich klar genug ausgedrückt? Also verzieht euch. Schiebt ab. Verduftet. Seid ihr schwer von Begriff? Von mir kriegt ihr verdammt noch mal keinen müden Cent.«

»Nein, Moment«, sagte Honey laut und legte die Lippen fast an die Holzverkleidung. »Hören Sie doch mal zu. Wenn Sie nur … Wir möchten Ihnen nichts verkaufen, Mr. Krauser – und wir sammeln auch nicht. Wir – er hier, mein Freund Alex, er möchte nur kurz mit Ihnen sprechen, mehr nicht.«

Die kühle Stimme hinter der Tür setzte wieder ein, ein seltsames, hauchiges, kratziges Geleier, wie eine von diesen alten Grammophonplatten, auf denen intonationsfreie Schriftsteller ihre eigene Prosa lesen: »Und ich sage euch, die Mitleidstour zieht nicht bei mir. Sülzt von mir aus jemand anderem die Ohren voll. Ich geb euch nen Tipp. Das ganze Haus hier ist voller Arschlöcher. Probiert's bei Castelli. Oben. Das ist der Vogel im fünften Stock. Ja, Castelli lässt sich gern Rotz um die Backe schmieren. Ha!«

»Mr. Krauser, könnten wir nicht wenigstens …«

»Leckt mich.«

Sie hörten, wie sich Schritte von der Tür entfernten, das Geräusch von laufendem Wasser, ein Radio. Honey trat zurück, und Alex nahm ihren Platz ein, klingelte erneut, drückte den Knopf durch. Er wartete eine Weile und wiederholte seinen Vor- und Nachnamen. Das Wasser hörte auf zu laufen. Langsam wiederholten sich die Geräusche in umgekehrter Reihenfolge, und Alex konnte diesen Mann erneut spüren, ganz nah auf der anderen Seite. Alex machte sich daran, seine Krauser-Informationen vorzutragen.

»Schon gut, schon gut, Kleiner«, unterbrach ihn die höhnische Stimme. »Ich weiß, wer ich bin. Mach dir keine Sorgen um mich, ich weiß Bescheid.«

Aber Alex ließ sich nicht beirren. »Und davor, in den Fünfzigern, waren Sie ihr dramaturgischer Berater, glaube ich, und danach haben Sie praktisch als ihr Agent fungiert, das stimmt doch, oder?«
»Na, hör sich das einer an. Du bist ja besser als einer von diesen Vertretern, die einem Enzyklopädien andrehen wollen.«
An dieser Stelle öffnete sich die Tür. Und wie in den alten Comics musste man gut dreißig Zentimeter tiefer blicken, als man erwartet hatte, dahin, wo die kahle Platte des Präsidenten Max Krauser irgendwo auf Höhe von Alex' Schulter und Honeys Brüsten schwebte. Das sollte seine postalische Nemesis sein? Das Gesicht des Mannes war nichts sagend, beherrscht von einer wuchtigen Bifokalbrille, deren Gläser mit einem aufsteigenden orangeroten Nebel getönt waren, wie ein TV-Sonnenuntergang. Er hatte einen fleischigen, verletzlichen, rosa Mund, der einen jüngeren Mann verdient hätte – drum herum wuchsen ein paar nasse, schwarze, pubertäre Haare. Ein bis zum Hals geschlossener brauner Jogginganzug aus Frottee, den Seidenschal des ambitionierten Filmemachers, Turnschuhe. Einen Bauch wie ein Geschenk, das er vor einem Neffen versteckte. Auf den zweiten Blick war er doch nicht ganz kahl: Sehr dicht gelocktes Silberhaar schmiegte sich um seinen Hinterkopf wie eine fedrige Wolke.
»Max Krauser?«
»Worauf du dich verlassen kannst.«
Krauser ließ die Tür weit offen stehen, drehte sich ohne jede einladende Geste um und ging zurück in seine Wohnung. Von Alex' Standort aus war die Wirkung irgendwie klösterlich, Krauser ein silberhaariger, ganz in Braun gewandeter Mönch. Und der Raum war natürlich eine Kitty-Höhle. Poster, Standfotos, gerahmte Zeitungsausschnitte, Titelseiten von Illustrierten. Ein Meisterwerk des Kitsch: Kitty in dicken sentimentalen Ölfarben ausgestreckt auf schwarzem Samt, mit Goldrahmen. Aber Alex erkannte sofort, dass diese Kirche interkonfessionell war. Irgendwo (der Raum versank allmählich in Müllbergen) dudelte ein Plattenspieler immer und immer wieder *Minnie the Moocher* …

a red-hot hoochie-coocher, und überall waren Bilder von schwarzen Männern mit Klarinetten, Trompeten, Saxofonen, Kontrabässen und Mikrofonen verteilt, ebenso wie ihre Schallplatten, ihre Biografien, ihre Poster, ihre Konzertprogramme, was auch immer sie hinterlassen hatten. Mobiliar kam erst an zweiter Stelle. Es bestand aus nur vier Teilen: ein kleiner Pokertisch, der Stühle beraubt, die er gebraucht hätte, eine hohe, steifhalsige Messinglampe mit beweglichem Jugendstilkopf (tröpfelnde, klimpernde, erbsengrüne Tränen aus geschliffenem Glas) und an einer Wand ein Billardtisch. Sein Tuchbezug war mit Wurfsendungen, Pizzaschachteln und Schallplattenhüllen übersät. In der Mitte des Raumes ein Friseursessel.

»Okay, ich warte«, sagte Krauser, drehte sich um und sank in letzteren. »Dann legt mal los.«

Honey bewegte sich nach links, drapierte ihren Teppich über eine Ecke des Billardtisches und ließ sich behutsam darauf nieder, ihre behandschuhte linke Hand in eins von den Löchern gesteckt. Alex rückte seine Brille zurecht und musterte den kleinen Mann in dem Drehstuhl.

»Hören Sie«, sagte er und zuckte die Achseln, als wollte er sich für das, was nun kommen würde, entschuldigen, »ich heiße Alex-Li Tandem.«

Krauser schien zusammenzufahren; ein Fuß glitt zu Boden. Er hob ihn langsam wieder hoch und stellte ihn auf die Fußstütze. Dann gewann er seine Fassung zurück, setzte ein wohlwollendes Lächeln auf und beugte sich vor. Derart ermutigt, begann Alex seinem Herzen Luft zu machen und bahnte sich dabei einen kleinen Pfad zwischen der Stelle, wo er stand, und der Schwelle zur offenen Küche. Er tigerte auf und ab. Aber Krauser sah und hörte gar nicht hin. Krauser streckte seine Beine. Krauser machte einen Turnschuh-Shuffle auf dem Teppich.

»Ta-ta ta ta-taaa!«, sang Krauser, breitete die Arme aus wie die Männer in den Musicals. »Das ist mein Sandmännchen-Shuffle, junger Mann. Ich hab einen Abschluss in Zehologie. Hast du noch was zu sagen?«

Honey stöhnte, stand auf, faltete ihren Teppich zusammen und machte die Internationale Geste für Irrsinn (Schläfe, klopfender Finger). Sie zeigte zur Tür. Aber Alex gab nicht auf.

»Mokka, Mokka, Mokka«, murmelte Krauser meditativ, als Alex ohne besondere Absicht auf ihn zuging. Im entscheidenden Augenblick sprang Krauser aus seinem Sessel, schob sich an Alex vorbei und begab sich in die Küche. Hier beugte er sich über die Frühstückstheke und nahm zwei Pakete Kaffee in die Hand.

»Dieser hier«, sagte er und zog die Oberlippe hoch, »dieser hier ist stark wie die Hölle. Und der andere hier ist nicht so stark, aber er ist moralisch einwandfrei. Bei dem kriegt jeder seine Knete, auch die braunen Ladys, die das Zeug von den Feldern holen, falls Kaffee überhaupt von irgendwelchen Feldern kommt – ich verlass mich da einfach auf das, was mein Enkelsohn mir erzählt. Aber ihr langweilt mich zum Umfallen, deshalb nehm ich den starken und nicht den Gutmenschenmokka. Hält mich wach. Noch jemand einen?«

Er hievte seinen kleinen Bierbauch auf die Theke, hob die Füße vom Boden und sah zu Honey hinüber, die zurückwich und dabei eine Pizzaschachtelpyramide umstieß.

»He, du. Kenn ich dich? Warst du mal beim Film? Der Typ hier, der könnte noch mal überarbeitet werden, ist nicht flott genug – aber *du*. Du bist ein richtig flottes Mädel.«

Krauser wandte das Gesicht zur Decke, legte seine vollen Lippen an eine unsichtbare Trompete, spielte sie, sang: »*Strutting … strutting with some barbecue, barbecuoooo …* Weißt du, wie mein Enkelsohn sich jetzt nennt? Jamal Queeks. Seine Mutter hat genauso ausgesehen wie du. Und dazu gibt es eine Geschichte. Und futsch – futschikato! – ist eine Tradition von zweitausend Jahren. Es ist eine gottverdammte Schande. Stimmt doch, oder?«

Honey presste ihre Tasche an die Brust und ging zur Tür, öffnete sie, blieb erhobenen Hauptes stehen, wartete. Alex gab nicht auf.

»Mr. Krauser – bitte hören Sie mir zu. Ich denke, Miss Alexander – ich denke, sie würde sich freuen, mich zu sehen. Aber das ist nicht alles: Ich *muss* sie sehen. Ich weiß, dass das seltsam klingt. Wie soll ich Ihnen das erklären … ich hab so lange gewartet – und dann hat sie mir ein Autogramm geschickt. Zweimal.«

»Gib mir das schriift-lich«, sagte Krauser im Rhythmus eines Saxofonsolos und klatschte den Takt dazu. »Und ich kle-e-eb's mir in mein A-album.«

»Er hat sie beide dabei, in seiner Tasche«, sagte eine leidenschaftliche Honey und trat von der Tür weg in den Raum. Ihre Augen loderten, ihre Hände bebten, und Alex verspürte ein überraschendes Pochen der Dankbarkeit und Liebe für diese neue Freundin, die bereit war, für ihn ihr Zen aufzugeben.

»Hör mal«, sagte sie jetzt, »wir sind extra hergekommen, ja? Wir sind hierher gekommen. Der Junge ist aus London in England. Keiner hat ihn gezwungen. Keiner hat irgendwen *gezwungen*. Und ich sag dir jetzt was, weil er zu höflich ist, es zu sagen: Dieser Junge hat dir, einem dämlichen Spinner wie dir, fünfzehn Jahre lang geschrieben …«

»Dreizehn, genau genommen«, sagte Alex und hob eine Hand. »Dreizehn Jahre.«

»Okay, meinetwegen dreizehn – ohne auch nur eine Antwort zu kriegen, und dann das hier! Hat er das verdient? Menschen wie du zählen einen Dreck ohne Menschen wie ihn – geht das in deinen Schädel rein? Kapierst du das? *Arschloch*«, sagte Honey, als Krauser eine Clownsgrimasse schnitt. »*Rassistisches Arschloch*. Und eins wollen wir doch mal klarstellen, ja? Es ist ja nicht so, als befände sich Miss Alexander derzeit auf dem Höhepunkt ihrer Karriere. Hab ich Unrecht? Sag ich irgendwas, was nicht stimmt?«

Krauser stieß sich von der Küchentheke ab, machte einen Satz ins Zimmer, landete und war auf einmal *fast* bei Verstand. Eine gewaltige Ader, die von seiner Schläfe bis hinter das linke Ohr verlief, war wütend angeschwollen.

»Jetzt reicht's«, sagte Krauser, »mach mir hier keine Szene, Süße. Ich bin auch nicht spinnerter, als es deine Mutter war. Und es ist

nun mal so: Es gibt zwei Arten von Menschen, bei denen ich die Geduld verliere: Schnorrer und Autogrammjäger. Fakt ist: Miss Alexander verschickt überhaupt nichts, es sei denn, *ich* verschicke es für sie. Und ich verschicke nichts. Punkt, aus, basta. Miss Alexander hat keine *Zeit* für Autogrammjäger. Sie ist der hellste Stern am Firmament, wie man früher sagte, als das noch was bedeutete. Eine Diva, ein Spitzenspitzenstar aus Spitzenhausen. Leute wie ihr wollen sie nur ausnützen, und ich bin da, um sie zu schützen. So, und das reimt sich. Ladys, Gentlemen.«
Sie wurden zur Tür eskortiert.

2

Das Zentrum von Roebling. Hier steigt eine breite, hübsche Straße stetig einen Hügel hinauf, und einen gewissen Anteil an Schnee wegzuschaufeln ist die Bürgerpflicht jedes Mannes. Schon einen Nachmittag lang gehen Honey und Alex vergeblich diese Straße auf und ab, erkundigen sich in den Geschäften, klappern die Seitenstraßen ab. Jeder von ihnen wartet darauf, dass der andere aufgibt. Als sie zum achten Mal an einem Café vorbeikommen, ist es schließlich Alex, der die Schultern hochzieht, Honey einen Arm um die Taille legt und sie beide ins Warme bugsiert. Und die Welt dreht sich weiter. Ein Spanisch sprechender Junge rennt vorbei und schreit etwas. Er duckt sich hinter einen Jeep, entgeht dem Schneeball mit Eiskern seines großen Bruders, kommt wieder hoch und wird am Hals getroffen. Die schwarzen Kinder sind für die Kirche fein gemacht. Ein Rabbi, entwurzelt. Ein paar Menschen sind unglaublich fett, aber nur ein paar. Ein städtischer Lastwagen verteilt rosa Kies entlang der Straße wie Süßwaren für Großabnehmer. Sie befinden sich im angenehmen Teil von Roebling: Die Seitenstraßen werden von ehrwürdigen, zerfallenden Sandsteinhäusern gesäumt, die kurz vor dem schwarzen Viertel und einen Block ins jüdische Viertel hinein ihre schäbigen Röcke raffen und verschwinden. Bekanntlich wohnt hier mindestens ein in die Jahre gekommener amerikanischer Schriftsteller. Man kann ihn sehen, auffällig im Schaufenster des Buchladens präsentiert und gelegentlich sogar in natura, wie er versucht, junge amerikanische Männer dazu zu überreden, mit ihm Basketball zu spielen.

Auf der Kuppe des Hügels liegt der verwahrloste Zoo von Roebling. Hier kann sich ein Wasserschwein mit seinem dicken Hintern oder sogar eine scheue Familie von Taschenratten berechtigterweise als Hauptattraktion fühlen. Die Schlangen sind alle verschwunden. Tiger gab es nie. Und an Sonntagen zieht dieser Zoo nur Hipster an, die sich von ihren Brummschädeln ablenken wollen, vielleicht, oder sich von den verrückten Tänzen der gefangenen Eselhasen bezaubern lassen. Von ihren Fensterplätzen im Café beobachten Honey und Alex den stetigen Vorbeimarsch dieser liebreizenden, bekümmerten Kinder, die es nie eilig haben. Schlaksig, gebeugt, schön, in den vergessenen Mänteln einer Generation, trotten sie im Schnee den Hügel hinauf.

»Also«, sagt Honey, Kakao streuend, »wird sie heute operiert? Aber das ist nicht gefährlich, richtig? Sonst wärst du ja wohl nicht hier.«

Alex überzeugt Honey, die Alex überzeugt, der Honey überzeugt, dass das Austauschen eines Schrittmachers ein Routineeingriff ist. Beide benutzen sie den Begriff *Routineeingriff*, den sie aus einer schon ewig laufenden Fernsehserie geklaut haben. Übereifrig bestätigen Sie sich gegenseitig (»Richtig«, »Richtig«, »Richtig«).

»Das ist es ja – ich will doch bloß die entscheidenden Informationen haben. Jemanden fragen, der mir wirklich was sagen kann. So bin ich es gewohnt. Ich bin aufgewachsen … mein Dad war Arzt.«

»Tatsache? Was macht er jetzt?«

»Sich im Grabe umdrehen, hauptsächlich. Tot.«

»Ach, das tut mir Leid.«

»Das sollte es auch. War ja schließlich deine Schuld. He«, sagte Tandem, ließ seine unscheinbare Porzellantasse los und griff

nach Honeys dampfendem Glas, in dem sich Sedimentschichten abzeichneten, beige, braun, dunkelbraun, weiß. »Was ist das? Wieso sieht deins besser aus als meins?«
Honey nahm einen Löffel von der obersten Schaumschicht und hielt ihn Alex hin. »Siehst du«, sagte sie, als sie den Edelstahl an seine Lippen führte, »du hast schwarzen Koffeinfreien. Weil du dich gern selbst bestrafst. Du meinst, es würde dir gut tun, das zu trinken. Aber in Wahrheit bist du unglücklich. Da gibt's nichts, was dir gut tut. In *meinem* dagegen ist oben Kakao-, Mocha- und Karamellpulver drauf – siehst du, schmeckt gut, nicht – mit Macchiato, Schlagsahne, einem Schuss Kahlúa, Toffeestückchen dazu ...«
Alex öffnete den Mund und schloss ihn erneut um den Löffel.
»Na, das schmeckt, was?«
Alex nickte hilflos.
»Und es lehrt mich die Vergänglichkeit des Genusses – das ist jetzt wieder mein Zen, merkst du? Es wird mir nicht gut tun, aber solange es währt, ist es ein Genuss. Und wenn ich sterbe, kann ich es mit auf die Liste der vergangenen Genusse setzen. Genüsse. Gibt's das, Genusse?«
Alex nahm den Löffel aus dem Mund und machte die gehetzten Kulleraugen des populären Komikers Buster Keaton nach.
»Das schmeckt so gut, dass es *wehtut.*«
Honey lachte, neigte den Kopf und kam mit einem Sahneschnurrbart wieder hoch. »Das Eigenartige ist ja, wenn man wirklich mal Genuss gehabt hat, *echten* Genuss, kann man ihn gut loslassen. Er bedeutet nichts. Rein gar nichts.«
»Du solltest in einem Verkaufssender auftreten. Die brauchen mehr Buddhisten in diesen Sendern. Ich finde wirklich ...«
»Krauser.«
»Hä?«
Honey bemächtigte sich der Zeitung eines anderen Mannes und breitete sie vor dem Schaufenster aus. Hinter der Schlagzeile des Lokalteils (ein glückloser Kleinkrimineller war mit der Stieftochter abgehauen) materialisierte sich Krauser, eine irritierende

Mischform aus Mensch und Zeitungspapier in der glasigen Sonne. Er versuchte, die Straße an ihrer riskantesten Stelle zu überqueren, trug einen gewachsten grünen Regenmantel mit zerknitterter Kapuze und hatte die Arme ausgestreckt, als wollte er den Verkehr regeln. Einen Moment lang verschwand er hinter einer besonders dunkel gedruckten Reklame, die behauptete, das Erinnerungsvermögen verbessern zu können, und erschien dann wieder mitten in einem Politskandal.

Heutzutage ist es unmöglich, einen Mann zu verfolgen, ohne dass einem gleich eine ganze Enzyklopädie von filmischen Gesten in den Sinn kommt. Honey schnaubte höhnisch, als Alex anfing, sich an Mauern entlangzudrücken und auf Zehenspitzen zu huschen, doch kurz darauf griff sie selbst auf Sonnenbrille und wenig überzeugendes Vorsichhinpfeifen zurück. Dann stellte sich heraus, dass Krausers Hut mit einem Transistorradio verbunden war – der Draht lief rund um die Krempe und dann hinter sein Ohr, eine Antenne ragte aus seiner Tasche – er nahm sie beide überhaupt nicht wahr, sondern lauschte aufmerksam irgendeinem politischen Magazin. (»Zimbabwe!«, hörten sie ihn einmal rufen, als er jäh nach links in eine stille Seitenstraße einbog. »Jetzt kommt der auch noch mit *Zimbabwe*!«)

Vier Häuser vor dem Ende der Straße blieb er stehen. Schaltete das Ding an seinem Ohr ab. Honey und Alex suchten hinter ein paar Mülleimern Deckung. Sie sahen, wie er die Stufen zu einem Sandsteinhaus aus der Zeit der Jahrhundertwende hochsprang, klingelte und per Knopfdruck eingelassen wurde. Die Tür schloss sich hinter ihm. Wie gute Detektive behielten sie die Stelle im Auge, wo er zuletzt gesehen worden war, vertraten sich die Beine und hauchten sich auf die Finger. Alex drehte eine Zigarette.

»Das ist lächerlich – da kann sie unmöglich wohnen.«

»Warum nicht?«

»Weil es zu einfach ist – es ist … es passiert einfach nicht, dass ich mir was wünsche, und dann ist es auf einmal da. Ganz ohne Anstrengung. So läuft das nicht.«

Honey legte ihre Hände um seine Taille und drückte ihn. »Baby, genau *so* läuft das. Manchmal fällt einem einfach was in den Schoß, glaub mir, ich weiß es. Lass mich gleich mal ziehen, ja?«

»Ist das unser Plan? Warten?«, fragte er, während er Honey als Windschutz benutzte, um die Zigarette anzuzünden.

»Unser Plan ist Kein-Plan. Im Moment warten wir.«

»Und wenn wir mit dem Warten fertig sind?«

»Dann kommt irgendwas anderes, vermute ich.«

Das Warten dauerte nicht lang. Zehn Minuten später öffnete sich die Tür erneut, und Krauser trat heraus. Ein Armpaar reichte ihm ein kleines, zappeliges Bündel und eine Leine; die Tür schloss sich, er verband das eine mit dem anderen und marschierte los, den Hügel hinauf. Hinter sich her zog er einen kompakten Hund, der mit einem roten Velveton-Mäntelchen bekleidet war, einen Ringelschwanz hatte und sich mit einer gewissen Gespreiztheit bewegte, als ruhten die Augen von Gott und der Welt auf ihm.

VIER /

Den Bullen fangen

I

Noch nicht! Er wollte sie nicht finden, noch nicht! Aber die Stufen führten hinauf – breit, kalt, mineralisch. Honey war schon oben, hatte den Finger auf der Klingel. Sie drehte sich um und grinste. Er stand auf den Stufen. Bewunderte ein Büschel Moos, das sich durch den Stein gezwängt hatte. Grün durch den Schnee. Wohin führten diese Stufen? Er streckte einen Arm aus, aber Honey klingelte trotzdem. Noch eine Stufe, eisig. Und sie brachte ihn einer Welt näher, in der es eine heilige Sache weniger gab. Denn genau das tun Fans: Sie bewahren etwas, wie den Farbwirbel in einer Murmel, im bruchsicheren Glas ihrer Begeisterung. Er, Alex, hatte das getan. Dreizehn Jahre lang hatte er sie so vollkommen und so einmalig bewahrt wie eine Kindheitserinnerung.

Aus einem oberen Fenster ruft eine Stimme, mindestens drei Stockwerke weiter oben. Er kann nichts sehen. Die glitzernden Fenster dieser alten Häuser teilen die Sonne ein, parzellieren sie. Sie ruft, dass sie kommt. Honey dreht sich wieder um, grinst wieder. Zeigt ihm die Internationale Geste für Wohlergehen, den erhobenen Daumen.

Alex betrachtet blinzelnd den bröckelnden Putz dieses hohen, überwölbten Türeingangs in Roebling. Dann schließt er die Augen. Und da ist dessen Stellvertreter: die großartige palladianische Fassade von Celebration Pictures, herrlich im kalifornischen Sonnenschein, vor langer, langer Zeit. Es ist ein Foto, das Alex besitzt. In dem Moment, als es aufgenommen wurde, fuhr gerade eine Crawford oder ein Cooper in einem schmutzig weißen Rolls-Royce vor. Drei verlotterte Autoren (Ärmel hochgekrempelt, Zigarette im Mundwinkel) lehnten gegen den rechten Pfeiler, und eine gesichtslose Garderobiere war halb ins Bild gelaufen. Und im Vordergrund ein Neuankömmling: Kitty Alexander, die hingebungsvoll in ein trügerisches Weitwinkelobjektiv lächelte, das zwölf Starlets zugleich liebkoste. Zweite Reihe, dritte von rechts.

Es ist keine berühmte Aufnahme, aber er liebt sie. Weil das ihr Anfang ist. Sie hatte gerade sowohl ihren richtigen Namen Katya Allesandro verloren (»Zu russisch«, meinte der Produzent Lee J. Komsky. »Und außerdem viel zu Ii-talienisch.«) als auch einige Pfunde (das Studio setzte sie auf seine berühmt-berüchtigte AKT-Diät: Äpfel, Kaffee und Tabak), und man begann ihren extravaganten Akzent in die Mangel zu nehmen. (Letzteres ohne Erfolg. Sie war und blieb ein russisch-italienisches Mädchen von Capri.) Das ist das Gesicht. Das Gesicht, das er liebt. Warum es Buddhas Regeln von Vergänglichkeit unterwerfen? Das ist das Gesicht. Ihre Stirn schmilzt in die Nase, wie Buttermilch von einer Kelle rinnt, genau wie bei der Garbo. Es hat den Knochenbau einer Nymphe, herzförmig mit hohen Wangenknochen. Ihre Augen sind grün, ihr Haar schwarz und zu einem Bubikopf geschnitten. Die gezupften Augenbrauen können ihren natürlichen schmachtenden Schwung nicht verbergen, wie zwei Seufzerbrücken über italienischem Wasser. Alex hat dieses Gesicht alles spielen sehen, von entrechteter russischer Prinzessin über kokette Pariser Ballerina bis zu chinesischer Immigrantin. Vielleicht hat gerade die Wandlungsfähigkeit des Gesichts verhindert, dass sie ein Star ersten Ranges wurde. Es ist ein Gesicht, das alles tut, was du von ihm verlangst, so voller Ausdruck und Bewegung, dass sich die

Kritiker zu dem zwecklosen, tröstlichen Kommentar hinreißen ließen, der Stummfilm sei zu früh gestorben, noch bevor sein größter Star den Kinderschuhen entwachsen war. Es ist ein Gesicht, mit dem man, wie Hedda Hopper meinte (schon allein die Alliteration macht einen nostalgisch!), zaubern kann, wie aus Magie gemacht, und es ist nicht mehr.

2

»Max? Sie sind nicht Max. Wo ist denn Max? Kommen Sie von Max?«

Die Sonne ist überall, ein kosmischer Punktstrahler, und eine Hand packt seinen Ärmel mit festem Griff. Das Gesicht, viele Male gefaltet, ist immer noch unverkennbar. Sie bleibt eine schöne Frau. Ihr Make-up ist nicht übertrieben, nur ein wenig Kornblumenblau, das von den Augenlidern abblättert. Er sieht keinen Hotelmorgenmantel, keine schwarzen Seidenpantöffelchen aus Paris mit aufgesetzten Löwenzahnblüten an den Spitzen. Keine Spur von dem weißen Königinnenhandtuch, um einen Turm aus nassem Haar geschlungen. Stattdessen eine schlichte Jeans mit hohem Bund, rote Turnschuhe und eine schwarze Bluse. Die Wölbung ihrer Brüste ist seltsam, jugendlich. Sie trägt eine schmucklose Spange in ihrem dünnen, aber noch immer zum Bubikopf geschnittenen Haar. Der einzige Schmuck ist die spektakuläre Brosche, ein rubinbesetzter Schmetterling, der unten an ihrem Hals gelandet ist.

»Kennen Sie sich mit Computern aus? Ich will die ganze Zeit eine Nachricht verschicken, und ich mache genau, was man mir sagt, befolge alle Anweisungen, die ich habe, und *es geht nicht* – ich weiß nicht, woran es liegt, aber etwas stimmt da nicht. Ich muss irgendwas gemacht haben, weiß der *Himmel* was. Können Sie sich das vorstellen? Dass ich mich den ganzen Nachmittag allein damit rumschlagen muss – Max ist mit Lucia Gassi, ja, so sieht's aus, können Sie sich das *vorstellen*?«

»Miss Alexander?«, fragte Honey mit einem unwirklichen Lächeln und beugte sich zu ihr vor, denn Kitty war klein, kleiner, als man erwarten würde, wie sie das alle waren.

Kitty blickte verwirrt auf, ihre geöffnete Hand noch immer auf Alex' Arm. Ihre Haut war aufgedunsen und verquollen, wie Teig. Alex' Bein tat etwas Unkontrollierbares. Genau wie die Stadt. Die Stadt machte einfach weiter – er konnte sie nicht daran hindern. Ein Junge auf der Straße boxte einen anderen Jungen gegen den Arm, obwohl der Junge nicht existierte und sein Freund auch nicht. Und Alex sah, dass es geschah. Und er konnte Kitty sehen. Diesmal war keine Scheibe zwischen ihnen. Das Schauen ging nicht nur in eine Richtung. Sie konnte ihn auch sehen. Sie betrachtete ihn und Honey: ein kluger, amüsierter, prüfender Blick.

»Ja«, antwortete Kitty freundlich. »Ja, selbstverständlich ist das mein Name. Ich glaube nicht, dass ich Sie kenne – ich würde mich erinnern, jemanden wie Sie vergisst man nicht –, und deshalb tut es mir Leid, aber Sie müssen jetzt gehen, es sei denn, Sie verstehen etwas von Computern und sind keine psychopathischen Mörder oder dergleichen, Sie können mir ja alles erzählen – aber wie soll ich wissen, ob ich Ihnen glauben kann?«

Sie lachte rasch und legte unwillkürlich einen zittrigen Finger auf Honeys Unterarm.

»Ich glaube«, gestand sie, »es liegt daran, dass ich meine Konzentration verliere, wenn Lucia weg ist, und dann wird alles unnötig kompliziert, und ich sage Max, ich kann selbst gehen, ich bin keine Invalidin, aber in Wahrheit ist er ein bisschen in Lucia verliebt, er ist ihr *Verehrer* – glaube ich zumindest, aber was mache ich denn hier, huuuu!« Sie ließ sie beide los, Honey und Alex, und hob die flatterigen Hände an die zarten, hohlen Wangen. »Es ist viel zu kalt hier, wirklich, ich kann nicht hier auf der Treppe stehen und plaudern oder über Jesus sprechen, also verabschiede ich mich, ich möchte nicht unhöflich sein, natürlich nicht, aber wenn Sie mich bitte entschuldigen würden …«

Alex bekam noch immer kein Wort heraus. Honey dagegen legte eine Hand an den Türrahmen.

»Miss Alexander, ich heiße Honey Richardson. Wir möchten mit Ihnen sprechen.«

Kitty stieß das erlesene, kleine *Uuf!* aus, Ausdruck russischer Genervtheit, und faltete die Hände.

»Ich verstehe das durchaus, aber meine Liebe ... Ich bin nicht zu sprechen. Ich versichere Ihnen, Jesus und ich, wir beide sind uns – wie sagt man? Vollkommen fremd.«

Sie setzte ein treuherziges Abschiedslächeln auf, machte einen Schritt rückwärts, nach innen, und ließ die Tür ins Schloss fallen.

»Aber ich bin Alex-Li Tandem«, sagte Alex-Li Tandem, und die Tür schwang wieder auf, wie eine von den Türen in den alten Märchen, Türen, die nur für einen bestimmten Menschen gedacht sind, weil nur der Name eines bestimmten Menschen sie öffnen kann.

Auf der Treppe schaffte es Alex gerade noch, sich immer und immer wieder zu sagen, das ist eine Treppe, das sind meine Beine, und das, was sie machen, nennt man Treppensteigen. In der engen, mit Spiegeln versehenen Diele griff er auf körperliche Mantras zurück: Nichts anfassen, Raum lassen, Zurücktreten. Als er das Wohnzimmer erreichte, holte er tief Atem, aber sie hatte den Raum schon verlassen, bestand darauf, Kaffee zu kochen. Honey bejahte und verneinte die Fragen nach Milch und Zucker, die aus einer nicht zu sehenden Küche gerufen wurden. Tandem bemühte sich um Orientierung. Er war hier. *Er* war *hier*. Er empfand keine Enttäuschung. Es war (wie er vorausgesehen hatte) eine Wohnung für europäischen Nippes, der (so malte er sich aus) vor Feuer und Diebstahl und Revolution errettet worden war. Es war die Wohnung einer Sammlerin. Mit typischen New Yorker Merkmalen natürlich – große Fenster, rätselhafte, modische Kunst (hier vom Wohnzimmer aus konnte man durch die verspiegelte Diele geradewegs durch das Schlafzimmer bis in ein

New Yorker Badezimmer blicken, weiß gefliest mit einer alten, tropfenden Dusche und aquamarinfarbenem Grünspan, der stetig an der Kupferarmatur nagte), doch im Herzen war das alles hier eindeutig Alte Welt. Ein imposanter steinerner Buddha, so groß wie ein Achtjähriger, saß neben der Tür und ertrug den Verlust seiner Nase mit großer Tapferkeit. Eine Lotusblüte aus Draht und Seide ruhte in seinem Schoß. Eine junge Frau auf einem Kupferstich warf einen Blick über ihre Schulter. Darstellungen von Hunden waren allgegenwärtig – als Buchstützen geformt, in Ornamente eingearbeitet, auf Kissen gestickt, auf Krüge gemalt –, und wenn man dann genauer hinsah, verschmolzen sie alle zu dem einen Hund, einer aristokratischen Rasse: ein kurzbeiniger, cremefarbener Leib mit verkürzter, schwarzer Schnauze, Basedow-Augen und zerfurchter Stirn. Zwei Mahagonischränke mit Perlmuttverzierung standen sich auf acht Holzpfoten gegenüber. Überall weiße Leinendeckchen, arabische Bögen und venezianische Drucke, abgewetzte Kuhhautteppiche und cremefarbene, mit rosa Seide durchwirkte Kissen, die sich auflösten. Kunstvolle Silberspiegel hingen nach vorne geneigt und schienen das Zimmer gerade eben noch einzufangen, ehe es durch den Boden stürzte. Alles mit großer Sorgfalt gemacht und ebenso behandelt. Alex dachte an sein Leben und die Räume, in denen es verbracht worden war, wo die Möbel in flachen Paketen ankamen und erst mal ermuntert werden mussten, aufrecht zu stehen und zu leben. Jetzt war er in Kittys Zimmer, ihrem Leben. Weil alles genau so war, wie er es sich vorgestellt hatte, fühlte er sich auf einmal ganz ruhig. Sein Zen kam über ihn. Honey blätterte in einer Illustrierten; seine eigenen Hände waren reglos. Bald würde Kitty hereinkommen, und sie würden sich unterhalten, und es würde so sein, wie es war. *Der Frühling kommt, Gras wächst von allein.*

Dann das Geräusch eines kleineren Missgeschicks aus der Küche. »Ob ich ihr helfen soll?«, flüsterte Honey, sprang dann gleichzeitig mit den beiden Ausgaben ihrer Spiegelzwillinge auf, eilte durch die verspiegelte Diele und vervielfachte sich erneut, jetzt begleitet von einer unendlichen Schar von Doppelgänger-Honeys, Gefährtinnen.

Zeit bewegte sich vorwärts.

»Aber ich erzähle es rückwärts!«, klagte Kitty und gab noch ein Stück Zucker, ihr drittes, in die Tasse. Einige Minuten lang hatte sie sehr schnell geredet, und zwar (so kam es Alex zumindest vor) in einer ganzen Reihe von Sprachen. Jetzt endlich hörte sie auf, geschäftig zu tun, und ließ sich in einen Sessel sinken. Sie saß wie eine viel jüngere Frau, einen nackten Fuß unter den Körper geschoben und ein Knie hoch ans Kinn gezogen. Alex und Honey saßen auf einem Sofa daneben. Sie strahlte sie an. Alex war nicht sicher, mit was für einem Gesicht er sie anschaute. Sie nahm eine Haarspange aus einer leeren silbernen Obstschale auf dem Couchtisch, hob ihr Haar am Hinterkopf hoch und steckte es mit der Spange, die sie zuvor mit den Zähnen festhielt, zu einem kleinen Knoten fest.

»Wartet, *wartet*«, sagte sie und zog eine Haarlocke nach vorn, die ihr Gesicht rahmte. »Das Wichtigste zuerst. Alex-Li Tandem! Alex-Li *Tandem*. Ich kann kaum glauben, dass Sie es wirklich sind. Ich bin ein richtiger Fan von Ihnen, ehrlich. Aber Sie sind ganz anders, als ich Sie mir vorgestellt habe. Ganz anders. Und ich glaube, gerade jetzt sitze ich genau so, wie Sie es geschrieben haben, nicht wahr? Ein Bein oben, ein Bein unten …«

Sie sah an sich hinunter und dann wieder ihn an, mit einem Blick, den nur Zauberer und Ärzte wirklich verdient haben. »Wie konnten Sie so etwas wissen?«

Alex öffnete den Mund, aber Kitty schlug klatschend die Hände zusammen und fing, was immer er hatte sagen wollen, zwischen ihnen beiden auf.

»Und dieser eine, wissen Sie noch? *Liebe Kitty, sie ist sehr stolz auf ihre Füße und berührt sie oft. Wenn sie steht, spürt sie die Luft unter ihrem Spann und hält unbeirrt an dem Glauben fest, dass sie Tänzerin hätte werden können. In Liebe, Alex-Li Tandem.* Stimmt, absolut! Meine Füße sind mein größter Stolz«, sagte sie lachend, streckte ihren linken aus und richtete die Zehen zur Decke. »Applaus verdienen Sie dafür!«, sagte sie und begann zu klatschen. Honey fiel mit boshafter Geschwindigkeit ein. Alex, der keine Erfahrungen mit Applaus hatte, saß da und lächelte dümmlich. Sein Knie fing an zu wippen. Kitty hielt inne, beugte sich vor und legte beide Hände darauf.

»Nervös. Nicht doch. Das wäre albern, bitte«, murmelte sie, und ihr Gesicht suggerierte, dass sie ihn voll und ganz verstand, bis ins Mark, so wie wir alle gern verstanden werden möchten. Alex, voller Dankbarkeit, wollte nicken, konnte aber nicht. Jede Kopfbewegung könnte Chaos in den Tränenkanälen verursachen. Irgendwo im Raum klingelte ein Glöckchen. Alex merkte, dass er den goldgrünen Rücken eines Buches über Gärtnerei meditativ anstarrte. Kitty lächelte Honey an, und Honey lächelte zurück. Was als zufälliges Schweigen zwischen ihnen allen begonnen hatte, legte sich allmählich über das Zimmer wie eine Zeltbahn.

»Wissen Sie«, setzte Honey an, doch Kitty hatte im selben Moment zu sprechen begonnen. Honey lachte, Kitty lachte.

»Nein, ich wollte nur …«, sagte Honey.

»*Bitte*«, sagte Kitty und führte ihre Kaffeetasse an die Lippen.

Auf der anderen Straßenseite knallte ein Schiebefenster zu. Alex hob einen Finger, etwas, was er seit der Schule nicht mehr getan hatte.

»Ich muss – ich meine, Sie müssen mich …«, begann er und dachte gequält daran, wie diese Ansprache in seinem Kopf immer geklungen hatte, wie herrlich, wie kristallklar. »Nein, noch mal von vorn – was ich sagen will, ist – ich möchte wirklich sagen – ohne, na ja, zu übertreiben – wie sehr ich Sie *bewundere* – ich meine, nicht nur wegen der Filme – sondern vor allem, ich meine, als einen Menschen, der …«

Kitty schöpfte tief und gereizt Atem. »Oh, nein, nein, nein, *nein*«, sagte sie verwundert, »ich muss Ihnen sagen, das gefällt mir ganz und gar nicht. Pfui! Sie schreiben besser, als Sie sprechen, finde ich. Aber andererseits hat unser lieber Sirin gesagt, dass das natürlich auf alle großen Schriftsteller zutrifft, und er muss es ja wohl wissen. Er war ein enger Freund meines dritten Ehemanns. So. Kekse?«

Alex schüttelte den Kopf. Sein Mund hatte den Sechs-Uhrmorgens-Zustand angenommen. So trocken, dass man einfach nicht sicher sein konnte, ob Wörter herauskommen würden.

»Was ich erzählen wollte«, sprach Kitty fröhlich weiter, »obwohl ich am falschen Ende angefangen habe – passen Sie auf: Ich fang noch mal von vorn an. Ich will Ihnen von Ihren Briefen erzählen, weil ich finde, dass die Geschichte *höchst* ungewöhnlich ist. Sie müssen wissen, ich bekomme fast nie Briefe zu diesem Thema. Ich meine, Briefe zu meiner *Kinokarriere*« – sie schnaubte bei dem Wort –, »*falls* sie diese bombastische Bezeichnung verdient hat. Ein paar vielleicht, einmal im Jahr von den Oscar-Leuten – *wenn* sie dran denken. Aber mir bedeutet das alles nichts, ehrlich. Meine Leben hat sich weiterentwickelt – ich meine, ich *hoffe*, dass es sich weiterentwickelt hat, zumindest schmeichle ich mir damit.«

An dieser Stelle machte sie eine Bewegung, die Alex sehr vertraut war. Und zwar aus einer Szene in der Garderobe, als May-Ling den Inspizienten anfleht, sie als zweite Besetzung zu nehmen. Ein rasches Vorschieben des Kopfes, Kinn hoch, Augen flehentlich – und dann ein unwahrscheinlich ergreifendes Zurücknehmen. Alles wieder ab in die Schachtel, einschließlich aller Gefühle. Alex kannte den nächsten Satz (*Tut mir Leid, es geht einfach nicht, Kleines*) und dachte einen Moment lang, dass er ihn sagen würde.

»Außerdem«, fuhr Kitty munter und mit jener Art von unbefangener, kindlicher Egozentrik fort, die denen zu Eigen ist, die an die Aufmerksamkeit eines Publikums gewöhnt sind, »Berühmtheit ist wie ein Garten. Sie muss gepflegt werden, verstehen Sie? Ich bin jetzt siebenundsiebzig – und habe nur noch eine Niere. Ich hatte den Krebs schon, und wie durch ein Wunder habe ich meine Schätze behalten« – sie legte beide Hände auf die Brüste – »aber ich kann nicht immer so viel Glück haben. Ich muss die Dinge erledigen, solange noch Zeit ist – hab ich da Zeit, einen

Garten zu pflegen, der voller Unkraut ist? Und mehr noch: auf Max zu hören und so zu tun, als würde der Garten sich um sich selbst kümmern?«

Honey, die den roten Faden der Metapher schon lange verloren hatte, nickte eifrig. Sie nahm ein *Biscotto* von dem Porzellanteller, den Kitty ihr hinhielt, und knabberte mit jener einzigartigen Unbeholfenheit an dem Rand, die wir bei Nahrung an den Tag legen, die wir nicht kennen.

»Ich möchte Ihnen danken für …«, setzte Alex an, schloss dann die Augen und versuchte es erneut. »Für die Autogramme. Danke, dass Sie das …«

Kitty jauchzte auf und legte ihm zwei Finger auf die Lippen. »Mein Gott, seien Sie nicht *albern!* Das war doch das *Mindeste*, was ich tun konnte – aber noch immer lassen Sie mich nicht erklären, also lassen Sie mich erklären. Nun ja, in letzter Zeit sind hier einige schlimme Dinge geschehen – dazu kommen wir gleich –, aber wegen dieser schlimmen Dinge, wissen Sie, bin ich nicht gern allein im Haus. Und an einem Abend vor drei Wochen bin ich irgendwie in Panik geraten!«, sagte sie, und ihr Gesicht erschuf das Gefühl neu. »Ich weiß nicht, warum – ich glaube, ich höre etwas auf der Treppe, ich werde ein wenig verrückt –, und deshalb bestelle ich ein Auto, und Lucia und ich, wir fahren in die Stadt zu Max, und wir haben natürlich einen Schlüssel, aber von Max ist nichts zu sehen. Wahrscheinlich«, sagte sie *sotto voce* zu Honey, »war er in einem dieser seltsamen Bäder, wo sie viel Sex haben können mit Barmännern, die sie noch nie gesehen haben … Egal, das geht mich nichts an … Es war sehr spät und kalt, und ich wollte nicht den ganzen Weg zurückfahren, so jung bin ich nicht mehr, dass ich mich in New York herumtreibe. Also bleibe ich bei Max zu Hause, und ich esse, und Lucia isst, und wir warten, warten, warten, und nichts, und uns wird recht langweilig, könnt ihr euch das vorstellen? In dem kleinen, schrecklich schmutzigen Apartment, das ich schon seit vielleicht fünfzehn Jahren nicht mehr gesehen habe und wo Lucia überhaupt noch nie war! Wir langweilen uns also, und wir sehen uns ein bisschen um. Und um es kurz zu machen, da finde ich Sie! Das heißt Lucia findet. In Schränken in der Küche – hunderte von diesen Dingen! Ich hatte sie nie zuvor gesehen oder davon gehört. Jeder Einzelne: Alex-Li Tandem, Alex-Li Tandem, Alex-Li Tandem – bis ich weiß nicht wann zurück. Fast alle Umschläge verschlossen. Ungelesen! Also öffne ich sie, natürlich, sie sind ja für mich. Sie sind für mich. Und was da drin steht … ach, es war so schön …«

Sie redete immer weiter, Kitty. Alex wurde gepriesen. Er war hervorragend und talentiert. Etwas, was er geschrieben hatte, hatte einen anderen Menschen berührt, so eindeutig, als hätte er ihm mit den Händen einen Schubs gegeben. Das alles wurde gesagt. Und er hörte die Klänge, die Melodie, wie Kitty ihn besang, aber es bedeutete ihm nichts. Dreizehn Jahre lang hatte er geglaubt, ein Publikum zu haben, selbst wenn es nur Krauser war, der sie las und dann zerriss. Er hatte von jenen vollkommenen Zen-Künstlern gehört, die ohne Gedanken an ein Publikum ihre Bücher schreiben und ihre Bilder malen und ihre Werke verbrennen, wenn sie fertig sind. Aber das ist immerhin ihre Entscheidung.

Kitty stand auf, ging zu einem ihrer hundefüßigen Schränke, zog einen kleinen Schlüssel aus ihrer Jeanstasche und begann, an dem Schloss herumzuhantieren. Die Vorderfront warf Falten, klappte zusammen wie ein Holzfächer, und dahinter erschien ein Sekretär mit zehn schmalen Schubladen auf beiden Seiten. Sie fing an, die Schubladen eine nach der anderen zu öffnen, suchte etwas.

»Moment – Sie haben *keinen* einzigen von meinen Briefen je gesehen?«, fragte Alex mit dem letzten Rest von Stimme. »In der ganzen Zeit?«

»Nicht einen! Das sage ich doch. Ich bin nicht so erhaben, so viele Briefe zu ignorieren.«

Alex nahm einen seltsamen purpurnen Farbton an. Honey legte ihre Hand auf seine und drückte sie aufmunternd.

»Ich verstehe das nicht«, sagte Honey. »Wollen Sie damit sagen, dass er sie Ihnen nie gezeigt hat?«

»Genau. So verhält es sich, genau. Er hat sie versteckt, glaube ich. Man stelle sich das vor!«, sagte Kitty und schnalzte mit der Zunge, als hätte ein Kind eine Dummheit gemacht.

»Aber haben Sie ihn denn nicht darauf angesprochen?«, hakte Honey nach. »Haben Sie ihn nicht gefragt, *warum*?«

»Nein, ich *frage* ihn nicht, er weiß nicht, dass ich sie gefunden habe – ich verabscheue so etwas nämlich, so eine *theatralische* Enthüllung. Entsetzlich grausame Sache, finde ich, jemanden so bloßzustellen, als wäre es Fernsehen oder etwas Fürchterliches. Aber natürlich frage ich mich, warum er ... Ah, da sind sie ja.«

Aus einer Schublade zog Kitty ein kleines Bündel Briefe in Alex' rosa Umschlägen. Sie stützte einen Ellbogen auf den Sims ihres stillgelegten Kamins. »Sie sind wirklich hinreißend. Ich hab sie fast alle gelesen – das hat nicht sehr lange gedauert, sie sind so kurz. Ich will gar nicht daran denken, was Sie das an Porto gekostet hat. Ich habe nur ein paar mitgenommen, damit er nichts merkt. Dieser hier gefällt mir besonders: *Liebe Kitty, immer wenn sie Kinder umarmt, sieht sie über deren kleine Schultern hinweg die Eltern an und lächelt, um zu beweisen, dass sie Kinder nicht hasst. In Liebe, Alex-Li Tandem.* Das ist zu schön! Denn genau das mache ich, immer!«

Alex versuchte zu lächeln.

»Ich wünschte so sehr«, sagte sie, »ich hätte sie früher gefunden, als mein dritter Mann noch lebte. Er war Maler. Vielleicht haben Sie von ihm gehört?«

Kitty sagte einen fremdländisch klingenden Namen, und Alex, der vor Wut völlig gelähmt war, machte kein Zeichen des Wiedererkennens.

»Nun, Alex, ich denke, er hätte Sie *geliebt*. Er hätte Sie in sein Herz geschlossen, das weiß ich. Er mochte Schriftsteller, die vieles mit wenigem sagen konnten – und mit wem hätte er Sie alles in Kontakt bringen können, ach je! Diese Wohnung war immer voller Autoren und Künstler – es gefiel ihnen hier, sie fühlten sich hier zu Hause.« Kitty streichelte die weiße Steinwand hinter sich.

»Wissen Sie, warum ich sie mag?«, sagte sie versonnen. »Ihre Briefe? Die haben nichts mit Filmen zu tun. Nichts dergleichen. Bloß eine Frau, die in der Welt unterwegs ist. Das ist schön, finde ich.«

»Was ist das für ein Mensch, der …«, setzte Alex laut an. Bebend erhob er sich von seinem Platz.

»Alex«, sagte Honey schneidend, *»setz dich hin!«*

Alex setzte sich wieder hin und senkte die Stimme. »Was ist das für ein Mensch, der die Briefe eines jungen Menschen dreizehn *Jahre* lang versteckt? Das waren dreizehn Jahre *meines Lebens.*«

Kitty sah ihn besorgt an und richtete dann die Augen auf das Fenster. »Es tut mir so Leid. Für *Sie*«, sagte sie und führte die Finger beider Hände an die Lippen.

Alex verabscheute sie dafür – diese theatralische Geste in dem Augenblick, in dem er nackt war, ohne Gesten, ohne Verteidigung.

»Der einzige Grund, der mir einfällt, möglicherweise, ist der, dass die wenigen Briefe, die ich bekomme, fast immer gleich sind, wissen Sie? Da steht immer: *Ich bin Ihr größter Fan* – so vulgär, dieses Wort, dieses »Fan«, ich *hasse* es ehrlich –, aber ich denke, dass Ihre Briefe vielleicht … sie sind so einzigartig, und Sie scheinen mich fast zu *kennen* – und das ist für Max ein Affront, verstehen Sie? Weil er sich selbst so sieht. Als den einzigen Menschen, der mich versteht. Für ihn ist das sehr wichtig. Ich denke, er wollte vielleicht … eine Idee bewahren, seine platonische Idee der …«

Alex war nicht danach, sich Philosophie anzuhören, und er schlug mit der Faust auf den Couchtisch, so dass Tassen umfielen.

»Damit ich das richtig verstehe«, sagte er und schob Honeys Hand von seiner Schulter. »Das war alles? Er war einfach sauer? Auf mich? Sie haben doch auch manchmal andere Briefe bekommen, nicht wahr? Hat er bloß die von mir aussortiert oder was? Hat er das getan, weil es ihm Spaß gemacht hat? Weil er bloß mal eben dreizehn Jahre eines …«

»Nein!«, rief Kitty, die Briefe an die Brust gepresst. »Er *beschützt* mich auch. Max ist sehr paranoid, er hat Angst, dass manche Menschen ein bisschen verrückt werden, sich zu sehr an mich klammern, wie so ein Norman Bates oder so. Menschen sind manchmal seltsam, wenn es um Filme geht. Er meint, es ist seine Aufgabe, mich vor den Verrückten zu beschützen. Was absurd ist, wenn sie Max kennen würden … Er ist selbst ein bisschen verrückt, ich war mal mit ihm verheiratet, deshalb weiß ich es – nur sieben Tage in Hawaii, aber das hat gereicht –, und es hat sich herausgestellt, dass er homosexuell ist, was in der Branche ziemlich normal ist – oh ja«, sagte sie zu Honeys offenem Mund, »meine Liebe, jede Frau sollte mindestens einmal mit einem Homosexuellen verheiratet sein. Das nimmt einem hübschen Mädchen alle sexuelle Eitelkeit. Es ist *sehr* heilsam. Und dann, als ich wieder geheiratet habe, hat Max bei uns gewohnt. Ich konnte ihn nicht daran hindern, meine Liebe«, sagte sie und sprach jetzt gezielt Honey an, die fasziniert war, »so ist er nun mal. Auf unseren Partys hat er die Drinks serviert, wie ein Butler!«
»Das ist nicht …«, sagte Alex kopfschüttelnd. »Könnte ich mal was sagen, ohne dass … Dürfte ich vielleicht sagen, was ich auf dem Herzen habe? Bitte?«
Kitty blickte bekümmert und streckte ihm beide Arme entgegen. »Aber natürlich!«
Jetzt, da Alex plötzlich die Bühne überlassen wurde, wollte er lieber hinter dem Vorhang schmollen.
»Sprechen Sie, bitte«, sagte Kitty beschwörend und schob ihm einen Keks in die Hand. »Sie müssen sagen, was Sie denken. In Amerika ist das sozusagen Vorschrift.«
»Na ja, sehen Sie, ich meine …«, sagte Alex mit einem unwürdigen Mund voller Krümel, »*wovor* musste er Sie denn beschützen? Meinen Briefen? Habe ich Ihnen, verdammt noch eins, je irgendeinen Grund gegeben …«
»Al«, sagte Honey und packte ihn im Nacken, »sei nicht so ungehobelt, okay? Schluss jetzt. Wir gehen jetzt, Miss Alexander. Wir stören Sie schon viel zu lange.«

Honey stand auf, aber Kitty, die noch immer am Kamin lehnte, bedeutete ihr, sich wieder zu setzen. Alex schloss die Augen und entschuldigte sich.

Mit einem sanften, verzeihenden Nicken ging Kitty zurück zum Sekretär und öffnete eine andere Schublade. Mit einer Hand voll Briefen kam sie zurück und setzte sich neben ihn, fast unangenehm nah. Sie seufzte und warf die Briefe auf den Tisch. »Verstehen Sie, bitte, natürlich brauche ich keinen Schutz vor *Ihnen*«, sagte sie. »Aber nicht alle meiner so genannten Fans sind wie Sie.«

Sie saßen jetzt in einer Reihe auf dem kleinen Sofa, Honey, Alex, Kitty, ein Szenario, das er sich noch vor einer Woche nie hätte vorstellen können. Auf beiden Seiten von Prominenten bedrängt, der Wunschtraum eines jeden Autogrammsammlers. Kitty nahm einen Umschlag und reichte ihn ihm.

»Das hier ist schlimm. Es hat vor sechs Monaten angefangen. Die Polizei sagt, sie kann nichts unternehmen. Können Sie sich das vorstellen? Max ist der Einzige, der sich um mich sorgt.«

»Darf ich?«

Sie nickte, und er spähte in einen aufgerissenen Umschlag, zog einen Brief heraus.

»Es ist so schrecklich«, sagte Kitty mit einem bewussten Schaudern. »Er scheint alles zu wissen. Wohin ich gehe und was ich kaufe und was ich trage. Er verfolgt mich offensichtlich. Für mich ist es weniger beängstigend als *lästig* – Max lässt mich deswegen kaum noch aus dem Haus gehen. Ich bin jetzt wie eine Gefangene, weil dieser langweilige Irre nichts Besseres zu tun hat, als einer alten Frau und ihrem Hund durch New York zu folgen. Es ist *lächerlich*.«

Alex überflog den Brief rasch. Er war in einer kindlichen Handschrift verfasst und wimmelte derartig von Klischees, dass man allein mit dieser halben Seite vier Filmprojekte hätte durchführen können. Abgesehen von den stilistischen Problemen war der Brief unangenehm, die Details obsessiv und sehr eigenartig.

»Wo werden die hingeschickt? Sind das alle?«

Kitty deutete mit resoluter Geste auf den Boden, aber ihre Augen verrieten sie. Ihre linke Hand, die Honey impulsiv ergriffen hatte, zitterte jetzt.

»Sie kommen hierher. Und ich verstehe das nicht – so gut wie niemand hat die Adresse, wirklich, bis auf einige wenige, sehr liebe Freunde. Und Max natürlich.«

Sie stieß ein silbernes Sahnekännchen in Kuhform um und ließ sich nicht davon abhalten, in die Küche zu laufen, um etwas zu holen, womit sie die Milch aufwischen konnte. Honey und Alex hatten kaum Gelegenheit, eine Internationale Geste mit einer langen und noblen Geschichte auszutauschen, den viel sagenden Blick. Gleich darauf war sie zurück, und schlecht koordiniert hoben sie zu dritt Tassen an und retteten Bücher (die Milch hatte allen ein Schnippchen geschlagen, indem sie sich in zwei Richtungen bewegte), während Kitty in groben Zügen eine unhaltbare Situation schilderte. Übervorsichtiger Max (»Ich darf nicht mal mehr mit Lucia vor die Tür!«); ein zunehmend eingeschränktes, einsames Leben; eine Nachbarschaft, in der asozialer Wahnsinn so verbreitet war, dass ein Irrer sich schon wirklich selbst übertreffen musste, um von den Gesetzeshütern ernsthaft zur Kenntnis genommen zu werden.

»Hören Sie, Miss Alexander, ich will wirklich nicht …«, begann Honey, was immer bedeutete, dass sie *doch* wollte. »Aber ist Ihnen nie der Gedanke gekommen, dass es vielleicht dieser Max sein könnte, der …«

Kitty ließ sich in ihren Sessel sinken.

»Miss Richardson, ich bin keine Idiotin. Natürlich ist mir der Gedanke gekommen – vor allem, als ich all diese versteckten Fan-Briefe gefunden habe – und nicht bloß die von Alex, auch andere Dinge. Ein paar Anfragen, Einladungen und so Sachen – ich will damit nicht sagen, dass ich eine der Einladungen angenommen hätte, aber ich hätte doch gerne die Gelegenheit gehabt, zumindest darüber *nachzudenken* …«

Sie ließ den Kopf sinken und blinzelte eine Träne weg.

»Aber nein, ich *kann* nicht glauben, dass Max diese Briefe geschrieben hat. Ich *will* es nicht glauben. Wir sind seit vierzig Jahren zusammen. Er ist mein bester Freund. Was er auch tut, tut er, um mich zu schützen. Dass er Ihre Briefe vor mir versteckt hat, war auch nur zu meinem Schutz. Max hat nichts Boshaftes an sich. Ich glaube nicht, dass er zu so etwas hier in der Lage ist, mich zu verletzen.«

Es war nicht leicht, aber Honey sagte höflicherweise nichts mehr.

»Ich nehme einen davon mit«, sagte Alex mit Bestimmtheit, steckte einen Brief ein und fühlte sich ungemein fähig, wie Charlie Chan. »Ich kenne alle amerikanischen Händler – vielleicht haben sie etwas von diesem Kerl bekommen – vielleicht ist er ein Händler. Ich kann die Handschrift vergleichen. Das ist mein Job. Könnte jemand von denen sein.«

Kitty machte eine kapitulierende Geste.

An der Spüle drehte sie die Hähne auf und schien sie dann zu vergessen, bis Alex hinüberging und sie gerade noch rechtzeitig vor dem großen Wasserfall wieder zudrehte.

»Irgendwann will ich raus aus dieser Stadt«, sagte sie und berührte die ölige Wasseroberfläche mit einem Finger. »Sie ist zu sehr eine Stadt für Wichtigtuer. Nicht so sehr wie Hollywood, hab ich früher gedacht, aber jetzt bin ich mir nicht mehr sicher …«

Sie rieb sich die Augen und wandte sich zu ihm um. Das Lächeln war genau dasselbe wie in dem Augenblick, als die Frau von der Heilsarmee May-Ling einen Teller Hühnersuppe anbietet.

»Und jetzt haben Sie Ihre Offenbarung, jetzt, wo wir uns begegnet sind. Ich bin ein Niemand. Bloß eine alte Frau mit einem großen Mund und zu vielen Problemen. Sie sind entsetzlich getäuscht worden, Mr. Tandem …«

»Stimmt nicht. Stimmt nicht mal *annähernd.*«

Sie deutete auf ein Paar gelbe Gummihandschuhe auf einem Regal, und Alex reichte sie ihr. »Danke – und Sie werden abtrocknen. *Liebe Kitty, sie hofft auf nichts, außer auf schönes Wetter*

und einen Entschluss. Sie wünscht sich ein ordentliches Ende, wie einen guten Satz. Ihr Alex-Li Tandem. Den kann ich auswendig – so reizend ist er. Und gleichzeitig, Alex, falls es nicht zu unhöflich ist, das zu sagen, *beunruhigt* es mich, dass sie sie geschrieben haben. *Warum* haben Sie das getan? Sie sind eigentlich zu jung, um sich überhaupt noch an meinen letzten Film zu erinnern, geschweige denn an meinen ersten. Ich denke«, flüsterte sie neckisch, »es deutet auf einen Mangel an sexueller Faszination in Ihrem Leben hin, dass Sie sich für diese uralten Geschichten interessieren. Es gibt keine Freundin, oder sie hat keine Wirkung. Irgendwo ist ein Mangel. Ich denke, ich habe Recht.«
»Wieso gehen Sie nicht fort von hier, wenn Sie das möchten?«, fragte Alex ernst. »Ich meine, wenn Max Sie hier so eingesperrt hat? So können Sie doch nicht leben.« Er nahm eine nasse Tasse aus ihren Händen. »In Europa haben Sie Fans ohne Ende, wirklich. Ich könnte Ihnen helfen, was zu organisieren, es …«
»Wollen Sie die hier verwahren?«, fragte Honey, die mit einer Untertasse voller milchgeschädigter Kekse in der Tür erschien. Kitty winkte sie zu sich und inspizierte die Kekse.
»Die kann Lucia haben. Da drüben, sehen Sie? Die Schale da. Die Schale ist englisches Wedgwood, aber was soll man machen? Sie ist eine Diva, meine Lucia. Macht meine Unzulänglichkeiten auf diesem Gebiet wett. Wissen Sie, meine Liebe, hier im Haus können Sie Ihre Handschuhe ausziehen.«
»Wieso gehen Sie nicht fort von hier?«, hakte Alex nach.
»Sie … Sie kommen mir so bekannt vor. Man hat das Gefühl, Sie zu kennen – so ein freundliches, unvergessliches Gesicht. Und fast erschreckend, wie groß Sie sind für eine Frau. Man sagt, das kommt von den Zusatzstoffen. Amerikaner – die sind alle so groß. Entweder das, oder sie legen in der anderen Richtung zu. Oder beides.«
»Sie könnten Filmfestivals eröffnen. Es wäre wie eine Comeback-Tour. Paris, Venedig, London …«
Seine Stimme war unerwartet leidenschaftlich, wütend, und sie brachte den kleinen Raum zum Schweigen. Honey warf ihm

einen Blick zu und machte eine Internationale Geste (Zeigefinger quer über Gurgel gezogen), aber Alex der Trotzige wandte den Blick ab. Er war gereizt durch Kittys Unfähigkeit, beim Thema ihres eigenes Ruhmes zu bleiben. Es ist eine Merkwürdigkeit des Autogrammhändlers, dass er, wenn er ein Sklave wäre und von seinem Herrn freigelassen würde, gleich am nächsten Tag wieder bei der Arbeit anzutreffen wäre, sich selbst kasteiend.

Kitty hatte die Tassen fertig gespült. Sie hielt Alex ihre Handschuhe hin. Er zog sie ihr wortlos ab, als stände er seit zwanzig Jahren in ihren Diensten.

»Ich habe kein Geld«, sagte sie schlicht. »Diese Wohnung ist gemietet. Und mit wem soll ich gehen? Max wäre nie damit einverstanden. Er hat dieses Land sein Leben lang nicht verlassen. Und jetzt sind wir mit dem Abwasch fertig, ja? Was ist jetzt zu tun? Ich weiß was – Sie sind jung, vielleicht können Sie mir mit diesem Computer helfen, ehe ich völlig verrückt werde?«

Sie gingen durch bis ins Schlafzimmer. Honey entschuldigte sich und suchte das Bad auf, während Alex angewiesen wurde, sich an den Schreibtisch zu setzen. Er hatte einen quälenden, ungezügelten sexuellen Gedanken, als die warme Wölbung von Kittys Brust sich senkte und neben seinem Gesicht verweilte. Sie zeigte auf eine Taste des Laptops. Drückte sie und demonstrierte das Scheitern. Alex legte die Finger auf das Mousepad. Die Toilette rauschte. Die Türglocke schellte.

»Wer ist das?«

»Das ist Max!«, keuchte Kitty und wich von dem kleinen Fenster zurück. »Aber *oh* … das ist ja zu lächerlich … und ich kann ihn nicht aufhalten, er hat einen eigenen Schlüssel.«

»Gut«, sagte Alex entschlossen. »Ich will mit ihm reden.«

»Nein, nein, nein … warten Sie … ja, das ist okay – er kennt Sie ja nicht. Ich werde ihm sagen, dass Sie gekommen sind, um den Computer zu reparieren. Das ist gut, wirklich. Jetzt werden Sie Lucia kennen lernen! Na, das ist wirklich eine Ehre.«

Von kurzer Dauer. Alex sah nur Lucias Kehrseite; sie war kaum im Zimmer, als Max sie auch schon vom Boden hochriss, als wäre sie in Gefahr, dann losbrüllte und seine ulkigen kleinen Fäuste hob, während der Hund wenig anmutig in seiner Umarmung zappelte.

»Du hast mich verstanden, verdufte. Ich meine es ernst. Wie lange bist du überhaupt schon hier? Bist du eingebrochen? Woher kennst du die Adresse?«

»Ach, Max, du benimmst dich unmöglich – bitte, brüll nicht so, *Max*, einen Moment, du weißt doch nicht mal, wer das ist – er ist hier, um den Computer zu reparieren – und ich bin nicht in Gefahr, Max – ich muss mich wirklich entschuldigen, ich weiß nicht, warum er sich so aufführt …«

Honey kam aus dem Bad, spielte mit ihrem Saum.

»Was ist denn das für ein – *oh*.«

»Und die ist auch dabei«, sagte Krauser triumphierend. »Bonnie. Clyde. Ich kenn die beiden Gauner, glaub mir. Und die schieben jetzt ab.«

Es folgte ein opernartiges Streitgespräch für vier Stimmen in drei Sätzen (Diele, Intermezzo im Wohnzimmer und dann furios die Treppe hinunter), ohne einen sinnvollen Informationsaustausch und mit wenig Text, der immer und immer wiederholt wurde. Finale auf der Türschwelle.

FÜNF /

Den Bullen zähmen

I

»Das ist sehr enttäuschend, Tandem«, sagte Lovelear gemessen. »Das ist eine Antiklimax. Ich bin froh, dass ich nicht rausgekommen bin, um mir *das* anzuhören.«

Er glitt tiefer in das brodelnde Wasser und nahm einen Gesichtsausdruck friedlichster Seelenruhe an. Alex zog die Füße hoch auf seinen Liegestuhl und schlang gegen die Kälte die Arme um sich. Die Sonne ging nicht unter. Sie verabschiedete sich einfach, verflüchtigte sich, es war einer von den Tagen, die weiß verblassen, ehe die Nacht kommt. In dem sterbenden Licht konnte er den Schaden sehen, den die Stadt dem Schnee angetan hatte. Überall war er vermatscht und zertreten und verdreckt worden. Selbst auf den Dächern schufen die Heißluftschächte Inseln, wo zuvor Kontinente gewesen waren. Und unten in den Straßen trampelten alle weiterhin über ihn hinweg. Millionen von Arbeitskollegen, winzige, pointillistische Figürchen, ein Tupfen für den Kopf und noch einer für den Körper. Sie sprangen in Taxis, nahmen am Bürgersteigrennen teil. Alle waren auf dem Weg nach Hause, nur Alex nicht.

»Du solltest das wirklich mal ausprobieren, Kumpel, tu dir was Gutes«, bemerkte Dove, der aussah wie ein halb garer Hummer, rot mit einem Stich ins Blaue. »Is so ziemlich das beste Bad deines Lebens.«

»Es ist was völlig anderes als ein blödes Bad«, sagte Lovelear. Er umfasste die gebogenen Seiten und streckte sich aus. »Es ist göttlich. Es ist sensationell. Es ist eine Offenbarung im Hier und Jetzt. Es ist die Wanne, in der es kein Heiß und Kalt gibt. Es hat immer die richtige Temperatur. Es ist, als würde man *geboren*.«

»Ich hab den Brief, den sie mir überlassen hat, verglichen«, sagte Alex und fuhr sich mit den Fingern durchs Haar. »Es ist Krausers Handschrift. Ich meine, das sieht jeder – dazu muss man nicht mal Experte sein. Sie *muss* es wissen.«

»Meine Güte, Tandem, wahrscheinlich machen die beiden gemeinsame Sache – bloß eine Masche, damit du Mitleid mit ihr bekommst und ihr Geld gibst oder so. Ich weiß nicht, ist mir auch völlig egal. Und das ist das andere, was wirklich zum Himmel stinkt: Wie kann sie denn pleite sein, Tandem? Wie? Das beantworte mir mal. Verdammt, sie sitzt schließlich auf einer Goldmine. Sie braucht bloß ihren Namen zu schreiben, und schwups hat sie sechstausend Dollar in der Tasche. Das ist leicht verdientes Geld.«

Und wenn ich springen würde, dachte Alex, von diesem Dach auf das da, von dort auf das nächste, und meinen Körper in Brooklyn ablegte und meinen Verstand in New Jersey, und England als mein wahres Selbst erreichen würde, mein Buddha-Wesen, würdest du mich erkennen, meine Liebste? Wärst du dieselbe mit deinem neuen Herzen? Würdest du mich mit in dein Bett nehmen? In dem Bürogebäude gegenüber sah er eine junge Schwarze mit Esthers akkurat geschorenem Schädel, aber völlig anders gekleidet, in einem Business-Kostüm. Sie zog einen Mantel an und ließ die Jalousie herunter. Alle waren auf dem Weg nach Hause, nur Alex nicht.

»Okay, noch was«, sagte Lovelear und griff nach einem absurden Cocktail. »Was ist das für ein Autogrammhändler, der in das Haus von Kitty Alexander geht und es versäumt, sich ein Autogramm geben zu lassen? Ist das normal? Der sie nach gar nichts fragt, der nicht mit einer einzigen interessanten Geschichte über Filme zurückkommt, der nicht mal eine Kleinigkeit aus ihrem Haus stiehlt – ich meine nicht unbedingt was *Großes* ...«

»Was Kleines, zum Beispiel«, erläuterte Ian. »Aus dem Bad. Irgendwas, was sie gar nicht vermissen würde.«

»Genau – obwohl das Badezimmer nicht die Räumlichkeit meiner Wahl wäre – und der mit nichts, aber auch gar nichts zurückkommt, was es gottesfürchtigen Menschen wie mir und dem Dove-Mann hier leichter machen würde, dir zu glauben, dass du tatsächlich da warst. Und damit nicht genug, um dem Ganzen die absolute Krone aufzusetzen, *versäumst* du es, mit Honey Smith zu schlafen, was ja nun wirklich, ich meine, *wie bitte*? Wenn du nicht mit Honey Smith schlafen kannst, hast du eine Schwanzstörung. Tut mir Leid – die hast du. Das ist doch schließlich ihr *Job*. Sie ist schließlich fürs Schwanzlutschen berühmt. Und du hast es nicht hingekriegt? Also was *genau* sollen wir denn nun«, verkündete Lovelear würdevoll und verschränkte die Arme vor der Brust, »von einem solchen Autogrammhändler halten?«

»Beantworte mir Folgendes«, sagte Alex und stand auf. »Wie sah mein Gesicht aus, ehe meine Eltern geboren wurden?«

»Äh, da muss ich passen, Al«, sagte Lovelear blinzelnd. »Frag mich was anderes.«

»Okay. Kann ich jetzt gehen?«

»Freie Welt hier«, sagte Dove herablassend.

»Dieses eine Mal«, sagte Lovelear und wuchtete sich aus dem Becken, »hat unser Freund Dove Recht. Es ist eine freie Welt. Jedenfalls hier oben frei«, sagte er und schlug sich auf die Stirn. »Du kannst immer gehen, Alex. Du *konntest* immer gehen.« Er war massig, fast unbehaart und splitternackt, verletzlich und obszön zugleich. Alex reichte ihm unwillkürlich sein Handtuch. Lovelear schob seine Zunge in die Wange. »Du musst dich nur entscheiden zu gehen, mehr nicht.«

Zurück in seinem Zimmer, fand Alex eine Nachricht von Honey vor, die vorschlug, zusammen zu essen, und einen Hotelfragebogen. Der Fragebogen war sich seiner eigenen Ungeheuerlichkeit bewusst und bot daher als Bestechung einen Ferienaufenthalt in Europa an, über den glücklichen Gewinner sollte das Los entscheiden. Geben Sie mich, sagte der Fragebogen, einfach bei Ihrer Abreise an der Rezeption ab. Dreimal bezeichnete sich der Fragebogen als »ich«. Alex nahm ihn und einen Stift mit ins Badezimmer, zog sich aus und ließ ein Bad einlaufen, das für menschliches Leben zu heiß war. Er ging zurück ins Schlafzimmer, um eine Flasche Wein und ein Glas zu holen. Auf dem Toilettendeckel sitzend, in Schweiß gebadet von dem Dampf, trank er rasch ein großes Glas Weißwein und trug seinen Namen ein, Geschlecht, ethnische Zugehörigkeit und Anschrift. Er hatte keine Bedenken, persönliche Informationen preiszugeben. Schließlich hatte er reichlich davon. Als er in der Wanne saß (ein langsames, stoisches Herablassen), entdeckte er ein perfekt platziertes Telefon gleich neben seinem Kopf und ein Holzbrett auf Höhe seiner linken Hand, offensichtlich für das Weinglas, den Fragebogen und den Stift gedacht. Er wusch seinen Penis mit einer Hand, seifte sich sachte unter den Hoden ein und vervollständigte den Fragebogen mit der anderen. In der Wanne zu Hause hoffte man immer, dass Esther hereinkam, halb nackt, um rasch das Deo zu greifen oder sich einen Moment vor den Spiegel zu stellen, um eine Kontaktlinse einzusetzen. Und dann, wenn du ihr gefielst, drehte sie sich vielleicht um und küsste dich auf die Stirn oder fuhr dir mit dem Finger über den nassen Bauch oder griff nach dem seifigen Penis und küsste die Spitze. Sie liebte dich am Morgen, weil der Tag neu war. Streit war auf den Kissen der letzten Nacht zurückgeblieben, zusammen mit der verheulten Mascara. Alex trank noch ein Glas Wein, und als es leer war, merkte er, dass er mit dem Finger über den Rand rieb, immer im Kreis, darauf wartete, dass es zu singen begann. Der Alkohol, das heiße Wasser – beides zusammen hatte ihn genügend entspannt. Er rief Adam an. Die Verbindung war schlecht. Irgendwo unterhielten sich zwei Menschen leise auf Japanisch.

»Nein, kannst du nicht«, sagte Adam.

»Hi, ich bin's. Ich wollte nur …«

»Ich weiß, dass du es bist, es ist spät, Mann. Und nein, kannst du nicht.«

»Was kann ich nicht?«

»Ihre Nummer haben. Die Station schließt um sieben.«

»Bitte, Ads. Ich muss mit ihr reden.«

»Ich weiß – aber ich sage dir, es geht ihr gut. Es ist gut gelaufen. Ich geb dir morgen die Nummer.«

»Es geht ihr gut? Es hat alles geklappt?«

Die Erleichterung kam mit einem gewaltigen Schlag, wie üblich. Seine Gesichtszüge verzerrten sich, das Kinn sank ihm auf die Brust. Haltlose Tränen tropften ihm den Hals hinunter, liefen den Arm hinab.

»Hast du sie gesehen?«

»Ich war heute Nachmittag da. Sie war schwach, hat aber schon Witze gemacht. Ich hab ihr gesagt, dass du New York nicht absagen konntest …«

»Ich konnte *wirklich* nicht, Ads. Es war schon alles bezahlt.«

»Richtig.«

»Und … ich weiß nicht … sie hat nicht den Eindruck gemacht, als wäre es ihr wichtig, dass ich da bin.«

»Ich denke, sie wollte, dass es *dir* wichtig ist, da zu sein.«

In der Leitung wurde es still. Alex schluckte laut.

»Hör mal«, sagte Adam mit einem Seufzer, »ihr Herz funktioniert gut. Schon immer. Besser als die meisten. Komm schon, Alex – dir geht' s gut, ihr geht's gut. Beruhige dich. Hast du getrunken?«

»Ein bisschen.«

»Ein Grund mehr, sie jetzt in Ruhe zu lassen. Ruf sie morgen an. Okay? Wie ist New York? Besser geworden?«

»Was? Ich kann dich nicht verstehen.«

»Ich hab gesagt: *besser geworden*?«

»Oh. Schwer zu sagen.«
»Na ja, bald bist du wieder zu Hause«, rief Adam durch die immer stärker gestörte Leitung. »Du fliegst morgen ab, richtig? Also. Du wirst es überleben. Es gibt Schlimmeres. Ach so – und es ist am Donnerstag, okay? Also fängst du am besten an, es zu lernen.«
»Oh, Ads, Mann … komm schon, ich hab dir doch gesagt …«
»Drüben kriegst du es in jeder Buchhandlung. Denk dran, es ist das Kaddisch der *Trauernden*. Kaddisch Yathom. Es gibt vier verschiedene. Alles klar?«
»Ich kann dich nicht verstehen!«
»WAS?«
»ICH MACH'S NICHT. ICH HAB'S DIR GESAGT.«
»Weißt du was, ich muss ins Bett, Mann. Die Verbindung ist grauenhaft, und ich bin total erschossen. Ich kann dich kaum hören. Wir reden morgen, ja?«
»Warte, *warte* …«
»Und Esther geht's gut, ich schwör's. Sie ist nur schwach, mehr nicht. Und übrigens, Grace geht's auch gut. Schalom, Alex.«
»Adam?«
»Schalom aleichem, Alex.«
»Schalom, alles klar.«
Alex glitt tiefer in die Wanne, tauchte unter und sah die Decke schwimmen. Als er wieder auftauchte, hatte er seinen Fragebogen nass gemacht und musste ihn zum Trocknen über die Heizung hängen.

Fanden Sie das Angebot an Fernsehkanälen zufrieden stellend?

Fernsehen ist immer zufrieden stellend.

Wie fanden Sie Ihr Bett?

Einsam.

Welche Änderungen würden Sie an unserer Speisekarte vornehmen?

Weniger Essen.

Haben Sie einen Vorschlag, wie die Serviceleistungen, die Sie während Ihres Aufenthaltes in Anspruch genommen haben, noch weiter verbessert werden könnten?

Stumme Diener.

Würden Sie angebotene Gruppenaktivitäten für Sie und andere Gäste während Ihres Aufenthaltes in Anspruch nehmen?

Ich müsste Genaueres wissen, um mir dazu eine Meinung zu bilden.

Wir von der Burns Baldwin Hotel Group haben eine schlichte, einfache Philosophie, die wir als Versprechen gegenüber unseren Gästen betrachten:

Jeder Tag ist ein neuer Anfang.

Wir sind der Ansicht, dass jedes Hotelzimmer Tag für Tag, Nacht für Nacht, wieder in einen Zustand der Vollkommenheit gebracht werden sollte, und wir setzen alles daran, dieses Ziel zu erreichen. Zudem würden wir gern so viel wie möglich über unsere Gäste, ihre Meinungen und Wünsche erfahren – damit wir Ihren Bedürfnissen noch besser entgegenkommen können! Indem Sie sich Zeit nehmen, mich auszufüllen, sind Sie den freundlichen Mitarbeitern bei Burns Baldwin behilflich, Ihnen behilflich zu sein. Bitte teilen Sie uns unten Ihre eigene Lebensphilosophie mit.

Bedaure alles und lebe nur in der Vergangenheit.

Um sieben Uhr hatte Alex den Wein ausgetrunken und war zu einer Flasche Bourbon übergegangen, aus der er schlückchenweise trank. Er fing an, sich einen Werbespot anzusehen. Eine halbe Stunde später sah er ihn sich immer noch an. Man hatte ihn ausgetrickst, und jetzt war er zu spät dran. Er zog sich seine Annäherung an eine Abendgarderobe über (weißes T-Shirt, schwarze Jeans) und verließ das Zimmer. Der Lift hatte den Standort gewechselt. Er war nicht links um die Ecke, an seinem letzten bekannten Aufenthaltsort. Und auch nicht rechts. Alle Pfeile führten zu Ausgangsschildern und düsteren Feuertreppen, und obwohl er bloß im zweiten Stock war, verabscheute Alex schon allein die *Vorstellung* von Treppen im Zusammenhang mit einem Hotel. Es ging schließlich um Komfort. Nur um Komfort. Selbst wenn es die Art von Komfort war, die das Leben schwieriger machte.

Er fand den Lift schließlich, nach links und dann um drei Ecken herum, an einer Stelle, von der aus er die Türnummer seines Zimmers deutlich sehen konnte. Ein Pfeil leuchtete auf.

»Noch ein Plätzchen frei für mich?«, säuselte Alex und fand sich selbst angemessen liebenswürdig, amerikanisch. Er klatschte in die Hände. In der Kabine war ein Filmteam, vier Männer mit Kopfhörern und Equipment und eine Frau mit Klemmbrett. Ohne zu lächeln, traten sie kollektiv einen Schritt nach hinten.

»Nach unten?«

»Nee«, sagte ein Mann mit einer Kamera. »Nach oben.«

Alex blickte nach rechts und sah die Zahl siebenunddreißig gelb leuchten. Er drückte L.

»Wussten Sie«, sagte er zu dem Mann mit einem Mikro an einer Angel, »dass die meisten Menschen, wenn man sie bittet, eine Zahl zwischen eins und hundert zu nennen, siebenunddreißig nehmen?«

Das Mikrofon prallte gegen Alex' Schulter. Der Mann entschuldigte sich. In der Stille überlegte Alex, welcher Teil von ihm in ihrem Film sein wollte. Wie groß war dieser Teil? Der zwölfte Stock ging übergangslos in den vierzehnten über.

»Um wen geht's denn?«

»Wie bitte?«, sagte ein Mann. Wie die anderen trug er das Wort TEAM vorn auf seinem T-Shirt aufgedruckt. Alex sah genauer hin und entdeckte einen Button, das Gesicht eines bekannten Teenagers.

»Shylar«, sagte Alex und nickte. »Sie ist *sehr* gut. Erstaunlich, was sie so alles anstellt mit ihren ...« Alex zeigte auf seine eigenen rundlichen Hüften. Er bewegte sie von rechts nach links. »Fast unmöglich.«

Sie erreichten den fünfundzwanzigsten. Von diesem Punkt aufwärts, dachte Alex, wäre ein Sturz hundertprozentig nicht zu überleben. Bloß ein Platschen, während ein Ring oder eine Halskette ihre edle Metallform behielten, weil wir nicht so stark sind wie Dinge. Dinge gewinnen. Der Lift erzitterte und hielt an und öffnete sich. Eine Frau und ihre junge Tochter schoben sich herein.

Alex wurde jetzt dicht an den Mann mit dem Mikro gedrängt, Gesicht an Gesicht, und das Mikro hing über ihnen, als wollte es Alex' Worte aufzeichnen. Jetzt registrierte er den starken Alkoholgeruch, der aus seinem eigenen Mund kam.

»Die drei meist – ich hab das irgendwo gelesen, das stimmt – die drei meistgetippten Wörter, getippt soll heißen in den Computer eingegeben, wenn sie ... na ja, egal, die drei meistgedingsten Wörter sind: Gott«, sagte Alex und hielt einen Daumen hoch, »Shylar und ...«

An dieser Stelle stieß Alex ein obszönes Schimpfwort aus, und die amerikanische Mutter wartete in einer stolzen Demonstration gestischer Techniken des Puritanismus zwei Taktschläge lang in der nachfolgenden Stille, gab dann einen angeekelten Laut von sich und legte ihre rosa Hände auf die Ohren des Kindes.

Sie sah hinreißend aus. Diesmal war es ein pflaumenblaues, ärmelloses Satinkleid, wie es einst von der populären Schauspielerin Rita Hayworth getragen wurde. Die Handschuhe waren aus schwarzem Satin und ellbogenlang. Ihr Haar wirkte ganz anders als am Vortag. Über zehn Zentimeter länger und mit einem kastanienbraunen Schimmer.

»Du siehst *hinreißend* aus«, sagte Alex, als er auf seinen Platz sackte.

»Danke«, sagte Honey kess und strich sich über die Hüften. »Hat ungefähr fünf Stunden gedauert. Manches war schmerzlich, und der Rest einfach verflucht langweilig. Ich bin ja so froh, dass ich eine Frau bin. Und du siehst grässlich aus – wie rücksichtsvoll von dir.«

»*Put the blame on Mame*. Also«, sagte Alex und griff nach einer langen, schmalen Speisekarte, »was essen wir?«

»Jede Menge winzige Sachen, die wie ein Turm übereinander gestapelt sind.«

»Gut. Ich liebe *hohes* Essen. Ich möchte das höchste Gericht auf dieser Speisekarte.«

»Das ist die Weinkarte, Baby. Und zwar verkehrt rum. Was ist los mit dir? Warum bist du so *nervös*?«

»Ich bin nicht nervös.«

»Ich bin nicht nervös«, äffte Honey ihn ganz passabel nach. »*Von wegen.*«

»Ich denke, du wirst feststellen, dass du die beiden Zustände ›nervös‹ und ›besoffen‹ durcheinander bringst.«

Alex nahm einen Eiswürfel aus einem Glas, das voll davon war, und schloss die Hand darum, ein alter Trick, um nüchtern zu werden.

»Ziemlich seltsamer Tag, nicht?«

»Ehrlich gesagt, ich hatte schon seltsamere.«

»Ich hab die Handschrift überprüft. Krausers, eindeutig. Ich meine, man muss nur einen Blick drauf werfen.«

»Ja, hab ich mir gedacht«, sagte Honey und stellte ihr Weinglas hin, ehe es ihre Lippen erreicht hatte. »*Gott*, aber das ist traurig, findest du nicht? Ich finde es einfach so traurig. Für sie beide. *Herrje*. Man kann es ihr nicht sagen – sie verdrängt es offensichtlich. Sie will es nicht wissen, so viel ist klar. Wenn das kein Leben in Lüge ist, dann weiß ich nicht. *Meine Güte.*«

Sie schob ihre Hand über den Tisch und legte sie auf seine.

»Honey?«

»Oh – mein – Gott, *bitte* sag Honey nicht so, als wären wir in einem schlechten Fernsehfilm. Was? Was ist los? Sag's einfach, egal, was es ist.«

»Ich möchte ganz ehrlich nicht, dass du das falsch auffasst.«

Honey blickte finster und zog ihre Hand zurück.

»Ich will dir mal eins sagen. Es gibt kein richtig oder falsch, wie man was auffassen kann. Es gibt nur Worte und das, was sie bedeuten. Sei ein Amerikaner. Sag einfach das, was du meinst.«

Alex stützte die Ellbogen auf den Tisch. »Ich wollte bloß – ich meine, ich wollte bloß sichergehen … besser gesagt, klarstellen, dass das hier kein – weil, du weißt ja, dass ich morgen wieder abreise, und es gibt da jemanden, der – und deshalb wollte ich nur klar sagen, dass das hier kein …«

Honey umfasste seinen Nacken, zog sein Gesicht heran und gab ihm einen der köstlichsten Küsse, die er je bekommen hatte. Es war wie Essen. Er bekam etwas Üppiges und Erlesenes geschenkt.

»Nein«, sagte sie, lehnte sich zurück und winkte dem Kellner.

»Das hier ist kein Rendezvous. Bild dir da nichts ein. Das war gerade nur der Schlusspunkt am Ende eines ungewöhnlichen Tages.«

Gleich nachdem ihr Nachtisch serviert worden war, spürte Alex, wie das Hotel kippte und alle Luft aus dem Raum wich. Honey erzählte ihm gerade von einer Ausstellung von »so jüdischem Kram«, die ihn, wie sie meinte, vielleicht interessieren könnte, aber alle anderen im Raum wurden in ein Vakuum gesogen, das sich soeben mitsamt seiner Entourage an der kreisrunden Bar eingefunden hatte.

»Meine Tochter ist ganz vernarrt in sie«, sagte die Kellnerin und verschüttete den Kaffee. Alex hievte sich ein paar Zentimeter von seinem Stuhl hoch. Er konnte das winzige Mädchen sehen, einen Bodyguard so groß wie ein Wasserbüffel und ungefähr fünfzehn Leute, die in Illustrierten als »Betreuer« bezeichnet werden. Die Aura wurde effektiv betreut. Das Mädchen war nur hundert Meter von Alex entfernt, aber es kam ihm vor, als wäre sie in einer anderen Galaxie.

»Man sollte meinen, sie könnte sich ein besseres Hotel leisten«, sagte er und fühlte sich seltsam gekränkt, dass sie sich ihm so zugänglich gemacht hatte.

»Ja, *genau*«, stimmte die Kellnerin zu.

»*Langweile* ich dich?«, fragte Honey laut. Alex musterte das schwarze Loch, seine ungewöhnliche Natur. Alle wussten, dass es da war, und da saß es auch in seiner Uniform aus Hotpants und rückenfreiem Top; alle waren schon drin (in der Haut des Mädchens, wie das Mädchen selbst, oder in einer Öffnung, machten es mit ihm), aber kein Mensch sah direkt hin.

»Vielleicht sollten wir nicht so starren«, sagte Alex, der einmal drei Stunden Fotos vom Kopf dieses Mädchen angestarrt hatte, der auf die nackten Körper anderer Mädchen gesetzt worden war.

»Oh *Mann*. Ist das dein Ernst? Weißt du denn nicht, was das da drüben ist?«, fragte Honey und drehte sich endlich um. »Das ist trockene Scheiße am Stiel. Das ist die Zypresse im Garten. Das sind drei Pfund Flachs. Buddha ist Buddha ist Buddha ist Buddha. Und was ist nun daran so toll?«

»Sexueller Sog«, sagte Alex und empfand ihn ebenso stark wie jeder andere Mann. »Symbolischer sexueller Sog, verstärkt durch unendliche Wiederholung, Fernseh-Hochglanz. Nicht unbedingt hübscher als die Kellnerin. Oder du. Oder ich. Irrelevant. Sie *ist* sozusagen die Macht der Siebzehnjährigen. Weißt du noch, wie das war, die Macht der Siebzehnjährigen? Sie ist atomar. Sie ist für die ganze Welt siebzehn.«

Honey warf ihre Serviette auf den Tisch. »Ich weiß, dass es in Amerika nichts gibt, was ein hübsches Mädchen nicht kriegen kann, eine Zeit lang. Bis sie es nicht mehr kriegen kann. Symbol, so ein Schwachsinn. MU! Komm, wir gehen.«

In der Lobby kamen sie an dem Filmteam vorbei, das gerade eine Aufnahme vom Portier machte, wie er Shylar im Hotel willkommen hieß, obwohl Shylar schon seit drei Tagen da war.

»Das war Honey *Smith*«, sagte der Kameramann zu der Frau mit dem Klemmbrett und schlug mit einer Hand auf die Empfangstheke.

2

Da zeigt sich die Stadt. Da zeigt sie sich. Da ist sie. Im Fernsehen. In einer Zeitschrift. Auf einem Handtuch. Auf einem Foto, das in düsterem Schwarzweiß über dem Bett hängt, während du in dieser Technicolor-Stadt in einem Zimmer hockst. Da ist sie wieder. Auf Kanal neun, auf dreiundzwanzig, ganz kurz auf sieben, in einem Cartoon auf vierzehn und immer auf eins, dem Sender der Stadt. Und sie ist auch draußen vor diesem Fenster, das hörst du zumindest. Autogehupe, spanisches Geschrei, Frauenlachen, synkopierter Rhythmus, bellend. Eine heulende Polizeisirene, wie ein prähistorischer Vogel, rauscht vorbei. Hier drinnen sind die Geheimnisse der Minibar am Bett entlang aufgereiht, mehrfarbige Flaschen in fallender Reihenfolge: Wir leeren eine, wir stoßen sie zu Boden. Wir leeren eine, wir stoßen sie zu Boden. Zehn grüne Flaschen. Und das sind bloß die Biere. Das macht Spaß! Honey hat sich auf ihr Zimmer zurückgezogen. Aber wer braucht Frauen? Sieh dir dieses Fernsehen an! Der Geschichtskanal bietet Geschichte in ordentlichen, halbstündlichen Folgen. Die einzige Geschichte ist die Geschichte von Hitler. Der Unterhaltungskanal unterhält, gnadenlos. Er will dein Lachen. Dafür tut er alles. Der Sexkanal sieht wie Sex aus und klingt wie Sex, aber er bringt keine Gerüche. Gerüche sind wichtig. Der Nostalgiekanal zeigt tote Leute, kerngesund und munter, Stunde um Stunde, immer. Sie erzählen zotige Witze, sie klammern sich an Vorhänge und weinen, manchmal steppen sie auch. Der Nostalgiekanal ist der Sender der alten Filme, und – mein Gott – da ist sie! *Da ist sie*. Da, auf dem Bildschirm. Und das war ihre Schönheit, und das da sind Perlen, die ihre Augen waren, und ja, du *weißt*, dass die Probleme zweier Menschen in dieser verrückten Welt völlig ohne Belang sind, aber trotzdem. Aber *trotzdem*. Da ist dein Mantel, und das sind deine Schuhe, und da ist die Tür.

Und natürlich ist es kein richtiger Plan, bis du vor dem Hotel stehst, leicht schwankend, berauscht, und entsetzt von der Kälte, dem Schnee. Es ist ein Uhr morgens. Wo ist dieses ganze weiße Zeug hergekommen? Auf Kanal fünfzehn war es Spätsommer, die Blätter begannen gerade, sich zu kräuseln und zu röten. Der Portier, der etwas von Unfähigkeit versteht, ruft dir ein Taxi.

In deiner eigenen Stadt ist eine nächtliche Taxifahrt eine dumpfe Kiste mit deinen Gedanken drin. In einer anderen ist es die einzige Form der Reise. Es ist nicht hell genug, um deine Touristenaugen einzusetzen. Nichts ist zu sehen, bis du direkt zu seinen Füßen oder daneben bist – es gibt keine Aussichten, nur Formen, die vor dir sie selbst werden. Die Straßenlaternen sind ein durchgängiger Streifen. Die Taxis fließen durch die Stadt wie Blut durch die Adern, fahren Betrunkene zu Bars. Er ist über sich selbst überrascht, dass er das hier macht. Aber Honey hat ihm gesagt, er würde es tun, und sie kennt Autogrammhändler. Vielleicht charakterisieren sie sich ja gerade dadurch, dass es ihnen schwer fällt loszulassen.

Er beugt sich vor und bittet einen Mann namens KRYCHEK, GARY einen Umweg über einen Platz zu fahren, der berühmt ist für seine Museen und Prostituierten. Und, so wird Alex zum ersten Mal klar, einen beinahe metaphysischen Namen hat. Es gibt sogar einen imposanten elektronischen Zähler, der auf der Spitze eines Turmes sitzt und rückwärts auf irgendein Null-Datum zuklickt, über das man nicht nachdenken kann, wenn man so betrunken ist. Er sieht, dass die Türen aller Museen weit offen stehen. Byzantinische Kunst, Renaissance-Bildhauerei, Französische Waffen des Mittelalters. Die Stadt veranstaltet ein Festival zur Förderung der Kultur, bei dem die Museen (so die Formulierung) rund um die Uhr geöffnet sind. Aber der größte Andrang herrscht hier draußen, Menschen, die ihr Leben von dieser niederträchtigen LED-Anzeige wegzählen lassen. Sie essen Popcorn, während sie warten, und blicken zu dem riesigen Nachrichtentickerband hoch, das um einen Wolkenkratzer herum verläuft. Ein Präsident ist gestorben: nicht der ihre. Der Schnee ist jetzt zaghaft, fällt in zarten Flocken, die den nassen Boden nicht überleben können. Auf einem zusammengezimmerten Podest kreischen vier schwarze Jungs etwas von Reinkarnation. Reklamen leuchten und bewegen sich und sprechen und transformieren sich. Über die gesamte Länge eines Gebäudes streckt sich das Mammutbild einer weißen Katze, die Milch aus einem Schüsselchen leckt. Letzteres ist sehr schön, wie ein Traum, den alle gemeinsam haben. Die Tage der Museen sind gezählt. Eine untersetzte, rothaarige Hure zwingt Alex' Taxi mit einem Hinternschwung zum Abbremsen. Sie zeigt ihnen die Internationale Geste der Verachtung (Mittelfinger) und trottet in eine Ausstellung chinesischer Ahnenmalerei.

»Wissen Sie, die Gegend hier ist eigentlich nicht ideal für Stadtrundfahrten«, sagt Krychek trocken. »Zu viele Fußgänger. Mit dicken Ärschen.«

»Dann nach Roebling, bitte«, sagt Alex-Li, worauf Krychek auflacht und das Taxi anhält, und Alex muss ihm zwanzig Dollar geben, damit er den Motor wieder anlässt.

Und so fahren sie über eine Brücke und ihr Wasser.

3

Alle Eröffnungssätze, die ihm einfallen, verlangen eine jüngere Frau in der Rolle (»*Ich konnte nicht abreisen, ohne Sie noch einmal zu sehen*«, »*Wir müssen miteinander reden*«). Letztlich steht er einfach mit offenem Mund vor ihrer Tür. Aber es kommt kein Laut von ihnen beiden, nur der seidene Morgenrock raschelt, als sie ihn in ihre Wohnung lässt, vor ihm her ins Wohnzimmer geht. Hier nimmt sie eine Taschenuhr von einem Schrank und hält sie in den Händen wie einen jungen Vogel.

»Eine merkwürdige Uhrzeit, denke ich. Für einen Besuch bei einer Lady. Aber vielleicht bin ich nicht mehr auf dem Laufenden.«

Alex blinzelt, versucht einen klaren Blick zu bekommen.

»Ist Max da? Werfen Sie mich wieder raus?«

»Pfui! Sie reden ja, als wäre ich eine Naturgewalt.«

»Ich finde, das sind Sie auch«, sagt er mit brechender Stimme und muss seine Schuhe abstreifen, damit er nicht verrückt wird von der Feuchtigkeit, die durch sie hindurchdringt. Seine Beine geben nach, das Sofa fängt ihn auf. Kitty setzt sich ihm gegenüber. Sie bleibt eine Weile so sitzen, Alex liegt ohnmächtig da, den Kopf gegen die Rückenlehne gelehnt, die Augen geschlossen und sein Mund eine offene Höhle; Kitty betrachtet ihn. Sie nimmt einen seiner Füße in die Hand, zieht den Socken ab und massiert seinen Spann.

»Nein«, murmelt sie. »Sie irren sich: Die Natur ist *fascista*, der große Schlägertyp, das ist die Natur. Ich bin das genaue Gegenteil. Ich bin nicht die Stärkere, und ich werde nicht überleben. Ich bin kultiviert. Ich tue so, als wäre ich ganz ruhig, wenn ich seltsame Männer um ein Uhr sechsundzwanzig morgens in meinem kleinen Haus empfange.«

Alex stemmt ein Auge auf. »Das ist mein Fuß. Wie spät ist es? Meine Güte, es tut mir Leid« – er nimmt seinen Fuß zurück, ihre Hände fühlen sich trocken an – »ich bin ein bisschen betrunken. Ich hätte besser nicht …«

»Oh …«, sagt Kitty schelmisch. »Ich verstehe. Dann sind Sie nicht wegen einer Fußmassage gekommen? Sie sind aus Leidenschaft gekommen?«

Die Schlafzimmertür schwingt weit auf, und ein gelber Lichtkeil erfasst die Diele, ein leuchtender Pfad für ein hechelndes, trippelndes Tier, warm und lebendig und plötzlich zwischen ihnen.

Kitty dreht sich auf ihrem Hocker um und breitet die Arme aus, um es in Empfang zu nehmen.

»Lucia, sieh mal, wer uns besucht, ja! Oh! *Lucia, Lulu, Lo-Lo*, ja, haben wir dich mit unserem Lärm wach gemacht – und sehen Sie nur, wie Sie ihr gefallen – Sie müssen sie hochnehmen und ihr ein bisschen Liebe geben, sie ist wirklich eine *Prostituierte*, wenn es um Zuneigung geht, Hauptsache Zuneigung – nein, was wirft sie sich an ihn ran!«

Alex, der es unversehens mit einer sehnigen Hand voll Hund zu tun hat, beendet das Zappeln mit festem Griff und blickt in das eigentümliche Gesicht. Die Augen, riesig und vorstehend, sind von einem öligen Schwarz mit blutigen Pünktchen im Glaskörper. Beide sind von einem schleimigen Film überzogen, wie zwei ungeborene Dinge.

»Sie ist mein Engel, natürlich …«, sagt Kitty und verknotet die Finger. Es fällt ihr schwer, diesen Hund nicht zu berühren. »Und wir sind froh, dass Sie kommen – die Wahrheit ist, wir schlafen nicht sehr gut. Kaffee?«

Wieder sind sie in der Küche. Sie fragt ihn, wo er herkommt und was er eigentlich genau ist. Als er es ihr erzählt, sagt sie, na ja, ich muss sagen, Sie sehen tatsächlich jüdisch aus. Einer der großen unwiderlegbaren Gojismen der modernen Zeit. Aber Alex kann ihr einfach nicht böse sein. Er sieht immerzu ihr junges Gesicht. Vielleicht ist er hier, um für sie ihr junges Gesicht zu sehen.

»Lucia ist auch chinesischer Abstammung«, sagt sie und reicht ihm ein Tablett. »Ihre Vorfahren waren alles kaiserliche Hunde, durch die Jahrhunderte. Das sagt jedenfalls der Züchter. Interessant finde ich, dass sie eine große Vorliebe für Pekingente hat. Sie ist richtig verrückt danach, wirklich!«

Alex nimmt den Keks, den sie ihm gibt, und lässt sich widerspruchslos ein Geschirrtuch über den Arm legen.

»Das ist … nett.«

»Ich weiß nicht, ob es nett ist – es ist auf jeden Fall teuer. Und jetzt werden wir fernsehen«, sagt sie und schiebt sich munter an ihm vorbei, dicht gefolgt von Lucia, die um ihre Beine herumtanzt. »Kennen Sie das amerikanische Fernsehen? Es ist, als hätte man das beste Essen der ganzen Welt in einen Eimer gekippt und mit einem Stock umgerührt. Kommen Sie.«

Zufällig, vielleicht aber auch, weil sie in einer Endlosschleife gesendet wird, sehen Sie dieselbe Werbesendung, die Alex früher am Abend hinters Licht geführt hatte.

»Sie entschuldigen«, sagt Kitty, wickelt sich eine Decke um die Schultern und steigt in ihr Bett. »Ein Luftzug kann mich umbringen – ich bin endlich im Alter der tödlichen Luftzüge. Wenn ich daran denke, wie meine *langweiligen* russischen Tanten darüber klagten, immerfort klagten, klagten – sie konnten nicht hier sitzen, sie konnten nicht dort sitzen, und ich hatte kein Mitleid, gar keins, und jetzt erreiche ich dieses grässliche Alter. Nein, nein, bleiben Sie da, keine Sorge. Wie jemand glauben kann, dass eine Creme im Töpfchen das da mit deinem Busen machen kann, ist mir unbegreiflich. Bedienen Sie dieses Dingsda?«

Sie reicht ihm die Fernbedienung, und er rutscht vom Fußende des Bettes auf den Boden, wo er sich im Schneidersitz niederlässt. Der Fernseher ist zwar nicht bereit, ruhig in seinem Gesichtsfeld zu bleiben (er verdreifacht sich und tänzelt trunken nach links), aber Alex tut sein Bestes, ihn zu kontrollieren. Er schaltet. Er trifft. Der populäre Schauspieler James Stewart hält verzweifelt zwei Packen Papier in den Händen und blickt in die göttliche Richtung.

»Ich hasse diesen Sender«, sagt Kitty leidenschaftlich. »Für mich ist er zu morbide. Der Friedhof meiner Freunde.«

Alex geht auf die Knie und blickt an dem Bett hoch. Eine taktlose Nachttischlampe beleuchtet die Stellen der Schädeldecke, die das schüttere Haar durchscheinen lässt, und erfasst jetzt ihren gequälten Gesichtsausdruck ohne Mitgefühl, ohne Rücksicht. Er würde sie vor Nahaufnahmen bewahren. Lucia liegt an ihrer Brust wie ein Baby.

»Ich habe einmal mit ihm zu Mittag gegessen.«

»Wirklich?«

Die Position ist ermüdend. Alex legt seinen Kopf neben ihre Füße.

»Ja. Wirklich. Charlie Laughton war ein gemeinsamer Freund von uns, er und seine Frau Elsa, sie war bezaubernd. Sah etwas merkwürdig aus, war aber nie eifersüchtig oder dergleichen. Sie waren beide sehr englisch, sehr elegant – was mir gefallen hat, weil alle in Hollywood so furchtbar *vulgär* waren und ich Heimweh hatte, und sie kannten Capri ein wenig und so weiter – und eines Tages kam Mr. Stewart nach Texas, warum weiß ich nicht mehr, und ich bereitete mich auf meine Hochzeit mit einem *Idioten* vor, und Mr. Stewart, der kannte niemanden dort, und Charlie, dem fällt ein, dass ich da war, und er gibt ihm die Nummer von meinem Hotel, und wir trafen uns zum Lunch. Sehr großer Mann, mit einer überaus ungewöhnlichen Sprechweise. Er war ein bisschen in mich verliebt, glaube ich – aber ich war zu geschmeichelt, um wirklich zu wissen, was ich wollte. Und außerdem war da ja diese bevorstehende Ehe mit dem lächerlichen Ölmenschen mit den grauenhaften Füßen …«

Und dann gibt es kein Halten mehr. Sie reden über Filme, über einzelne Momente in Filmen, Gesten. Er geht ins Wohnzimmer und sucht da, wo sie ihm gesagt hat, und kommt mit einem Video zurück. Gekonnt lässt er es schnell bis zu einem bestimmten Bild vorlaufen.

»Das?«, ruft sie und setzt sich eine Brille auf. »Was ist das? Was ist daran so besonders?«

Auf dem Bildschirm steht Joey Kay, Agent, Ehemann, mit May-Ling Han auf der Bühne, und sie nehmen den Applaus nach der Premiere von Kittys erstem Film entgegen. Der Vorhang ist eine Landschaft aus roten Samtfalten. Blumen werden geworfen, große, offenkelchige Lilien. Selbst das Orchester im Bühnengraben hat seine Instrumente weggelegt, um zu applaudieren. Sie ist hinreißend! Und er streckt den Arm nach ihr aus, sein Gesicht voller Liebe, aber sie wendet sich ihm nicht zu. Ihr Blick gilt jetzt ausschließlich den ersten drei Reihen. Etwas hat sich verändert. In dem Handgelenk, das er umschließt, pocht ein winziger Puls. Er spricht Bände. Sie hat ihre Wahl getroffen. Zwischen einem Mann, den sie liebte, und diesen wunderbaren Menschen da draußen im Dunkeln.

»Ich kann da nichts sehen«, sagt Kitty, die angestrengt hingeschaut hat, »bloß reichlich viel Getue. Der Film ist sowieso lächerlich. Ich sehe so chinesisch aus wie mein Schuh.«

Auf diese Weise gehen sie Filme durch, schneller Vorlauf, Standbild. Kittys Lachen ist herzhaft und passt irgendwie nicht zu ihrem kleinen Mund. Geschichten von lasziven Ko-Stars, sadistischen Regisseuren, hysterischen Diven.

»Sie sind die reinste Bibliothek über mich«, sagt sie kopfschüttelnd, als er ein weiteres Band aus dem Gerät nimmt. »Kein Mensch hat Sie gebeten, eine Bibliothek anzulegen. Und mit solchen Absurditäten!«

»Noch einen«, bittet Alex.

Später fällt Licht ins Zimmer.

»Mein Gott, sehen Sie doch nur! Die Nacht ist vorüber. Ich muss die Jalousien schließen.« Sie wirft die Decke zurück und steht langsam auf. Er sieht mehr, als er sollte: ein Stück Oberschenkel, die Haut kerzenweiß und spröde, ohne Muskulatur, vom Knochen fallend. Violette Adern, bleistiftdick. Sie zieht ihren Morgenmantel zu. Als sie zum Fernseher geht, hält Alex eine Szene an. Kitty in einem Zweiteiler, wie sie sich die Haare trocknet. Sie hält inne. Steht davor, sieht im spitzen Winkel nach unten auf das Bild, fast höhnisch.

»Sehen Sie sich das an. Können Sie sich das vorstellen?«

»Sie sind *so* schön. Jenseits …«

»Nein, nein, nein, nein. Sie wissen nicht, wie das ist, das zu sehen.«

»Es ist faszinierend. Sie können sich das immer ansehen. Es ist auf Zelluloid. Irgendwie leben Sie bis in alle …«

»Jetzt machen Sie sich lächerlich«, sagt sie streng und geht durchs Zimmer zum Fenster. »Die Menschen sagen nicht die Wahrheit. Als würden wir ganz leicht vom einen zum anderen übergehen. Von der Jugend zum Alter. Nein – das ist nicht wahr, man wird gezerrt. Und die *Angst*, da lügen sie auch. Ich kann nicht schlafen, weil ich daran denken muss, dass es fast vorbei ist. Mein Leben. Und ich werde allein sterben. Und in Amerika. Das habe ich nie geplant. Niemand ist bei mir, außer Max.«

»Kitty, meinen Sie nicht, dass Max … vielleicht, *meine Güte*, ein bisschen viel Kontrolle über sie hat …«

»Ich bin jetzt so müde«, murmelt Kitty und geht zurück zum Bett. »Sie müssen verzeihen.«

»Ich schlafe hier «, sagt Alex entschieden. Er stellt sich vor, dass er wie ein Wachposten hier bleiben wird, ein Auge offen, um den Tod abzufangen. Er schaltet den Fernseher aus. Sie schließt die Jalousie. Ein warmes, diffus graues Licht erfüllt den Raum, macht sie beide zu schwarzen, undeutlichen Gestalten, zu ihren eigenen Schatten.

»Natürlich«, sagt Kitty mit ebensolcher Bestimmtheit und weist ihn im Flüsterton an, sich Decke und Kissen zu suchen. »Und Ihre Bekannte?«, fragt sie. »Werden Sie ihr nicht fehlen? Sie war vielleicht ein bisschen zu groß für Sie, dachte ich.«

»Wieso«, fragt Alex, als er sich eine Decke über die Schulter wirft, »flüstern wir denn plötzlich?«

Kitty steigt ins Bett und zeigt auf Lucia, die sich irgendwie bis ganz nach unten gerobbt hat und jetzt wie eine Nackenrolle direkt am Rand liegt. Alex macht sein Bett. Kitty legt sich hin. Alex legt sich hin. Sie atmen schließlich synchron, weil er genau abpasst, wie sie Luft holt. Bei einem leisen Hüsteln von ihr oder einem Pfeifen krampft Alex' Herz sich zusammen. Von allen möglichen Toden, die jeden Tag lauern, kommt ihm der ihre im Augenblick am unerträglichsten vor. Das, so denkt er zufrieden, muss Anfang und Ende der Liebe sein.

Es ist fünf Uhr morgens. In einer leidenschaftlichen, dramatischen Geste steht er in seiner grauen Unterhose auf, die sich der Leidenschaft und dem Drama des Augenblicks verweigert (an einem Bein festgeklebt und hinten ganz nach oben gerutscht), und sagt ihr, dass sie mit ihm kommen und hier weg muss, weil es für sie keine andere Möglichkeit gibt, frei zu sein, und außerdem hat er einen Plan. Er hat sich diese Rede eine Stunde lang im Dunkeln zurechtgelegt.

»Wir reden beim Frühstück, ja?«, sagt sie so neutral, wie sie kann, und als sie sich umdreht, sieht sie ihn neben sich knien, in künstlicher Panik und mit einer Mimik, deren Gegenpart sie viele Male gespielt hat. »Wir schlafen jetzt. Es ist schrecklich spät – zu spät, um einen schlechten Film zu spielen.«

Sie rollt sich von ihm weg und greift nach der Decke. Ihre Finger sind kalt geworden. Selbst als sie diese Filme drehte, selbst als ahnungslose junge Frau hatte ihr die Frage den Schlaf geraubt, wie viele von diesen Leuten, diesen Kinogängern, eine Textzeile, einen Blick nehmen würden, um ihn bei einem geliebten Menschen zu verwenden.

SECHS /

Den Bullen nach Hause reiten

I

Der Park erinnert an einen russischen »Prospekt«. Eine blattgoldene orthodoxe Basilika lugt durch die Bäume, genau in der Mitte eine Laufbahn im Sowjetstil. Schmutzig graue Eiswälle sind an den Baumstämmen und Bänken und um den Springbrunnen herum angehäuft, und auf der Laufbahn versperrt eine einzelne Eisinsel den Weg, über die die Jogger springen. Alex hätte nicht gedacht, dass auch im Februar gejoggt wird, aber offenbar doch.
Es ist genau elf Uhr morgens. Roebling ist zu irgendwo anders verblasst, und er ist auf der Suche nach einer U-Bahn, um zurück in die Stadt zu fahren. Er hat heute Pläne gemacht, und Anschaffungen: Essen, ein Flugticket, ein Selbsthilfebuch. Er hat, wie die Werbung gern sagt, einen Wahnsinnsmorgen hinter sich.
Er sucht sich eine Bank und beobachtet die Mischung aus Hipstern und Polen, die in einem vollkommenen Kreis ihre Runden drehen. Die Hipster laufen in Frottee-Sportkleidung, in Marken aus den siebziger Jahren und mit Schweißbändern. Die Polen auch, aber in einem anderen Sinne. Diese beiden Gruppen kommen auf der Laufbahn nicht zusammen und plaudern nicht am Brunnen, sie bleiben unter sich. Ebenso verhielt es sich in dem Geschäft, wo Alex sein Muffin gekauft hat. Heringe, Latkes, Kni-

sches und Piroschki auf der einen Seite, Latte Macchiato, Falafel und Käsekuchen auf der anderen. Und in dem Buchladen stand ein Regal mit dem populären Autor Charles Bukowski gegenüber einem Tisch, auf dem sich Bibeln in polnischer Sprache türmten. Auf der Straße scheinen die Polen den Schnee zu verstehen und kleiden sich dementsprechend. Die Hipster denken, sie können die Kälte mit Accessoires verscheuchen oder sie einfach ignorieren. Die polnischen Mädchen haben wächserne Haut und Katzenaugen. Sie merken gar nicht, dass es Alex gibt. Die Hipster-Mädchen haben Apfelbäckchen und wildes Haar und sind vielleicht interessiert, je nachdem, wie viel Interesse man an ihrer Kunst zeigt. Obwohl er erst seit zwanzig Minuten in dieser Gegend ist, hält Alex sich für qualifiziert genug, dieses seltsame Zusammenleben von Polen und Hipstern weiter zu erkunden, über die Beziehungen zwischen ihnen nachzudenken, über die Gesetze. Ist es Wie-Dieses oder Wie-Jenes? Er trinkt einen Schluck Kaffee. Er taucht mit folgendem Ergebnis wieder auf.

Das Reich des Wie-Jenes

1. Polen brauchen Hipster, weil Hipster neues Geld in die Gegend bringen.

Der Frühling kommt, Gras wächst von allein.

2. Hipster brauchen Polen, weil Polen ein Beweis dafür sind, dass Hipster – trotz ihrer zunehmenden finanziellen Absicherung – noch immer Bohemiens sind. In der Nähe von Polen zu leben ist das einzige noch verbliebene Echtheitszeichen eines Hipsters.

Der blaue Berg bewegt sich nicht.

3. Hipster sind Polen. Polen sind Hipster. Polen verkaufen Retro-T-Shirts mit Tankstellen aus den fünfziger Jahren. Hipster essen eingelegte Heringe.

Weiße Wolken treiben hin und her.

Damit zufrieden breitete Alex die Arme auf der kalten Bank aus. In seiner Tasche ein Flugticket, auf seinem Schoß ein geöffnetes Buch.

»Jitgadal we'jitkadasch«, las er laut und wiederholte den gleichen Satz dann selbstsicherer auf Englisch. Er starrte die aramäischen Buchstaben an, die er nur in ihrer einfachsten Form verstand (*Jod*, *Taw*, *Gimel*, *Dalet*, *Lamed*), aber nichts von diesen dazugehörigen Punkten und Strichen. Zum Verrücktwerden. Er legte die Hände über den Text. Atmete tief aus dem Zwerchfell. Es gab keinen vernünftigen Grund, es zu tun, es sei denn, man akzeptierte, dass es gerade deshalb getan werden sollte, weil es keinerlei Grund gab – eine klassische jüdische Formel. Aber daran lag es nicht. Sie hatte etwas gesagt, daran lag es.

Er stand in dem Augenblick unter der Dusche und sie vor dem Badezimmerspiegel, betrachtete ihn unverhohlen. Und es war ihm fast selbstverständlich vorgekommen. Sie legte ihr Make-up auf und erkundigte sich nach seiner Familie.

»Mein Vater auch«, antwortete sie seinem Bild im Spiegel, »obwohl das in meinem Alter natürlich eher an der Tagesordnung ist. Aber ich kenne das Gefühl. Meine Mutter starb, als ich noch sehr jung war, elf. Sie war mein Ein und Alles.«

Alex wollte gerade diese nichts sagenden TV-Beileidsbekundungen loswerden, die jeder in seiner Generation auswendig kennt. Aber ohne Unterbrechung hatte Kitty bereits angefangen, eine Geschichte zu erzählen, als ob alles Vorausgegangene lediglich Prolog gewesen war.

»Ein *Rumänin*«, sagte sie bedeutungsvoll. »Schrecklich! Ich hab sie so gehasst! Das ist die Frau, verstehen Sie, die er danach geheiratet hat. Wie in einem Roman oder Märchen, so boshaft war sie. Eine Diebin und Ehebrecherin und Aufsteigerin, gesellschaftlich. Und sie *hasste* mich. Natürlich, ich war so hübsch, und sie war *schauerlich*, wie eine Fratze oder so. Immer wenn er nicht hinsah, hat sie mich geschlagen. Doch das Schlimmste ist, wir hatten einen Sommer*palast*, fast, in St. Petersburg – ja, und was glauben Sie? Als er gestorben ist, hat sie alles daraus weggeschafft, Gemälde, Schränke, sogar die englischen rosa Unterteller für die Tassen! Alles wurde an den Meistbietenden verkauft, wirklich, genauso war es! Diese Dinge, die meiner Familie gehörten, manches davon schon seit dreihundert Jahren, können Sie sich das vorstellen?«

Bei dem mit so viel Entsetzen ausgesprochenen Detail mit den Untertellern musste Alex unwillkürlich schmunzeln, und er drehte das Gesicht zur Wand. Kitty redete unermüdlich weiter, neigte den Kopf zuerst zur einen, dann zu anderen Schulter, um sich ein Paar Perlenohrringe anzulegen. Alex drehte die Dusche ab und wich vor dem kalten Nachtröpfeln zurück.

»Und das da ist eins meiner kostbarsten Stücke, direkt vor Ihnen«, sagte sie, drehte sich um und zeigte darauf. »Das ist das Ergebnis meiner Mühen.«

Alex blickte auf eine kreisrunde, goldgerahmte Miniatur aus dem siebzehnten Jahrhundert, die gegen das Fenster lehnte. Kittys russische Urururururgroßmutter, durch Feuer leicht beschädigt und mit einem fehlenden Auge. Kitty hatte die letzten Jahre Max dafür bezahlt, andere Leute dafür zu bezahlen, dass sie durch Europa reisten und die Gegenstände ihrer Kindheit wieder beschafften.

Alex ergriff das Handtuch, das sie ihm reichte.

»Und dafür ist Ihr Geld draufgegangen.«

»Natürlich, wofür denn sonst? Ich habe keinen Champagner, keine Gigolos. Ich finde es seltsam, weil ich immer geglaubt habe, dass ich meinen Vater hasse, weil er diese Frau geheiratet hat, und jetzt verwende ich meine Zeit und das viele Geld darauf, seine Sachen zu retten. Das meiste davon gefällt mir nicht mal. Aber in gewisser Weise ist es eine Geste, denke ich. Du weißt nie, ehe es passiert, was du den Toten schulden wirst.«

»Sein erhabener Name«, sagte Alex laut, »werde groß und geheiligt.«

Mit Bedauern bemerkte er, dass Letzteres mit der Stimme des populären Schauspielers James Earl Jones herauskam, ein voll tönender Bass, der öfter aus seiner Kehle auftauchte, wenn er es mit Religion versuchte. Er blickte von seinem Buch auf.

Was du den Toten schuldest.
Was du den Toten schuldest.
Was du den Toten schuldest.

Ein strahlendes Hipster-Mädchen mit langem blondem Haar, Rucksack und Rollerskates war wie eine Göttin um die Laufbahn herumgeflogen. Jetzt kniete sie sich ein paar Schritte von ihm entfernt hin, um einen Schnürsenkel zuzubinden. Sie trug einen berühmten Rock aus den achtziger Jahren. Ihr Knie war abgeschürft und blau. Es erschien Alex äußerst unwahrscheinlich, dass sie je würde lernen müssen, wie man einen Vater, der seit fünfzehn Jahren tot ist, in einer toten Sprache betrauert.
»JITGADAL WE'JITKADASCH!«, sagte er allzu durchdringend, und das Mädchen wurde plötzlich rot, entschuldigte sich. Sie rollte von dannen, ehe er ihr eine Erklärung geben konnte. Er sah sie wenige Minuten später in Turnschuhen zum Tor hinausgehen, wieder ein Menschenwesen auf zwei menschlichen Füßen.

2

Aber spulen wir zurück: Wer erwachte zuerst? Oder waren sie tatsächlich, wie es den Anschein hatte, gemeinsam erwacht, aufgeschreckt durch dasselbe Vorhangflattern, das Stechen eines vorwitzigen Lichtstrahls? Alex hatte gehofft, sie im Bett zu überraschen, hatte sich vorgestellt, wie er ein Tablett mit frischem O-Saft und Spiegeleiern und einem Sektglas mit einer einzelnen Rose und den übrigen Filmrequisiten hereinkam, aber als seine Augen sich öffneten, taten ihre das auch. Sie setzten sich auf. Und dann war sie irgendwie auch schon aus dem Bett, ehe er sie daran hindern konnte (»Können Sie sich das vorstellen, in diesem Alter, wenn es nicht sofort passiert, passiert es gar nicht mehr!«), und raus aus dem Zimmer. Er fand sie in der Küche, wo sie eine Dose Sardinen für die aufgeregte Lucia öffnete, deren Zunge aus dem Maul hing, hechelnd und an der Spitze nach oben gebogen.

»Uah«, sagte Alex und hielt sich den Kopf, um sein Hirn daran zu hindern, aus den Ohren zu laufen.

»Wie Karloff sehen Sie aus«, sagte Kitty.

Sie aßen gekochte Eier und Haferflocken in den Sesseln vor dem Wohnzimmerfenster und beobachteten ein junges Paar, das sich im Haus gegenüber stritt. Alex nahm zwei Paracetamol, die Kitty ihm gegeben hatte, und warf sie in die letzte Milchpfütze seines Müslirestes.

»Sie sehen, sie ist schon im Kostüm«, sagte Kitty und klopfte mit einem Fingerknöchel an die Fensterscheibe, »und er noch im Pyjama. Sie ist eine echte Karrierefrau, bei einem Verlag, glaube ich – sehen Sie, in allen Ecken sind Bücher – und ihn sehe ich immer bis nachmittags im Bett. Manchmal sitzt er drei Stunden lang auf einer Matte und hat die Beine verschränkt. Können Sie sich das vorstellen? Und einmal pro Woche haben sie einen fürchterlichen Krach, und manchmal tut er so, als würde er seine Sachen packen, aber er geht nie. Aber sein Körper ist *unglaublich* … also vergeben wir ihm, glaube ich.«

»Ich möchte, dass Sie mit mir nach London kommen«, sagte Alex.

Kitty lachte schrill auf, als hätte man sie gekitzelt. Sie erhob sich, um die Frühstückssachen abzuräumen, aber er hielt ihre Hand fest. Sie nahm wieder ihren Platz ein und zog kühl eine Augenbraue hoch.

»Was soll ich denn dazu sagen?«

Alex ließ los und machte sich beleidigt wieder über seine Haferflocken her.

»Ich meinte bloß …«

»Was meinten Sie bloß?«

»Sie haben gesagt, Sie würden Europa gern wieder sehen.«

»Ich wäre auch gern wieder sechsundzwanzig. Aber es passieren nun mal keine Wunder.«

Alex blickte auf, beugte sich vor und fasste sie am Ellbogen. »Einfach mal hier wegkommen. Weg von Max, weg davon, den ganzen Tag in diesem Haus zu sitzen. Es ist doch bloß ein Urlaub. Es ist nicht das Ende der Welt. Es ist ganz leicht. Wir fliegen heute Abend.«

»Sie sind sehr lieb«, sagte Kitty und stand wieder auf, »und sehr labil. Sie klingen wie Trevor Howard oder so. Und Sie tun alles mit Höchstgeschwindigkeit. Ich kenne Sie genau vierundzwanzig Stunden. Geben Sie mir den Eierbecher und das da, bitte.«

Auf der anderen Straßenseite wurde ein riesiges Schiebefenster aufgerissen, und die junge Lady im Kostüm stieß ihre Hand heraus, zeigte auf die Straße.

»Raus mit dir!«, schrie sie. »Raus in die Welt!«

»Ooh là là«, sagte Kitty, stieß einen Pfiff aus und ging Richtung Diele. »Und irgendwann explodiert es.«

»Hören Sie mir zu«, sagte Alex und folgte ihr. »Ich weiß, dass Sie kein Geld haben. Aber Sie haben trotzdem welches, ich meine – Sie könnten welches haben. Ganz einfach. Stellen Sie das ab, warten Sie – stellen Sie das doch mal kurz ab.«

Mit einem gutmütigen Ächzen stellte Kitty ihr Tablett auf die Anrichte. Alex suchte den Raum nach einem Stift ab und entdeckte einen auf dem Kaminsims. Er schnappte sich eine alte Zeitschrift.

»Schreiben Sie hier drauf – Ihren Namen.«

Kitty nahm die Zeitschrift und den Stift von ihm und sank dann aufs Sofa.

»Ach, *Alex*. Das ist Ihr Plan? Denken Sie, ich hätte nicht daran gedacht? Aber ich müsste mein eigenes Autogramm verkaufen, fünfzig Dollar hier, da, ein Flohmarktverkauf meines Lebens – Max erzählt mir von diesem schäbigen Geschäft – es tut mir Leid, Alex, aber das ist wirklich zu würdelos. Sehen Sie doch nur, wie ich lebe, allein, und ich frühstücke mit einem Fremden. Mein Leben ist so schon würdelos genug.«

»Moment, *Moment. Fünfzig* Dollar? Das hat Max Ihnen erzählt? Der hat ja keine Ahnung, wovon er redet. Ich hab schon erlebt, dass Leute für einen Brief von Ihnen achttausend Dollar bezahlen, Kitty. Acht*tausend.*«

Und endlich hörte sie ihm zu. Ihr Mund öffnete und schloss sich wieder. Sie setzte sich.

»*Acht?*«

»Acht.«

»Das ist eine ernst zu nehmende Angelegenheit, dieses Geld. Damit könnte ich sehr viel tun. Und Sie«, murmelte sie, sah zu ihm hoch und schob sich eine ungebärdige Haarsträhne hinters Ohr. »Sie sind auch sehr ernst zu nehmen, denke ich.«

Alex setzte sich neben sie. »Ich habe darüber nachgedacht. Die ganze Nacht. Es hat Hand und Fuß.«

Sie hörten, wie das Fenster auf der anderen Seite sich wieder schloss, es hatte etwas Endgültiges an sich. Da drüben das Ende von etwas, hier der Anfang von etwas.

»Aber wie soll das gehen? Das ist doch ganz bestimmt illegal. Und wie soll ich mein eigenes …«

»Das will ich Ihnen ja die ganze Zeit sagen. Sie tun gar nichts. Ich tue es, ich mache alles. Da ist überhaupt nichts Unseriöses dabei. Ich bekomme eine Provision, wie jeder Agent …«

»Ha! Die Typen kenne ich, und dann nehmen sie alles und verschwinden …«

»Bloß zehn Prozent, das Übliche. Ich möchte Ihnen helfen …«

»Sie wollen *irgendwem* helfen«, fuhr sie auf und rückte von ihm weg. »Sie fühlen sich wegen irgendwas schuldig, das sehe ich Ihnen an – ich bin Katholikin, also kenne ich mich mit Schuld aus. Davon bekommt man die Samariter-Krankheit! Ich will kein Almosen!«

»Gut, schön, dann strecke ich Ihnen das Flugticket eben nur vor. Hören Sie mir doch zu, bitte. Das ist kein Almosen. Es ist ein Geschenk, ein Dankesgeschenk, für das, was Sie mir gegeben haben. Es geht nur darum, dass Sie eine schöne Reise machen könnten. Geld verdienen. Und dann könnten Sie, wenn Sie möchten, woanders leben. Sie könnten in Italien leben. Irgendwo. Wenn wir das richtig machen.«

»Lucia, bitte«, der Hund hüpfte auf ihren Schoß, »hör dir diese abstruse Geschichte an! Wo kommst du denn in so einem Plan vor, hmm? Und dann Max – oje! Max würde das alles wohl gefallen, nicht?«

»Max Schmax«, sagte Alex und fluchte dann so anschaulich, dass Kitty lachen musste. »Es würde nur eine Woche oder so dauern. Wir erklären Max alles, wenn Sie wieder zurück sind. Er wird nicht meckern, wenn er erst das Geld sieht. Und wenn Sie erster Klasse fliegen – na ja, wie groß ist Lucia. Sie passt doch in eine Handtasche, oder?«

Lucia ließ sich auf Kittys Schoß nieder und machte ein zustimmendes Geräusch, als die überschüssige Haut in ihrem Nacken zwischen zwei aufmerksamen Fingern geknetet wurde.

»Kitty?«

»Ja, ich höre, ich höre. Aber es ist ziemlich viel auf einmal. Und was heißt das, ›richtig machen‹? Wie sähe ›richtig‹ denn aus?«

»Integrativ.«

»Das Wort kenne ich nicht.«

»Langsam. Stückchen für Stückchen. Wenn wir den Markt überschwemmen, geht der Wert den Bach runter. Wir werden alte Fotos signieren – wir könnten sogar versuchen, die Tinte auf alt zu machen –, aber die meisten privaten Käufer, die überprüfen das nicht mal. Und alte Briefe, falls Sie welche haben. Ich werde über die offenen Märkte gehen, Auktionen, per Computer, durch Agenten …«

Für Alex nahm der Plan Gestalt an, während er ihn formulierte. Die Größe wuchs, während er ihn formulierte. Sein selbst empfundener Heroismus füllte den Raum wie ein gewaltiger Airbag. Er sah keinerlei Gefahr, dass einer von ihnen verletzt werden könnte.

3

Sie nahmen einen späten Lunch in der Piano-Bar des Hotels ein. Lovelear und Dove saßen auf schmerzlich unbequemen Hockern und warteten darauf, dass zwei schlampig blonde Kellnerinnen Feierabend machten. Seit dem Frühstück hatten sie diese Frauen bekniet, so wurde Alex mitgeteilt. Zum Beweis dafür wartete ein Stapel mit Servietten ausgelegter Bastkörbchen, durchweicht vom Schweiß zahlloser Chili-Chicken-Wings, darauf, eingesammelt zu werden. Alex der Fleißige hatte dazu noch eine leere Flasche Rotwein, drei Gläser mit klebrigen Restbeständen Whisky, einen Cocktail, der nur seine Kirsche hatte retten können, sowie eine Dose Bier mit einer Zigarette darin beigetragen. Ein speckiger roter Arm und eine blässliche Prise tief dekolletierte Brust schwangen ins Bild, um den Ketchup zu holen.

»Die beiden sind ’ne Wucht, nicht?«, sagte Lovelear.

Alex ließ Lovelears heftigen Rippenstoß lautlos über sich ergehen und stieß dann einen melodischen Rülpser aus, denn er allein war der Zen-Meister. Er tätschelte seinen Bauch. Weiter hinten im Raum zog ein sehr alter Gentleman namens Mister Martins die Schlussakkorde von »Some Enchanted Evening« tödlich in die Länge, um dem letzten Rest seines Publikums ein bisschen Applaus zu entlocken: drei betrunkene Männer, zwei Kellnerinnen und ein Hilfskellner. Alex klatschte, flott und einigermaßen exakt, alles in allem. Der alte Herr drehte sich um und verbeugte sich, nur für Alex. Er rückte seinen recht ausgefransten, lila Smoking zurecht wie ein Butler. Und das macht im Grunde genommen ein Publikum aus, dachte Alex, dieser grauenhafte, banale Austausch: Applaus für Kein-Talent von Kein-Geschmack. Martins schloss den Klavierdeckel mit unsicherer Hand, nahm seine Visitenkarte vom Instrument und ersetzte sie durch eine, auf der UM 17.30 ZURÜCK! stand. Eine von Lovelears Kellnerinnen rollte eine frisch gesägte Eisskulptur herein. Eine breithüftige Venus in ihrer Muschel.

»Wir gehen Eislaufen«, sagte Lovelear und leckte an seinen Fingern hinter flüchtiger Sauce her, »sobald Della und Maude frei haben. Wir gehen alle Eislaufen. Es ist unser letzter Nachmittag. Du kommst mit. Wir gehen Eislaufen und dann auf die Schnelle ab in die Kiste, und dann geht unser Flugzeug, so dass wir sie lieben und direkt wieder verlassen müssen. *Perfekt*. Das ist unser Plan.«

Alex hatte ihnen nicht von seinem Plan erzählt; die Vorstellung von Lovelears kolossaler Begeisterung war zu viel. Und bei keinem von beiden hatte er das Gefühl, dass er sich auf ihre Verschwiegenheit verlassen konnte. Über diese beiden Tatsachen war Alex nicht hinausgekommen. Er hatte für Kitty einen Flug gebucht, der eine Stunde früher ging als sein eigener. Er würde sie zum Flughafen bringen und dann am anderen Ende wieder abholen. Eislaufen schien ihm eine, wie Unternehmensberater gerne sagen, vernünftige Übergangslösung zu sein.

»Oh. Prima«, sagte Lovelear, durch mangelnden Widerstand auf dem falschen Fuß erwischt. »Tja, dann brauchst du einen warmen Pullover.«

»Gut.«

»Und eine Frau – unsere kriegst du nicht. Hol Honey Smith, und wenn unsere beiden uns nicht ranlassen, na ja, dann haben wir immer noch Honey …«

Dove, der jede Form von Slapstick liebte, hatte schon angefangen zu kichern, als Alex in einen Schirmständer hinter sich griff. Alex zog einen von diesen übergroßen Dingern heraus und schlug Lovelear damit fest auf die Schultern.

»Du hast einen Hundeverstand«, sagte Alex und schwang den Schirm, während Lovelear ihn anstarrte wie im Kino. »Hundeverstand. Du heulst immer nur den Mond an. Jagst im Kreis deinem eigenen Schwanz hinterher. Wasandersmachssunich. Das hier ist der Hund – ja«, stotterte Alex, als Alkohol seinen moralisch hohen Sockel überflutete, »ein Hund – sagen wir, das hier ist der Hund – und er kreist und kreist, immer seinem Schwanz hinterher, und das bist du.«

»Und ob ich meinem Schwanz folge«, bestätigte Lovelear, rutschte von seinem Hocker und richtete seine volle Scharfschützenaufmerksamkeit auf Della, die Dicke, die gerade ihre Schürze über die Bar geworfen hatte.

In seinem Zimmer wusch Alex sich Kopf und Hände. Wenn sein Haar nass war, hatte er etwas von einem russischen Mönch an sich. Das Haar lag in zwei schwarzen, ungleichen Teilen flach am Kopf an, und hindurch bohrten sich die Ohren eines Fanatikers, spitz zulaufend und abstehend. Unfähig, irgendwas daran zu verbessern, ging er aus dem Zimmer nach nebenan.

»Eislaufen?«, fragte Honey ungläubig und machte einen Schritt zurück von der Tür. »Mit dir?«

»Und anderen, ja.«

»Geht's dir gut? Du siehst komisch aus.«

»Ja. Mein Haar ist nass. Wir treffen uns in zehn Minuten unten in der Lobby. Zieh dir was an.«

»Ich hatte nicht vor, nackt zu erscheinen.«

»Nein, was Warmes. Der Schnee fällt immer noch. Oh Mann, wie er fällt und fällt.«

»Aha. Ein bisschen früh am Tag, um schon so betrunken zu sein, oder?«

»Nein, nein, *nein*, Mrs. Buddhist, jetzt muss ich *dich* was fragen. Wusstest du, dass in einem Buch von einem berühmten Juden jemand jemanden fragt, wie er heißt, und der sagt ›Neger‹?«

»Wie bitte?«

»Und noch eine Frage«, sagte Alex und beugte sich weit vor, »meinst du, dass ich, weil du eine Frau schwarzer – nein noch mal von vorn: ich meine, eine schwarze Frau bist, dass ich da nicht verstehen kann, was du, na ja, was du *bist* oder so?«

Honey legte einen Gummifinger an sein Brustbein und drückte.

»Würde es dir was ausmachen, deinen Atem ein bisschen zurückzunehmen? Bitte?«

»Weil nämlich meine Freundin zufällig schwarz ist. Und mein

bester Freund. Der auch. Weißt du? Also. So ist das. Das muss man bedenken.«

»Glückwunsch«, sagte Honey lächelnd. »Tja, das sind dann wohl unsere letzten gemeinsamen Stunden, *Süßer*. Wir sehen uns in zehn Minuten in der Lobby, okay? Und steck den Kopf ruhig noch mal unter kaltes Wasser.«

Als Alex zurückging, fiel ihm auf, was er beim ersten Mal übersehen hatte: Sein Zimmer war in den Prä-Tandem-Zustand zurückversetzt worden. Zwei Tage komplett zurückgespult.

Wie sich herausstellte, waren die beiden Frauen keine begnadeten Eisläuferinnen. Della war die Schlimmere von beiden, sie kam alle paar Minuten spektakulär zu Fall, meistens gegen Lovelear, der sich dann abmühte, die bebende Kicherin wieder zusammenzusetzen, wie jemand, der Gelee zurück in eine Form schaufelt. Maude dagegen hob in Ians steifen, ehebrecherischen Armen bei jedem Schritt die Füße, als ginge sie durch Matsch, und stieß ein vogelähnliches Gekreische aus, wenn er versuchte, sie von der Sicherheitsbarriere wegzulocken. Honey brauchte Alex nicht. Sie war eine elegante Eisläuferin, zog ihre Runden geschmeidig und ohne Zwischenfälle und legte ab und an eine schwungvolle Wende hin. Alex selbst saß am Rand und rauchte eine Zigarette. Die Kanten der Schlittschuhe sind sehr dünn und sehr scharf, fand er, das Gegenteil von menschlichen Füßen. Man muss schon ein Optimist sein, um sie anzuziehen. Eislaufen ist nicht auf die leichte Schulter zu nehmen.

Aber auch den Nicht-Läufern wurde an dieser Eisbahn Schönes geboten. Eine Aussicht ließ ihn normalerweise ungerührt, aber hier konnte er nicht anders, als dieses kindliche Element der Stadtplanung zu bewundern, oben auf dem Hügel mit Panoramablick nach allen Seiten. Es gab einem ein Gefühl, von dem man nie gewusst hatte, dass es einem fehlte: Eislaufen auf dem Dach der Welt. Von hier aus konnte er Roebling sehen. Er stellte sich einen offenen Koffer vor, mit Kitty darüber gebeugt, wie sie ihren Morgenmantel zusammenfaltete. Er konnte den Flughafen sehen, er konnte die Spitze des Hotels sehen. Ganz kurz schoss ihm seine Minibarrechnung durch den Kopf. Er konnte sehen, wo die Juden lebten und die Polen und die Latinos und die Schwarzen und die Russen und die Inder und die Punks und die Karrierefrauen. Er konnte Fahnen sehen, Seide, die im Wind wehte.

Drüben auf der Eisbahn sah er Honey umringt von einer Kinderschar. Sie zogen an ihr. Einer von ihnen hielt ihr immer wieder etwas länglich und spitz Aussehendes vors Gesicht. Alex hob eine Hand, um sich zu vergewissern, ob alles in Ordnung war, aber sie winkte ab und lächelte ihm zu. Zwei Kinder schlitterten über das Eis, und jetzt konnte er sehen, was sie da machte. Sie gab Autogramme. Es waren etwa zehn Kinder. Sie stritten sich um einen Stift und suchten nach Kassenbons, auf denen Honey unterschreiben sollte. Es wurden mehr. Ehemänner kamen, dann Ehefrauen. Sie musste an die Randabsperrung gleiten und sie in einer etwas chaotischen Warteschlange abfertigen. Alex spürte irgendwas Nasses und ließ seine Hand sinken. Auf der Falz seiner Lebenslinie war eine von diesen unwahrscheinlichen Schneeflocken gelandet, so groß wie ein Bonbon. Er sah zu, wie sie schmolz. Lachte. Er lachte wie ein Schwachkopf. Und die Bäume waren Könige in Hermelin, und jedes Gebäude war eine Leistung, und die Sonne zwang die Wolken, beiseite zu rücken, und das Licht machte aus jedem einen Filmstar, und Dellas Brüste wurden zu Wunderdingen, und der Himmel war plötzlich rosa, und Sinatra sang! Sinatra machte eine Liste der Dinge, die er liebte. Feuer im Kamin. Kartoffelchips. Gute Bücher.

Die Bedingungen waren günstig. Alex warf seine aufgerauchte Zigarette in ein Gebüsch, schnürte seine Schuhe und stapfte aufs Eis. Er hatte kaum einen Schritt getan, da kam Honey schon von hinten, und er glitt los.

»Hast du das gesehen?«, fragte sie warm in sein Ohr.

»Ich hatte Angst um das Leben dieser Kinder. Ich dachte, du würdest sie mit ihren eigenen Kugelschreibern niederstechen.«

»Nee, ich hab mir gedacht, ich tu ihnen den Gefallen. Ist schließlich nur ein Name«, sagte sie und dirigierte sie beide durch den Bogen, den die ausgestreckten Arme eines anderen Paares bildeten. »Das bin ich nicht. Es nimmt mir nichts weg. Es ist bloß Tinte.«

»Das ist sehr erleuchtet von Ihnen, Miss Richardson.«

»Fand ich auch. Nun, Mr. Tandem. Wenn Sie in der Stadt blieben, könnte das der Beginn einer wunderbaren Freundschaft sein, finden Sie nicht?«

Danach liefen sie noch eine vollkommene Umkreisung, ungestört, überließen sich der Vorstellung zu fliegen. Beide wussten, dass es ihre Version des Abschieds war, und das Entscheidende ist, dass etwas Göttliches darin lag, und nun folgt Alex' (unvollständige) Liste:

Sinatras Stimme zwischen 1948 und 1956
Donald O'Connors rechter Fuß
Der alte Schulweg an einem Märzmorgen
Der Buchstabe א
In ihr sein mit ihren Beinen um meine Hüften
Stolpernde Menschen
Witze
Übergewichtige Katzen
Essen
Die Filme von Kitty Alexander
Beziehungen, in denen weder Blut noch andere Flüssigkeiten eine Rolle spielen
Tabak
Kindern sagen, dass alles Leben Leiden ist
Alkohol
Gott
Der Duft von Zimt
Esther

4

Letzter Aufruf. Der ominöse Punkt, an dem einen nur das entsprechende Stück Papier weiterkommen lässt.

»Und«, sagte sie und hielt sein Kinn fest, »Sie werden da sein, das versprechen Sie mir.«

»Ich werde da sein. Eine Stunde später. Ich werde da sein.«

»Eine Stunde, können Sie sich das vorstellen? Was soll man eine Stunde lang in einem Flughafen machen?«

»Zusehen, wie Leute kommen«, schlug Alex vor. »Zusehen, wie Leute gehen.«

Kitty schauderte es. »Das habe ich reichlich gesehen, einschließlich der Version, wo sie nicht mehr wiederkommen.«

Alex gab Kitty einen Kuss auf die gepuderte Stirn. Sie roch nach Theaterschminke. Sie trug ein rotes Kostüm, Diamanten in den Ohren und einen grünen Schimmer auf den Augenlidern. Ihr Haar war lockig. Selbst Lucia, in der Reisetasche, trug ein adrettes, kariertes Jäckchen. Die beiden stammen aus einer Zeit, als Reisen noch inszeniert wurde.

»Arme Lucia. Sieben Stunden in einem Beutel. Es schickt sich nicht für eine Lady, so zu reisen.«

»Sie wird es gut verkraften«, sagte Alex und schob heimlich eine Hand nach unten, um Lucia den Rücken zu streicheln. »Sorgen Sie nur dafür, dass sie still bleibt.«

»Max hat wahrscheinlich schon längst die Polizei verständigt. Er wird glauben, dass dieser Stalker mich entführt hat, um mich zu vergewaltigen oder sonst was Verrücktes.«

»Ich kümmere mich um Max«, sagte Alex, und ohne ernsthaft an diese letzte Aussage zu glauben, küsste er sie noch einmal und verabschiedete sich.

Eine Stunde später ereilte ihn ein Glücksfall: Er wurde in der Businessclass untergebracht. Da hatte er noch nie gesessen, und obwohl ihm klar war, dass er sich eigentlich darüber freuen sollte, war er irgendwie verstört. Wie viel *Mühe* man sich hier gemacht hatte. Und das alles, um ein paar winzigkleine Unterschiede zu verdeutlichen: zwischen Orangensäften, Servietten (Stoff oder Papier), dickere Decke, spitzerer Bleistift. Die Unterschiede zwischen Touristenklasse und Businessclass erschienen ihm wie weltliche Manifestationen der Goj-Vorstellung vom Himmel: ein Ort für die Sorte Kind, das sich seines eigenen hohen Eiscremeberges just in dem Moment erfreuen kann, wo das Hörnchen seines Freundes zu Boden fällt.

Andererseits gab es in der Businessclass Telefone. Alex zog seine Kreditkarte durch eines hindurch und hörte für neun Dollar pro Minute Esther zu, die ihm erzählte, dass sie während ihrer Operation in einem kurzen, klaren Moment die Anwesenheit seines Vaters am Fußende des Bettes gespürt hatte.

»Das klingt bestimmt«, sagte sie, ihre Stimme fast nicht zu erkennen, schwach, »vollkommen irre.«

Alex war still. Esther hatte so ihre Augenblicke, die sie »spirituell« nannte und die von anfallartigem Vertrauen in Zeitungshoroskope bis zu kreativen Diskussionen mit ihren afrikanischen Ahnen via Lyrik reichten. Auf diesem Gebiet behielt Alex seine Meinung für sich. Er war kaum im Stande zu glauben. Wenn es um Spiritualität ging, flüchtete er sich unweigerlich in Humor.

»Na los«, sagte sie. »Sag schon. Was du denkst.«

»Nein, ich ... nichts. Nur. *Mein* Vater? Nicht *dein* Vater?«

»Dein Vater. Er hat meine Füße gehalten.«

»Klar, er war ja schon zu Lebzeiten ein großer Fußhalter, Füße waren ihm ungeheuer wichtig ...«

»Ach, vergiss es. Vergiss es. Hör mal, ich kann nicht laut reden, mir tut noch alles weh. Ich muss jetzt Schluss machen.«

Eine Stewardess schob ihr Gesicht ganz dicht vor Alex und fragte, ob er eine Tasse Kakao wünsche.

»Esther, warte. Warte. Wann kommst du raus?«

»Morgen. Bald. Ich bin so weit. Ich will raus.«

»Ich muss dir was Wichtiges erzählen.«

»Heb's dir bis morgen auf. Ich hab dir jede Menge Stiche zu

zeigen. Wir können dann ich sehe was, was du nicht siehst spielen. Wo steckst du überhaupt?«

»Im direkten Anflug auf Mountjoy. Ich bin überm Wasser. Falls wir abstürzen, was meinst du, wo hat man bessere Chancen – über Wasser oder über Land?«

»Alex, bist du verrückt? Klopf sofort auf Holz.«

»Keins da – ich bin in der Businessclass, hier ist alles Hightech. Todschick.«

»*Klopf auf Holz*.«

»Okay, okay, ganz ruhig. Wie ist es mit Holz in verarbeiteter Form?«

»Das müsste reichen.«

Alex klopfte auf seine Speisekarte, die ihm die Wahl zwischen fünf unterschiedlichen Pilzsorten anbot.

SIEBEN /

Der Bulle wird transzendiert

I

Es war eine Dreiercouch mit rotem Samt bezogen. Rabbi Darvick hielt ein Ende und Rabbi Green das andere, und beide befanden sich in angeregtem Gespräch. Als Alex näher kam, manövrierten sie das Ding in einen rechten Winkel zu Mountjoys Kriegerdenkmal, stellten es ab und nahmen darauf Platz.

»Und das Erstaunliche ist natürlich, dass sie das alles am Reißbrett gemacht haben«, sagte Rabbi Green gerade und zeigte auf die belebte Straße. »Die ganze Straße von Grund auf neu!«

Darvick erspähte Alex als Erster. Er stand auf, um ihm die Hand zu schütteln.

»Tandem! Wieder daheim! Was für eine Stadt, was? Na! Guten Morgen, oder sollte ich lieber sagen« – er blickte auf eine nackte Stelle an seinem Handgelenk – »guten Tag?«

»Wo ist Rubinfine?«, fragte Alex und sah sich um.

»Offen gestanden, der Rabbi hat den Wagen genommen, um etwas für *Sie* zu erledigen«, sagte Green und packte aus seiner sitzenden Position Alex' Hand, die dieser nicht schnell genug zurückreißen konnte. »Er ist zur Synagoge an der Mulberry Road, um mit Rabbi Burston zu sprechen. Wegen Donnerstag. Und wie alles ablaufen soll.«

»Das war nicht nötig«, sagte Alex gereizt. »Das hätte ich auch machen können.«

»Ja, selbstverständlich«, sagte Green lächelnd. »Haben Sie aber nicht.«

Die Bahnhofsuhr schlug Mittag, und ein ausgelassener Trupp Schuljungen marschierte in Zweierreihen unter ihr her. Die frisch gestutzten Bäume reckten ihre verdrehten Fäuste in die Luft. Alex sah, dass es Mountjoy war, nur dass es ihm scharf konturiert und fremd erschien, als käme er gerade vom Optiker.

»Sie sehen schlecht aus«, sagte Darvick mit einem leisen Pfiff.

»Jetlag. Sie sollten sich einen Moment hinsetzen.«

»Eigentlich wollte ich nur rasch was einkaufen …«

»Setzen Sie sich einen Moment, *bitte*«, sagte Green und klopfte auf eine Stelle zwischen ihm und Darvick. Alex kam der Bitte nach, schlug aber die Beine übereinander und hielt die Augen auf die Füße gerichtet.

»Wir – Rabbi Green und ich – wir werden Donnerstagabend zum Minjan gehören, wussten Sie das?«, sagte Darvick und legte eine Hand auf Alex' Knie. »Wie auch viele von Ihren Freunden. Auf allen Seiten vertraute Gesichter.«

»Das ist toll«, sagte Alex und versuchte sich zu erinnern, welche Hundefuttersorte er für Kitty besorgen sollte. »Wirklich. Ich bin Ihnen sehr dankbar, weil, Sie wissen ja, ein Minjan mit weniger als zehn Personen eigentlich keins ist. Ist nicht koscher. Soweit ich weiß. Also, vielen Dank. Auch an Rubinfine.«

»Das ist viel besser für Sie als dieser andere Kram«, flüsterte Darvick verschwörerisch. »*Das* ist wahrer Glaube. Damit erreicht man was.«

»Ja. Das seh ich ein«, sagte Alex und stand auf.

»Leben«, sagte Green, und seine Stimme nahm den Zitiertonfall an, »ist das bisschen, was vom Sterben übrig bleibt. Kennen Sie den Dichter?«

»Ich lese keine Gedichte, Rabbi. Keine Zeit dafür.«

»Erweisen Sie dem Toten die Ehre«, sagte Green, in einem ganz anderen, frostigen Ton.

»Ich werde tun, was von mir verlangt wird«, sagte Alex ebenso unterkühlt.
»Und wie steht's mit Ihrem Buch?«, erkundigte sich Darvick mit sehr vergnügter Stimme, aber ansonsten völlig regungslos. »Das über dies im Gegensatz zu jenem und so weiter.«
»Ich hab die Lust dran verloren und es abgeschlossen«, sagte Alex, grüßte ironisch und ging weiter.

Wieder zu Hause machte er ihr einen Kaffee und entschuldigte sich erneut für seine Wohnung.
»Im Iran«, sagte Kitty leichthin, »hab ich drei Wochen in einem Zelt gelebt. In Äthiopien in einem Haus, das praktisch aus nichts gebaut war, aus Tierkot! Sie wissen das nicht, aber ich bin viel herumgekommen. Als das mit den Filmen vorbei war, habe ich meinen dritten Mann aus lauter Langeweile um den Globus geschleift. Ihr Schlafzimmer ist kein großes Abenteuer, glauben Sie mir. Das Einzige, was wir wissen wollen, Lucia und ich, das ist, wo sich Ihre berühmte Katze aufhält.«
»Ich kann Ihnen gar nicht sagen«, erklärte Alex, setzte sich ihr gegenüber und nahm sie in Augenschein, »wie seltsam das ist, Sie hier sitzen zu haben. Genau da. Einfach so.«
Kitty zog die Beine auf ihren Sessel und schüttelte den Kopf.
»Was ist so seltsam? Stellen Sie sich einfach vor, eine Großmutter ist zu Besuch gekommen. Und jetzt, bitte, weichen Sie nicht länger aus – wo steckt diese jüdische Katze? Im Taxi haben Sie so angeregt von ihr gesprochen! Ich wittere die Möglichkeit«, sagte sie, in Richtung Lucia nickend, die wie wahnsinnig um den Couchtisch herum hinter einer Stoffmaus herjagte, der Grace das Genick gebrochen hatte, »einer Freundschaft zwischen Gegensätzen, Yin und Yang, was etwas ist …«
Doch in dem Augenblick verlangte das Telefon in der Diele Aufmerksamkeit, und Kitty winkte ihn mit unerbittlichen Händen aus dem Zimmer.
»*Alex*«, sagte Adams Stimme, als hätte er ihn in einem Irrgarten gefunden. »Wieder da. Und rechtzeitig. Wir treffen uns zum

Lunch. Joseph ist schon vom Büro unterwegs, um dich abzuholen.«

»Joseph? Was? Nein, ich kann nicht zum Lunch gehen, Ads – ich hab zu tun. Ich bin völlig – nein, hör mal – kann ich dich später anrufen?«

Drei dumpfe Schläge drangen aus dem Hörer, Adam, der sein Telefon vor Frust auf den Tisch knallte.

»Hallo? Mein Bester? Nein, du kannst mich *nicht* später anrufen. Wir gehen zum Lunch. Es ist ein Gipfeltreffen, ich habe es einberufen – und alle kommen. Einschließlich Grace – du musst sie wieder abholen, wir haben genug voneinander. Außerdem ist es sowieso schon zu spät, Joseph ist jede Minute bei dir …«

»Nein, Ads, hör doch mal, ich kann nicht – Lunch ist einfach nicht – ich muss nämlich – na, vor allem erst mal zu Esther …«, setzte Alex an und hatte die unangenehme Erkenntnis, dass er zum ersten Mal seit der Landung an sie dachte.

»Sie hat sich zu Hause hingelegt. Lass sie schlafen. Komm zum Lunch.«

»Weißt du, es ist was Seltsames passiert. Ich muss mit dir reden …«

»Du redest mit mir.«

»Nicht am Telefon.«

»Dann komm zum Lunch, verdammt noch mal!«

Das Telefon schaltete auf seinen kränkenden Dauerton um.

»Gehen Sie ruhig«, sagt Kitty errötend, kaum dass sie in der offenen Tür auftauchte. »Gehen Sie zum Lunch. Ich bin so müde vom Jetlag, dass ich mich ohnehin gleich zurückziehen wollte. Bitte, gehen Sie, gehen Sie. Nehmen Sie Lucia mit – sie ist ganz versessen auf einen Spaziergang. Sie ist schrecklich überdreht.«

Alex entschuldigte sich übertrieben, während er sich am Geländerpfosten festhielt und Kitty nachsah, die die Treppe hochging. Lucia trippelte hinterdrein und schaffte es bis zur Hälfte, ehe er sie um die Mitte fasste, an seine Brust drückte und ihr die Schnauze zuhielt.

»So ist's richtig. Seien Sie ein Mann bei ihr, sonst nimmt sie überhaupt nichts ernst. Ihre Leine hängt am Pfosten.«

Die Türklingel, deren Batterie den Geist aufgab, stieß ihr ersticktes Wimmern aus.

»Wem gehört der Hund?«, fragte Joseph. Er trug einen grauen Anzug, einen langen schwarzen Mantel und eine schwarze Aktentasche. Sein Haar war mit Gel platt nach hinten gekämmt, er war absolut glatt rasiert. Er sah aus wie ein Leichenbestatter.

»Mir«, sagte Alex und machte die Leine fest. »Ich fand, es war an der Zeit. Für einen Hund.«

»Interessante Entscheidung«, sagte Joseph, als er die Tür hinter ihnen zuzog. »Schön, euch beide zu sehen. Wie heißt er?«

»Endelmann.«

»Hübsch.«

Joseph ging den Weg hinunter und öffnete das Gartentor. »Na komm, Endelmann, gehen wir, so ist es brav.«

Zu dritt überquerten sie die Straße.

»Überraschung«, sagte Joseph ohne jede Betonung und ging schnurstracks zur Fahrerseite eines wunderschönen MG. Er steckte den Schlüssel ins Schloss.

Alex hob Lucia auf, drückte seinen Kopf und den des Hundes gegen die Scheibe.

»Joseph, wessen Auto ist das?«

»Deins«, erwiderte Joseph und machte die Tür auf. Er hielt inne, blickte hoch und über Alex' Kopf hinweg. »Alex, wer ist die alte Frau da an deinem Fenster?«

»Ach, weißt du …«, sagte Alex vage und winkte Kitty zu, die Lucia zuwinkte. »Die Mum von meiner Mum. Also etwa meine Großmutter. Wessen Auto ist das?«

»Deins. Sollen wie das Ganze noch mal wiederholen, oder reicht das?«

»Repariert?«, murmelte Alex und trat vom Wagen zurück, während Lucia einen Hechtsprung zu Boden machte und die Reifen beschnüffelte.

»Nein, neu. Adam ist ein Prophet. Er hat den alten vor drei

Wochen versichert, bei mir, bei Heller. Er hat's dir nicht erzählt, weil er dich eine Weile schmoren lassen wollte. Und den hier hat er relativ billig gekriegt, soweit ich weiß, also ist noch was Geld übrig. Für einen religiösen Menschen hat er eine gute Nase fürs Geschäft. Ich werde fahren, du bist Beifahrer – Jetlag und schweres Gerät vertragen sich nicht. Wir sollten das Verdeck aufmachen, findest du nicht? Und Rap hören, ja?«

»Selbstverständlich ist es unmoralisch«, sagte Alex ein paar Minuten später, als sie unter anerkennenden Blicken die Hauptstraße von Mountjoy hinunterfuhren. »Das Prinzip von Versicherungen. Dinge gehen kaputt. Menschen sterben. Eigentlich ist es heidnisch; Versicherungen sind wie mystische Riten, die wir dem Unvermeidlichen entgegensetzen.«

»Falsch. Das Bedürfnis nach Wiedergutmachung«, sagte Joseph und bog rechts ab, »ist Teil des Unvermeidlichen. Es ist eine Sünde, sie zu bekommen, aber ein Glaubensakt, sie zu wollen. Genau darin ist Gott. In dem Wollen.«

»Aber es ist trotzdem eine Lüge«, sagte Alex störrisch.

»Es ist ein Moment der Gnade, wie deine Gesundheit, oder eine Frau. Du hast kein Recht darauf – es ist ein Darlehen, als teilweise Entschädigung für das Alltagselend.«

»Wo fahren wir hin?«, fragte Alex, mürrisch und aus der Übung, was jüdische Argumentationsführung anging.

Der Rapper im Radio erklärte gerade, welche Haltung er zur Realität hatte. Er hing an ihr. Er würde sie nie aufgeben.

Alex stellte einen Fuß auf Lucias Hintern, damit sie still sitzen blieb. »Wieso treffen wir uns überhaupt zum Lunch?«

»Russisches Restaurant im Osten. Lunch, weil das letzte Mal schon eine ganze Weile her ist, denke ich. Weil du auf einen wartest, und drei mitkommen. Weil Adam gerade Russisch lernt. Weil man vom Regen in die Traufe kommt. Usw.«

»Ich hätte gern ein bisschen früher Bescheid gewusst. Stattdessen werde ich regelrecht hingeschleppt. Wie geht's Boot?«, fragte Alex maliziös und sah weg. Joseph wurde rot.

»Es hat keinerlei Fortschritte gegeben«, sagte er leise. »Ich hab ihr ein paar Mal geschrieben. Es scheint, je mehr ich schreibe, desto weniger körperliche Entschlossenheit habe ich. Auf diesem Gebiet blamiere ich mich immer nur, falls dich das freut.«

»Natürlich freut mich das *nicht*«, murmelte Alex, plötzlich beschämt. »Ist wirklich schade. Sie ist nett, Boot, meine ich. Woran liegt es denn eigentlich, bei dir mit den Frauen? Irgendwie kommst du nie richtig zum Zug.«

Darauf erfolgte keine Antwort. Alex drehte sich ein bisschen in seinem Sitz und sah zu, wie die Fußgänger nach hinten gesaugt wurden, dahin, wo sie gerade gewesen waren. Lucia kläffte.

»Ich weiß nicht, was in letzter Zeit zwischen uns nicht mehr stimmt«, sagte Alex schließlich. »Du benimmst dich … einfach seltsam.«

Joseph lächelte bitter. Er trommelte mit den Fingern auf dem Lederlenkrad.

»Wir sind offenbar füreinander zu Abstraktionen geworden«, sagte er ziemlich herablassend. »Wir fürchten einander als Symbole des einen oder anderen. Wir sagen nicht die Wahrheit.«

»Siehst du, genau das ist es«, sagte Alex aufgebracht, »genau das meine ich. Ich kapiere nicht, was du meinst. Das Problem liegt zum Teil darin, wie du dich ausdrückst. Wir waren mal Freunde. Da gab es … so was nicht. Es war mal leicht zwischen uns.«

»Ich war auch mal Autogrammhändler«, sagte Joseph kühl und richtete seinen Seitenspiegel aus. »Und dieser Hund hat keine männlichen Genitalien. Und deine Großmutter ist an dem Tag gestorben, als die Deutschen in Paris einmarschiert sind.«

Er wandte die Augen gänzlich von der Straße und richtete sie auf Alex.

»Tja, ich glaube, du nimmst mir was krumm«, sagte Alex ruhig, ohne den Blick zu erwidern, und stand den Moment scheinbar gelassen durch, »du nimmst mir krumm, dass ich nicht so leide wie du oder so. Vor allem in letzter Zeit. Du hast mich total auf dem Kieker gehabt, als würdest du mich verurteilen. Und bestrafen. Ich hab das Gefühl, dass du wütend auf mich bist, weil ich machen kann, weil ich machen kann, was ich *liebe*, na ja, lieben

ist zu viel gesagt … aber wenigstens ist es was, was ich ertrage. Und ich weiß, dass du es auch unheimlich gern gemacht hast, schließlich warst du es, der mich überhaupt darauf gebracht hat – und jetzt hockst du in diesem Büro. Aber das ist nicht meine *Schuld*, Joe. Das ist verdammt noch mal nicht meine *Schuld.*«
Etwas von dem, was Alex gesagt hatte, hing aufreizend in der Luft, so deutlich, als hätte er drum herum eine Sprechblase gemalt. Und jetzt nahm Joseph eine Hand vom Lenkrad und legte sie tastend auf Alex', erneuerte mit dieser einen Berührung ein Wissen, das Alex von Anfang an gehabt hatte. Eine Verantwortung, die er nie hatte haben wollen, da er ihr nie gewachsen gewesen war.
»Ich nehme dir nichts krumm, im Gegenteil«, sagte Joseph mit leiser, brüchiger Stimme. »Ich *staune*. Du siehst das nicht. Du hast *Kraft* im Umgang mit den Dingen. Ich dokumentiere die Fälle höherer Gewalt. Ich zahle Versicherungssummen aus, wenn Dinge schief laufen. Aber du bist *in* der Welt, bei den Dingen. Du verkaufst sie, du tauschst sie, du handelst mit ihnen, du identifizierst sie, benennst sie, kategorisierst sie«, Alex zog seine Hand weg und schlug protestierend gegen das Armaturenbrett, erstaunt, wie die meisten Menschen, über die lobende Beschreibung des Unfalls, den wir unser Leben nennen, »du schreibst sogar ein *Buch* über sie. Das verstört mich ehrlich gesagt irgendwie – du bist so entschlossen, etwas zu formen, was für mich so grundsätzlich ohne jede Form ist – und der Witz dabei ist, du merkst es nicht einmal. Du redest dauernd von Verzweiflung, aber du weißt nicht mal, welche Farbe sie hat. Du hast Esther, mal abgesehen von allem anderen. Du *hast* jemanden. Versuch du das mal«, sagte Joseph mit einem erstickten Lachen, »fünfzehn Jahre unerwidert.«
»Es gibt eine Million anderer Frauen auf der …«
»Unerwidert«, wiederholte Joseph laut. »Zu einem Mann, der kaum registriert, dass es dich gibt. Versuch das mal.«
Sie hielten an einer Ampel. Der größere Teil von Alex hatte sich immer eisern gegen jede Geschichte gewehrt, in der er nicht das

Opfer war, doch jetzt rollte der Stein vom Höhleneingang weg, und er schaute hinein. Eine indigoblaue Parade von Erinnerungen zog mit dem kreuzenden Verkehr vorbei, Schnappschüsse einer leidenschaftlichen, schwierigen Freundschaft, im Laufe der Jahre fast immer in gemeinsamen Gesten vollzogen (als Jungs in einem roten Badezimmer, über ein Waschbecken voll mit zu entwickelnden Fotos gebeugt; als Teenager, gegen das dunkelrote Samtseil vor einem Kino gedrängt, die Messingpfosten in Erwartung eines Stars umklammernd; als Männer, gleichzeitig die Seiten von zwei großen, in grünes Leder gebundenen Alben umblätternd, dies gegen das tauschend und wieder zurück). In all diesen Erinnerungsbildern schien Joseph irgendwie am Rand zu stehen und mit geöffneten Händen darauf zu warten, dass ihm etwas zufiel. In den letzten Jahren waren die Handlungen lediglich weiter auseinander gedriftet, weniger häufig und folglich radikaler gewesen. Fotos am Ende des Films.
»Diese Woche«, sagte Alex und neigte den Kopf, »ist die seltsamste meines Lebens.«
Joseph stieß das furchtbare, freudlose Lachen aus, das allmählich immer mehr zu ihm gehörte. »Es ist absurd – es ist melodramatisch. Aber es ist zu schade für dich. Wenn du dich bloß angemessen zu kleiden wüsstest. *Mr. De Mille, ich wäre dann so weit für meine Nahauf…*«
»Aber es ist so masochistisch, Klein«, platzte Alex heraus und empfand jetzt die volle Traurigkeit des Ganzen. »*Mich* auszusuchen. Ausgerechnet mich.«
»Tandem, genau das«, sagte Joseph und trat mit dumpfem Lächeln aufs Gaspedal, »ist etwas, was du nie warst. Von dem Tag an, als ich dich kennen lernte, warst du immer auf der Suche nach Genuss, nie nach Schmerz, ganz gleich, wie schlecht es dir auch ging.«
»Siehst du, da haben wir's wieder, genau das geht mir wirklich auf die Nerven – nach dem Motto, wenn ich nicht leide, bin ich der Goj, bin ich der Arsch …«
»Nein«, sagte Joseph heftig, »das habe ich nie gesagt und auch

nie empfunden. Das Leben ist ohnehin schon eine Negation. Es ist sinnlos und eitel, die Negation zu negieren. *Ich* bin eitel. Adam hat von Anfang an gesagt …«

»Adam weiß es?«

»Adam hat es sich gedacht. Er sieht alles. Er wusste es schon, als wir noch klein waren. Er hat gesagt, ich müsste jemand anderen finden, den ich lieben kann, mehr nicht. Es ist kein Zufall. Es ist eine Entscheidung, die ich getroffen habe, sagt er. Eine eitle Entscheidung für das Leiden.«

Ein Wagen vor ihnen wurde so langsam, dass sie fast anhalten mussten, und Joseph drehte sich wieder zur Seite und sah Alex an, der das nicht gut aushalten konnte. Beider Blicke wanderten benommen hinunter zu dem Hund.

»Was ist mit Endelmann. Braucht er keine? Liebe?«

Alex wünschte bei allen Göttern, die er kannte, dass Joseph aufhören würde, dieses Wort zu sagen.

Er setzte sich Lucia auf den Schoß, wo sie sich prompt daranmachte, den Lederknauf des Schaltknüppels anzukauen.

»Ich würde sagen, er ist sogar schon übersättigt.«

»Schade«, sagte Joseph, strich sich mit einer Hand durchs Haar und atmete alles aus. »Okaaay«, seufzte er. »Geschafft, geschafft, geschafft. Das reicht für einen Tag, würde ich meinen. Versuchen wir, uns zu konzentrieren. Achte jetzt mal auf irgendwelche Schilder. Alles, wo draufsteht: RICHTUNG OSTEN.«

2

»Das?«, sagte Joseph, als er sich auf die halbrunde Bank schob. »Das ist Endelmann. Der Eunuch.«

»Würde er Grace gern kennen lernen?«, wollte Adam wissen und schob mit einem Fuß den Katzentragekorb unter den Tisch. »Oder ist er schon der Ersatz?«

Rubinfine rückte auf, damit Alex sich links von ihm hinsetzen konnte. Er trug eine knallenge Jeans, grauenhaft in ihrer Beschränktheit, und einen Pullover, der für das israelische Tanzturnier in Mountjoy im Jahre 1989 Werbung machte, bei dem er Rebecca kennen gelernt und den dritten Platz belegt hatte.

»Bin ich nun bloß wieder ein *fürchterlicher* Kulturbanause«, fragte Rubinfine in die Runde, »oder darf ich mir die Bemerkung erlauben, dass in meiner Suppe ein rohes Ei schwimmt?«

»*Alex*«, sagte Adam und griff ungestüm über den Tisch. Alex gab ihm beide Hände.

»Ads. Wie geht's dir?«

»Gut. Du siehst gut aus, Mann. Ich glaube, das Restaurant hier wird dir gefallen. Die Kellner sind echte Russen. Ich glaube nicht, dass sie je einen Menschen schwarzer Couleur hier drin hatten. Ich hab die Vorspeisen bestellt – einer von ihnen ist fast in den Borschtsch gekippt, als ich den Mund aufgemacht hab – oh, ja, auf geht's; okay, okay, Bier für alle, ja? Bier, Joseph? Iswinitje ... *da*, okay, dwa butylki piewo, pozhaluysta ... spasibo, spasibo, *da*. Nun«, sagte er und wandte sich wieder dem Tisch zu, »alles klar für Donnerstag?«

»Das Auto, Ads ...«, begann Alex, doch dann musste er abbrechen und lächelte einfach nur.

Adam zuckte die Achseln. »Das Auto ist das Auto. Wichtiger ist die Sache am Donnerstag, und es wird wirklich klasse werden – einfach toll – es ist schon alles vorbereitet, du musst nur hinkommen – wir müssen nicht mal mehr drüber reden, wir können einfach hier sitzen und Wodka trinken. Gut? Ist das nicht super?«

Alex nickte und nahm sich ein dickes Stück Brot aus einer schmuddeligen Porzellanschüssel, deren abblätternder Blattgoldrand sich auch auf jedem anderen Gegenstand im Raum wieder fand. Er biss kräftig in das Brot, hielt es dann hoch und fragte nach der russischen Bezeichnung.

Adam machte ein lächerliches Knallgeräusch in der Kehle.

»Warum lernst du diese Sprache? Da ist so viel *Schleim* mit im Spiel«, fragte Rubinfine angewidert. Er reichte seinen vollen Suppenteller einem Kellner, der gerade vorbeiging.

»Rubinfine«, sagte Alex von plötzlichem Wohlwollen übermannt und klopfte ihm kräftig auf den Rücken. »Lange nicht gesehen. Wie ich höre, bin ich dir was schuldig. Danke für das Organisieren ... na ja, Green und Darvick haben mir erzählt, dass du hinter den Kulissen tätig warst usw. Rabbi Burston, richtig?«

»Ich tue, was ich kann«, sagte Rubinfine salbungsvoll, neigte den Kopf nach hinten und stieß unabsichtlich gegen einen bombastischen Samowar. »Eigentlich hat er an dem Tag eine Hochzeit, er ist sehr gefragt – es war nicht leicht. Hat einige Gefälligkeiten gekostet.«

Adam, der noch nie viel um Tischmanieren gegeben hatte, tunkte sein Buttermesser in ein kleines Töpfchen mit schillernden Fischeiern und tat sich einen Klecks davon auf die Zungenspitze.

»Ah, *prima*«, sagte er erleichtert, »ich bin froh, dass du keine Einwände wegen Rabbi Burston hast – ich meine, nicht, dass es berechtigte Einwände gäbe, wirklich nicht – und es ist auch ein bisschen weit draußen, aber in Mountjoy stand wirklich niemand zur Verfügung, und er ist fortschrittlich, also ist die Frauenfrage kein Thema, und wir müssen ihm dankbar sein, dass er das so kurzfristig übernommen hat und alles.«

Joseph schien ein Kichern zu unterdrücken, und Alex, der gerade dabei war, Grace aus ihrer Kiste zu befreien, blickte auf.

»Einwände? Was denn für Einwände?«

»*Genau*, nämlich gar keine – ich hab gewusst, dass du das so sehen würdest. Joseph, ruf doch mal den Kellner, Mann – wir müssen dem Hund noch was anderes zu fressen besorgen außer der Katze.«

Grace kreiste jetzt auf Alex' Schoß und ließ eine Pfote runterhängen, um Lucia zu reizen. Dann reckte sie sich nach oben und leckte Alex' Nase mit ihrer winzigen rauen Zunge.

»Ich verstehe immer noch nicht. Stimmt was nicht mit Burston?«

»Hat Green dir denn nicht? Oder ...«

In diesem Moment kam ein Kellner mit einer epischen Kinnlade und sprach eindringlich auf Russsisch mit Adam, wobei er sporadisch auf die Tiere zeigte.

»Uuh-litsa«, murmelte Adam, als der Kellner auf dem Absatz

kehrtmachte und zurück in die Küche marschierte. »Das heißt eindeutig ›Straße‹. Aber was das lange Wort heißt, würde ich gern wissen – vielleicht Zoo, oder Menagerie, wie in dem Satz, *wir sind hier doch kein …«*

»Adam, was stimmt nicht mit Rabbi Burston?«

»Eigentlich nichts«, sagte Joseph, und in seinen kummervollen, dunklen Augen lag plötzlich wieder etwas Spitzbübisches, wie früher, als er noch ein Junge war. »Ich hab ihn am Sonntag auf dem Tanzabend kennen gelernt, und er schien mir wirklich sehr kompetent zu sein, interessant. Ich hab mich mit ihm über Preston Sturges unterhalten, dazu hatte er wirklich Interessantes zu sagen, über jüdische Subtexte in Hollywoodfilmen dieser Zeit, sehr scharfsichtig, fand ich …«

»Was hat er denn bei dem Tanzabend gemacht?«

»Al, weißt du, was er zu mir gesagt hat?«, sagte Adam und wischte sich mit einer Serviette den Mund ab. »Wir haben natürlich mal wieder über die Kabbala debattiert, aber er hat einen wirklich wunderbaren Satz gesagt: *Gott ist ein Verb*. Er hat gesagt, in einem gebe ich Ihnen Recht – Gott ist ein Verb. Ist das nicht cool?«

»Außerdem kann der Mann tanzen«, sagte Joseph. »Und wie. Der hat alle anderen glatt vom Parkett …«

»Er ist ein Zwerg, nicht?«, folgerte Alex, und das Kinn klappte ihm auf die Brust.

Am Tisch wurde es still.

»Nein, nein, er ist größenmäßig …«, setzte Rubinfine an, aber Alex hob eine Hand, um ihn zum Schweigen zu bringen.

»Wie groß? Sagt schon, wie groß?«

»Ganz anständig, Mann, ehrlich«, sagte Adam und blickte besorgt in den Raum, durch den sich der Kellner von vorhin und ein Mann mit Geschäftsführerstirn näherten. »Ich glaube nicht, dass er viel kleiner ist als, sagen wir, eins vierzig?«

Lucia stürmte los, um den Geschäftsführer zu begrüßen, und leckte ihm die Schuhe, die nach Küche dufteten. Es folgte eine Szene. Adam flehte alle an, doch weiter Russisch zu sprechen,

weil das eine vorzügliche Konversationsübung für ihn sei, doch das Gesicht des Geschäftsführers nahm jenen Blick an, in dem sich unverwässerter Pessimismus bezüglich der Vernunft anderer widerspiegelt, ein Blick, der das Geburtsrecht eines jeden Russen ist. Mit einem Wink schickte er einen zweiten Kellner fort, der auf ihren Tisch zusteuerte, ein Tablett mit Bier und Blinze hoch über den Kopf gehoben.
»Und jetzt«, sagte er, »fordere ich Sie auf, unverzüglich zu gehen.
»Es wird eben was ganz Besonderes sein«, meinte Joseph, als sie auf der Straße standen. »Verstehst du? Das vergisst keiner so schnell. Es wird denkwürdig werden.«
»Es ist ja schließlich keine Kleinigkeit«, sagte Alex bissig und nahm ihm Grace' Kiste weg. »Es ist Kaddisch. Ich will nichts Besonderes. Ich werde es sowieso nicht so schnell vergessen, was? Wohl kaum, was? Nicht?«
»Ich bin so froh, das endlich aus deinem Mund zu hören«, sagte Adam, hakte sich bei ihm ein und zeigte in Richtung anderer Lunch-Möglichkeiten.

Es fing heftig an zu regnen. Nachdem sich zwei Restaurants geweigert hatten, Archen zu sein, verlor ihr Lunch allmählich an Attraktivität. Joseph musste zurück zur Arbeit, Rubinfine wollte sich ein Paar von diesen Socken mit rutschfester Sohle kaufen.
»Wollt ihr mich alle verlassen?«, fragte Adam und schüttelte seine kleinen, wassergetränkten Dreadlocks.
»Willst du mitfahren?«, schlug Alex vor und öffnete die Tür von –
»He«, sagte er, als er Grace auf einen Sitz stellte, »ich brauche einen neuen Namen. Es ist ein neues Auto.«
»Kitty. Sie war immer Kitty. Sie war nur deshalb Greta, weil du Angst davor hast, durchschaubar zu sein. Aber es ist nicht falsch, durchschaubar zu sein. Es gibt Kraft.«
»He, fang nicht wieder so an. Es regnet. Kommst du mit oder nicht?«

»Nein«, sagte Adam und zog sich den Mantel über den Kopf wie einen Pantomimebuckel. »Ich denke, ich muss in die andere Richtung, zur Bibliothek. Ich nehm die U-Bahn. Sag Esther, dass ich später komme.«

Alex setzte sich ans Steuer und überlegte, warum er es ihm nicht erzählt hatte.

3

Als er das Gartentor für Lucia aufhielt, sah er einen Vorhang wackeln. Er war auf halbem Weg zur Haustür, als Anita Chang ihm entgegenkam. Vor sich hielt sie eine Handtasche, eine plumpe Requisite, um die Illusion zu nähren, sie wollte gerade aus dem Haus gehen.

»Alex!«, sagte sie ohne Freude.

»Anita«, sagte er ohne Hoffnung.

»Und wie fanden Sie New York?«

»Der Pilot kannte den Weg.«

Ihr starres Lächeln kollabierte.

»*Ihr* Hund?«

»*Ein* Hund.«

»Ein Hund, der Ihnen gehört?«

»Ein neuer Hund in der Stadt. Besucht Freunde hier in der Gegend. Lernt«, sagte Alex, als Lucia sich auf ein Fleckchen des Gartens stürzte, wo Anita Narzissen züchtete, »die hiesige Flora kennen.«

»Wie ich sehe.«

»Und ich höre. Und Endelmann, das ist der Hund, tastet. Grace riecht, aber das wissen Sie ja. Wenn wir noch jemanden mit Geschmack fänden, hätten wir alle Sinne beisammen.«

Als er in der Diele seinen Mantel auszog, hörte Alex zwei Stimmen gleichzeitig, zwei entgegengesetzte Stimmen, und zwar von zwei so extremen Polen seines Bewusstseins, dass sein Gehirn sich einen Moment lang weigerte, sie zusammenzubringen. Und dann, auf der Schwelle zu seinem Wohnzimmer, drängte sich ihm das Offensichtliche auf: Das waren gar keine Stimmen in seinem Kopf, sondern zwei Menschen in der Welt, lebendig. Er musste sie gar nicht zusammenbringen.

»Hallo Fremder«, sagte Esther.

Sie lag ausgestreckt auf dem Boden vor Kitty und trug der Jahreszeit unangemessen einen cremefarbenen Hosenrock und eine dünne, rote Kaschmirweste.

»Das«, sagte sie und stützte sich auf eine Hüfte auf, »ist die faszinierendste Frau auf der Welt.«

Kitty beugte sich vor und rieb ihr über den frisch geschorenen Kopf.

»Sie hört meinen Geschichten zu, das ist alles. Ich glaube, sie gefallen ihr. Ich habe ihr erzählt, wie wir uns in New York kennen gelernt haben, und von Harvey, Ihrem großen amerikanischen Freund«, sagte Kitty, sehr zufrieden mit dieser simplen List. »Aber, *Alex*, Sie haben nicht gesagt, dass sie so eine Schönheit ist! Ein Blick auf sie kann Menschen ins Unglück stürzen – ich staune, dass Sie noch leben.«

»Eher schlecht als recht«, sagte Esther leise und mit einem Lächeln, versuchte, ihm einen vertraulichen Blick zuzuwerfen. Er wandte sich ab.

»Wie bitte?«, fragte Kitty, eine Hand hinters Ohr gelegt.

»Sie hat gesagt, eher schlecht als recht«, sagte Alex schroff. Er empfand diese verrückte Kälte, die einen manchmal überkommt, wenn man einen geliebten Menschen lange nicht gesehen hat, eine Art von Erkenntnisstörung: Ist sie das wirklich? Sind wir wirklich ein Paar? Ist das meine Entscheidung fürs Leben? Kennt sie mich wirklich? Kenne ich …?«

»Tee«, sagte er und ging aus dem Zimmer.

In der Küche setzte er Wasser auf und legte beide Hände auf die Arbeitsplatte.

»Bist du sauer?«

Er drehte sich um und sah sie in der Tür stehen.

»Nein, natürlich nicht, Es. Bloß …«

Sie verschränkte die Arme.

»Nichts. Bloß, ich hab's nicht mal Adam erzählt. Und es ist ein bisschen viel, das alles auf einmal. Dich zu sehen und … Hör mal, geht's dir gut? Was macht dein Finger?«

»Gips ist ab. Alles in Ordnung. War wirklich nur gebrochen.«

»Und …?«

»Dicker Bluterguss, mehr nicht.« Sie hob ihre Hand an die Brust und drückte sie sacht. »Die haben das prima hingekriegt. Alles wieder dahin getan, wo's war. *Alex*«, sagte sie, legte die Hände hinter den Kopf und machte große Augen. »Kitty Alexander sitzt in deinem Wohnzimmer. In *deinem* Wohnzimmer.«

»Jaja, ich weiß.«

»Na und, ist es ein Geheimnis? Willst du es nicht Adam erzählen? Ich meine – *Herrje*, Mensch – was *macht* sie hier? In *Mountjoy*?«

»Esther, bitte, *bitte*«, sagte er und griff nach ihr wie ein Blinder, »lass mich doch einfach – können wir nicht später drüber reden? Ich meine, kann ich vielleicht mal einen Kuss bekommen oder so? Ich hab dich *vermisst*.«

»Na, komm her«, sagte sie endlich. Er trat vor, und sie schloss ihn in ihre geschmeidigen Arme. »Ich begreif das nicht – du müsstest doch ganz aus dem Häuschen sein. Irgendwas stimmt nicht mit dir, was ist denn los?«

»Fast alles.«

Der Geruch war wie immer: Kakaobutter, ein Parfüm, das sie seit dem College benutzte, und das Aftershave, das sie für ihren Kopf nahm.

»Al, ich hab den ganzen Nachmittag mit ihr geredet. Sie ist einfach *faszinierend*. Wusstest du«, sagte sie zwischen Küssen, »dass sie mit Clark Gable und Carole Lombard im Bett war? Gleichzeitig?«

»Hmm … Das ist ziemlich viel Filmstar in einem einzigen Bett. Küss mich mal hier.«

»Aber – ich versteh dich nicht – ich meine, was für ein *Gefühl* ist das?«, sagte sie, und ihre vollen Lippen summten jedes Wort auf sein Ohrläppchen. »Sie ist *hier*, du bist ihr begegnet. Seit ich dich kenne, wolltest du …«

»Komm mit mir ins Bett«, murmelte er, schob eine Hand in ihren Hosenrock und unter einen widerspenstigen Slip-Gummizug. »Ich bin's bloß, aber wir könnten ein paar Schauspieler anrufen …«

»Alex, hör auf damit … Sie ist viel *netter*, als ich dachte. In den Filmen ist sie so eine *Diva*, aber sie ist ganz *normal*. Sie ist einfach unglaublich offen, und sie ist Feministin – ehrlich, Mensch ich muss sagen, sie ist richtig *inspiriert*. Sie sagt Sachen – ich könnte ihr einfach nur zuhören, den *ganzen* – *Alex*!«

Sein Mittelfinger versuchte, an Stoff vorbeizukommen, um sie dort zu berühren. Sie wich von ihm zurück und ordnete ihre Kleidung.

»Hör mal, ich geh wieder zu ihr. Es ist zu unhöflich, sie so lange da drin allein zu lassen. Und außerdem – *bitte* räum dein Zimmer auf. So kannst du es ihr unmöglich anbieten. Es ist die reinste Müllhalde. Sie ist ein *Filmstar*, zum Donnerwetter. Ehrlich, ich *fasse* es nicht!«, sagte Esther ganz aus dem Häuschen und lächelte ihr wunderbares Lächeln, das mit den Blitzlichteraugen. »Kitty Alexander. Kitty Alexander! Kit-ty Al-ex-an-*der*. In deinem Wohnzimmer. In *deinem* Wohnzimmer. Das ist *surreal*.«

»Ja«, sagte Alex, unfähig, es zu empfinden.

Sie küsste ihn auf die Nase. Zehn Jahre sind eine lange Zeit, sich von derselben Person auf dieselben Stellen küssen zu lassen, aber er empfand noch immer etwas von dem Prickeln. Und Dankbarkeit.

»He«, sagte er, als sie sich abwandte. »Du hast meine Neuigkeit gesehen. Jetzt will ich deine sehen. Wir hatten eine Abmachung, oder?«

Sie blieb stehen, und er trat näher, packte den zotteligen Rand der Weste und zog sie ihr langsam über den Kopf. Als sie die Arme hob, um ihm zu helfen, rutschte der Kasten nach vorn, drückte gegen die Haut. Er sah Stiche und die Umrisse eines

Drahtes. Er legte eine Hand auf ihre rechte Brust, eine auf dieses neue Herz. Der Kessel verstand was vom Pfeifen.

Tatsache. Frauen haben eine unerschöpfliche Auffassungsfähigkeit für Anekdoten. Männer ziehen Witze und Geschichten vor. Alex störte weder das eine noch das andere, solange er es war, der erzählte, aber Kitty und Esther waren schon lange vor seiner Ankunft in ihrem Panoramabus zur Nostalgietour aufgebrochen. Sie trieben sich in den menschenleeren Ateliers auf alten Studiogeländen herum, in den Penthäusern längst geschlossener Hotels. Sie machten keine Pause, und es gab keine Möglichkeit für Alex zuzusteigen. Sein Abgang aus dem Zimmer, im Anschluss an ein demonstratives Schmollen, blieb unbemerkt. Erst als er fünf Minuten später zurückkam, um Grace einzufordern, erntete er etwas Aufmerksamkeit.

»Oh«, klagte Kitty, »aber sie und Lucia haben sich ineinander verliebt.«

Alex schnappte sich eine widerwillige Grace, stopfte ihren Kopf unter seine Achselhöhle. »Sie ist gern mit mir oben. Sie schaut mir gern bei der Arbeit zu.«

»*Arbeit?*«, wiederholte Esther und lachte. Er blickte wütend, fand sie unsympathisch, wenn sie so war, wenn sie, wie er fand, für jemand anderen schauspielerte.

»Vorbereitung«, lautete seine knappe Antwort.

»Rufen Sie an?«, schlug Kitty vor und reckte hoffnungsvoll die Arme hoch wie eine Tante in Erwartung einer Umarmung. »Vielleicht rufen Sie Max für mich an. Nur um zu sagen, dass es mir gut geht. Ich hab die Nummer an das schwarze Brett in der Küche gehängt. Rufen Sie ihn an, bitte. Sorgen Sie dafür, dass er nicht böse auf mich ist.«

»Klar«, sagte Alex, trat zurück und schloss die Tür hinter sich.

Oben nahm er seinen Reisekoffer und leerte den Inhalt aufs Bett. Die Kleidung nahm er in einem einzigen stinkigen Bündel hoch und warf sie in den Wäschekorb im Badezimmer. Die Bücher legte er auf den Boden und arrangierte sie mit den Füßen zu einem halbwegs ordentlichen Haufen in der Ecke. Die Papiere ging er einzeln durch, warf jedes zweite in den Papierkorb, darunter auch sämtliche Quittungen, weil er vor langer Zeit beschlossen hatte, lieber mehr Steuern zu zahlen, als zu den Männern zu gehören, die sich an einen schönen Tag anhand der Spesen erinnern, die sie gemacht haben.

Die Visitenkarte eines Händlers. Die Unterschrift eines Playboy-Bunnys. Eine Karte für die Eisbahn. Ein gelber Umschlag. Alex nimmt den Brief des Stalkers heraus und liest ihn noch einmal. Armer, irrer Max. Aber der Ton lässt Alex nicht los; es gibt da etwas, was er wieder erkennt. Große Liebe, Bewunderung, ja. Aber auch versteckte Abneigung. Eine Qualität, die auch in Alex' eigenen Briefen anklingt, wenngleich besser kaschiert. Zuerst war ihm das nicht klar. Und dann eine jähe Erkenntnis, als er noch im Teenageralter war, bei einer sehr verregneten Premiere, gegen eine Eisenabsperrung gedrückt, durchnässt bis auf die Haut. Er sah die französische Schauspielerin, deretwegen er gekommen war, unter einem Riesenschirm über den roten Teppich rauschen, ohne ihn eines Blickes zu würdigen. Er hatte das Erlebnis in seinem Buch beschrieben, unter der Kapitelüberschrift: »Jüdischer Ruhm und Goj-Fan-Dasein«.

Groupies hassen Musiker. Kinobesucher hassen Filmstars. Autogrammhändler hassen Prominente. Wir lieben unsere Götter. Aber wir lieben nicht unsere Abhängigkeit.

Alex setzte sich und schaltete die Trickkiste ein. In Gedanken machte er rasch eine – später zu erweiternde – Liste von den verschiedenen Online-Auktionen, auf denen er Kitty anbieten wollte. In New York hatte sie ihn acht Pappkartons mit ihrer privaten Korrespondenz durchsehen lassen, aus denen er sich nach Belieben bedienen durfte, nur Briefe an ihre Familie waren tabu. Bei allem anderen war sie völlig unsentimental. Auf seinem Schreibtisch lag jetzt eine Sammlung Liebesbriefe. Sie hatte eine Affäre mit einem berühmten Schauspieler gehabt, und nach seinem Tod hatte seine Witwe ihr die Briefe zurückgeschickt. Und erst der Inhalt! In einem Brief beschreibt sie ein Hotelzimmer in Las Vegas, früh morgens mit einem weiteren Liebhaber, einem schwarzen Schauspieler. Sie erinnert sich an die Farben der Uniform, die das Zimmermädchen trug, das überraschend hereinkam und auf ihre Bettdecke spuckte. Nicht auszudenken, wie viel so ein Brief wert war, wie viel alle zusammen wert waren. Von New York aus hatte Alex schon vier Stück an sein Londoner Auktionshaus geschickt. Sie würden morgen verkauft werden. Er verbot sich beinahe die köstliche Vorstellung, wie er da vor allen saß, mit dem Autogrammcoup des Jahrhunderts.

Es war nicht das Geld, das ihn so begeisterte. Nicht nur das Geld. Er sagte sich selbst, es war die Freude darüber, ein Geschenk zu machen, Kitty für alles, was sie ihm gegeben hatte, etwas zurückzugeben. Aber das stimmte nicht ganz. Es war die *Vollkommenheit des Wunschtraumes*. Ein Autogrammhändler strebt sein ganzes Leben lang nach Ruhm, nach der Aura von Ruhm, und sein Wert misst sich allein daran, wie nah er ihr kommt. Aber jetzt hatte Alex die Aura. Er hatte sie in der Flasche. Er besaß sie. Sie war Teil von ihm geworden, beinahe.

ACHT / *Bulle und Selbst transzendiert*

I

Es war eine wunderbare Nacht gewesen, das war das Tragische dabei. Das Nirwana sollte nicht anhand der Qualität vulgärer Leidenschaften beurteilt werden, sondern anhand der nachfolgenden Ruhe, und sie hatten wunderbar zusammen geschlafen, auf dem Sofa umeinander gerollt, als wären sie Teil seines Musters.

Als er erwachte, lag sein Gesicht in die Mulde ihres Schulterblattes geschmiegt, sein Haar klebte an ihrer Haut. Er war glücklich! Tageslicht schwoll hinter geschlossenen Jalousien an. Er umschlang fest ihre Taille und küsste sie in den Nacken. Das war pures Glück! Doch dann reckte sie sich, und ihre Hand schlüpfte in eine Ritze des Sofas.

»Was ist das?«

»Hmm? Was ist was?«

Sie zog es mit dramatischer Langsamkeit heraus. Im Dämmerlicht sah es für Alex so aus, als häutete sie eine Schlange.

»Alex, wem gehört die?«

Alex öffnete den Mund.

»Sag nicht Kitty«, sagte Esther nachdrücklich, und damit war ihre Nähe vorbei, Esther wurde ihm entrissen und setzte sich jäh auf. »Das ist eine Netzstrumpfhose. Alte Damen tragen keine Netzstrumpfhosen.«

Und das war eine Tatsache.

»Esther, warte doch mal …«

Sie fluchte leise, ausdrucksvoll und schnappte sich dann die Fernbedienung. Der Fernseher erwachte zittrig zum Leben, etwas verhalten, weil er nicht stören wollte. Sie zog ihre Unterwäsche an. Ein sprechendes Möbelstück füllte bereitwillig die Geräuschlücke, eine seiner nützlichsten Funktionen. Alex öffnete den Mund.

»Und bitte«, sagte Esther, als sie die Füße in ihre Schuhe rammte, noch bevor sie ihren Hosenrock angezogen hatte, »verwende nicht den Ausdruck *harmlose Erklärung*. Oder *sie ist bloß eine gute Freundin*. Sag nicht, dass du *nie irgendwas tun würdest, was mich verletzt*. Bitte. Bitte sag möglichst nichts, was du im Fernsehen gehört hast.«

Im Nahen Osten war ein Mann mit einer Bombe an den Bauchnabel gepresst in einen Bus gestiegen. Im Parlament beschuldigte ein Mann einen anderen Mann der bewussten Täuschung. Ein Kind wurde vermisst. Seine Eltern schwankten und schluchzten und konnten ihre Sätze nicht zu Ende sprechen. »Meinst du, du kannst es *beenden*?«, fragte sie. Sie war den Tränen nah. Sie stand vor dem Bildschirm. Er wusste nicht, was sie mit der Frage meinte. Er wusste aber, was ihr Körper signalisierte, nackt, bis auf Unterhose und Schuhe. Diese wilden Wülste, die ihre Oberschenkelmuskeln waren: Sie konnte fortgehen. Sie würde fortgehen.

»Kapierst du denn nicht, dass der Moment nie kommen wird?«, fragte sie und schlug auf die Sofalehne. »An dem du all die verschiedenen Menschen gehabt hast, die du haben willst, wenn du fertig bist, wenn du dich mit mir *begnügst*. Menschen *begnügen* sich nicht mit Menschen. Sie beschließen, mit ihnen zusammen zu sein. Das erfordert Glaube. Du malst einen Kreis in den Sand, und du einigst dich darauf, hineinzutreten und daran zu glauben. *Glaube*, du Idiot.«

Ein Musical wurde eingestellt. Etliche Songs würden nie wieder auf dieser Bühne gesungen werden.

»Und so«, sagte der Fernseher, »nach fünftausend Vorstellungen …«

»Boot«, nuschelte Alex, der in affenähnlicher Haltung vor ihr saß, behaart, schlaff, Hände auf dem Boden hängend. »Die von vorher. Bloß, dass es nicht mehr passiert. Sie hat hier geschlafen, mehr nicht.«

»Verstehe«, sagte Esther.

Die Decke war dünn. Sie konnten Kittys energische Schritte oben hören, gefolgt von Lucias, wie ein Stottern. Esther zog sich an, als hätte sie Streit mit ihren Kleidungsstücken.

»Beruhige dich, Es – bitte, nur eine Minute …«

»Meine Liebe «, drang Kittys Stimme von der Treppe. »Esther, könnten Sie mir vielleicht kurz helfen? Es ist mir ein bisschen peinlich – Lucia, hör auf damit, bitte – *Esther*?«

Esther schob sich an Alex vorbei und die Treppe hinauf. Grace, auf deren Unterstützung Alex gehofft hatte, wartete lachhafte zehn Sekunden lang und folgte ihr dann nach oben.

Alex drehte sich zum Fernseher. Er saß auf dem Boden und versuchte, die *Vajrasana*-Haltung einzunehmen, aber wenn er sich nicht die Knochen brechen und wieder neu zusammensetzen wollte, schien ihm das ein Ding der Unmöglichkeit. Stattdessen begnügte er sich mit einem halben Lotus. Er entdeckte ein behaartes Pfefferminzbonbon im Teppich und fing an, daran zu lutschen. Die Nachrichten kamen zum Börsenteil. Zahlen liefen über den Ticker. Alex schloss die Augen und rief sich die Meditationsregeln in Erinnerung.

1. Sitze ruhig in der Meditationshaltung.

Ja, dachte Alex, ja, verstanden. Ja, und ich sitze ruhig, verdammt noch mal. Also? Zweitens. *Zweitens.*

2. Mach dir bewusst, dass du in der Gegenwart bist, im Hier und Jetzt, und entspanne dich in diesen Raum.

Ins Hier und Jetzt entspannen? *In* den Raum? Aber ich bin doch schon drin, oder? Genau das tu ich doch gerade, ich bin verdammt noch mal in der Gegenwart, verdammt entspannt. Scheiße.

3. *Lass deine Gedanken los, deine Vorstellungen von der Zukunft, deine Sehnsucht nach der Vergangenheit, hör auf, über Probleme nachzugrübeln, usw.*

Endlich etwas mit Hand und Fuß. Alex öffnete ein Auge, streckte einen Arm aus und griff nach dem Hals einer Rotweinflasche, die auf dem Couchtisch stand. Er schüttete sie in sich hinein und nahm die Position wieder ein. Ich lasse, dachte er, meine Gedanken los.

»Und zum Schluss ...«, sagte der Fernseher.

Alex versuchte, sich von aller Sehnsucht nach der Vergangenheit zu befreien. Jedes Mal, wenn er Sehnsucht nach der Vergangenheit spürte, musste er zur Strafe wieder atmen, mit eins anfangen und beim Ausatmen bis zehn zählen. Die Folge war, dass er kurz davor war zu hyperventilieren.

»Alex«, erklang Esthers Stimme, »Alex, lass das, du nervst. Hör mal, ich muss zum College, aber du musst ein Handtuch für Kitty kaufen – da oben ist nichts Sauberes für sie – Alex, ich rede mit dir. Hörst du jetzt bitte damit auf? Du klingst wie so ein dämlicher ...« Esthers Stimme verschwand. Als sie zurückkam, konnte Alex sie nicht im Zimmer lokalisieren. Sie war zum Flüstern geworden.

»Oh, *Gott*«, sagte sie.

»... friedlich letzte Nacht in New York gestorben«, sagte der Fernseher.

»Alex, Alex – mach die Augen auf – Alex, sieh dir das an! Hast du das *gehört?*«

Alex spürte einen Tritt in die Seite, aber er wollte sich dadurch nicht aus seiner Konzentration reißen lassen. Denn Alex-Li Tandem war ein Zen-Meister. *Ich lasse alles los*, dachte Alex, *meine Vorstellungen von der ...*

Derweil wendete der Fernseher, in Anbetracht des Durchschnittsalters seines Publikums, kaum eine Minute für diesen neuen Todesfall auf, den 15246osten des Tages. Hier ist ein Bild der Schauspielerin in jungen Jahren:

Hier ist eins von dem Mann, den sie liebte (er ist jetzt schwer krank und sitzt im Rollstuhl):

Hier ist die berühmteste Szene aus ihrem berühmtesten Film:

In ihren letzten Lebensjahren sehr zurückgezogen. Sie war ein Talent. Vielen Menschen Freude gebracht. Beerdigung im engsten Freundeskreis. Wird uns fehlen. Und nun das Wetter.

»Oh Gott«, sagte Alex.

»Oh *Gott*«, sagte Esther. Sie saßen, sie und Alex, Seite an Seite auf dem Boden, zum Standbild erstarrt. Eine attraktive Frau nutzte die Gelegenheit, ihnen einen Luftbefeuchter verkaufen zu wollen.

»Das war Max«, sagte Alex und sprach damit endlich eine frühere, stumme Erkenntnis aus. »Er ist verrückt. Er muss denen erzählt haben, dass sie …«

»Du musst irgendjemanden anrufen«, sagte Esther, ohne hinzuhören, stand auf und suchte nach dem Telefon. »Du musst das richtig stellen. Das ist *schrecklich*, sie darf das nicht sehen. Das ist *unglaublich* schlechtes Karma.«

»Nein – warte mal, lass mich *überlegen*.«

»Was soll das heißen, nein? Was zum Teufel gibt es denn da noch zu überlegen? Sie ist *oben*.«

Kitty rief erneut nach Esther, leise, entschuldigend, vom oberen Treppenabsatz.

»Ich komme! Pass auf, hier ist das Telefon. Ruf die Zeitungen an. Eine Zeitung. Erzähl ihnen, dass ein dummer Fehler passiert ist, mehr nicht. Ist nicht schwer.«

Alex nahm das Telefon und stand auf. Er schloss die Tür hinter Esther. Eine Weile ließ er das schnurlose Gerät in seiner Handfläche wippen, dachte nach. Dann wählte er, hörte zu, wie die Nummern ein Lied mit elf Noten sangen, das er auswendig konnte. Esther kam wieder ins Zimmer gestürmt.

»Sie wollte bloß wissen, wo das Shampoo – rufst du jetzt da an?«

Alex legte eine Hand auf den Hörer und bedeutete Esther, still zu sein.

»Hallo? Ja, verbinden Sie mich bitte mit dem Columbard Room, danke. Nein, hör zu«, sagte er und legte wieder die Hand über die Sprechmuschel, »pass auf, Es, ich erklär's dir …«

»Alex, wer ist das? Wieso rufst du …?«

»Nein, Es, Moment. Bevor du – es ist nicht für mich. Ich könnte heute richtig viel Geld für sie verdienen …«

»*Wie* bitte?«

»Na, überleg doch mal. Genau das hat sie gewollt. Richtig? Sie muss unabhängig werden – vor allem von diesem Irren – und ich kann ihr diese Unabhängigkeit verschaffen.«
Esther setzte sich mit offenem Mund in einen Sessel. Sie machte die Internationale Geste für Ungläubigkeit (Augen drei lange Sekunden geschlossen und mit geweiteten Pupillen wieder geöffnet).
»Esther? Das ist vernünftig.«
»Erzähl mir nichts«, sagte sie hart. »Du willst bloß deinen großen Tag haben. Du willst es all diesen anderen Spinnern zeigen …«
»Hör zu«, sagte Alex, »morgen können wir die große Stunde der Wahrheit abhalten, und alle werden mit ihren Sünden konfrontiert, und am Schluss kann ein Herzog auftreten und alle wegheiraten – die ganze Chose – ich schwöre. Esther, das Zeug, das ich gestern zum Verkauf angeboten habe – das wird sich *verdreifacht* haben. Das wird – Momentchen, Hallo? Ja, spreche ich mit Martin? Ist er da? Martin Sands? Ja, hier ist Alex-Li Tandem, danke, ja, ich warte. *Esther*, wir müssen nur einen Tag lang den Mund halten. Es kommt niemand zu Schaden, und sie hat den größten Nutzen, hab ich Recht? Hab ich Recht?«
Durchs Telefon ertönte eines von Bachs Cello-Stücken, für Alex immer die Musik der Urteilskraft. Esther sagte etwas. Irgendwo klingelte Alex' Handy. Es hörte auf, dann fing Esthers an, und dann wieder seins. Das, was Geier früher draußen vor den Dörfern erledigten, ist heute Sache des Telefonverkehrs, der Satelliten. Was nach dem Tod kommt, vollzieht sich telefonisch.
»Was hast du gesagt? Esther? Ich hab dich nicht verstanden.«
»Ich hab gesagt, okay«, wiederholte Esther und kam ihm in seinem Sessel besiegt, klein, gar nicht wie sie selbst vor. »Selbstverständlich, wie besprochen, nicht dir zuliebe. Ihr zuliebe. Nicht dir zuliebe. Aber du darfst die Leute nicht länger als unbedingt nötig in dem Glauben lassen. Vielleicht hat sie Familie – das weißt du nicht. Wenn die Auktion vorbei ist, dann …«
»*Danke*. Bitte, geh mit ihr irgendwohin, schaff sie aus dem Haus,

lass sie nicht in die Nähe eines Fernsehers. Bitte, danke. Wir unterhalten uns später. Danke.«

Er warf ihr die Schlüssel zu. Er sagte ihr etwas, was er ihr schon eine ganze Weile nicht mehr gesagt hatte.

»Ich weiß. Es wird mich noch umbringen«, entgegnete sie.

2

Am Nachmittag wurde Alex vor dem Auktionshaus von einer Art Begrüßungskomitee in Empfang genommen. Die versammelten Raucher auf der sonnigen Eingangstreppe pfiffen und trampelten und johlten, als er verkehrswidrig vor ihnen parkte.

»Der Körper ist ja noch warm!«, rief ein Mann, den er noch nie hatte leiden können. Eine ganze Reihe von Autogrammhändlern, die er kannte, drehten sich einander zu und machten zwei Gesten: Entweder sie griffen in ihre Tasche, oder sie hielten die offene Hand ausgestreckt.

»*Tandem*«, jammerte Lovelear, als er am Beifahrerfenster auftauchte. »Tja, ich hab dagegen gewettet. Hätte dich nie für so käuflich gehalten. Ich hab gedacht, du würdest mindestens eine *Woche* warten. Ich bin wohl zu sentimental. Du hast mich gerade fünfundzwanzig Pfund gekostet, Mann.«

Alex stellte den Motor ab und stieg aus dem Wagen. »Hat es schon angefangen? Hast du den Katalog gesehen? Wie weit sind sie mit der Auktion?«

»Hallo, Lovelear«, sagte Lovelear und versuchte, mit Alex Schritt zu halten, als er in das Gebäude trabte. »Schön, dich zu sehen, wie läuft's denn so? Mir geht's gut, Tandem, Danke der Nachfrage.«

»Jetzt nicht – später.«

Sie sprinteten den Gang entlang.

»Ich hab eine ziemlich traurige Nachricht«, sagte Lovelear atemlos auf der Treppe. »Hab schon versucht dich anzurufen, aber ...«

»*Später.*«

Gerade als sie vor der Cafeteria links abbogen, griff ein Arm, der zu Baguley gehörte, nach Alex. Mit der anderen Hand nahm Baguley seinen Hut ab und hielt ihn sich vor die Brust. Sein Gesicht, grotesk verzerrt, wirkte weinerlich. Um es zu überspielen, lächelte Alex, so breit er konnte.

»Baguley. Schön dich zu sehen. Kommst du mit rein?«

»Und dem Tod«, sagte Baguley mit unerklärlichem Blick nach oben zu dem kitschigen Deckenfresko, »soll kein Reich mehr bleiben.«

Er legte Alex eine Hand auf die Schulter und drückte schmerzhaft fest zu.

»Als ich es erfahren habe«, sagte Baguley, »hab ich als Erstes *Rich Pickings* eingelegt, und zugegeben, okay, ist nicht gerade einer von ihren Besten, aber ich hab ihn mir angesehen, und da ist sie so jung und schön … na ja, ich kann dir sagen, ich habe deutlich gespürt: *Dem Tod soll kein Reich mehr bleiben*. Sie wird wirklich ewig weiterleben. In unseren Herzen, in unserer Erinnerung. Und im Film natürlich – das ist das Entscheidende.«

»Wirklich super«, sagte Lovelear. »Und wenn du uns jetzt entschuldigen würdest …«

»Selbstverständlich«, fuhr Baguley fort, »denkt man an ihre Familie. Sie war jung, wirklich. Im Grunde genommen. Man denkt an die Menschen, die ihr nahe standen. Ich persönlich halte es für pietätvoller, eine Weile zu warten, ehe … kann nicht einfach so da reinplatzen. Außerdem warte ich immer noch auf die Echtheitsbestätigung meiner Stücke, also … Aber ich denke, was wir daraus lernen, ist, na ja, in einem Moment ist man da, spielt eine Rolle im Film seines Lebens, und im nächsten Moment sagt der große Regisseur im …«

An dieser Stelle täuschte Alex als letzte Rettung einen Hustenanfall vor. Baguley trat dicht an ihn heran, rieb und klopfte ihm abwechselnd den Rücken.

»Er ist aufgewühlt, einfach aufgewühlt – sind wir doch alle«, flüsterte Baguley Lovelear zu. »Es ist immer schwer, und er hat sie ja auch noch *kennen gelernt* …«

Alex richtete sich auf und blickte Baguley fragend an. Schon

allein ihn anzusehen löste Angstschweiß aus, Herzklopfen. Baguley war eine Gesamthalluzination. Baguley war etwas, an dem die Welt sich den Magen verdorben hatte.
»Wo warst du«, sprach Baguley weiter, »als du es erfahren hast?«
»Ich stand da, den rauchenden Colt in der Hand«, sagte Alex und zog sein Jackett aus. Er hatte nicht annähernd genug getrunken, noch nicht, aber er dachte trotzdem, er könnte diesen Mann schlagen, und wenn auch nur aus Neugier. Dann wurde aus dem steten Strom der Autogrammhändler zum Columbard Room eine Flutwelle, und Alex ließ sich davon mitreißen. Zwischendurch wurde er einmal von zwei imposanten Bäuchen fast hochgehoben. An der Tür entdeckte er Dove, der seinen Katalog zu einer Tüte zusammengedreht hatte und auf der Unterlippe kaute. Es war gerade erst drei Uhr durch, aber der Geruch von Koch-Sherry haftete beharrlich an ihm.
»Warte schon ewig!«, platzte er mit unabsichtlicher Fistelstimme los. »Plätze da drüben. Deine Losnummern sind drin, Tandem. Müssten jeden Moment aufgerufen werden.«
»Und jetzt«, grollte der Auktionator.

»Ich *glaub* das einfach nicht«, heulte Lovelear fünfzehn Minuten später. Er wandte sich um und starrte Alex an, als hätte er den Menschen noch nie im Leben gesehen. Er war nicht allein damit. Als die Gebote immer weiter wie Pingpongbälle zwischen einem fettleibigen Mann in der ersten Reihe und einem unbekannten Käufer am Telefon hin- und hersprangen, richteten sich immer mehr Augen – ehrfürchtig, fassungslos – auf Alex, und jenes besondere Raunen eines Auktionssaales, das so klingt, als würde Geld in einem Gewölbe gezählt, lief einmal, zweimal, dreimal rund um den Saal. Alex hielt es nicht in seinem Körper aus, so kribbelte er. Esther hatte Recht gehabt, er hatte tatsächlich genau das gewollt – ihm war gar nicht klar gewesen, wie sehr. Zehn Jahre hier an diesem Ort den großen Jungs zusehen. Er wollte selbst ein großer Junge sein, und wenn nur für einen Nachmittag. Er wollte wissen, was das für ein Gefühl war. Und einen Moment lang war es ein unglaubliches Gefühl. Er spürte, wie er abhob, regelrecht abhob. Er war Teil dieser verrückten Zahl, die der Auktionator gerade ausgerufen hatte, und dann der neuen und der danach, und ein Element von ihm war in den komplizierten, ineinander verschachtelten Sechsecken an der Decke, dem königsblauen Plüsch des Teppichs, in den Augen anderer. Doch das Gefühl war nur einen Moment lang gut, war nur einen Moment lang erhaben, und dann schlug es um.

Nach zehn Minuten wusste er, dass er das alles abblasen wollte. Er wollte aufstehen und ihnen sagen, dass es nicht einmal sein Geld war, aber er konnte bloß da sitzen und diese Berühmtheit annehmen, die ihm verliehen wurde, seine fünfzehn Minuten mit ihrer Verschmelzung von Staunen und Hass. Er wollte die Arme in die Luft strecken und sagen: *Jungs, Jungs – ich bin noch immer einer von euch, das ist nicht mein … ihr dürft nicht denken, das wäre mein …*

Stattdessen saß er da, den Kopf fast zwischen den Knien, während die Zahlen kletterten. Höher, höher. Und er wusste, er sollte froh sein, an Kitty denken, die jetzt auf dieser ansteigenden Geldflut der Freiheit entgegensegeln konnte. Aber er spürte, wie er selbst sich in den Augen seines Publikums verwandelte, und zwar in ein Symbol des kollektiven Traums seines Jahrhunderts: *Er braucht nie mehr zu arbeiten.* Das ist ein Teil des Traumes vom Ruhm – vielleicht der größte Teil. Das Lotterielos, der plötzliche Geldsegen, die verrückte Hoffnung, das Schicksal könnte einen Menschen von allen anderen Menschen auf Erden abheben …

Er konnte es hören: nicht das Raunen im Raum, sondern das Raunen in der Welt. Es war so traurig, ein vielstimmiger Chor des Stöhnens. Weil Glück eine Art Beleidigung der Welt ist. Li-Jin hatte das gesagt. Das Kino ist voll von Vätern und ihrer Weisheit, aber Alex erinnerte sich nur an ein einziges Beispiel: Als Junge, als er im Fernsehen ein Erdbeben in China sah, hatte er sich zu seinem Vater umgedreht und ihm zu seinem Glück gratuliert, hier zu sein, und nicht dort. Li-Jin hatte ihn für diese Ungehörigkeit geohrfeigt und ihm erklärt, dass Glück eine Beleidigung der Welt ist. Die glücklosen Toten beneiden dich. Und jetzt konnte er sie *hören*, in diesem Raum, jene klagende Gemeinschaft der Geister (war Li-Jin unter ihnen?), die gelitten haben und gestorben sind bei dem Versuch, das zu bekommen, was Alex-Li Tandem nun mit großer Leichtigkeit und völlig grundlos zufiel.

Zum vierten Mal schlug der Auktionator seinen kleinen Hammer gegen Alex' Herz. Es war vorbei. Das signierte Foto, das sie ihm geschickt hatte, brachte fünfzehn Riesen. Der Liebesbrief an einen Star brachte achtunddreißigtausend. Ein anderer vierzig. Die letzte Losnummer, die Kopie eines Briefes (mit skandalös sexuellem Inhalt) an J. Edgar Hoover brachte fünfundsechzigtausend Pfund. Ein Mann von einer Londoner Abendzeitung bat ihn, eine verblüffte Miene aufzusetzen, und machte ein Foto.

Eine ereignisreiche Hollywood-Auktion endete immer im Dante's, wo die Autogrammhändler sich anschließend trafen, um Wachs zu pulen und die dicken Geschäfte durchzuhecheln. Diesmal konnte Alex nicht sofort zu den Getreuen stoßen. *Er* war das dicke Geschäft. Er hatte im Auktionshaus noch einiges zu erledigen. Es galt Formulare zu unterschreiben, einen Scheck entgegenzunehmen. Er absolvierte das alles wie ein Mann im Traum, wie jemand, der vorgibt, Rabbi zu sein. Menschen sprachen ihn an, darunter auch ein Journalist, und bei all diesen Transaktionen empfand er einen neuen Grad von Täuschung. Nicht nur, dass er nicht der Mensch war, für den sie ihn hielten (reich, vom Glück verwöhnt, gerissen), er war auch nicht der Mensch, für den er sich hielt (nutzlos, beschädigt, hoffnungslos). Die Wahrheit war irgendwo in der Mitte, und zum ersten Mal in seinem Leben wurde ihm klar, dass sie ihm nicht gehörte.

Als er endlich zurück in die Welt entlassen wurde, hatte sich die Menge seiner Kollegen bereits dezimiert – es stand niemand mehr auf dem Bürgersteig, das Bier auf dem Fenstersims abgestellt –, aber im Dante's war die Stimmung noch immer gesellig, ausgelassen, zumindest bis Alex-Li Tandem hereinspaziert kam. Dass wir uns nicht falsch verstehen. Die Leute hörten nicht auf, sich zu unterhalten, sie starrten ihn nicht mal direkt an. Die Jukebox, die ihre begrenzte Auswahl an Opernhits spielte, verstummte nicht. Nicht wie im Fernsehen. Aber die Aufmerksamkeit nahm eine andere Qualität an. Die *Schwingungen* (und das war ein Wort, für das er bis zu diesem Augenblick keine Verwendung gehabt hatte) veränderten sich. Sie wechselten die Richtung. Statt ihren vielen natürlichen und chaotischen Pfaden zu folgen, wurden sie stromlinienförmig. Alle Pfeile zeigten auf Alex. Er war ein Magnet des Begehrens. Er war ein ganz kleines bisschen berühmt. Er war die Mitte von allem.

Alex spürte auf dem Weg zur Theke den Hauch einer neuen Form von Einsamkeit, die schwerer abzuschütteln war als ihre Vorgängerin. Alle, an denen er vorbeikam, gratulierten ihm; plötzlich gab es kein anderes Thema mehr als seinen Erfolg, keine Form der Konversation als diese förmlichen Glückwünsche, wie man sie auf Bar-Mizwas und Hochzeiten hört und die klingen wie Glocken. Aber es sind bloß Abschiedsworte, dachte Alex entsetzt. Abschiedsworte in einem anderen Gewand! Diese Menschen sagen mir für immer Adieu. Ich bin nicht mehr einer von ihnen. Ich bin für sie tot. Ich bin verschieden. Und als er schließlich bei den Bierdeckeln und Zapfhähnen ankam, fühlte er sich leer, man hatte ihm so oft auf den Rücken geklopft, dass er keine Luft mehr in sich hatte. Er wollte einen dreifachen Gin mit Tonic bestellen, aber jetzt zog Dove an seiner Jacke.

»Tandem«, zischte er, und er stank, als hätte er ein süßes Betäubungsmittel nach dem nächsten eingeworfen, »was machst du denn hier? Du solltest dir was Feineres suchen. Hier kannst du nicht mehr trinken. Das ist ein Ort für *Loser*, Kumpel.«

»Und ich nehme einen Eimer Champagner, großer Held«, sagte Lovelear, der links von ihm auftauchte. Er hatte sich bei irgendwem ein Lächeln gemietet, und es hatte die falsche Größe.

»Lovelear«, sagte Alex leise und spürte, wie sich sein ganzer

Körper entschuldigte. »Tja. Das war alles ein bisschen seltsam, was?«

Lovelear stieß einen Pfiff aus. Er lächelte noch immer dieses fremde Lächeln. Seine Bewegungen sollten irgendeiner Vorstellung entsprechen, die Lovelear von *guter Laune* hatte.

»Einhundertfünfzig*tau-send*. Das ist nicht ein bisschen seltsam, mein Freund, das ist *jede Menge* seltsam.«

»Allerdings ... Es ist seltsam. Es ist sehr ...«

»Ich finde es einfach toll«, sagte Lovelear schwülstig. »Ich finde es einfach richtig toll. Ich meine, wenn du mich fragst, es hätte keinen netteren Burschen treffen können. Echt.«

»*Danke*, Lovelear. Ehrlich, das freut mich. Champagner, nicht?«

»Hmm? Oh, ja«, sagte Lovelear und schlug mit der Faust auf die Theke. »Ich meine, du hast es verdient. Keine Frage. Wie lang bist du schon im Geschäft? Hast nie viel dabei verdient, richtig? Und jetzt! Ich finde das unglaublich – was für eine Geschichte. Weißt du was? Ich finde, wir sollten uns hier verdrücken, Mann. Da geb ich Dove Recht. Das hier entspricht nun wirklich nicht deinem neuen Status, nicht mehr. Du gehörst jetzt in einen anderen Club. Ganz andere Gesellschaft.«

»Mir gefällt's hier aber«, sagte Alex, sah sich um und überlegte, ob das je gestimmt hatte. Er beobachtete, wie die einzige Frau im Raum, das slowenische Barmädchen, sich mit einem Teller Ravioli hoch über dem Kopf einen Weg durch die zudringlichen Kerle bahnte. Sie brachte ihn in die hinterste Ecke, wo ein Mann saß, das Gesicht auf den Tisch gelegt, und obwohl er kein hörbares Geräusch von sich gab, vermutlich weinte. Ein Hut lag neben ihm. Seine breiten, wiegenden Schultern waren in Bewegung.

»Ist das nicht Baguley?«

»Doch. Er hat nicht so viel Glück wie du. Es ist rausgekommen, dass er dem Schweden nicht eine, sondern *fünf* falsche Kittys abgekauft hat, das Stück für achthundert Dollar. Mark Sands hat ihm gerade mitgeteilt, dass die ungefähr so echt sind wie Adolfs Tagebücher. Der Schwede ist verschwunden. Abgehauen. Aufs Fahrrad gestiegen und dem Sonnenuntergang entgegengeradelt.

Hat Baguley mit nicht viel mehr als einem Taschentuch mit Monogramm sitzen lassen.«

»Gut«, sagte Alex und erwischte einen Barkeeper am Ärmel. »Dreifacher Gin mit Tonic, bitte, und alles, was die beiden hier ...«

»Moment, was genau meinst du mit ›gut‹«?«, fragte Lovelear und verlor sein Lächeln.

»Ich meine *gut*. Du weißt schon. Gut, dass einer Baguley übers Ohr gehauen hat.«

»Aha, verstehe«, sagte Lovelear mit einem Nicken zu Dove. »Dann ist es also gut, wenn andere Leute übers Ohr gehauen werden? Hab ich das richtig verstanden? Hauptsache *du* wirst nicht übers Ohr gehauen.«

Alex zuckte verunsichert die Achseln. »Es geht um Baguley«, sagte er. »Wir sind froh, wenn Baguley übers Ohr gehauen wird. Ein übers Ohr gehauener Baguley erfüllt uns mit Freude. Wisst ihr noch? Das war immer so. Von Anbeginn der Zeiten usw.«

»Manche haben's gut«, sagte Dove mit dünner Stimme.

»Wie bitte?«

»Bist von einem Zeitungsfritzen fotografiert worden, hä?«, legte Lovelear mit einem Tourette-Nicken los. »Kommst dir wohl richtig *wichtig* vor. Kannst auf allen rumtrampeln, so dass alle sich richtig klein vorkommen, nicht? Wahrscheinlich kommst du dir *super*wichtig vor. Und ich wette, du hast noch mehr Kittys. Irgendwo auf Vorrat. Natürlich hast du *uns* nicht mitgenommen, um sie kennen zu lernen, *uns* hast du erzählt, sie hätte nichts, aber auch gar nichts für dich unterschrieben, aber uns kannst du ja ruhig belügen, wir haben ja nie irgendwas für dich getan, oder? Tja, Tandem, ich bin ja so gottverdammt froh für dich. Du nicht auch, Dove? Bist du nicht auch einfach gottverdammt froh?«

Alex nahm einen tiefen Schluck von seinem Gin und legte sich eine wohl durchdachte Kette von Beschimpfungen zurecht, reihte sie auf seiner Zunge auf wie Speisen auf einem gedeckten

Seder-Tisch. Aber dann fühlte er sich seltsam gehemmt; der Geräuschpegel in der Kneipe war zwar nicht gesunken, doch er wusste, dass man ihn belauschte. Er war im Begriff, eine Szene zu machen. Daran war an sich nichts Ungewöhnliches. Nur dass er diesmal dabei beobachtet wurde.

»Hör mal«, begann er vernünftiger, »ich bin eigentlich nicht wild darauf, so zu werden wie …«

»Wer? Wie ich? Wie Dove? Was für ein glücklicher Zufall, dass diese Liebesbriefe da so einfach aus heiterem Himmel aufgetaucht sind, nicht wahr? Unser Tandem gibt sich jetzt nicht mehr ab mit Zwanzig-Piepen-Autogrammen! Daher – Moment, das musst du mir erklären – bist du dir jetzt zu fein für …«

Alex knallte sein Glas auf die Theke. »Was soll das? Denkst du etwa, ich hätte sie gefälscht?«

»Sag du's mir, Mann.«

»Herrgott. Pass auf, wir fangen noch mal von vorn an, ja. Wir müssen uns doch nicht streiten. Es sind bloß hundertfünfzig Riesen, das heißt doch nicht …«

»Nun hör dir den an!«, krähte Dove über den Rand seines Bierglases. »Bloß hundertfünfzig!«

»Ich hab nur gemeint«, versuchte Alex es anders, »dass diese Branche, ihr wisst schon … dass sie unsicher ist. Und ich bin zufällig bloß der Zwischenhändler für diese Kittys, ob ihr das nun glaubt oder nicht …«, brüllte Alex über ein regelrechtes Ballett von Internationalen Gesten für Ungläubigkeit hinweg. »Hört mal, eigentlich ist es mir egal – aber gut, wenn ich ab jetzt in der obersten Liga spiele, dann meinetwegen. Bei diesem Spiel muss irgendwann mal was rausspringen, oder? Es ist keine Berufung. Ich will verdammt noch mal nicht so werden wie Duchamp oder so, ohne ein eigenes Hemd am Leib.«

An dieser Stelle änderten sich die Schwingungen erneut, und zwar deutlich. Es wurde stiller. Nicht bloß zwischen ihnen dreien, sondern in einem Radius von dreieinhalb Metern.

»Was?«, fragte Alex.

Lovelear schüttelte den Kopf und verdrehte die Augen. Dove

hatte jene gewisse englische Mimik aufgesetzt, die den dürftigen Ersatz der Insel für den wortlosen Ekel der spanischen Faust darstellt, für den vernichtenden italienischen Blick oder das französische Aufkeuchen oder das russische Klagen. Ein Gesicht, das sagt: *Ich hab mich doch wohl hoffentlich verhört, oder?*

»Was? Was ist los?«, fragte Alex.

»Ich hab vorhin versucht, es dir zu sagen«, sagte Lovelear herablassend und sah weg. »Aber Mr. Wichtig war ja zu beschäftigt, um zuzuhören.«

»Würdest du mir bitte einfach …«

»Duchamp liegt im Sterben«, sagte Dove.

3

Wie jeder Mensch betrachtete Alex Krankenhäuser mit dem denkbar größten, reinsten Grauen und Abscheu. Mit einem dicken Bauch rein und mit einem Baby wieder raus zu kommen – das ist die einzige in einem Krankenhaus erhältliche Gnade. Ansonsten gibt es nur Schmerz. Die *Bündelung von Schmerz*. Krankenhäuser sind einzigartig in dieser Bündelung. Es gibt keine Bereiche auf der Welt, die der Bündelung von Vergnügen gewidmet sind (Themenparks und dergleichen sind eine Bündelung von *Symbolen* des Vergnügens, nicht des Vergnügens selbst), es gibt keine Gebäude, die dem Lachen, der Freundschaft oder Liebe gewidmet sind. Wenn es sie gäbe, wären sie wahrscheinlich ziemlich schauerlich, aber würden sie nach dem ewigen Kampf der Verwesung gegen Desinfektionsmittel riechen? Würden Menschen weinend durch die Flure gehen? Würden die Geschäfte bloß Blumen und Pantoffeln und Pfefferminzbonbons verkaufen? Würden die Betten (und das ist wirklich unheilschwanger!) Rollen haben?

»Brian«, sagte Alex und ließ sich in diesem zu niedrigen, zu orangegelben, unpassenden Plastiksessel nieder. »Ich hab dir ein paar Pfefferminzbonbons mitgebracht. Und Blumen. Narzissen.« Vom Kopf bis zur Brust war Alex' alter Handelspartner nahezu unverändert, doch ab da wurde er drastisch weniger. Wenn es so weit ist, bekommt man wieder seine Kinderbeine, aber sie können einen nirgendwohin mehr tragen. Die von Brian waren dürr, weiß, ohne Haare oder Muskeln.

»Ich hab was geträumt«, sagte Brian schwach. »Oder vielleicht … und Kerry, die Krankenschwester, hat Leon geheiratet, irgendwo in Holland, oder Belgien. Überall Blumen und Käse und Kuchen und so. Schön. Richtiges Fest. Ging tagelang, kam mir jedenfalls vor wie Tage. Sie hat was Pfirsichfarbenes getragen – an ihn kann ich mich nicht erinnern. Aber du warst nicht dabei, oder? Waren eigentlich nicht viele. Waren nicht genug. Blumen und Glocken und Käse. Wunderbar.«

»Narzissen, Brian«, sagte Alex hilflos. Er war von Schläuchen entmenschlicht worden. Die rein und raus gingen. Und von piepsenden Geräten. Und von diesem Fleck aus getrocknetem Blut, der unter einem durchsichtigen Stück Klebeband in der Grube von Brians pulsierendem Hals gefangen war.

»Es war komisch«, sagte Brian und öffnete ein Auge. »Ich hab doch gedacht, der wär schwul. Aber da war er mit ihr zusammen und tanzte durch den Saal! Blumen auf dem Boden!«

Jetzt widmete er sich einer Reihe von Rülpsern, jeder gefolgt von einer entsetzlichen Grimasse. Seine Hände lagen auf der Brust, zupften an den Haaren, eine letzte Selbstpflege. Er rülpste zum zehnten Mal, und das war zu viel, so schien es; er stöhnte – purer, gebündelter Schmerz – und bohrte das Gesicht ins Kissen.

»Soll ich jemanden holen, Brian? Soll ich …«

Auf der Station waren Männer und Frauen gemeinsam untergebracht, und Alex stand auf, um nach Hilfe zu suchen, denn er befand sich noch in einer Welt, wo Schmerz, selbst die leiseste Andeutung von Schmerz, Schlagzeilen macht. Er verdient Aufmerksamkeit von allen Seiten, er verlangt nach heilenden Händen. Alex war wegen Schmerzen im Knie zu Dr. Huang gegangen, wegen eines *Anflugs* von Schmerzen im Knie, wegen eines leichten *Ziehens*. Und dann betritt man diese Welt, wo der

Schmerz von Duchamp, so akut er auch sein mag, auf einer nach oben offenen Skala gegen den Mann am Fenster abgewogen wird, der nicht mehr ohne Hilfe atmen kann. Gegen die Frau ohne Brüste, die Fernsehen guckt. Hier in der Kardiologie landeten alle möglichen Fälle. Menschen, die ihren eigenen individuellen Schmerzensweg gegangen waren – Krebs, Verkehrsunfall, Gehirnunfall – und jetzt im Leiden vereint waren, weil ihre Herzen beschlossen, stillzustehen oder zu springen oder zu bersten. Brian Duchamp, so hatte Alex bei seiner Ankunft von der Oberschwester erfahren, war gerade die letzte, krebskranke Niere entfernt worden, als sein Herz sich zehn Minuten vor Ende der Operation zur Wehr setzte. »Zum Glück, eigentlich«, hatte sie gesagt und nach dem klingelnden Telefon gegriffen. »Jetzt wissen wir wenigstens, dass er ein krankes Herz hat. Das hätten wir sonst nie erfahren, nicht wahr?« *Zum Glück?*
»Verzeihen Sie …«, sagte Alex zu einer Schwester, die gerade vorbeikam, aber auf der anderen Seite des Raumes piepte irgendetwas, und sie eilte hinüber. Brian rülpste erneut, stöhnte und packte Alex' Hand.
»Ich glaub nich, dass ich Donnerstag noch schaff«, sagte er und schloss die Augen. Ein sehr hübscher junger Mann in Weiß trat zu ihnen und beobachtete ein Gerät, das über dem Bett hing und das Brians Schmerz, durch etliche Schläuche geleitet, in Kurven und Zahlen und Piepstönen wiedergab.
»Er macht so seltsame Rülpser«, sagte Alex flehentlich. Der Junge wandte sich um, nicht gerade hastig. Auf seinem Namensschild stand LEON. Er war tuntig in dem eindeutigen Sinne, dass keine seiner Gesten nützlich oder notwendig war. Mit einem deutlichen Lispeln erklärte er Alex, dass die Magensäfte, wenn keine Niere mehr da ist, nicht mehr wissen, wo sie hinsollen. Die Toxine greifen an. Später würde ein Gerät gebracht, das Brians Blut waschen sollte.
»Wann? Wann wird es gebracht?«
»Wenn der Arzt das anordnet.«
»Aber er hat Schmerzen. Er hat starke Schmerzen.«

»Er hat einen Knopf. Da sind Schmerzmittel drin. Er muss ihn bloß drücken.«

»Aber er drückt ihn ja, sehen Sie? Und offensichtlich ist es einfach nicht genug, verdammt.«

»Genug wäre zu viel«, sagte der Junge schnippisch und ging weg.

»Ich hab das geträumt, das mit Leon«, sagte Duchamp traurig.

»Was, Brian?«, sagte Alex, der noch immer wütend auf die Bügelfalten in Leons Hose starrte, noch immer überlegte, ob er mit einem der Feuerlöscher hinter dem Jungen herrennen und seinem Schädel eine profane Beule verpassen sollte.

»Ich war überhaupt nich in Belgien. Ich komm nich mehr aus dem Bett hier, Tandem. Nich in diesem Leben. Tatsache. Es hat sich von der Niere ausgebreitet, weißt du. Is jetzt überall. Die wollten doch mal ein Mittel dagegen finden, das weiß ich noch«, sagte Brian und versuchte zu lächeln. Einer von diesen bösartigen Rülpsern entrang sich ihm wieder. »Oooh … oh, *Gott*. Jahre her, da wollten die ein Mittel finden. Was is'n da draus geworden, hä? Eiserne Lunge und Schweineherzen und Wunderheilungen. Wer hat das alles so versaut?«

Er zog einen Arm unter der Decke hervor, und Alex war erneut entsetzt über einen ausufernden Bluterguss mit lila Herz und gelbem Rand, der die Unterseite seines Unterarms bedeckte. Brian betrachtete den Bluterguss und die hervortretende Fistel, die unter der Haut lag, mit desinteressierten Augen.

»Geh du zum Markt«, sagte er optimistisch. »Sag allen, mein Stand ist immer noch mein Stand, die sollen ihn für mich frei halten, mehr nich.«

»Klar, Brian. Das mach ich, natürlich.«

»Was sagen die denn so über mich, die Schwestern?«

Nichts Gutes. Donnerstagabend war er, wie Schwester Wilkes erzählt hatte, auf der Treppe zusammengebrochen. Noch in der Nacht wurde er eingeliefert. Am Freitag wurde er untersucht. Am Samstag hatte er Nierenversagen im Endstadium (und wenn man das hat, *weiß* man, dass man es hat). Am Sonntag um fünf wurde er operiert, um die krebskranke Niere zu entfernen. Dabei bekam er einen Herzinfarkt. Heute, Mittwoch, reiste der Krebs durch seinen Körper. Seine Aussichten, ein Volldialysepatient zu werden (an sich schon nur ein halbes Leben, ein Leben, das halb durch eine Maschine gelebt wird), waren minimal. Während Alex auf einem grellen Sofa in einer ruhigen Ecke saß (»Sollen wir uns eine ruhige Ecke suchen?«) und dieser erschütternden Aufzählung lauschte, schoss ihm immer wieder eines durch den Kopf: Glaubenskrieg. Das war das Jerusalem der Zellen. Das war das Belfast des Unterleibs. Die Eskalation. Die Bündelung von Schmerz.

»Die sagen, dir geht's bald wieder besser. Die sagen, Duchamp … kommt wieder auf die Beine. Mit der Dialyse und …«

Etwas Gelbes lief aus Duchamps Mund und hatte Substanz genug, sich wurmartig das Kinn hinunterzuschlängeln. Alex reichte ihm ein Kleenex, und als er das Päckchen wieder zurücknahm, hob sich ihm der Magen. Er sah keinen Mülleimer und steckte es in die Manteltasche.

»Wie ne Schneeflocke in nem Scheißlagerfeuer, so komm ich wieder auf die Beine«, sagte Duchamp und stieß ein Lachen aus, das sogleich von einem lauten Stöhnen abgeschnitten wurde, und von einem Zucken. Er starrte in echter Panik auf seinen Lendenbereich, und Alex erhob sich daraufhin aus seinem Sessel, hielt die Hände über die entsprechende Stelle der Decke, als würde es helfen.

»Schwanz mit Schlauch«, erklärte Duchamp, als die Krise vorbei war, und Alex fragte nicht weiter nach.

»Haben Sie Ihre Wünsche für das Mittagessen schon angekreuzt, Mr. Duchamp?«, fragte eine üppige Schwester, die plötzlich am Fußende des Bettes erschienen war. »Was hätten Sie denn gerne zum Mittagessen?«

»Deine Titten«, sagte Duchamp und lachte herzhaft. Unwillkürlich fiel Alex mit ein.

Krankenschwestern sind bekanntermaßen Stoiker, aber Rachegelüste sind ihnen nicht fremd. In ihrem Gesicht stand sehr deutlich zu lesen, dass später, wenn Alex gegangen war, ein Preis dafür eingetrieben werden würde, irgendeine Form der körperlichen Erniedrigung. Duchamp schien das zu spüren und neigte den Kopf.

»Nein, Schwester, ehrlich, nix, nix, nix. Kann nich. Krieg nichts runter.«

»Das werden wir ja sehen«, sagte sie knapp und ging weiter. Alex sah zu, wie Duchamps Gesicht die Verwandlung von lüsternem Macho zu ängstlichem Kind vollzog.

»Die sind nett hier«, sagte Brian schwach und drückte seinen Knopf. »Tun ihr Bestes, ehrlich. Die Schwarzen sind mir aber lieber. Sind besser drauf. Oh Goott … aahhh …«

Alex blieb stumm weitere zehn Minuten sitzen, was einer kolossalen Willensanstrengung bedurfte. Er wollte überall sonst sein, nur nicht hier. Es gelang ihm nicht, seine Gedanken oder Augen von dem Mann im Bett nebenan abzuwenden, der viel, viel zu jung dafür war, hier zu sein. Diese deplatzierte Jugend war ein Affront für Alex' Selbstwahrnehmung. Sie war obszön. Es gibt eine Zeit und einen Ort für Jugend, und das ist keinesfalls die Kardiologie-Station eines Krankenhauses. *Entschuldigen Sie*, möchte man die nächstbeste Krankenschwester fragen, *warum liegt der junge Mann da im Sterben? Hat er nichts Besseres zu tun? Sollte er nicht in der Schule sein?* Londoner Krankenhäuser heißen St. Mary's, St. Stephen's, St. Soundso. Das hier war St. Christopher's. Aber sie sollten alle nach Hiob benannt sein. Hiob ist der rechtmäßige Schutzpatron der Krankenhäuser. Hiob hat Mumm. Hiob würde fragen: Warum dieser junge Mann? Warum gibt es eine Kinderstation? Warum (und das ist nun wirklich kaum noch zu ertragen) gibt es Babys auf der Intensivstation? Warum werden Babys todkrank? Was ist hier eigentlich *los*?

»Brian«, sagte Alex und atmete nach diesem anstrengenden Gedankengang tief durch, »Brian, ich glaube, ich muss jetzt gehen.«

Brian hatte gerade wieder eine seiner kurzen Schlafeinheiten beendet, die Pause zwischen den Schmerzen. Er öffnete die Augen.

»Tandem. Eh ich's vergesse. Diese Kitty. Hat die Kitty was eingebracht?«

»Ja«, sagte Alex. Er hatte keine Ahnung, wo diese Kitty geblieben war. Sie hatte sich in Luft aufgelöst. Sie war fortgeschwebt, wie verbranntes Papier einen Kamin hinauffliegt, zusammen mit dem Rest der letzten Woche.

»Ja? Dann bist du sie also losgeworden?«

»*Ja*«, sagte Alex entschieden und griff in seine Tasche. Er zog sein Scheckbuch heraus und kramte in Brians dunklem Schränkchen nach einem Stift.

»Wie viel? Ordentlich was?«

»Fünfzehn Riesen.«

»Fünfzehn *Riesen*?«

»Ja. Sie ist gestern gestorben.«

»Gestern?«

»Ja. Die Preise sind in den Himmel geschossen. Ich war im Columbard. Hab den Wert noch ein bisschen höher getrieben. Hätte ich dir gleich erzählen sollen.«

»Fünfzehn?«

»Fünfzehn.«

»Ach du Scheiße.«

Sie waren wieder Autogrammhändler, einen Moment lang. Machten ganz normal Geschäfte miteinander.

»Also, fünfzehn minus meine fünfzehn Pro...«

»He! Zehn waren abgemacht.«

»Richtig. Stimmt, Brian. Weißt du was? Vergiss meine Provision. Ich hab heute auch ordentlich abgesahnt.«

»Ganz bestimmt?«

»Klar.«

»Mannomann. Und die haben nix gemerkt? Kein bisschen gezweifelt?

»Nicht eine Sekunde. Du bist zu gut, Brian.«

Alex stellte den Scheck aus. Er unterschrieb ihn. Hielt ihn über Brians Gesicht.

»Fünfzehntausend Pfund und keine Pence«, las Brian, bedächtig, genüsslich. »Ach du Scheiße. Zahlbar an Brian Duchamp. Das bin ich. Aber Gott allein weiß, ob ich noch dazu komme, es auszugeben. Unterschrieben von Alex-Li Tandem«, sagte er, hob einen Finger und drückte ihn sachte auf Alex' Handgelenk. »Das bist *du*.«

4

Könnte die U-Bahn nicht ertragen, unter der Erde zu sein. Könnte auch kein Taxi ertragen, diese schwarzen Theater, in denen Cockney-Monologe aufgeführt werden. Aus dem Krankenhaus in die Mitte von Nirgendwo gespuckt, sucht Alex sich lieber eine Bahn, die überirdisch fährt und ihn einigermaßen in die Nähe von Mountjoy bringt. Auf dem Bahnsteig lauter Zigaretten und Schulmädchen. Man hat das Gefühl wie beim Reisen. Der Zug *erscheint* nicht einfach, wie er das unter der Erde tut. Unter der Erde wird man bei Verspätungen ungeduldig, weil man im Grunde nicht glaubt, dass die U-Bahn richtige Entfernungen bewältigen muss. Sie sollte einfach *da* sein, und dann *dort* sein. Aber auf einen Zug über der Erde wartet man und wartet sogar ganz zufrieden und lächelt, wenn man ihn kommen sieht, den Zug, wie er da so um die Biegung rollt, unter einem hohen azurblauen Himmel, an Bäumen und Häusern vorbei.
Die Türen öffnen sich. Im Norden Londons kennt jeder diese Linie, die liebevoll »Gratiszug« genannt wird. Es gibt keine Fahrscheinautomaten, und kein Mensch kommt je auf die Idee zu zahlen. Jugendliche rauchen im Zug, Obdachlose wohnen darin, und die Verrückten sitzen gern im Lotussitz und verwickeln einen in Gespräche. Er bringt einen zu den großen Parks ganz oben und zu den Ghettos ganz unten. Lehrer fahren damit, weil Formulare und Aufsätze auf den vielen leeren Plätzen verteilt und in Ruhe durchgesehen werden können. Krankenschwestern schlafen darin. Straßenmusikanten geben Konzerte, ohne unterbrochen zu werden. Hunde sind gern gesehen. Manchmal steigt

man ein, und die Marihuanawolken sind so dick, dass einem die Augen brennen. Wenn man aus dem Fenster auf die vorbeigleitende Welt blickt, könnte man meinen, die Stadt bestünde aus lauter Wald und Schulen und Sportstadien und Schwimmbädern. Die finsteren satanischen Mühlen müssen irgendwo anders sein. Alles sieht aus wie das Gelobte Land.

Alex ruft Esther an und spricht mit Kitty. Er erzählt ihr die Neuigkeit.

»Aber das ist ja unglaublich!«, sagt sie, schnappt nach Luft und flucht auf Italienisch. »Warum so viel Geld? Meine *Güte*! Sie sind eine Art Zauberer von Oz oder so was Ähnliches, so unglaublich ist das. Ich bin völlig sprachlos. Völlig. Ich kriege keinen Mucks mehr raus! Es ist *unerklärlich*! So etwas hab ich noch nie gehört! Ich würde Sie küssen, wenn Sie hier wären. Aber ich verstehe das nicht – wie kann das sein?«

»Kitty ...«, setzt Alex an, aber es ist niemand mehr dran. Er wartet.

»Alex«, sagt Esther, »ich kann nicht mehr weiter rumspazieren. Es ist kalt. Du musst nach Hause kommen. Du musst es ihr sagen. Ich werd' s ihr sagen, wenn du es nicht tust. Ich hätte mich nie darauf einlassen sollen, es ist einfach lächerlich – kannst du dir vorstellen, wie sie sich fühlt, wenn wir es ihr sagen? Falsch: wenn *du* es ihr sagst. Ich komme mir mies vor, dass ich dabei mitgemacht habe. Hör mal, ich muss Schluss machen. Komm jetzt nach Hause.«

Als Alex sich Mountjoy nähert, spürt er, wie sich ein Schatten über sein Herz legt. Vielleicht kann er an einer von den anderen Stationen aussteigen? Neu anfangen? In Larkin Green zum Beispiel gibt es keine Kitty und keine Esther und keine unhaltbaren Versprechen, kein *Durcheinander*, kein Leben des Tandem mit seinen Tatsachen und Verpflichtungen. Er holt sein Tabakpäckchen heraus und legt die Füße auf den Sitz gegenüber. Ein sehr ungewöhnliches Gefühl hat ihn erfasst, eins, das er in seinem ganzen Leben noch nicht hatte. Er will nicht nach Hause.

An der Haltestelle Mulberry Road schiebt eine Frau ein Mountainbike in den Zug. Etwa ein Jahr nach Li-Jins Tod war Adam einmal in dem alten Tandem-Haus aufgetaucht, offensichtlich über irgendwas erheitert.

– Was ist? Was ist so lustig?

Alex fragte Adam immer weiter, während der schweigend durchs Haus in die Küche ging. Sarah bot ihm eine Tasse Tee an. Er setzte sich an den kleinen Plastiktisch, den sie damals hatten, lächelte noch immer. Und niemand hatte es gewagt, in dem Haus zu lächeln, seit einem Jahr nicht mehr, nicht seit es passiert war. Alex erinnerte sich, wie schockiert er gewesen war, als er dieses Lächeln sah.

– Jetzt sag schon. Raus mit der Sprache. Mum, sag ihm, er soll's endlich ausspucken. Was hast du?

– Also ... Ich bin mit dem Zug gefahren, dem »Gratiszug«. Gerade eben.

– Weiter.

– Und da steigt ein Typ mit einem Fahrrad ein, an dem ein Rad fehlt. Und an der nächsten Haltestelle, steigt ein anderer Typ ein, in denselben Wagen, mit einem Fahrrad-Rad, aber ohne Fahrrad. Alle haben es gemerkt, jeder im Wagen. Es hat uns alle ganz verrückt gemacht. Alle, bis auf diese beiden Trottel. Die haben sich nicht mal angesehen.

– *Und?*

– Und nichts!

Das Strahlen des Lächelns fiel Alex jetzt wieder ein. Das wiederholte Aufscheinen des Lächelns. Adam war rücksichtsvoll, und er wusste, dass die Fähigkeit eines Menschen zur Freude denjenigen wehtun kann, die keine Freude aufbringen können. Sarah und Alex, noch immer wund, noch immer verzweifelt, konnten ihn nur verständnislos ansehen. Adam hatte sich angestrengt, dieses Lächeln zu Boden zu zwingen, aber es erhob sich einfach immer wieder.

NEUN / *Die Quelle erreichen*

I

Männer, die nicht nach Hause wollen, gehen in eine Bar. Alex wusste das, weil er es in Filmen gesehen hatte. Sie gehen in eine Bar, und der Barkeeper, der Amerikaner ist, der New Yorker ist, macht eine ganz bestimmte zögerliche Geste – ein Stirnrunzeln gefolgt von einem sanften, nachsichtigen Achselzucken –, wenn er gebeten wird das soundsovielte Glas Whisky einzugießen. So eine Bar wünschte Alex sich, aber Mountjoy hatte keine zu bieten. Wenn die Leute hier tranken, aßen sie dazu Chinesisch und saßen an einem Tisch mit Servietten auf den Knien.
Es gab nur das Bubbles, hinten an der Hauptstraße mit seinen verdunkelten Fenstern und den häufigen Namenswechseln. (Man konnte das Alter der Einwohner von Mountjoy tatsächlich danach bestimmen, mit welchem Namen sie die Bar bezeichneten. Für die unter Dreißigjährigen hieß sie Bubbles, Mount, Ben's oder Follies, für die Neuankömmlinge war sie Bar Zero, und ein paar uralte Seelen konnten sich sogar noch daran erinnern, in diesem Etablissement Kuchen gegessen oder Briefe aufgegeben zu haben.) Dieses Bubbles hatte einen schlechten Ruf. Man munkelte etwas von Drogen. Die Leute, die dort tranken, wussten nicht, wann es genug war. Und an den meisten Abenden

der Woche konnte man Mountjoys einzigen Prominenten mit violettem Gesicht und pflaumenblauer Nase aus der Tür torkeln sehen. (Ein »nationaler Kulturschatz«, dieser Mann, ein bäriger, sinnlicher, hervorragender Schauspieler, der dreißig Jahre lang die tragischen Gesten von Antonius, von Brutus, von Othello auf eine Reihe von Fernsehpolizisten, -ärzten und -farmern übertragen hatte. Eines Donnerstagnachts führte er seinen rasenden Lear auf der Hauptstraße auf, rechts und links untergefasst von ernsten Fernsehproduzenten, die von der Seifenoper entsandt worden waren, um ihn aus dem Bubbles zu holen und zum Drehort zu schaffen, nüchtern.)

Wie die meisten Leute in Mountjoy war Alex noch nie im Bubbles gewesen. Er hatte keine Ahnung, wie es von innen aussah (draußen war nur das Neonschild dafür bekannt, dass es verzweifelt versuchte aufzuleuchten und bei jedem Impuls auf unterschiedliche Weise scheiterte: mal kein Stiel am Glas, mal keine rosa Perlen, die über den Rand schäumten, mal keine leuchtend rote Kirsche). Und er war auch dann nicht viel schlauer, als er die Tür geöffnet hatte. So dunkel war es. Auf dem Bürgersteig war es fünf Uhr nachmittags, im Bubbles ewige Mitternacht. Etwa vier oder fünf Personen bewegten sich im Dämmerlicht. Keine Musik. Eine kleine, traurige Diskokugel drehte sich, und ihre Millionen kleinen Suchscheinwerfer kletterten an den Wänden hoch, um vergeblich nach den Tänzern Ausschau zu halten, die sie vor zwanzig Jahren mit Glitter besprenkelt hatten. Anderswo hatte sich irgendjemand an einer gemalten Strandszene versucht, eine braune Oben-ohne-Schönheit war bloß bis zum Bauchnabel koloriert. Die Beine waren leer, nur skizziert. Grüne, arg dezimierte Pailletten schimmerten auf den acht breiten Wedeln einer Palme. In einer anderen Ecke war ein Loch in der Wand für den DJ mittlerweile mit Brettern vernagelt worden. Etwas, was aussah wie ein Barkeeper, und eine Bar. Alex ging darauf zu und begann.

Wessen Idee war es, alphabetisch zu trinken? Alex war nicht mit dieser Absicht ins Bubbles gekommen. Er war bloß gekommen, um etwas zu trinken, vielleicht einen Drink, vielleicht mehrere Drinks, vielleicht *mehrerere* Drinks. Aber nach fünf zügigen Whiskys drängte sich diese Idee einfach irgendwie auf. Und Roy, der der Barkeeper war und eine gewisse Mitschuld trägt, Roy runzelte nicht die Stirn und zuckte auch nicht zögerlich die Achseln. Oh, nein.

Roy sagte: *Versuch's, mein Junge.*

Und Tommy, ein einfallsreicher Ire, der vielleicht die Idee gehabt hatte, sagte: *Zwanzig, dass du nicht weiter als Haaaaa kommst.*

Was eine Herausforderung war. Und Betrunkene nehmen Herausforderungen an wie Wetten.

Absinth eröffnete den Reigen mit einem Paukenschlag. Alex spürte, wie eine dunkelrote Wolke jeden Augapfel umhüllte, und hatte eine fruchtlose Unterhaltung über berühmte Künstler und ihren Absinth.

»Weil nämlich Kunst und Absinth irgendwie unauflöslich miteinander verschlungen waren, Roy, verstehst du? Absinth weckte die Muse in ihnen, er brachte sie richtig auf Touren …«

»Der hat sie sturzvoll gemacht, basta.«

Bier und Cointreau wanderten wie schwere orangerote Ziegelsteine durch seinen Organismus. An diesem Punkt griff der umsichtige Roy über die Bar, schaute in Alex' Portemonnaie und schüttelte den Kopf. Wenige Minuten später stand Alex ungeduldig schwankend in der Schlange vor dem Geldautomaten um die Ecke. Es war noch taghell draußen, und darauf war er nicht vorbereitet, er fiel hin. Zwei Frauen, Mutter und Tochter, beobachteten ihn dabei und nickten einander zu. Zurück im Bubbles, ramponiert, aber reich, klatschte er die Scheine auf die Theke.

»D …«, grübelte Roy, der jetzt richtig mitging. »D, Phil? Fällt dir was mit D ein?«

Phil, ein älterer Mann mit Lederjacke und Brille an einer Kette um den Hals, kam sehr langsam aus der Ecke mit dem Spielautomaten, warf einen nachdenklichen Blick zur Tür hinaus auf sein vernachlässigtes schwarzes Taxi und trat dann schließlich an die Bar.

»D? Nein, da fällt mir nichts ein, Roy. Mit D fällt mir nichts ein.«

»Daiquiri«, sagte Alex und schlug sich mit der Faust in die flache Hand.

»Doppelter Wodka«, schlug Roy vor.

Bei F kam wieder Bier in Form eines Markennamens zum Zuge, dann der böse, vertraute Gin, gefolgt von einem feurigen Hot Toddy, à la Tommy, der sich (mit unvermuteter Sportlichkeit) über die Theke schwang, um ihn zu mixen.

I brachte sie ins Stocken. Es blockierte sie eine Weile.

»Iberien … *Iberisch* …«, begann Phil, der ein Kreuzworträtsel löste.

»Ich könnte was mit irischem Whiskey machen«, schlug Roy vor. »Mit irgendwas gemischt, oder so.«

Letztlich wurde es dann Irishcoffee, eine wärmende Kerze in der Kehle. Noch ein Bier mit einem deutschen Namen löste das J-Problem, und Kahlúa, süß und dickflüssig, hinterließ eine Schicht auf der Zunge, die gar nicht mehr wegging. Lager und Muscadet wurden in ein Glas geschüttet, sozusagen als Schorle.

Und dann geriet das Ganze ein wenig außer Kontrolle. Tommy, der die ganze Zeit über Whisky getrunken und Glas für Glas mit Alex Schritt gehalten hatte, fing an, über das Problem mit den verdammten Juden zu reden, die überall das Sagen haben wollten. Alex versuchte, einen Schwinger bei Tommy zu landen, schlug daneben und blieb eine Weile auf dem Boden liegen, von wo aus er Tommys Katholizismus attackierte. Nach kurzem Hin und Her pflichtete Tommy ihm bei, dass es nichts Schlimmeres gab als Nonnen, und er persönlich hasste Gott sowieso. Roy hielt eine recht bewegende Rede über Toleranz (»Na ja, is' doch im Grunde sowieso alles für'n Arsch, oder, mal ehrlich«), und Tommy gab Alex einen irischen Whiskey aus, und Alex gab

Tommy auch einen aus. Und dann kam eine Frau herein. Sie war etwas über vierzig, und es war nicht viel an ihr dran, aber das, was dran war (wie der populäre Schauspieler Spencer Tracy über seine Liebste sagte), war vorzüglich. Ihre Frisur war historisch, und ihre vielen Kleidungsstücke aus Jeansstoff ausgesprochen eng und stone-washed. Alex fand, sie sah aus wie ein großer, blauer Filzstift, dem die Tinte ausgeht und der eine falsche Kappe trägt (gelb).

»Dasnefrau …«, sagte Alex anerkennend und humpelte zur Toilette, um sich wieder gesellschaftsfähig zu machen. Als er zurückkam, war sein Haar nass, und er sah aus wie Rasputin. Die Frau stand hinter der Bar.

»Stella, Alex, Alex, Stella«, sagte Roy, während Stella bekümmert ein Glas abtrocknete, als wäre es das erste von fünftausend. »Sie kommt für den Hauptandrang.«

Eine halbe Stunde später feuerte der Hauptandrang – vier Männer aus dem Wettladen gegenüber – Alex von einer Ecke der Bar aus an, während Stella vor ihm einen Rum, einen Sherry und einen Tia Maria aufstellte.

»Warum tun Sie das eigentlich?«, fragte Stella.

Keiner der anwesenden Männer hatte sich die Mühe gemacht, das zu fragen.

»Ich meine«, sagte Stella und stützte sich auf einen spitzen, rosa Ellbogen, »warum gehen Sie nicht einfach nach Hause?«

»Weil«, sagte Alex, der sich auf die erhöhte Unterkante der Bar stellte und viel gestikulierte, »ich nich nach Hause will. KEINELUSS NAHAUSESSUGEHN BLOSS UM VONFRAUNWIEDIR SSSSURSCHNECKEGEMACHT SSSSUWERN.«

»Meinetwegen«, sagte Stella.

Die Debatte um das U geriet immer wieder auf Abwege, wie ein verlorener Faden im Gespräch.

Schließlich geriet sie ganz in Vergessenheit, als Phil die Jukebox ans Laufen brachte und Alex Stella so lange zusetzte, bis sie mit ihm tanzte oder genauer gesagt, bis sie ihm erlaubte, ohnmächtig auf ihre Schulter zu sinken, während sie ruhig von einem Bein aufs andere trat.

»Dads Jaahrsseit morgen!«, sagte er, als er ohne Vorwarnung erwachte und sein Kopf hochschnellte.

»Was für Sorgen?«, fragte Stella und trat dann mit der Geschwindigkeit einer lebenserfahrenen Frau zurück, als Alex zu Boden glitt.

Er hatte seinen Stolz; er schaffte es ohne Hilfe bis zur Toilette und kotzte dann in der Abgeschiedenheit einer Kabine. Als er zurückkam, stand Roy mitten im Raum und hielt Alex' Handy in der Hand.

»Adam«, las Roy mühsam von dem Display ab. »Boot? Carl. Dr. … Huang? Mann, wen soll ich denn anrufen, damit einer dich abholen kommt?«

Sie kamen, sie kamen. Irgendwo, unter all dem Alkohol, begriff er, was es bedeutete, dass sie kamen. Dass sie immer kommen würden. Dass das göttlich war. Eine große Gefühlswelle stieg in ihm auf, und wie die meisten jungen Männer hatte er Angst davor und überspielte sie mit Aggression.

»Freunde!«, schrie er, als Joseph sein linkes Bein packte, Adam sein rechtes. »Römer! Autogrammleute! Leiht mir euer Geld.«

Sie trugen ihn so wie einen Mann in einem unsichtbaren Sessel nach draußen auf die Straße.

»Mit Autogrammen hab ich nichts am Hut«, sagte Adam barsch. »Das ist *euer* Sport. Das ist seiner. Nicht meiner. Hast du eine Ahnung, wie spät es ist, Freund?«

»Rich-tig, ja, ja, ja, *natürlich* – nein, weil du ja *was Besseres* bist – du willst bloß ein Autogramm von Gott. *Schschuldigung*, wenn ich mal stör'n dürfte, nurnmomentchen … Du hättest am liebsten, dass er mit seinem Dingsda – seinem Blitzefinger, seinem Finger mit Blitzen drin, wie ein Donnerschlag – WUMMM! Zzzzzz! Ha! Hahahahahaha! Dir auf die Stirn schreibt!«

»Nein«, sagte Adam und hob Alex' hängenden Kopf hoch, der

weit nach hinten gefallen war. »Das würde mich zu einem Golem machen. Alex, stell dich hin. Stell. Dich. Hin.«

»Alex«, sagte Joseph, »hilf uns, dir zu helfen. Ja?«

»*Hilf uns*«, wiederholte Alex, »*dir zu helfen? Hilf uns, dir zu helfen?* Hast du das auf der Arbeit gelernt, ja? Ich meine, sagen die einem, jetzt lernen Sie das und so, steht das bei Heller-Versicherung in nem … Handbuch oder so? Tipps, um zu sprechen wie ein Idiot? *Wir können Ihr Leben* wirklich *verändern. Wir möchten, dass* Sie *ruhig schlafen können, weil Sie wissen, dass Ihre Lieben wohl behütet sind. Helfen Sie* uns, Ihnen *zu helfen.*«

»Du bist hier der Idiot.«

»Ach nee, *ich* bin der Idiot?«

»Ja, Alex, im Augenblick bist du der Idiot.«

»Ich.«

»Du.«

»Ich muss dich bitten, mit nach draußen zu kommen.«

»Wir sind draußen.«

Alex schwankte herum, bis er Adam ansah, dann fasste er ihn mit beiden Händen um den Hals, sowohl um sich festzuhalten als auch um der Vertraulichkeit willen.

»Soll ich mich mit ihm schlagen?«

»Zu welchem Zweck?«

»Zu dem Zweck, ihm seine blöde Fresse zu polieren.«

»Hältst du das für wahrscheinlich?«, fragte Adam und zog den Kopf außer Reichweite von Alex' Atem. »Dieses Ergebnis?«

Alex' Kopf sank herab, sein Gehirn rutschte nach vorn und legte sich hinter seine Augen. Er schloss sie. Die Stunde war vorgerückt.

»Wahrscheinlich besser, jetzt nach Hause zu gehen«, sagte er zärtlich, streckte einen Arm nach Joseph aus, der ihn mit ebensolcher Zärtlichkeit ergriff und ihn sich um die Schultern legte.

»Also«, sagte Adam, als sie die Straße entlanggingen, »was war denn eigentlich der Anlass?«

»Angst, und …«, sagte Alex und überlegte dann eine Weile.

»Ekel?«, schlug Joseph vor.

»*Ja.* Eindeutig. *Eindeutig* Ekel, genau.«

Die Hauptstraße war ausgestorben und fremd, obwohl die neuen Restaurants und die Boutiquen und das Verschwinden von Levinskys Bäckerei allesamt Tragödien mit einer Laufzeit von mindestens fünf Jahren waren. Es war nicht mehr so ganz Alex' Gegend. Nur der Boden war unverändert, und Alex hatte nie aufgehört, diese Dinge unerklärlich schön zu finden: die grünen Triebe, die sich zwischen Pflastersteinen hervordrängten, die Namen und Fußabdrücke früherer Glücksritter, die sich auf feuchten Zement gewagt hatten. Auch die unregelmäßigen Oberflächen, Seite an Seite, stumme Zeugen der unterschiedlichen Geschmäcker verschiedener Stadträte im Laufe der Jahre: schwarz und getüpfelt, rote und gelbe Kopfsteine, ernste graue Fliesen, die allmählich in die Jahre kamen, rissig wurden. Und Alex' Lieblingsbelag: ineinander gesteckte Zs mit einer tief burgunderfarbenen Patina, wie ein Pfad, der zum Schlaf führt. *Uff.* Schliefen alle? Mountjoys große Häuser mit den glatten Fassaden lagen eine Meile weiter vorn, Lichter gelöscht. Sie schienen zu schlafen, aber Alex wusste, dass es in jeder Einfahrt einen Scheinwerfer gab, der bei der geringsten Störung durch Mensch oder Blatt sofort anging. Im Innern war jedes Haus von diesen unsichtbaren Lasern durchzogen, die kreuz und quer durch die Dielen und Treppen verliefen. Ein Art Falle für jeden Fünfzehnjährigen, der versuchte, sich heimlich …

»Wisst ihr noch?«, fragte Alex prustend, der trunkenen Illusion anhängend, dass man seine Gedanken gehört hatte. »Wie Rubinfine mit diesem Hindu-Mädchen gegangen ist – Bal-Soundso …«

»Baljit«, sagte Adam lächelnd. »Sie war *wunderschön.*«

»*Baljit.* Und er war durchs Fenster gestiegen, Rube meine ich – und er wollte auf demselben Weg wieder verschwinden – aber sie hatten es gerade getan … das erste Mal, nicht?«

»Ich glaube ja.«

»Und er war noch ganz neben der Mütze – und – *Uff* … Mensch, ich kann's nicht erzählen, bin zu blau … Adam, erzähl du …«

»Na gut, na gut, also hat er sich gedacht: *Ich geh nur eben schnell zum Klo und lass dieses … Kondom verschwinden*, aber die hatten im ganzen Haus Laser – was er natürlich nicht wusste. Zwei Minuten später: Alarm, dann Polizei, Feuerwehr, der Vater von Baljit mit einem Messer in der Hand …«

»Messer in der Hand!«, wiederholte Alex, für den Fall, dass Joseph es nicht mitbekommen hatte.

»Und da steht Rubinfine mit seiner Kipa«, sagte Adam und lachte so laut, dass es über die Straße hallte, »mit einem Gummi Sperma in der Hand …«

Alex gluckste vor Vergnügen und gab das Reden auf; es war eine Freude, die uralte Geschichte so gut erzählt zu bekommen.

»Und er versuchte Mr. Baljit davon zu überzeugen, dass es trotz dieses *ziemlich peinlichen Missgeschicks* keinen Grund gab, warum er, der Vater, nicht weiter seine Buchführung von Rube senior machen lassen sollte. *In seiner Unterhose* sagte er das. Mit einem Messer an der Kehle und während die Polizei schon die Treppe hochkam.«

»Ehrlich gesagt, die Geschichte kenn ich schon«, sagte Joseph und zündete sich eine Zigarette an. Weil er nicht, wie die anderen, in Mountjoy aufgewachsen und erst mit über zwanzig hierher gezogen war, wurde oft vorausgesetzt, dass er die alten Mountjoy-Legenden nicht kannte oder vergessen hatte. Folglich bekam er sie häufiger zu hören und kannte sie besser als jeder andere.

»Pssst …«, sagte Alex und legte einen Finger an die Lippen. »Erzähl weiter, Ads, erzähl weiter, Kumpel.«

»Na, ihr wisst ja, worum es dabei ging … es ging darum, wie sein Vater war«, sagte Adam geduldig, als sie beim Kriegerdenkmal ankamen und eine Pause einlegten. »Er hatte immer einen Mordsbammel vor seinem Vater, Mann. Vor Jerrys Bemerkungen hatte er mehr Schiss als vor Baljits Vater mit einem Messer.

Jerry war, ich meine, er ist immer noch ein unglaublicher Tyrann. Das kann man sich gar nicht vorstellen.«

»Meiner ist auch nicht besser, Mann«, sagte Joseph und pustete Rauch aus.

»Ja, stimmt. Und Jerry ist genauso. Er hat Rubinfine ins Rabbinat gezwungen, obwohl er genau wusste, dass das nichts für ihn ist – aber er wollte einfach nicht nachgeben. Und Mark wäre am liebsten ständig mit *deinem* Dad zusammen gewesen, Al, wenn er gekonnt hätte. Er hat Li-Jin geliebt, das hat er sich gewünscht, das hätte er gebraucht, einen Vater wie ihn, weißt du? Er wäre nicht so ein Freak geworden, vielleicht nicht, wenn man ihm nur ein bisschen …«

»Ja, kann sein«, sagte Alex und fühlte sich erschöpft.

»Mir tut es Leid, dass …« Joseph sprach nicht weiter und warf einen vorsichtigen Blick in Alex' Richtung.

»Nein, sag schon, was denn?«, drängte Alex, der zum ersten Mal ohne Hilfe stand.

»Nichts … bloß … mir tut es Leid, dass ich ihn nicht mehr richtig kennen gelernt habe, deinen Dad. Ich meine, ich wünschte, ich hätte Gelegenheit gehabt, ihn …«

»Tja«, sagte Alex, setzte sich auf den Rand des Denkmals und holte die notwendigen Zutaten für einen Joint heraus. »Du hast ihn an dem Tag kennen gelernt, als er starb. Er war ziemlich gut in Form an dem Tag.«

Die Welt besteht aus Buchstaben, Worten. Unter jeder Freundschaft lauert ein schwieriger Satz, der gesagt werden muss, damit die Freundschaft überleben kann.

Das war ihrer.

2

Ein Mondo-Witz

Frage: Was sagte die aufblasbare Direktorin zu dem aufblasbaren Jungen, der mit einer Nadel in die aufblasbare Schule kam?
Antwort: Wenn du so weitermachst, geht nicht nur uns die Luft aus, dann geht der ganzen Schule die Luft aus …

Dieser Witz, von Joseph schüchtern und ohne jede Erwartung erzählt, wurde jetzt als der größte Witz des Jahrhunderts begrüßt. Selbst unter Berücksichtigung der rauschhaften Wirkung von Alkohol plus Gras empfand Alex das Lachen – das ihm jetzt in der Brust tobte – als ziemlich beispiellos. Er lachte schon seit vier Minuten, und jedes Mal, wenn er glaubte, er wäre jetzt fertig, kam es wieder heraufgeblubbert wie Wasser in einem verstopften Abfluss. Und dann war es unvermittelt vorbei. Er atmete aus, ganz tief. Merkte, dass er fror. Es würde bald regnen.
»Alles in Ordnung?«, fragte Adam, der das Frösteln bemerkte.
Alex nickte. Er versuchte aufzustehen. Er ergriff die Hand, die Adam ihm hinstreckte.
»Das mit Kitty tut mir Leid«, sagte Adam, weil er spürte, dass er das jetzt sagen konnte. »Es ist eine traurige Nachricht. Ich weiß, du hast sie kennen gelernt … ich weiß, was sie dir bedeutet hat. Ich hab heute Morgen versucht, dich anzurufen, gleich als ich es gehört hab – ich hab gedacht, du könntest vielleicht eine Dummheit machen. Wünschte bloß, ich hätte dich früher erwischt. Ich denke wirklich … Du hättest die Sachen behalten sollen, Alex, Mann … Du hättest sie nicht verkaufen sollen. Sie waren kostbar. Du wirst sie vermissen.«
»Hä?«
»Wir haben dich in der Zeitung gesehen«, sagte Joseph. Er stand auf und reckte sich und gähnte. »Weißt du was? Hör nicht auf Adam, er denkt, du sammelst fromme Reliquien oder so was – es

sind Autogramme. Das ist schon in Ordnung. Es ist dein Job. Du musst kein schlechtes Gewissen haben – so verdienst du dein Geld. Du hast einen der größten Autogrammcoups des Jahrzehnts gelandet. Also *genieß* es.«

»Nnng?«

Adam legte einen Arm um Alex' Schultern und drückte ihn.

»Du bist in der Abendausgabe, Freund, Seite acht. Darf ich fragen – ich meine … was machst du mit dem Geld? Das ist ein schöner Batzen, Mann. Weil die *Schul* … ich meine, das soll kein Druck sein, aber, na ja – lass uns morgen drüber reden. Selbst *du* könntest das nicht alles versaufen – obwohl du heute Abend schon einen guten …«

Alex war losgerannt, die Straße hinunter. Zumindest hatte er seinen Beinen Anweisung gegeben zu rennen, aber die Botschaft wurde schlecht übertragen. Die Vorstellung von Gleichgewicht, von Haltung, von Aufrechtbleiben war irgendwie verloren gegangen. Er scheiterte an der nächsten Ecke und versuchte, sich in einen Hauseingang zu retten. Joseph und Adam waren eine Sekunde später bei ihm, stützten die Hände auf die Knie und blickten nach oben, denn es hatte angefangen zu regnen.

»Haben wir's eilig?«, fragte Adam und schnappte nach Luft.

»Kommt – mit …«, sagte Alex und rannte schon wieder los. »Sie ist im Haus. *Sie ist im Haus.*«

Jetzt joggten sie zu dritt, und der Regen machte Anstalten, wirklich bedenklich zu werden.

»*Wer* ist im Haus? Wieso rennen wir?«

»*Sie*. Kitty«, sagte Alex und wurde schneller, so dass sein Trenchcoat sich hinter ihm aufblähte wie ein Umhang.

»Das Video?«, rief Adam, als Alex schon einen ordentlichen Vorsprung hatte. »Gib's mir einfach morgen wieder. Ist doch nicht schlimm.«

»NEIN. SIE. *KITTY*. IM HAUS.«

»*Alex*«, rief Adam, als sie am Videoladen vorbeikamen und Alex hinter der Ecke der Bank verschwand, wo seine Straße begann. »*Alex*. Spinn doch nicht.«

Um diese Uhrzeit war Alex' Straße düster, typisch Wohngegend, und als Adam und Joseph um die Ecke bogen, waren sie leise, hatten Angst, die Eltern von Leuten zu wecken, die sie kannten, ganz zu schweigen von den Leuten, die sie kannten, die jetzt Eltern waren, denn sie waren auch nicht mehr die Jüngsten.

»Alex, *bitte*«, sagte Joseph, als er sich schließlich gegen das Gartentor warf und den Rasputin ansprach, der gerade hektisch nach seinen Schlüsseln suchte. »Jetzt mal ganz ruhig. Reg dich nicht auf.«

Mit einem Triumphschrei fischte Alex die Schlüssel aus den Tiefen seines kaputten Mantelsaums.

»Was soll das Theater, Tandem?«, fragt Adam, der den Weg hinaufplatschte.

»Sie. Da drin. Kitty. Sie ist in meinem Haus. Jetzt.«

Er öffnete die Tür und machte die Internationale Geste für erbetene Ruhe.

»Sie ist im Wohnzimmer«, sagte er in lautem, stümperhaftem Flüsterton. »Mit Esther. Die beiden plaudern, richtige Plaudertaschen.«

Auf Zehenspitzen trippelte er durch die Diele, öffnete feierlich die Wohnzimmertür und verneigte sich tief, als sie ganz aufschwang. In dieser Position musste er würgen. Joseph packte ihn an den Ellbogen und führte ihn zur nächstgelegenen Möglichkeit, der Küchenspüle, wo er sich ergiebig übergab, in nicht enden wollenden Wellen. Es dauerte zehn Minuten, ehe die Eruptionen langsamer wurden und zu quälendem Reizhusten verblassten, der nichts herausbeförderte, nicht einmal Luft. Als er ganz fertig war, wusch Joseph ihm liebevoll das Gesicht mit feuchtem Küchenpapier und wollte ihm dann aus seinem eigenen umfangreichen Medikamentenvorrat für den Hausgebrauch eine Schlaftablette verabreichen. Er zog eine kleine Aluminiumpillendose aus der Innentasche seines Jacketts und öffnete sie – Bonbons in einem Safe. Aber Alex weigerte sich. Schlaf hatte er. Wenn es etwas gab, was er reichlich hatte, dann waren das Schlafreserven.

Adam kam herein, seufzte, fasste seinen Freund bei den Schultern und ging mit ihm zurück ins Wohnzimmer.

»Ich hab dir auf dem Sofa ein Bett gemacht. Esther muss oben sein – ihre Tasche steht hier –, aber sie wird dich nicht oben haben wollen, du riechst fürchterlich. Schlaf dich hier unten aus.«

»Mmm.«

»Es steht kein Nachruf drin«, sagte er und zeigte auf die Abendzeitung auf dem Couchtisch. »Der kommt bestimmt morgen. Du musst jetzt versuchen zu schlafen, nicht mehr dran zu denken.«

»Hnng … uff.«

»Jetzt pass auf, du hast morgen Vormittag um zehn Uhr einen Termin bei Rabbi Burston, um alles mal durchzusprechen. Und dann um sechs Uhr ist der Gottesdienst. Okay?«

»Adam …«

»Leg dich hin, Al. Wir sehen uns morgen. Morgen. Später, Mann.«

Und sie gingen. Sie gingen. Er sackte weg. Die Männer glaubten ihm nicht. Und die Frauen, die Frauen hatten sich gegen ihn verschworen.

3

Er hatte einen Traum. In Echtzeit, im realen Leben, dauerte er nur ein oder zwei Minuten. Aber er ging tief, wie das bei den kurzen oft der Fall ist. Wie ein Kopfsprung in ein Schwimmbecken. Er war in einem märchenhaften Garten. Der Garten war im alten französischen Stil angelegt, das heißt, er war ein Mischmasch aus vielen Dingen. Er hatte Beete für englische Rosen, er hatte einen pseudo-indischen Bereich, einen Ring aus Zypressen, Tamarinden. Er hatte symmetrische, europäische Hecken, in Form von seelenlosen Tieren und Bäumen gestutzt, sowie eine japanische Ecke, wo Steine Muster auf Steinen bildeten. Bambusspaliere säumten die breiten Wege, und während Alex durch ein kunstvolles Blumenarrangement ging, erkannte er, dass er das Ganze am besten aus den oberen Fenstern eines großen Hauses betrachten könnte – und kaum gedacht, war es auch schon da, das große Haus, weiß und prächtig hinter ihm. Aber jetzt war er woanders. Ein Irrgarten wartete auf Alex, damit er das Geheimnis in der Mitte entdeckte: Diana, nackt, den Bogen spannend. Weiter vorn, an einem künstlichen See, lag zwischen zwei Hügeln ein nachgebildetes Toskanatal. Der letzte Clou war der versenkte Zaun, der geschickt angelegte Graben, der den Eindruck vermitteln sollte, dass der Garten sich bis zum Horizont erstreckte, oder noch besser, dass es gar keinen Garten gab. Dass er schlicht eins war mit seinem Umland. Dass alles das Werk eines Zufallsentwurfs war, von Flüssen, die ihrem Lauf folgten, und von Blumen, die erblühten, wo es ihnen beliebte …

Alex war in diesem Garten. Sonst niemand. Die Fenster des großen Hauses blitzten im Sonnenlicht, und irgendwo hörte er aus dieser Richtung ein Streichquartett und Lachen, der übliche Kontrapunkt einer angenehmen Lunchparty. Aber der Garten selbst war völlig leer, und das beunruhigte ihn. Er war ernsthaft auf der Suche nach den Gärtnern. Er wollte mit den Männern reden, die den See ausgehoben und die Bäume gepflanzt und die Hecken gestutzt hatten. Er wusste irgendwie, dass sie nicht auf der Party waren. Wo waren sie? Er verlor den Mut, als er dieselben Pfade immer und immer wieder abschritt, in dem Wissen, dass er träumte, und mit dem Wunsch aufzuwachen. Dann verwandelte sich die Szenerie zwischen zwei wachturmartigen Tannen. Es war noch immer der Garten, aber ein neuer, geheimer Teil von ihm, ein Wasserparadies mit mehreren Teichen in einer Reihe hintereinander, dazwischen hier und dort Denkmäler – Monolithe aus weißem Stein. In jedem Teich sprangen völlig synchron nackte Männer wie Seehunde aus dem Wasser und vollführten gut einstudierte, beeindruckende Drehungen, spektakuläre Überschläge und Figuren, ehe sie wieder eintauchten. Es war schön. Weinend trat Alex an den nächstgelegenen Teich. Er konnte Esther auf der anderen Seite sehen, wie sie nackt in einer Mischung aus Bademeister- und Regisseursessel saß, ihr

Name stand quer auf der Rückenlehne. Sie bewegte sich nicht und sagte nichts. Alex richtete seine Aufmerksamkeit wieder auf die Männer. Männer? Die Hälfte von ihnen war jung, siebzehn, achtzehn, und Adonisse, bis auf ein Merkmal. Eine dünne Hautschicht, wie ein geschlossener Beutel, bedeckte ihre Genitalien. Die Übrigen waren alt, und bei ihnen war dieser Bereich unter hängenden Bäuchen verborgen. Aber sie sprangen! Sie alle sprangen! Höher als zuvor, eine zusätzliche Drehung, eine beachtliche Streckung eines Beins oder Arms. Manchmal ein Jauchzen, ein heller Ton, der jäh abbrach, wenn sie die Wasserfläche durchbrachen. Freudig zog Alex seine Kleidung aus und ging an den Rand. Hier machte Esther ihm (ohne Worte, ohne Bewegung) klar, dass kein Mann in den Teich durfte, ohne zuvor die Inschrift gelesen zu haben. Inschrift? Und natürlich stand Alex jetzt mit der Nasenspitze vor einem Denkmal, versuchte, die wenigen eingemeißelten Verszeilen zu verstehen. Was war das für eine Schrift? Die hebräische, lateinische, koptische, russische, japanische Kauderwelschschrift … deren Linien mal in die eine Richtung führten, dann in die andere, die kreisten, sich ringelten, die schnurgerade und gepunktet waren … Die Männer lachten, als sie sahen, dass er sie nicht lesen konnte. Esther sprach nicht und half nicht. Die Männer glaubten ihm nicht. Und die Frauen, die Frauen hatten sich gegen ihn verschworen …

Er erwachte mit einem einzelnen gehauchten Phonem und dem Gefühl, dass er sterben würde. Er wollte die Decke zurückschlagen, doch stattdessen wurde er in einen lang anhaltenden Entwirrungskampf verstrickt, bei dem er gegen die Bettdecke trat, bis sie schließlich einsah, dass es für sie beide am besten war, getrennte Wege zu gehen. Er konnte sich selbst riechen. Er stank. Wir hängen zwar alle an unserem Eigengeruch, aber seiner wurde allmählich *chemisch*. Unter Mitwirkung von Wasserstoffsulfid. Und Rotz hatte sich einen Weg durch die drei Öffnungen in seinem Gesicht gebahnt, wobei stumme Tränen ihm das Fortkommen erleichterten. Warum hatten die Frauen sich gegen ihn verschworen? Was hatte er denn *getan*? Alex und sein Mief verließen den Raum und wollten die Treppe hinauf. Aber die Stufen waren nicht so, wie er sie in Erinnerung hatte. Die Stufen, so stellte er fest, helfen einem nicht, nach oben zu kommen. Nicht wie bei einer Rolltreppe. Die ganze Beinarbeit bleibt einem selbst überlassen, die *hocken* bloß einfach da. Und es gibt auch keine Vorwarnung, wann ihr Ende erreicht ist (es ist dunkel, und die Bettdecke hat die Tandembrille in Gewahrsam); Alex spürt nur, wie sein Fuß heftig ins Leere stößt; eine endlose Sekunde lang fällt er vorwärts in eine Wolke, bis der Boden zurückkehrt, unnachgiebig und todernst. Der Flur ist gar nicht so schlecht. Er ist gerade und hat zwei Wände, und Alex war vor Jahren so vernünftig, nichts hineinzustellen, worüber man später stolpern könnte. Dekoration ist meist nur ein zukünftiges Hindernis.

Die Tür. Sein Herz vollführt den üblichen Veitstanz, schlägt, wann es will und wo es will: im Zeh, im Daumen, in der Hüfte, in der Brust. Er will niemanden aufwecken. Behutsam öffnet er die Tür. Ein sachter Stoß mit dem Fuß, und es beginnt, das langsame Aufschwingen. Da *sind* sie. Er kann sie kaum sehen. Eigentlich nur Formen. Sie liegen nebeneinander – Kopf-an-Fuß, heißt das so? Jeder Satz Zehen lugt an unterschiedlichen Enden unter dem Federbett hervor, wie zwei Kinder, wenn das eine beim anderen übernachtet. Nein. Er ist noch zu betrunken, um klar zu denken. Wie zwei Frauen am Strand? Nein, nein. Das passt auch nicht. Sein Gehirn ist fest entschlossen, ihn fertig zu machen. Wie zwei Leichen in einem Leichenschauhaus. Fast. Wie zwei Leichen in einem Leichenschauhaus in einem *Film*. Es fehlt nur noch das Schildchen (Name, Geburtsdatum und das andere) an der zu Lebzeiten unprätentiösesten Gliedmaße – dem großen Zeh. War es das? Das Detail mit dem Zeh?

Du kuckst zu viele Filme ist einer der großen modernen Sätze. Er beinhaltet einen Hauch Verständnis davon, was wir vorher waren und was wir geworden sind. Auf wenige Menschen trifft er stärker zu als auf Alex-Li Tandem, Autogrammhändler der Extraklasse. Und deshalb dachte er passenderweise, *berechtig-*

terweise als Allererstes: *Sie sind tot*. Das ist es. Sie sind tot. Die Vorstellung (obwohl sie ihn schneller durchfuhr, als der Satz ausgesprochen werden kann) höhlte ihn aus. Sie rang mit ihm und gewann. Und dann, in der nächsten Sekunde: *Nein, nein, natürlich sind sie* nicht *tot*. Eltern werden dieses Gefühl kennen, das Davor und das Danach. Das Entsetzen, das allmähliche Nachlassen des Entsetzens. Aber danach gibt es, zumindest für Alex, die Fortsetzung. Die Fortsetzung ist tödlich. Sie erkennt, dass es lediglich ein zeitlicher Fehler ist. Denn an der Diagnose stimmt alles, außer dem Zeitpunkt.

Sie waren nicht tot.
Aber sie würden es sein.
All diese Menschen, all seine Lieben.

Der Todesmarsch. Er war mit ihnen zusammen im Zug. Er hat mit ihnen getrunken, heute Abend. Sie haben ihn nach Hause getragen; jetzt betrachtete er sie. An den Wänden in Schwarzweiß, aber auch in diesem Bett, ganz in Technicolor. Ein Kind weiß das, und man sagt ihm, es soll sich damit abfinden. Ein berühmter Ire wusste es und schloss seinen Frieden damit und sagte alles, was es zu diesem Thema zu sagen gibt. Aber Alex machte es noch immer richtig fertig. Er hatte seine Probleme damit, wie einfach es auch war. Vor zehn Jahren war Sarahs Schwester mit ihren kleinen Kindern zu Besuch gekommen, und seine Cousine Naomi hatte sich gesträubt, in diesem Zimmer zu schlafen, weil sie Angst hatte vor den »Toten an der Wand«. Alle lachten darüber, beim Frühstück. Er hatte gelacht. Alle hatten gelacht. Weil es falsch ist, so sagen alle, es so persönlich zu nehmen – und deshalb hatte er es nicht persönlich genommen, er war ein *erwachsener Mann* (wahrscheinlich, dachte er, meinen alle mit diesem albernen Ausdruck genau das; sie meinen: *Nimm es nicht persönlich, nimm Erwachsenwerden, Erwachsensein nicht persönlich*). Er hatte es nicht persönlich genommen, jahrelang nicht. Er nahm es kinematographisch, oder televisuell – wenn überhaupt. Aber jetzt passierte es – er versuchte, sich oben am Türrahmen festzuhalten, um aufrecht stehen zu bleiben – jetzt kam der Todesschlag, der Ewigkeitshieb, und zwar mit Macht. Er taumelte weg von der Stelle, hielt irgendwas fest mit der Hand umklammert, das er unabsichtlich von der Wand gerissen hatte, sein Mund war offen, als hätte jemand ein Loch in sein Gesicht getreten. Aber er machte kein Geräusch. Er wollte die Toten nicht wecken. Noch hatte er die Kontrolle. Er suchte sich einen Ort, wo er nicht gehört werden konnte, warm und trocken und voller Handtücher, und sagte sein Kaddisch ohne Gebärden und ohne Feierlichkeit – bloß ein nasser Gesang in seine Hände.

ZEHN / *In der Welt*

I

Es schellte an der Tür. Alex kroch die Treppe hinunter. Kroch *buchstäblich* die Treppe hinunter. Verängstigt durch die kopflastige Vorwärtsbewegung, aber nicht sicher, ob er stehen konnte, kroch er, und als das für die Knie zu anstrengend wurde, streckte er sich einfach lang aus und rutschte nach unten. Er öffnete die Tür auf allen vieren, einen Arm zur Klinke gestreckt.

»Morgen«, sagte Marvin.

»Marvin«, sagte Alex und kam auf die Beine.

»Wie war New York, Mann?«

»Groß. Ermüdend.«

»Du siehst auch müde aus.«

»Ich hab auf dem Boden geschlafen.«

»Aha«, sagte Marvin und nahm seinen Block.

Irgendwo sang ein Vogel die ersten vier Noten von *Ain't Misbehavin'*. Das Licht war weiß, die Straße überbelichtet. Kein Mensch redet heute noch gerne über den ersten Frühlingstag, und er wird als vorsätzliche Sentimentalität seitens der Natur betrachtet. Aber heute war Alex frühlingshaft zu Mute. Man spürte, dass Pessach und Ostern und ein langes, träges Sofa-Wochenende mit schlechten Filmen bevorstanden, sich mit der Sonne näherten. Der ganze Tag stand in Blüte.

»Tandem?«, sagte Marvin, hob den Kopf und folgte Alex' Blick, der geradewegs nach oben zum gebleichten Himmel ging.

»Hmm?«

»Bestellst du nun oder was?«

»Wahnsinnstag heute, nicht?«

»*Jeder* Tag ist ein Wahnsinnstag.«

»Was willst du *machen*, Marvin?«, krächzte Alex und hustete dann den Frosch aus.

»Wie bitte?«

»Abgesehen von Milch ausliefern. Ich meine, was willst du mit *deinem Leben* machen?«

Marvin stöhnte ausdrucksvoll auf, wie ein enttäuschter Akademiker, und schlug sich gegen die Stirn. »Ich will dir mal was sagen, ja? Das is ne idiotische Frage, ja? Das Leben wird Sachen mit *mir* machen. Und mehr nicht. Und alles ist gut. Joghurt?«

»Nein, nein … bloß Milch.«

Marvin machte sein typisches enttäuschtes Geräusch. Er stemmte die Hände in die Hüften. »Hör mal. Ich hab dich in der Zeitung gesehen, ja? Hätte nie was gesagt, weil mich so'n Kram nicht interessiert, nicht die Bohne. Ich hab meinen eigenen Kram – und jeder soll machen, was er will. Ich gehör nicht zu den Brüdern, die anderen nicht die Butter auf dem Brot gönnen. Aber gleichzeitig, muss ich sagen, bin ich irgendwie davon ausgegangen, dass du von jetzt an in deinem Verbrauch von Milchprodukten ein wenig unternehmungslustiger würdest. Jetzt, wo die Situation sich geändert hat. Auch wenn wir gern was dran ändern würden«, sagte Marvin dunkel, »die Welt ist nun mal ein Handelsplatz, Bruder. Und ich muss jetzt richtig unfein werden, weil du mich förmlich dazu zwingst, verstehst du, was ich meine?«

»Ich nehme«, sagte Alex und blickte über Marvins Schulter zum Lieferwagen, »von jeder Milkshake-Sorte je einen, dann ein paar Joghurts, diesen komischen italienischen Käse, den du mir neulich andrehen wolltest, und was mir sonst noch schmecken könnte, du kannst es dir aussuchen.«

»Hal-lo. Rückkehr des Verlorenen Sohnes«, sagte Marvin, stieß einen Pfiff aus und schlenderte lässig und fingerschnippend zu seinem Wagen.

Kurz darauf trat Alex, auf den Armen einen Karton mit Milch in den unterschiedlichsten Phasen des Gärungsprozesses, zurück ins Haus und verspürte so etwas wie neue Hoffnung. Er schloss die Tür mit einem flotten Hinternstupser. Esther stand in der Diele. Ein schwarzer, chinesischer Seidenmorgenmantel hing offen an ihr herunter. Sie raffte die beiden Seiten schützend zusammen und hielt sie mit verschränkten Armen geschlossen.

»Da bist du ja«, sagte er und ging auf sie zu, aber sie machte einen Schritt von ihm weg. Ihr Gesicht kannte keine falsche Sparsamkeit: Es gab immer das heraus, was hineingesteckt worden war. Im Augenblick war es ein Bild des Schmerzes.

»Ich stell das rasch ab«, sagte er und deutete mit dem Kinn auf den Karton. Er ging in die Küche und stellte ihn auf die Arbeitsplatte. Als er sich wieder umdrehte, standen zwei Frauen im Türrahmen.

»Ich bin müde«, sagte Esther. »Ich bin außerdem ziemlich wütend, sehr sogar, aber vor allem bin ich richtig … ich bin *müde*. Und du musst jetzt zuhören. Und du musst den Mund halten, während du zuhörst.«

Alex setzte zu seinem Lieblingsgeräusch an, dem ersten Personalpronomen, aber sie hob einen Arm, um ihn zu stoppen.

»Ich denke, du solltest zuerst Kitty zuhören, Alex, okay?«

»Guten Morgen, Alex«, sagte Kitty leise. Von ihnen dreien war sie als Einzige vollständig angezogen.

Alex versuchte es noch einmal mit diesem Geräusch, diesem beharrlichen *ich*, aber Esther schüttelte den Kopf.

»Wissen Sie, was ich heute Morgen getan habe?«, fragte Kitty und öffnete eine Zeitung, die sie in der Hand hielt. »Ich bin sehr früh wach geworden, bin über Sie hinweggestiegen und nach unten gegangen und habe die Zeitung von der Matte genommen. Und ich lese meinen eigenen Nachruf. Ich finde«, sagte sie mit einem halbherzigen Lächeln, »das ist ein bisschen viel auf nüchternen Magen.«

»Kitty, ich …«

»Und ich lese unter anderem, dass ich am Ende meiner Karriere so ziemlich bedeutungslos geworden bin und dass – ah, da steht's ja – ›*sie in die Filmgeschichte hauptsächlich deshalb eingegangen ist, weil ihr Autogramm auf Sammler eine nahezu mystische Faszination ausübte*‹. Das ist doch nett formuliert, nicht. Das ist mein ganzes Leben, offensichtlich, in einem einzigen Satz.«

»Ach, Kitty, es tut mir Leid. Es tut mir so Leid. Ich hab gedacht – es war bloß für einen Tag – ich hab gedacht, es wäre richtig so …«

»Hier steht außerdem«, sagte Kitty und wischte sich eine Träne ab, »dass ich zwar ein Naturtalent war, dass ich aber meine Begabung durch Frivolität vergeudet habe … Und dann werden so einige Frivolitäten auf die denkbar vulgärste Art und Weise aufgeführt – und dann, Moment, ich hab's – ja, dass ich *in Hollywood nicht so sehr durch die Filme bekannt war, die ich gemacht habe, als vielmehr durch die Männer und Frauen, mit denen ich im Bett war.* Es ist albern, sich darüber aufzuregen«, sagte Kitty, ließ die Zeitung fallen und schlug beide Hände vors Gesicht. »Ich bin zu alt für solche Eitelkeiten … aber ich weiß nicht. Ich hab mir beileibe nie eingebildet, ich wäre Joan Crawford. Aber können Sie sich das *vorstellen*? *So etwas* zu lesen? Können Sie das?«

Alex öffnete den Mund und schloss ihn wieder.

»Und das Schlimmste ist, diesen Dreck hat ein vermeintlicher Freund von mir geschrieben, nicht zu fassen.« Kitty hob die Zeitung wieder auf und warf sie mit einem leisen, angewiderten Laut auf die Arbeitsplatte. »Man hofft doch immer, dass andere Leute … na ja, dass sie besser von einem denken werden als man selbst.«

»Ich kann mich nur dafür entschuldigen«, sagte Alex langsam. »Was anderes kann ich nicht tun.«

Kitty nickte. Esther legte fürsorglich einen Arm um sie, aber nach einem Moment schlüpfte Kitty darunter weg.

»Es war unehrlich, Alex«, sagte sie, sah ihn direkt an und machte einen Schritt nach vorn.

»Ich hab ihm gesagt, dass es eine schreckliche Idee ist«, sagte

Esther vehement. »Das *schlechteste* Karma, das man sich überhaupt vorstellen kann.«

»Und ziemlich unfair mir gegenüber«, sagte Kitty sanft, als spräche sie mit einem Jungen.

»*Völlig* unfair, hab ich zu ihm gesagt«, bestätigte Esther mit einer Wut, die sich (wie Alex jetzt begriff) offensichtlich auch auf etwas anderes bezog. »Das Geld sollte *auf der Stelle* zurückgegeben werden.«

»Oh, Moment, bitte«, sagte Kitty, schnalzte vornehm mit der Zunge und legte einen Finger auf Esthers erhobene Hand. »Wir müssen ja nun nicht völlig durchdrehen.«

Jetzt trat Alex auf Kitty zu und fasste sie bei den Schultern. »Es ist Ihr Geld«, sagte er, »und es ist sinnlos, es zurückzugeben. Wenn rauskommt, dass Sie nicht … dann wird das alles nur noch mehr wert sein, weil Sie dann die Schauspielerin sind, die alle für tot hielten und deren Autogramm an dem Tag, als alle glaubten, sie sei tot, für Soundsoviel verkauft wurde – und so weiter. So funktioniert das. Es ist ohnehin alles Wahnsinn. Nehmen Sie's, Kitty. Nehmen Sie's und denken Sie nicht mehr drüber nach, verdammt noch mal.«

»Das ist ein interessantes Argument«, erwiderte sie, leckte sich den Finger und wischte etwas Schlaf aus Alex' linkem Auge. »Davon könnte ich mich überzeugen lassen. Also … was tun? Ich behalte also das Geld. Abzüglich Ihrer zehn Prozent natürlich.« Kitty lächelte. Alex lächelte zurück.

»Die hab ich mir schon genommen. Fünfzehn Riesen. Danke.«

»Sie sind ein *guter* Junge«, sagte Kitty und tätschelte ihm die Wange. »Ich bin sehr froh, dass wir uns kennen gelernt haben. Sie sind ein Realist, wie ich. Das ist gut. Sie töten mich, aber dann erwecken Sie mich wieder zum Leben. Und deshalb sei Ihnen verziehen.«

Kitty machte die Geste des Kreuzes, küsste ihre Fingerspitzen und hob dann die Hand, um ihm das Haar zu zerzausen.

»Bleiben Sie? Reisen Sie ab?«, fragte Alex.

»Ich *bleibe*«, sagte Kitty und schien die Entscheidung erst in dem Augenblick zu treffen, als sie sie aussprach, »für ein oder zwei Wochen, vielleicht. Keine Angst, keine Sorge – ich denke, jetzt, wo ich die Mittel habe, werde ich aus Ihrem Schlafzimmer ausziehen. Der Zimmerservice lässt zu wünschen übrig. Und wir müssen Lucia und Grace trennen, ehe sie gar nicht mehr voneinander loskommen.«

Alex küsste Kittys Hand.

»Na dann«, sagte Esther und biss sich auf die Lippe, als ihr eine Träne über den Nasenrücken rann, um einen Moment an der Spitze hängen zu bleiben, »einer muss jemanden anrufen, damit diese Story zurückgenommen wird, und ich brauch die Autoschlüssel, wenn ich pünktlich zu diesem verdammten College …«

»Ich lasse euch *allein*«, sagte Kitty mit dem Zwinkern und dem Gefühl für Timing einer Schauspielerin. An der Tür sagte sie: »Ich weiß, Sie haben heute Abend noch ein weiteres großes Ereignis, ja?«

Alex, der Esther in die Augen blickte, nickte schweigend.

»Ich kann nicht kommen, leider – ich denke, der Papst würde mich umbringen. Aber vielleicht können wir hinterher zusammen essen, hmm? Ja, das machen wir.«

Sie waren allein. Esther brach den Blickkontakt ab und sah zur Decke.

»Tja, also dann.. ich brauch die Schlüssel vom …«

»Du denkst, ich hab das für mich getan? Ist das das Problem?«

»Ich *weiß* es nicht«, sagte sie und hob rasch beide Hände ans Gesicht, um das Weinen zu stoppen, um das Weinen in die Schranken zu weisen. »Es spielt im Augenblick auch keine Rolle.«

»Du denkst, ich hätte das gemacht, um irgendwie Anerkennung zu ernten, persönliche Anerkennung? Richtig?«

Esther schloss den Mund und sprach durch die Zähne, ein gepresstes Stakkato. »Es geht nicht darum, was ich *denke, was du getan hast*. Das ist wie mit der Frau auf dem Sofa – es geht nicht darum, was du getan oder nicht getan hast. Es geht darum, was ich dabei *fühle*. Es geht darum, was für ein *Gefühl* du den Menschen gibst. Verstehst du? Ich muss operiert werden, und du bist mit irgendeiner *Frau* zusammen. Was *erwartest* du denn, wie ich mich da fühle?«

Er sehnte sich verzweifelt danach, ihren Kopf zu streicheln, sie an sich zu ziehen. Sie beide vor diesem zweitklassigen Dialog zu retten, vor dem, was Liebe so mit sich bringt, was Liebende sich antun. Aber sie steckten mitten in einem Streit, und während eines Streits darf man den anderen nicht berühren, obwohl du dir in neun von zehn Fällen genau das am meisten wünschst.

»Bitte«, sagte er und warf alles in die Waagschale, gestikulierte, »wir sind seit zehn Jahren zusammen. Hast du das vergessen? Und du denkst *so was* von mir?«

Daraufhin beschimpfte sie ihn und warf ihm üble Manipulation vor, aber er ließ nicht locker. Und nichts an diesem Streit war neu. Variationen davon führten sie schon seit mindesten sechs Jahren auf. Das Stück lief und lief. Und genau das sind Beziehungen: Bühnenstücke, die laufen und laufen, bis alles Leben aus ihnen verschwunden ist und nur noch die Gesten bleiben.

»Du denkst«, zischte Alex, »so könnte man meinen, du denkst, ich hätte die Moral einer Kanalratte oder so.«

»Lass uns nicht über Moral reden«, sagte Esther betont. »Alles, nur das nicht.«

Sie nickte dreimal vor sich hin, als stimmte sie einer unausgesprochenen Frage zu. Sie ging aus dem Zimmer. Irgendetwas in Alex' Magengrube gab nach, wie eine Falltür. Liebe, der Entzug von Liebe. War es das? Jetzt? Der Seitenwechsel? Der Tag, an dem der Zwei-Soldaten-Kampf, der Krieg gegen Plastikarmlehnen und Heuchler und Pseudointellektuelle und Fernsehen und Essen in Form von Türmen und Dreifachplastikverpackungen und Verbraucherumfragen und Liebeslieder und jede organisierte Religion – an dem dieser Kampf zum *Einpersonenstück* wird? Von dem an man alles solo machen muss? In den letzten Jahren hatte er sich bedrohlich abgezeichnet. Manchmal hatte er ihn herbeigewünscht. Die übrige Zeit hatte ihm der Gedanke fast in Todesangst versetzt. Diesmal schaffte er es mit nichts als Adrenalin bis zur Treppe und stellte sich zwischen sie und die nächste

Stufe. Er fragte sie. Laut. Wiederholt. War es das? Ist es aus? Ist das das Ende?

»Wir sind beide noch am Leben, noch da«, sagte sie müde und schlang die Arme noch fester um sich. »Das Ende sieht … blutiger aus. Dolch, Giftfläschchen und so weiter. Das Übliche. Für heute geht's jedenfalls wieder, okay? Danach – ich weiß es nicht, Tandem. Wir müssen abwarten, wirklich.«

Sie ging um ihn herum und weiter die Treppe hinauf.

»Hör mal«, sagte sie hitzig, als sie das Flehen um Milde in seinen Augen sah: »Geh Duschen, Baby. Du stinkst. Geh zu Ads. Ich erledige das mit den Zeitungen. Ich komme zum Gottesdienst. Hinterher treffen wir uns mit Kitty. Geh mal eine Weile aus dem Haus, geh mir aus den Augen.«

Also keine Aufhebung. Nur ein Aufschub.

2

Ohne Esthers Rat zu befolgen (er wollte herausfinden, wie weit er das mit dem Körpermief treiben konnte), stieg Alex in einen Bus zur Mulberry-Synagoge, setzte sich auf die vorderste Bank des Oberdecks und genoss die zauberhafte Kindheitsillusion, durch die Straßen zu fliegen.

»Nicht aufgehoben!«, rief er nach unten einer Familie beim Einkaufsbummel zu. »Nur aufgeschoben!«

»Herrlicher Morgen, mein Bester!«, schrie er einem Pfarrer zu.

Such dir Arbeit, sagte ein alter Mann im Bus.

»HALLO, DU SCHÖNE«, brüllte er, steckte einen Arm durch das schmale Fenster und winkte einem Schulmädchen zu.

»Verpiss dich, Humbert«, rief sie zurück, zog ihren Rucksack höher, um den zweifachen Mittelfinger-Gruß besser bewerkstelligen zu können.

An der Haltestelle Mulberry Central stieg er aus und fragte zwei Chassidim nach dem Weg zur progressiven Synagoge, den die Männer ihm mit mitleidigen Blicken erklärten. »Old Man River«

singend, weil er fand, dass der Song ihn wappnete, ging Alex durch die Alleen von Mulberry. An fast jeder Ecke schien ein Chassid zu warten, um ihm das Gefühl zu geben, er sei eine Art Schimmelpilz, den der Planet hatte wachsen lassen. Konnten sie ihn riechen? Oder *erkannten* sie ihn einfach bloß? Eine Art spiritueller Röntgenblick; das Erahnen seiner nutzlosen Seele, seines abgestandenen Glaubens. Alex beschloss, zum Gegenangriff überzugehen, indem er ihnen zuwinkte. Das war gut. Winken tat gut. Absolut keine Reaktion auf ein freundliches Winken zu bekommen, das offenherzig gewunken wird, ist moralisch erbauend.

An der Synagoge war der morgendliche Gottesdienst gerade zu Ende. Alex sah eine vielköpfige Gemeinde und ein schmuckloses Betongebäude, in dem der Davidstern bündig in die Mauer eingelassen war, eine *Schul* ohne jeden Schnörkel, aber nicht ohne Charme. Ein grün gesäumter Weg führte darauf zu, und es gab ein bedrückendes, notwendiges Sicherheitssystem einschließlich Kameras, die auf ihren Pfählen hockten wie starre Periskope. Alex klingelte und winkte in die Videokamera. Mit einem Summen wurde er hereingelassen.

Rabbi Burston war draußen in der Sonne und plauderte mit einer Gruppe von Frauen, zumindest vermutete Alex das. Jedenfalls stand da eine Gruppe von Frauen, im Kreis, und sie redeten und blickten nach unten. Als Alex näher trat, löste sich der Kreis auf, und die unverkennbare Gestalt eines energischen Rabbi, wenn auch extrem klein, kam auf ihn zugeschritten. Alex spürte, wie jeglicher Rest an Nervosität sich in Luft auflöste; es war ein beruhigender Trost, es war etwas, worauf man sich verlassen konnte: Ein Rabbi ist nie schüchtern. Alex hatte schon so einige von diesen unterwürfigen Pfarrern kennen gelernt, die unter ihrer eigenen Existenz zu leiden schienen – wie soll man sich von einem Mann Glauben vermitteln lassen, der sich seines Glaubens schämt? Im Vergleich dazu musste Alex der rabbinischen Berufung widerwillig Bewunderung zollen. Sie konnten immer, immer, ebenso gut austeilen wie einstecken.

»HI«, rief Rabbi Burston. Er war um die vierzig und donquichottisch gut aussehend für einen Mann von der Größe eines neunjährigen Kindes. Er trug Jeans und ein weißes Hemd. Jetzt stand er ganz nah vor Alex, sein Kopf auf Hüfthöhe, und Alex versuchte, Rabbi Burston nicht anders anzustarren, als man ihn anstarren würde, wenn er normal groß wäre. Er scheiterte auf Anhieb, erstaunt über die kräftige Brust und den lockigen, schwarzen Bart, die Statur eines starken Mannes, drastisch karikiert in diesem kleinen Menschen.

»Hi.«

»ALEX-LI, NICHT WAHR?«, rief der Rabbi erneut. Der Kreis von Frauen lächelte Alex milde zu, und ein Kind zeigte auf ihn.

»Ja.«

»MÖCHTEN SIE DRINNEN ODER DRAUSSEN REDEN?«

»Draußen ist mir recht.«

»GUT. ICH BIN AUCH LIEBER DRAUSSEN. WIE WÄR'S MIT DER BANK DA DRÜBEN?«

»Okay. Gibt es einen Grund ... ich meine, warum Sie so laut reden?«

»DAMIT WILL ICH BLOSS ... ABLENKEN« – er machte eine schwungvolle Bewegung aus dem Handgelenk, die seinen Körper von oben bis unten umfasste – »IN DEN ERSTEN PAAR MINUTEN. ICH HABE FESTGESTELLT, DASS ES GANZ HILFREICH SEIN KANN. IST ES HILFREICH?«

»Nicht so richtig.«

»Oh«, sagte Rabbi Burston, kratzte seinen Bart und lächelte. »Na ja, es klappt nicht bei jedem. Bitte, Alex, kommen Sie in mein Büro.«

Der Rabbi trabte an einem Baum vorbei und hievte sich auf die Bank, baumelte mit den Beinen ein gutes Stück über dem Boden.

»Also. Alex. Kommen wir gleich zur Sache. Kaddisch. Verstehen Sie es? Ich meine, verstehen Sie es *wirklich*?«

»Ja. Ich denke schon.«

»Okay. Dann erklären Sie mal.«

»Na ja, wenn ich Kaddisch sage … ich meine, ich glaube, ich hab die grundle…«

»GOTTES NAMEN ÖFFENTLICH ZU HEILIGEN IST DIE HISTORISCHE PFLICHT DES JÜDISCHEN VOLKES!«, schrie Rabbi Burston und schüttelte seine beiden kleinen Hände in der Luft. Er senkte sie wieder und lächelte Alex friedlich an. »So steht es in den Büchern, richtig? Und es ist wahr. Aber ich möchte nicht, dass Sie es als Pflicht betrachten. Es ist eine *Freude*. Es ist ein *Geschenk*, das Sie Ihrem Vater machen. Sie gehen in eine *Schul*, und Sie überreichen ein Geschenk. Und als Sie noch klein und unselbstständig waren, hat Ihre Mutter manchmal, wenn Sie jemandem etwas schenken wollten, das Geschenk für Sie besorgt, wissen Sie noch? Und Sie mussten nur noch was auf die Karte schreiben – oder die Hand in rote Farbe tauchen und einen Abdruck machen. Haben Sie das gemacht, als Sie klein waren?«

Alex antwortete mit einem unverbindlichen Achselzucken.

»OKAY!«, rief Rabbi Burston und verstummte dann. Alex, noch immer bemüht, nicht zu starren, blickte nach oben, dahin, wo der Rabbi hinsah, auf die ersten zaghaften Knospen an einem Kirschbaum, der sich von dem milden Wetter zum Narren halten ließ.

»Wissen Sie was?«, sagte der Rabbi nach einer leeren Minute, »wir machen einen Spaziergang. Wir spazieren einmal um die *Schul* und zurück, bis wir wieder hier an dem Baum sind. Einverstanden?«

Der Rabbi hob die Arme, und nach einer verwirrten Sekunde begriff Alex mit leichtem Entsetzen, dass er darauf wartete, von der Bank gehoben zu werden.

»Was? Noch nie einen Rabbi auf den Arm genommen? Ein Scherz. Das sollte nur ein Scherz sein«, sagte Rabbi Burston und glitt behände von der Bank auf den Boden. »Okay, lustwandeln wir. Werden wir sokratisch.«

Alex hatte sich zuvor fest vorgenommen, ganz langsam zu gehen, falls es zu einem gemeinsamen Spaziergang mit dem Zwergenrabbi käme, aber in Wirklichkeit war der Rabbi von Anfang an schneller, und Alex war derjenige, der seinen Schritt beschleunigen musste.

»Die Sache ist die«, sagte der Rabbi, als eine Schar Schulkinder auf dem Weg vor ihm auseinander stob, »das Kaddisch war nie für die *Schul* vorgesehen. Es ist ein privates Gebet, es ist formlos. Es ist ein Gebet, das aus einer *Not* erwuchs. Nun, das ist sehr selten. Es wird nicht von oben aufgezwungen, von den Rabbinern. Es wird von den Menschen verlangt, als eine *Not*, als eine menschliche *Not*. Ich gehe davon aus, dass Sie an menschliche Not glauben – so weit ist es doch noch nicht mit Ihnen gekommen, oder?«

»Nein, nein – was menschliche Not angeht, sind wir uns einig. Ich kenne sie. Ich sehe sie um mich herum.«

»Okay. *Gut*, das ist gut. So. Bedenken Sie, dass es im Gebet der Trauernden kein *Adoschem* gibt, kein *Elohim*, es gibt keine förmlichen Namen für Gott. Im Kaddisch gibt es nur das zwanglose, das vertrauliche – *Kudscha Brich Hu*, der Heilige, gesegnet sei Er, und dann *Awihun di Bisschmaya*, Vater im Himmel. Man findet sogar *Ha Schem*, Der Name, abgewandelt in *Schemo*, Sein Name. Das Kaddisch ist ein Gespräch zwischen Jude und Gott, Sohn und abwesendem Vater, können Sie mir folgen? Es ist eins-zu-eins, obwohl die Gemeinde nach wie vor eine wesentliche Rolle spielt – wenn ich sage Jude, meine ich *Juden* – aber es ist und bleibt ein sehr *persönliches Erlebnis*.«

Dann sprang Rabbi Burston überraschend auf eine niedrige Mauer, die das kleine Grundstück hinter der *Schul* umgab. Jetzt war er etwa einen Meter achtzig groß im Vergleich zu Alex' einen Meter fünfundachtzig.

»Was möchten Sie sonst noch wissen?«

»Ähm … tja … praktische Dinge. Zum Beispiel, spreche ich zuerst …«

»Sie sprechen zuerst, und das Minjan antwortet. Übrigens, ich weiß, dass Sie bis jetzt erst acht haben, aber ich hab zwei Freiwillige – die beiden sind Ihnen und Ihrem Vater fremd, aber nicht

Ihm, und das ist das Entscheidende. Also: Sie sprechen, Sie sprechen, Sie sprechen, Sie sprechen, und dann antworten wir. Sie rezitieren wieder, und wir antworten, noch einmal, und dann sprechen alle gemeinsam. Kennen Sie den Text?«

»Fast. So gut wie.«

»Dann hätten wir es ja so gut wie geschafft«, sagte der Rabbi fröhlich und klatschte in die Hände.

»Aber wie funktioniert das? Ich *empfinde* nichts«, platzte Alex heraus und war froh, dass er es gesagt hatte.

»Rüberheben, bitte. Diesmal im Ernst – zum nächsten Mauerstück.«

Alex fasste den Rabbi unter die Arme und hob ihn über die Lücke. Sicher auf der anderen Seite, legte der Rabbi beide Hände auf den Rücken und setzte seinen erhöhten Schlendergang fort.

»Gut. Sie empfinden also nichts. Das ist ehrlich. Sie möchten also, dass ich Sie überzeuge, richtig? Müssen wir die Akiba-Geschichte durchgehen? Wirklich? Der Vater und das Holzschleppen und die Feuerqual?«

»Nein, nein. Das mit dem meinem Vater ewige Ruhe geben usw., das ist mir klar – aber das trifft eigentlich nicht zu, weil er kein Jude war.«

»Ah, aber *Sie* sind Jude. Aber Sie sind ja nicht blöd, das wissen Sie – deshalb sind Sie hier.«

Zwei Kinder rannten an ihnen vorbei, spielten lärmend Fangen, und als sie Rabbi Burston sahen, verstummten sie und schlugen sich heimlich, schoben sich gegenseitig die Schuld zu.

»Alex, es besteht kein Grund, so unglücklich dreinzuschauen«, sagte Rabbi Burston mit tadelndem Unterton. Er erreichte das Ende der Mauer, sprang hinunter und rutschte bei der Landung etwas unbeholfen auf dem Kies aus, aber auch das wirkte in keiner Weise komisch oder unwürdig. Das ärgerte Alex, der bei anderen vor allem Desillusionierung suchte und erwartete, denn ohne, wie bei Adam oder Esther, wurde die Bindung zu stark. Die Möglichkeit zukünftigen Schmerzes vervielfachte sich.

»Rabbi, trotzdem … ich verstehe ja, was Sie sagen, aber ich sehe noch immer keinen Sinn darin. Nicht, was mich angeht.«

Rabbi Burston kickte eine paar Kieselsteine über den Platz.

»Mhm«, sagte er, lebhaft nickend. »Es ist deprimierend, wenn man in etwas keinen Sinn sieht, das kenne ich. Es ist, als wäre man immerzu fünfzehn. Das ist kein schönes Alter.«

»Es gibt bessere.«

Gemeinsam gingen sie durch den großen, unscharfen Davidsternschatten des Fensters, bewegten sich langsam über den Vorplatz, während die Sonne höher stieg.

»Alex. Ihr Freund Adam hat mir erzählt, dass Sie vom Autogrammesammeln leben. Sehen Sie darin einen Sinn?«

»Nein, nicht besonders. Aber …«

»Aber es bereitet ihnen Freude.«

»Manchmal.«

»Sie sammeln also, Sie umgeben sich mit Dingen. Berühmte Dinge von Prominenten. Hat irgendwas in dieser Branche den Charakter eines Geschenks?«

»Was meinen Sie mit Geschenk?«

»Ich meine, gibt es irgendwas in Ihrem Alltag, was den Charakter eines Geschenkes hat?«

»Nun ja, ich bemühe mich drum«, sagte Alex und dachte trotzig an Kitty. »Das ist doch der profane Traum, oder nicht? Liebe, Kunst, Mildtätigkeit, vielleicht. Alles Geschenke.«

»Ja«, sagte Rabbi Burston lächelnd. »Das ist der profane Traum.«

»Ich verstehe den Zusammenhang nicht. Ich rede jetzt von einem Ritual.«

»Okay, los«, sagte Rabbi Burston und machte Bewegungen wie ein Schattenboxer. »Zeigen Sie's mir. Reden Sie über das Ritual.«

»Tja«, sagte Alex verlegen, »tja, okay, ich hab es also gestern gesagt, das Kaddisch, um zu üben …« Sie kamen in den dunklen Schatten vom Dach der *Schul*, und ohne die oberflächliche Wärme des Lichts fiel die Temperatur. Alex fröstelte und zog seinen

Mantel enger. »Ich habe also das Kaddisch gesagt, und ich hab überhaupt nichts empfunden. Ich meine, irgendwas habe ich schon empfunden, aber das Kaddisch hat nichts daran geändert.«

»Waren Sie allein?«

Alex nickte.

»Na, hören Sie! Spielen Sie denn Fußball allein? Hockey? Schauen Sie sich ein Spiel allein an? Tanzen Sie alleine Tango? Machen Sie alleine Liebe? Aber das beantworten Sie besser nicht.«

Alex lachte bedrückt.

»Letzten Endes«, sagte der Rabbi, als sie sich dem verwirrten Kirschbaum näherten, »ist es *Ziduk haDin*, das Annehmen eines göttlichen Richterspruchs. Anstatt Gott für unseren Verlust zu verfluchen, rühmen und preisen wir ihn. Wir akzeptieren seinen Richterspruch. Er hat gegeben, er hat genommen. Wir akzeptieren es.«

»Aber das tue ich nicht. Ich akzeptiere es nicht«, murmelte Alex und spürte, wie sich eine wohl vertraute Depression um ihn legte. »Bei mir funktioniert das nicht. Für mich ist es obszön. Das ganze Leid. Da hört es für mich auf, wirklich.«

Eine Frau, die seit einer Minute in der Nähe wartete und mit Unterlagen raschelte, sagte jetzt leise Rabbi Burstons Namen.

»Ja, Mrs. Bregman, ich komme, einen Moment noch, bitte.«

Der Rabbi drehte sich zu Alex um und legte den Kopf in den Nacken, trotzte der grellen Sonne, um Alex direkt in die Augen zu sehen. »Alex, ich hab ziemlich viel um die Ohren. Tun Sie mir einen Gefallen. Kommen Sie um sechs Uhr wieder her und sagen Sie das, worum man Sie gebeten hat, und übergeben Sie das Geschenk. Ihre Freunde und ich haben die Karte geschrieben, das Geschenk gekauft und Ihre Hand rot angemalt. Kommen Sie einfach her mit Ihrer roten Hand, Okay?«

3

Wegen der überraschenden Sonne wurde der Brunch draußen auf dem offenen Gang vor Adams Wohnung eingenommen. Man hatte Stühle so arrangiert, dass Teller auf der Balustrade abgestellt werden konnten, und die Gäste saßen mit ihrem Bier in einer Reihe wie Trucker in einem amerikanischen Diner. Joseph und Rubinfine hatten ihre Servietten albern in den Kragen gesteckt, während Adam mit einer Pfanne Rührei, durchsetzt mit rosa Stückchen Räucherlachs, vor ihnen stand. Wortlos hievte Alex sich auf die Mauer neben Rubinfine und ließ die Beine baumeln.

»Und bevor du fragst«, sagte Joseph, den Blick stur geradeaus über die Dächer gerichtet, »das ist das erste Mal seit sechs Monaten, dass ich krank feiere.«

»Er überlegt, vielleicht zu kündigen«, erklärte Adam. »Aber sein Gehalt haut er immer noch auf den Kopf. Er hat den Lachs spendiert. Auch einen Teller, Al?« Ohne die Antwort abzuwarten, ging er in die Wohnung, um einen zu holen.

»Ich überlege, vielleicht zu kündigen«, bestätigte Joseph träge und fischte eine untergehende Fliege von seinem Ei. »Das liegt an der Sonne. Die Sonne hat bei mir eine seltsame Epiphanie ausgelöst.«

»Das ist das Problem mit dieser dämlichen Sonne«, sagte Rubinfine stirnrunzelnd und zeigte mit der Gabel auf sie.

»Was für eine Epiphanie?«

»Hmm … so was wie: Kann nicht den Rest meines Lebens in totalem Elend verbringen.«

»Richtig. Gut so.«

»Das dachte ich mir.«

»Was hast du stattdessen vor?«, fragte Alex und nahm seinen Teller mit einer großzügigen Portion Ei mit Toast entgegen.

»Langzeitarbeitsloser werden. Mein bisheriger Plan.«

»Den Plan hatte ich auch mal«, sagte Rubinfine wehmütig. »Ist aber nichts draus geworden.«

»Weil du zu schnell aufgibst.« Joseph hob sein Bier zum Himmel. »Ich lass mich da nicht so schnell entmutigen. Meine *Güte*«, sagte er, als er sich umwandte und Alex zum ersten Mal ansah, »du siehst fürchterlich aus.«

»Ich glaube«, sagte Alex und sah über Joseph und Rubinfine hinweg zu Adam hinüber, suchte ihn, sein Verständnis, »Esther wird mich vielleicht verlassen.«

Adam blickte besorgt und wandte dann den Blick ab, wie von einem intimen Moment zwischen Eltern. Joseph machte ein Bier auf und reichte es ihm. Rubinfine sagte: »Am Ende verlässt doch jeder jeden.«

Alex blickte finster. »Ja, aber wir *sind* noch nicht am Ende, du Blödmann. Das ist doch gerade das Schreckliche. Ich glaube, sie verlässt mich vielleicht auf der Hälfte der Strecke.«

»Nur Gott ist dauerhaft«, bekräftigte Rubinfine und entriss Joseph, der gerade Pfeffer streute, den Pfeffer. »Was er uns gegeben hat, sind Enden. Dinge enden, hier. *Dort* enden sie nicht.« Er deutete zum Himmel. »Das ist sein Geschenk an uns, Enden. Nun könntet ihr einwenden: *Ja, tolles Geschenk, aber kann ich es nicht doch vielleicht im Laden wieder umtauschen?* Woraufhin ich zu euch sagen würde ...«

»Ruub, bitte, lass es stecken, ja?«, stöhnte Joseph. »Für wen soll die Rede sein?«

»Für meine Cheda-Gruppe. Ich will sie nächste Woche halten«, sagte Rubinfine, kaute sich ein Stück vom Fingernagel ab und spuckte es über die Mauer. »Zehn- bis Vierzehnjährige. Gefällt sie dir nicht? Ich meine, da steckt viel mehr hinter als ...«

»Es geht nicht darum, dass sie mir nicht gefällt ... Ruub, wenn einer so mit *dir* geredet hätte, als du vierzehn warst ... Nein, ehrlich, so schlecht ist sie nicht. Ich finde nur, dass du alles so verflucht umständlich ausdrückst – pass auf, hast du einen Stift? Wir gehen sie mal durch, bringen sie ein bisschen auf Vordermann.«

»Rührei ist alle«, sagte Adam nachdenklich. »Alex, komm, wir machen noch was Rührei nach.«

Er ging schnurstracks an der Küche vorbei, und Alex folgte ihm ins Wohnzimmer. Vor dem hebräischen Alphabet packte Adam ihn an den Schultern. Seine Augen waren die Essenz von Adam: der Blick, den du dir stets von ihm erhofftest, der Blick, der sich ab und zu auf dich richtete und auf den du wartetest. Klar, quälend ehrlich, koboldhaft, Freude begehrend und voller Entschlossenheit, deine Schmerzen auf sich zu nehmen. Alex steckte die Hände in die Hosentaschen wie ein Schuljunge, den ein unerwartetes Lob verlegen macht.

»Bist du bereit?«, fragte Adam.

»Für?«

»Heute Abend?«

»Oh ... ja klar, logisch.«

»Warst du bei Rabbi Burston? Hat er dir nicht helfen können?«

Alex machte ein ratloses Gesicht, woraufhin sich in Adams Miene die gleiche gekränkte Enttäuschung abmalte, die seine Schwester vor wenigen Stunden auf Alex gerichtet hatte.

»Mir bedeutet es nun mal nicht so viel«, sagte Alex, nahm die Hände aus den Taschen und ließ sich aufs Sofa sinken. »Für mich ist es eine Geste, verstehst du? Mehr nicht.«

Adam blickte verwundert. »Was ist denn wichtiger als eine Geste?«, fragte er.

Adam kniete sich unvermittelt hin, und einen kurzen Moment lang fürchtete Alex schon, er würde ihn auffordern zu meditieren oder zu beten, und er wusste jetzt – mit stärkerer Gewissheit als je zuvor –, dass er zu beidem keinen Zugang hatte, nein, mehr noch: Er wollte auch gar keinen Zugang. Er wollte in der Welt sein und nehmen, was kam: Enden, hier und überall, Schlusspunkte, Abschlüsse, Blicke gekränkter Enttäuschung und den alltäglichen Kampf. Er *mochte* den alltäglichen Kampf. Er nahm ihn mit Pommes. Zum Mitnehmen.

»Was ist ...? Du hast was verloren – oh, dein Schein«, sagte Adam und hob ihn auf. Er kam zum Sofa und setzte sich. »Er ist ganz zerknittert«, sagte er und gab ihn Alex. »Ich wollte meinen auch mitbringen, heute Abend. Fand ich auch angemessen.«

Alex erinnerte sich jetzt vage, dass er ihn letzte Nacht von der

Wand gerissen hatte. Er nahm ihn Adam aus der Hand und strich ihn mit der Faust auf dem Tisch glatt.

»Ziemlich *ähnlich*, nicht?«, sagte Adam ernst. »Ich meine, ihr schreibt wirklich gleich.«

Alex zog die Stirn kraus. Nahm einen Stift und eine herumliegende Fernsehzeitschrift und schrieb seine eigene Unterschrift auf die Rückseite.

»Sieh doch, ganz ähnlich«, murmelte Adam. »Sein *T* ist genau wie deins – und dieses komische *M*.«

»Ich hab seine oft nachgemacht«, sagte Alex, berührte den Schein, erinnerte sich. »Ich hab ihn gebeten, seine Unterschrift zu schreiben, damit ich sie nachmalen konnte. Er musste sie immer und immer wieder schreiben, damit ich mir ansehen konnte, wie sich seine Hand dabei bewegte. Kleine Hände. Sie waren seltsam klein und …«

Alex konnte die Falltür nicht daran hindern, wieder aufzuschwingen. Er griff sich ins Haar und ballte die Fäuste. »Ich hab gedacht«, sagte er zittrig, »ich hab gedacht, ihr habt alle gesagt, ich würde mich dann *besser* fühlen. Ich fühl mich aber nicht besser. Esther von Boot zu erzählen, das hat nicht *geholfen*. Und die Sache heute Abend, und mit Rabbi Burston zu reden, nichts davon, es ändert gar nichts, es heilt *gar nichts*. Ich vermisse ihn. Ich vermisse ihn immer noch. Die ganze Zeit. Ich vermisse ihn so sehr. Ich fühl mich *nicht* besser.«

»Ich hab gesagt, es würde besser werden, nicht, dass du dich besser fühlst«, sagte Adam, und es war ihm todernst. »Es *ist* besser, auch wenn du es nicht fühlen kannst.«

Alex lachte freudlos und begann, einen Fingernagel mit den Zähnen zu bearbeiten. »Es gibt nichts Gutes, außer man *fühlt* es«, sagte er kopfschüttelnd. »Ads, das macht das Gute doch überhaupt erst aus. Das hast du nie verstanden. Es ist kein Symbol von irgendwas anderem. Gutes muss gefühlt werden. Das ist das Gute *in der Welt*.«

Adam verzichtete durch ein Öffnen der Hände auf die Diskussion, aber wie immer änderte sich nichts an der ruhigen, deutlichen, schillernden Schale, die religiöse Menschen umschließt, das Zuhause, das sie mit sich herumtragen, überall.

Alex seufzte und stand auf, um Adams Schachtel mit dem Haschisch von ihrem Platz auf dem Regal zu nehmen, wo sie den Blick auf die untere Hälfte von Adams kleinem Autogramm-Baum versperrte.

»Ich überlege«, setzte Adam mit verhaltener Stimme an, »ob ich nicht vielleicht ein Kitty-Autogramm als letzten Zweig nehmen soll, wenn dir das gefallen würde, falls du noch welche übrig hast. Sozusagen als Zeichen des Respekts. So wäre auch zumindest eins in sicherer Verwahrung – für den Fall, dass du in Versuchung gerätst, jede Kostbarkeit zu verkaufen, die du besitzt. Ich meine, sag ruhig, wenn du die Idee blöd findest, aber …«

Alex lachte. Adam runzelte die Stirn und neigte den Kopf, und im selben Moment traf die Sonne auf die Jalousien und zerteilte den Raum in Absätze aus staubigem Licht und Sätze aus Schatten. Wenn es irgendwas gibt, was einen religiös machen kann, dann so etwas. Timing. Koinzidenz.

»Ich hab sie alle verkauft«, sagte Alex zufrieden und ließ die Tatsachen erst mal auf sich beruhen. »Es sind keine mehr übrig. Ads, du hast einen Heiligenschein.«

Alex öffnete die Schachtel und kramte darin herum, suchte nach dem kleinen braunen Klümpchen. Plötzlich stand Adam auf und schloss den Deckel.

»Besser nicht, Kumpel. Sei heute klar. Sei da. Sei ganz da, meinst du nicht auch, das ist besser?«

»Hmm«, sagte Alex. Er war jetzt – wie die Lehrer gern sagen – in Gedanken woanders. Die Sonne hatte die Wände getüncht, so dass die Dinge anders aussahen. Sich anders anfühlten. Das ist das Problem mit der Sonne.

»Und auch, wenn du Esther triffst. Sie möchte, dass wir mit dem Rauchen aufhören, weißt du. Sie hat Angst, es dir zu sagen, aber ich weiß, dass sie sich das wünscht. Von uns beiden. Aber ich weiß nicht, Mann. Das ist ganz schön viel verlangt. Dadurch habe ich das Verständnis gefunden«, sagte Adam und machte die

Internationale Geste für Transzendenz (kurzes Nicken nach oben, Augen zur Decke). »So hat sich mir Schechina geöffnet, so wurden die Dinge offenbar. So steige ich auf.«

Er zog sachte die Schachtel aus Alex' Händen und stellte sie wieder aufs Regal.

»Aber was heute angeht, hat sie Recht. Ich denke, wir sollten heute bei der Sache sein, voll und ganz. Alex?«

Alex bückte sich langsam nach dem Schein, strich ihn noch einmal glatt und löste dann behutsam ein kleines bisschen Blu-Tack von der Rückseite des Jimmy-Stewart-Autogramms. Er tat ein wenig davon auf die vier Ecken des Scheins und klebte Li-Jin auf die leere, sonnengebleichte Stelle in der Mitte zwischen – und über – dem populären Philosophen Ludwig Wittgenstein und der populären Schriftstellerin Virginia Woolf.

EPILOG / *Kaddisch*

Vorstellung, dass einem alle Verlegenheits- und Hilfsgesten
unterbunden würden: das Klicken mit dem Verschluss des
Uhrarmbands, ein Auf- und Zuknöpfen am Hemd,
das Streichen übers Haar – so dass man schließlich
nichts mehr zum Festhalten hätte

Peter Handke, Das Gewicht der Welt

Es stand der Autogrammhändler Alex-Li Tandem. Von seiner Position aus konnte er sie alle sehen. Er konnte alles sehen, was sie taten. Es saßen seine Freunde Adam Jacobs, Rabbi Mark Rubinfine und Joseph Klein, seine Freundin Esther Jacobs, Rabbi Green, Rabbi Darvick, Rabbi Burston und seine Mutter Sarah Tandem. Es saßen außerdem zwei ihm unbekannte Menschen, Eleanor Loescher und Jonathan Verne.

Erhoben und geheiligt (sagte Alex-Li, aber nicht in diesen Worten)
Werde Sein großer Name
Auf der Welt, die nach Seinem Willen
Von Ihm erschaffen wurde,
Rubinfine pulte sich mit dem Nagel des Zeigefingers
Der linken Hand die Haut vom rechten Daumen,
Sein Reich soll in eurem Leben
Und in den eurigen Tagen
Und im Leben des ganzen Hauses Israel,
Joseph bearbeitete seine Nase mit einem Fingerknöchel
Und versuchte, es dann nicht zu tun, und tat es dann doch wieder,
Schnell und in nächster Zeit erstehen.
Und wir sprechen: Amen!
Esther strich sich mit den Händen
Den Rock glatt und zog am Saum, bis
Er richtig saß!

Amen! (sagten die Sitzenden, aber nicht in diesem Wort)
Sein großer Name sei gepriesen
In Ewigkeit und Ewigkeit der Ewigkeiten!

Gepriesen sei (sagte Alex-Li, aber nicht in diesen Worten)
Und gerühmt
Verherrlicht
Rabbi Burston wippte
Zu einem inneren Takt mit den Füßen,
Erhoben
Erhöht
Rabbi Green zog die Nase hoch,
Gefeiert
Hocherhoben
Rabbi Darvick schloss die Augen
Und öffnete sie dann doppelt so weit,
Und gepriesen
Sei der Name des Heiligen
Adam lächelte und machte
Diskret das Daumen-Hoch-Zeichen,
Gelobt sei Er!
Über jedem Lob
Und Gesang und Verherrlichung und Trostverheißung
Die je in der Welt gesprochen wurde
Sprechet Amen!

Fülle des Friedens und Leben möge
Vom Himmel herab
Uns und Israel zuteil werden,
Sarah weinte und unternahm keinen Versuch,
Es zu verbergen.
Sprechet Amen!

Der Frieden stiftet in Seinen Himmelshöhen
Eleanor Loescher hielt ihren kleinen

Bauch mit beiden Händen.
(Und Alex fragte sich, was das bedeutete)
Stifte Frieden unter uns und Israel,
Jonathan Verne gähnte schamlos.
(Und Alex fragte sich, was das bedeutete)
Sprechet Amen!

Danksagung /

Wie immer gilt mein Dank Yvonne Bailey-Smith und Harvey Smith für ihre beispiellose Unterstützung und Geduld. Ein Dankeschön auch an Adam Andrusier und Rachel Miller für die Art von Fakten, die man nicht in Bibliotheken findet, und an meine hoch geschätzten ersten Leser: Michal Shavit, Toby Litt, Adam (schon wieder), Tamara Barnett-Herrin, Nick Laird und Paul Hilder. Ich danke Jessica Frazier und Lee Klein, die beide über die Gabe verfügen, Philosophie zu etwas Alltäglichem zu machen, sowie Alex Adamson, weil er alles leichter macht.

Ich habe zwei Zufluchtsorte für Autoren genutzt und danke beiden Institutionen und den außergewöhnlichen Frauen, die sie leiten: Drew Heinz in Hawthornden und Beatrice Monti in Santa Maddalena. Ich stehe in der Schuld von Georgia Garrett, Simon Prosser und Ann Godoff, die Bücher möglich machen und mich bei Verstand halten.

ZADIE SMITH

Zähne zeigen

Roman

Aus dem Englischen von
Ulrike Wasel und
Klaus Timmermann

In einem gottverlassenen Nest irgendwo in Bulgarien verpennen die beiden britischen Soldaten Archie Jones und Samad Iqbal das Ende des 2. Weltkrieges, in dem sie eigentlich zu Helden werden wollten. Dreißig Jahre später treffen sie sich in London wieder, und nicht der Krieg, die Existenzgründung oder die harte Aufgabe, mit einer wesentlich jüngeren Frau verheiratet zu sein, sind die wirklich schweren Prüfungen, die ihnen das Leben stellt: In den wilden Auseinandersetzungen mit ihren heranwachsenden Kindern spiegeln sich die Themen ihres Lebens: Herkunft, Religion, Hautfarbe, Geschichte.

»Zadie Smith ist der neue Star
der englischen Literaturwelt.«
Der Spiegel

Knaur

DAVE EGGERS

Ein herzzerreißendes Werk von umwerfender Genialität

Eine wahre Geschichte

Aus dem Amerikanischen von
Leonie Reppert-Bismarck

Dave, Toph, und die große Freiheit: Die beiden Brüder sind 22 und 8, als sie ihre Eltern verlieren. Die beiden machen sich auf nach Kalifornien. Man sieht sie förmlich, wie sie in ihrem kleinen Auto über den Highway dem neuen Leben entgegenfliegen, wie meisterhaft ihr Frisbeespiel ist, wie Dave mit seinem Magazin Heuchelei und Spießertum entlarvt. Sie wären, trotz allem, Sieger – gäbe es da nicht vergammelte Wohnungen, Geldnöte, Angst um Tophs Zukunft. Und gäbe es nicht die große Trauer um die toten Eltern, die sich immer wieder in Daves ironische Schilderung des neuen Lebens einschleicht.

»Dave Eggers hat eines der aufregendsten Bücher dieses Jahres geschrieben.«
Brigitte

Knaur